SON VE ÖTESİ

SON VE ÖTESİ

Son ve Ötesi
Özgün Adı | *More Than This*
Patrick Ness

Yabancı Yayınları | 189

YABANCI

Yayım Sorumlusu | Ece Çavuşlu
Yayıma Hazırlayan | Tuğçe Nida Gökırmak
Düzelti | Su Akaydın
Kapak Uygulama ve Sayfa Düzeni | Aslıhan Kopuz

3. Baskı, Ocak 2020, İstanbul
ISBN: 978-605-9585-81-1

Sertifika No: 11407

Yabancı™ Penguen Kitap-Kaset Bas. Yay. Paz. Tic. Ltd. Şti.'nin tescilli markasıdır.
Caferağa Mah. Neşe Sok. 1907 Apt. No: 31 Moda, Kadıköy - İstanbul
Tel: (0216) 348 36 97 – Faks: (0216) 449 98 34
www.yabanciyayinlari.com – info@yabanciyayinlari.com – www.ilknokta.com

Kapak, İç Baskı: Deniz Ofset Matbaacılık
Maltepe Mah. Hastane Yolu Sok. No: 1/6 Zeytinburnu-İstanbul
Tel: (0212) 613 30 06
Sertifika No: 40200

PATRICK NESS

SON VE ÖTESİ

Çeviren
Aslı Dağlı

"Hiç daha ötesinin olması gerektiğini hissetmediniz mi? Sanki dışarıda bir yerlerde, parmaklarınızın hemen ucunda çok daha fazlası varmış da tek yapmanız gereken oraya ulaşmakmış gibi?"

Phil Rodak'a ithafen...

Aynaya bakıp sorunu sorarsın.
Ah, olamaz hiçbir yanıt ondan daha açık.
–Aimee Mann

Ne gelecek kadar çabuk yitip giden bir şey var,
Ne de geçmiş kadar sımsıkı tutunanı.
–Peter Gabriel

İşte oğlan boğuluyordu.

Son dakikalarında bitkin düşmesine neden olan su değil, soğuktu. Soğuk, bedenindeki tüm enerjiyi emip tüketmiş ve suyun üstünde kalmak için ne kadar debelenirse debelensin acı içindeki kaslarının taş kesilerek hiçbir işe yaramaz hale gelmesine neden olmuştu. Güçlüydü, gençti, neredeyse on yedi yaşındaydı ama her biri öncekinden daha büyük olan buz gibi dalgaların ardı arkası kesilmiyordu. Onu fırıl fırıl döndürüyor, tepetaklak ediyor ve derine, çok daha derinlere çekiyordu. Yüzünü sudan çıkarmayı başardığı korku dolu ve kısacık anlarda birkaç nefes alabilmesine rağmen o kadar fena titriyordu ki yeniden suyun altına gömülmeden önce ciğerlerinin yarısını bile havayla zor dolduruyordu. Bu hiç yeterli değildi, ciğerlerine çektiği hava her defasında azalıyordu ve yanıp tutuşurken göğsünde tek hissedebildiği daha fazlası için korkunç bir özlemdi.

Artık hepten paniğe kapılmıştı. Her dalgada onu sahilden uzaklaştıran buz gibi akıntı yüzünden geri dönemeyecek kadar açığa sürüklendiğinin ve kıyı şeridinin bu kesimini son derece tehlikeli kılan kayalıklara doğru savrulduğunun farkındaydı. Kaybolduğunu zamanında fark edecek ya da su onu bozguna uğratmadan önce ortalığı ayağa kaldıracak kimsenin olmadığını da biliyordu. Şansı da yaver gitmeyecekti. Sahilde onu kurtarmak için denize dalıverecek ne bir turist ne de geçimlerini kıyıdan topladıkları enkazla kazanan türden insanlar vardı. Yılın bu döneminde, hava böylesine dondurucuyken sahilde kimse olmazdı.

Artık onun için çok geçti.

Ölecekti.

Hem de bir başına.

Bunu fark etmesiyle benliğini istila eden o ani ve nefes kesici dehşet iyice paniğe kapılmasına yol açtı. Bir kez daha yüzeye çıkmaya çalıştı. Bunun yüzeye son çıkışı olabileceğini aklından geçirmeye, hatta pek fazla düşünmeye bile cüret edemiyordu. Kendini yukarı çekmek, en azından tepetaklak vaziyetten kurtulmak ve ciğerlerini sadece birkaç santim ötesindeki havayla doldurmak için kollarını ve bacaklarını çırpınmaya zorladı...

Fakat akıntı çok güçlüydü. Yüzeyin yakınlarında boş ümitlere kapılmasına müsaade ediyor ama daha yüzeye ulaşamadan onu tepetaklak ederek kayalıklara doğru sürüklüyordu.

O bir kez daha denerken dalgalar onunla oyun oynadı.

Ve bir kez daha başarısız oldu.

Derken denizin oynadığı, başarabileceğini düşünmesine yetecek kadar hayatta kalmasına izin verdiği acımasız oyun, işte o oyun birdenbire sona ermiş gibi göründü.

Kabaran dev bir dalga onu kaldırıp öldürmek istercesine sert kayalara çarptı. Sağ omuz kemiği o kadar yüksek sesle kırıldı ki suyun altında, dalganın akımına rağmen bile omuzundan gelen *çat* sesini duyabildi. Hissettiği acının akıl almaz yoğunluğu yüzünden bağırmak için ağzını açtığı anda ciğerleri dondurucu, tuzlu deniz suyuyla doldu. Yuttuğu suyu çıkarmak için öksürdü ancak bu, ciğerlerinin daha fazla suyla dolmasına yol açmaktan başka hiçbir işe yaramadı. Omuzunun acısıyla dertop oldu; acı onu kör etmiş, yoğunluğu âdeta felç geçirmesine sebep olmuştu. Artık ne kurtulmayı deniyor ne de yüzmeye çalışıyordu; dalgalar ona bir kez daha takla attırırken kendini korumaya bile yeltenmedi.

Lütfen, diye düşündü. Kafasının içinde yankılanıp duran tek kelime.

Lütfen.

Akıntı onu son kez yakaladı. Onu fırlatmak istercesine gerindi, gerindi ve kafa üstü kayalara savurdu. Oğlan arkasındaki öfkeli okyanusun tüm hiddetiyle kayalara çarptı. Darbeyi yumuşatmak için kollarını bile kaldıramamıştı.

Darbeyi sol kulağının tam arkasından aldı. Dalga kafatasını paramparça etti, kırık kemik parçaları beynine saplandı, darbenin gücüyle üçüncü ve dördüncü omurları kırılarak hem beynine giden atardamarın hem de omuriliğinin yırtılmasına neden oldu. Bu kurtulması imkânsız, iyileşme ihtimali olmayan türden bir hasardı. En ufak bir şansı bile yoktu.

Öldü.

KISIM 1

1

Oğlanın ölümünü takip eden ilk birkaç dakika onun için akıl karıştırıcı ve sıkıntılı bir bulanıklık içinde geçti. Hayal meyal de olsa acısının farkındaydı ama asıl hissettiği, mümkün olamayacak derecede ağır kat kat battaniyenin altında kalmışçasına üstüne çöken mahşeri *yorgunluktu.* Onlarla körlemesine mücadele etti; elini kolunu bağlayan görünmez halatlar karşısında (bir kez daha) paniğe kapıldığı sırada iyiden iyiye debelenmeye başlamıştı.

Zihni bulanıktı. Beyni sanki ateşi fena halde yükselmişçesine zonkluyordu ve düşündüğünün bile farkında değildi. Bu daha ziyade az sonra olacaklara ve az önce olanlara dair vahşi bir ölüm içgüdüsünü, korkunç bir dehşeti andırıyordu.

Ölümünün dehşetini.

Sanki hâlâ onunla mücadele edebilirmiş, onu alt edebilirmiş gibi.

Hayal meyal bile olsa devinim hissini yitirmemişti; vücudu dalgalara karşı verdiği savaşa devam ediyordu. Oysa o savaş çoktan kaybedilmişti. Benliğini, onu uzağa, uzağa, daha uzağa sürükleyen yoğun bir korku dalgası, bir panik duygusu sardı ama bir şekilde bedeninden kurtulmuş olmalıydı çünkü karanlıkta debelenirken artık ne omzu acıyordu ne de hareket etme aciliyetinin dehşeti dışında bir şey hissedebiliyordu.

Derken yüzünde bir serinlik hissetti. Bu her ne kadar çok sayıda nedenden ötürü imkânsız görünse de meltem gibi bir şeydi. Çılgıncasına dönüyor olmasına rağmen bilincinin –Ruhunun? Kalbinin? Hangisi olduğunu kim bilebilirdi ki?– hâlâ yerinde olmasını da bu serinliğe borçluydu.

Bir anlığına hareketsiz kaldı.

Gözlerini perdeleyen pusta bir değişiklik olmuştu. Bir açıklık. İçine girebileceği bir açıklık belirmişti. Ona doğru eğildiğini, son derece zayıf ve aciz bedeninin gitgide büyüyen ışığa doğru uzandığını hissedebiliyordu.

Düştü. Metanetin tam ortasına düştü. Ondan serinlik yayılıyordu ve içine gömüldü; onu sarıp sarmalamasına izin verdi.

Artık hareketsizdi. Mücadele etmeyi bıraktı. Kayıtsızlığın benliğini ele geçirmesine müsaade etti.

Kayıtsızlık hem arafvari hem de griydi. Bilinci az çok yerinde sayılırdı; uykuda değildi ama pek uyanık olduğu da söylenemezdi. Sanki her şeyle bağlantısı kesilmiş gibiydi. Hareket edemiyor, düşünemiyor ya da çevresinde olup biten hiçbir şeyi algılayamıyordu. Tek yapabildiği var olmaktı.

Aradan imkânsız sayılabilecek kadar bir zaman geçti. Bir gün, bir yıl, belki de bir sonsuzluk. Bunu bilmesine imkân yoktu. Nihayet ışık uzakta ağır ağır, neredeyse belli belirsiz değişmeye başladı. Bir grilik belirdi, ardından daha açık bir grilik ve sonunda yavaş yavaş da olsa kendine gelmeye başladı.

Açık seçik dile getirilmekten çok muğlak bir his suretine bürünen ilk düşüncesi, betonun üstünde yattığı oldu. Hayal meyal, altındaki zeminin ne kadar soğuk ve sert olduğunu hissetti; sanki ona tutunmasa uzay boşluğunda sürüklenecek gibiydi. Açıklığa kavuşmasına, bedeniyle ve tüm diğer düşünceleriyle birleşmesine izin vererek bir süre bu düşüncenin etrafında dolandı.

Ansızın içinde bir yerlerde *morg* kelimesi belirip kayboldu –başka nerede soğuk ve sert bir betonun üzerinde yatabilirdi ki?– ve gitgide artan korkusuna rağmen kapalı olduklarının bile farkında olmadığı gözlerini açtı. Onu gömmesinler diye, göğsünü yarıp açmasınlar diye, korkunç ama gerçekten korkunç bir hata yaptıklarını anlasınlar diye bağırmayı denedi. Ancak gırtlağı yıllardır kullanılmıyormuş gibi sözcükleri oluşturmayı reddetti. Öksürmeye başladı ve dehşet içinde doğruldu. Gözleri öyle bulanık, öyle pusluydu ki dünyaya kalın ve kirli cam katmanlarının ardından bakıyor gibiydi.

Görmeye çalışarak gözlerini defalarca kırpıştırdı. Çevresindeki belli belirsiz şekiller yavaş yavaş netlik kazanmaya başladı. Morgun tekinde, soğuk bir betonun üstünde yatmadığını gördü...

O...

O...

Neredeydi?

Aklı karışmış bir halde gözlerini kısarak doğan güneşe baktı. Gördüklerini hazmetmeye, daha fazlasını görmeye ve gördüklerini anlamlandırmaya çalışarak etrafına bakındı.

Görünüşe göre yattığı yer, kaldırımdan başlayıp bir evin ön bahçesini boylu boyunca geçerek hemen arkasındaki kapıya uzanan beton bir yoldu.

Bu ev onun evi değildi.

Ve ortalıkta bundan çok daha yanlış şeyler vardı.

Bir anlığına şiddetli, kesik kesik nefes aldı; zihni mahmurdu, görüşü ise yavaş yavaş da olsa biraz daha netlik kazanmıştı. Soğuktan titrediğini fark etti ve kollarını vücuduna doladı: Üstündekileri kaplayan nemi hissetti...

Üstündekiler *kendi kıyafetleri* değildi.

Başını önüne eğip üstündekilere baktı; fiziksel tepkisi, o tepkinin komutunu veren düşünceden daha yavaştı. Bir kez daha gözlerini kısıp üstündekileri daha net görmeye çalıştı. Aslında pek kıyafete benzedikleri söylenemezdi; beyaz kumaştan kesilmiş, *pantolon* ya da *gömlek* olamayacak türden şeritlerden ibaretti ve giysiden ziyade tıpkı bir sargı bezi gibi bedenine sıkıca dolanmıştı. Bir tarafı tepeden tırnağa sırılsıklamdı...

Durdu.

Islaklık deniz suyundan ya da kısa süre önce içinde olduğu okyanusun ıslak, tuzlu soğuğundan kaynaklanmıyordu...

(az önce içinde boğulduğu okyanusun)

Dahası, yalnızca yarısı ıslaktı. Diğer yarısı, yere temas eden tarafı soğuktu ama kuruydu.

Aklı daha önce hiç olmadığı kadar karışmış bir halde etrafına bakındı. Çünkü ıslaklığını açıklayabilecek tek şey *çiğ* idi. Güneş gökyüzünde henüz yükselmemişti, sabah saatleri yaşanıyor olmalıydı. Hemen altında, vücut hatlarının, yattığı yerde bıraktığı kuru alanı ayırt edebiliyordu.

Sanki gece boyunca orada yatmış gibiydi.

Ama bu imkânsızdı. Suyun kış aylarına özgü acımasız soğukluğunu, tepesindeki gökyüzünün geceyi çıkarmasına asla izin vermeyecek o karanlık ve dondurucu grisini hatırlıyordu...

Fakat o hatırladığı, şu anda tepesindeki gökyüzü değildi. Yüzünü göğe çevirdi. Bu gökyüzüne kış bile gelmemişti. Serinlik büyük olasılıkla gelecek sıcak günün, *yaz mevsimine* ait bir günün sabah serinliğinden ibaretti. Bunun, sahilde esen keskin rüzgârla en ufak bir alakası bile yoktu. O...

O öldüğünde esen rüzgârla.

Soluklanmak için kendine biraz daha zaman tanıdı; hâlâ bunu yapabiliyorken tek isteği nefes alıp vermekti. Çevresine sessizlik çökmüştü. Kendi çıkardığı seslerden başka çıt çıkmıyordu.

Eve bir kez daha bakmak için yavaşça döndü. Gözleri ışığa ve hatta imkânsız olmasına rağmen yeniden görmeye alıştıkça, ev kendini iyiden iyiye gözler önüne seriyordu.

Derken pus ve akıl karışıklığı perdesi hafifçe aralandı ve kat kat battaniyeler altındaki zihninde uysal bir titreşim hissetti.

Bir şeyin dokunuşunu, imasını, tüy misali hafifliğini…

Ama neyin?

Yoksa aşinalığın mı?

2

Ayağa kalkmaya çalıştığı anda o his kayboldu. Ayağa kalkmakta hiç ummadığı kadar zorlanıyordu; zaten beceremedi de. Kendisini fena halde zayıf hissediyordu; kasları ayağa kalkmak kadar basit bir komuta bile karşı geliyordu. Dimdik oturmak için sarf ettiği çaba bile nefesini kesmeye yetmişti. Bir kez daha soluk soluğa duraksamak zorunda kaldı.

Tekrar ayağa kalkmayı deneme arzusuyla yolun kenarındaki sağlam görünümlü bir bitkiye tutunmak için uzandı...

...ve kısa dikenler parmaklarını delik deşik eder etmez elini geri çekiverdi.

Bu sıradan bir bitki değildi. İnanılmayacak derece uzamış bir tür yabani ottu. Evin kapısına dek uzanan yolun iki yanına sıralanmış çiçek tarhları da olağanüstü büyümüş ve boyları, bahçenin iki yanındaki alçak taş duvarları çoktan aşmıştı. Aralarına serpiştirilmiş çalılar âdeta ona doğru uzanan, fazla yaklaşmaya kalkışacak olursa ona zarar vermeye hazır yaratıklar gibi görünüyordu. Diğer otlar; bir, bir buçuk, hatta iki metre yüksekliğine ulaşmış *devasa* otlar toprağın her santimini ve kaldırımdaki bütün çatlakları istila etmişti. Öyle ki bunlardan biri oğlanın altında kalıp ezilmişti.

Tekrar ayağa kalkmayı denedi ve bir anlığına tehlikeli bir biçimde yalpalamasına rağmen bu defa başarılı oldu. Hâlâ sarhoş gibiydi ve titriyordu. Bedenine dolanmış beyaz sargılar onu hiçbir şekilde ısıtmıyordu, hatta panik içinde fark ettiği üzere vücudunu doğru düzgün kapatmıyordu bile. Bacakları ve gövdesi sıkı sıkıya sarılmıştı. Kolları ve sırtının büyük kısmı da öyle. Asıl kafa karıştırıcı olan, göbek deliğinden uyluk kemiklerinin ortasına dek uzanan bölgenin hem önden hem de arkadan çırılçıplak bir halde dünyanın gözleri önüne serili olmasıydı. En mahrem yerleri akla hayale gelmeyecek bir biçimde sabah güneşine bakıyordu. Telaş içinde daracık kumaş parçasını çekiştirmeye çalıştı ama kumaş parçası resmen tenine yapışmıştı.

Elleriyle önünü kapatıp kimsenin onu o halde görüp görmediğini anlamak için çevresine bakındı.

Fakat ortalıkta hiç kimse yoktu. Hem de tek bir kişi bile.

Bu bir rüya mı? diye düşündü fakat kelimeler zihninde sanki çok uzaklardan geliyormuşçasına yavaşça, ağır ağır belirdi. *Yoksa ölümden önceki son rüya mı?*

Bütün bahçeler, en az içinde bulunduğu bahçedekiler kadar büyük otlarla kaplıydı. Bazılarının çimleri omuz yüksekliğindeydi. Yoldaki asfalt da çatlamış, çatlakların orta yerinden neredeyse *ağaç* denebilecek kadar boy atmış tehditkâr otlar fışkırmıştı.

Yolun her iki yanına arabalar park edilmişti ama hepsinin üstü kalın toz toprak katmanlarıyla kaplıydı. Camlarından arabaların içlerini görmek dahi mümkün değildi. Ayrıca neredeyse araçların tümü, dördü de patlak tekerleklerinin üstüne ölü gibi yığılıp kalmıştı.

Hiçbir şey hareket etmiyordu. Yolun ilerisinden gelen kimse yoktu ve otların haline bakılırsa inanılmayacak kadar uzun süredir buradan tek bir araç bile geçmemişti. Sol tarafında kalan yol, işlek ve hareketli bir ana cadde olabileceğini düşündüğü çok daha geniş bir sokakla kesişene dek devam ediyordu.

Oradan da hiç araba geçmiyordu. Biraz daha dikkatli bakınca yolu boylu boyunca kaplayan, en az on dört ya da on beş metre genişliğindeki devasa çukuru gördü. Çukurun içinden de orman misali otlar fışkırıyordu.

Kulak kabarttı. Civarda tek bir motor sesi duyamıyordu. Ne bu sokakta ne de sonrakinde. Uzun bir an boyunca bekledi. Sonra uzun bir an daha. Yolun, sağ tarafında kalan ucuna doğru baktı ve iki apartmanın arasında kalan boşluktan tren raylarını gördü. O rayların üstünde çalışan trenlerin sesini duymak için bir kez daha kulak kesildi.

Fakat tren yoktu.

İnsan da yoktu.

Eğer göründüğü gibi sabah olsaydı insanların evlerinden çıkıp arabalarına binmesi ve işlerine doğru yola koyulması gerekirdi. İşe gitmeyecek olsalar bile köpeklerini yürüyüşe çıkarır, posta kutularını kontrol eder ya da okula giderlerdi.

Sokaklar dolu olmalıydı. Sokak kapıları durmaksızın açılıp kapanmalıydı.

Fakat ortalıkta kimse yoktu. Ne bir araba ne bir tren ne de bir insan.

Gözleri ve zihni biraz daha berraklık kazandığından artık daha iyi görebildiği bu sokak, hatta sokağın coğrafyası bile tuhaf görünüyordu. Evler tek bir sıra halinde dip dibe dizilmişti; ne garajları vardı ne de büyük ön bahçeleri. Yalnızca her dördüncü ya da beşinci evden sonra daracık bir ara sokak beliriyordu. Burası kesinlikle kendi evinin olduğu sokağa benzemiyordu. Aslında Amerika sokaklarına benzediği bile söylenemezdi. Burası daha ziyade...

Daha ziyade *İngiltere'ye* özgü gibiydi.

Bu sözcük kafasının içinde çınladı. Bu ona sanki çaresizce bir şeylere tutunmaya çalışıyormuşçasına önemli geliyordu ama zihni o kadar bulanık, öylesine şaşkın ve karışıktı ki yalnızca endişesine endişe katmaya yarıyordu.

Bu yanlış bir sözcüktü. Hem de *çok ama çok* yanlıştı.

Biraz sendeledi ve dengesini kurmak için nispeten sağlam görünen çalılardan birine tutunmak zorunda kaldı. İçeri girmek için açıkta kalan yerlerini kapatabileceği bir şeyler bulma umudunun beslediği güçlü bir istek duyuyordu ve bu ev, bu ev...

Kaşlarını çatarak eve baktı.

Bu evin nesi vardı?

Kendini şaşırtarak, hatta karar verdiğinin farkında bile olmadan eve doğru sarsak bir adım attı ama az kalsın düşecekti. Hâlâ kafasını toparlamakta zorlanıyordu. Niçin eve doğru yürüdüğünü, içeri girip bu acayip ve terk edilmiş dünyadan kurtulma içgüdüsü dışında buna neyin neden olabileceğini bilmiyordu ama ne olduklarına dair hiçbir fikri olmasa da gördüğü her şeyin yalnızca rüya mantığının hüküm sürebileceği türden bir rüya âlemine ait olduğunun farkındaydı.

Nedenini bilmiyordu ama ev onu kendine çekiyordu.

O da evin çağrısına uydu.

Evin önündeki merdivenlere ulaştı, en alt basamaktaki çatlağın üstünden atladı ve kapının önünde durdu. Sonraki hamlesinin ne olacağını bilemeyerek, kapının nasıl açılacağından ya da kapı kilitliyse ne yapacağından emin olamayarak bir anlığına orada öylece oyalandı ama yine de kapıya uzandı...

Daha dokunur dokunmaz kapı savrulurcasına açıldı.

İlk gördüğü şey uzun bir koridor oldu. Güneş artık tüm gücüyle parlıyor, arkasındaki berrak mavi gökyüzünü dolduruyordu. Hava o kadar ısınmıştı ki yaz mevsimi yaşanıyor olmak *zorundaydı*, o kadar sıcaktı ki açıkta kalan, güneşin güçlü ışınlarına dayanamayacak kadar solgun ve beyaz teninin çoktan yanmaya başladığını hissedebiliyordu. Fakat tüm bu parlaklığa rağmen koridorun yarısından sonrası karanlığın içinde kaybolmuştu. Yalnızca koridorun sonundaki, üst katlara çıkan merdivenleri görebiliyordu. Merdivenlerden hemen önce, sol taraftaysa evin derinliklerine açılan kapı aralığı bulunuyordu.

İçeride hiçbir ışık ya da ses yoktu.

Tekrar etrafına bakındı. Hiçbir yerden makine ya da motor sesi gelmiyordu ama o sırada ilk defa bambaşka bir şeyi fark etti. Böceklerin vızıltılarından, kuşların şakımasından ya da rüzgârla hışırdayan yaprakların sesinden de eser yoktu.

Tek duyabildiği kendi soluğunun sesiydi.

Bir anlığına orada öylece dikildi. Kendini o kadar kötü, o kadar zayıf, o kadar *yorgun* hissediyordu ki şuracıktaki basamağın üstüne kıvrılıp bir daha asla uyanmamak üzere sonsuza dek sürecek derin bir uykuya dalabilirdi...

Bunun yerine evin içine adım attı. Dengesini korumak için iki elini iki yanındaki duvarlara dayayarak yavaşça ileri doğru hareket etti. Geçen her saniyede aklında tek bir şey vardı: Birinin onu durdurması, buyurgan bir sesin ona bu tuhaf eve izinsiz girerek ne yaptığını sandığını sorması an meselesiydi. Fakat gölgelere doğru sendeleyerek ilerlemeye başladığında gözlerinin ışık değişikliğine alışması normalden uzun sürdü ve tek hissedebildiği, ayaklarının altındaki sanki uzun, hem de çok uzun zamandır burada kimse yaşamıyormuşçasına kalın toz tabakasıydı.

Koridorun derinliklerine daldıkça karanlık arttı. Açık kapıdan süzülen parlak güneş ışınlarının evin içindeki hiçbir şeyi aydınlatmıyor olması, aksine gölgelerin pek iyi görmeyen gözlerini tehdit etmek istercesine iyiden iyiye ağırlaşması ona son derece yanlış görünüyordu. Attığı her adımda etrafını daha az görerek el yordamıyla ilerlemeye devam etti ve merdivenlerin ilk basamağına ulaşıp yana döndü. Hâlâ hiçbir şey duymuyordu.

Ne burada birilerinin yaşadığını gösteren türden bir ses ne de kendisininki dışında başka bir nefes.

Yalnızdı.

İçini kaplayan taptaze bir korkuyla oturma odasına açılan kapı aralığının önünde duraksadı. Karanlığın içinde her şey olabilirdi, her şey onu sessizce bekliyor olabilirdi ama kendisini içeri bakmaya zorladı ve gözlerinin ışığa alışmasına izin verdi.

Gözleri ışığa alıştığında nihayet gördü.

Evin ön cephesindeki kapalı jaluzilerin arasından süzülen birkaç tozlu ışık huzmesine yakalanan oda basit, alelade bir oturma odasıydı. Sağındaki açık yemek odasıyla birleşiyor, ardından da bir kapıyla evin arka tarafındaki mutfağa açılıyordu.

Sanki her şeyin üzerine birer örtü örtülmüş gibi görünmesine neden olacak kadar kalın bir toz tabakasıyla kaplı olmalarına rağmen, burada da tüm diğer normal odalardakilere benzer eşyalar vardı. Hâlâ bitkin olan oğlan zihnindeki sözcüklere uygun şekilleri seçmeyi denedi.

Gözleri ışığa biraz daha alıştı; oda kendini biraz daha ele verdi, biçim kazandı, ayrıntılarını gözler önüne serdi...

Şömine rafının üzerinden çığlıklar atan atı gördü.

Yanan bir dünyaya hapsolmuş, dili bir hançeri andıran çılgın bakışlı at, bir resim çerçevesinin ardından oğlana bakıyordu.

Gözlerini doğrudan ona dikmişti.

Oğlan atı görür görmez çığlığı bastı çünkü tıpkı bir medcezir dalgası gibi üzerine çöken farkındalık, kuşku perdesini aşıp ona ulaşmıştı. Biliyordu, *biliyordu.*

Nerede olduğunu biliyordu.

3

Bitkin ayakları elverdiğince hızla koşmaya başladı. Koridor boyunca toz bulutlarını havaya kaldırarak defalarca tökezledi. Canhıraş gün ışığına ulaşmaya çalışıyordu...

(tıpkı boğulmakta olan ve havaya ulaşmaya çalışan biri gibi...)

Panik içinde bağırdığını hayal meyal duyabiliyordu ama hâlâ tek bir kelime edememişti, sesi biçimsizdi.

Fakat biliyordu.

Biliyordu, biliyordu, biliyordu.

Sendeleyerek ön basamaklardan indi, güçbela ayakta durabiliyordu. Derken onu bile beceremez hale geldi. Dizlerinin üstüne düştü ve sanki az önce fark ettiği şeyin ağırlığı aniden omuzlarına çökmüşçesine bir kez daha ayağa kalkacak gücü bulamadı.

Bir şeylerin ya da *birinin* onu kovaladığını, peşine düştüğünü sanarak panik içinde eve baktı.

Ama en ufak bir hareketlilik yoktu.

Hâlâ çıt çıkmıyordu. Ne makinelerin ne insanların ne hayvanların ne böceklerin ne de başka bir şeyin sesi vardı. O kadar derin bir sessizlik hüküm sürüyordu ki göğsünde atan kalbinin sesini bile duyabiliyordu.

Kalbim, diye düşündü. Bu sözcük zihnindeki sisi yarmış ve olabildiğince berrak bir şekilde belirmişti.

Kalbi.

Durmuş kalbi. Boğulmuş kalbi.

Az önce gördüğü o korkunç şey, o şeyin korkunç *anlamı* benliğini yavaş yavaş ele geçirirken titremeye başladı.

Burası onun bir zamanlar yaşadığı evdi.

Yıllar öncesine ait bir ev. *İngiltere*'deki ev. Annesinin bir daha görmek istemediğine dair yeminler ettiği ev. Ondan kaçmak uğruna okyanusu aşıp bambaşka bir kıtaya taşındıkları o ev.

Fakat bu imkânsızdı. Bu evi, hatta bu *ülkeyi* yıllardır görmemişti. İlkokuldan beri.

O günden beri…

Kardeşinin hastaneden çıktığı günden beri.

Başına gelebilecek en kötü şeyin yaşandığı günden beri.

Hayır, diye düşündü.

Ah, lütfen, hayır.

Artık nerede olduğunu biliyordu. Neden burada olduğunu, neden burada uyandığını biliyordu. Bilhassa…

Öldükten sonra.

Burası cehennemdi.

Tam da onun için tasarlanmış bir cehennem.

Yapayalnız olacağı bir cehennem.

Hem de sonsuza dek.

Ölmüş ve kendi cehenneminde uyanmıştı.

• • •

Kustu.

Ellerinin üzerine çöküp midesinin içindekileri patikanın kenarındaki çalıların arasına boşalttı. Sarf ettiği çabadan ötürü gözleri yaşarmıştı ama yine de tadı nispeten şekere benzeyen tuhaf, berrak bir jel kusmakta olduğunu görebiliyordu. Bitap düşene dek kustu ve gözleri zaten sulanmakta olduğundan gözyaşlarına boğulmasına ramak kalmış gibi görünüyordu. Yüzü beton zemine yaslanacak şekilde kendini yere bırakarak ağlamaya başladı.

Bir süreliğine tekrar boğuluyormuş gibi hissetti; havaya karşı korkunç bir özlem duyuyor ve onu derinlere çekmek isteyen, kendisinden çok daha büyük bir güçle mücadele ediyordu ama ona karşı koyması mümkün değildi, onu durdurmak için elinden hiçbir şey gelmezdi. Onun tarafından yutulacak ve sonra yok olacaktı. Patikada öylece yatarken kendini ona teslim etti, tıpkı dalgalar dur durak bilmeden teslim olmasını buyurduğunda yaptığı gibi...

(oysa dalgalarla mücadele etmişti, son âna kadar canını dişine takıp onlara *karşı koymuştu*)

Derken gözlerini açtığı andan beri onu tehdit eden bitkinlik benliğini ele geçirdi ve oğlan bilinçsizliğin çukuruna düştü.

Düştü, düştü, düştü...

4

"Daha ne kadar burada oturacağız?" diye sordu Monica arka koltuktan. "Kıçım dondu."

"Kız arkadaşının hiç çenesini kapattığı oluyor mu Harold?" diye alay etti Gudmund dikiz aynasına bakarak.

"Bana Harold deme," dedi H alçak sesle.

Monica çocuğun omzuna vuruverdi. "Cümlenin hoşuna gitmeyen kısmı o muydu?"

"Bizimle gelmek isteyen sendin," dedi H.

"Ve bak ne kadar da eğlenceli çıktı," dedi Monica. "Callen Fletcher'ın evinin önüne park edip Bebek İsa'sını çalmak için annesiyle babasının uyumasını bekliyoruz. Bir kıza nasıl davranılması gerektiğini gerçekten de iyi biliyorsun Harold."

Monica bir hışımla telefonunun ekranına dokunmaya başlayınca arka koltuk aydınlandı.

"Kapat şunu!" dedi Gudmund ekranı kapatmak için sürücü koltuğundan arkaya uzanarak. "Işığı görecekler."

Monica telefonunu Gudmund'ın elinden kurtardı. "Hadi ama, kilometrelerce ötedeyiz." Ve telefonunun ekranına dokunmaya geri döndü.

Gudmund başını iki yana salladı ve kaşlarını çatarak dikiz aynasından H'ye baktı. Bu çok garipti. Hepsi H'yi severdi. Hepsi Monica'yı severdi. Ama görünüşe göre kimsenin H ile Monica'yı birlikteyken sevdiği yoktu. Hatta H ve Monica bile bundan pek hoşlanıyor gibi görünmüyordu.

"Onunla ne yapacaksınız?" dedi Monica başını telefonun ekra-

nından kaldırmadan. "Yani Bebek İsa'yı diyorum? Ciddi değilsiniz, öyle değil mi? Bu sizce de biraz kâfirliğe girmiyor mu?"

Gudmund arabanın ön camından dışarıyı işaret etti. "Bu o değil mi?"

Âdeta bir işgal birliği gibi Fletcherların ön bahçesini kaplayan devasa Noel maketine baktılar. Söylentilere göre Bayan Fletcher yalnızca Halfmarket'ın yerel gazetesini değil, aynı zamanda Portland'dan, hatta Seattle'dan gelen televizyon haber ekiplerini oltasına takmaya çalışıyordu.

Maket, Fletcherların evinin dibindeki bir ağaçla evin çatısı arasına gerili bir ipe asılı vaziyette havada sallanan ve içeriden aydınlatılan parlak fiberglas haznenin içine yerleştirilmiş Noel Baba ve ren geyiğiyle başlamıştı. Öyle ki aşırı yüklenmiş kızağı âdeta inmeye hazırlanıyor gibi görünüyordu. Bu noktadan sonra işler iyice sarpa sarmıştı. Evin neredeyse her girinti çıkıntısından, hatta ulaşılabilecek yükseklikteki tüm ağaç dallarından ışıklar fışkırıyordu. Mekanik cüceler üç metre yüksekliğindeki baston şekerlerden oluşan ormanın içinden yavaşça el sallayarak, onlara bakmak için duranları sonsuzluğa uğurluyordu. Köşede, altı metre yüksekliğinde canlı bir Noel ağacı tıpkı bir katedral gibi yükseliyor, hemen yanındaki çimenlikte şaha kalkmış Noel hayvanlarına ise her geçen gün bir yenisi ekleniyordu (ki bunlardan biri varlığına dair akla makul hiçbir açıklama gelmeyen, Noel Baba şapkası giymiş bir gergedandı).

Mekânın övünç kaynağı, Tanrı'nın Las Vegas'ta doğmuş gibi görünmesine yol açacak kadar özenle hazırlanmış doğum sahnesiydi: Meryem ve Yusuf'u yemliğin yanı başında betimleyen mizansen yemlik, saman balyaları, böğüren büyükbaş hayvanlar, başlarını önlerine eğmiş çobanlar ve danslarının ortasında kalakalmış gibi görünen neşeli meleklerle tamamlanıyordu.

Bahçenin orta yerindeyse spot ışıklarıyla aydınlatılmış, altın rengi halesinin çevrelediği yüzünde mutlu bir ifadeyle ellerini insanlığın huzuru için gökyüzüne kaldıran bir bebek vardı. Dedikodulara göre ithal Venedik mermerinden oyulmuştu. Söylentilerin doğru olmadığı trajik bir şekilde ortaya çıkmak üzereydi.

"Şöyle ki Bebek İsa'nız taşınabilecek kadar küçük," diye açıkladı H onu dinlemediği ortada olan Monica'ya.

"Ayrıca bir çırpıda kapıp kaçmak da kolay," dedi Gudmund. "Hiç değilse şu gergedanı çalmaktan daha kolay. Cidden bunun ne işi var burada?"

"Ve sonra da onu beline dek başka birinin bahçesine gömeceğiz," diye konuşmayı sürdürdü H beline dek toprağa gömülü taklidi yapıp ellerini Bebek İsa'nın heykeli gibi havaya kaldırarak.

"Ve voilà[*]*," diyerek noktayı koydu Gudmund yüzünde bir gülümsemeyle. "Bir Noel mucizesi."*

Monica gözlerini devirdi. "Biz de diğer herkes gibi met[**] alamaz mıyız?"

Araba kahkahalarla inledi. Evet, o ve H ayrıldığında herkes çok daha mutlu olacaktı ve nihayet her şey yeniden normale dönecekti.

"Saat neredeyse on bir oldu," dedi Monica telefonuna bakarak. "Demiştin ki..."

Fakat henüz cümlesini tamamlayamadan hepsi karanlığın içinde kalıverdi çünkü Fletcherların bahçesindeki süslemelerin ışıkları, komşularının mahkemeye başvurarak aldıkları karartma emri doğrultusunda söndürülmüştü. Evin çakıl taşlı yoluna park ettikleri yerden bile, akşamlarını keyif içinde doluştukları arabalarıyla civarı dolaşarak geçiren insanlardan yükselen hüsran dolu bağırışları duyabiliyorlardı.

(Uzun boylu, tuhaf bir oğlan olan Callen Fletcher, Şükran Günü'yle yılbaşı arasındaki günleri çaresizce okulda kimse tarafından fark edilmemeye çalışarak geçirirdi. Ve bunda çoğu zaman başarısız olurdu.)

"Tamam o zaman," dedi Gudmund ellerini ovuşturarak. "Arabaların gözden kaybolmasını bekleyeceğiz ve sonra harekete geçeceğiz."

"Bu yaptığınıza hırsızlık denir, biliyorsunuz değil mi?" dedi Monica. "Bu mizansen konusunda keçileri kaçırmış durumdalar ve eğer Bebek İsa aniden ortadan kaybolursa..."

---

* (Fra.) İşte! *–çn*

** Metamfetamin; uyarıcı ve halüsinasyon özelliği olan sentetik bir madde. *–çn*

"Küplere binerler," diyerek güldü H.

"Dava açacaklardır," dedi Monica.

"Onu çok uzağa götürmeyeceğiz," dedi Gudmund ve sonra haylaz bir şekilde, "Summer Blaydon'ın evinin kutsal ziyarete uygun olduğunu düşünüyorum," diye ekledi.

Monica bir anlığına şoke olmuş gibi görünse de sırıtmaktan kendini alamadı. "Ne hikmetse gecenin bir yarısında yaptıkları amigoluk egzersizlerini bölmemek için dikkatli olmamız gerekecek."

"Bu yaptığımıza hırsızlık dendiğini söylediğini sanıyordum," dedi Gudmund.

"Öyle dedim," dedi Monica omuzlarını silkerek ama hâlâ sırıtıyordu. "Fakat bunun umurumda olduğunu söylemedim."

"Hey!" diye çıkıştı H. "Bütün geceyi onunla flört ederek geçirebileceğini mi sanıyorsun?"

"Hepiniz sesinizi kesin," dedi Gudmund önüne dönerken. "Zamanı neredeyse geldi."

Sonrasında araba sessizliğe gömüldü ve herkes beklemeye koyuldu. Arabadaki tek ses, H'nin camdaki buğuyu silmek için kullandığı gömleğinin kolundan gelen gıcırtıydı. Gudmund beklenti içinde bacağını sallıyordu. Yoldaki arabaların sayısı geriye bir tane bile kalmayana dek azalırken sessizlik hüküm sürüyor, ne yaptıklarının farkında olmadan nefeslerini tutarak bekliyorlardı.

Derken nihayet sokak boşaldı ve Fletcherların verandasının ışığı söndü.

Gudmund uzun bir soluk verdi ve yüzünde ciddi bir ifadeyle arka koltuğa döndü. H ona bakarak başıyla onayladı. "Hadi, bitirelim şu işi," dedi.

"Ben de geliyorum," dedi Monica telefonunu bir kenara bırakarak.

"Zaten bize katılmayacağını aklımın ucundan bile geçirmemiştim," dedi Gudmund gülümseyerek.

Yolcu koltuğunda oturan kişiye döndü.

"Hazır mısın Seth?" diye sordu.

5

Seth gözlerini açtı.

Hâlâ dertop vaziyette beton patikada yatıyordu; sert yüzeyde sanki bedeni taşlaşmış, kaskatı kesilmiş gibiydi. Bir anlığına kılını bile kıpırdatmadı.

Seth, diye düşündü. *Benim adım Seth.*

Adını sanki az önceki rüyaya, anıya ya da her ne haltsa ona dek unutmuşçasına bir anda anımsamak onu şaşırtmıştı. O kadar apaçık ortadaydı ki hatırlamak acı verici olmuştu. Bununla birlikte zihnine aniden hücum eden anılar da son derece acı vericiydi. Sadece adı değildi. Hayır, sadece o değildi.

Herhangi bir anının ya da rüyanın olabileceğinden çok daha canlı bir halde *tam olarak oradaydı.* Orada, onlarla *birlikteydi.* H ve Monica'yla birlikte. Her yere arabasıyla giden Gudmund'la birlikte. Arkadaşlarıyla birlikte. Callen Fletcher'ın ön bahçesinden Bebek İsa'yı çaldıkları gece.

Üzerinden iki ay bile geçmemişti.

Seth, diye düşündü tekrar. Bu isim parmaklarının arasından akıp giden kum taneleri gibi tuhaf bir şekilde zihninden kayıp gidiyordu. *Ben Seth Wearing'im.*

Ben *Seth Wearing*'dim.

Derin bir nefes aldı ve burun delikleri çalılıkların arasına kustuğu yerden gelen mide bulandırıcı kokuyla doldu. Olduğu yerde doğruldu. Güneş gökyüzünde yükselmişti. Bir süredir dışarıda olmalıydı ama henüz öğle olmuş gibi görünmüyordu.

Tabii eğer bu yerde öğlen diye bir şey *vardıysa*. Eğer burada zamanın bir anlamı vardıysa.

Başı fena halde zonkluyordu fakat üstüne çöken anıların ağırlığına ve iyiden iyiye karışan aklına rağmen güçlü, yepyeni bir hissin farkına vardı. En başından beri hissettiği ancak yeni yeni adını koyabildiği bir his, daha doğrusu bir kelimeydi bu. Ne de olsa artık her şey berraklaşıyor, adını bile anımsıyordu.

Susuzluk. Susamıştı. Hem de daha önce hiç olmadığı kadar. Öyle susamıştı ki susuzluğu neredeyse o anda ayağa fırlamasına neden olacaktı. Bir kez daha zangır zangır titreyerek ayağa kalktı ama dengesini bulup ayakta kalmayı bildi. O sırada, günün erken saatlerinde onu eve çeken şeyin de bu olduğunu fark etti. Hissettiği ama ismini koyamadığı o inkâr edilemez arzu.

Artık adı koyulduğu için gözüne daha da inkâr edilemez görünüyordu.

Bir kez daha toz ve çamur katmanlarının altında kalmış o tuhaf, sessiz ve boş mahalleye baktı. Daha önce belli belirsiz kendini gösteren aşinalık hissi artık çok daha net, çok daha somuttu.

Kendi sokağı, evet, küçükken yaşadığı yer, eskiden evi olan sokak. Solunda mağazalarıyla ünlü High Street'e çıkıyordu, sağından geçen banliyö trenlerini de nihayet hatırlamaya başlamıştı. Dahası onları saydığını bile hatırlıyordu. Sabahın erken saatlerinde, bu küçük İngiltere kırsalını terk edip de dünyanın öteki ucundaki Pasifik'in dondurucu Kuzeybatı bölgesine taşınmalarından önce sanki yardımı dokunacakmış gibi uyumadan öylece uzanır ve trenleri sayardı.

Erkek kardeşinin odanın öteki tarafındaki yatağı hep boştu.

O yazın anıları gözlerinin önünde canlanınca irkildi ve anımsadıklarını zihninden uzaklaştırdı.

Çünkü *şimdi* de yazdı, öyle değil mi?

Tekrar eve döndü.

Eski evine.

Şüphe götürmez bir şekilde kendi eski evine.

Hava şartlarından ötürü hırpalanmış ve bakımsız görünüyordu, pencere pervazlarının boyası dökülmüştü, duvarlar su sızdıran oluklardan ötürü lekelenmişti. Tıpkı sokaktaki tüm diğer evler gibi. Bir noktada, baca kısmen de olsa çatının üstüne yıkılmıştı; tuğlalardan ve toz topraktan oluşan küçük enkaz sanki kimse çöktüğünü fark etmemiş gibi çatının eğimi boyunca saçılmış, hatta çatının kenarına dek gelmişti.

Belki de gerçekten kimse fark etmemişti.

Nasıl? diye düşündü susuzluğuna rağmen mantıklı düşünceler üretmeye çabalayarak. *Bu nasıl mümkün olabilir?*

Su ihtiyacı âdeta içinde yaşayan kanlı canlı bir yaratığa dönüşmüştü artık. Daha önce hiç buna benzer bir şey hissettiği olmamıştı; ağzının içi kupkuruydu, sanki dili şişmiş gibiydi, dudakları çatlayıp pul pul olmuştu, ne zaman dudaklarını yalayarak ıslatmaya çalışsa kanıyorlardı.

Ev onu bekliyormuşçasına orada öylece dikiliyordu. Tekrar içeri girmek istemiyordu, hem de hiç istemiyordu ama başka çaresi yoktu. Su içmeliydi. Su içmek *zorundaydı.* Daha önce panik içinde koşarak çıktığı kapı hâlâ açık vaziyetteydi. Şöminenin üstündeki rafın üzerinde onu bekleyen dehşeti anımsadı; midesine yumruk yemiş gibi olmuştu. Ona hangi cehennemde uyandığını şüphe götürmez bir şekilde söyleyen de buydu...

Şimdi oturma odasından çıkılan yemek odasını ve onun ardındaki mutfağı da hatırlıyordu.

Mutfağı.

Ve mutfaktaki musluğu.

Bir kez daha yavaşça kapıya doğru ilerledi, evin önündeki üç basamağa geldi. Nihayet ilk basamaktaki çatlağı tanımıştı. Hiçbir zaman tamir edilmeye değer görülmeyen o önemsiz çatlağı.

Gözlerini evin içine diktiği anda anılar üstüne yağmaya başladı. Hâlâ gölgeler içinde olan uzun koridor, küçücük bir çocukken sayısız kere geçtiği koridorun ta kendisiydi; evin derinliklerinde güçlükle görebildiği merdivenlerden defalarca yuvarlanarak inmişti. Basamakların üst kattaki yatak odalarına çıktığını ve dur durak bilmeden evin en tepesindeki çatı katına dek uzandığını hatırladı.

Eskiden yatak odasının olduğu çatı katına. Owen'la paylaştığı odaya. O olaydan önce Owen'la paylaştığı odaya...

Bu düşünceye bir kez daha ket vurdu. Susuzluk neredeyse iki büklüm olmasına yol açacaktı.

İçmeliydi.

Seth içmeliydi.

Bir kere daha adını düşündü. *Seth. Ben Seth'im.*

Ve konuşacağım.

"Merhaba?" dedi. Kelime, susuzluğun çöle çevirdiği boğazını keskin bir acıyla yaktı. "Merhaba?" demeyi denedi tekrar. Bu kez sesi biraz daha gür çıkmıştı. "Kimse var mı?"

Yanıt yoktu. Tıpkı hâlâ en ufak bir sesin olmadığı gibi. Kulaklarının sağır olmadığını anlamasını sağlayan tek şey kendi soluklarının sesiydi.

Adım atmaya cesaret edemeden kapının eşiğinde dikildi. Bu defa içeri girmek daha zordu, çok daha zordu çünkü korkusu elle tutulabilir bir hal almıştı. İçeride karşısına çıkabilecek şeylerden delicesine korkuyordu. Tıpkı neden burada olduğundan ve bunun ne anlama geldiğinden korktuğu gibi.

Bir de ne anlama *geleceğinden*. Hem de sonsuza dek.

Fakat susuzluğu da elle tutulabilecek bir hal almıştı. Bu yüzden toz bulutlarını havalandırarak kendisini eşiği geçmeye zorladı. Artık sargılarının beyazlığından eser kalmamıştı ve teni koyu renkli lekelerle bezenmişti. Evin derinliklerine yöneldi ve ilk basamağın önünde durdu. Oradaki elektrik düğmesini denese de nafile bir şekilde açılıp kapanan düğme, evin hiçbir yerindeki ışıkları yakmadı. Basamakların karanlığına dalmak şöyle dursun, onlara bakmaya bile cüret edemeyerek merdivenin önünden döndü ve oturma odasına girmek için cesaretini topladı.

Derin ve kupkuru bir nefes alıp havada uçuşan tozlar yüzünden bir kez daha öksürdü.

Ve adımını eşiğin öteki tarafına attı.

6

Her şey bıraktığı gibiydi. Buradaki elektrik düğmesi de çalışmadığından odadaki tek ışık kaynağı, etrafa serpiştirilmiş gibi duran güneş ışığı huzmeleriydi. Oğlan o sırada bir şeyin daha farkına vardı. Oda, çocukluğuna ait eşyalarla doluydu.

Biri büyük, diğeri küçük, leke içinde iki kırmızı kanepe vardı. Oğlanlar biraz daha büyüyüp de yeni koltuklara zarar vermeyecek yaşa gelene dek babasının lekeli kanepeleri değiştireceği yoktu.

Bunlar Amerika'ya taşındıkları zaman İngiltere'de bıraktıkları, *bu* evde kalan kanepelerdi.

Fakat odanın orta yerinde, aslında arkalarında bırakmadıkları ve şu anda buradan binlerce kilometre ötede olması gereken bir de sehpa vardı.

Anlayamıyorum, diye düşündü. *Anlayamıyorum.*

Gözü annesinin taşınırken yanında götürdüğü bir vazoya takıldı. Sonra da yanlarına almadıkları çirkin mi çirkin başka bir sehpayı gördü ve orada, şömine rafının üzerinde…

Onu bekleyen şeyin ne olduğunu bilmesine rağmen karnına az öncekine benzer bir sancı saplandı.

Bu, amcasının yaptığı tabloydu. Buradaki mobilyaların bazılarıyla birlikte Amerika'ya götürdükleri tablo. Tabloda orantısız vücut hatlarına sahip, feryat figan bağıran bir at resmedilmişti; gözleri dehşet doluydu ve dilinin olması gerektiği yerde iğrenç, sipsivri bir hançer vardı. Amcası ilhamını Picasso'nun

*Guernica*sından almış, atın etrafını bölük pörçük göklerle ve paramparça cesetlerle doldurmuştu.

Babasının asıl *Guernica*'dan bahsedişinin ve Seth'in tablonun hikâyesini öğrenmesinin üzerinden çok uzun zaman geçmişti ama her ne kadar amcasınınki gördüğü en kötü taklit olsa da Seth'in gördüğü ilk tabloydu, beş yaşındaki zihninin çözmeye çalıştığı ilk gerçek tabloydu. Bu nedenle tablonun Seth üzerindeki etkisi herhangi bir klasiğinkinden çok daha büyüktü.

Kâbuslardan fırlamış gibi görünen, korkunç ve çılgınca bir şeydi; ne aklın sesine kulak verebilirdi ne de merhametin ne demek olduğunu bilirdi.

Ve bu tabloyu en son *dün* görmüştü. Tabii eğer dün hâlâ bir anlam ifade ediyorduysa. Eğer zaman cehennemde de akmaya devam ediyorduysa. Aklındaki sorunun cevabı her ne olursa olsun dünyanın öte tarafındaki evinden çıkarken gördüğü, sokak kapısını çekerek kapatırken gözlerinin takıldığı son şey yine bu tabloydu.

Gerçek evinin kapısını. Bununkini değil. Ona kalsa hatırlamak bile istemeyeceği geçmişinden beslenen bu kâbustaki kapıyı değil.

Gözlerini resme dikip dayanabildiği kadar, gözlerinin önünde yalnızca bir tabloya dönüşüp ondan daha fazlası olmayı bırakana dek ata baktı. Fakat o günlerden hatırladığı yemek masasına ve bambaşka bir ülkede aralarından bazılarını okuduğu kitaplarla dolu raflara bakmamaya çalışarak bakışlarını tablodan kaçırırken kalbinin gümbür gümbür attığını hissedebiliyordu. Zayıf bedeninin izin verdiğince hızlı adımlarla mutfağa girdi. Susuzluğundan başka hiçbir şey düşünmemeye çalışıyordu. Doğrudan lavaboya yöneldi ama az sonra ulaşacağını umduğu rahatlama duygusuyla az kalsın ağlamak üzereydi.

Musluğun tepesini çevirdiğinde ve hiçbir şey olmadığında istemsizce çaresizlik içinde bağırdı. Muslukları bir kez daha denedi. Biri yerinden bile oynamıyordu. Diğeriyse avucunun içinde dönüyor ama ne kadar çevirirse çevirsin tek bir damla suya geçit vermiyordu.

Bir kez daha hıçkırıklara boğulmak üzere olduğunu hissedebiliyordu; susuz kalmış vücudunun ürettiği gözyaşları o kadar tuzluydu ki gözleri alev alev yanıyordu. Kendini öylesine bitkin ve güçsüz hissediyordu ki öne doğru eğilip alnını tezgâha dayamak zorunda kaldı. Tezgâhın tozlu serinliğini kaşlarında hissediyor, bayılmamayı umuyordu.

Cehennem elbette böyle bir yer olacaktı, diye düşündü. *Başka ne olabilirdi ki? Korkunç bir susuzluk çekecek ama asla içecek bir şey bulamayacağım. Elbette.*

Bu, büyük olasılıkla Bebek İsa olayından payına düşen cezaydı. Hatta Monica başlarına kötü şeylerin geleceğini bile söylemişti. Bir kez daha o geceyi, arkadaşlarını, genellikle her şeyin nasıl da rahat ve kolay gittiğini, onun sessizliğinden ne kadar hoşlandıklarını, aynı sınıfta olmalarına rağmen İngiliz ve Amerikan okullarındaki müfredat farklılığı yüzünden arkadaşlarından bir yaş küçük olmasının onların gözünde hiçbir şey değiştirmediğini, onların ve özellikle de Gudmund'ın onu yalnızca arkadaşların yapacağı türden şeylere, hatta ilah hırsızlığına bile dâhil ettiğini hatırlayınca midesinde kederli kıpırtılar hissetti.

Onu çalmışlardı ve bu, utanç verici derecede kolay olmuştu. Bastırdıkları kahkahaları dışında hiçbir yakalanma tehlikesiyle karşılaşmamışlardı. Şaşırtıcı ölçüde hafif olan bebeği yemlikten almış ve heyecanlarını güçlükle bastırarak Gudmund'ın arabasına taşımışlardı. Bahçe kapısından çıkarlarken Fletcherların evinde aniden bir ışık yanınca panik içinde kendilerini yere atmışlardı.

Fakat yine de işi kotarmışlardı. Ardından arabayı daha önce planladıkları gibi amigo kızların liderinin evine sürmüş ve gecenin bir yarısında Bebek İsa'yı arabanın arka koltuğundan indirirken birbirlerini telaş içinde susturmaya çalışıp durmuşlardı.

Derken H onu düşürmüştü.

Kısa süre içinde Bebek İsa'nın aslında Venedik mermerinden oyulmadığı ve pat diye kaldırıma çarptığı anda geriye kırılmadık tek bir parça bırakmamacasına tuzla buz olan ucuz bir tür seramikten yapıldığı ortaya çıkmıştı. Bebek İsa'nın parçalarının tepesinde dikilirlerken üstlerine gergin, korku dolu bir sessizlik çökmüştü.

"*Kesin* cehennemin dibini boylayacağız," demişti Monica sonunda ve sesi kulağa kesinlikle şaka yapıyor gibi gelmiyordu.

Seth göğsünde bir ses duydu ve şaşkınlıkla bunun kahkaha olduğunu fark etti. Ağzını açtı ve dudaklarından ket vuramadığı, korna sesine benzer korkunç ve acı verici bir böğürtü yükseldi. Güldü, güldü. Ne attığı her kahkahada biraz daha dönen başını umursuyordu ne de tezgâha yaslandığı yerden doğrulmayı hâlâ pek becerememiş olmasını.

Evet. Cehennem. Bu konuda haklı olmalıydı.

Ama tekrar ağlamaya başlamadan önce kahkaha atarak geçirdiği her saniyeyi sinsice tehdit eden o duygu benliğini ele geçirmeden az önce, tüm bu zaman boyunca başka bir ses daha duyduğunun farkına vardı. Sanki evin içinde yolunu bulmaya çalışan bir inek varmışçasına yükselen gıcırtılar ve inlemeler.

Başını kaldırıp yukarı baktı.

İnlemeler borulardan geliyordu. Mutfak musluğundan kirli ve pas rengi bir su azar azar akmaya başlamıştı.

Seth suyu görür görmez çaresizlik yüklü bir acelecilikle öne doğru atıldı ve o kahverengi suyu kana kana içti, içti ve içti.

7

Suyun tadı berbattı, hatta hayal bile edilemeyecek kadar iğrençti. Daha ziyade metale ve çamura benziyordu ama Seth kendine engel olamadı. Musluktan artık hızla akmaya başlayan suyu kana kana içti. On ya da yirmi yudumdan sonra midesinin bulandığını hissetti, geriye yaslandı, sonra da az önce içtiği bütün suyu pas rengi muazzam çağlayanlar halinde lavaboya kustu.

Bir anlığına nefes nefese orada öylece dikildi.

Sonra suyun biraz daha berraklaştığını fark etti fakat hâlâ pek içilebilir görünmüyordu. Sabredebildiğince bekleyip biraz daha berraklaştığında tekrar içmeye koyuldu. Bu defa biraz daha ağırdan alıyor, nefes almak ya da biraz duraksamak için ara veriyordu.

Bu defa suyu çıkarmadı. Midesinden vücudunun diğer kısımlarına yayılan serinliğini duyumsayabiliyordu. Artık kendini biraz daha iyi hissediyordu. Derken bir kez daha bu yerin, özellikle de evin ne kadar sıcak olduğunu fark etti. İçerisi havasız ve boğucuydu; tadı, her şeyin üstünü örten tozunkini andırıyordu. Kolları yalnızca tezgâha yaslanmaktan toz içinde kalmıştı.

Kendini biraz daha iyi, biraz daha güçlü hissetmeye başladı. Bir kere daha su içti, sonra bir kere daha, ta ki kükreyen susuzluğu nihayet tatmin olana dek. Olduğu yerde dimdik doğrulduğunda bu kez başı hiç dönmedi.

Arka pencereden içeri süzülen güneş parlak ve berraktı.

Mutfakta etrafına bakındı. Eski mutfaklarında olduğundan artık kesinlikle emindi. Annesi, mutfakların dört tane filin kahvaltı masasının etrafına oturabileceği kadar geniş olduğu Amerika'ya özgü yeni evlerine taşındıktan sonra bile eski mutfağının ufaklığından şikâyet etmeyi asla kesmemişti. Kaldı ki annesinin gözünde İngiltere'ye özgü her şey Amerika'dakilere kıyasla daha kalitesizken neden mutfak da öyle olmayacaktı?

Hem de İngiltere'nin onlara yaptıklarından sonra.

Bu konuyu yıllardır düşünmemişti, *gerçekten* düşünmemişti. Çünkü buna gerek yoktu. Neden en kötü anısına kafa yorup duracaktı ki? Hem de hayat devam ediyorken; yepyeni bir yerde yepyeni bir hayata başlamışken; öğrenebileceği onlarca şey, tanışabileceği yepyeni insanlar varken.

Ve her ne kadar korkunç şeyler yaşamış olsalar da erkek kardeşi hayata tutunmayı bilmişti, öyle değil mi? Aldığı nörolojik hasarların yansımalarını takip ederken tabii ki çeşitli sorunlarla karşılaşmışlardı ama yine de erkek kardeşi yaşama dört elle sarılmış ve yaşadığı tüm zorluklara rağmen cana yakın, kendi işini kendi görebilen, mutlu, küçük bir çocuk olmuştu.

Herkesin en kötüsünü düşündüğü, Seth'e bakıp onu suçlamadıklarını defalarca tekrar ederken yine de aksini düşünüyormuş gibi göründüğü, akla hayale sığmayacak türden bir dönemden de geçmişlerdi.

Bunu zihninden uzaklaştırıp yutkunarak boğazındaki ağrıdan kurtulmaya çalıştı. Karanlık oturma odasına doğru baktı ve burada *yapması* beklenen şeyin ne olduğunu merak etti.

Bir amacı mı vardı? Bir şeyi mi çözmesi gerekiyordu?

Yoksa sonsuza dek burada mı kalacaktı?

Cehennem dedikleri bu muydu? Tek başınıza ve sonsuza dek en kötü hatıranızda öylece kısılıp kalmak mıydı?

Bu mantıklı görünüyordu.

Ancak mahrem yerlerini açıkta bırakıp yanlış yerlerini örtecek şekilde vücuduna sarılmış, koyu renkli ve tozlu lekelerle bezeli sargıları için aynı şeyi söylemek mümkün değildi. Hatta artık neredeyse tamamen berraklaşmış suyun bile mantıklı hiçbir açıklaması yoktu. Eğer bu bir cezaysa neden susuzluğunu dindirmesine izin veriyorlardı ki?

Hâlâ hiçbir şey duyamıyordu. Ne makine ne insan ne de araba sesi. Hiçbir şey. Sadece akan suyun sesi vardı. Bunu öylesine rahatlatıcı buldu ki eli bir türlü musluğu kapatmaya gitmedi.

Midesinin guruldadığını duymak onu şaşırttı. İçindekileri iki kere boşalttığını anımsayıp acıktığını fark etti ve bunun yarattığı korkuya teslim olmaktansa –sonuçta cehennemde ne yiyebilirdiniz ki?– neredeyse istemsizce kendisine en yakın dolabın kapağını açtı.

Raflar, dolabın içinde öylece kalakaldıkları için daha az tozlanmış olsalar da terk edilmişlik kokusunun üzerlerine sindiği tabaklarla ve fincanlarla doluydu. Açtığı dolabın yanındakinde daha güzel bardaklar ve o günlerden anımsadığı ama çoğu Amerika yolculuğundan hasar görmeden çıkmayı başaramamış şık porselenler vardı. El çabukluğuyla dolapları açmaya devam etti ve bir sonrakinde nihayet yiyecek bir şeyler bulabildi. Poşet poşet kurumuş makarna, dokunduğu anda un ufak olan küflenmiş pirinç kutuları, sertleşerek koca bir topak halini aldığından parmaklarıyla ufalamayı beceremediği bir kavanoz dolusu şeker. Aramaya biraz daha devam edince konservelere rastladı. Bunlardan bazılarının üstü hepten pasla kaplanmış, bazılarıysa korkutucu bir şekilde şişmişti ama birkaç tanesi fena görünmüyordu. Tavuklu şehriye çorbalarından birini seçti.

Markayı anımsamıştı. Onun ve Owen'ın yemeye doyamayıp annelerinden durmadan yenisini almasını istedikleri markaydı...

Durdu. Bu en tehlikeli hatıralarından biriydi. Bir kez daha sendelediğini hissetti; akıl karışıklığından ve çaresizlikten ibaret zifiri bir karanlık gözlerini ona dikmiş, bakışlarına karşılık veriyor ve eğer kendisine uzun süre bakarsa onu yutmakla tehdit ediyordu.

Buna daha sonra kafa yorabilirsin, dedi kendi kendine. *Şu anda açsın. Diğer her şey bekleyebilir.*

Aklından geçenlere rağmen buna inanamıyordu ama yine de kendini konservenin üzerinde yazanı okumaya zorladı. "Çorba," dedi. Sesi hâlâ bir kurbağanınkinden pek farklı sayılmazdı ama artık daha iyiydi, özellikle de sudan sonra. "Çorba," dedi tekrar. Bu kez sesi biraz daha güçlü çıkmıştı.

Çekmeceleri açmaya koyuldu. Çekmecelerden ilkinde, paslanmış ve sertleşmiş olsa da hâlâ kullanılabilir vaziyette olan bir konserve açacağı buldu ve dudaklarının arasından, "Ha!" diye kısacık bir zafer nidası yükseldi.

Konservenin tepesine ilk kesiği atmayı başardığında on yedinci denemesini yapıyordu.

"Lanet olsun!" diye bağırdı ama boğazı henüz bağırmaya hazır olmadığından kısa bir öksürük nöbetine tutuldu.

Hiç değilse artık genişletmek için uğraşabileceği küçük de olsa bir açıklık vardı. Elleri konserve açacağını döndürmek kadar basit bir eylemden ötürü sızlıyordu. Kendisini daha fazla ilerleyemeyecek kadar bitkin ve yorgun düşeceğine inandırdığı korkunç bir an yaşasa da benliğini ele geçiren hınç onu devam etmeye zorladı ve işkenceye benzeyen birkaç dakikanın ardından nihayet açıklığı konserveden içebileceği kadar genişletmeyi başardı.

Konserveyi kafasına dikti. Çorba jelatin kıvamını almıştı. Tadı da büyük ölçüde demiri andırıyordu ama aynı zamanda tavuklu şehriye çorbasına da benziyordu. Bu aromaya karşı içinde aniden öylesine büyük bir minnettarlık duydu ki şehriyeleri höpür höpür mideye indirirken kahkahalara boğuldu.

Derken biraz da ağladığını fark etti.

Konservedekileri bir çırpıda bitirip boş kutuyu sertçe tezgâha vurdu.

Kes şunu, diye düşündü. *Kendine gel. Burada ne yapman gerekiyor? Yapman gereken bir sonraki şey ne?* Olduğu yerde biraz daha doğruldu. *Gudmund olsaydı ne yapardı?*

Ve sonra Seth buraya geldiğinden beri ilk defa gülümsedi. Belli belirsiz ve aceleciydi ama yine de bir gülümsemeydi.

"Gudmund gidip işerdi," dedi kurbağalarınkini andıran sesiyle.

Çünkü yapması gereken bir sonraki şey kesinlikle buydu.

8

Karanlık ve tozlu oturma odasına doğru döndü.

Hayır. Henüz değil. Bununla yüzleşmeye henüz hazır değildi. *Kesinlikle* ilk sahanlığın tepesindeki banyoya uzanan karanlık basamakları sendeleye sendeleye çıkmaya kalkışacak halde değildi.

Arkadaki çimenliğe açılan kapıya döndü; arka *bahçe,* diye anımsadı. İngilizler böyle derdi, annesi ve babası arkadaki çimenlikten daima bahçe olarak söz ederdi. Birkaç sinir bozucu dakikanın ardından kilidi açmayı başardı ve sonunda, babasının bir yaz mevsiminde inşa ettiği verandanın öte tarafındaki güneş ışıklarının altına adımını attı.

İki yandaki komşuların bahçelerini çeviren çitler, ailesinin Amerika'da bulduğu evin geniş bahçesiyle kıyaslandığında inanılamayacak kadar yakın görünüyordu. Çimenliğin kendisi buğdaya benzer saplardan oluşmuş koca bir ormanı andırırken otlar, verandanın basamaklarında duruyor olmasına rağmen Seth'in başıyla aynı hizaya gelecek kadar uzamıştı. Seth, zamana meydan okuyan kubbesiyle İkinci Dünya Savaşı'ndan beri arkadaki çitin orada dikilmekte olan eski betonarme bomba sığınağının tepesini görebiliyordu. Annesi burayı bir çömlek atölyesine çevirmiş ama asla doğru düzgün kullanmamıştı. Böylece sığınak kısa zaman içinde eski bisikletleri ve kırık mobilyaları depolamak için kullandıkları bir ardiyeye dönüşmüştü.

Çitin ötesindeki toprak set yükselerek dikenli tellerle çevrili eğri büğrü bir duvarla taçlanıyordu. Seth dikenli telin öbür tarafındaki toprağın eğiminden ötürü duvarın diğer tarafını göremiyordu.

Fakat eğer hapishane yerinde durmuyorsa şu anda bulunduğu yerin cehennem olduğundan az önceki kadar emin olamayacaktı.

Bakışlarını kaçırdı ve verandanın kenarına doğru seğirtti. Biraz öne eğildi ve uzun çimenlerin arasına işemek için bekledi.

Bekledi.

Bekledi.

Sarf ettiği çaba yüzünden homurdandı.

Ve biraz daha bekledi.

Sonunda içten gelen derin bir rahatlamayla hafifçe bağırdı ve zehirli maddeleri andıran koyu sarı renkli sıvıyı bahçeye bıraktı.

Ve o anda acıyla feryat etti. Bu asit işemek gibiydi. Panik içinde bakışlarını aşağı indirerek önüne baktı.

Sonra biraz daha yaklaştı.

Kasıkları ve kalçaları küçük kesiklerle, sıyrıklarla ve berelerle doluydu. Vücudundaki kılların en kalınına dolanıp kalmış başıboş, beyaz bir bant parçası bulduktan sonra, gözler önüne serili vaziyetteki uyluğunun aşağısında bundan biraz daha büyüğüne denk geldi.

İrkilerek işemeyi kesti ve vücudunu güneş ışığı altında daha yakından incelemeye koyuldu. İki dirseğinin içinde de sayısız kesik ve sıyrık vardı. Kalçalarının her iki yanındaki kesikler ise uzun birer çizgi halinde yukarı çıkıyordu. Vücudunu sarıp sarmalayan sargıların altına bakmak için kumaş parçalarını çekiştirmeye başladı. Yapışkanı oldukça güçlüydü ama en nihayetinde Seth'e boyun eğmek zorunda kaldı. Sargıların her birinin altında tuhaf, metalik bir folyo vardı ve pek umursamadığı göğüs kıllarını yolarak yapış yapış bir kördüğüm halinde sökülüyorlardı. Aynı durum kollarındaki ve bacaklarındaki sargılar için de geçerliydi. Daha fazla kesik ve sıyrıkla karşılaşarak, ardında acıyla sızlayan kelleşmiş noktalar bırakan sargıları birer birer sökmeye devam etti.

Bütün sargılardan kurtulana dek hepsini teker teker yoldu ve verandanın üzerine bıraktı. Toz yüzünden kirlenmiş olsalar da metalik kısımlar güneş ışığına âdeta hükmediyor ve keskin, neredeyse saldırgan bir tavırla ışığı geri yansıtıyorlardı. Üzerlerinde hiçbir yazı bulamadı ve metalik kısım da daha önce Amerika'da *ya da* İngiltere'de gördüğü hiçbir şeye benzemiyordu.

Onlardan uzaklaştı. Görünümlerinde başka bir dünyaya ait olduklarını düşünmesine yol açacak türden bir şeyler vardı. Yanlış bir şeyler. İstilacı bir şeyler.

Seth kollarını sıkıca vücuduna doladı ve bulutsuz gökyüzünde parıldayan güneşin yakıcı sıcağına rağmen titredi. Artık çırılçıplaktı ve çözülmesi gereken bir sonraki şey de buydu. Bu şekilde kendini inanılmaz savunmasız hissediyordu. Aniden burada, burada bir yerlerde onu bekleyen bir tehdit olduğunu sezdi. Bakışlarını tekrar çite ve çitin arkasında saklandığını bildiği hapishaneye çevirdi ama buradaki yanlışlık gözle görünenin ötesindeydi. Tüm bu toz katmanlarının ve otların altında gerçekdışı bir şeyler vardı. Sert gibi görünen toprak her an un ufak olabilirdi.

Tek bir uçağın geçmediği masmavi gökyüzünün altında dikiliyor, güneşin yakıcı sıcağına rağmen hâlâ titriyordu. Yemek yerken ya da su içerken harcadığı tüm enerji aniden vurdu ve yorgunluk ağır bir battaniye misali üstüne çöktü. Kendini inanılmayacak kadar zayıf, bedenen tükenmiş hissetti.

Hâlâ kollarını kavuşturmuş vaziyette evine doğru döndü.

Orada öylece duruyor, onu bekliyordu. Tıpkı bir kez daha ziyaret edilmeyi arzulayan bir hatıra gibi.

9

Bakarız, diye yazdı Seth telefonunun ekranına dokunarak. Anneciğimin nasıl olduğunu bilirsin.

Anne'nin diyeceksin, seni homo, diye yanıtladı Gudmund. Şimdi neyi kafaya takmış?

Tarihten B aldım.

Annen NOTLARIN yüzünden mi dırdır ediyor?!?! Hangi lanet olası yüzyılda yaşadığını sanıyor ki?

Bizimkinde değil ve yalnızca kızlar bu kadar çok mesaj atar, seni homo.

Telefonu gelen çağrıyla titremeye başlayınca Seth kendi kendine gülümsedi. "Bakarız demiştim," diye fısıldadı telefonun ahizesine.

"Annenin sorunu ne?" dedi Gudmund. "Yoksa bana güvenmiyor mu?"

"Hayır."

"Ah, pekâlâ, sandığımdan daha zekiymiş."

"Herkesin sandığından daha zekidir. Sürekli sinirlerinin tepesinde olmasının nedeni de bu. Sekiz yıldır burada yaşıyor olmasına rağmen herkesin onunla sanki yabancının tekiymiş gibi bağıra bağıra, kelimeleri vurgulaya vurgulaya konuştuğunu söylüyor."

"Ama o bir yabancı."

"O bir İngiliz. Diller aynı."

"Pek sayılmaz. Neden bu kadar sessiz konuşuyoruz?"

"Uyandığımdan henüz haberleri yok."

Seth yatağından çıkmadan evin içindeki seslere kulak kabarttı. Annesinin ayaklarını yere vura vura ortalıkta dolandığını duyabi-

liyordu; Owen'ın klarnetini aradığına bahse girebilirdi. Bu sırada Owen yandaki yatak odasında tonla dramatik gitar solosu içeren bir bilgisayar oyunu oynuyordu. Ara sıra da, babasının üç aylık bir kendin yap projesinin onuncu ayında olduğu alt kattaki mutfaktan güm güm sesler geliyordu. Tipik bir cumartesi sabahıydı; dolayısıyla hayır, teşekkürler, odasında kalacaktı. Tabii eğer kimse şey yapması gerektiğini hatırlamazsa...

"SETH!" diye bağırıldığını duydu koridordan.

"Gitmem gerek," dedi telefona.

"Gelmen gerek Sethy," diye ısrar etti Gudmund. "Bunu daha kaç defa söylemem gerek? Annemler şehir dışında. Tanrı resmen parti yapmamızı emrediyor ve bir daha böyle bir şansımız olmayacak. Son sınıftayız dostum. Sonra hepimiz buradan çekip gideceğiz."

"Elimden geleni yapacağım," dedi Seth aceleyle çünkü annesinin ayak sesleri odasının kapısına yaklaşıyordu. "Seni arayacağım." Annesi kapıyı savururcasına açarken telefonu kapattı. "Yüce İsa," dedi. "Sen hiç kapı çalmaz mısın?"

"Benden gizleyecek hiçbir şeyin yok," diye yanıtladı annesi yüzünde zoraki bir gülümsemeyle. Seth annesinin kendine özgü o tuhaf ve saldırgan tavrıyla özür dilemeye çalıştığının farkındaydı.

"Senden ne sırlar sakladığıma dair hiçbir fikrin yok," dedi Seth.

"Bundan bir anlığına bile şüphe duymadım. Kalk. Gitmemiz gerek."

"Neden ben de gelmek zorundayım?"

"Owen'ın klarnetini gördün mü?"

"Bir saatte ona hiçbir şey olmaz..."

"Onu gördün mü?"

"Beni dinliyor musun?"

"Asıl sen beni dinliyor musun? Owen'ın lanet olası klarneti nerede?"

"Ben nereden bileyim! Ben onun kahrolası uşağı değilim!"

"Söylediklerine dikkat et," diye çıkıştı annesi. "Eşyalarını nereye koyduğunu biliyorsun. Onun senin kadar dikkatli olmadığının da

farkındasın. O günden beri..." Cümlesini tamamlamadı. Sesinin gücünü yitirmesiyle cümlenin yarıda kesildiği bile söylenemezdi. Öylece durmuştu.

Seth'in, annesinin ne demek istediğini sormasına bile gerek yoktu. "Onu görmedim," dedi, "ama hâlâ neden gelip orada öylece oturmak zorunda olduğumu anlamış değilim."

Annesi her hecenin üstüne basa basa sabrı tükenmek üzereymişçesine konuştu. "Çünkü. Ben. Koşuya. Gitmek. İstiyorum." Elindeki koşu ayakkabılarını havada salladı. "Hal böyleyken bile kendime çok zor zaman ayırabiliyorum ve Bayan Baker'la yalnız kaldığında Owen'ın huysuzlandığını biliyorsun..."

"O iyi durumda," dedi Seth. "Dikkatleri üzerine çekmekten hoşlandığı için numara yapıyor."

Annesi soluğunu tuttu. "Seth..."

"Eğer istediğini yaparsam bu gece Gudmundlarda kalabilir miyim?"

Annesi duraksadı. Kendine bile açıklamayı beceremediği nedenlerden ötürü Gudmund'dan pek hoşlanmazdı. Seth bir gece annesinin yandaki odada babasıyla konuşurken, "Adından bile hoşlanmıyorum," dediğini duymuştu. "Gudmund ne biçim bir ad? İsveçli bile değil."

"Bildiğim kadarıyla Gudmund, Norveçlilere özgü bir isim," demişti babası önemsemez bir tavırla.

"Ama Norveçli de değil. İrlandalı ya da Cherokee olduğunu iddia ederek insanı bıktıracak kadar konuşan Amerikalıların yaptığını da yapmıyor. Düşünsene! Kendilerini tehdit altında hissetmedikleri sürece milletlerinin adını anmayı reddeden koca bir toplumdan bahsediyoruz."

"Anladığım kadarıyla kendilerine Amerikalı dediklerine pek sık şahit oluyorsun," demişti babası kuru kuru ve bundan sonra konuşmanın tadı kaçmıştı.

Seth annesini hiç anlamıyordu. Gudmund neredeyse kusursuz bir ergen sayılırdı. Yeterince popülerdi ama aşırı popüler de değildi; özgüvenliydi ama aşırı özgüvenli de değildi. Seth'in annesiyle babasına ve Owen'a iyi davranıyordu ve arabası olduğundan ne zaman dışarı çıksalar Seth'i yatma saatinden önce eve bırakıyordu. Seth'in tüm diğer sınıf arkadaşları gibi ondan biraz daha büyüktü ama aralarında yalnızca on ay vardı. Seth on altı yaşındayken o, on yedi yaşındaydı ve bunun da pek önemi yoktu. Kros takımında Monica ve H'yle birlikte koşuyorlardı ki bundan daha sağlıklı bir aktivite düşünülemezdi. Her ne kadar Gudmund'un annesi ve babası Avrupalıları dehşete düşürmeye meyilli o korkutucu Amerikalı muhafazakârlardan olsa da insanlara birebirde bir hayli nazik davrandıklarını Seth'in kendi anne ve babası bile itiraf etmek zorundaydı.

Üstelik bariz şüphelenmelerine rağmen annesi ve babası, Seth ile Gudmund'un başlarını sokmak üzere oldukları bela hakkında hiçbir şey öğrenememişti. Kalkıştıkları iş hiç de o kadar kötü sayılmazdı. Uyuşturucu kullanmıyorlardı ve içkiyi normalden biraz fazla kaçırıyor olsalar da asla içkili araba sürmüyorlardı. Gudmund zeki ve yumuşak başlıydı ve çoğu anne baba onu oğullarının arkadaşı olarak görmekten mutluluk duyardı.

Fakat görünüşe göre Seth'in annesi onlarla aynı görüşü paylaşmıyordu. Altıncı hissi onun hakkında kötü bir şeyler söylüyormuş gibi davranıyordu.

Ve belki de gerçekten haklıydı.

"Yarın yapacak işlerin var," dedi annesi ama Seth şimdiden müzakereden evet cevabının çıkmak üzere olduğunun farkındaydı.

"Altıya kadar değil," dedi Seth olabildiğince barışçıl bir ses tonu takınmaya çalışarak.

Annesi şöyle bir düşündü. "Tamam," dedi kısaca. "Şimdi kalk. Gitmemiz gerek."

"Kapıyı kapat," diye bağırdı Seth annesinin arkasından ama kadın çoktan gözden kaybolmuştu.

Yataktan kalktı ve bir tişört seçip kafasından geçirdi. Gudmund'un babasının aklından uçup gitmiş olan bira zulası eşliğinde geçirecekleri özgür bir gecenin karşılığında, sırf annesi sahil şeridi boyunca dilediğince koşabilsin diye soğan kokulu Bayan Baker'la Owen'ın iş-

kenceden farksız bir saatlik klarnet dersine katlanmak zorundaydı. (Fakat Gudmund'un arabasının direksiyonunun başına geçecekleri yoktu; onlar hakikaten iyi çocuklardı. Bu da annesinin şüphelerini iyice sinir bozucu kılıyordu; Seth annesine haddini bildirmek için kötü şeyler, gerçekten çok kötü şeyler yapmayı ara sıra aklından geçirmiyor değildi.) Ama şimdilik bu yeterince adil bir takastı.

Buradan uzaklaşma şansı. Kapana kısılmışlık hissinden kurtulma şansı. Kısacık bir süreliğine dahi olsa.

Ne zaman eline böyle bir fırsat geçse, kullanırdı.

Beş dakika sonra giyinmiş vaziyette mutfaktaydı. "Selam baba," dedi mısır gevreği kutusunu raftan indirirken.

"Selam Seth," diye iç geçirdi babası yeni tezgâhın ne kadar kesse de yerine oturmayı reddeden ahşap iskeletini dikkatli bir şekilde incelerken.

"Neden bir marangoz tutmuyorsun?" diye sordu Seth. Bir avuç dolusu fıstık ezmesi aromalı mısır gevreğini ağzına tıkıştırdı. "Bir haftada biterdi."

"Kimi tutacakmışım?" diye sordu babası dikkati dağılınca. "Kendisi için bir şeyler yapmak insana bambaşka bir huzur verir."

Seth bu cümleyi onlarca, hatta binlerce kez duymuştu. Babası, Halfmarket'ın nüfusunun üçte ikisinin gittiği küçük sosyal bilimler fakültesinde İngilizce öğretiyordu ve Londra'dan ayrılıp sahil şeridindeki bu küçük Amerikan kasabasına taşınmalarının ardından aklını kaçırmasını önleyen tek şeyin bu projeler olduğuna dair yeminler ediyordu. Seth babasının giriştiği projelerin sayısını unutmuştu; o henüz küçük bir çocukken İngiltere'deki evlerinin verandasını inşa etmiş, buradaki garaja bir çamaşır odası eklemiş ve şimdi de mutfağı genişletmekte ısrar etmişti. Projelerin tümü er ya da geç bitiyor ve gerçekten de işe yarıyordu ama huzur projeden değil, büyük olasılıkla babasının depresyona karşı aldığı ilaçlardan kaynaklanıyordu. Bunlar arkadaşlarından bazılarının kullandığı alışılageldik antidepresanlardan daha ağırdı, hatta babasının kimi zaman kendi evlerinde bir hayalet gibi gezinmesine yol açacak kadar ağırlardı.

"Nerede yanlış yapıyorum?" diye mırıldandı babası kesilmiş ahşap parçalarından oluşan yığına sanki çözemediği bir bilmeceymiş gibi bakarak başını iki yana sallarken.

Annesi mutfağa girip Owen'ın klarnetini pat diye masanın üstüne bıraktı. "Biri bana bunun misafir odasında ne işi olduğunu söyleyebilir mi?"

"Owen'a sormayı hiç düşündün mü?" dedi Seth mısır gevreğiyle tıka basa doldurduğu ağzına rağmen.

"Bana ne soracakmış?" dedi Owen kapıdan girerken.

Nihayet Owen görünmüştü. Küçük erkek kardeşi. Saçı on iki yaşından çok daha küçük görünmesine neden olan, yataktan henüz çıkmışçasına gülünç bir yığın halinde tepesinde toplanmıştı, dudaklarında kırmızı bir Kool-Aid lekesi vardı ve kahvaltısından geriye kalan kırıntılar çenesine yapışmıştı. Her zamanki kot pantolonunu ve kendisine en az beş yaş küçük gelen, Kurabiye Canavarı resimli pijama üstünü giyiyordu.*

Owen. Her zamanki kadar sersem ve pasaklıydı.

Ama Seth annesinin tavrının neredeyse neşeye benzer bir şeye büründüğünü görebiliyordu.

"Hiçbir şey, tatlım," dedi. "Gidip yüzünü yıka ve temiz bir tişört giy. Yola çıkmaya hazırız."

Owen yüzünde ışıl ışıl bir ifadeyle annesine baktı. "82'nci seviyeye çıktım!"

"Bu harika tatlım. Şimdi acele et. Yoksa geç kalacağız."

"Tamam!" dedi Owen mutfaktan çıkarken Seth'e ve babasına gülücükler saçarak. Seth'in annesi sanki onu yememek için kendini zor tutuyormuşçasına, hatta neredeyse açgözlülükle oğlunun kapıdan çıkışını izledi.

Bakışları tekrar mutfağa döndüğünde yüzündeki ifade son derece açık ve sıcaktı; ta ki Seth'i ve kocasını kendisine bakarken yakalayana dek. Ancak kimsenin tek kelime bile etmediği kısacık bir ânın ardından en azından biraz olsun utanacak kadar içtenlik göstermeyi bildi.

---

* Bir tür aromalı meşrubat. *–çn*

"Acele et Seth," dedi. "Yoksa geç kalacağız."

Ardından mutfaktan çıktı. Babası hiçbir şey söylemeden yavaşça tezgâhın iskeletini kesmeye koyulana dek Seth elinde bir avuç dolusu mısır gevreğiyle orada öylece dikildi. Seth'in göğsü bir kez daha o tanıdık kaçma isteğiyle dolup taştı. Bu tıpkı elle tutulur, gözle görülür bir yük gibiydi; o kadar güçlüydü ki başını eğip baksa onu görebileceğinden neredeyse emindi.

Bir yıl daha, *diye düşündü.* Dayanmam gereken bir yıl daha.

Lisenin son senesi önünde uzanıyordu ve sonra üniversiteye gidecekti. Belki de, hatta bir umut Gudmund'la ve muhtemelen Monica'yla aynı üniversiteye gidebilirdi. Washington Eyaleti'nin güneybatısındaki bu nemli ve küçük fare deliğinden yeteri kadar uzak olduğu sürece nereye gittiğinin pek önemi yoktu.

Kendilerine anne ve baba diyen bu yabancılardan uzağa kaçabildiği sürece.

Fakat sonra evine çok daha yakın bir yerde küçük kaçamaklar yapabileceğini anımsadı.

Bir saatlik klarnet dersi, *diye düşündü.* Ve sonra hafta sonu benim olacak.

Bunu beklediğinden çok daha büyük bir öfkeyle aklından geçirmişti.

Ve aynı zamanda, artık pek o kadar aç olmadığını fark etti.

10

Seth iki kırmızı kanepeden daha büyükçe olanında uyandı ve kendine gelmesi bir kez daha epeyce zamanını aldı.

Bu yalnızca bir rüyadan ibaret olamazdı.

Tüm bu zaman boyunca uyumuştu, bunun farkındaydı ama tıpkı sonuncusu gibi bu da fazlasıyla canlı, fazlasıyla *netti*. Ne rüyalara özgü o değişken muğlaklıktan eser vardı, ne sahne geçişlerinden, ne hareket edememekten ya da konuşamamaktan ne de zamansal veya mantıksal boşluklardan.

Oradaydı. Tam orada. Bir kez daha. O ânı yaşamıştı.

O sabahı sanki az önce televizyonda izlemiş kadar net hatırlıyordu. Yaz ayıydı, Bebek İsa olayına daha aylar vardı, mahalledeki et lokantasında garsonluk yaptığı ilk yarı zamanlı işine henüz girmişti. Gudmund'un annesi ve babası işle ilgili bir meseleden dolayı California'ya uçmuş ve oğullarını Washington'ın soğuk ve çalkantılı okyanusuna bakan eve göz kulak olması için geride bırakmışlardı. H ve Monica da onlara katılmıştı ve doğrusunu söylemek gerekirse, Gudmund'un babası tarafından unutulmuş biraları içip öylesine laklak etmekten ve aklınıza gelebilecek en aptalca şeylere abuk sabuk gülmekten başka hiçbir şey yapmamışlardı.

Harika bir gün geçirmişlerdi. Tek kelimeyle, her şeyiyle harika bir gün. Tıpkı lisenin son senesinden önceki yaz gibi. Her şeyin mümkün göründüğü, ömründe ilk kez güzel olan her şeye ulaşabileceğini hissettiği, o âna tutunup orada öylece kalabilecek olsa yapbozun tüm parçalarının er ya da geç bir araya geleceğini sandığı o yaz mevsimi gibi...

Seth boğulmasına neden olan dalgalar misali üzerine çullanmakla tehdit eden hüzünle göğsünün sıkıştığını hissetti.

Harika günlerdi.

Fakat şimdi hepsi geride kalmıştı.

Ölümünden bile öncesinde.

Oturdu ve ayaklarını, çocukluğunu geçirdiği evin tozlu ahşap döşemelerine bastı. Parmaklarını saçlarından geçirdi ama ne kadar kısa olduklarını görünce şaşkına döndü. Saçları neredeyse asker kesimiydi, gerçek hayattaki hallerinden çok daha kısaydı. Ayağa kalktı ve kanepenin üstünde asılı duran büyük aynanın tozunu sildi.

Gördükleri karşısında şoka uğradı. Tıpkı savaştan kaçmış bir mülteci gibi görünüyordu. Saçları geride hiçbir şey kalmayana dek kazınmış, suratı kendisinden bile korkmasına neden olacak kadar zayıflamış, gözleri sanki hayatı boyunca bir kere olsun güven içinde uyku uyumamış gibi çökmüştü.

Aman ne güzel, diye düşündü.

Tenine yapışmış sargıları yolduktan sonra eve dönmüştü. O andan sonra yorgunluk ezici bir hal almış, tıpkı ağır bir anestetik gibi üzerine çökmüştü. Tek yapabildiği, daha büyükçe olan kanepeye kadar yürüyüp koltuğun arkasına asılı battaniyenin tozunu silkeledikten sonra örtüyü kafasına kadar çekip kendini uykudan ziyade baygınlığa benzer bir şeyin kollarına bırakmak olmuştu.

Ve rüya görmüştü. Ya da yeniden yaşamıştı. Ya da... her neyse.

Orada öylece dikilirken göğsünde bir kez daha o tanıdık özlemi hissetti ve akşam yemeği için yiyecek bir şeyler bulma ümidiyle battaniyeyi tıpkı bir deniz havlusu misali bedenine dolayarak tekrar mutfağa gitti. Arka pencereden içeri süzülen ışığın değiştiğini biraz geç olsa da fark etti.

Güneş *yükseliyordu*. Bir kez daha. Dışarıda bir başka şafak söküyordu.

Neredeyse bütün günü ve geceyi uyuyarak geçirmişti. Sonra bir kere daha burada, yani cehennemde, zamanın nasıl aktığını merak etti.

Tabii eğer akıyorduysa. Tabii eğer aynı gün tekrar tekrar yaşanmıyorduysa.

Dinlendikten sonra kendini biraz daha güçlü hissettiğinden konserve açacağıyla biraz daha az boğuşarak fasulye konservelerinden birini açmayı başardı. Fasulyelerin tadı tarif edilemeyecek kadar berbattı ve Seth de hepsini tükürdü. Sonra da dolapta başka çorba olup olmadığına baktı.

Yoktu. Aslında bayatlamış makarnaları yemeyi düşünmediği sürece evde yiyecek hiçbir şey kalmamıştı. Pek umutlu olmasa da biraz su kaynatıp kaynatamayacağına bakmak için ocağın düğmesini çevirdi ama ocağın gözlerinden gaz gelmedi. Tozlanmış eski mikrodalga fırını çalıştırmayı denediğinde de başarısız oldu çünkü elektrikler de kesikti. Düğmeleri açıp kapattığında tepedeki lambaların hiçbiri yanmadı ve sıkıca kapatılmış kapağına rağmen buzdolabından gelen kesif koku burun deliklerini doldurunca onu açmayı da göze alamadı.

Diğer her şeyden yoksun olduğundan bir kez daha ağzını musluğa dayadı. Sonra sinir olmuş bir halde homurdanıp dolaptan bir bardak aldı. Bardağı artık neredeyse berrak olan suyla doldurup kafasına dikti.

Pekâlâ öyleyse, diye düşündü korkunun bir kez daha benliğini ele geçirmesine mâni olmaya çalışarak. *Sırada ne var? Sırada ne var, sırada ne var, sırada ne var?*

Kıyafetler. Sırada birkaç parça kıyafet bulmak vardı. Evet.

Üst kata çıkmaya hâlâ hazır değildi. Owen'la paylaştığı eski yatak odasını henüz görmek istemiyordu fakat merdivenlerin altındaki küçük odayı hatırlayınca salona geri döndü. Yemek masasının arkasındaki duvara tutturulmuş iki sallanan kapı, çamaşır makinesiyle kurutucunun ağıllarında uyuyan büyükbaş hayvanlar kadar sessizce durup beklediği odacığa açılıyordu. Kurutucunun içinde gri renkli bir eşofman altı bulunca sevinçten çığlık attı. Çuval gibi dursa da üstüne olmuştu fakat ortalıkta tişörtten eser yoktu. Çamaşır makinesinin içindeyse çok eskilerden kalma küf kokusu dışında hiçbir şey bulamamıştı. Derken gözü, askıdaki spor cekete takıldı. Sırtı dar gelmişti, kollarıysa dirseklerinin hemen altında bitiyordu ama en azından giyecek bir şeyleri vardı. Odanın duvarlarına gömülü karanlık rafları gözden geçirirken epeyce aşınmış siyah renkli, şık bir ayakkabının sağ tekiyle devasa bir tenis ayakkabısının sol tekini buldu; birbirleriyle son derece uyumsuzlardı ama en azından ikisi de giyebileceği kadar büyüktü.

Salondaki aynanın önüne geçti. Evsiz bir palyaçoya benziyordu ama hiç değilse çıplak değildi.

Pekâlâ, diye düşündü. *Sırada ne var?*

Neredeyse bu düşünceyle aynı anda midesi nahoş bir şekilde guruldadı ama bu seferki açlıktan değildi. Az sonra kendini, öncekinden çok daha iğrenç vücut fonksiyonlarını yerine getirmek için uzun çimlerin bir köşesine koşarken buldu. Tavuklu şehriye çorbasıyla ağız dolusu bozuk fasulyenin neden olabileceğinden çok daha büyük bir acı içinde kıvrandı. Tek duyumsadığı, içini kemiren korkunç açlıktı. Öyle ki açlıktan midesi bulanıyordu.

Midesindeki sancıların geçmesini beklemek bile yeterince kötüyken kendini arka bahçede gitgide daha tedirgin hissetmeye başlamıştı. Rahatsızlığının nedeni hâlâ koca bir yığın halinde verandada duran sargılar, akıl almayacak kadar uzamış çimler ve toprak set boyunca uzanan tel örgülerdi.

Ve tabii bir de tellerin ötesindeki hapishane.

Kendini toparlar toparlamaz içeri girdi ve sertleşmiş bulaşık deterjanıyla ve musluktan akan soğuk suyla elinden geldiğince temizlendi. Kurulanmak için kullanabileceği hiçbir şey olmadığından *şimdi* ne yapacağına karar vermeye çalışarak orada öylece bekledi.

İşte buradaydı. İçinde yiyecek hiçbir şey kalmamış, tozlu ve eski bir evdeydi. Üzerindeki kıyafetler şaka gibiydi. İçtiği su büyük olasılıkla onu zehirliyordu.

Dışarı çıkmak istemiyordu ama burada da kısılıp kalamazdı.

Ne yapması gerekiyordu?

Keşke ona yardım edebilecek biri olsaydı. Fikrini sorabileceği biri. Tuhaf yükünü paylaşabileceği biri.

Ancak yoktu. Burada ondan başkası yoktu.

Ve boş mutfak dolapları gözlerinin önündeydi.

Burada kalamazdı. Hem de yiyeceği olmadan ya da vücudunun yarısını bile örtmeyen bu kıyafetlerle.

Bir anlığına üst kattaki odalarda neler bulabileceğini düşünerek başını kaldırıp tavana baktı.

Ama hayır. Yapamazdı. Henüz olmazdı.

Gökyüzünde yükselen güneş mutfağı doldururken uzun, gerçekten uzun bir zaman boyunca çıt çıkarmadan orada öylece dikildi.

"Tamam," dedi nihayet kendi kendine. "Hadi gidip cehennemin neye benzediğini görelim."

11

Sokak kapısını çekerek açarken kapının kilitlenmesini engelleyen düğmenin basılı olduğunu fark etti. Tüm geceyi kapısını kilitlemediği bir evde geçirmişti. Burada başka kimseden iz olmamasına rağmen bu durum onu endişelendiriyordu. Evden ayrılırken kapının kendiliğinden kilitlenmesine izin veremezdi yoksa bir daha asla içeri giremeyebilirdi. Henüz tam olarak yükselmemiş güneş ışığının altına adımını attı ve en azından kilitli gibi *görünmesini* umarak kapıyı arkasından çekti.

Sokak tıpkı bir önceki günkü gibiydi. *Ya da her ne gündüyse. Galiba dündü.* Bekledi ve etrafını izledi. Kesinlikle hiçbir şey değişmemişti. O da basamakları indi ve patika boyunca o yere doğru ilerlemeye başladı. O yer neresiydi? Uyandığı yer mi? Yeniden doğduğu yer mi? Öldüğü yer mi? O noktayı geçti ve kaldırıma çıkan küçük kapıya ulaştı. Orada duruverdi.

Hâlâ sessizdi. Hâlâ boştu. Hâlâ zaman durmuş gibiydi.

Mahallenin geri kalanını hatırlamaya çalıştı. Sağ tarafında, istasyon binasının kendisi dışında pek görülecek yanı olmayan tren istasyonu vardı. Ama solundaki yol, eskiden bir süpermarkete ev sahipliği yapan High Street'e çıkıyordu. *Ben çocukken orada giysi satan dükkânlar da vardı,* diye düşündü. Öyle süslü şeyler peşinde değildi ama en azından şu anda giydiklerinden daha iyi olacakları kesindi.

O halde soldan gidecekti.

Soldan.

Fakat kılını bile kıpırdatmadı. Dünyanın geri kalanı da.

Ya soldan gideceğim ya da içeride kalıp açlıktan öleceğim, diye düşündü.

Bir an için ikinci seçenek ona daha cazip geldi.

"Lanet olsun," dedi. "Zaten ölüsün. Başına daha kötü ne gelebilir ki?"

Ve sola döndü.

Yürürken omuzlarını kamburlaştırıp her ne kadar rahatsız edici ölçüde yukarıda kalsalar da ellerini spor ceketinin ceplerine soktu. Bu *kimin* ceketiydi? Babasını buna benzer bir şey giyerken gördüğünü sanmıyordu ama yine de kim çocukken giydiği kıyafetleri hatırlardı ki?

Yürürken etrafına kaçamak bakışlar atıyor, peşinde kimse olmadığından emin olmak için sık sık arkasına bakıyordu. Kasaba merkezine giden sokağa ulaştı. Kendine ait ot ormanıyla ışıltılar saçan, sokağın ortasındaki devasa çukur olmasa diğer yerlerden hiçbir farkı kalmayacaktı. Arabaların tekerlekleri inmiş, her şeyin üstünü toz kaplamıştı. Evlerin boyaları dökülmüştü. Hiçbir hayat belirtisi yoktu.

Çukurun kenarında durdu. Sanki yakınlarda bir yerlerde su borusu patlamış ve yer, helikopterlerle çukurun tepesinde dolanarak uzun aralıklarla tek tük laf eden muhabirlerin yaptığı haberlerde gördüğünüz gibi yarılmıştı.

Ne içine yuvarlanmış ne de kenarına park edilmiş bir araba olduğundan araç trafiğinin kesilmesinden çok daha sonra oluşmuş olmalıydı.

Tabii eğer burada araç trafiği diye bir şey olduysa, diye düşündü. *Tabii eğer burası benden önce de var olduysa…*

"Kes şunu," dedi. "Yeter artık."

Sanki gerçekten devasa bir kraterin dibindelermiş gibi bu yerde nasıl böylesine çok bitkinin yaşadığına, tüm bu çalıların ve tuhaf çimenlerin nasıl böylesine kontrolden çıkmışçasına büyüyebildiğine dair anlık, neredeyse gelişigüzel bir düşünce geçti aklından.

Öyle ki burada...

Ve *hayvanlar* kelimesini düşünmeye dahi fırsat bulamadan tilkiyi gördü.

Çukurun dibinde, çalıların arasına gizlenmiş halde öylece donakalmıştı. Sabah güneşinde ışıl ışıl parlayan gözleri şaşkınlık doluydu.

Bir tilki.

Gerçek, canlı, *yaşayan* bir tilki.

Oğlana bakıp gözlerini kırpıştırırken tetikte olsa da pek korkmuş görünmüyordu. En azından henüz.

"Bu da ne böyle?" diye fısıldadı Seth.

Cılız bir uluma duyuldu ve üç küçük tilki –bebek? Hayır, *yavru,* diye hatırladı– oyuncu bir tavırla annelerinin tepesine tırmanmaya koyuldu. Tabii Seth'in yukarıdan onları izlediğini fark edip de tıpkı anneleri gibi donup kalana dek.

Koşmaya ya da Seth'in bir sonraki hamlesine göre tepki vermeye hazır bir halde bekleyip izlediler. Seth de bir sonraki hamlesinin ne olacağını merak ediyordu. Kızıl suratlı ve şu âna dek gördüğü en parlak gözlü yaratıkları da hayretle izliyor, ne anlama geldiklerini düşünüyordu.

Gözlerini çukurun dibinden alabildiğinde aradan epey zaman geçmişti ama tilki ve yavruları gözlerini ondan asla ayırmadı. Hatta sokağa doğru yöneldiğinde bile.

Tilkiler, diye düşündü. *Gerçek tilkiler.*

Onları düşündüğü anda.

Onları var etmişti.

• • •

Şimdi telaşlı adımlarla High Street'e doğru yürüyordu; başı önüne eğikti ve artık etrafına daha şüpheci bakışlar atıyordu. Çalıların, uzun süredir biçilmediği ortada olan çimenlerin ya da otların işgal ettiği kaldırımdaki çatlakların arasından her an üstüne bir şeyin atlamasını bekliyordu.

Fakat korktuğu gibi olmadı.

Tekrar yorulmaya başladığını, hatta hızlı, fazlasıyla hızlı bir şekilde bitkin düştüğünü hissediyordu ve araç trafiğine kapatılmış High Street'e ulaşır ulaşmaz ona en yakın bankın üstüne yığılıverdi. Kısacık bir bayırı tırmanmak bile soluk soluğa kalmasına neden olmuştu.

Bu durum onu öfkelendirdi. Koşma sevdasını ve alışkanlığını annesinden almıştı. Bunun onları yakınlaştırması gerekirdi ama her nedense işler beklediği gibi gitmemişti. Sonrasında Boswell Lisesi'nin kros ekibinde üç yılını geçirmişti. Pek ciddiye alınacak türden bir rakip değildi ve Boswell sık sık fena halde mağlup olurdu ama yine de... Aptal bir yolda yürüdüğü için nefesinin kesilmiş olması akıl alacak şey değildi.

Etrafına bakındı. High Street aslında uzun, ince bir kasaba meydanıydı ve her iki ucu metal direklerle araç trafiğine kapatılmıştı. Buranın her santimetrekaresi şeker kaplamalı badem ve patlamış mısır, eklem iltihabına iyi geldiği iddia edilen ev yapımı mumlar ve bileklikler, Owen'ın bile çirkin bulduğu etnik saatler ve tablolar satan tezgâhlarla tıka basa doluyken annesi onu ve Owen'ı yanına alıp buraya alışverişe gelirdi.

Şimdi burada hiçbir şey yoktu. Kocaman, bomboş bir sokaktan ibaretti. Sokağın iki yanı boyunca uzanan ve artık ona tanıdık gelen istilacı otlar ve terk edilmiş gibi görünen binalarıyla tıpkı diğer sokaklara benziyordu.

Seth banktan kalkmadan önce biraz bekledi.

Tilkiyi o yaratmamıştı. O *yapmamıştı*. Tilki yalnızca çalıların arasında gizleniyordu ve Seth de onu görmüştü. Her şey bundan ibaretti. Buraya geldiğinden beri aklından bir sürü şey geçirmişti. Annesi, babası, Owen, Gudmund, H, Monica ve şöminenin üzerinde asılı tabloyu gördüğü anda amcası. Fakat *hiçbiri* aniden gözlerinin önünde belirmemişti.

Her taraf yabani bitkilerle doluydu ve burası neresinden bakılırsa bakılsın İngiltere gibi görünüyordu. Neden tilkiler de olmayacaktı ki? Tilkiler İngiltere'ye özgü sayılırdı. Yıllar önce burada yaşarken yetişkinlerinkini andıran tuhaf ve mesafeli tavırlarıyla sokaklarda dolaşan tilkileri gördüğünü hatırlıyordu. Yani tabii ki tilkilerle karşılaşacaktı. Neden karşılaşmayacaktı ki?

Fakat tilkilerin bir şeyler yemesi gerekirdi. Seth'in bakışları, High Street boyunca fazlasıyla büyüyerek tuğladan inşa edilmiş siperlerini yıkan ağaçların dallarında gezindi; gözleri kuş, sincap, belki de sıçan arıyordu. Orada olmalıydılar. Eğer burada bir tane bile tilki varsa başka hayvanlar da olmalıydı, başka *bir şeyler...*

Öyle değil mi? Tabii eğer tilkileri *yaratan* gerçekten kendisi değildiyse...

"Hey," dedi düşünce silsilesine nihayet son verse de kendini tatmin olmamış gibi hissederek.

"Hey," dedi tekrar. Neden böyle söylediğini bilmiyor ama bir kez daha tekrar etme isteğine karşı koyamıyordu.

Bu kez sesini iyice yükseltti.

"Hey!" dedi ayağa kalkarak.

"HEY!"

Yumruk yaptığı ellerine ve sarf ettiği çabadan ötürü ağrıyan boğazına rağmen tekrar tekrar bağırdı. Sesi kısılana, ardından da hepten çıkmaz hale gelene dek çığlık atmaya devam etti.

Ve o anda ağlamaktan suratının sırılsıklam olduğunu fark etti.

"Hey," dedi fısıldarcasına.

Kimse yanıt vermedi.

Ne bir kuş ne bir sincap ne de anne tilki ya da yavruları.

Sokağın hiçbir tarafından en ufak bir ses gelmedi.

Yalnızdı.

Boğazındaki acıdan kurtulma umuduyla yutkundu ve neler bulabileceğine bakmak için harekete geçti.

12

High Street boyunca tüm dükkânlar kilitliydi. Güneş artık daha parlaktı ve Seth mağazaların içini görebilmek için ellerini gözlerine siper edip yüzünü vitrine yaklaştırmak zorunda kalıyordu. Çörek fırını, Subway Sandviç ve Topshop adındaki mağaza gibi bazıları tamamen boşaltılmışa benziyordu; içeride sadece boş askılar ve raflar kalmış, ambalaj kâğıtları yerlere saçılmış, çıplak mankenler duvarın dibine dizilmişti.

Ancak hepsi boş değildi. Eğer bir çay takımına ya da küflenmiş kitaba ihtiyaç duyacak olursa hayır kurumunun el değmemiş gibi duran mağazasından faydalanabilirdi. Tıpkı yalnızca gelinlik satan başka bir mağazadan yararlanabileceği gibi. Fakat böylesi bir kıyafetin cehennem için bile kullanışlı bir seçenek olacağını zannetmiyordu.

Ve sonra gelinlikçinin yanındaki, doğa sporları malzemeleri satan mağazanın camından içeri baktı ve kalp atışlarının hızlandığını hissetti.

"Yok artık," dedi. "Yok *artık.*"

Mağazanın camından içerideki sırt çantalarını ve kamp malzemelerini görebiliyordu. İçeride işine inanılmaz yarayabilecek daha neler vardı kim bilir.

Şüphe uyandıracak kadar işe yarar, diye düşündü ama o düşünceyi çabucak zihninden kovaladı. Dünyanın her yerinde doğa sporları malzemeleri satan dükkânlar vardı. Nereye giderseniz gidin onlarla karşılaşırdınız. Neden burada da olmayacaktı ki?

Cam kapı kilitliydi. Camı kırmak için kullanabileceği bir şeyler bulma umuduyla etrafına bakındı ve ağaçların etrafına örülmüş tuğlalardan bazılarının gevşemiş olduğunu gördü. Tuğlalardan birini aldı ama bu boş, bomboş yerde bile yapmak üzere olduğu şey ona o kadar yanlış geliyordu ki bir süreliğine tek yapabildiği tuğlayı birkaç kez havaya atıp tutmak oldu. Beden eğitimi dersinde beyzbol ve basketbol oynamıştı; ilki neredeyse sıkıntıdan patlamasına neden olurken ikincisi, diğer insanların onun kendisini pek kaptırmasına gerek kalmayacak kadar ciddiye aldığı, ortalıkta bağrışarak koşturup durma tadında bir eğlenceden öteye geçememişti. Fakat hiç değilse pek ustaca ya da uzağa olmasa da bir şeyler *fırlatabileceğini* biliyordu.

Ama yine de... Bir mağazanın vitrinine taş atmak...

Bir kez daha etrafına bakındı. Hâlâ yalnızdı.

"Hadi bakalım," diye fısıldadı.

Geriledi ve tuğlayı elinden geldiğince hızlı bir şekilde fırlattı.

Camın kırılma sesi dünyanın sonunu getirmeye yetecek kadar sağır ediciydi. Seth içgüdüsel olarak çabucak eğildi ve camı kıranın o olmadığına, bunun bir kaza olduğuna dair bahaneler üretmeye hazırlandı.

Fakat tabii ki etrafta hiç kimse yoktu.

"Aptal," dedi gülümseyerek ama biraz utanmıştı. Bir kez daha olduğu yerde doğruldu. Nihayet bir şeyler *yaptığı* için artık açık olan kapıya doğru biraz olsun kasılarak yürümeye koyuldu.

Tam bu sırada feryat figan karartılardan oluşan bir sürü, kapıdan akın ederek kör edici bir hızda başının yanından uçup gitti. Seth başını ellerinin arasına alıp dili tutulmuşçasına bağırarak kendini yere attı.

Karartılar en az geldikleri kadar hızlı bir şekilde kaybolup gidince dünya, Seth'in kesik kesik soluk sesleri dışında bir kez daha sessizliğe gömüldü.

Başını kaldırdığında sürünün panik içinde bir yumak halini alarak kepenkleri indirilmiş kitapçının çatısının ardında gözden kaybolduğunu gördü.

Yarasalar.

Yarasalar.

Kendi haline gülerek ayağa kalktıktan sonra kapıda kalan camları tekmeleyerek temizledi ve eğilerek içeri girdi.

Burası hazinelerle dolu bir mağara gibiydi.

Vitrinden bir sırt çantası kaptı. Vitrinin yanında, el fenerleriyle dolu koca bir duvarla karşılaştı. Bu görüntü başlangıçta onu heyecanlandırsa da hiçbir yerde pil bulamadı. Ancak yine de büyük el fenerlerinden birini aldı; önünü aydınlatmasa bile en azından silah olarak kullanabileceği kadar uzun ve ağırdı. Biraz kurutulmuş erzak da buldu; hepsi birbirinden korkunç görünüyordu. Dondurulmuş etli güveç, ıslanınca şişen sebzelerden yapılmış çeşitli çorbalar ve buna benzer şeyler. Ama en azından hiç yoktan iyiydi. Ayrıca ilk kez kullanmaya kalktığında elinde patlamayacağını umduğu ve yiyecekleri pişirmek için kullanabileceği türden bütan gazlı kamp ocaklarından oluşan küçük bir zula da buldu.

Mağaza kendi evinden çok daha güvenli görünüyordu ve her şeyin üstünü örten toz tabakası da daha inceydi. İlk yardım setlerinin epey temiz olduğunu görünce bir tanesini sırt çantasına tıktı ama sonra duraksadı. Setlerden bir diğerini alıp açtı. İçinde her zamanki şeylerden vardı: Sargı bezleri, alkollü mendiller ama şurada, en arkada, etiketinde "iletken bant" yazan bir paket buldu. Paketi dişiyle yırtıp açtığı anda yere bir tomar sargı bezi düştü.

Alt yüzeyinin metalik folyoyla kaplı olduğunu görmek için sargı bezini yerden almasına bile lüzum yoktu.

Bir kez daha boş paketin üzerinde yazanları okudu ama

"iletken bant" ibaresiyle teninize nasıl yapıştıracağınızı gösteren birkaç resimli talimat dışında başka hiçbir şey bulamadı. Ne için olduğuna, neden kullanıldığına veya ne halt etmeye onlarcasını vücudunuza dolamak isteyeceğinize dair tek kelime edilmiyordu.

"İletken bant," dedi.

Sanki başlı başına yeterince barizmiş de en ufak bir açıklamaya gerek *duyulmazmış* gibi.

Ona bir kez daha dokunmak istemediğinden, yere düşenleri orada öylece bıraktı ve mağazanın arka tarafındaki giysi reyonuna doğru yöneldi.

Askılar o kadar doluydu ki yüksek sesle güldü. *İç çamaşırları* bile vardı. Isı yalıtımlı olduklarından yaz mevsimi için biraz fazla kaçacak olsalar da kendini, bu durumu değerlendirmeye dahi fırsat bulamadan kir pas içindeki eşofman altından kurtulup termal iç çamaşırlarından birini üzerine geçirirken buldu. Temiz iç çamaşırının verdiği serinlik hissi o kadar güzeldi ki az kalsın oturmak zorunda kalacaktı.

Kıyafetlerin geri kalanı büyük ölçüde dağ tırmanışlarına ve doğa yürüyüşlerine yönelikti ama kendine birkaç tişört, şort ve her mevsimde giymeye uygun pahalı bir ceket bulmayı başardı. Eski eşofman altını yalnızca daha pahalı bir eşofman altıyla değiştirdi ama hiç değilse bunlar evsizin tekiymiş gibi görünmesine neden olmuyordu. Ayrıca sayamayacağı kadar farklı tarzda çorap vardı.

Ayağına olan ayakkabıyı bulması biraz zamanını aldı çünkü stok odasına gidip doğru numarayı bulabilmesi için amonyak kokulu koca bir yarasa gübresi yığınını aşması gerekmişti. Ama kısa zaman içinde tepeden tırnağa donandı. Bulabildiği her şeyi aldı ve güneş ışığına doğru yöneldi.

Fakat daha dışarı adımını atar atmaz tepeden tırnağa ter içinde kaldı çünkü hava böylesine kalın giysiler giymek için fazlasıyla sıcaktı.

Fakat bir anlığına bunu önemsemedi. Yalnızca gözlerini kapattı ve taşların yerli yerine oturmasını bekledi. Artık çıplak değildi, vücudunu sımsıkı saran kirli sargılardan kurtulmuştu ve eskisi kadar pasaklı göründüğü de söylenemezdi. Temiz giysiler ve yepyeni ayakkabılar giyiyordu ve öldüğünden beri ilk defa kendini neredeyse insan gibi hissediyordu.

13

High Street'in yukarısındaki süpermarket, mağazaların geri kalanından daha derin ve karanlıktı ama vitrinden içeriyi görebildiği kadarıyla raflar hâlâ *bir şeylerle* doluydu. Sırt çantasını diğer omuzuna aldığı anda yaptığı aptallığın farkına vardı: Çantasını giysilerle ve diğer malzemelerle öylesine tıka basa doldurmuştu ki yiyecek koyacak yer kalmamıştı. Çantayı yere bırakıp daha sonra gelip alabileceği malzemeleri ayıklamaya koyulduğu sırada gözü duvara yaslanmış bir şeye takıldı.

Bu işini görürdü.

Pas içindeki alışveriş arabasını birbirlerine sıkıca kenetlenmiş sıradan ayırmak neredeyse on beş dakikasını aldı ama en nihayetinde onu oradan ayırmayı başardığında eğer yeterince zorlarsa tekerleklerinin bile çoğunlukla döndüğünü gördü.

Bu kez tuğlayı atmak daha kolay oldu fakat içeri girdiğinde mağazanın düşündüğünden daha karanlık olduğunu fark etti. Tavanı alçaktı ve koridorlar mağazanın derinliklerinde saklanıyor olabilecek şeyleri gözlerden gizliyordu. Seth bir kez daha yarasaları düşündü. Burada tilkiden daha büyük bir şeyle karşılaşırsa ne olacaktı? İngiltere'de ne tür büyük yırtıcı hayvanlar yaşıyordu? Amerika'daki ormanlar dağ aslanlarına ve ayılara ev sahipliği yapardı ama hiç kimsenin İngiltere'de böylesi tehlikeli yaratıkların yaşadığından bahsettiğini anımsamıyordu.

Sessizliği dinledi.

Hiçbir şey yoktu. Kendi soluk seslerinden başka hiçbir şey. Ne elektriğin uğultusu ne de en ufak bir hışırtı. Gerçi kapıların kırılma sesinin buradaki her şeyi susturmuş olabileceğini düşündü.

Bekledi ama hâlâ hiçbir şey yoktu.

Canına okuyan alışveriş arabasını koridorlar boyunca itmeye koyuldu.

Manav reyonu tamtakırdı. Ne olduğu belirsiz birkaç meyve ve sebzenin diplerde kaldığından iyice pörsümüş kabukları dışında kasalar bomboştu ve Seth koridorlar arasında dolaşırken umudunu yitirmeye başladı. Raflarda bir şeyler vardı ama çoğu, mutfak dolaplarındaki yiyeceklerle aynı durumdaydı. Dokunmasıyla ufalanması bir olan tozlu kutular, bir zamanlar kırmızı olsa da içten içe kararmış domates soslarıyla dolu kavanozlar, aç bir yaratık tarafından paramparça edildiği ortada olan yumurta kartonlarına ayrılmış bir reyon.

Derken bir köşeyi döndü. Bu kez haberler iyiydi. Piller. Hem de onlarcası. Çoğu korozyona uğramıştı ama bazıları iyi durumdaydı. Birkaç denemenin ardından büyük el fenerini çalıştırmayı becerdi.

Fener, diye düşündü feneri önündeki uzun ve karanlık koridora tutup yere saçılmış un yığınlarını aydınlatırken. *İngilizler buna fener der.*

Feneri alışveriş arabasının üstünde dengeledi ve süpermarketin geri kalanında yoluna devam etti. Fakat birkaç şişe sudan başka bir şey bulamadı. Nihayet burada işine yarayacak pek bir şey bulamayacağını kabullendi. Ne paket kâğıtlarının içinde iyiden iyiye küçülüp ufalanan ekmek somunları, ne fişleri çekildiğinden ekşimiş zeytin gibi kokan siyah renkli küfün istila ettiği dondurucular ne de toza dönmüş krakerlerle ve kurabiyelerle dolu paketler ümit vadediyordu. Konservelerle dolu iki koridorun dışında hiçbir yerden medet umamazdı.

Bunların çoğu ya kullanılamayacak kadar paslanmış ya da Seth'in neredeyse konservenin içinde büyüdüklerini duyabildiği bakteriler yüzünden şişmişti ama feneri raflar boyunca gezdirince tozlanmış olmalarına rağmen normal görünen çok sayıda konserve buldu. Alışveriş arabasını çorbalarla, makarnalarla, mısır ve bezelyelerle ve hatta iyi durumda olduklarını görünce gözlerine inanamadığı pudinglerle doldurdu. O kadar çok konserve vardı ki rafların biraz olsun boşalması için buraya defalarca gelip gitmesi gerekecekti.

Sayıları karnını doyurmaya yetecek kadar çoktu. En azından bir süreliğine.

Artık burada ne kadar kalacaksa.

Elinde tuttuğu, ağırlığı ona güven veren fenere rağmen süpermarketin karanlığının ve sessizliğinin aniden dayanamayacağı kadar yoğunlaştığını hissetti. Dayanamayacağı kadar boğucu, dayanamayacağı kadar ağır.

"Kes şunu," dedi kendi kendine. "Eğer böyle düşünmeye son vermezsen delirirsin."

Tüm gücüyle alışveriş arabasına yüklendi ve bir kez daha güneşe çıktı.

Yine yoruluyordu. Bunu hissedebiliyordu ve açlığı, önceki günün susuzluğuna taş çıkarırcasına elle tutulur, gözle görülür bir hal almıştı. Marketin köşesinden başını uzattığında ileride yeşil bir alan gördü ve tepenin yukarısından başlayıp çeşmeleri ve yürüyüş yollarıyla aşağıdaki küçük vadiye dek uzanan ufak parkı anımsadı.

Alışveriş arabasını, harcadığı çaba karşısında homurdana homurdana parkın tepesine varana dek ittirdi. Park kendisinden beklenileceği üzere balta girmemiş ormanlar kadar serpilmişti ama genel hatları hâlâ belli oluyordu. Civarda bir kum havuzu bile vardı. Burası otların istila edemediği tek yerdi.

"Burası işimi görür," dedi ve sırt çantasının ayaklarının dibine düşmesine izin verdi.

Kamp ocağının üzerindeki talimatları izledi. Beş dakika sonra küçük teneke kutunun içinde, yine süpermarketten aldığı daha az paslı bir konserve açacağıyla açtığı spagetti konservesini ısıtmaya yetecek kadar bütan kalmıştı. Tam da spagetti kaynamaya başladığında yanına ne bıçak ne de çatal aldığını fark etti. Ocağın altını kapattı. Soğumasını beklemekten başka seçeneği yoktu.

Alışveriş arabasından bir şişe su aldı ve güneşe tuttu. Berrak görünüyordu. En azından evdeki musluktan akan sudan daha berrak. Fakat şişenin ağzı hiç açılmamış olsa da suyun yarısı çoktan buharlaşmıştı. Kapağını çevirip açtığı sırada şişeden cılız bir tıslama yükseldi. Suyun kokusu fena değildi. Böylece suyundan koca bir yudum alıp aşağıdaki parka baktı.

Yabanıllığına rağmen buraya aşinaydı, evet, fakat aşinalığın ne anlama geldiğini merak ediyordu. Bu yer çocukluğuna ait o mahallenin zamana hapsolmuş haline benziyordu ama bu, iki yerin özünde aynı olduğu anlamına gelmezdi.

Hisleri ona buranın yeterince gerçek olduğunu söylüyordu çünkü çevresindekilere hem dokunabiliyor hem de onların kokularını alabiliyordu. Fakat aslına bakılırsa, içinde ondan başka kimsenin olmadığı bir dünyaya benziyordu burası. Bu haliyle ne kadar gerçek olabilirdi ki? Eğer burası içine kısılıp kaldığı eski ve tozlu bir hatıradan ibaretse belki gerçek bir yer bile sayılmazdı; hatta belki de son nefesinizi verirken akıp giden saniyeler sonsuzluğa dönüştüğünde, kendinizi bulduğunuz yer burasıydı. Hayatınızın en kötü dönemini geçirdiğiniz, sonsuzluğun içinde öylece donakalmış, asla ölmeden çürüyen o yer.

Suyundan bir yudum daha aldı. *Bu* yer her ne olursa olsun parkın asıl halini pek o kadar ziyaret ettikleri söylenemezdi. Tepenin eğimi yüzünden kum havuzu ve oyun parkı dışında kalan yerler epeyce tehlikeli sayılırdı. Bayırın etekleri boyunca uzanan koca tuğla duvar kaykaycıların bile meydan okumaktan kaçınmasına neden oluyordu. Dolayısıyla zaman içinde, daha ziyade High Street'te çalışanların sigara molalarını geçirdikleri türden bir yere dönüşmüştü.

Fakat bayırın dibinde şaşırtıcı ölçüde berrak görünen, böbrek şeklinde bir gölet vardı. Seth suyun yüzeyinde kalın bir alg tabakasının yeşermiş olmasını beklerdi ama bu sıcak yaz gününde son derece serin ve davetkâr görünüyordu. Göletin ortasında genellikle gagalarıyla kendilerini temizleyen ördeklerin işgal ettiği bir kaya vardı. Bugün ise ördeklerden eser yoktu fakat güneş o kadar parlak, hava o kadar açık ve sıcaktı ki ördeklerin gölete akın etmesi an meselesiymiş gibi görünüyordu.

Düşünceleriyle onları yaratabileceğini aklından geçirerek başını yukarı kaldırdı. Fakat sandığı gibi olmadı.

Doğa yürüyüşüne uygun kalın kıyafetleri yüzünden ter içinde kalmıştı ve gölet o kadar davetkâr görünüyordu ki içi ansızın suya dalma isteğiyle dolmuştu. Yüzmek onu kendine getirecek, bir bakıma banyo yapmış olacak ve bedeninin suyun üstünde süzülmesine, suyun içinde asılı kalmasına izin verecekti...

Durdu.

Suyun içinde asılı kalmak, diye düşündü.

O dehşet, asla sona ermeyecekmiş gibi görünen o korkunç, o müthiş *dehşet*. Korkuya ancak sonunu görebildiğiniz zaman tahammül edebilirdiniz ama o dondurucu dalgaların ortasında, okyanusun sizi biraz olsun umursamadan ciğerlerinizi doldurup körlemesine taklalar atmanıza yol açan o acımasız yumruklarıyla kayalara çarparken ufukta son namına hiçbir şey görünmüyordu.

Elini kırılan omuz kemiğine götürdü. Acısını hatırlıyordu, kırılan kemiğinden gelen ve dönüşü olmayan o *çat* sesini hatırlıyordu. Bu yerde omzu gayet iyi iş görse de bu düşünce karşısında biraz midesi bulandı.

Cesedinin nerede olduğunu merak etti.

Burası olmayan o dünyada, öldüğü o yerde acaba neredeydi? Sahile vurup vurmadığını merak ediyordu ya da onu okyanusta veya sahilde aramaları gerektiğine dair hiçbir fikirleri olup olmadığını... Çünkü orada olmaması gerekiyordu, *kimsenin* senenin o döneminde orada olmaması gerekirdi. Dondurucu bir kış mevsiminde öfkeli ve kayalık bir sahil mi? Aklı başında biri suya *girmek* şöyle dursun, ona *yaklaşmak* bile istemezdi.

Tabii buna zorlanmadığı sürece.

Biri onu zorlamadığı sürece.

Midesinde bir sızı daha hissetti; sahildeki son anlarını hatırlamak hem midesinin daha fazla bulanmasına hem de korkunç bir rahatsızlık duymasına neden olmuştu. Su şişesinin kapağını kapattı ve kendini, artık yiyebileceği kadar soğumuş olan spagettiye dönmeye zorladı. Ama bunu da yüzüne gözüne bulaştırdı. Konserveyi kafasına dikip içinde ne var ne yoksa yeni tişörtünün üstüne döktü fakat bunu pek umursamadı.

Annesiyle babasının nasıl öğrendiğini merak ediyordu. Cesedi bulunduğunda eksikliği hissedilecek kadar uzun bir süredir mi ölüydü? Şapkalarını kollarının altına sıkıştırmış halde içeri girip giremeyeceklerini soran polisler aniden kapılarının önünde bitince şaşırmışlar mıydı? Yoksa eve dönmediği için her geçen saat daha çok endişelenerek sonunda yolunda gitmeyen bir şeyler olduğuna mı karar vermişlerdi?

Burada yaz mevsimi yaşanırken orada kış mevsiminin yaşanıyor olması içine kuşku tohumları serpiyordu ve patikadaki ilk arafvari seansın ne kadar sürdüğüne dair de hiçbir fikri yoktu ama yine de eğer zaman her iki yerde de aynı şekilde akıyorsa önceki günün geç saatlerinde ya da dün sabah sularında ölmüş olmalıydı. Henüz fark etmemiş olmaları da olasıydı. Annesi ve babası hafta sonunu geçirmek üzere arkadaşlarından birinin evine gittiğini düşüneceklerdi ve Owen'ın klarnet dersleri, annesinin koşuları ya da babasının banyoyu sil baştan inşa etmeye karar vermesi yüzünden herkes o kadar meşguldü ki gittiğinden hâlâ bihaber olabilirlerdi.

Zaten kimsenin ona dikkat ettiği yoktu. Bilhassa olanlardan sonra.

Hatta belki de boğulan *Owen* olmadığı için, sonrasında kendilerini suçlu hissedecek olsalar da, içten içe derin bir mutluluk duyacaklardı. Belki de onlara taşındıkları yazın öncesini hatırlatıp duran o ayaklı yadigâr ayakaltından kalktığı için biraz rahatlamış bile olabilirlerdi. Belki de…

Seth elindeki içi boşalmış spagetti konservesini yere bıraktı ve tişörtünün koluyla ağzını sildi.

Sonra diğer koluyla da gözlerini kuruladı.

Fakat, diye düşündü, *ölmeden önce de mümkündür ölmek.*

Ne parkta yürüyen kimse vardı ne de kum havuzunun kenarında oturduğunu görebilecek tek bir kişi ama yine de yüzünü dizlerine doğru eğdi ve bir kez daha hıçkırıklara boğuldu.

14

Kros antrenörlerinden saklanmak için yüzüstü yere uzanmış halde, "Ama yani, Tanrı aşkına, şunlara bir bakın," dedi Monica futbol sahasında idman yapan amigo kızları izlerken. "Kimin memeleri cerrahi müdahale geçirmeden böylesine dik olabilir ki?"

"Havada sonbahar serinliği var," dedi H, İngilizce öğretmenleri Bay Edson'un o sabah söylediklerinden alaycı bir tavırla alıntı yaparak. "Her şeyin sıkılaşmasını sağlıyor."

Monica oğlanın kafasının tepesine tokadı yapıştırdı.

"Ah!" diye çıkıştı H. "Bunu neden yaptın ki? Onlara bakmamızı söyleyen sendin!"

"Seni kastetmemiştim."

Lisedeki son senelerinin ikinci haftasıydı, eylül ayının başlarıydı. Aralarında anlaşarak koşu parkurundaki herkes tarafından bilinen kestirme yola girmiş ve bitiş çizgisine yakın bir yerlerde herkesin gözleri önünde gizlenerek geri dönmeden önce yirmi dakika kazanmışlardı. Güneş yılın bu döneminden beklenmeyecek kadar parlak, gökyüzüyse bulutsuzdu ama okyanustan esen rüzgâr havayı serinletiyordu.

Neredeyse güzel diyebileceğiniz türden bir gün, *diye düşündü Seth.*

Çimlerle kaplı bayırda sırtüstü uzanırken, "Serinlik onları sıkılaştırıyor, öyle mi?" diye sordu Gudmund, H'ye. "Sonbahar boyunca seninkinin hiç inmemesinin nedeni bu mu?"

"Ona yıl boyunca diyelim," diye mırıldandı Monica.

"Siz çocuklar korunduğunuz sürece sorun yok," dedi Gudmund.

Monica ona bir bakış attı. "Sanki onun bebeğini doğurmayı istiyorum da."

"Hey!" dedi H. "Bu hiç hoş değil."

"İşte yine başladılar," dedi Seth.

Hepsi bakışlarını futbol sahasına çevirdi. Beklenildiği gibi Boswell Lisesi'nin sarışın ve esmer bombaları birbirlerine girmişti. Bu hiç adil değil, diye düşündü Seth. Aslına bakılırsa çoğu iyi kızlardı. Fakat daha az iyi kızlardan biri olan Chiara Leithauser sürüden ayrılıp okulun ana binasına doğru yürümeye koyulduğunda hiçbiri kılını bile kıpırdatmadı.

"O nereye gidiyor?" dedi Gudmund.

"Müdür Marshall'a okul sonrası muamelesini çekmeyi unutmuştur," dedi H kıs kıs gülerek.

"Ah, lütfen," dedi Monica. "Chiara bekâret konusunu gerçekten ciddiye alıyor. Blake Woodrow'un ellerini sutyeninin içine sokmasına bile izin vermiyormuş."

Gudmund omuzlarını silkti. "Aferin ona."

Monica güldü ama Gudmund ona karşılık vermeyince oğlanın yüzünü dikkatle inceledi. "Bu konuda ciddisin, değil mi?"

Gudmund bir kez daha omuzlarını silkti. "En azından prensipleri var. Bunun neresi yanlış? Birinin bizim gibi tiplerin ahlaksızlığını dengelemesi gerek."

"Koç Goodall bizi yakaladığında ona da böyle söyleriz," dedi Seth kıdemli koşucularının ilk uzun idman koşusunda neden böylesine geciktiğini merak eden kros koçunun, saatine öfkeli bir ifadeyle bakarak sahayı boylu boyunca aşmakta olduğunu görünce.

"Kimsenin prensip sahibi olmasında yanlış bir şey yok," dedi Monica. "Ama sırf prensipleri var diye etrafındaki herkesin canına okuması kesinlikle yanlış."

"Bu yalnızca onun fikri," dedi Gudmund. "Söylediklerine kulak asmak zorunda değilsin."

Monica yanıt vermek için dudaklarını aralasa da ağzı halinden memnun bir şaşkınlıkla bir karış açıldı. "Ondan hoşlanıyorsun."

Gudmund fazlasıyla masumane bir ifade takındı.

"Gerçekten hoşlanıyorsun!" Monica az kalsın bağıracaktı. "Tanrım, Gudmund, bunun toplama kampında çalışan bir muhafızı sevmekten hiç farkı yok!"

"Ondan hoşlandığımı söylemedim, aptal olma," dedi Gudmund. "Tek söylediğim onu elde edebileceğimdi."

Seth bakışlarını ona çevirdi.

"Elde etmek mi?" diye sordu H. "Yani şey gibi mi..." ve ardından kalçalarını ileri geri hareket ettirerek herkesin dehşet içinde suspus kesilmesine neden oldu. "Ne var?" diye sordu herkesin boş gözlerle ona baktığını fark edince.

Monica başını iki yana salladı. "Hayatta olmaz. Sanki bu kızın hayatında eğlenceye ayırdığı zaman kısıtlı ve bunun bir dakikasını bile lisede harcamak istemiyor."

"Bunlar elde edilmesi en kolay olanlardır," dedi Gudmund. "Manevi değerleri o kadar yüksektir ki çarptığın anda yıkılıverir."

Monica ona her zamanki gibi gülümseyerek bir kez daha başını iki yana salladı. "Yine saçmalamaya başladın."

"Ne yapalım, biliyor musunuz?" dedi H aniden coşkulu bir tavırla. "Bence kesinlikle iddiaya girmeliyiz. Gudmund'ın, Chiara Leithauser'la yatmak için mesela bahar tatiline kadar zamanı olsun. Çünkü bunu kesinlikle başarabilirsin, dostum. Ona vahşi şeylerin nerede olduğunu göster."

"Vahşi şeylerin yerini haritayla bile bulamayan biri mi diyor bunu?" dedi Monica.

"Hey!" dedi H alçak ve incinmiş bir sesle. "Onlara özelimizden bahsetmek konusunda ne demiştim?"

Monica somurttu ve arkasını döndü.

"Sen ne düşünüyorsun, Sethy?" dedi Gudmund tartışmayı geçiştirmeye çalışarak. "Sence iddiayı kabul edip Chiara Leithauser'ın peşine düşmeli miyim?"

"Tabii," dedi Seth, "sonra da altın gibi bir kalbi olduğunu fark edip ona gerçekten âşık olursun. Derken Chiara iddia mevzusunu öğrenir

ve kıçına tekmeyi basar. Ama sen yağmurda kapısının önünde dikilip ona en sevdiği şarkıyı söyleyerek kendini affettirirsin ve ardından okul balosunda yalnızca okula değil, dünyadaki tüm kalbi kırıklara aşkın ne demek olduğunu hatırlatan bir şarkıda dans edersiniz."

Durdu çünkü herkes ona bakıyordu.

"Lanet olsun Seth," dedi Monica takdir edercesine. "'Dünyadaki tüm kalbi kırıklar.' Edson'un dersi için yazacağım kompozisyona muhakkak bu ismi koyacağım."

Seth kollarını kavuşturdu. "Söylemeye çalıştığım şey şu: Gudmund'ın Chiara Leithauser'la yatmayı becerip beceremeyeceği üzerine bahse girmek, kafamıza silah dayasalar bile izlemeyi reddedeceğimiz türden boktan bir gençlik filmi gibi duruyor."

"Doğru söze ne denir," dedi Gudmund çimlerin üstünde uzandığı yerden kalkarken. "Zaten beni hak etmiyordu."

"Haklısın," dedi Monica. "Okulun en yakışıklı, en zengin ve en popüler erkeğiyle çıkıyor olmak yeterince ağır bir ceza olmalı."

H dudak bükercesine güldü. "Blake Woodrow o kadar da yakışıklı değil."

Bir kez daha herkesin bakışları ona döndü. "Şunu yapmanızdan çok sıkıldım!" dedi. "Söylediğim her şey aptalca değil. Blake Woodrow'un saçları tıpkı kız gibi ve alnı da mağara adamlarınınkine benziyor."

Monica başıyla onaylamadan önce kısa bir sessizlik oldu. "Evet doğru, bunu kabul etmek zorundayım."

"Ve Gudmund eğer isterse onu göz açıp kapayıncaya dek elde edebilir," dedi H grubun geri kalanına katılmak için ayağa kalkarken.

"Teşekkürler dostum," dedi Gudmund. "Sen böyle söyleyince kulağa neredeyse iltifat gibi geliyor."

"Ama bir kez olsun denemeyecek misin?" diye sordu H umutla.

Monica ona tekrar vurdu. "Yeter artık. Ondan nefret edebilirim ama o bir fahişe değil. O kızdan sanki raftan seçip alabileceğin bir şeymiş gibi bahsetmekten vazgeç." Sonra Gudmund'a baktı. "Sen de."

"Söylediklerimde ciddi değildim, seni feminist," dedi Gudmund gülümseyerek. "Sadece bunun mümkün olduğunu söyledim. Tabii eğer isteseydim."

Monica ona dil çıkarıp sahada koşmaya başladı. Peşine takılan H'yle birlikte parkura çıktıkları sırada ikisi de son yarım saattir koşuyor numarası yapmaya çalışıyordu.

Gudmund, yüzünde ciddi bir ifadeyle onu izlemekte olan Seth'e baktı. "Yapabileceğimi düşünmüyor musun?"

"Monica o kadar kıskanırdı ki büyük olasılıkla öksüre öksüre can verirdi," dedi Seth saha boyunca koşmaya başladıkları sırada.

Gudmund başını iki yana salladı. "Hayır, Monica ve ben kardeş gibiyiz."

"İnsan kız kardeşiyle o kadar flört eder mi? Seni o kadar çok istiyor ki resmen hiç geçmeyen bir diş ağrısından mustarip gibi davranıyor."

"Yüce İsa, kıskanç olanın o olduğundan emin misin Sethy?" dedi Gudmund ve oyuncu bir tavırla yumruğunu Seth'in omuzuna indirdi. "Homo," diye de ekledi.

Fakat bunu sırıtarak söylemişti.

Böylece artık avazı çıktığı kadar bağırmaya başlayan Koç Godall'a doğru koştular ve...

15

Seth olduğu yerde irkilerek aniden başını kaldırdı.

Dünya hâlâ aynıydı. Güneş hâlâ aynı yerdeydi. Altındaki park tüm yabanıllığıyla orada öylece duruyordu. Uyuyakalmış gibi bile hissetmiyordu.

İnledi. Gözlerini ne zaman kapatsa anılar zihnine mi üşüşecekti? Çok kötü ya da çok güzel oldukları için farklı şekillerde acı veren tüm her şey?

Cehennem, diye hatırlattı kendine. Burası cehennemdi. Neden rezil bir yer *olmasındı* ki?

Malzemelerini topladı ve alışveriş sepetini High Street'e doğru itmeye başladı ama yine yorulduğunu hissediyordu.

"Bu aptallık," dedi sanki üzerindeki termal giysiler yetmezmiş gibi bir de omuzlarındaki sırt çantasıyla ittirmeye çalıştığı alışveriş arabasındaki konservelerin ağırlığı yüzünden kan ter içinde kalmış halde. Süpermarketin kapılarının önünde durdu, spagetti lekeli tişörtünü yenisiyle değiştirdi, sonra da konservelerin yarısını daha sonra gelip almak üzere yere indirdi.

Kaşlarında biriken teri silip suyundan bir yudum daha aldı. High Street'te hiçbir şey yerinden kımıldamamıştı. Doğa sporları malzemeleri satan dükkâna girmek için kırdığı camlar hâlâ yerde yatıyor, güneşte parıldıyordu. Yarasalar kim bilir uçup nereye gitmişti. Geride yalnızca otlar ve sessizlik kalmıştı.

Çok, çok, çok fazla sessizlik.

Bir kez daha aynı şeyi hissetti. Bir tuhaflık. Bir tehlike. Yanlışlığı gözle görülenin ötesinde olan bir şey.

Bir kez daha hapishaneyi düşündü. Tüm gözlerden uzakta orada öylece duruyor, sanki onu bekliyordu. Sanki kendi yerçekimine sahip, onu kendisine doğru çeken devasa ve ağır bir şey gibiydi.

Belki de yiyeceklerin tümünü eve şimdi götürmeliydi.

Evet, belki de böyle yapsa iyi ederdi.

Alışveriş arabasını ana cadde boyunca iterken o kadar çok yoruldu, öylesine anlamsızca bitkin düştü ki hasta olacağını düşünmeye başladı. Çukura vardığında –tilki ve yavruları çoktan gitmişti– kendini maraton koşmuş gibi hissediyordu ve durup suyundan biraz daha içmek zorunda kaldı.

Sokağına döndü. Evinin önündeki garaj yoluna yaklaştıkça alışveriş arabası da ağırlaşıyor gibiydi. Öyle ki alışveriş arabasını kaldırımda bırakmaya karar verdi. Hepsini şu anda içeri taşıyamayacak kadar güçsüz düşmüştü. Sırt çantasını, feneri ve konservelerden birkaçını alıp eve yöneldi.

Dokunduğu anda kapı savrulurcasına açıldı. Pataklanması gereken biriyle karşılaşma ihtimaline karşı feneri havaya kaldırarak istemeye istemeye de olsa savurmaya hazırlandı. Koridor hâlâ gölgeler içindeydi ve fenerden süzülen ışık huzmesi yalnızca yolunu aydınlatmaya yetiyordu. Koridorda ilerlerken konservenin içinde bozulmadan kaldıysa biraz muhallebi ısıtabileceğini düşündü. Muhallebi yemeyeli o kadar uzun zaman olmuştu ki…

Donakaldı.

Fener merdiveni aydınlatmıştı. İlk defa onlara doğru düzgün bakıyordu, ilk defa basamaklara doğru düzgün *ışık* vuruyordu ve ilk defa…

Ayak izlerini gördü.

Tozlu basamaklardan inen ayak izlerini.

Yalnız değildi. Burada ondan başka biri daha vardı.

O kadar hızlı geriledi ki yeni sırt çantası kapının koluna takılıp kapıyı arkasından kapattı. Bir anlığına onunla içeride kapana kısılmış olma ihtimali karşısında paniğe kapıldı. Telaşla kendi etrafında döndü, kapıyı açtı ve elindeki puding kutularını döke saça koşarak evin önündeki basamakları indi. Bir yandan da kendini ondan kollamak için arkasına bakıyordu...

Soluk soluğa alışveriş arabasının yanında durdu. Feneri sopa gibi havaya kaldırmıştı. Vücudunu esir alan adrenalin dalgasına rağmen dövüşmeye hazırdı.

Ancak meydanda kimse yoktu.

Kimse peşinden koşmuyordu. Kimse ona saldırmıyordu. Evin içinden de en ufak bir ses gelmiyordu.

"Hey!" diye seslendi. "Orada olduğunu biliyorum!" Feneri daha sıkı kavradı. "Orada kim var? Kimsin sen?"

Ancak yine çıt çıkmadı.

Tabii ki çıt çıkmayacaktı. En nihayetinde orada biri olsaydı bile öylece kendini gösterir miydi?

Seth ne yapması gerektiğine karar vermeye çalışarak sokakta sağına soluna baktı. İki yanda da kapıları kapalı, perdeleri çekili sıra evler uzanıyordu. Belki de *her* ev birini saklıyordu. Belki de burası sandığı kadar ıssız değildi. Belki de sadece bekliyorlardı...

Durdu. *Ne yapmasını* bekliyorlardı?

Bu yol, bu evler. Bir dünyanın içinde insanlar yaşadığı halde böylesine el değmeden kalması mümkün değildi. Hatta imkânsızdı. Toprak patikada onunkilerden başka iz yoktu; bitkilerin dalları kırılmamıştı, otların arasından yol açılmamıştı. İnsanların dışarı çıkması gerekirdi ve eğer dışarı çıkmıyorlarsa ihtiyaç duydukları şeyler ayaklarına getirilmeliydi.

Fakat çok uzun zamandır bu sokaktan Seth'ten başka kimse geçmemişti.

Evinin ön kapısına, kaçarcasına çıktığı için hâlâ açık vaziyetteki o kapıya baktı.

Bekledi. Bekledi. Ve bekledi.

Hiçbir şey değişmedi. Ses yoktu, hareket yoktu, hatta hayvan bile yoktu. Parlak mavi gökyüzü ve güneş ışıkları korkusuyla alay ediyordu. Nihayet sakinleşmeye başladı. Doğru bildiği her şey hâlâ doğruydu. Burada geçirdiği bir ya da iki gün boyunca (artık kaç günse) başka birinin varlığına dair hiçbir kanıtla karşılaşmamış, en ufak bir ize rastlamamıştı.

En azından şimdilik.

Ancak yine de bekledi.

Tabii vücudunu esir alan adrenalin etkisini yitirip yorgunluğu geri dönene dek. Uzanmak *zorundaydı;* söyleyebileceği tek şey buydu. Karnını da doyurması gerekiyordu. Buradaki her şeyi güçleştiren bu zayıflığı alt etmeliydi.

Ayrıca başka bir gerçek daha vardı. Başka nereye gidebilirdi ki?

Feneri önünde tutarak yavaş adımlarla patikayı boylu boyunca kat etti, basamakları çıktı ve kapı eşiğine vardı. Orada durup elindeki ışığı merdivenlere tuttu. Dikkatli bakınca en üst basamaktan aşağı inen, kimi belirgin kimiyse merdivenlerden inen kişi sanki basamaklarda tökezlemişçesine toza bulanmış ayak izlerini epey net görebildi.

Aşağı iniyor ama tekrar yukarı çıkmıyorlardı. Hepsi tek yöne bakıyordu.

"Merhaba?" diye seslendi tekrar ama bu kez daha tereddütlüydü.

Temkinli adımlarla içeri girip ana salona açılan kapının eşiğine doğru ilerlemeye koyuldu. Elindeki feneri birinin kafasına geçirmeye hazır vaziyette köşeyi dönerken kalbi göğsünde güm güm atıyordu.

Fakat kimse yoktu. Onun el sürdüğü yerler haricinde hiçbir şeye el sürülmemişti. Oturma odasında, yemek odasında, hatta merdivenin altındaki küçük odada bile hiçbir şey yerinden kımıldamamıştı. Mutfaktaki eşyaları da nasıl bıraktıysa o halde buldu. Dayanamayıp arka bahçeye bile baktı ama orada da her şey yerli yerindeydi; iç yüzeyi metalik folyoyla kaplı sargı bezleri yerlerinden oynamadan hâlâ yığın halinde verandanın üstünde duruyorlardı.

Yani ayak izleri kim bilir ne zamandır burada, diye düşündü biraz rahatlayarak. O henüz buraya gelmeden de ayak izleri...

Durdu.

Basamaklarda tökezlemişçesine, diye düşündü. Sözcükler ansızın anlam kazanmıştı.

Geri döndü ve en alttaki basamağın üstünde dikildi. Ayak izlerine baktı ama gördüğü ayakkabılar tarafından değil, *çıplak* ayaklar tarafından bırakılmış izlerdi.

Önce spor ayakkabılarından tekini, sonra da yeni çorabını çıkardı. Ayağını en aşağıdaki tozlu ayak izinin yanına koydu.

Uyuşuyorlardı. Hem de tıpatıp.

İlk defa başını kaldırıp merdivenin yukarısına baktı. Buraya geldiğinden beri yukarı çıkmaktan çekinmesine neden olan bir şeyler vardı. Henüz küçük birer çocukken Owen'la paylaştığı, çatı katındaki o sıkışık yatak odası. Orada yapayalnız yatıp önce Owen'ı geri alıp alamayacaklarını, sonra da geri alsalar bile yaşayıp yaşamayacağını düşünerek geçirdiği geceler.

Fakat görünüşe göre çoktan yukarı çıkmıştı.

Dışarıdaki patikada uyanmıştı ve görünen oydu ki bunun nedeni, öldükten sonra başından geçen o korkunç ve kafa karıştırıcı anlarda tökezleyerek basamaklardan inmiş olmasıydı. Koridordan geçmiş, güneşe çıkmış ve patikaya adım atar atmaz olduğu yere yığılıvermişti.

Uyandığı yer orasıydı.

Ama belli ki bu ilk uyanışı değildi.

Feneri merdivenin yukarısına doğru tuttu ama sıkı sıkıya kapalı olduğundan sahanlığın tepesindeki banyo kapısının ötesini seçmesi pek mümkün olmadı. Banyo, mutfağın üstündeydi. Sahanlık oradan kıvrılıp Seth'in başının üstündeki ofis ile annesiyle babasının yatak odasına, oradan da bir üst kattaki tavan arasına uzanıyordu.

Yukarıda ne yapıyordu?

Ve neden oradan kaçmıştı?

Sırt çantasının askılarını indirip yere düşmesine izin verdi. Ardından kendi ayak izine basmamaya özen göstererek ayağını en alttaki basamağa koydu ve basamağı çıktı. Sonrakini de. Feneri önünde tutmaktan bir an olsun vazgeçmeden banyonun kapısına ulaştı. Kapının altından çizgi halinde sızan incecik ışık huzmesini görünce kapıyı açtı ve banyonun penceresinden giren güneş ışıkları sahanlığı doldurdu.

Banyonun zemini annesinin oldum olası nefret ettiği ama ne derse desin babasını değiştirmeye ikna edemediği şarap rengi linolyumla kaplıydı. Zeminde biriken tozun üstünde hiç ayak izi yoktu; buradaki hiçbir şeye el değmemişti. Işığın girebilmesi için kapıyı açık bıraktı ve tekrar sahanlığa döndü. Sahanlık boyunca uzanan tozlu ayak izleri âdeta üstüne üstüne geliyordu.

Tam olarak nedenini bilmese de sahanlığı arşınlarken ayak izlerine basmamaya özen gösterdi. Ofise açılan sağındaki ilk kapıdan içeri baktı. Annesinin Amerika'ya gönderilmesine karşı çıktığı dosya dolabından devasa boyutlardaki eski moda bilgisayara dek her şey tam da hatırladığı gibiydi. Pek umutlu olmasa da lambanın düğmesine bastı ama şansı yine yaver gitmedi ve tıpkı banyoda olduğu gibi burada da hiçbir şeye el sürülmemişti.

Annesiyle babasının yatak odasından çıkan hiçbir ayak

iziyle karşılaşmadı ama yine de odanın kapısını açtı. İçerideki yatak yapılıydı, yerler temizdi, dolapların kapakları sımsıkı kapalıydı. Seth jaluzilere doğru yürüyüp evin önündeki patikaya baktı. Alışveriş arabası hâlâ oradaydı. Ne yerinden kıpırdamıştı ne de içindekilere dokunulmuştu.

Tekrar sahanlığa döndü ve en başından beri duyduğu şüphe doğrulandı. Ayak izleri üst kattan, yatak odasının olduğu çatı katından geliyordu.

Fakat yukarı çıkmıyorlardı.

Tüm bunlar her nasıl başladıysa orada başlamıştı.

Fenerini merdivenin ilerisine tuttu. Ev çatının doruk noktasına doğru gitgide daraldığından burada yalnızca küçük bir sahanlık vardı. Çatı katına açılan kapı da buradaydı.

Ve kapı açıktı.

Seth odanın tek penceresi görevini gören tepecamından geldiğini adı gibi bildiği loş ışığın kapıdan süzüldüğünü görebiliyordu.

"Merhaba?" dedi.

Hâlâ önünde tuttuğu fenerle merdivenlerin ikinci katını tırmanmaya başladı. Güçlükle nefes aldığını hissedebiliyordu. Gözlerini kapıdan ayırmadan merdiveni tırmandı ve son basamakta durdu. Avuç içleri öylesine terlemişti ki fener elinden kayıyordu.

Lanet olsun, diye düşündü. *Neden bu kadar korkuyorum ki?*

Derin derin nefes aldı, feneri başının üstüne dek kaldırdı ve kapı eşiğinin üstünden atlayarak eski yatak odasına daldı. Savaşmaya da hazırdı, ona karşı savrulacak darbelere de…

Fakat ortalıkta kimse yoktu. Yine.

Burası yalnızca eski yatak odasıydı.

Tek ama büyük bir farkla.

Odanın orta yerinde bir tabut duruyordu.

Ve kapağı da açıktı.

16

Diğer her şey aynıydı.

Duvarlar hâlâ yeni ay desenli duvar kâğıdıyla kaplıydı; eğimli tavandaki tepecamının altından sızan suyun bıraktığı leke yeni aya doğru uzanıyordu. Eğer *bir dakika* içinde uyumazsa onu canlı canlı yiyeceğini söyleyerek Owen'ı korkutmak için kullandığı yüze benzer izi bile görebildiğini düşündü.

Yatakları da oradaydı; iki köşede inanılmayacak kadar ufak görünüyorlardı. Hatta Owen'ınki bebek karyolasından azıcık büyüktü. Fazlasıyla hırpalanmış olsalar da en sevdikleri kitaplar rafa dizilmişti. Rafın altında plastik aksiyon figürleriyle, arabalarla ve ateş ederken epey gürültü çıkaran ışın tabancalarıyla tepeleme yığılı oyuncak kutusu duruyordu. Owen'ın yatağınaysa Seth'in şu anda kardeşinin okyanusun öteki tarafındaki odasında olduğundan adı gibi emin olduğu içi doldurulmuş oyuncaklar, bilhassa Owen'ın gözdesi olan filler dizilmişti.

Odanın ortasındaysa, yatakların arasında kalan boşlukta da kapağı devasa bir istiridye gibi açılmış uzun ve siyah bir tabut duruyordu.

Tepecamının jaluzisi kapalı olduğundan içerideki ışık loştu ama Seth onu açmak için tabutun yanından geçmek istemiyordu.

Feneri silah dışında farklı amaçlar için kullanabileceğini hatırlaması biraz zamanını aldı. Feneri açıp tabuta tuttu. Gerçek hayatta daha önce hiç tabut görüp görmediğini hatırlamaya çalıştı. Hayatı boyunca hiç cenazeye gitmemişti. Hatta Tammy Fernandez okul bahçesinde nöbet geçirip hayatını kaybettiğinde bile. Neredeyse herkes çocuğun cenazesine gitmişti ama Seth'in annesiyle babası tek geceliğine Seattle'a yapacakları seyahatten vazgeçecek değildi. "Onu *tanımıyordun* bile," demişti annesi ve konu öylece kapanmıştı.

Fakat bu tabut kesinlikle etrafına parlaklık saçıyordu ve parlaklığı da öyle cilalı ahşabınkine benzemiyordu. Sanki çok pahalı bir arabanın kaportasıymış gibi parlıyordu. Aslında, *tam olarak* çok pahalı bir arabanın kaportası gibi parlıyordu. Hatta görünüşe bakılırsa bir tür siyah metalden yapılmış, kenarları da yuvarlatılmıştı. Seth merakına yenik düştü ve tabuta yaklaştı. Tuhaftı, ilk bakışta olduğundan bile daha tuhaftı. Gösterişli ve pahalı duruyordu, neredeyse gelecekten kopup gelmiş gibiydi, âdeta bir filmden fırlamıştı.

Fakat tabut olduğu su götürmezdi. Bilhassa içindeki bembeyaz yastıklarla ve...

"Lanet olsun," dedi Seth soluk soluğa.

Tabutun döşemesinin üstünde, krapon kâğıdından kesilmiş şeritlere benzeyen darmadağın metalik bantlar vardı.

Resmen çekiştirilerek koparılmış gibi görünüyorlardı; sanki birini bağlamak için kullanılmışlardı da o kişi özgür kalana dek tüm gücüyle bantlara asılmıştı.

Sonrasında da basamakları kâh körlemesine kâh tökezleyerek inip dışarıdaki patikada yere yığılmıştı.

Seth ne düşüneceğini bilemeden orada uzun, upuzun bir süre boyunca dikildi.

Bu, yetişkin halinin bile sığabileceği kadar büyük ve son derece modern bir tabuttu ama yine de henüz bir çocukken terk ettiği odanın orta yerinde duruyordu.

Owen için tabut yoktu. Annesiyle babası için de.

Sadece onun için.

"Çünkü yalnızca ben öldüm," diye fısıldadı.

Elini açık kapağın üstüne koydu. Tıpkı metalden bekleyeceği gibi soğuktu ama elini çektiğinde avucuna bulaşmış ince toz katmanını görünce şaşırdı. Oysa içi, jaluzisi kapalı pencereden süzülen zayıf ışıkta bile sanki kör edici derecede beyazdı. Belli belirsiz de olsa insan siluetindeki döşemenin dört kenarına yastıklar yerleştirilmişti.

Kopmuş metalik sargı bezleri –iletken bant– döşemeyi boydan boya kat ediyordu. Bir de irili ufaklı hortumlar vardı. Bazıları tabutun kenarında gözden kaybolurken açıkta kalan uçları bembeyaz yastıkların orasında burasında lekeler bırakmıştı.

Vücudundaki sıyrıkları ve çişini yaparken canının ne kadar yandığını düşündü.

Hortumlar *ona* mı bağlıydı?

Neden?

Yere çömelip feneri tabutun altına tuttu. Tabut dört adet kısa ve yuvarlak ayağın üstünde duruyordu ama orta yerinde, döşemenin altından çıkıp doğrudan zemine giren ince bir hortum vardı. Seth hortuma dokundu. Sanki içinde güç devreleri varmışçasına tabutun geri kalanından biraz daha ılıktı ama yine de emin olamıyordu.

Tekrar ayağa kalkıp ellerini beline koydu.

"Cidden," dedi yüksek sesle. "Ne haltlar dönüyor bu *cehennemde*?"

Bir hışımla tepecamının jaluzisini açtı. Sonra kızgın kızgın aşağıdaki sokağa baktı.

Sokağın iki yanında uzanan evlere.

En az kendisininki kadar terk edilmiş görünen tüm diğer evlere.

"Hayır," diye fısıldadı. "Bu olamaz."

Daha o anda yorgunluğunun izin verdiği hızla uçarcasına merdivenleri inmeye başladı.

17

Eline geçirdiği bahçe cücesini yandaki evin ön penceresine olabildiğince sert fırlattı. Cüce havalanıp tatmin edici bir şangırtıyla camı indirdi. Seth geriye kalan cam parçalarını fenerle temizleyip içeri tırmandı. O henüz küçükken burada yaşayan insanlar hakkında hiçbir şey hatırlamıyordu ama sanki yaşça kendisinden büyük iki kızları vardı. Belki de bir.

Her halükârda burada, ölmüş insanlar olabilirdi.

Giriş salonları tıpkı kendisininki kadar tozlu ve bakımsızdı. Evlerin planı az çok aynı olduğundan telaşlı adımlarla yemek odasını ve mutfağı dolaştı ama sıradışı hiçbir şey bulamadı. Gözüne çarpan tek şey daha fazla tozlu mobilyaydı.

Koşarak basamakları çıktı. Bu evde yalnızca tek bir sahanlık vardı, evin sahipleri çatı katını dönüştürmeye zahmet etmemişlerdi. Böylece Seth daha ne olduğu anlamadan kendini yatak odalarının ilkinde buldu.

Bu bir kızın odasıydı, büyük olasılıkla genç bir kızın odası. Odada Seth'in adını hayal meyal duyduğu şarkıcıların posterleri, üstünde derli toplu makyaj malzemelerinin durduğu çekmeceli bir çalışma masası, lavanta rengi yatak örtüsünün serili olduğu bir yatak ve kızın hem çok sevdiği hem de sık sık sarılıp ağladığı aşikâr St Bernard şeklinde pelüş bir oyuncak vardı.

Ama tabuttan eser yoktu.

Ana yatak odasında da durum aynıydı; tek farkı, kendi anne babasının odasından daha tıklım tıkış ve havasız olmasıydı. Yatak, komodin, giysilerle dolu koca bir gardırop... Burada olmaması gereken hiçbir şey yoktu.

Çatı katına açılan tavandaki kapağı fenerin ucuyla ittirdi. Merdivenin en altındaki basamağı yakalamak için birkaç kere zıplamak zorunda kalsa da nihayet tangırtılar eşliğinde indi. Seth elindeki feneri önündeki boşluğa tutarak tırmandı.

Fakat onu gördükleri anda panik halinde ötüşüp çılgınca kanat çırparak çatının arka tarafındaki delikten uçup giden şaşkın güvercin sürüsü yüzünden çabucak geri çekildi. Ortalık sakinleştiğinde kuşları keşfetmekten pek de mutlu olmayan Seth ellerine bulaşan güvercin gübresini sildikten sonra, fenerden ve delikten süzülen ışık çok sayıda karton kutuyu, kırık dökük elektrikli ev aletlerini ve birkaç tane daha sersemlemiş güvercini gözler önüne serdi.

İçinde insan olan hiçbir tabut göze çarpmıyordu.

"Pekâlâ," dedi.

Özel bir nedeni olmasa da sokağın karşısındaki evi denemeye karar verdi ve bahçe cücesini yanına alarak evin ön penceresini tuzla buz etti.

"Yüce İsa," dedi Seth içeri tırmandığında.

İçerisi olağanüstü dağınıktı. Her köşede gazete yığınları vardı; tüm yüzeyler yiyecek ambalajlarıyla, kahve fincanlarıyla, kitaplarla, heykellerle, tozla, tozla ve daha çok tozla kaplıydı. Eşyaların arasından kendine yol açtı. Bütün odalar aynı durumdaydı. Mutfak sanki yüz yıl öncesinden kalma gibi görünüyordu ve merdivenlerde bile her basamağa yığılı şeyler vardı.

Fakat tavan arası dâhil olmak üzere üst kattaki odalar yalnızca dağınıktı. Ortalıkta tabut falan yoktu.

Bunun yanındaki evin sahiplerinin Hintli olduğu ortadaydı çünkü mobilyaların üstüne parlak renkli kumaşlar örtülmüş, duvarlarsa geleneksel Hindu kıyafetleri içindeki gelinle damadın fotoğraflarıyla süslenmişti.

Kaç tane odayı kontrol ederse etsin başka hiçbir şey bulamadı.

Aynı cüceyi yandaki evin camına fırlatırken haşin bir çaresizlik duymaya başladı. Sonra da *onun* yanındakine.

Hepsi toz içindeydi. Hepsi boştu.

Gittikçe daha halsiz düşüyor, yorgunluğa karşı koymakta zorlanıyordu. Onuncu ya da on ikinci evde –artık saymayı bırakmıştı– cüceyi camı kıracak kadar hızlı fırlatmaya yetecek kuvveti bile kalmamıştı. Cüce sekip yere düştü. Pis pis bakan gözleri Seth'e dönüktü.

Seth bütün ağırlığını vererek beyaz boyalı ahşap çite yaslandı. Yine kirlenmişti. Hatta tepeden tırnağa en az bir düzine evin tozuna bulanmıştı. Bir düzine *boş* evin. Fakat hiçbirinin odalarında görenlerin şaşkınlıktan küçük dillerini yutmalarına yol açacak kadar parlak bir tabuta yer yoktu.

Daha ziyade hayal kırıklığından olsa da ağlamak istiyordu ama kendini toparlamayı bildi.

Her şeye rağmen neler keşfetmişti? Öğrendiği yeni şeyler nelerdi?

Daha önce aklına gelmeyen hiçbir şey öğrenememişti.

Yalnızdı.

Kendini burada nasıl bulmuş olursa olsun, o tabut nereden gelmiş ya da onun içine nasıl düşmüş olursa olsun annesinin, babasının ya da erkek kardeşinin olabilecek hiçbir tabuta rastlamamıştı. Sokağın yukarısındaki ya da aşağısındaki evlerde tabut falan yoktu. Ne gökyüzünde ne tren yolunda ne de diğer sokaklarda insandan eser vardı.

Burası ne tür bir cehennemse hakikaten yalnızdı.

Tamamen yapayalnızdı.

Ama bu, diye düşündü ayaklarını sürüye sürüye evine dönerken, *o kadar da aşina olmadığım bir duygu değil.*

18

"Lanet olsun, Sethy," dedi Gudmund. Sesi Seth'in daha önce hiç duymadığı kadar ciddiydi. "Ve seni mi suçluyorlar?"

"Suçlamadıklarını söylüyorlar."

Gudmund yatakta dirseğinin üstünde doğruldu. "Ama asıl düşündükleri bu değil."

Seth omuzlarını öyle gelişigüzel silkti ki Gudmund'un sorusunu yanıtlamak için bir şey demesine gerek kalmadı.

Gudmund avucunu usulca Seth'in çıplak karnına koydu. "Bu çok kötü," dedi. Elini Seth'in çıplak göğsünde gezdirip yeniden karnına ve oradan da nazikçe, hatta okşarcasına daha aşağılara indirdi ama henüz daha fazlasını istemiyor, dokunuşuyla Seth'e ne kadar üzgün olduğunu söylüyordu sadece.

"Ama cidden," dedi Gudmund, "ne tür bir ülke insanların evlerinin yanına bir hapishane inşa eder ki?"

"Aslında pek evimizin yanında sayılmazdı," dedi Seth. "Hapishaneyle aramızda neredeyse kilometreler uzunluğunda tel örgüler ve yüzlerce muhafız vardı." Bir kez daha omuzlarını silkti. "En nihayetinde bir yere inşa edilmesi gerekiyordu."

"Evet, adanın tekine ya da taş madeninin ortasına falan. İnsanların yaşadığı yere değil."

"İngiltere kalabalık bir yerdir. Hapishaneleri olmak zorunda."

"Ama yine de," dedi Gudmund. Eli tekrar Seth'in karnına çıkmış, işaretparmağıyla orada daireler çiziyordu. "Bu deliliğin daniskası."

Seth, Gudmund'un eline vurdu. "Gıdıklanıyorum."

Gudmund gülümsedi ve elini bir kez daha tam olarak aynı yere koydu. Seth oğlanın elinin orada kalmasına izin verdi. Gudmund'un annesiyle babası hafta sonu için şehir dışına çıkmışlardı ve dışarıda, pencereleri dövüp çatıyı zangır zangır titreten sert bir ekim yağmuru vardı. Saat geç olmuştu; gecenin ikisi ya da üçüydü. Saatlerdir yataktaydılar. Biraz sohbet ediyor, sonra pek o kadar konuşmuyor, ardından sohbetlerine kaldıkları yerden devam ediyorlardı.

İnsanlar, yani Seth'in annesiyle babası, H ve Monica, Seth'in geceyi Gudmund'un evinde geçireceğini biliyorlardı ama kimsenin bundan *haberi yoktu. Seth'in bildiği kadarıyla kimse şüphelenmiyordu bile. Ve bu da sanki gizli bir evrendeymiş ve başına gelip gelebilecek en özel şeyi yaşıyormuş gibi hissetmesine neden oluyordu.*

Ve her defasında bu evreni asla terk etmek zorunda kalmamayı diliyordu.

*"Ama asıl soru şu," dedi Gudmund haylazca Seth'in göbek deliğinin altındaki tüyleri çekiştirerek, "*sen *de kendini suçluyor musun?"*

"Hayır," dedi Seth boş gözlerle Gudmund'un odasının tavanına bakarken. "Hayır, suçlamıyorum."

"Bundan emin misin?"

Seth usulca güldü. "Hayır."

"Sadece küçücük bir çocukmuşsun. Bununla tek başına yüzleşmek zorunda kalmamalıydın."

"Öyle yapmamam gerektiğini bilecek kadar büyüktüm."

"Hayır, değildin. Böyle bir şeyin sorumluluğunu taşıyamazsın."

"Karşındaki yalnızca benim, Gudmund," dedi Seth oğlanın bakışlarını yakalayarak. "Akıl küpü numarası yapmana gerek yok. Ben öğretmen değilim."

Gudmund yediği fırça karşısında gülümsedi ve Seth'in omuzuna nazikçe bir öpücük kondurdu. "Demek istediğim şu ki o günlerde de en azından şimdiki kadar tuhaf ve kendi kendine yeten biriydin, değil mi?"

Seth oyuncu bir tavır takınarak oğlanı dirseğiyle dürttü ama söylediklerine de karşı çıkmadı.

"Yani annen ve baban yetişkin gibi davranan küçük bir oğulları olduğu için muhtemelen çok mutluydular," diyerek kaldığı yerden devam etti Gudmund. "Ve kabul etmek zorundayız ki annen de yaptığının yanlış olduğunu bile bile işinin sadece birkaç dakika süreceğini ve acil bir durum olduğunu, dolayısıyla küçük Sethy'nin küçük Owen'a birkaç saniyeliğine göz kulak olabileceğini düşündü. O da o sırada şeye kadar koşup gelecekti..."

"Bankaya."

"Önemi yok. Bu onun hatasıydı. Senin değil. Ama insanın kendini suçlaması korkunç olduğu kadar büyük de bir olaydır. Dolayısıyla seni suçluyor. Büyük olasılıkla yaptığı şeyden ötürü kendisinden nefret ediyor ama yine de kendini böyle davranmaktan alamıyor. Bu saçma sapan bir davranış, Sethy. Sakın oltayı yakalanayım deme."

Seth hiçbir şey söylemedi; o sabahı hiç istemediği kadar, hatta istediğinde bile beceremediği kadar net bir şekilde anımsadı. Annesi eve geri döndüklerinde öylesine yüksek sesle küfür etmişti ki Owen panik içinde Seth'in kolunu yakalamıştı. Görünüşe göre annesi bankadan çektiği bin poundu bankonun üzerinde unuttuğunu fark etmeden eve kadar gelmeyi başarmıştı.

Seth ilk kez şimdi o paranın ne için olduğunu merak ediyordu. O günlerde bile her şey elektronik ortamda hallediliyordu. Kredi kartları, şifreler, banka kartları. Annesi o kadar nakit parayla ne yapacaktı ki?

"Hemen dönerim," demişti stres içinde. Gittikleri banka High Street'te değildi; oraya ulaşmak için caddeyi sonuna kadar takip edip yukarı çıkması gerekiyordu ve günlük işlerini halletmeye çıktıklarında annesi onları daha önce hiç o küçük bankaya götürmemişti. "En fazla on dakika sürer. Hiçbir şeye dokunmayın ve kapıyı kimseye açmayın."

Seth'i Owen'ın elini tutar halde öylece bırakıp kelimenin tam anlamıyla koşarak kapıdan fırlamıştı.

On dakika gelip geçmiş ve Seth'le Owen yalnızca yemek masasının yanı başına çökmek için oldukları yerden kımıldamışlardı.

Tuhaf, mavi tulumlu adamın teki mutfak penceresini tıklattığında hâlâ orada oturuyorlardı.

"Onu içeri aldım," dedi Seth şimdi. "Kapıyı kesinlikle kimseye açmamamızı söylemişti ama ben açtım."

"Sekiz yaşındaydın."

"Kapıyı açmamam gerektiğini biliyordum."

"Sekiz yaşındaydın."

Seth hiçbir şey söylemedi. Hikâye yalnızca kapının açılmasından ibaret değildi ama o kısmı Gudmund'a bile anlatamazdı. Boğazının yandığını, acının göğsünde yükseldiğini hissetti. Yan döndü ve ağlamamak için sarf ettiği çaba yüzünden hafifçe titreyerek öylece yattı.

Arkasında Gudmund kımıldamadı. "Sana söylemem gereken bir şey var, Sethy," dedi nihayet. "Ağlıyorsun ve ben bununla nasıl başa çıkacağımı gerçekten bilmiyorum." Birkaç kez Seth'in kolunu sıvazladı. "Burada ne yapmam gerektiğine dair gerçekten hiçbir fikrim yok."

"Sorun değil," dedi Seth hafifçe öksürerek. "Sorun değil. Bu aptalca."

"Aptalca değil. Sadece... böyle konularda tam bir kazmayım. Keşke böyle olmasaydım."

"Bu konuda endişelenme," dedi Seth. "Hep bira yüzünden."

"Evet," dedi Gudmund iki kişi yalnızca dört bira içmiş olmalarına rağmen Seth'in söylediklerine katılarak. "Hep bira yüzünden."

Odaya sessizlik çökmüştü ki Gudmund, "Kendini daha iyi hissetmeni sağlayacak bir şeyler aklıma geliyor," dedi ve vücudunu Seth'inkine bastırdı. Karnını oğlanın sırtına yaslayıp kolunu uzatarak Seth'in aniden harekete geçen yerlerini kavradı.

"Bu işe yarar," dedi Gudmund halinden memnun bir tavırla Seth'in kulağına fısıldayarak. "Ama neden hâlâ o gün yaşananları sorun ediyorsunuz ki? Kardeşin ölmemiş, kötü adamı yakalamışlar ve Owen da çok sevimli bir çocuk."

"Ama aynı değil," dedi Seth. "Nörolojik sorunları var. O... paramparça oldu."

"Dört yaşında bir çocuk hakkında gerçekten böyle şeyler söyleyebilir misin? Yani daha önce farklı, şimdi farklı olduğunu?"

"Tabii ki," dedi Seth. "Tabii ki söyleyebilirsin."

"Emin misin? Çünkü..."

"Sorun değil, Gudmund. Hiçbir şeyi çözmek zorunda değilsin. Sadece anlatıyorum, tamam mı? Hepsi bu. Daha fazlasını beklediğim yok."

Gudmund'un nefesini kulağında hissettiği uzun bir sessizlik oldu. Gudmund'un düşündüğünden, çözüm üretmeye çalıştığından adı gibi emindi.

"Başka kimseye anlatmadın, değil mi?" diye sordu Gudmund.

"Hayır," dedi Seth. "Nasıl anlatabilirdim ki?"

Gudmund'un ânın önemini fark ederek ona daha sıkı sarıldığını hissetti.

"Bu değiştirebileceğim bir şey değil, öyle değil mi?" dedi Seth. "Ama adını koyamadığın bir şeyin odada daima yanı başında oturduğunu hayal et. Ve herkesin onun orada olduğunu bildiğini ama evinde yaşamaya başlayan, artık yer açman gereken biri haline gelene dek kimsenin onun hakkında lanet olasıca tek kelime etmediğini düşün. Konuyu sen açtığındaysa neden bahsettiğini bilmiyormuş gibi davransınlar."

"Annemle babam geçen sene tabletimde erkek olduğum düşünülünce görmeyi beklemedikleri türden porno filmler buldular," dedi Gudmund. "Sence o günden beri benimle o konuda kaç defa konuşmuşlardır?"

Seth, Gudmund'a bakmak için döndü. "Bundan haberim yoktu. Bahse girerim akıllarını kaçırmışlardır."

"Sen öyle san. Onlara göre bu yalnızca geçici bir dönemdi. Kiliseye gitmenin ve hiç olmamış gibi davranmanın çözemeyeceği hiçbir şey de yoktu."

"Buraya gelip durmamdan şüphelenmiyorlar mı?"

"Hayır," dedi Gudmund sırıtarak. "Beni iyi etkilediğini düşünüyorlar. Atletik becerilerini övüp duruyorum."

Seth güldü.

"Yani ikimizin de fena halde mahvolmuş, burunlarının dibinde neler olup bittiğini bilmek istemeyen aileleri var," dedi Gudmund. "Gerçi seninkilerin durumunun biraz daha kötü olduğunu itiraf etmeliyim."

"Benim için hiç önemi yok. Ciddiyim. Durumları ister iyi olsun, ister kötü. Kabullendim artık."

"Ama hâlâ seni ağlatmaya yetiyor Sethy," dedi Gudmund usulca. "Ve ağlamak hiç iyi bir şey değil." Bir kez daha Seth'e sımsıkı sarıldı. "En azından benim görmek isteyeceğim bir şey değil."

Seth hiçbir şey söylemedi çünkü o saniye, sesi titremeden tek kelime edemeyeceğinin farkındaydı.

Gudmund kısa süreliğine de olsa sessizliğin havada asılı kalmasına izin verdi ama sonra, "Hiç değilse İngiltere'den buraya taşınmanıza neden oldu. Ve eğer taşınmamış olsaydınız bundan *asla haberim olmayacaktı," dedi hınzır hınzır.*

"Şunu çekiştirmeyi kes," dedi Seth gülerek. "O tuttuğun derinin ne olduğunu biliyorsun."

"Teoride," dedi Gudmund. "Ama bir zamanlar bundan bende de olduğunu ve birinin bana sorma zahmetine bile girmeden sünnet edildiğimi düşünmek..."

"Kes şunu," dedi Seth kahkahalar içinde Gudmund'un eline vururken.

"Emin misin?" Gudmund diğer kolunu Seth'in başının altından geçirip onu iyiden iyiye kendine doğru çekerek burnunu ensesine sürttü.

"Öyle kal," diye fısıldadı Seth aniden.

Gudmund donakaldı. "Ne?"

"O kadar."

"O kadar mı?" diye sordu Gudmund fakat hâlâ kılını dahi kıpırdatmamıştı.

Gudmund'un onu orada tutan, onu sıkıca saran ve gitmesine izin vermeyen kolları. Sanki var olmuş ya da var olabilecek tek yer orasıymış gibi ona sarılan kolları.

O kadar. Evet, o kadar.

"Tam bir muammasın," diye fısıldadı Gudmund.

Seth, Gudmund'un yatağın öte tarafındaki bir şeye uzandığını hissetti ve dönüp baktığında onu cep telefonunu tam tepelerinde tutarken buldu.

"Sana söylemiştim," dedi Seth. "Şeyimin fotoğrafını çekmem..."

"İstediğim o değildi," dedi Gudmund ve ikisinin yatakta birlikte yatarken fotoğraflarını çekti ama omuzdan aşağısını almamaya dikkat etmişti.

"Benim için," dedi Gudmund. "Yalnızca benim için."

Yüzünü Seth'inkine yaklaştırıp onu dudaklarından öperken bir fotoğraf daha çekti.

Sonra telefonu elinden bıraktı, Seth'e biraz daha sokuldu ve onu bir kez daha öptü.

19

Seth kanepede gözlerini açtı. Göğsündeki ağırlık yüzünden güçlükle nefes alabiliyordu.

Ah, Tanrım, diye düşündü. *Ah, hayır, lütfen.*

Yaşadığı şey bir kez daha rüyanın çok ötesindeydi. Öyle ki Gudmund'un kokusunun hâlâ orada olup olmadığını görmek için ellerini yüzüne götürdü. Değildi. Oysa kokusunu *hatırlıyordu*. Tuzun, odunun, teninin ve çok daha müstehcen bir şeyin kokusunu... Ve bu da göğsündeki ağırlık hissini katbekat artırmaktan başka hiçbir işe yaramıyordu.

Olduğu yerde doğrulurken, "Lanet olsun," dedi çatlayan sesine rağmen. "Lanet olsun, lanet olsun, lanet olsun, lanet olsun, lanet olsun, lanet olsun." Öne doğru eğilip dertop oldu ve yavaşça öne arkaya sallanarak hislerini bastırmaya çalıştı.

Özellikle de çektiği *acıyı*. Gudmund'a karşı duyduğu ve zar zor direnebildiği özlemin acısını. Onun yanındayken kendini ne kadar güvende hissettiğini, her şeyin ne kadar kolay olduğunu, ne kadar çok güldüklerini, nasıl huzur bulduklarını hatırlayınca benliğini istila eden özlemin verdiği acıyı. Ona dokunmayı özleyip dokunamadığı için çektiği acıyı. Ama daha ziyade o yakınlığa, o samimiyete dair duyduğu özlemin acısını. Birinin ona Gudmund'un sarıldığı gibi sarılmasını, onun gibi umursamasını...

Belki de onun sevdiği gibi sevilmeyi özlediği için çektiği acıyı.

Bir de sadece kendisine ait olan bir şeyi özlemenin acısını.

Annesinin, babasının, kardeşinin ya da diğer arkadaşlarının dünyasının bir parçası olmayan, ondan başkasının sahip olamayacağı, yalnızca ona ait o şeyi özlemenin verdiği acıyı.

Hepsi yitip gitmişti.

Bir kere ölmek yetmez mi? diye düşündü. *Her defasında tekrar tekrar ölmek zorunda mıyım?*

Fakat sonra düşündü. *Hayır. Çünkü ölmeden önce de mümkündür ölmek.*

Ah, evet, kesinlikle öyleydi.

O zaman neden öldükten sonra da ölmek mümkün olmasındı ki?

Sanki az önce yine Gudmund'la birlikteydi. Uyanmanın ölmekten farkı yoktu; boğulmaktan bile berbat bir ölüm şekliydi bu.

Buna dayanamam, diye düşündü. *Buna daha fazla dayanamam.*

Görünüşe göre bir kez daha geceyi uyuyarak geçirmişti. Jaluzilerin kenarından süzülen güneş ışığı şafağın erken saatlerine özgü o mavimsi tondaydı. Kalkmak istemiyordu, kendini kalkabilecek gibi de hissetmiyordu zaten ama idrar kesesindeki baskı onu nihayet yerinden kalkıp üst kattaki banyoya çıkmaya zorladı. Önceki gün mahalledeki evlere izinsiz girdikten sonra tam da buna benzer rüyalarla dolu bir uykuya dalmaktan elinden geldiğince kaçınmaya çalışırken lavabonun ve duşun gıcırdayan borularını tekrar işler hale getirmeyi başarmıştı. Sonra uzun süredir kupkuru olan sifonu onlarca bardak su taşıyarak doldurmuş ve ilk denemede başarılı olmuştu. Bu zafer onu halinden utanacak kadar mutlu etmişti.

Tuvalete gitti ve işini gördü. Sonra alt kattan bulduğu sertleşip yapış yapış olmuş bulaşık deterjanını sabun niyetine kullanarak kendini duştan gelen soğuk suyla yıkadı. Üzerindeki uyku mahmurluğunu atmak için acımasız soğukluktaki suyu suratına her çarpışında nefesi kesildi.

Tabii bir de eğer izin verirse onu ezip geçecek olan göğsündeki o ağırlıktan kurtulmak için.

Yeni tişörtlerinden biriyle kurulandı ve ardından temiz giysiler giymek için salona döndü. Daha fazla kıyafete ihtiyacı olacaktı. Sıcak havaya daha uygun olanlara. Bir de karanlık çöktükten sonra kullanabileceği ışıldaklara. Daha fazla yiyeceğe de ihtiyacı vardı. Dışarıdaki alışveriş arabasını boşaltıp bu defa daha iyi şeyler bulabilmek için detaylı bir araştırmaya girişerek arabasını tekrar dolduracaktı.

Evet. Böyle yapacaktı.

Hareket etmeye devam et, diye tekrarladı kendi kendine. *Durma. Sakın durup düşünmeye kalkma.*

Ancak kısacık bir anlığına dahi olsa orada, giysilerle dolu sırt çantasının yanı başında öylece dikilip etrafındaki bomboş evin, mutfağa uzanan koridorun ve hatta verandaya açılan arka kapının varlığını hissetti.

Tulumlu adama açtığı kapının varlığını.

Bir de o adam ve Owen için insan avı sürdürülürken annesiyle babasının doğru düzgün ne ona ne de birbirlerine bakabildiği ve babasının daha sonrasında asla bırakmayı beceremediği sakinleştirici hapları almaya başladığı o korkunç, korkunç geceler boyunca yapayalnız oturup beklediği çatı katının varlığını.

Seth, Gudmund'a her şeyi anlatmamıştı. Hem de anlatabileceği halde, hatta eline fırsat…

Neyin fırsatı? Bağışlanma fırsatı mı? Günahlarından arınma fırsatı mı?

Eğer birinin bağışlamasını kabul edecek olsaydı kesinlikle Gudmund'unkini kabul ederdi. O gün ona anlatabilirdi, hatta şimdi bile neden anlatmadığını bilmiyordu.

Orada olduğunu, Gudmund'la birlikte yatakta öylece uzandığını, Gudmund'un ona sımsıkı dolanan kollarını, ailesi ve polis dışında başka kimseye anlatmadığı hikâyesini onunla paylaştığını hatırladı.

Göğsü yine sıkışmaya başladı. Bu his öyle korkutucuydu ki kendi kendine, "Tamam. *Tamam,*" dedi.

Yeniden gözyaşlarına boğulmamak için elinden geldiğince kendine hâkim olmaya çalışarak alışveriş arabasındaki yiyecekleri boşaltmak üzere dışarı yöneldi.

Sabah saatleri geride kalana dek süpermarkete üç defa gidip gelmişti. Aldığı şeyler çoğunlukla konserve ve tahammül edilebilir görünen birkaç şişe suydu ama aynı zamanda, çok sertleşmediğinden parçalamakta pek zorlanmayacağı biraz şeker ve yiyemeyeceği kadar çürümemiş olduğunu umduğu, vakumlu plastik ambalaj içinde biraz kurutulmuş et de buldu. Buldukları arasında birkaç paket un da vardı ama o kadar unla ne yapacağına dair hiçbir fikri yoktu.

Doğa sporu malzemeleri satan mağazadan birkaç ışıldak aldıktan sonra köşedeki küçük Marks & Spencer'dan da kendine yeni giysiler seçti. Tişörtler ve şortlar babası gibi görünmesine yol açacak kadar can sıkıcıydı ama hiç değilse yazın ortasında kar giysileri giymek zorunda kalmayacaktı. Bu da cehennemin kışı artık nasılsa o sırada hâlâ burada olursa ne yapacağını düşünmesine neden oldu.

Güneş gökyüzünde tepeye yükseldiğinde kamp ocağını kullanarak biraz spagetti ısıttı. Bunu önceki gün parkta yemeğini yediği yerde yaptı çünkü bayırı boydan boya kaplayan çimleri ve az ötedeki kristal parlaklığındaki göleti izlemek istiyordu.

Göletin ortasındaki kayada güneşlenen iki ördeği gördüğü anda neredeyse elindeki konserveyi düşürecekti. Aslında ördeklerin dikkat çekici hiçbir yanı yoktu; usulca birbirleriyle atışan alelade, kahverengi ördeklerdi.

Ama yine de. İşte oradaydılar.

Seth hiç düşünmeden, "Hey!" diye bağırdı ördeklere. Ama

ördekler oğlanın sesini duyar duymaz panik içinde vaklayarak havalandılar. "Hey, geri dönün!" diye seslendi arkalarından. "Sizi buraya ben getirdim. Bunu *ben* yaptım!"

Birkaç ağacın ardında gözden kayboldular.

"Ah, öyle olsun," dedi spagettisinden bir lokma daha alırken. "Sizi akşam yemeği için vuracak değildim."

Başını kaldırıp gökyüzüne baktı. Yoksa vurabilir miydi? İlk olarak bir silaha ihtiyacı olacaktı. Bunu düşünür düşünmez aklına doğa sporları malzemeleri satan mağaza geldi...

Sonra da buranın İngiltere ya da İngiltere'nin zihnindeki yansıması olduğunu hatırladı. Burada silah almak Amerika'daki kadar kolay değildi; öyle elinizi kolunuzu sallaya sallaya alışveriş merkezine gidip McDonald's'ta bir şeyler yedikten sonra sinemaya girmeden önce canınızın istediği silahı alamazdınız. Annesiyle babası dehşete kapılmış ve Avrupalılara özgü o coşkulu kızgınlıkla yıllar boyunca bunun hakkında konuşup dursalar da eve asla silah sokulmasına izin vermemişlerdi. Sonuç olarak ateş etmek şöyle dursun, Seth daha önce hiçbir silaha yakından bakma fırsatını bile bulamamıştı.

Dolayısıyla avlanma seçeneği en azından yakın gelecekte elenmişti. Yani muhtemelen. Ama spagetti dolu konservesi aniden gözüne kızarmış ördekten daha az iştah açıcı göründü. Oysa ne ördeği nasıl kızartacağını biliyordu ne de bütan gazlı kamp ocağında ördek pişirip pişiremeyeceğini.

İç geçirdi ve bu defa yanına almayı unutmadığı kaşığı kullanarak spagettisinden bir lokma daha aldı. Kendini yorgun hissediyordu ama önceki günkü kadar bitkin değildi. Yorucu bir şey olduğuna kesin gözüyle baktığı ölümünden sonra ihtiyacı olan uykuyla arayı kapatmayı nihayet becerip beceremediğini merak etti. Ölüm büyük olasılıkla insanın başına *gelip gelebilecek* en yorucu şeydi.

Artık bomboş olan gölete baktı ve yepyeni bir şeyin farkına vardı. Bayırı boydan boya kaplayan uzun çimenler esintiyle hafifçe salınıyordu. Aslında pek öyle hafifçe salındıkları da söylenemezdi. Seth'in artık yüzünde hissedebildiği, gittikçe sertleşen rüzgârla savruluyorlardı. Seth başını kaldırıp gökyüzüne baktı.

İlk kez gökyüzünde bir şey vardı. Bulutlar. Hem de kocaman pofuduk olanlardan. Kocaman, pofuduk, *kapkara* bulutlar onun olduğu tarafa doğru süzülüyorlardı.

Seth gözlerine inanamadı. "Cehennemde yağmur mu yağıyor?"

Tam eve varmıştı ki gök yarıldı. Bu bir yaz fırtınasıydı ve Seth ufukta masmavi gökyüzünü görebiliyordu. Dolayısıyla pek uzun sürmeyecekti ama sanki bardaktan boşalırcasına yağıyordu. Kapının eşiğinde dikilip yağmur yüzünden tozlu sokakların çamura teslim olmasını ve yağmur damlalarının ölü arabaların camlarını çamur lekeleriyle bezemesini seyretti.

Koku gerçek olamayacak kadar güzeldi. Öylesine temiz, öylesine tazeydi ki Seth yağmurun altına adım atmadan edemedi. Suratına düşen damlalar yüzünden gözlerini kıssa da yağmurun gitgide iyileşen yüzünü sırılsıklam etmesine izin verdi. Yağmur şaşkınlık verecek kadar ılıktı. Aniden nefesini tutup, "Salak!" dedi kendi kendine. Koşarak içeri girip sertleşmiş bulaşık deterjanı kalıbını kaptı. Sabahki dondurucu duştan sonra yağmurun altında yıkanmak kim bilir ne kadar güzel olacaktı...

Sokak kapısından dışarı fırladı ama yağmur çoktan dinmeye başlamıştı; rüzgâra kapılmış, geldiği hızla mahalleyi terk ediyordu.

"Lanet olsun," dedi. Yukarıdaki rüzgâr beraberinde şeytani bir şeyler sürüklüyor olmalıydı çünkü yağmur bulutları sanki mafya peşlerine düşmüş gibi kaçarcasına uzaklaşıyordu. Seth'in evinin arkasına doğru süzülüp oradan da...

Nereye gidiyorlardı?

Evet, nereye *gidebilirlerdi* ki?

Cehennem ne kadar *büyüktü*?

Hava değişimleri için yeterince büyük olduğu ortadaydı. Güneş tekrar kendini göstermiş, esinti etkisini yitirmiş ve sokakları esir alan çamur kuruyarak toza dönüşürken yerden buharlar yükselmeye başlamıştı.

Bu sokağı defalarca ileri geri arşınlamıştı ama ötesine pek geçmemişti.

Belki de keşfe çıkmanın zamanı gelmiştir, diye düşündü.

20

Sabahki uğraşlarından sonra kendini yine yorgun hissediyordu ama uykuya direndi çünkü dün gecekinden sonra o capcanlı rüyalardan daha önce hiç olmadığı kadar korkuyordu. Biraz kestirmek yerine sırt çantasına erzak, birkaç şişe de su koyup yürüyüş yapmak için dışarı çıktı.

Hangi yöne gideceğine karar vermesi biraz sürdü. Solunda, şimdiye dek defalarca gördüğü High Street uzanıyordu. Elbette caddenin arkasında, eğer doğru hatırlıyorsa doğuya doğru gidildikçe tarım arazilerine dönüşen kilometrelerce uzunluktaki alana yayılmış başka mahalleler de vardı.

Sağında da tren istasyonu.

Rayları takip ederek Londra'ya dek yürüyebilirim, diye düşününce biraz neşelendi. Telefonundan haritaya bakamamasının ya da İnternet'te bir şeyler araştıramıyor olmasının ne önemi vardı ki? Eğer tren raylarını takip ederse ta Londra'ya dek yürüyebilirdi.

Tabii böyle bir şeye kalkışacak değildi. Arada kilometrelerce kahrolası mesafe vardı.

Durdu. Kahrolası. Aklından geçen şey gerçekten de "kahrolası bir mesafe" idi. Annesiyle babası artık hiç kahrolası demiyorlardı. Amerikan aksanı annesinin kendisine "anneciğim" dedirtme ısrarı dışında neredeyse her şeye baskın çıkmıştı.

"Kahrolası," dedi bu kez yüksek sesle. "Kahrolası, kahrolası, kahrolası." Yüzünü gökyüzüne çevirdi. "Kahrolası güneş."

Güneş öncekinden bile daha fazla yakarak yine ışıl ışıl parlıyordu; çamurlar neredeyse tamamen kurumuştu. Bu kesinlikle annesiyle babasının dur durak bilmeden şikâyet ettikleri soğuk ve nemli İngiltere havası olamazdı. Her ne kadar sekiz yaşındaki bir çocuğun hava durumuyla ilgili hatıralarına pek o kadar güvenilmeyecek olsa da burada yaşadığı günlerde havanın böyle olmadığına emindi. Ama yine de. Ona anlatılandan çok daha sıcaktı. Kaldırımlardan yükselen su buharı da eklenince iyiden iyiye tropikal bir iklim hüküm sürmeye başlamıştı ve kimse İngiltere'yi tarif ederken tropikal kelimesini kullanmazdı.

"Çok garip," dedi ve ardından sırt çantasını düzeltip sağdaki tren istasyonuna doğru yola koyuldu.

Geçtiği sokaklar diğer her yerdeki sokaklarla aynı durumdaydı; toz toprak içinde ve bomboştu. Evleri sistematik bir şekilde taramasının zamanının geldiğini düşündü. Çoktan camlarını indirdiği evleri köşe bucak arayacak ve ardından mahallenin geri kalanını gözden geçirecekti. İşine yarayacak ne tür malzemeler bulabileceğini kim bilirdi ki? Belki daha fazla konserve, alet edevat ve daha iyi kıyafetler. Belki de sebze bahçesi olan birkaç ev bulabilirdi...

Pat diye durdu. *Hobi bahçeleri,* diye düşündü.

Tabii ya. Şahsa özel küçük bahçelerden oluşan koca arazi... şeyin arkasındaydı. Neresiydi orası? Hatırlamayı denedi. Spor salonu mu? Evet, hobi bahçelerinin tren raylarının diğer tarafındaki spor salonunun arkasında olduğundan neredeyse emindi. Otlar elbette orayı da istila etmiş olacaktı ama yiyebileceği türden şeyler hâlâ orada yetişiyor olmalıydı, öyle değil mi?

Adımlarını hızlandırdı ve sanki istemsizce, iki apartmanın arasındaki uzun beton merdivenlere döndü. *Apartman değil, bina,* diye düşündü. Yalnızca İngilizlerin kullandığı tabirler teker teker aklına gelmeye devam ettiğinden aksanının da geri dönüp dönmeyeceğini merak etti. Gudmund onu hep "İngiliz gibi konuşmaya" zorlar ve ondan hep o sözcükleri söylemesini isterdi...

Durdu. Kaybettiği şeylere dair duyduğu özlem bir kez daha dizginleri ele geçiriyordu. Hem de tüm gücüyle.

Hareket etmeye devam et, diye düşündü. *Edebildiğin kadar.*

Merdivenler, küçük bir yükseltinin üstüne kurulmuş tren istasyonuna dek devam eden kaldırıma çıkıyordu. Artık istasyon binasını görebiliyordu. Hobi bahçelerine ulaşmak için istasyonun içinden yoluna devam etmeli, platformların arasındaki köprüyü geçmeli ve diğer taraftan çıkmalıydı. O kadar heyecanlıydı ki coşkuyla binaya girdi, hiç tereddüt etmeden turnikenin üstünden atladı ve kısa merdivenleri çıkarak birinci platforma adımını attı.

Bir trenin beklemekte olduğu platforma.

Aslında insanları şehir içinde götürüp getirmesi gereken, yalnızca dört vagonlu, kısa bir banliyö treniydi. Seth yolcuların kapılardan inmesini ve hatta trenin yavaşça platformdan uzaklaşmasını beklercesine önündeki manzaraya baktı.

Fakat tabii ki trenin yerinden kımıldadığı yoktu. Toz toprakla kaplı bir kaya misali orada öylece duruyordu. Platformdaki çatlaklardan otlar fışkırmış, hatta bazıları trenin tepesindeki yağmur oluklarını bile doldurmuştu. Tıpkı sokaklardaki arabalar gibi trenin de uzun süredir yerinden oynamadığı ortadaydı.

"Merhaba?" diye seslendi. Pencerelerden birinden bakmak için platform boyunca yürüdü ama vagonların içi büyük ölçüde karanlıktı. Pencereler de o kadar fena tozlanmıştı ki akşamüstü güneşinin içeri süzülmesine mâni oluyordu. Kendisine en yakın kapının üstündeki açma düğmesine bastı ama sistemin gücü kesik olduğundan kapı sımsıkı kapalı halde kaldı.

Trene boylu boyunca baktı. Önde, makinistin kompartımanının kapısı açıktı. Kapıya kadar yürüdü, sırt çantasından fenerini çıkardı ve kafasını kompartımanın içine uzattı. Kumanda panelinin arkasında yalnızca bir koltuk vardı ki bu Seth'i şaşırttı. Uçaklarda olduğu gibi iki koltukla karşılaşacağını sanmıştı. Gösterge panelindeki ekranlar ya çatlamış ya da tozlanmıştı; elektrik olmadan kapkaranlıktılar.

İçeride trenin geri kalanına açılan bir kapı vardı ve neyse ki o da açıktı. Seth kompartımana adımını attı ve fenerini içerideki kapının eşiğine, oradan da ilk vagonun koridoruna tuttu.

İçerisi kokuyordu. Hayvanların burayı elden geçirdiği kesindi. İçeriye idrar ve misk kokusu hâkimdi ve linolyum zemin üzerinde biriken tozlar etrafa saçılmış, pek nahoş şekillerde lekelenmişti. Tilkilerin, elindeki fenerle ne yapacağını görmeyi bekleyerek koltukların altına kıvrılmış halde onu izlediklerini hayal edebiliyordu.

Oysa tek yaptığı hatıralarına yenik düşmüş halde etrafına bakınmaktı. Güneşin parlaklığı, çoğu duvar resimleriyle bezenmiş kir pas içindeki pencerelerden içeri ancak loş bir ışığın süzülmesine yetiyordu ama yine de Seth koltuk döşemelerinde kullanılan mavi kumaşın çapraz çizgili desenini seçebildi. Ellerinden birini koltuğun kumaşı üzerinde gezdirirken parmak uçlarına ince tüyler yapıştı.

Tren. *Tren.*

İngiltere'den ayrıldığından beri trene bilmemişti. Bir kere bile. Batı Kıyısı'ndaki Amerikalılar trene binmezdi. Araba kullanırlardı. Her yere arabayla giderlerdi. Bu, okyanusu geçtikleri günden beri trene abartısız ilk ayak basışıydı.

Oysa o henüz küçücük bir çocukken trenler onun her şeyiydi! Londra'ya ve oradan da şehrin geri kalanına uzanan yolculuklar altı, yedi ya da sekiz yaşındaki bir oğlan çocuğuna nasıl cazip gelmeyecekti ki? Bir yanda hayvanat bahçesi, Wheel*, balmumu müzesi ve balmumu olmadığı için daha az ilgi çekici

---

* Londra'nın Gözü olarak da bilinen, 135 metre yüksekliğinde, Avrupa'nın en yüksek dönme dolabıdır. *–çn*

olan diğer müzeler vardı. Diğer yandaysa kıyı şeridine doğru yol alındığında kuş yuvası misali dağların tepesine konmuş kaleler ve annesinin Owen'la yanlarına bile yaklaşmalarına izin vermediği büyük beyaz falezler. Ve çakıllı kumsallar. Ve bir de Fransa'ya giden feribotlar.

Sekiz yaşındaysanız trenler *daima* büyüleyici yerlere giderdi. Birbirinin aynı evlerden, aynı yüzlerden ve aynı dükkânlardan kaçış anlamına gelirlerdi. Milyonlarca insanın yılın her günü çıktığı alelade tren yolculuklarının onu böylesine heyecanlandırmış olması şimdi biraz utanç vericiydi ama Seth fenerini, tepedeki bagaj raflarına, kimi yerde ikili kimi yerde üçlü gruplar halinde dizilmiş koltuklara ve tren hangi yöne doğru hareket ederse etsin kalkış saatinden sonraki beş dakika içinde Owen'ın istisnasız kullandığı rezil durumdaki tren tuvaletine açılan küçük kapıya tutarak vagonun derinliklerine doğru ilerledikçe yüzüne küçük bir gülümsemenin yayıldığını hissetti.

Başını iki yana salladı. Neredeyse trenlerin varlığını hepten unutmuştu. Şimdi trene bakınca, küçücük bir çocukken ona ne denli egzotik geldiklerine inanamıyordu.

Ama yine de, diye düşündü. *Bir tren.*

Tam o anda tuvaletin kapısı kırılarak açıldı ve koskoca bir canavar kükreyerek koridorda ona doğru atıldı.

21

Seth dehşet içinde bağırıp koridor boyunca gerisin geri koşmaya başladı ve omzunun üstünden arkaya çabucak bir bakış attı.

Devasa, simsiyah bir *şekil* hızla üstüne geliyordu...

Kâh çığlıklar atıyor kâh kulağa öfkeden kuduruyormuş gibi gelen bir sesle kükrüyordu...

İki göz kötü niyetli olduğu su götürmez bir biçimde doğrudan ona bakıyordu...

Seth âdeta uçarak makinistin kompartımanına daldı ve kumanda panellerine çarptığı kalçasındaki acı yüzünden feryadı koparıverdi. Telaşla makinistin koltuğunun üstünden atlamaya çalışırken sırt çantasının askısı takılsa da *şekil* önüne çıkan her şeyi ezip geçerek içeri daldığı sırada askıyı kurtarmayı başardı.

Seth trenin kapısından dışarı sıçradı ve düşürdüğü fenerini geride bırakarak platform boyunca canhıraş koşmaya başladı. Tekrar arkasına baktığı sırada *şekil* kompartımandan öylesine hızlı çıktı ki kapı vahşice ileri geri savruldu. O şey dönüp peşinden geldi.

Üstelik Seth'ten çok daha hızlı koşuyordu.

"Siktir!" diye bağırdı ve kros takımında neler yaptıklarını hatırlamaya çalışarak kollarını ileri geri hareket ettirmeye koyuldu. Oysa bu yalnızca uzun mesafelerde işe yarardı, sprintlerde değil. Ve tam olarak iyileşmek şöyle dursun, henüz iyileşmenin yanına bile yaklaşamamıştı başına gelenden sonra...

Derken arkasında bir ciyaklama duydu.

(ciyaklama mı?)

Diğer platforma uzanan köprüye ulaşmak için merdivenleri çıktığı sırada arkasına bir kez daha baktı.

Şekil şimdiye dek gördüğü en büyük, en çirkin, en pasaklı yaban domuzuna aitti.

Yaban domuzu mu? diye düşündü var gücüyle basamakları tırmanırken. *Peşimde bir yaban DOMUZU mu var?*

Domuz hiddetle platformu arkasında bırakıp peşi sıra merdivenleri çıkarken Seth, midesini memnuniyetle yerinden sökecek bir çift kırık ve iğrenç köpek dişi gördü.

"SİKTİR!" diye bağırdı tekrar. Artık köprünün düz kısmında koşuyordu ama o kadar çok yorulmuştu, hâlâ o kadar zayıftı ki domuzu koşuda alt etmesi mümkün değildi. O daha diğer platforma inen merdivenlere ulaşmadan domuz ona yetişecekti.

Öldürüleceğim, diye düşündü, *bir DOMUZ tarafından. Hem de CEHENNEM'de.*

Ve bu düşünce o kadar aptalca sinirlenmesine, o kadar delice öfkelenmesine neden oldu ki az kalsın paçayı kurtarma şansını kaçıracaktı.

Bel yüksekliğindeki korkulukların böldüğü kare şeklindeki buzlu camlarla iki yanı kapatılmış olan köprü, koridor misali rayların üzerinde uzanıyordu. Köprünün diğer ucundaki merdivenlerin hemen yanında, birbirini takip eden cam panellerden ikisi yerlerinden çıkıp aşağı düşmüştü.

Arkalarında da Seth'in cüssesinde birinin rahatlıkla geçebileceği geniş bir açıklık bırakmışlardı.

En fazla bir buçuk metre gerisindeki domuz bir kez daha ciyakladı. Seth o açıklığa yetişemeyecekti, oraya yetişemeyecekti, kaçmayı beceremeyecekti...

Açıklığa doğru atıldı ve sıçradığı anda, domuzun ayak tabanlarına toslayışını hissetti. Darbenin etkisiyle açıklıktan dışarı fırlasa da altı metre aşağıdaki tren raylarına düşeceğini sandığı dehşet dolu birkaç saniyenin ardından paneller arasındaki dikey taşıyıcıya tutunup ayaklarından birini metal çıtaya basarak boşlukta savrulan diğer koluna ve bacağına rağmen kıl payı dengesini kurmayı becerdi.

Tabii güç aldığı duvara toslayan yaban domuzu yüzünden bir kez daha düşme tehlikesi geçirmeden önce.

"TAMAM! TAMAM!" diye bağırdı. Yukarısı dışında gidecek hiçbir yer yoktu. Başının üstündeki su oluğunu kavradı ve kendini köprünün çatısına çekti. Seth bacağını yukarı çekip rahatsız edici bir şekilde altında kalan sırt çantasına rağmen nefes nefese çatıda yuvarlanırken domuz korkuluklara toslamaya devam ediyordu.

Çaresizce soluklanmaya çalışarak bir anlığına orada öylece yattı. Domuz kâh homurdanarak kâh ciyaklayarak saldırıyor, tüm ağırlığıyla köprünün duvarına bindiriyordu. Derken cam panellerden birini yerinden çıkardı ve panel havada taklalar atarak raylara çarpıp binlerce parçaya bölündü.

Seth yan dönüp öfkeyle burnundan soluyarak kendisine bakan yaban domuzunu süzdü. Devasaydı, normal domuzlardan çok daha büyük, uzun ve genişti. Öyle ki çizgi filmlerden fırlamışa benziyordu. Fazlasıyla da kıllıydı ve üstüne yapışmış kalın kir tabakası yüzünden iyiden iyiye kararmıştı. Var gücüyle Seth'e cıyaklıyordu.

"Sana ne yaptım ki?" diye sordu Seth.

Domuz bir kez daha ciyakladı ve ardından tekrar köprüye saldırmaya başladı.

Seth tekrar sırtüstü uzanıp yukarıdaki gökyüzüne baktı.

Yaban domuzlarının domuz çiftliklerinden kaçıp iyice vahşileştiklerine dair hikâyeler duyduğunu sanıyordu ama anlatılan hikâyelerin *gerçek* olabileceğini asla düşünmemişti. Aslında doğru hatırlayıp hatırlamadığından bile emin değildi.

Ancak bir kez daha, *ne de olsa cehennemdeyim*, diye düşündü.

İyice uzanıp soluklarının normale dönmesini ve kalp atışlarının yavaşlamasını bekledi. Sırt çantasını altından çekip çıkardı ve içinden bir şişe su aldı. Aşağıdaki yaban domuzunun nihayet vazgeçtiğini duyabiliyordu. Yaratık öfkeyle burnundan soluyup homurdandı, son kez meydan okurcasına böğürdü ve Seth en sonunda, altındaki köprü boyunca yankılanan şaşırtıcı derecede ağır toynak seslerini işitti. Hayvanın son birkaç basamağı inip platforma adım attığını, oradan da trenin arkasında gözden kaybolduğunu gördü; trenin tuvaletindeki inine döndüğüne şüphe yoktu.

Seth güldü. Sonra kahkahalara boğuldu.

"Bir yaban domuzu," dedi. "*Kahrolası* bir yaban domuzu."

Suyundan içti. Geldiği tarafa baktı; manzara o kadar da fena değildi. Köprünün hafifçe bombeli çatısının üstünde dengesini kurmaya çalışarak ayağa kalktı. Dikildiği yerden, High Street'teki dükkânların en üst katlarını bile seçebiliyordu. Kendi evi göremeyeceği kadar alçakta kalıyordu ama hiç değilse evine çıkan mahalleyi görebildi.

Solda, evinin olduğu yerin arkasında hapishaneye doğru uzanan açık arazi başlıyordu.

Bir anlığına boş arazilere baktı. Tel örgüler ve duvarlar hâlâ yerli yerindeydi; bunların arasında kalan topraklar yer yer yeşermiş seyrek otlar dışında tamamen çıplaktı. Hapishanenin kendisini göremiyordu çünkü bina küçük bir vadinin ortasında, gür yapraklı ağaçların ve biraz daha tel örgüyle tuğlanın ardındaydı.

Ama Seth onun orada olduğunu biliyordu.

Varlığı bile bam telini titretiyordu. Sanki o da Seth'i izliyor, ne yapacağını görmeyi bekliyor gibiydi.

Sanki ona gelmesini bekliyordu.

Seth eğer dikildiği yerden hobi bahçelerini görebilirse oraya gitmenin daha kolay bir yolunu bulabileceğini düşünerek diğer yöne döndü. Güneşten korunmak için elini gözlerine siper etti ama...

Tren raylarının öteki tarafındaki her şey –spor salonu, hobi bahçeleri ve ufka dek uzanan düzinelerce ama düzinelerce sokak ve ev– yanıp kül olmuştu.

22

Arazi tren istasyonunun diğer tarafında aşağı doğru meyil kazanıyor ve iki yana doğru göz alabildiğince uzanan, belli belirsiz birkaç yükselti dışında alçak mı alçak bir vadiye dönüşüyordu. Arka arkaya uzanıp giden yollarla, Seth'in adını şimdi hatırladığı Masons Hill'e dek böylece devam ediyordu; kilometreler boyunca görünürdeki tek gerçek yükselti, dik tarafı yoldan on beş metre kadar yukarıda olan ve gençlerin yoldan geçen arabalara taş atmak için sık sık çıktığı ağaçlık tümsekti.

Tren istasyonuyla uzaktaki o tepe arasında kalan her şey kapkara bir harabeden ibaretti.

Bazı bloklardan geriye külden ve molozdan başka hiçbir şey kalmamışken diğerlerinin çatıları ve kapıları gitmiş olsa da tuğla iskeletleri yerli yerinde duruyordu. Yollar bile eğrilip bükülmüş, bazı yerlerde birbirinden ayırdığı binalardan ayırt edilemez hale gelmişti. Seth'in eskiden spor salonunun durduğundan emin olduğu yerde bomboş bir arazi vardı şimdi ve oraya baktığında tek görebildiği, o günlerde spor salonunun havuzu olabilecek türden kare şeklinde büyük bir çukurdu. Oysa artık yalnızca kömüre dönmüş moloz yığınlarıyla ve yabani otlarla doluydu.

Burada, geldiği yerdeki kadar ot olmadığını fark etti. En azından oradakiler kadar serpilmemişlerdi. Yabani otlar ve çimenler kavruk arazinin geri kalanına gelişigüzel dağılmıştı; şimdi onlara bakmayı akıl edince buradakilerin kendi sokağındakilere kıyasla daha seyrek olduğunu, bazılarınınsa çoktan kuruyup öldüğünü fark etti.

Hobi bahçelerinin olduğu arazinin yerinde yeller esiyordu. Bir anlığına, anılarının arazinin olması gerektiğini söylediği yeri gördüğünü düşündü ama onca kül, yanık kereste ve yıkık beton arasında bu, hayal gücünün ona oynadığı bir oyun da olabilirdi.

Puslu gün ışığında görebildiği kadarıyla yıkım hem sağa hem de sola doğru kilometrelerce devam ediyor gibiydi. Yangın –ya da artık her neyse; zira böylesine geniş ölçekli bir yıkıma bomba gibi bir şey de sebep olmuş olabilirdi– Masons Hill'e dek önüne çıkan her şeyi yerle yeksan etmiş ve tıpkı tren istasyonunun üzerine kondurulduğu yükseltide olduğu gibi tepenin eteklerinde son bulmuştu. Yangının istasyonu yakıp kül etmek için aşması gereken çıplak beton miktarı çok fazlaydı.

Seth bir çöle bakıyor gibiydi. Sonu olmayan bir çöle.

İlk düşündüğü, bunun tüm o tozu açıkladığı oldu. Arkasında bıraktığı sokaklardaki neredeyse her şey onlarca toz katmanının altında kalmıştı. Fakat bu yalnızca toz değildi; küldü. Bu koca yangından geriye kalan ve asla temizlenmeyen kül.

Bu onu her ne kadar itiraf edebileceğinden daha fazla rahatsız ediyor olsa da en nihayetinde *geçmişte kalmış* bir olaydı. Bir şeyler alev almış ya da patlamış ve ardından öfkeli alevler kontrolden çıkmıştı. İleriki bir zamanda kendiliğinden söndüğünde mahallenin büyük bir kısmını da beraberinde götürmüştü.

Bu da yangından *öncesinin*, yangın *ânının* ve yangından *sonrasının* olduğu anlamına geliyordu.

Bu konunun onu rahatsız etmesine izin verdiği için kendini aptal gibi hissetti; her yerden otlar fışkırıyordu ve yiyecekler de aniden çürümüş değildi. Bunların hepsine neden olan yalnızca zamandı, durağanlık içinde akıp giden zaman.

Ama yangın bambaşka bir şeydi. Bir olaydı. Yangın *oluverirdi*.

Ve eğer oluveren bir şeyler varsa o olayın tohumlarının atıldığı bir de *öncesi* olması gerekirdi.

"Ama ne zaman?" dedi Seth kendi kendine. Öte yandan da parlak güneş ışınlarından korunmak için elini gözlerine siper etmiş, gözleriyle harabeleri tarıyordu.

Sonra, tren raylarının diğer tarafındaki kendi mahallesine döndü.

Yangın orada değil de burada çıksaydı ne olurdu? Yabancılara ait tüm o boş evler değil de kendi evi yanıp küle dönmüş olsaydı?

Yine de uyanır mıydı?

Gel gelelim, diye düşündü, *ya zihnim bana bir şeyler anlatmaya çabalıyorsa?*

Çünkü kavrulmuş topraklar akla sınırı getiriyordu, öyle değil mi? Cehennemin sınırını. Keşfe çıkmış ve Geçiş Yasak tabelasıyla karşılaşsa hiç de yadırgamayacağı türden bir yere varmıştı.

Dünya, *bu* dünya aniden gözüne çok daha küçük göründü.

Keşif yolculuğuna devam etme isteğini bir anda kaybediverdi. Sessizce sırt çantasını köprüdeki açıklıktan içeri bıraktı ve ardından aynı delikten kendisi geçti. Trendeki o devasa yaban domuzunu rahatsız etmemeye özen göstererek fenerini yerden alıp kuş gibi hafif adımlarla merdivenlere yöneldi.

Sonra ellerini ceplerine soktu, omuzlarını düşürdü ve ayaklarını sürüye sürüye eve doğru yola koyuldu.

23

"Ne dememizi istiyorsun?" diye sordu annesi hiddetle. "Nasıl tepki vermemizi bekliyorsun?"

Babası iç geçirdi ve Seth'e doğru bakan diğer sandalyede bacak bacak üstüne attı. Yine mutfaktaydılar. Zaten başını ne zaman belaya soksa onunla bütün ciddi konuşmalarını burada yaparlardı. Seth bunun farkında olup olmadıklarını merak etti.

Yolu mutfağa Owen'dan çok daha sık düşüyordu.

*"Bunu..." babası doğru kelimeyi bulma umuduyla başını kaldırıp yukarı baktı, "*umursadığımızdan *değil, Seth..."*

"Sen neler söylüyorsun?" diye çıkıştı annesi. "Tabii ki umursuyoruz."

"Candace..."

"Ah, aklından neler geçtiğini görebiliyorum. Çoktan onu affetmeye niyetlenmişsin..."

"Bunun affetmekle ne ilgisi var?"

"Daima şu bırak ne isterse yapsın *halleri. O kıymetli projelerinle uğraşabildiğin sürece dünya yıkılsa umurunda değil. Tam bir gerizekâlı gibi davranmış olmasına hiç şaşırmıyorum."*

"Ben gerizekâlı değilim," dedi Seth kollarını kavuşturmuş halde gözlerini tenis ayakkabılarından ayırmadan.

"Peki, bu lanet olası durumu sen nasıl adlandırıyorsun?" diye sordu annesi. "Nasıl oluyor da tüm bu maskaralığın ancak gerizekâlıların bulaşacağı türden bir felaket olduğunu görmüyorsun? Buradakilerin nasıl olduğunu biliyorsun..."

"Candace, bu kadarı yeter," dedi babası bu kez daha buyurgan

bir ses tonuyla. Annesi tüm alaycılığını takınarak ellerini teslim olurcasına havaya kaldırdı ve ardından gözlerini tavana dikti. Babası Seth'e bakmak için döndüğü anda Seth babasının ne kadar nadiren doğrudan gözlerinin içine baktığını fark edip şaşkınlıktan küçük dilini yutacak gibi oldu. Bu bir heykelin aniden kımıldanıp size adres sormasına benziyordu.

Ancak asıl mevzu Seth'in, annesinin yanıldığını bile söyleyemiyor oluşuydu. Bilhassa şu felaket hakkında söylediklerinde. Fotoğraflar ortaya çıkmıştı. Elden ele gezmişti. Hem de hiç beklemedikleri, imkânsız sayılacak bir kaynaktan. Zaten bunların ortaya çıkmayacağını düşünmekle çok büyük aptallık etmişlerdi. Her şeyin gereksizce iç içe geçtiği böylesine dijital bir dünyada insanlardan bir şeyler saklayabileceklerini nasıl düşünebilmişlerdi ki?

"Seth," diye devam etti babası, "söylemeye çalıştığımız şey şu..." Bir kez daha duraksayıp doğru sözcükleri bulmaya çalıştı. Seth korkunç bir anlığına babasına yardım edip sözcükleri onun yerine telaffuz etmek zorunda kalacağını sandı. "Seçimlerin... ne olursa olsun hâlâ senin annen ve babanız. Seni seviyoruz. Ne olursa olsun."

Bunun üzerine mutfağa uzun ve rahatsız edici bir sessizlik çöktü.

Ne olursa olsun, *diye düşündü Seth ama hiçbir şey söylemedi. "Ne olursa olsun," bundan tam sekiz yıl önce olmuştu. Gelip geçmiş ve pek o kadar doğru olmadığı ortaya çıkmıştı.*

"Ama bu..." babası bir kez daha iç geçirdi, "kendini içine soktuğun bu durum..."

"O oğlana güvenemeyeceğimizi biliyordum," dedi annesi başını iki yana sallayarak. "Onunla tanıştığım anda beş para etmez biri olduğunu anlamıştım. Zaten adından bile belliydi..."

"Onun hakkında böyle konuşamazsın," dedi Seth usulca ama sesindeki öfke annesiyle babasının şaşkınlıktan suspus kesilmesine sebep oldu. Bugün Gudmund'u yalnızca birkaç dakikalığına görmüş, onda da oğlana durumu anlatıp onu uyarmaya *çalışmıştı. Ardından Gudmund'un annesiyle babası tarafından evlerinden kovulmuştu. "Bir daha asla adını bile ağzına alma."*

Seth'in annesinin ağzı bir karış açık kaldı. "Benimle böyle konuşmaya nasıl cüret edersin? Ne CÜRETLE *bana böyle..."*

"Candace..." dedi babası sandalyeden kalkmakta olan annesini durdurmaya çalışarak.

"Onu tekrar görebileceğini düşünüyor olamazsın."

"İstersen beni durdurmayı dene," dedi Seth öfkeyle yanıp tutuşan gözleriyle.

"Kesin şunu!" diye bağırdı babası. "İkiniz de!"

Seth ve annesinin gözlerini birbirlerine dikip karşılıklı meydan okudukları birkaç saniyenin ardından annesi nihayet yerine oturdu.

"Seth," dedi babası, "antidepresan ya da biraz daha tesirli bir şeyler almayı düşünmeni istiyorum..."

Annesi sinirle iç çekti. "Az önce söylediklerine böyle mi karşılık veriyorsun? O da senin gibi kayıtsızlığın içinde kaybolsun mu istiyorsun? Belki de ikiniz de ömürlerinizin geri kalanını sessizce Kendin Yap projelerinizle ilgilenerek geçirirsiniz."

"Şunu diyorum," diyerek tekrar araya girmeyi denedi babası, "Seth'in bir şeylerle mücadele ettiği ortada..."

*"*Hiçbir *şeyle mücadele ettiği yok. Dikkat çekmeye çalışıyor. Küçük kardeşinin ondan daha fazla ilgiye ve özene ihtiyaç duyuyor olmasına katlanamıyor. O da gidip böyle bir şeyler yapıyor." Başını iki yana salladı. "Yalnızca kendine zarar veriyorsun, Seth. Önümüzdeki hafta okula gitmek zorunda olan sensin, biz değiliz."*

Seth midesinin düğümlendiğini hissetti. Annesi onu asıl endişelendiren noktaya parmak basmıştı.

"Eğer istemiyorsan gitmek zorunda değilsin," dedi babası. "Ortalık sakinleşene dek. Okulunu da değiştirebiliriz..."

Annesi bir kez daha öfkeyle nefesini tuttu.

"Okulumu değiştirmek istemiyorum," dedi Seth. "Ve Gudmund'la görüşmeyi kesecek de değilim."

"Onun adını bile duymak istemiyorum," dedi annesi.

Babası kederli görünüyordu. "Seth, böylesine mühim bir karar vermek için biraz fazla genç olduğunu düşünmüyor musun? Böyle şeyleri... yapmak... hem de..." Sesi canlılığını yitirdi; "başka bir oğlanla," diyememişti.

"Owen'la ne kadar çok ilgilenmemiz gerektiğini bildiğin bir dönemde başımıza açtığın işe bak," dedi annesi.

Seth gözlerini devirdi. "Hep Owen'la ilgilenmek zorundasın. Bütün aptal hayatın bunun üzerine kurulu. Owen'la ilgilenmek."

Annesinin yüzü kaskatı kesildi. "Bunu söyleyecek cesareti nereden buluyorsun? Hem de sen?"

"Bu da ne demek oluyor?" diye çıkıştı Seth annesine. "'Hem de ben?'"

"Söylemeye çalıştığımız şey şu," dedi babası ikisini de bastırmak için sesini biraz daha yükselterek, "bizimle konuşabilirdin. Bizimle istediğini konuşabilirsin."

Kimsenin bölmeye zahmet etmediği uzun bir sessizlik daha oldu. Büyük olasılıkla hepsi bunun doğru olup olmadığını düşünüyordu.

Seth bakışlarını tekrar ayaklarına dikti. "Owen'ın şimdi *nesi var?" diye sordu fakat kendine hâkim olamayıp tüm öfkesini ikinci kelimeye akıtmıştı.*

Annesinin yanıtı çabucak ayağa kalkıp mutfağı terk etmek oldu. Ayaklarını yere vura vura merdivenleri çıkıp doğrudan Owen'ın odasına yöneldiğini ve ardından da Owen'ın, Noel haftasında aldığı yeni video oyunu hakkında heyecanlı bir açıklamaya giriştiğini duydular.

Seth aklı karışmış halde babasına baktı. "Onu böylesine aklını kaçıracak kadar öfkelendiren ne? Tüm bunların ona ne zararı var ki?"

Babası kaşlarını çattı ama bu seferki Seth yüzünden değildi. "Sorun yalnızca sen değilsin. Kardeşinin tarama sonuçları geldi."

"Gözleri yüzünden çektirdiğiniz taramanın sonuçları mı?"

Bundan birkaç hafta önce Owen'ın gözleri garip bir şekilde seğirmeye başlamıştı. Bilgisayar oyunları ya da klarneti gibi doğrudan önünde duran şeyleri görebiliyor ama yürürken sağındaki solundaki her şeyi deviriyor ya da kendisi yere kapaklanıyordu. Son on gündür kim bilir kaç defa burnunu kanatmıştı.

"Nörolojik hasar," dedi babası. "O günden... O günden kalan."

Seth istemsizce bakışlarını kaçırdı.

"Büyüdükçe ya durumu kötüleşecek ya da hafifleyecekti," dedi babası.

"Ve kötüleşti."

Babası başıyla onayladı. "Ve kötüleşmeye de devam edecek."

"Şimdi ne olacak?"

"Ameliyat," dedi babası. "Ayrıca bilişsel terapi. Hemen hemen her gün."

Seth bakışlarını tekrar babasına çevirdi. "Buna paramızın yetmeyeceğini söylediğini sanıyordum."

"Yetmeyecek. Sigorta sadece bir kısmını karşılıyor. Annen ödemelere yardım etmek için işe geri dönmek zorunda kalacak. Birikimlerimizin önemli bir kısmını da buna harcayacağız. Bizi zor günler bekliyor, Seth."

Seth'in kafasının içindeki çarklar dönmeye başlamıştı. Kardeşi, maddi sorunlar, düşünmekten bile utandığı o durum, sonbahar döneminden itibaren ailesinin birikimleri kullanılarak ödenmesi gereken üniversite öğretim harçları ve eğer birikimleri suyunu çekmiş olursa…

"Dolayısıyla şu arkadaşınla aranızda olanlar…" dedi babası. "Pek iyi bir zamanlama sayılmaz."

Merdiven boşluğu kahkahalarla inledi. Ortalıkta görülecek hiçbir şey olmasa da bakmak için döndüler. Seth'in annesi ve Owen yine kendi aralarında bir şeyler konuşuyorlardı. Tıpkı her zaman yaptıkları gibi.

"Doğru zamanlama diye bir şey var mı?" diye sordu Seth.

Babası usulca omuzuna vurdu. "Üzgünüm oğlum," dedi. "Gerçekten çok üzgünüm."

Fakat Seth babasına döndüğünde o çoktan göz temasını kesmişti.

24

Seth ertesi sabah uyandığında yine yağmur yağıyordu fakat rüyanın etkisiyle altüst olduğundan yağmuru fark etmesi birkaç dakikasını aldı.

Hiç kıpırdamadan kanepede uzandı. Hâlâ üst kattaki yataklarda yatmamıştı; çatı katındaki kendi yatağında uyumak istese bile artık ona sığamayacak kadar büyümüştü. Hem zaten orada yatmayı da istemiyordu. Annesiyle babasının yatağında yatmaksa ona epey garip gelmişti. Böylece şöminenin üstündeki atın dehşet dolu bakışları altında tozlu kanepede yatmakta karar kılmıştı.

Rüyalar.

Göğsündeki baskı gitgide artmış, neredeyse kımıldamasına izin vermeyecek kadar ağırlaşmıştı.

Gudmund'la yaşadıkları şeyin en güzel yanı her şeyin gizli olmasıydı. Bir araya geldiklerinde sadece ikisine ait olan o evrene dalıp kimseye hesap vermek zorunda kalmıyorlardı. Onlar dünyanın ta kendisiydi, dünya da onlardan ibaretti ve kimse öğrenmeyi hak etmiyordu. Ne annesi ne babası ne de arkadaşları. Kimse. O sırada değil. Henüz değil.

Bunun nedeni yanlış bir şey yapıyor olmaları değildi çünkü kesinlikle yanlış bir şey yapmıyorlardı. İlişkilerini herkesten gizlemesinin nedeni, yalnızca *ona* ait olmasıydı. Bu bütünüyle ona ait olan tek şeydi.

Ancak sonra dünya neler olup bittiğini öğrendi, *annesiyle babası* öğrendi. Gudmund'un çektiği, okuldaki bazı oğlanların kız arkadaşlarına gönderdiklerinin yanında acı verecek kadar masumane kalan ve başka kimsenin görmemesi gereken o iki fotoğraf. İkisi de onun için öylesine özeldi ki Seth şimdi bile öfke ve aşağılanma hisleriyle yanıp kavruluyordu.

Annesi haklıydı. Okula dönmek tam bir kâbus olmuştu. Bütün dünyası göz açıp kapayıncaya dek değişmiş ve Seth'in nefes almasına bile izin vermeyecek kadar boğucu bir yere dönüşmüştü. Noel tatili bitip de adımını tekrar okul bahçesine attığında artık o ve diğerleri vardı. Aralarındaysa uçurumlar. Okul tacizcilere aman vermemeye çalışsa da hepsini yakalayamıyordu. Duvarlar bile fısıldıyordu; cep telefonu durmadan titriyor, gece boyunca bile onunla alay eden mesajlar alıyordu. Fotoğrafın ve ona eşlik eden yorumların boy boy paylaşıldığı sosyal ağlara bakmaya cüret bile edemiyordu. Yalnızca ona ait olan o evren diğerlerinin dolduruşuna gelen herkesin aşağılamasına maruz kalıyordu.

Fakat hiçbir yere gidemezdi. Annesiyle babası onun hakkında ne yapacaklarına karar vermeye çalışırken Gudmund'un okula gitmesine izin vermiyorlardı ve Seth de Gudmund geri döndüğünde onu karşılamak için orada olmalıydı. Tüm bunlara göğüs germeliydi. Hem de tek başına.

Gudmund onu "kendi kendine yeten biri" olarak tarif etmişti. Oysa Seth hatırlayamadığı kadar uzun zamandır omuzlarında görünmez bir yük taşıyormuş gibi hissediyordu ve belki de o yükün yalnızca bir kısmı Owen'ın başına gelenlerle ilgiliydi. Daha da kötüsü buna, kendini bildi bileli yakasını bırakmayan ve en az onun kadar ezici bir özlem duygusuyla tüm bu ağırlıktan daha fazlasının olması gerektiğine dair tuhaf bir his eşlik ediyordu.

Çünkü eğer dahası yoksa yaşamanın ne anlamı vardı ki?

Okulun üçüncü senesinin sonlarına doğru arkadaşlığın ötesine geçtikleri o şaşırtıcı bahar akşamından beri Gudmund'un ona kazandırdığı en güzel şeylerden biri de bu olmuştu. Kısacık bir anlığına dahi olsa sanki omuzlarındaki tüm yük aniden kalkmış, yerçekimi tüm etkisini yitirmiş ya da yıllardır taşıdığı o ağır yükü nihayet yere bırakabilmişti...

Böyle düşünmeyi kesmesi gerektiğini biliyordu; harekete geçmesi ve kafasını yalnızca hayatta kalmaya yorması gerektiğinin farkındaydı ama bağırsa bile sesini duyacak kimsenin olmadığı ve gün ışığından, en ufak yaşam belirtisinden ya da kaçma şansından kilometrelerce uzaktaki bir kuyunun dibini boylamış gibi hissediyordu kendini.

Daha önce de böyle hissetmişti.

O yüzden uzun, upuzun bir süre boyunca yağmurun sesini dinleyerek orada öylece yattı.

Neticede bir kez daha biyolojisi onu ayağa kalkmaya zorladı. Çişini yaptı ve ardından sokak kapısının önünde dikildi. Yağmur bardaktan boşalırcasına yağıyor, yağmur damlaları çamurun içinde yolunu bulan dereciklere dönüşüyordu. Seth bir anlığına çamurun neden yağmur sularına kapılıp gitmediğini düşündü ama sonra, sokağın yavaşça durgun bir su baskınına teslim olduğunu gördü; tıkanmış mazgalların çevresinde kocaman su birikintileri oluşuyor, suya kapılan her şey çamurlu girdaplar halinde dönüp duruyordu.

Hava neredeyse önceki günkü kadar ılık olduğundan bulaşık deterjanı kalıbını aldı, giysilerini yığın halinde yerde bıraktı ve evinin önündeki garaj yoluna çıkıp yağmurla yıkanmaya koyuldu.

Kendini tepeden tırnağa sabunladı, kazınmış saçlarını köpürttü, sonra gözlerini yumdu ve yüzünü göğe çevirerek yağmurun her yerini durulamasına izin verdi. Kendisiyle oynamanın sonuç verip vermeyeceğini merak ederek neredeyse istemsizce elini önüne attı ama göğsündeki ağırlık ezici, hatıralarıysa çok fazlaydı. Vazgeçip kollarını kavuşturdu ve sabunun vücudundan yavaşça akıp gitmesine izin verdi. Sabunlu su garaj yolu boyunca süzülüp ileride biriken kahverengi suya karıştı.

Bunu ben mi yaptım? diye düşündü kollarını sımsıkı kendine dolayarak. *Bu yağmuru ben mi çağırdım? Burayı daha sefil bir yer haline mi getirdim?*

Ta ki titremeye başlayana dek kılını dahi kıpırdatmadan orada öylece dikildi.

Neticede yağmur o kadar da ılık değildi.

Yağmur gün boyunca devam etti; sel baskını sokağın sonuna doğru iyiden iyiye kötüleşirken Seth'in evinin civarında biriken sular derinleşme fırsatını bulamadan yavaşça mazgala akmıştı. Seth tilkinin ve yavrularının iyi durumda olduklarını umdu.

Bir konserve dolusu patates çorbası ısıtmaya karar verdi. Çorba ısınırken arka bahçeye bakıp yağmur damlalarının verandaya ve artık sırılsıklam vaziyetteki sargı bezi yığınına düşüşünü izledi. Gökyüzü baştan sona öyle griye bürünmüştü ki bulutları birbirinden ayırt etmek bile imkânsızdı. Yağmur bir ufuk çizgisinden diğerine her yeri işgal etmişti. Her ne kadar o ufuk çizgilerini göremese de bunu biliyordu. Çorba ısındığında iştahı kapanmadan önce yemeğinden iki kaşık yemeyi başardı ve geri kalanını altını kapattığı kamp ocağında bıraktı.

Ne televizyonu vardı ne bilgisayarı ne de elektronik oyunu. Elinde daha iyi bir seçenek olmadığından kitaplıktan bir kitap aldı. Bu babasının kitaplarından biriydi; Seth'in yıllar önce Amerika'daki evlerinde babasına çaktırmadan raftan aşırıp yalnızca birkaç sayfasını okuduğu kitaplardan biri. O günlerde yaşına hiç uygun değildi. *Şimdi* de yaşına uygun olduğunu sanmıyordu. Yüzünde çarpık bir gülümseme belirdi. Kitapta epey cüretkâr seks sahnelerine, sırf eğlence olsun diye yapılmış mecazlara ve ölümsüzlük hakkında gırla felsefi düşünceye yer verilmişti. Ayrıca hikâyede sık sık adı geçen bir satir vardı ve

Seth onu kitaba bağlayan şeyin de bu satir olduğunu anımsadı. *Bu* sözcüğün evde kullanıldığını duyup okuduğu karakterden bahsedildiğini sanarak babasına "satir"* hakkında sorular sormuştu. Uzun ve akıl karıştırıcı bir açıklamanın ardından babası, "Bunu sormak da nereden aklına geldi?" diyerek konuyu kapatmış ve bu da okuma macerasının sonu olmuştu. O sırada, hikâyenin sonunda neler olduğunu öğrenmek için kitabı tekrar raftan aşırma şansını hiç yakalayamadığını anımsadı.

Böylece dışarıdaki yağmura ve geçip giden güne kulak asmayarak kanepeye kurulup kitabını okumaya koyuldu. Akşamüstü saatlerinde açlığı artık göz ardı edilemeyecek hale gelince sosis konservesini ısıtıp yarısını yedikten sonra onun geri kalanını da soğuk patates çorbasının yanına bıraktı. Alacakaranlık çöktüğünde doğa sporu malzemeleri satan dükkândan aldığı ışıklardan birini yaktı. Işık odayı kasvetli gölgelere boğsa da sayfaları görebileceği kadar aydınlatmaya yetmişti.

Akşam yemeğini tamamen unuttu.

Kitaplar, diye düşündü uzun süredir kafasını kaldırmadan okuduğu için yorulan gözlerini ovuştururken. *Hepsi içinde bambaşka birer dünya barındırıyor.* Bir kez daha kitabın kapağına baktı. Hikâyede anlatıldığından çok daha masumane görünen, yan flüt çalan bir satir. *Kelimelerden oluşan bir dünya,* diye düşündü Seth, *bir süreliğine sığınabileceğiniz.*

"Ama er ya da geç onun da sonu geliyor," dedi. Geriye yalnızca elli sayfası kalmıştı; nihayet kitabın sonunda neler olduğunu öğrenebilecekti.

Ve ardından o dünyayı sonsuza dek terk edecekti.

Kaldığı yeri kaybetmemek için sayfanın köşesini kıvırdı ve kitabı sehpanın üzerine bıraktı.

• • •

---

* Yarı insan yarı keçi kır tanrısı anlamına gelen Satyr kelimesi, İngilizcede hiciv anlamına gelen Satire kelimesiyle ses benzerliği taşımaktadır. *–çn*

Artık hava hepten kararmıştı. Seth daha önce burayı hiç gece görmediğini fark etti. Işıldağı aldı ve hafiflemiş olsa da dur durak bilmemecesine devam eden yağmurdan ıslanmamaya özen göstererek sokak kapısının önünde dikildi.

Büyülenmişçesine geçit vermez karanlığa baktı. Gözüne tek bir ışık bile çarpmıyordu. Ne sokak lambası ne veranda ışığı ne de şehrin ışıkları yüzünden istisnasız her gece ufukta yükselen parıltı.

Burada hiçbir şey yoktu. Karanlık dışında hiçbir şey.

Feneri kapattı ve bir anlığına dünya hepten yok oldu. Havayı içine çekip yağmurun sesini dinleyerek orada öylece dikildi. Gözleri, bulutların arkasındaki aya ait olduğunu düşündüğü loş ışığa yavaş yavaş, ağır ağır alışmaya başlamıştı. Mahalle önce evlerinin ön cephelerini ve bahçelerini gözler önüne serdi. Sonra da sokağı ve kaldırımları işgal eden birikintilerle çamurlu nehirleri.

Hiçbir şey kımıldamıyor, hiçbir şey hareket etmiyordu.

Derken bulutlar aralandı ve ışıltıları sönük olsa da karanlığın karşısında kendileriyle övünürcesine parıldayan yıldızları gördü. Öylesine zifiri karanlıktı ki Seth, hayatı boyunca gördüğü tüm yıldızların, bulutların arasındaki o küçük yarıktan gördükleriyle kıyaslandığında devede kulak kaldığını düşündü. Yarık çok daha fazla yıldızı açığa çıkararak genişlerken Seth yıldızları boylu boyunca takip eden o tuhaf beyaz lekenin ne olduğunu anlamaya çalışıyordu. Sanki biri gökyüzünün orta yerine...

... süt dökmüş gibiydi.

Samanyolu*.

"Vay canına," diye fısıldadı.

Gökyüzünü boylu boyunca boyayan Samanyolu'nu gördüğüne inanamıyordu. Koca bir galaksi tam orada, gözlerinin önündeydi. Milyarlarca, milyarlarca yıldız. Milyarlarca, milyarlarca *dünya*. Hepsi, sınırsız gibi görünen ihtimallerin her

---

* Samanyolu İngilizce'de sütlü yol anlamına gelen Milky Way adıyla anılır. *–çn*

biri şu anda orada varlığını sürdürüyordu. Üstelik hiçbiri kurgusal değil, hepsi *gerçekti.* Tanıyıp bildiği dünyadan, o minicik Washington kasabasından, hatta Londra'dan bile çok daha fazlası vardı. Öyle ki İngiltere bile yanında ufacık kalırdı. Hatta *cehennem* de öyle.

Asla göremeyeceği, asla gidemeyeceği, parmaklarının ucundakinin sonsuzluk olduğunu bilmeye yetecek kadarını kısacık bir anlığına görmekten öteye geçemeyeceği kadar fazlası.

Derken bulutlar tekrar kapandı ve Samanyolu sırra kadem bastı.

25

Saat geç olmuştu; daha önce hiç burada ayakta kalmadığı kadar geç. Kendini yorgun hissediyor olsa da uyumak istemiyordu. Başka bir hatıraya, rüyaya ya da artık o gördüğü her neyse ona dayanabileceğini sanmıyordu. Son derece acı vericiydiler ve o konuda düşünmeyi hiç istemese de çok daha beterlerinin sırada olduğunu biliyordu.

Işıldağı yeniden açıp içeri girdi. Ne yapacağına karar vermeye çalışarak kısa bir süreliğine bocaladı ama sonra merdivenlere yöneldi. Çatı katıyla ilgilenmiyordu –ışıksız gecenin zifiri karanlığında orada öylece duran tabutu düşünmek bile onu fazlasıyla korkutuyordu– ama ofisi kullanabilirdi, öyle değil mi? Aile dosyalarıyla dolu ofis daha ziyade annesinindi çünkü babasının üniversitede kendisine ait bir ofisi zaten vardı.

Feneri çalışma masasının üstüne bıraktı ve pek beklentiye kapılmasa da bilgisayarı açmayı denedi. Tabii ki hiçbir şey olmadı. Koca kasası ve tüplü monitörü –Seth en son ne zaman bunlardan birini gördüğünü hatırlayamıyordu– hâlâ hareketsiz ve karanlıktı.

Kalkan toz yüzünden öksürerek masanın üstüne saçılmış kâğıtlara göz gezdirdi. Çoğu eski faturalardı ama aralarında birkaç parça kâğıt da vardı; onları görür görmez üzerlerindeki yazının annesine ait olduğunu fark edince resmen başı döndü.

Başkomiser Rashadi? yazdığını gördü kâğıtlardan birinde. Son sekiz senedir duymamış olmasına rağmen kâğıtta yazan ismi hatırlamıştı. Owen'ı arama çalışmaları sürdürülürken onlarla kalan, Seth'e duymaktan bıkıp usandığı soruları tekrar tekrar sorarken nezaketinden ödün vermeyen o polis memuresiydi. Adının altında bir telefon numarası vardı. Bir de *Masons Hill* ve *polis köpekleri* yazıyordu ki Seth annesinin bunlarla neyi kastettiğini pek anlayamadı. Seth kasabanın o tarafında herhangi bir arama çalışmasının yürütüldüğünü sanmıyordu. Owen terk edilmiş bir depoda bulunmuştu. Daha sonradan kimsenin izini sürmediği isimsiz bir ihbar gelmiş ve o ihbar sayesinde polis hem Owen'ı hem de mahkûmu bulmuştu.

Mahkûm...

Mahkûm.

Seth mahkûmun adını hatırlayamıyordu.

Notları okumaya geri döndü. Başkomiser Rashadi'nin isminin yazıyor olması gayet mantıklıydı. Tıpkı diğer sayfadaki *Komiser Hightower* ve *Komiser Ellis* gibi. Bunlar annesinin panik içindeki telefon konuşmasından sonra olay yerine gelen ilk polis memurlarıydı.

Ve peşine düştükleri adam da...

Seth kaşlarını çattı. Nasıl olmuştu da Owen'ı kaçıran adamın adını unutmuştu? Owen'ın güçbela canını kurtardığı adamın adını? Sadece hapisten firar edip Owen'ı kaçırdığı için değil, işlediği onlarca suç yüzünden müebbet hapis cezasına çarptırıldıktan sonra şu anda İngiltere'nin en yüksek güvenlikli hapishanesinde çürümekte olan adamın adını?

"Yok artık cehennemin dibi!" diye fısıldadı Seth.

Hatırlayamıyordu. Hem de *zerre kadar*. Sanki hafızasında kapkara bir nokta vardı. Noktanın çevresindeki her şey hâlâ oradaydı. Adamın suratını, özellikle de hapishane tulumunu asla unutmayacaktı.

Ve de söylediklerini.

Ama adı...

Adı, adı, adı...

Adını unutması *imkânsızdı*. İnsan avı devam ederken adamın adını onlarca, yüzlerce, binlerce kez duymuştu. Hatta Gudmund'la olan rüyasında bile adamın adını söylemişti...

Yoksa söylememiş miydi?

Hatırlamıyordu. Ne kadar çabalarsa çabalasın hatırlamıyordu işte.

Dosya dolabının en üst çekmecesine uzandı. Bu çekmecede adamın tutuklanmasına dair gazete kupürleri, resmi polis ifadeleri ya da o tür şeyler olmalıydı.

Fakat eli çekmecenin kulpunda öylece kalakaldı. Dosya dolabının üzerinde yüzüstü çevrilmiş bir fotoğraf çerçevesi duruyordu. Çerçevenin arkası epeyce tozlanmış olsa da Seth daha onu düzeltip ışıldağı içindeki resme tutmadan önce neyle karşılaşacağını anlamıştı.

İşte oradaydılar. Kendisi, annesi, babası, Owen ve onca insanın arasında Owen'ın lanet olasıca Mickey Mouse'u. Seth fotoğrafa bakıp gülümsedi. Elinde değildi. Paris'teki Disneyland'e giden trene binmişlerdi. On altı yaşındaki hali dudak bükerek seyahatin aptalca olduğunu, yalnızca küçük çocuklara göre olan parkta sıkıntıdan patladığını ve bindikleri oyuncakların Amerika'daki eğlence trenlerinin yanından bile geçemeyeceğini söylemek istiyordu...

Ama öyle değildi. *Kahrolası* yolculuk harika geçmişti. Gerçekten de öyleydi, harika bir yolculuktu. Her şey değişmeden önceki hayatlarından. Her şeyin mümkün göründüğü günlerden.

Owen'ın, Seth'in ne yaparsa yapsın adını hatırlayamadığı o hüküm giymiş katille üç buçuk gün boyunca ortadan kaybolmasından önceki yaşamlarından. Kadın ve erkek polislerin –ama genellikle Memur Rashadi gibi polis memurelerinin– Owen'ın kayıp olduğu süre boyunca evlerinde oturup her ne kadar imkânsız gibi görünse de Seth'in annesiyle babasına moral vermeye çalışarak geçirdikleri üç buçuk gün. Annesi ya öfkeden kuduruyor ya da korkutucu derecede sakinleşiyordu. Babası, hüngür hüngür ağladığı ilk günün ardından ona verilen ilaçlar yüzünden kelimeleri ağzında yuvarlayıp heceleri karıştırarak konuşuyordu.

İkisi de Seth'le pek konuşmuyordu. Hatta Seth'in hatırladığı kadarıyla onunla tek kelime bile etmemiş olabilirlerdi.

Seth daha ziyade Memur Rashadi'yle konuşmuştu. Rashadi arkadan topladığı saçlarını başına taktığı eşarbın ardına gizleyen ufak tefek bir kadındı ama tavırlarında, kapıdan içeri girdikten sonraki beş dakika içinde annesinin taleplerini ve babasının ıstırap yüklü ağlamalarını dindiren değişik bir şey vardı. Seth kadının kendisiyle sohbet ederken diğer yetişkinlerin çocuklarla konuşurken takındığı türden komik bir ses tonu kullanmamasından da sanki dudaklarından dökülen her kelime doğruymuşçasına konuşmasından da çok hoşlanmıştı.

Ne kadar önemsiz ya da aptalca görünürse görünsün hatırladığı her şeyi ona anlatması gerektiğini söyleyerek küçücük dokunuşlarla Seth'i olanlar hakkında tekrar tekrar sorgulamıştı. Sonuçta kardeşine neyin faydası dokunacağını kim bilebilirdi ki?

"Adamın elinde bir yara izi vardı," demişti Seth dördüncü ya da beşinci konuşmalarında. Yara izinin ne kadar büyük olduğunu göstermek için de başparmağı ve işaretparmağıyla bir daire yapmıştı.

"Evet," demişti Memur Rashadi, Seth'in söylediğini not etme gereksinimi duymadan. "Dövmesini sildirmiş."

"Bu önemli mi?" diye sormuştu Seth. "Yoksa aptalca mı?"

Kadın hafifçe çarpık olsalar da ay ışığı gibi parıldayan ön dişlerini gözler önüne sererek yalnızca gülümsemekle yetinmişti.

Seth bunların hepsini hatırlıyordu ama hakkında konuşup durdukları o adamın ismi bir türlü aklına gelmiyordu. Sanki her nasılsa o bilgi zihninden hepten silinmiş gibiydi.

Bir kez daha fotoğrafa baktı. Owen, Mickey'yi de yanına almış, yüzünde fiziksel açıdan acı verecek kadar kocaman bir gülümsemeyle ortada dikiliyordu. Utançla karışık bir mutlulukla sırıtan annesi ve babası, Owen'ın iki yanında duruyordu; Seth fotoğrafa baktığında ellerinde olmadan ikisinin de harika zaman geçirdiklerini görebiliyordu.

Ve işte, Seth de oradaydı; uzak durmaya çalıştığı Mickey'ye ürkek bakışlar atıyordu. O koca kostümden kaynaklanan göz alıcı parlaklık, Mickey'nin yüzündeki kıpırtısız gülümseme ve kostümün içindeki adamın tuhaf sessizliğinin onu fena halde dehşete düşürdüğünü hatırlıyordu. Gerçi Mickey'nin Fransızca konuşması çok daha ürkütücü olurdu.

Fotoğrafta onunla ailesi arasında biraz mesafe vardı ama bunu gereğinden fazla umursayacak değildi. Bu yalnızca fotoğraf çekilirken yaptığı bir hatadan, deklanşöre basıldığı sırada Mickey'den uzaklaşmak için kenara çekilmesinden kaynaklanıyor olmalıydı.

Çünkü hâlâ gülümsüyordu. Tıpkı şu anda olduğu gibi.

Başına gelecеklerden haberi yoktu, diye düşündü Seth fotoğrafı dosya dolabının üstüne bırakırken.

Ve ofisten çıkıp kapıyı arkasından kapatırken bir kez olsun dönüp de fotoğrafa bakmadı.

26

Uykuya dalmamak için sürekli kendine yapacak bir şeyler bularak gün doğumuna dek zaman geçirdi. Başka bir kitaba gömüldü –satirle ilgili olan hâlâ bitirilmemiş vaziyette sehpanın üzerinde duruyordu– ve uykudan başı önüne düşmeye başladığında ayağa kalkıp odayı boydan boya arşınladı. Kendine bir konserve dolusu spagetti ısıtsa da ancak yarısını yiyebildiği makarnadan geriye kalanları daha önceden yarım bıraktığı çorbayla sosislerin yanına koydu.

Şafakla birlikte yağmur da biraz yavaşladı. Artık yalnızca çiselese de dinmiyor, yağmur suları çamurlu girdaplar halinde dönüp durmaya devam ediyordu.

Seth uykusuzluktan ötürü acayip bir şekilde enerjik hissetmeye başlamıştı ve en çok hoşuna gidecek olan şeyin koşmak olduğunu düşündü. Kros yarışları o boğulmadan çok önce sona ermişti ve kış boyunca hüküm süren kötü hava koşullarından ötürü de yalnızca birkaç defa koşuya çıkabilmişti.

Oysa annesi ne olursa olsun koşmaktan vazgeçmemişti. Sanki hava şartları kötüleştikçe koşmaktan daha fazla zevk alıyor gibiydi. Eve sırılsıklam döner, soluğu bembeyaz bulutlar halinde havada asılı kalırdı. "*Tanrım*, bu harikaydı," derdi kesik soluklarının arasından. Sonra da kapının önünden ayrılmaya bile gerek görmeden su şişesini kafasına dikerdi.

Yıllardır, Seth'ten ona katılmasını istememişti.

Seth'in de ona evet diyeceği yoktu ya.

Aslında belki de kabul ederdi. Büyük olasılıkla etmezdi. Belki de...

Fakat koşmayı özlemişti. Bu evin içinde sıkışıp kaldığını anımsadıkça da daha fazla özlüyordu. Koşu sırasında tutturduğu tempoyu, soluklarının er ya da geç düzene girişini, dünya *üstüne üstüne* geliyormuş gibi hissetmeyi özlüyordu. Sanki o hareketsiz duruyordu da koca gezegen ayaklarının altında dönüyordu.

Koşmak yalnızlıktı, kimsesiz olmayan bir yalnızlık. Kafasındaki sorunları çözüme kavuşturabileceği türden bir yalnızlık. Ve sanki asırlardır öylesi bir yalnızlığı tatmamıştı.

O kışın sonlarına doğru her şeyi iyice yüzüne gözüne bulaştırmış olmasına şaşmamalıydı.

Bir kez daha pencereden dışarı baktı. Pus hâlâ oradaydı, dünya hâlâ griydi.

"Güneş kendini gösterir göstermez," dedi, "koşacağım."

Gün boyu eve kapalı kaldığı yetmezmiş gibi akşamın ilk saatlerinde de dışarı çıkamadı. Elbette evdeki tüm saatler durmuştu. Bu nedenle zamanın ne kadar hızlı aktığı konusunda ancak tahmin yürütebiliyordu.

Her şeyden çok, uyumak istemiyordu. Bu nedenle uyanık kalmak için aptalca şeyler yaptı. Avazı çıktığı kadar bağıra bağıra şarkılar söyledi. Kusursuz bir şekilde amuda kalkmayı denedi. Elli eyaleti de hatırlamaya çalıştı (kırk yedi tanesini hatırlamış, ancak Vermont'u anımsamaya çalışırken aklını kaçıracak gibi olunca vazgeçmişti).

Gece çökerken üşümeye başladı. Işıldakların her birini yaktı ve biraz daha battaniye aşırmak için annesiyle babasının üst kattaki yatak odasına çıktı. Battaniyeleri vücuduna sarıp zihnini meşgul edecek bir şeyler düşünmeye çalışarak salonda yukarı aşağı yürümeye koyuldu çünkü defetmek istiyordu hem uykuyu hem sıkıntıyı hem de...

Kimsesizliği.

Vücudunu tıpkı cübbe gibi saran battaniyelerle salonun ortasında duruverdi.

Kimsesizlik. Bu yerin korkunç kimsesizliği ve iyiden iyiye bastıran yorgunluk onu eziyor, dibe çekiyordu. Tıpkı boğulmasına neden olan dalgalar gibi.

Burada kimse yoktu. Onun dışında hiç kimse. *Hiç kimse.*

Hem de sonsuza dek.

"Lanet olsun," dedi fısıldarcasına ve hiç olmadığı kadar hızlı adımlarla odayı arşınlamaya geri döndü. "Lanet olsun, lanet olsun, lanet olsun."

Kendini yine suyun altında, nefes almak için dalgalarla savaşıyormuş gibi hissetti. Soluk borusu boğulmak üzereymişçesine tıkandı, tıpkı bir başka dondurucu dalganın altında kaldığında olduğu gibi. *Savaş onunla,* diye düşündü paniğe kapılarak. *Savaş onunla. Savaş. Lanet olsun, lanet olsun...*

Hafifçe inlediğinin hayal meyal farkına vararak odanın orta yerinde durdu. Hatta anbean ondan uzaklaşan havaya uzanmak istercesine başını bile kaldırdı.

"Buna dayanamam," diye fısıldadı başının üstündeki loş karanlığa doğru. "Buna dayanamam. Sonsuza kadar değil. Lütfen..."

Ellerini sıkıp gevşetti ve aniden onu boğuyormuş, daha da derinlere sürüklüyormuş gibi hissettiği battaniyeleri çekiştirip yere düşmelerine izin verdi.

Katlanamıyorum, diye düşündü. *Lütfen, daha fazla katlanamıyorum...*

Tam o anda salondaki loş ışığa rağmen, odada volta atarken yerdeki tozu biçimsizce süpüren battaniyelerin ardında bıraktığı izi gördü. Cilalı yer döşemeleri sanki hafif hafif parıltılar saçıyordu.

Düştüğü yerde tostoparlak olmuş battaniyelerden birini ayağıyla hafifçe dürtüp altındaki temiz döşemeleri açığa çıkardı.

Sonra da duvara kadar itip daha fazla tozu silip süpürdü. Battaniyeyi yerden aldı. Altta kalan kısmı o kadar kirlenmişti ki temiz tarafını çevirip şömineye dek yerde sürükledi.

Dönüp arkasına baktı. Döşemelerin şerit şeklinde genişçe bir kısmı nispeten temizlenmişti.

Battaniyeyi tekrar katladı ve odayı çepeçevre saran duvarı takip etti, sonra da kanepelerin etrafında kalan zemini. Döşemelerin büyük bölümü temizlenene dek battaniyeyi defalarca katlayıp odada dolanmaya devam etti. Artık kullanılmayacak hale gelen kirli battaniyeyi mutfağın orta yerine atıp başka bir battaniye daha aldı ve kare şeklinde katlayıp yemek masasını sildi. Havaya karışan toz karşısında öksürüklere boğulsa da işi bittiğinde masanın yüzeyi de ışıltılar saçıyordu.

Küçük battaniyelerden birinin köşesini lavaboda ıslattı ve yemek masasının üstünde kalan ağır kirleri sildikten sonra hiçbir hayat belirtisi göstermeyen televizyona geçti. Elindeki battaniye ne zaman kullanılamayacak hale gelse onu da mutfağın orta yerindeki yığına ekliyor ve yenisini alıyordu. Derken kendini üst kattaki çarşaf dolabından aldığı taş kesmiş havlularla çarşafları, şömineyi ve pencere pervazlarını silmek için kullanırken buldu.

Bir tür histeri haline teslim olmuştu; hareketlerinden başka hiçbir şey düşünmüyordu. Önündeki işe odaklanmış halde aklını kaçırmışçasına siliyor, siliyordu. Durdurulamazdı. Ne de olsa harekete geçmişti bir kere. Kitaplığın raflarını, küçük odaya açılan kapının suntalarını, yemek masasının etrafına dizili sandalyeleri silip temizledi. Örümcek ağlarından kurtulmaya çalışırken yanlışlıkla tepe lambalarından birinin ampulünü kırdı ve cam parçalarını da battaniyeye sarıp yığına ekledi.

Kanepenin arkasındaki duvara asılı aynanın üstünde kalan tozları sildi ama kirler cama yapışmıştı. O da ıslak paçavralardan birini alıp dur durak bilmeden bastıra bastıra aynayı ovalamaya koyuldu.

"Hadi ama," dedi yüksek sesle konuştuğunun hayal meyal farkına vararak. "Hadi *ama.*"

Harcadığı çaba yüzünden azıcık soluklanmak için geri çekildi ve nefes nefese orada dikildi. Tam işinin başına geri dönmek için kolunu kaldırmıştı ki...

Odadaki zayıf ışıkta kendisini gördü.

Bir deri bir kemik kalmış yüzünü, kısacık kesilmiş saçlarını, sakal bırakmaktan ümidi kesmesine yol açan ve yanaklarında pek olmasa da burnunun ve çenesinin altında filizlenen koyu renkli kılları gördü.

Gözlerini gördü. Bir avın gözlerini. Ya da bir hayaletin.

Ve aynada, arkasında kalan odanın yansımasını gördü. Kendini o çılgınlığa, kendisine bile açıklayamadığı o cinnet haline kaptırmadan önceki haliyle karşılaştırıldığında yüz kat daha yaşanabilir görünüyordu.

Fakat işte buradaydı. Temiz ya da en azından *daha* temiz bir odada. Ölmekte olan atın tasvir edildiği o korkunç tablonun tozunu bile almıştı. Şimdi atın aynadaki yansımasına baktı; dehşet içindeki gözlerine, hançere benzer diline...

...ve hatırladı.

Bu temizliği. Ortalığı derleyip toparlamayı. Bu düzen manyaklığını.

Bunu daha önce de yapmıştı. Amerika'daki yatak odasında.

"Hayır," dedi. "Ah, hayır."

Evden ayrılmadan önce yaptığı son şey buydu.

Sahile inmeden önce yaptığı son şey.

Ölmeden önce yaptığı son şey.

27

"Bundan benim de nefret ettiğimi görmüyor musun?" diye fısıldadı Gudmund öfkeyle. "Bunun istediğim son şey olduğunu anlamıyor musun?"

"Ama yapamazsın," dedi Seth. "Öylece çıkıp..."

Söyleyemiyordu. O kelimeyi ağzına bile alamıyordu.

Gidemezsin.

Gudmund gergin bir şekilde arkasına dönüp arabasının şoför koltuğundan evine baktı. Alt kattaki ışıklar yanmıştı ve Seth, Gudmund'un annesiyle babasının uyandığını görebiliyordu. Gudmund'un evde olmadığını fark etmeleri an meselesiydi.

Seth soğuk yüzünden kollarını vücuduna doladı. "Gudmund..."

"Eğer senenin geri kalanını Bethel Özel Lisesi'nde geçirmezsem üniversite masraflarımı ödemeyeceklermiş Sethy," dedi Gudmund yalvarırcasına. "Bu konuda akıllarını kaçırmış durumdalar." Öfkeli bir şekilde kaşlarını çattı. "Ne yazık ki herkesin seninkiler gibi çılgın, özgürlükçü, Avrupalı bir ailesi yok..."

"Ne o kadar çılgınlar ne de özgürlükçüler. Doğru düzgün suratıma bile bakmıyorlar."

"Sana daha önce de doğru düzgün bakmıyorlardı," dedi Gudmund. Sonra Seth'e döndü. "Üzgünüm ama ne demek istediğimi biliyorsun."

Seth ağzını bile açmadı.

"Sonsuza dek sürmek zorunda değil," dedi Gudmund. "Üniversitede tekrar buluşacağız. Bunun öyle bir yolunu bulacağız ki kimse..."

Ama Seth başını iki yana sallıyordu.

"Ne var?" diye sordu Gudmund.

"Ben babamın üniversitesine gitmek zorunda kalacağım," dedi Seth başını kaldırmadan.

Gudmund şoför koltuğunda şaşırmış gibi bir hareket yaptı. "Ne? Ama demiştin ki..."

"Owen'ın tedavisi onlara bir servete mal oluyor. Eğer üniversiteye gitmek istiyorsam babam orada öğretmenlik yaptığı için aile indiriminden yararlanabileceğimiz o üniversiteye gitmek zorundayım."

Şaşkınlıktan Gudmund'un ağzı bir karış açık kaldı. Planları bu değildi. Hem de hiç. Aynı üniversiteye gidecek, aynı yurt odasını paylaşacaklardı.

İkisi de evlerinden yüzlerce kilometre uzakta olacaktı.

"Ah, Seth..."

"Gidemezsin," dedi Seth başını iki yana sallayarak. "Şimdi gidemezsin."

"Seth, gitmek..."

"Yapamazsın." Seth'in sesi çatlamaya başlamıştı ama kendini toparlamaya çalıştı. "Lütfen."

Gudmund elini onun omzuna koydu. Fakat Seth silkinerek o anda ona dünyaları verseler vazgeçmeyeceği o elin dokunuşundan kurtuldu.

"Seth," dedi Gudmund. "Her şey düzelecek."

"Nasıl?"

"Bütün hayatımız bundan ibaret değil. Daha her şeyin başındayız. Yalnızca lisedeyiz *Sethy. Bunun sonsuza dek süreceği yok. Er ya da geç bitecek."*

"Her şey çok..." dedi Seth arabanın ön camına doğru. "Yılbaşından beri, senin yokluğunda her şey çok..."

Durdu. Başından geçen o korkunç şeyleri Gudmund'a anlatamazdı. Bunlar hayatının en kötü günleriydi. Okul neredeyse dayanılmaz bir hal almış ve kimi zaman günler boyunca tek bir kişiyle bile konuşmamıştı. Ona yapılanların hiç de adil olmadığını düşündüklerini söylemeye çalışan ve çoğunlukla kızlardan oluşan birkaç kişi vardı ama çabaları, üç yakın arkadaşını kaybettiğini ona hatırlatıp durmak-

tan başka işe yaramamıştı. Gudmund annesiyle babası tarafından okuldan alınmıştı. H onunla konuşmayı kesip başkalarıyla takılmaya başlamıştı.

Ve Monica.

Monica'yı aklından bile geçirmek istemiyordu.

"Sadece birkaç ay daha," dedi Gudmund. "Biraz daha dayan. Başaracaksın."

"Sensiz olmaz."

"Seth, lütfen böyle şeyler söyleme. Böyle şeyler söylemene dayanamıyorum."

"Sen benim her şeyimsi, Gudmund," dedi Seth usulca. "Sahip olduğum tek şey sensin. Senden başka hiçbir şeyim yok."

"Böyle konuşma!" dedi Gudmund. "Ben kimsenin her şeyi olamam. Senin bile. Tüm bunlar yüzünden aklımı kaçırmak üzereyim. Buradan ayrılmak zorunda kaldığım gerçeğine katlanamıyorum. Birilerini boğazlamak *istiyorum! Ama senin burada hayatta kalmayı başardığını, tüm bunları atlattığını bilirsem gitmeyi kabullenebilirim. Bu sonsuza dek sürmeyecek. Bir geleceğimiz var. Gerçekten var. Bir yolunu bulacağız Seth. Seth?"*

Seth ona baktı. Artık daha önce fark edemediği o şeyi görebiliyordu. Gudmund çoktan çekip gitmişti, çoktan yüz kilometre uzaklıktaki Bethel Özel Lisesi'ne gitmeyi kafasına koymuştu, çoktan daha da uzaktaki UW'de ya da WSU'da** onu bekleyen geleceğin hayallerini kurmaya başlamıştı ve belki o gelecek bir şekilde Seth'i de kapsıyordu, belki de o gelecekte ikisine de yer vardı…*

Ancak Seth buradaydı. O geleceğe ait değildi. Bu akıl almaz şimdinin içinde kısılıp kalmıştı.

Ve buradan oraya nasıl gidileceğini bile bilmiyordu.

"Bundan çok daha fazlası var Sethy," dedi Gudmund. "Berbat günler geçiriyoruz ama dahası var. Sadece oraya ulaşmamız gerekiyor."

---

* Washington Üniversitesi. *–çn*

** Washington Eyalet Üniversitesi. *–çn*

"Sadece oraya ulaşmamız gerekiyor," dedi Seth fısıltıyı andıran ses tonuyla.

"Aynen öyle." Gudmund bir kez daha Seth'in omzuna dokundu. "Lütfen biraz daha dayan. Bunu başaracağız. Sana söz veriyorum."

Kapının çarpılma sesi karşısında ikisi de sıçradılar. "Gudmund!" diye bağırdı Gudmund'un babası verandadan. Sesi komşuları uyandırmaya yetecek kadar yüksek çıkmıştı. "Bana cevap versen iyi edersin oğlum!"

Gudmund arabasının camını indirdi. "Buradayım!" diye bağırdı babasına. "Biraz temiz hava almaya ihtiyacım vardı."

"Beni aptal mı sanıyorsun?" Babası karanlığa rağmen gözlerini kısmış, Seth'le Gudmund'un park ettikleri yere doğru bakıyordu. "Çabuk eve dön. Hemen!"

Gudmund, Seth'e döndü. "Birbirimize e-posta göndeririz. Telefonda konuşuruz. İrtibatı hiç kesmeyiz. Sana söz veriyorum."

Öne doğru atılıp Seth'i son bir defa sertçe öptüğü anda oğlanın kokusu Seth'in burun deliklerini doldurdu, vücudunun ağırlığı oturduğu koltukta geriye doğru savrulmasına neden oldu, Seth'in vücudunu sımsıkı saran elleri...

Sonra öylece çekip gitti. Kapıdan süzülüp verandanın ışığında hızlı adımlarla eve doğru yürürken çoktan babasıyla tartışmaya başlamıştı bile.

Seth onun gidişini izledi.

Ve Gudmund çarpılarak kapanan başka bir kapının ardında gözden kaybolurken Seth kendi kapılarının kapandığını hissetti.

Şimdiye ait tüm kapılar kapanıyor, onu o âna hapsediyordu.

Hem de sonsuza kadar.

28

Seth'in, yerde olduğunu fark etmesi biraz zamanını aldı. Yere uzandığını anımsamıyordu ama tüm kasları sanki saatlerdir orada yatıyormuşçasına tutulmuştu.

Doğruldu. Kendini daha hafif hissediyordu.

Sanki içi hepten boşalmış gibi.

Rüyanın ağırlığı odada bir yerlerde gibiydi ve Seth hayal meyal onun varlığının farkındaydı ama...

Hiçbir şey hissetmiyordu. Hiçbir şey.

Ayağa kalktı. Uyku sayesinde gücünün birazını yeniden kazanmıştı. Ellerini sıkıp gevşetti, başıyla daire çizerek boynunu esnetti, gerindi.

Sonra jaluzinin arasından süzülen cılız güneş ışığı huzmelerini fark etti.

Yağmur durmuştu. Güneş yeniden yüzünü göstermişti.

Koşuya çıkacağına dair kendine bir söz vermişti, öyle değil mi?

Zihnini başka hiçbir şeyle meşgul etmeden önce üzerine temiz bir şortla yeni tişörtlerinden birini geçirdi. Ayakkabıları koşmaya pek uygun değildi ama yine de işini görürlerdi. Su şişelerinden birini yanına alıp almamayı düşünse de şişeyi geride bırakmaya karar verdi.

Kahvaltıyı atladı. Son bir buçuk gündür doğru düzgün hiçbir şey yememişti ama göğsündeki kararlılık karnını doyuruyor gibiydi.

Bu, sahile inerken hissettiği kararlılığın aynısıydı

Bu düşüncenin zihninin bir köşesinden girip diğer köşesinden çıkmasına izin verdi.

Bu sabah hiçbir şeyin onu meşgul etmesine müsaade etmeyecekti.

Hem de hiçbir şeyin.

Koşmak dışında hiçbir şeyin.

Sokak kapısına gitti ama kapıyı arkasından kapatmadı.

Ve koşmaya başladı.

O akşamüstü evden ayrıldığı sırada hava buz gibiydi, hatta sıcaklık büyük olasılıkla sıfırın altındaydı. Evden ayrılmadan önce odasını köşe bucak temizlemişti; ne sebebini biliyordu bunun ne de o sırada ne yaptığının farkındaydı. Yalnızca önüne çıkan her şeyi doğru yerlerine koymuş ve geride tertipleyip düzenlemediği hiçbir şey bırakmamıştı.

Annesi, Owen'ı terapiye götürmüştü ve babası da mutfakta çalışıyordu. Seth merdivenleri inip salona girdi. Gözü amcasının yaptığı o korkunç tabloya, daha doğrusu sonsuza dek korku ve ıstırap içinde orada öylece durmaya mahkûm edilmiş ata takıldı. Sokak kapısını arkasından kapatırken onu izleyen ata.

Yarım saatlik keyifli bir yürüyüşün ardından sahile ulaştı; kar havası vardı ama henüz atıştırmaya başlamamıştı. O gün deniz kış aylarından alışkın olduğu kadar taşkın değildi. Dalgalar nispeten alçaktı ama yine de ona doğru uzanıyor, âdeta onu yakalamaya çalışıyorlardı. Sahilse her zamanki gibi kayalıktı.

Bir anlığına orada öylece dikildi ve ardından ayakkabılarını çıkarmaya koyuldu.

Seth kuruyan çamurda ayak izlerini bırakarak tren istasyonuna doğru koşuyordu. Uzun süredir koşmadığı için dizlerinden çatırtılar geliyor, kasları acıyla inliyordu. Binaların arasındaki merdivenleri tırmanıp istasyona yöneldi.

Ter atmaya başlamıştı. Alnından süzülen ter damlaları gözlerini yakıyordu. Güneş gökyüzünde tüm gücüyle parlıyordu. Soluk alıp verişi ağırdı.

Koştu.

Koştukça anımsadı.

Anımsadıkça hızlandı. Sanki hatıralarından kaçabilirmiş gibi.

Orada, kayaların arasında biraz kumluk bir alan vardı. Kum öbeğinin üstünde dikilip önce ayakkabısının bir tekini, sonra da diğer tekini çıkardı. Ayakkabılarını özenli bir şekilde yan yana koydu, sonra kayalardan birinin üstüne oturup çoraplarını çıkardı, katlayarak ayakkabılarının içine soktu.

Pek o kadar... sakin olduğu söylenemezdi; sakinlik doğru kelime değildi. Arada sırada, çoraplarını muntazam bir şekilde katlanmaya odaklanmadığı anlarda asıl hissettiği şey rahatlamaydı.

Kuş gibi hafiflemişti çünkü nihayet, nihayet, nihayet...

Nihayet oradaki varlığına son verecekti, kimseye daha fazla yük olmayacaktı, kimsenin onu sırtında taşımasına gerek kalmayacaktı.

Göğsündeki sıkışıklıktan kurtulma ümidiyle silkinerek kendine biraz zaman tanıdı.

Ve sonra derin bir nefes aldı.

Seth tren istasyonunun girişindeki turnikelerden birinin üstünden atlayıp platforma çıkan basamakları tırmandı. Tren raylarının üzerindeki köprüye yönelirken dönüp de trene bakmadı bile. Sıcak günü şüphesiz ininin güvenli duvarları arasında uyuyarak geçiren yaban domuzunun sesi soluğu çıkmıyordu.

Merdivenleri çıktı, köprüyü boydan boya geçti ve köprünün diğer ucundaki basamaklardan aşağı indi.

• • •

Ceketini çıkardı çünkü ona doğru gelen buydu. İçinde yalnızca incecik bir tişört vardı ve rüzgâr çıplak kollarını ısırıyordu. Kabanını katlayıp ayakkabılarının yanına bırakırken tüyleri soğuktan diken diken oldu.

Oradaki varlığını hissedebiliyordu ama aynı zamanda kendine yabancılaşmıştı. Sanki kendisini yüksekten izliyor, denize bakan o yalınayak, ceketsiz oğlanı seyrediyordu.

Bekliyor gibiydi.

Ama neyi?

Beklediği her neyse gelmedi.

Sonra, "Hazırım," diye fısıldadı kendi kendine.

Az kalsın yere serilmesine neden olan o ani, o beklenmedik hüzün dalgası benliğini ele geçirirken aslında doğruyu söylediğini fark etti.

Hazırdı.

Denize doğru yürümeye başladı.

Tren istasyonunun diğer tarafındaki kapının üstünden atlayarak dışarı çıktı. Ana caddeye doğru yokuş aşağı koşarken kasılan ayakları yüzünden irkilse de yavaş yavaş kendilerine gelip koşmayı hatırlayan kasları uyanıyor gibiydi.

Koşarak virane halindeki mahalleye girdi.

Etrafındaki her şey ölüydü.

Daha ilk adımlarında bile suyun soğukluğu öylesine şoke edici, öylesine amansızdı ki nefesini tutmadan edemedi. Neredeyse tüysüz kollarındaki tüm gözenekler belirginleşmiş, tek tük incecik tüy de diken diken olmuştu. Bir anlığına da olsa, ancak bileklerine dek gelen ve en fazla beş santim derinliğindeki suda çoktan boğulmaya başladığını sandı.

Eğer su icabına bakmazsa soğuğun işini bitireceğinden emindi.

Kendini bir adım daha atmaya zorladı.

Ve sonra bir adım daha.

Ortalık o kadar sessizdi ki tek duyabildiği kendi ayak sesleri ve soluklarıydı. Girdiği ilk sokakta her şey dümdüz olmuştu; kapkara arazi sokağın iki ucuna doğru göz alabildiğince uzanıyordu. Önündeki kül yığınını tekmeleyince bazıları tam o sırada güneşte kuruyup bulut misali havada asılı kaldı.

Bakışlarını tekrar önüne çevirdi.

Masons Hill'e baktı.

Bir kayadan ötekine sıçrarken, soğuktan mosmor kesilmiş ayakları hepten hissizleşti. Derinlere doğru ilerlerken attığı her adımda etleri keskin bir bıçakla lime lime ediliyormuş gibi hissetse de yılmadan yoluna devam etti. Dizlerine, uyluklarına ulaşan su kotunun renginin iyiden iyiye koyulaşmasına neden olmuştu. Sığ alan epey devam ediyordu ama sonra, biraz daha ilerleyince suyun aniden derinleşeceğini ve yüzmesi gerekeceğini biliyordu. Hiçbir şeyden kuşkulanmayan saf bir yüzücüyü kapıp, tüm heybetiyle sahilin iki yanında yükselen kayalıklara çarpacak kadar güçlü bir akıntının olduğunu da.

Artık o kadar çok üşüyordu ki teni aside batırılmış gibi hissediyordu. Koca bir dalga göğsüne çarpınca bağırmaktan başka çare bulamadı. Kontrolsüzce titriyordu. Yoluna devam etmek için kendini zorlamak zorunda kaldı.

Sonuncusundan daha büyük bir dalga yüzünden az kalsın dengesini yitirecekti. Bir başka dalga onu takip etti. Pek fazla dayanamayacaktı; ayakları ve ayak parmakları var güçleriyle suyun altındaki kayalara tutunmaya çalışıyor olsa da akıntı yüzünden ileri geri savrulup duruyordu. Artık her şeyi koyuverip yüzmeye ve gitgide soğuyan sulara doğru kulaç atarak onu bekleyen o korkunç, korkunç özgürlüğe kavuşmaya hazırlandı.

Buradaydı. Buraya kadar gelmeyi başarmıştı. Kat edilecek azıcık mesafe kalmıştı ve onu buraya getiren de ta kendisiydi.

Her şey bitmek üzereydi. Oraya varmak üzereydi.

Hayatında bir kez olsun kendisini böylesine güçlü hissetmemişti.

Başka bir sokağın aşağısında bazı evlerin betonarme iskeletleri yanıp kavrulmuş olsalar da hâlâ ayakta duruyordu. Sadece evler değil. Mağaza vitrinleri de. Daha büyük binalar da.

Hepsi kapkaraydı, hepsi bomboştu, hepsi ölüydü.

Boğazı öylesine yanıyordu ki suyunu yanında getirmiş olmayı diledi. Fakat bu düşünce zihninden çabucak uçup gitti. Susuzluğa bile aldırış etmeyecekti.

Masons Hill tüm heybetiyle ufukta dikiliyordu ve tek ihtiyacı olan da buydu.

Bomboş hissediyordu. İçinde ne var ne yoksa yitip gitmişti sanki.

Sonsuza dek koşabilirdi.

Çünkü güçlüydü.

Derken öncekilerin hepsinden çok daha büyük bir dalga onu kollarına alıp dondurucu suyun derinliklerine çekti. Vücudunun acı dolu kasılmalara teslim olmasının suçlusu olan soğuk öylesine keskindi ki elektrik çarpmışa döndü. Akıntıya kapılmış, suyun altında taklalar atıp duruyordu. Kafasını bir mostraya çarpmaktan kıl payı kurtuldu.

Başka bir dalga daha üzerine yıkıldığında öksürüp tükürükler saçarak yüzeye çıktı. Aniden yükseldi fakat ayaklarını ne kadar çırparsa çırpsın ters yönlü dip akıntısı çoktan onu hızla aşağı çekmeye başlamıştı. Ağzına dolan tuzlu suyu tükürdü ve başka bir dalga tarafından tekrar dibe çekildi.

(Mücadele etti; her şeye rağmen mücadele ediyordu...)

Soğuk öylesine uçsuz bucaksızdı ki âdeta canlıydı. Her nasılsa kısacık bir anlığına kaslarını doğru düzgün çalıştırmayı başardı ve suyun yüzeyinde kalmayı becerdiği birkaç saniye boyunca bomboş sahili görebilmiş olmasına karşın kıyı gittikçe uzaklaşıyor, akıntı onu kayalıklara doğru sürüklüyordu.

Çok geçti.

Bunun geri dönüşü yoktu.

(Ama yine de mücadele ettiğini hissetti...)

Seth kesik kesik soluklarına rağmen anıları kenara itip kök salmalarına müsaade etmeyerek hızlandı.

Bunu başaracağım, diye düşündü. *Tepeye ulaşacağım. Artık pek uzakta sayılmaz.*

Bir sokak, sonra başka bir sokak daha. Dört bir yanı, mezar taşı gibi yükselen boş binalarla çevriliydi. Solukları iyiden iyiye güçleşiyor, bacakları gittikçe zayıflıyordu.

Bunu başaracağım. Tepeye kadar koşacağım...

Oğlan koşuyordu.

Oğlan boğuluyordu.

Son dakikalarında bitkin düşmesine neden olan su değil, soğuktu. Soğuk, bedenindeki tüm enerjiyi emip tüketmiş ve suyun üstünde kalmak için ne kadar debelenirse debelensin acı içindeki kaslarının taş kesilerek hiçbir işe yaramaz hale gelmesine neden olmuştu...

(ve sonuçta mücadele etmişti, gerçekten etmişti...)

Güçlüydü, gençti, neredeyse on yedi yaşındaydı ama her biri öncekinden daha büyüğe benzeyen buz gibi dalgaların ardı arkası kesilmiyordu. Onu fırıl fırıl döndürüyor, tepetaklak ediyor ve derine, çok daha derinlere çekiyordu.

• • •

Koşarken varış noktası hakkında hiç düşünmedi. En azından sözcüklerle değil. Yalnızca niyet vardı. Yalnızca hafiflik.

Her şeyin bitişinin verdiği hafiflik. Her şeyi koyuvermenin verdiği hafiflik.

Derken denizin oynadığı, başarabileceğini düşünmesine yetecek kadar hayatta kalmasına izin verdiği acımasız oyun, işte o oyun birdenbire sona ermiş gibi göründü.

Kabaran dev bir dalga onu kaldırıp öldürmek istercesine sert kayalara çarptı. Sağ omuz kemiği o kadar yüksek sesle kırıldı ki suyun altında, dalganın akımına rağmen bile omuzundan gelen çat *sesini duyabildi. Hissettiği acının akıl almaz yoğunluğu yüzünden bağırmak için ağzını açtığı anda ciğerleri dondurucu, tuzlu deniz suyuyla doldu. Yuttuğu suyu çıkarmak için öksürdü ancak bu, ciğerlerinin daha fazla suyla dolmasına yol açmaktan başka hiçbir işe yaramadı. Omuzunun acısıyla dertop oldu; acı onu kör etmiş, yoğunluğu âdeta felç geçirmesine sebep olmuştu. Artık ne kurtulmayı deniyor ne de yüzmeye çalışıyordu; dalgalar ona bir kez daha takla attırırken kendini korumaya bile yeltenmedi.*

Lütfen, *diye düşündü. Kafasının içinde yankılanıp duran tek kelime buydu.*

Lütfen.

Lütfen, diye düşündü...

Masons Hill'in bir tarafında dimdik bir yamaç vardı. Uzaktan orayı seçebiliyordu.

Beton zeminle son bulan on beş metre...

Lütfen...

• • •

Akıntı onu son kez yakaladı. Onu fırlatmak istercesine gerindi, gerindi ve kafa üstü kayalara savurdu. Oğlan arkasındaki öfkeli okyanusun tüm hiddetiyle kayalara çarptı. Darbeyi yumuşatmak için kollarını bile kaldıramamıştı.

Ama özgürlüğe kavuşamadı.

Burada uyandı.

Daha fazla dayanamadığı kimsesizliği dışında...

Geride bıraktığından çok daha beter o kimsesizlik dışında...

Hiçbir şeyin olmadığı...

Burada.

Varmak üzereydi. Köşeyi dönecek ve karşısına çıkan uzunca sokağı baştan sona kat ederek tepenin eteklerine ulaşacaktı.

Köşeyi döndü...

Derken uzakta, karşısına çıkan sokağın aşağısında siyah bir karavan gördü.

Ve karavan hareket halindeydi.

29

O kadar aniden durdu ki düştü ve elleri birkaç santim derinliğindeki küllere gömüldü.

Bir karavan.

Uzaklaşan bir karavan.

Sürücüsü olan bir karavan.

Arkasında alçak bir kül bulutu bırakarak yavaşça ondan uzaklaşıyordu ama işte, oradaydı. Bu dünya ne denli somutsa o da o kadar somuttu.

Cehennemde biri daha vardı.

Seth henüz bunun iyi bir fikir olup olmadığını bile düşünmeden ayağa fırlayıp kollarını başının üstünde sallamaya başladı.

"Bekle!" diye bağırdı. "BEKLE!"

Karavan hiç vakit kaybetmeden durdu. Kurumakta olan küllerden yükselen ısı yüzünden puslu görünse de durduğu ortadaydı.

Onu duyduğu ortadaydı.

Seth izlemeye koyuldu; kalbi göğsünde küt küt atıyor, ciğerleri biraz soluklanmak için yanıp tutuşuyordu.

Karavanın kapısı açıldı.

Ve bir çift el arkadan Seth'in ağzının üzerine kapanarak onu geriye doğru çekti.

KISIM 2

30

Seth onu arkaya deviren ellere rağmen güçbela dengesini korumayı başardı. Ellerle mücadele etmeye çalıştı ama açlık, uykusuzluk, koştuğu onca yol ve göğsündeki o korkunç ağırlık onu öylesine halsiz bırakmıştı ki tek yapabildiği düşmemeye çalışarak geriye doğru sendelemek oldu...

Oysa eller tuhaf bir biçimde küçük görünüyordu...

Onu sokaktan uzaklaştırıp, eskiden epey yüksek olsa da artık yıkık dökük betonarme duvarlardan ve akıllara ziyan karanlık gölgelerden ibaret virane halindeki bir binanın içine doğru çekiyorlardı.

Eğer onu içeri sokmayı başarırlarsa ona orada isteyen istediğini yapabilirdi.

Ağırlığını yere bırakıp saldırganını da beraberinde çekerek küllerle kaplı kaldırıma düştü.

"Ah!" diye bağıran sesi duyduğu anda olduğu yerde yuvarlanıp aniden hiçlikten çıkıp gelen kişiyle dövüşmeye hazırlanarak yumruklarını kaldırdı...

Ama karşısındaki yalnızca bir oğlandı.

On bir ya da on iki yaşından büyük olamazdı ve Seth'ten en az otuz santim kısaydı. Seth'in ona saldıran elleri acayip bulması boşuna değildi; az önceki sahne tıpkı bir maymunun zürafaya asılmasına benziyor olmalıydı.

"Hayır!" diye fısıldadı oğlan besbelli paniğe kapılmış halde. "Sokaktan uzaklaşmalıyız!"

Çoktan ayağa kalkmış, Seth'in arkasında kalan karavana bakıyordu. Seth de döndü. Asfalttan yükselen sıcaklık yüzünden karavanın yanında ayakta duran birini görüp görmediğinden emin olamadı...

Oğlan, Seth'i tişörtünden yakalayıverdi. "Gel! Gelmek zorundasın!"

Seth elinin tersiyle oğlanınkine vurdu. "Çek ellerini üstümden!"

"Hayır, gelmek *zorundasın,*" dedi oğlan. Seth çocuğun aksanını fark edip Doğu Avrupalı olabileceğini düşündü. Ardından da çocuğun arkasında kalan kavruk binanın önündeki kül yığınına gelişigüzel bırakılmış bisikleti gördü. Oğlan arkasına dönüp, "Regine!" diye seslendi.

Binanın gölgelerinin arasından kendi bisikletini süren, Seth'in yaşlarında, hatta belki de Seth'ten birkaç yaş daha büyük, uzun boylu ve yapılı siyahi bir kız çıktı. Seth kızın arkasından süzülen güneş ışığını görünce ikisinin de oradaki bir delikten geçerek buraya geldiklerini tahmin etti. Kız meydan okuyan bakışlarla nefes nefese Seth'e baktı. "Tanrım, gerçekten de hızlı koşuyorsun."

"Siz de kimsiniz?" diye sordu Seth. "Bu cehennem çukurunda neler dönü..."

"Gitmemiz gerek!" diye diretti oğlan parmağıyla yolu işaret ederek. "Sürücü!"

Hepsi baktılar. Karavanın kapısı kapanmıştı. Karavan yeniden harekete geçmiş, U çizerek geri dönüyordu.

Böylece tekrar çocukların dikildikleri tarafa gelebilecekti.

Kız yüzünde dehşet dolu bir ifadeyle bisikletinden atlayıp, "Tommy! Saklan!" diye bağırdı. Oğlan kızın bisikletini kaptığı gibi kendisininkini de yerden aldı ve bisikletleri çeke çeke karanlık binaya soktu. Kız ise iki eliyle Seth'in tişörtüne yapışmış, onu da aynı yere sürüklemeye çalışıyordu.

Oğlandan *çok daha* güçlüydü.

"Çek ellerini üstümden," dedi Seth kıza karşı koymaya çalışırken.

Kız, Seth'in yüzünü kendininkine yaklaştırdı. "Eğer *hemen şimdi* bizimle birlikte saklanmazsan öleceksin."

"Yalan söylemiyor!" dedi oğlan. Binanın alçak duvarlarından birinin ardından uzattığı suratında endişe yüklü bir ifade vardı. "Lütfen gel!" Sonra da üst katlardan düşen beton tabakalardan yapılma küçük bir mağarayı gizliyormuş gibi görünen alçak duvarın ardında tekrar gözden kayboldu. Bisikletleri de peşi sıra çekmişti.

Kız hâlâ tüm gücüyle Seth'in tişörtüne asılıyordu. Öyle ki tişört yırtılmaya başlamıştı. Seth kıza direnip tekrar yola baktı. Karavan dönüşünü tamamlamış, peşlerinden geliyordu.

Hangi cehenneme düştüm ben? diye düşündü. *Cidden, hangi cehenneme düştüm ben?*

Kız korkuyla bağırıp Seth'in tişörtünü bıraktı ve binanın içinde gözden kayboldu.

Nihayet Seth'i harekete geçiren de buydu. Kızın korkusu.

Kızın peşinden koşarak karanlığa daldı.

Binanın içindeki gölgeler hem öylesine derin hem de öylesine karanlıktı ki Seth bir anlığına kör oldu.

"Çabuk ol!" dedi kız onu da peşi sıra çekerken. Alçak duvarın üstünden atlayıp oğlan ve bisikletler yüzünden enine boyuna daralmış olan küçük oyuğa girdiler. Seth bisiklet bulmaya çalışmanın neden hiç *kendi* aklına gelmediğini düşünerek duraksadı.

"Bu saçmalık," dedi. "Bizi görecek..."

"Buradan çıkmak için yine geldiğimiz yolu takip ettiğimizi düşünecek," dedi kız, "tabii eğer şansımız yaver giderse."

"Ya gitmezse?"

Kız, Seth'i susturmak için işaretparmağını havaya kaldırdı.

Artık o da duyabiliyordu.

Karavanın motoru. Neredeyse buradaydı.

Oğlan hafifçe inledi. "Geliyor."

Oğlan ve kız iyiden iyiye küçük oyuğun karanlığına gömüldüler. Oysa oyuk üçünü de korumak için saçma derecede dardı. Bu yüzden soluk soluğa ve kan ter içinde bisikletlere yapışmış halde çıt çıkarmamaya çalışıyorlardı.

Karavan dışarıda durdu ve Seth kapının açıldığını işitti.

Göğsünün üstünden bir kol geçti. Oğlan kıza uzanıyordu. Kız, oğlanın elini tuttu ve sanki hiç bırakmayacakmışçasına sıktı.

Hiçbiri nefes almaya bile cesaret edemiyordu.

Seth külü ezen ayak seslerini duydu. Tek bir kişi, diye düşündü Seth, yalnızca iki ayak.

Derken binayı istila eden gölgelerin arasına adım attığı sırada onu gördü.

Bu sıcakta akıl almayacak şey olmasına rağmen teninin her santimi tepeden tırnağa siyah renkli, sentetik görünümlü, âdeta dalış elbiselerininkine benzer bir malzemeyle kaplıydı. Yüzü, burun ve çene çıkıntıları dışında başka hiçbir numarası olmayan, pürüzsüz ve metalik bir siyahlıktan ibaret parlak kaskının ardına gizlenmişti.

Tıpkı Seth'in evinin üst katındaki tabut gibi.

Seth sağ tarafında hafif bir soluk sesi duydu. Gölgelerin arasındaki oğlan gözlerini sımsıkı yummuş, dua ediyormuşçasına dudaklarını kımıldatıyordu.

Siluet çocuklara yan dönmüş vaziyette neredeyse ayaklarının dibinde durdu. Geriye yalnızca doğru yere bakmak kalmıştı; az sonra eğilecek ve oyuğun içine baktığında…

Fakat oyuğun yanından geçip giderek Seth'in görüş alanından çıktı. Seth kızın ciğerlerindeki havayı boşalttığını hissetti ama o şey diğer taraftan geri dönerken kız bir kez daha nefesini tuttu. Derken siluet yine durdu; küldeki izlere, Seth'in doğrudan saklandıkları yere çıkacağından emin olduğu izlere baktı. Siluetin elinde kaygı verici, siyah bir cop vardı. Öyle uğursuz görünüyordu ki neresinden bakılırsa bakılsın tehlikeli, hem de çok tehlikeli bir silaha benziyordu.

Siluet ya da oğlanın deyişiyle Sürücü tarifi imkânsız bir şekilde ürkütücüydü. Bir erkeğin vücut hatlarına sahipti ama giysilerinin siyahlığında ya da vücudunu taşıma şeklinde...

Pek de insani olmayan bir şeyler var, diye düşündü Seth.

Merhametten yoksundu; işte, nedeni buydu. Seth'in medet umabileceği hiçbir şey yoktu. Kızın dediği gibi gözünü dahi kırpmadan sizi öldürebilirdi ama bunu öylesine çabucak yapardı ki ne onu aksine ikna etme şansınız olurdu ne de neden öldüğünüzü öğrenebilirdiniz.

Oyuğa doğru adım attı.

Seth göğsünün üstünden uzanan oğlanın elinin kızınkini daha sıkı tuttuğunu hissetti...

Fakat Sürücü durdu. Bir anlığına hareketsiz kaldı ve sonra geri çekilip sessizce çocukların görüş alanından çıktı. Seth karavanın kapısının çarpılarak kapandığını, motorun çalıştığını ve ardından yola koyulduğunu duydu.

"Tanrı'ya şükürler olsun," diye fısıldadı oğlan.

Gittiğinden emin olmak için biraz daha bekledikten sonra sürüne sürüne oyuktan çıktılar. Oğlan ve kız eğimli gün ışığında dikilirlerken oğlan ürkek, kız ise cüretkâr görünüyordu.

"Siz de kimsiniz?" diye sordu Seth. "Ve o lanet olası *şey* de neydi öyle?"

Bir anlığına ona baktılar. Derken altdudağı titremeye başlayan oğlan yüzünü buruşturunca kız gözlerini devirse de kollarını açtı ve oğlan kızın kollarının arasına gömülüp ona sımsıkı sarılarak hıçkırıklara boğuldu.

31

Seth gözlerini çocuklardan ayırmadan, "Siz de kimsiniz?" diye sordu tekrar. "Burada neler dönüyor?"

"O biraz duygusaldır," dedi kız, oğlana sarılarak. "Polonyalılara özgü bir şey olduğunu sanıyorum."

"Kastettiğim bu değildi."

"Kastettiğinin bu olmadığını biliyorum." Çenesi hâlâ titremekte olan oğlanı bıraktı. "Biz iyiyiz Tommy. Biz iyiyiz."

"Güvende miyiz?" diye sordu oğlan.

Kız omuzlarını silkti. "Olabildiğince güvendeyiz."

Seth, kızın İngiliz olduğunu fark etti. Gözleri yorgun ve şişti, giysileri tıpkı Seth'inkiler gibi hem yepyeni hem de kül içindeydiler. Epey uzun boyluydu, hatta Seth'ten bile uzundu. Saçları başının arkasından sıkıca toplanmış, ucuna da küçük bir toka tutturulmuştu. Oğlana gelince... O kadar kısaydı ki sanki çizgi filmlerden fırlamışa benziyordu. Seth çocuğun saçlarıyla Owen'ın göz alıcı dağınıklıktaki saçlarının neredeyse birbirinin aynı olduğunu fark etti ve o anda, erkek kardeşine karşı içinde derin ama beklenmedik bir sızı hissetti.

"Ben Regine," dedi kız. "Bu da Tomasz." İsimleri Re-ciiin ve To-maş gibi telaffuz etmişti. Hem o hem de oğlan sabırsızlıkla Seth'e bakıyorlardı.

"Seth," dedi. "Seth Wearing."

"Amerikalısın," dedi Regine. "Bu sürpriz oldu."

"Amerikalı olduğunu nereden anladın?" diye sordu Tomasz kıza.

"Aksanından."

Tomasz mahcup mahcup gülümsedi. "Ben hâlâ anlayamıyorum. Bence aksanlarınız arasında hiçbir fark yok."

"İngiltere'de doğdum," dedi Seth iyiden iyiye afallayarak. "*Burada* doğdum. Artık burası hangi cehennemse."

Kız bisikletleri oyuktan çıkarmaya koyuldu. "Onunla birlikte binmek zorunda kalacaksın," dedi Tomasz'a. Sonra da Seth'e bakıp, "Hadi," dedi. "Burada daha fazla takılamayız."

"Sizinle gelmemi mi bekliyorsunuz?" diye sordu Seth.

"Bu konuda tartışmaya zamanımız yok. İster bizimle gelirsin ister gelmezsin..."

"Regine!" dedi Tomasz şaşkın şaşkın.

"... ama eğer burada kalırsan Sürücü seni bulur ve gerçekten nalları dikersin."

Seth yanıt vermedi. *Ne* diyeceğini bilmiyordu. Kız ise gözlerini ona dikmiş, bekliyordu. Derken Seth kızın koşu kıyafetlerini tepeden tırnağa süzdüğünü, yanına hiç su almadığını fark ettiğini, o öfkeli ve kararlı adımlarla koştuğu *yolu* hesaba kattığını gördü. O sırada kızın bakışları Seth'i aşıp arkadaki manzaraya kaydı.

Masons Hill'e.

Yakındı. Öylesine yakındı ki o saniye olduğu yerden fırlayıp koşarak tepeyi tırmanabilirdi...

Ama artık az önceki kadar niyetli değildi. O rahatlama hissi şimdilik yitip gitmişti. Onu tepeye kadar çıkmaya...

... sonra da yamacın kenarına dek gitmeye teşvik eden o his.

Çocuklar onu durdurmuştu. Hem de son anda.

Seth bunu da düşündü.

Hiçliğin ortasında aniden belirip o henüz tepeye tırmanmaya başlamadan, siyah karavanla karşılaşması yalnızca an meselesiyken onu durduran bir oğlan ve bir kız.

Tabii o karavanın da ansızın hiçliğin ortasında belirdiğini unutmamalıydı.

Onları o mu var etmişti? Onları yaratan kendisi miydi?

Hem de tam zamanında.

Ama Tomasz ve Regine. Her ikisi de onun için akıl almaz isimlerdi; hatta burada bile yabancı oldukları söylenebilirdi.

Ve karavan. Ve de Sürücü.

Onlar da neydi öyle?

"Siz gerçek misiniz?" diye sordu Seth usulca. Soruyu kendisine yöneltmiş gibiydi.

Oğlan anlayışlı bir tavırla başını aşağı yukarı salladı.

"Neden sorduğunu biliyorum," dedi kız. "Ama verebileceğim tek cevap en az senin kadar gerçek olduğumuz."

Seth nefes aldı. "Ya o da şu anda bana pek gerçek gelmiyorsa?"

Kız sanki onu anlıyormuş gibi baktı. "Gerçekten yola koyulmamız gerekiyor. Bizimle geliyor musun?"

Ne yapması gerektiğini, ne yapmasının *beklendiğini* bilmiyordu. Ancak inkâr edemeyeceği bir şey vardı: Her kim ya da ne olurlarsa olsunlar ona, Sürücü'den daha çok güven veriyorlardı.

Seth, "Pekâlâ," dedi.

32

Regine'in bisikleti kurumakta olan kül yığınlarını havaya kaldırıyordu. Seth pedalların üstünde ayakta durur vaziyette kızı hemen arkasından takip ediyordu. Tomasz ise bisikletin selesine oturup kollarını Seth'in gövdesine dolamıştı ve gereğinden biraz fazla sıkıyordu.

"Bundan hoşlanmadım," dedi Tomasz. "Çok uzunsun. Önümü göremiyorum."

"Yalnızca biraz sabret," dedi Seth.

Regine ile Tomasz'ın arkalarında bıraktıkları tekerlek izlerini takip ederek küllü sokaklar boyunca bisiklet sürdüler. Her köşede durup karavanın peşlerinden gelip gelmediğini kontrol etmekten de vazgeçmediler.

"O da *kimdi*?" diye sordu Seth. "O da *neydi*?"

"Açıklamalar daha sonra," diye yanıtladı Regine.

Arkasındaki Tomasz'ın, "Regine onu daha önce de gördü," diyen sesini duydu Seth. "Ne yaptığını gördü."

"Açıklamalar *daha sonra,*" diye yineledi Regine ve pedallara asıldı.

Bir köşeden döndüler, sonra bir kez daha dönerek tren istasyonuna doğru yola koyuldular. Küldeki bisiklet izleri, Seth'in ardında bıraktığı ayak izlerine paraleldi. "Beni takip ediyordunuz," dedi Seth.

"Seni yakalamaya çalışıyorduk," dedi Tomasz.

"Nerede olduğumu nasıl anladınız?"

"*Daha sonra,*" diye çıkıştı Regine son köşeyi dönerlerken.

"Bir an önce buradan uzaklaşmalıyız... LANET OLSUN!"
Siyah karavan orada durmuş, onları bekliyordu.

Regine yönünü o kadar hızlı değiştirdi ki bisikletten düştü. Seth dengesini korumaya çalışırken de Tomasz sıçrayarak seleden inip kıza yardım etmeye koştu. Buradaki üç sokaktan birinden çıkacaklarını kestiren karavan yolun ilerisinde, burnu hafifçe onlara dönük şekilde duruyordu. Sürücü'nün en ummadığı sokağı tercih ettikleri kesindi ama peşlerine düşmek için çoktan motoru çalıştırmaya koyulmuştu.

Artık tamamen göz önünde olduğundan Seth, "karavan" kelimesinin ona pek uymadığını fark etti. Parlak ve tüyler ürperticiydi; köşeleri yuvarlatılmıştı. Camları o kadar koyu renkliydi ki karavanın geri kalanından ayrılmaları neredeyse imkânsızdı. Karavanın üzerinde ayırt edici başka hiçbir iz yoktu. Kül ve toz bile üstüne yapışmıyor gibi görünüyordu. Gri manzaranın ortasında sert ve soğuk bir karartıdan ibaretti.

Tıpkı Sürücü'nün taktığı kask gibi.

Tıpkı Seth'in evindeki tabut gibi.

"Köprü!" diye bağırdı Regine pedallara asılarak ve Tomasz bisikletinin selesine atlarken bile duraksamadı. "O dönmeden kaçmalıyız!"

Başlangıçta yalpalasa da hızlanarak yola koyuldu. Karavanın önüne geldiğinde aniden bisikletin gidonunu kırıp hantal aracın yanından kayıp gitti ama kazandıkları küçük zaferler pek uzun süreli olmayacaktı. Seth kızın arkasından pedallara asıldı ve üzerine gelen karavandan kurtulmak için küllü kaldırıma çıktı.

Seth kızın bahsettiği köprüyü artık görebiliyordu. Raylar, tren istasyonunun aşağısında tuğla bir kemerin üzerinden geçiyorlardı. Yarısı çökmüş, tuğlalar aşağıdaki yola saçılmıştı ama sağ tarafı, bisikletin rahatça geçebileceği genişlikteydi.

Ve karavanın oradan geçebilmesi mümkün değildi.

Seth hızlanarak, Tomasz'ın ağırlığıyla mücadele etmekte olan Regine'i geçti. O sırada karavanın motoru aniden kükredi ve arkalarına baktıklarında, karavanın nihayet dönüşünü tamamladığını gördüler.

Tabii bir de son sürat peşlerinden geldiğini.

"Başaramayacağız!" diye feryat etti Tomasz.

"Sıkı tutun!" diye bağırdı Regine çılgınca pedalları çevirirken.

Seth tekrar arkasına baktı. Karavan aradaki mesafeyi kapatıyordu.

Tomasz haklıydı. Başaramayacaklardı.

Seth hiç düşünmeden gidonu sertçe sağa kırdı ve yerdeki külleri savurarak geldikleri yöne döndü.

"Sen ne *yapıyorsun*?" diye haykırdı Regine.

"Gidin!" diye seslendi Seth onlara. "Sakın durmayın!"

Ters yönde yanlarından füze gibi geçip gitti ve bisikletini doğrudan karavanın üstüne sürmeye başladı.

Tomasz'ın, "HAYIR!" diye bağırdığını duysa da gitgide hızlanarak yoluna devam etti.

Karavana doğru pedal çevirirken, "Hadi," dedi kendi kendine. "Hadi!"

Karavan ne durdu ne de direksiyonu yana kırdı.

Tıpkı Seth gibi.

"HADİ!" diye haykırdı.

Aralarında yalnızca on beş metre vardı...

On...

Karavan hızını artırdı...

Ve çarpışmadan hemen önce sertçe sola kırıp çatlak kaldırım taşlarına çarparak evlerden birinin kavruk zemin katına daldı.

Seth küllerin içinde keskin bir dönüş daha yaptı. "Gidin! Gidin! Gidin!" diye bağırdı onu izlemek için yavaşlayan Regine ve Tomasz'a. Kız tekrar pedal çevirmeye başlayıp köprünün altındaki daracık açıklıkta gözden kayboldu. Seth son sürat onları takip etti. Aracın motorunun devrinin yükseldiğini duyabiliyorlardı ama arkalarına bile bakmadan bisikletlerini sürmeye devam ederek köprünün altındaki karanlık tünelden geçip diğer taraftan dışarı çıktılar.

"Peşimizden gelecek mi?" diye bağırdı Seth.

"Bilmiyorum!" dedi Regine. "Senin evine gidip saklanmamız gerek."

"*Benim* evime mi?"

"Bir sonraki geçiş noktası birkaç sokak kuzeyde," dedi Regine. Tomasz ise hâlâ kıza tutunuyordu. "Nerede yaşadığını bildiğini sanmıyoruz..."

"Peki nerede yaşadığımı *siz* nereden biliyorsunuz?"

"Bisikletleri de saklarız," diye konuşmayı sürdürdü kız onu duymazdan gelerek. "Genelde kasabanın bu tarafına pek geçmez..."

"Genelde mi?"

Bir başka köşeyi dönerlerken Regine kızgın kızgın homurdandı. "Bilmediğimiz daha çok şey var."

"Ama bazı şeyleri biliyoruz," dedi Tomasz.

"Ne gibi?" dedi Seth.

"Seni takip etmekte haklı olduğumuz gibi," diye yanıtladı Tomasz neşeyle. "Çünkü bizi kurtardın."

Nihayet yavaşlamalarını fırsat bilerek, "Sizi neyden kurtardım?" diye sordu Seth. "Ve o şey de neydi?"

Tomasz ona bakıp cevabı yapıştırdı. "Ölüm. O ölümdü."

33

"O bildiğimiz ölüm değil," dedi Regine, bisikletleri Seth'in evinin iki sokak yukarısındaki ormana dönmüş bahçeye saklarlarken. "Biz ona Sürücü diyoruz."

"*Belki de* bildiğimiz ölümdür," dedi Tomasz.

Regine gözlerini devirdi. "Ne pelerin giymiş bir iskelete benziyor ne de elinde bir..." Eliyle bir hareket yaptı.

"Tırpan?" diye önerdi Seth.

"Tırpan," diyerek başıyla onayladı Regine. "Ne de elinde bir tırpan tutuyor ama seni öldürür."

"Nereden biliyorsun?"

"Şimdi açıklamanın zamanı değil," dedi kız kaldırıma çıkıp Seth'in evinin olduğu tarafa doğru yürümeye koyularak. "İçeri girmemiz gerek."

"Ama *siz* kimsiniz?" dedi Seth kızı takip ederken. "Nereden geldiniz? Sizden başka kimse var mı?"

Regine ve Tomasz bakıştılar. Bu, sorduğu sorunun yanıtını anlamasına yetti. Ansızın üzerine çöken hayal kırıklığı karşısında şaşırmadan edemedi. "Yok. Öyle değil mi?"

Regine başını iki yana salladı. "Yalnızca ben ve Tommy. Ve o karavanı kullanan her kimse, o."

"Yani üçümüzüz. O *kadar* mı?"

"Üç kişi, iki kişiden daha iyidir," dedi Tomasz. "Bir kişidense çok daha iyidir."

"Civarda başka insanların da olması gerektiğini düşünüyoruz," dedi Regine. "Aksi halde her şey çok mantıksız olurdu."

"Tabii," dedi Seth. "Zaten buradaki her şeyden mantık fışkırıyor."

"İmada bulunmamayı dene," dedi Regine, Seth'e. "Tomasz anlamıyor."

"Anlıyorum işte!" diye karşı çıktı Tomasz. "Benim dilimde de *hep* ima yaparız. Mesela size Krakow ejderhasının hikâyesini anlatabilirim..."

"İçeri girmemiz gerek," dedi Regine. "Oraya çok yaklaşmadığımız sürece Sürücü'nün bizi tehdit olarak gördüğünü sanmıyorum ama yine de..."

"Nereye çok yaklaşmadığımız sürece?" diye sordu Seth.

İkisi de afallamış halde ona baktılar. Regine başını ona doğru çevirdi. "Sen *nerede* olduğunu sanıyorsun?"

Seth işi hiç dolandırmadan, "Cehennem," dedi.

"Evet," dedi Tomasz da. "*Ben* de öyle diyorum."

"Pekâlâ," dedi Regine ayaklarını sertçe kaldırıma vurarak yürürken. "Öyle de diyebiliriz."

Temkinli bir şekilde yollarına devam ettiler. Kaldırımın en tozsuz yerlerinden yürüyerek ayak izlerini gizlemeye çalışsalar da yine de onları arayan biri kolaylıkla izlerini bulabilirdi.

Ama bunun için peşlerine düşmeleri gerekirdi.

"O... *şey* her neyse," dedi Seth, "daha önce hiç buradan geçmedi. Bana güvenin. Yıllardır buralardan tek bir araba bile geçmemiş."

Regine hıhladı. "Yine de evde kendimi daha güvende hissedeceğim."

"Hiç yiyeceğin var mı?" diye sordu Tomasz. Regine çocuğa sert bir bakış attı. "Ne var?" dedi oğlan. "Karnım acıktı."

"Sadece konserveler," dedi Seth. "Çorba, bayat fasulye ve muhallebi."

"Tamı tamına bizim de yemeye alıştığımız şeyler," dedi Regine.

Köşeyi dönüp Seth'in sokağına girdikleri sırada, "Şuradaki, değil mi?" diye sordu Tomasz parmağıyla işaret ederek.

Seth yürümeyi kesti. "Bunu nereden biliyorsunuz? Yoksa beni mi dikizliyordunuz?"

Tomasz'ın yüzündeki gülümseme yitip giderken Regine halinden son derece rahatsız görünüyordu.

"Evet?" dedi Seth.

Regine iç geçirdi. "Bundan birkaç gün önce Tommy seni tren istasyonundaki köprünün tepesinde dikilirken gördü."

"Bana inanmadı," dedi Tomasz. "Seni kafamdan uydurduğumu söyledi." Tekrar gülümsedi. "Ama seni hayal falan etmemiştim."

"Buradan birkaç kilometre uzaktaki bir evde kalıyoruz," dedi Regine başıyla kuzeye doğru işaret ederek, "ama yiyecek toplamaya çıkmıştık ve Tommy de birini gördüğünü söyledi."

"Hiç durmayan yağmur boyunca hep seni aradık," dedi Tomasz başını aşağı yukarı sallayarak. "Çok ıslandık."

"Ve sonra da... şey..." dedi Regine. Yüzü kızarmıştı. "Seni duş alırken gördük. Yağmurda. Evinin önünde."

Tomasz dişlerini gözler önüne sererek sırıttı. "Pipinle oynuyordun!"

"Tommy!" diye çıkıştı kız. Sonra kaşlarını çatıp Seth'e baktı. "Şey... öyle *yapıyordun*. Sen *meşgulken* ansızın ortaya çıkıp merhaba diyecek değildik. Ayrıca karnımız açtı ve sırılsıklam olmuştuk. Biz de eve döndük ve seni daha sonra ziyaret etmeye karar verdik... Ortam pek o kadar..."

"Mahrem olmadığında," diye fısıldadı Tomasz.

"*Yağmurlu* olmadığında," dedi Regine.

Seth boğazının yandığını hissetti. "Orada yalnız olduğumu sanıyordum. Yapayalnız olduğumu sanmıştım."

"Ben de öyle sanmıştım," dedi Tomasz ağırbaşlılıkla. "Regine beni bulana dek." Tekrar gülümsedi ama bu kez çekingendi. "Ve şimdi seninle üç kişi olduk."

"Sabah buraya geldiğimizde," dedi Regine, "seni aklında her neresi varsa oraya doğru hızlı, hem de çok hızlı koşarken bulduk." Kollarını kavuşturdu. "Sanki bir yere yetişmen gerekiyormuş ya da yapman gereken bir şeyler varmış gibi görünüyordun."

Seth'in doldurmadığı bir sessizlik oldu.

"Sürücü'nün seni yakalamasına izin veremezdik," dedi Tomasz. "Biz de seni takip ettik. Ve şimdi de buradayız." Omuzlarını silkti. "Ama hâlâ dışarıdayız."

Seth başka tek kelime etmeden biraz bekledikten sonra sokak boyunca yürümeye koyularak onlara evinin yolunu gösterdi. Duş mevzusundan ötürü çok olmasa da biraz utanmıştı. Hâlâ doğru olmayan bir şeyler vardı. Bu ikisi tam da tepeye doğru koşmaya başladığı sırada *ortaya çıkmış,* siyah karavanla karşılaşmadan hemen önce onu durdurmayı *başarmış* ve Sürücü'den saklanmak için en kusursuz sığınağı *buluvermişti,* öyle mi?

Sokak kapısına çıkan patikaya dönerken gizlice arkasına baktı.

Kısa boylu, mutlu, Polonyalı bir oğlan ve iri yarı, şüpheci, siyahi bir kız.

Onları kendisi mi yaratmıştı? Çünkü bir şey yaratacak olsa onlar en son seçeceği, en tuhaf şeyler olurdu.

Sokak kapısını savurarak açtı ve peşinde çocuklarla içeri girdi. Regine yemek sandalyelerinden birine otururken Tomasz kendini kanepeye bıraktı. "Bu çok korkunç bir tablo," dedi şöminenin üstüne asılmış dehşet içindeki atın resmine bakarak.

"Yiyecek bir şeyler hazırlayayım," dedi Seth. "Pek fazla bir şey olmayacak. Ama ben yemeği hazırlarken bildiklerinizi bana anlatmak zorundasınız."

"Pekâlâ," dedi Regine. "Ama önce sen *bize* bir şey anlatmalısın."

"Neymiş o?" diye sordu Seth mutfağa doğru ilerlerken.

Ve kız sorusunu sordu. "Nasıl öldün?"

34

"Ne dedin sen?"

"Bence soruyu gayet güzel duydun," dedi Regine. Öylesine sert bakışlar atıyordu ki sanki Seth'e meydan okuyor, âdeta bunun geçmesi gereken bir test olduğunu söylüyordu.

"Nasıl mı öldüm?" diye tekrarladı Seth. Bakışları kızla Tomasz arasında gidip geliyordu. "Yani... Yani demek istiyorsun ki bu yer gerçekten de..."

"Hiçbir şey demek istediğim yok," diye araya girdi Regine. "Sadece nasıl öldüğünü sordum ve verdiğin tepki de söylediğim şeyi pekâlâ anladığını gösteriyor."

"Benim kafama yıldırım düştü!" diye atladı Tomasz.

Regine alay edercesine güldü. "Hayır, seni yıldırım çarpmadı."

"Sen nereden bileceksin ki?" dedi Tomasz. "Orada değildin."

"Kimsenin kafasına *yıldırım* düşmez. Polonya'da bile."

Uğradığı haksızlık karşısında öfkelenen Tomasz'ın gözleri fal taşı gibi açıldı. "Polonya'da *değildim*! Daha kaç defa söylemem gerek? Annem daha iyi çalışma koşulları için..."

"Ben boğuldum," dedi Seth. Öylesine usulca cevap vermişti ki onu duyup duymadıklarından bile emin olamadı.

Ama çocuklar o anda didişmeyi kestiler.

"Boğuldun mu?" dedi Regine. "Nerede?"

Seth kaşlarını çattı. "Halfmarket'ta. Amerika'da küçük bir sahil kasabasıdır..."

"Hayır, yani *nerede* demek istedim. Küvette mi? Yüzme havuzunda mı?"

"Okyanusta."

Kız sanki duydukları ona mantıklı gelmişçesine başıyla onayladı. "Kafanı çarptın mı?"

"Kafamı çarptım mı..." dedi Seth ama sonra sustu. Kafasının arka tarafındaki kayalara çarptığı o yere dokundu. "Bunun konumuzla ne ilgisi var ki?"

"Ben..." diye başladı Regine, sonra Seth'in o sabah arkasında bıraktığı henüz süpürülmüş zemine baktı. "Ben merdivenlerden düştüm. Düşerken de başımı basamaklardan birine çarpıp kafatasımı çatlattım."

"Ve burada mı uyandın?"

Kız başıyla onayladı.

"Benimkiyse yıldırımdı!" dedi Tomasz mutluluk içinde. "Bütün vücuduna aynı anda yüzlerce yumruk yemeye benziyor!"

"Seni yıldırım falan *çarpmadı*," dedi Regine.

"O zaman sen de merdivenlerden düşmedin!" dedi Tomasz. Seth, hüsranla çatlayan bu ses tonunu Owen'la giriştikleri bin bir kavgadan tanıyordu.

"Yani ikiniz de..." Seth cümlesini tamamlamadı.

"Ölüyüz," dedi Regine. "Hem de aynı tür yaralanma yüzünden."

Seth bir kez daha başının arkasına, kayalara çarptığı yere dokundu ve o çarpma ânının korkunç sonunu anımsadı; dönüşü olmayan bir biçimde kırılan kemiklerin sesini hâlâ duyduğuna yemin edebilirdi.

Ta ki burada uyanana kadar.

Artık hiç kırık kemiği yoktu. Başka ne beklenirdi ki? O başka bir yer, başka bir *bedendi* ve şu anda tek hissedebildiği, saçlarının acımasız kısalığıydı, ki Regine ve Tomasz'ın saçlarının uzunluğuna bakılırsa ikisi de buraya geleli epey zaman geçmişti. Fakat sıradışı başka hiçbir şey yoktu; ensesinin içbükey kavisi, kafasının dışbükey kavisine tam da olması gerektiği gibi uzanıyordu.

Regine, Tomasz'a baktı. "Göster ona," dedi.

Tomasz kanepeden sıçradı. "Lütfen eğil," dedi Seth'e. Seth dizlerinden birinin üstüne çöktü ve Tomasz'ın elini tutmasına izin verdi. Çocuk, Seth'in parmaklarını, ilk iki parmağı arasında epey mesafe kalacak şekilde ayırdı ve odaklanırken dilinin ucunu öylesine tatlı tatlı dışarı çıkardı ki bir kez daha Owen'ı anımsayan Seth, göğsünün sıkıştığını hissetti.

"İşte burada," dedi Tomasz, Seth'in parmaklarını sol kulağının hemen arkasındaki kemik çıkıntısının üstüne yerleştirirken. "Bunu hissedebiliyor musun?"

"Neyi hissedebiliyor muyum?" diye sordu Seth. Burası tam da kafasını kayaya vurduğu yerdi ama orada sıradışı hiçbir şey yoktu. Tabii bir kemik çıkıntısı dışında...

Orada bir şey vardı. Yalnızca birkaç saniye önce aynı yere dokunmuş olmasına rağmen hissedemediği, neredeyse yok sayılacak kadar hafif bir şişlik vardı kemiğin üstünde.

Kemiğin üstünde bir şişlik.

Aynı kemiğin üstündeki daracık bir çentiğe uzanan şişlik.

"Ne?" diye fısıldadı Seth. "Ama nasıl..."

Daha önce orada olmadığına *yemin* edebilirdi ama artık oradaydı; kendini çok belli etmese de orada olduğu kesindi. Şişlik ve çentik hemen hemen kafatasındaki doğal çıkıntılardan biri gibiydi.

Hemen hemen.

"Kafanın burasını mı vurdun?" diye sordu Regine.

"Evet," diye yanıtladı Seth. "Ya sen?"

Regine başıyla onayladı.

"İşte, yıldırımın kafama düştüğü yer tam da orası!" dedi Tomasz.

"Ya da artık her ne olduysa," diye mırıldandı Regine.

"Bu ne?" diye sordu Seth diğer tarafında da aynı şişlikten

olup olmadığını görmek için parmaklarıyla sağ kulağının arkasını yoklarken. Ama yoktu.

"Bunun bir tür bağlantı olduğunu sanıyoruz," dedi Tomasz.

"Ne bağlantısı?"

İkisi de yanıt vermedi.

"*Ne* bağlantısı?" dedi Seth tekrar.

"Son zamanlarda rüyaların neye benziyor?" dedi Regine.

Seth kaşlarını çatıp kıza baktı. Fakat rüyalarının canlılığını anımsayıp da yüzü kıpkırmızı kesilince bakışlarını kaçırmak zorunda kaldı.

"Rüyalar," dedi Tomasz anlayışlı bir tavırla Seth'in sırtını sıvazlayarak. "Hiç kolay değiller."

"Sanki gördüklerimiz yalnızca birer rüyadan ibaret değil," dedi Regine. "Her nasılsa zamanda geriye gitmiş, her şeyi *sil baştan* yaşıyormuşuz gibiler."

Seth gözlerinin dolup genzinin yandığını hissedince afalladı. "Bu ne? Neden oluyor?"

Regine önce Tomasz'a, sonra da Seth'e baktı. "Emin değiliz," dedi itinayla.

"Ama bir fikriniz var."

Kız başıyla onayladı. "Rüyanda gördüğün şeyler. Senin için çok önemli, değil mi?"

"Evet," dedi Seth. "Olmalarını istediğimden bile çok daha önemli."

"Bazıları güzel," dedi Tomasz. "Ama güzellikleri acı veriyor."

Seth başıyla onayladı.

"Ama bunlar, tüm bunlar..." Regine, Seth'in gördüğü bütün rüyaları parmaklarının tek bir hareketiyle yakalayabilecekmiş gibi eliyle havada bir daire çizdi. "...senin hayatın yalnızca bunlardan ibaret değil."

"Ne?"

"Ötesi var. Çok, çok daha ötesi var." Dudaklarına amansız bir ifade yerleşti. "Ve sen hepsini unuttun."

Seth adını koyamadığı bir nedenden ötürü bunları duyunca öfkelendi. "Bana sakın unutmaktan bahsetme," dedi herkesi, hatta kendisini bile şaşırtmaya yetecek kadar hiddetli bir şekilde. "Çok fazla şeyi hatırlıyorum. Sorun da bu. Onlardan bazılarını unutabilmiş olsaydım, o zaman..."

"O zaman ne?" dedi Regine. "*Boğulmaz* mıydın?" O kelimeyi, gözlerinde meydan okuyan bakışlarla, alaycı bir tınıyla söylemişti.

Seth kendini, "O merdivenlerden düştün mü?" diye sorarken buldu. "Yoksa biri mi itti seni?"

"Oha," dedi Tomasz geriye çekilerek. "Kaçırdığım bir şeyler oldu. Neden kavga ediyoruz?"

"Kavga etmiyoruz," dedi Regine. "Birbirimizi tanımaya çalışıyoruz."

"Birbirlerini tanımaya çalışan insanlar bildiklerini paylaşırlar," dedi Seth. "Ama sizin tek yaptığınız, benden daha çok şey bildiğinizi ima eden bilmeceler sorup ipuçları vermek." Ayağa kalkarken ses tonu da onunla birlikte yükseldi. "Neden kafamda yepyeni bir çentik var?"

Tomasz yanıt vermeye yeltendi. "Yepyeni değil..."

Fakat Seth konuşmayı sürdürdü. "Neden çocukluğumu geçirdiğim evde tabutun tekinden sürünerek çıktım?"

Regine şaşırmış görünüyordu. "Çocukluğunu burada mı geçirdin? Bu evde mi?"

Fakat Seth onu dinlemiyordu bile. "Üstelik diğer herkes nerede? Ayrıca siz kimsiniz? Karavandaki o şeyle birlikte olmadığınızı nereden bileceğim?"

Bu beklediğinden çok daha büyük bir öfke patlamasına neden oldu.

"Onunla birlikte DEĞİLİZ!" diye bağırdı Tomasz.

"Hiçbir şey bildiğin yok!" dedi Regine.

"O zaman anlatın!"

"Pekâlâ!" dedi. "Tomasz burada gördüğüm ilk kişi değil. İkinciydi."

Seth garip de olsa kendini zafer kazanmış gibi hissetti. "Yani *başkaları* da mı var?"

"Yalnızca tek bir kişi vardı. O da ben, Tomasz'ı bulmadan önce."

"Tanrı'ya şükürler olsun ki beni buldu," dedi Tomasz hararetli bir şekilde başını aşağı yukarı sallayarak. "Çok kötü durumdaydım."

"Ama ondan önce," dedi Regine, "başka biri vardı. Bir kadın. Onunla yalnızca bir gün geçirdim. *Bir gün*. Sonra da ölümüne şahit oldum. Beni kenara itip sırf onun eline düşmeyeyim diye Sürücü'nün kendisini yakalamasına izin verdi. Sürücü onu gözlerimin önünde öldürdü. Elindeki cop bir tür elektrik akımıyla yüklü. İnsanı öldürüveriyor. Sonra da Sürücü cesedinizi alıp götürüyor."

Tomasz kaşlarını çatarak Seth'e baktı. "Regine o konudan bahsetmekten hoşlanmaz."

"Anlayacağın, canın cehenneme," diye konuşmayı sürdürdü Regine. "Peki biz *senin* onunla…"

Durdu.

Çünkü sesi fark etmişlerdi.

Uzaktan bir uğultu geliyordu; rüzgâr sesine benzese de rüzgâra ait olmadığı ortadaydı.

Motor sesiydi.

Ve yaklaştıkça güçleniyordu.

35

Pencerelere döndüler. Oysa jaluziler hâlâ kapalı olduğundan camın ötesindeki sokağı görmek imkânsızdı.

"Hayır," dedi Regine ayağa kalkarak. "Asla bu kadar uzağa gelmez. Onu atlatmayı başardığımızda bizi takip etmeyi bırakır."

Motor sesi iyiden iyiye güçlenmişti; iki, en fazla üç sokak ötede olmalıydı.

Ve gitgide yaklaşıyordu.

Tomasz kaşlarını çatarak Seth'e baktı. "Bağırıyordun! Seni duydu!"

"Hayır duymadı," dedi Regine. "Yalnızca sokak sokak dolaşarak bizi bulmaya çalışıyor. Şimdi sessiz olun."

Sessizleştiler ama motorun sesi değişti; artık köşeyi dönmüş olmalıydı...

Seth'in evinin olduğu sokak boyunca yol almaya başlamıştı.

Fakat Seth düşünüyordu.

Motorun sesini, o sözcükler dudaklarından döküldükten hemen sonra duymuşlardı. Çocukları onunla işbirliği yapmakla suçladıktan hemen sonra.

Ve işte, buradaydı.

Bunu ben yaptım, diye düşündü. *Bunu ben mi yaptım?*

"Her yerde ayak izlerimiz var," dedi Tomasz. "Burada olduğumuzu anlayacak."

"Araç sürüyor," dedi Regine. "Ayak izlerini fark etmeyecek kadar hızlı geçe..."

Fakat cümlesini tamamlayamadı.

Çünkü motorun sesi evin hemen önüne demir atmıştı.

Seth, Tomasz'ın usulca elini tuttuğunu hissetti. Tıpkı ne zaman caddede karşıdan karşıya geçmek zorunda kalsalar Owen'ın yaptığı gibi. Tırnakları dibine kadar kemirilmiş o küçücük, güdük parmaklardan yayılan gerilimi hissedebiliyor ve Tomasz'ın ona bakan, korkudan fal taşı gibi açılmış gözlerini görebiliyordu.

Her şeyiyle Owen'a benziyordu.

"Geçip gidecek," dedi Regine. "Yola devam edip sokağın diğer ucundan çıkacak. Sakın kıpırdamayın, tamam mı?"

Kıpırdamadılar. Motorun sesinde de hiçbir değişiklik olmadı.

"*Ne* yapıyor?" diye sordu Tomasz umarsız bir fısıltıyı andıran sesiyle.

Ve Seth'in gözü bir kez daha çocuğun darmadağın saçlarına, kördüğüm olmuş saç tellerine takıldı. Yine, tıpkı Owen'ınkiler gibiydi. Seth kafasının içinde dönen çarklara rağmen Regine'e baktı.

Bu dünyadaki her şey gözüne küçük görünüyordu. Duvarları dört yandan içeri doğru bastırılmış, silkinip kurtulamadığı anılar şeklinde tezahür eden ve kavruk arazilerin sınırlarını çizdiği küçücük bir cebin içinde gizleniyormuş gibi hissediyordu. Şimdi bu ikisi tam zamanında ortaya çıkıp daha öteye gitmesini engellemiş ve hatta karavanı da peşlerine takarak onu sonsuza dek terk etmeye çalıştığı bu salak eve geri getirmişlerdi.

"Burada yolunda gitmeyen bir şeyler var," dedi.

"Ne?" diye sordu Tomasz.

Seth, Tomasz'ın elini hafifçe sıkıp bıraktı. "Gidip ne olduğunu öğreneceğim."

"*Ne* yapacaksın?" dedi Regine.

Oturma odasını jaluzilere doğru arşınlamaya koyuldu. "Dışarıya göz atıp burada neler döndüğünü öğreneceğim."

Tomasz, Regine'e yanaşıp kızın elini tuttu.

Seth durdu ve merakla onlara baktı. "Gerçek değilsiniz, öyle değil mi?" dedi. Sözcükler dudaklarından öylece dökülüvermişti.

Regine kaşlarını çattı. "Pardon?"

"Gerçek olduğunuzu sanmıyorum. Aslına bakarsanız buradaki *hiçbir şeyin* gerçek olduğunu sanmıyorum."

Dışarıdan hâlâ motorun gümbürtüsü geliyordu.

"Eğer biz gerçek değilsek," dedi Regine bakışlarını kaçırmadan, "o zaman sen de gerçek değilsin."

"Bunun bir cevap olduğunu mu sanıyorsun?" dedi Seth. "Bu söylediğin neyi kanıtlıyor ki?"

"Ne düşündüğün umurumda bile değil. Eğer o şeyin bizi görmesine izin verirsen hepimiz öldük demektir."

Ancak Seth başını iki yana sallıyordu. "Sanırım kafamda her şey yavaş yavaş yerli yerine oturuyor. Nihayet buranın ne olduğunu anlamaya başlıyorum." Pencereye döndü. "Ve nasıl işlediğini."

"Ne yapıyorsun Bay Seth?" dedi Tomasz. "Yalnızca göz atacağını söylemiştin."

"Seth, lütfen," dedi Regine. Ardından Seth, kızın Tomasz'a, "Git, kaç, buranın bir de arka kapısı olmalı..." dediğini duydu.

"Kaçılacak hiçbir şey yok," dedi Seth. "Buradaki hiçbir şey canımı yakamaz, öyle değil mi?"

Son derece kayıtsız bir tavırla jaluzileri açtı. Parlak güneş ışıkları loş odaya dolarken Seth gözlerini kısarak dışarıdaki aydınlığa baktı...

...ve Sürücü'nün camı tuzla buz ederek göğsüne inen yumruğu yüzünden akıl almaz bir kuvvetle odanın diğer tarafına uçtu.

36

Mutfağa doğru kaçışan Regine ve Tomasz'ın ayaklarının dibine çuval misali yığılıverdi. Sanki göğsüne koca bir delik açılmış, ciğerlerinde hava namına ne varsa oradan boşalmış gibi hissediyordu. Sürücü pencerede kalan camların geri kalanını temizledikten sonra jaluziyi vahşice savurdu ve bacağını alçak pencere pervazının üstünden atarak oturma odasına girdi. Ayakları döşemelere doğal olamayacak kadar ağır, cansız bir *pat* sesiyle indi.

Orada öylece dikiliyordu. Kollarını ve bacaklarını hafifçe iki yana açmış, yüz hatlarından yoksun kafasını da hâlâ yere serili vaziyette soluk almaya uğraşan Seth'e bakıyormuşçasına öne eğmişti. Seth, Regine'le Tomasz'ın arka bahçeye açılan kapıyla giriştikleri mücadeleyi kazandıklarını duyabiliyordu ama orada yüksek tel örgülerden ve uzun otlardan başka hiçbir şey yoktu. İnsan suretindeki bu suratsız ve korkunç *şeyden* kaçıp saklanabilecekleri hiçbir yer yoktu.

Kaçış yoktu. Hem de hiçbiri için.

Sürücü, döşeme tahtalarını inleten adımlarla Seth'e doğru hareketlendi. Yürürken kolunu ileri doğru uzatır gibi yaptı ve o siyah renkli, çelikten yapılmışa benzer cop aniden elinde belirdi. Sonra da test etmek istermişçesine copu havada bir kere savurdu ve cop, kulağa son derece tehlikeli gelen bir uğultu eşliğinde etrafa küçük ışık zerrecikleri saçarak çatırdadı.

Seth geri geri sürünürken kafasına birbiriyle çelişen onlarca düşünce üşüştü. *Yanılmak için ne aptalca bir zaman,* diye düşündü. *İşte, ölümüm. Kilidi açmak için yalnızca çekmeleri gerek. Acaba canım yanacak mı? Ah, Tanrım, canım acıyacak mı?* Kaçmaya çalıştı ama Sürücü elindeki copu sımsıkı tutmuş, amansız adımlarla üzerine gelmeye devam ediyordu...

Hayal meyal de olsa Tomasz'ın mutfakta, "Yapamayız, yapamayız," dediğini ve Regine'in ona, "Tommy!" diye bağırarak karşılık verdiğini duydu ama tek görebildiği dosdoğru ona bakan, üstüne üstüne gelen o merhametsiz ve boş surattı.

"Hayır," demeye yeltendi ama...

Sürücü copunu sonun habercisi, dehşet verici bir kudretle indirmek için havaya kaldırarak üzerine atıldı.

Ve üzerine devrilen dolu kitaplık tarafından yere serildi.

Seth şaşkınlık içinde bağırırken Tomasz çoktan kitaplığı devirdiği yerden kaçmaya koyulmuş, Regine ise Seth'in ayağa kalkmasına yardımcı olmak için ellerini oğlanın koltukaltlarına sokmuştu. Seth'i mutfağa dek sürüklediler. O sırada Seth'in tek görebildiği, olağanüstü bir güçle kitaplığı kenara fırlatan Sürücü'ydü. Tomasz mutfak kapısını arkalarından kapattı ve Regine buzdolabını kapının arkasına devirmesine yardım etti.

"Anahtarın var mı?" diye bağırdı Tomasz verandaya açılan kapıya işaret ederek. "Lütfen anahtarının olduğunu söyle!"

"Kapı açık," dedi Seth soluk soluğa. Göğsü hâlâ şiddetle inip kalkıyordu. "Kapı koluna asılıp kilidi kurcala."

Sürücü var gücüyle mutfak kapısını omuzladığı sırada korkunç bir çarpma sesi duyuldu. Az kalsın ilk denemesinde buzdolabını bertaraf etmeyi başaracaktı ama Regine çoktan arka kapıyı açmayı başarmıştı. Tomasz'ın elini yakaladı ve Seth'e, "Acele et!" diye bağırırken çocuğu dışarı sürükledi.

İkinci çarpma sesi duyulduğunda Seth güçbela ayağa kalkmayı becermişti. Her ne kadar mutfak kapısının üst tarafı menteşelerinden çıkmış olsa da tamamen açılmamıştı. En azından şimdilik. Göğsündeki sancı yüzünden hâlâ iki büklüm vaziyetteki Seth de soluk soluğa çocukların peşi sıra koşmaya başladı.

• • •

Seth verandaya varana dek çocuklar çoktan uzun otların arasında gözden kaybolmuştu. Boyu otlardan daha uzun olduğundan Regine'in kafasını gördü ama Tomasz gölün yüzeyine yakın yüzen balıklar gibi otları dalgalandırmaktan öteye gidemiyordu.

Seth hâlâ bıraktığı yerde duran gümüş rengi sargı bezlerinin yanından geçti ve evin içinden gelen son çatırtıyı duyduğu anda otların arasına daldı.

"Bana buranın bir çıkışı olduğunu söyle," diye bağırdı Regine ona önden.

Seth yanıt vermedi.

"Lanet olsun," dediğini duydu kızın.

Kapısının yerinde yeller esen, içiyse tavana kadar çömlek parçalarıyla ve yaklaşık on sekiz milyon elbise askısıyla dolu bombardıman sığınağının yanında durdular. Arkadaki ahşap çit hem epey yüksekti hem de doğru düzgün ayak koyma yeri yoktu ve diğer tarafındaki toprak set dimdik bir yokuşun ardından başka bir çitle son buluyordu. Bu seferkini aşmak daha da zordu çünkü sanki amansız yüksekliği yetmiyormuş gibi bir de tepesine dikenli tel döşenmişti.

"Burası tam olarak *neresi*?" diye sordu Regine.

"Hapishane arazisi," dedi Seth soluklarının arasından. "Bunun ardında başka bir çit daha var, ondan sonra bir tane daha..." Regine ile Tomasz'ın şaşkınlık içinde birbirlerine baktıklarını görünce durdu. "Ne var?"

"*Hapishane* mi?" dedi Tomasz.

"Evet," dedi Seth. "Ne olmuş?"

"Hay cehennemin dibi," dedi Regine. "Hay cehennemin ta dibi."

"BURASI!" diye bağırdı Tomasz çitin alt köşesindeki gevşemiş tahtayı çekiştirirken. Regine ve Seth ona yardım etmeye koştular. Seth eğilirken acıyla irkildi ama yine de önce iki, sonra üç tahtayı yerinden çıkarmayı başardılar. Tomasz emekleyerek öteki tarafa geçti. Dördüncüyü de çekip çıkardıktan sonra Regine, Seth'i açıklıktan öteki yana itti.

Seth kıza yardım etmek için arkasını döndü.

Fakat kız çoktan geride bıraktıkları verandaya bakıyordu.

Artık Sürücü'nün dikilmekte olduğu verandaya.

Seth ve Tomasz çitteki açıklıktan, Regine'in o şeye baktığını ve sonra da kendilerine döndüğünü gördüler.

Olasılıkları hesaplayan gözlerini.

Ve kılını bile kıpırdatmadığını.

"Ne yapıyorsun?" dedi Tomasz panik içinde.

"Siz ikiniz, hemen buradan gidin." Seth'e baktı. "Tommy'ye iyi bak."

"HAYIR!" diye bağırdı Tomasz açıklığa doğru atılarak ama Seth içgüdüsel olarak onu durdurdu.

"Regine, bu delilik!" dedi.

"Onu yavaşlatacağım," dedi kız. "Böylece kaçabilirsiniz."

"Regine!" diye feryat etti Tomasz, Seth'in kollarından kurtulmaya çalışarak.

Sürücü sanki onları yakalayacağından eminmişçesine yavaş yavaş, hatta keyfini çıkara çıkara uzun otları yolarak kendine yol açmaya başladığı sırada kopan otların sesi duyuldu.

"Gidin!" diye bağırdı Regine. "Şimdi!"

"Regine..." dedi Seth.

Ve Tomasz kollarından kurtulup Seth'in parmaklarının arasından kayarak çitteki açıklığın diğer tarafına geçti. Hatta önüne geçip onu durdurmaya çalışan Regine'i bile alt etti.

"Tommy!" diye bağırdı kız.

Ama Seth çocuğun elini cebine atıp plastikten yapılma küçük bir kutu çıkardığını ve güdük parmaklarının telaş içinde kıpırdandığını görebiliyordu...

Derken çakmağın havada dans eden alevini gördü.

"Tommy?" diye sordu Regine.

Tomasz çakmağı söğüt ağacının dallarını andıran ve yağmura rağmen gevrekliklerinden hiçbir şey kaybetmemiş uzun otlara yaklaştırdı; elindeki çakmakla nereye dokunursa dokunsun alev almaya *hazırdılar.* Oğlan çakmağı çaktı. "Gel!" diye bağırdı Regine'e çitteki açıklığa doğru var gücüyle koşarken.

Regine harlayan alevlere baktı. O kadar hızlı yayılıyordu ki otlardan yükselen duman çoktan Sürücü'yü gizlemişti. Seth kızın yalnızca birkaç saniyeliğine tereddüt ederek hareketsiz kaldığını gördü ama sonra o da Tomasz'ın peşine takıldı.

Ve cehennemden kaçarcasına koşmaya başladılar.

37

"O benim çakmağım, seni küçük hırsız," dedi Regine koşarlarken. Seth durmadan omzunun üstünden arkasına bakıp Sürücü'nün peşlerinden gelip gelmediğini kontrol ediyordu ama alevler o kadar yükselmişti ki tek görebildiği, aradaki çitleri aşan yalazlardı.

"Alevler yayılacak," dedi Seth. "Her yer tıpkı rayların öteki tarafı gibi yanıp kül olacak."

"Üzgünüm," dedi Tomasz.

"Çakmağımı *geri* istiyorum," dedi Regine.

Çitlerle dik toprak set arasında kalan alan rahatça koşmalarına izin vermeyecek kadar dardı. Bir ayakları düzlükte, diğeri dik yamaçta ellerinden geldiğince hızlı hareket etmeye çalışıyorlardı.

"Bizi takip etmiyor," dedi Seth tekrar arkaya bakarak.

"Şimdilik," dedi Regine.

Birbiri ardına sıralanan evlerin sonuna ulaştılar ve çukurun aşağısındaki birkaç küçük binanın ortak kullandığı otoparka çıktılar. Seth evinin bulunduğu sokaktan uzaklaşmak için sola çark etti.

"Hayır!" diye bağırdı Regine nefes nefese. "Hapishaneden uzaklaşmalıyız. Yoksa ondan kurtulamayız."

Seth durdu. "Ne? Neden?"

Ama kız çoktan diğer yöne doğru koşmaya başlamış, hemen arkasındaki Tomasz'la birlikte çukurun ardındaki High Street'e yönelmişti.

"Bu bizi doğrudan o şeyin yanına çıkaracak!" diye bağırdı

Seth arkalarından ama çocuklar durmadı. "Lanet olsun!" diye bağırıp elini hâlâ ağrımakta olan göğsüne götürerek peşlerine takıldı...

Göğsü hâlâ ağrıyordu ama...

Çukurun kenarına kadar koşup durdular ve oldukları yere çömeldiler. Tomasz iyice serpilmiş bir çalının kenarından sokağı gözetledi. "Hareket yok," dedi. "Karavan hâlâ orada ama başka hiçbir şey görünmüyor. Her yer duman altında."

"Hadi, o zaman," dedi Regine. Yerinden fırlayıp peşinde Tomasz'la birlikte sokağı enlemesine geçerken ikisi de kısacık ama korkunç birkaç saniye boyunca karavanın görüş alanına girdiler. Seth evden tarafa bakarak onları takip etti ama sokakta hiçbir hareket yoktu. Sokağın diğer tarafındaki çalıların arasına gizlendiler. "Göğsüm," dedi Seth elini kalbinin üstüne götürerek. "Göğsüm..."

"*Bizim* eve gideceğiz," dedi Tomasz. "Orada sana yardım edebiliriz."

"O şey peşimizdeyken yürüyerek gidemeyeceğimiz kadar uzak," dedi Regine. Sonra Seth'e döndü. "Buralarda gizlenebileceğimiz bir yer var mı?"

Seth tepedeki süpermarkete kadar uzanan yol boyunca girip çıktığı küçük dükkânları düşünerek başını kaldırıp High Street'e baktı.

"Aslında var," dedi.

"Burası çok karanlık," dedi Tomasz süpermarketin cam kapısından içeri bakarak. Oraya varmak için High Street boyunca koşmak zorunda kalmışlardı.

"Harika," dedi Regine, Seth'e bakıp başını aşağı yukarı sallayarak. "İyi seçim."

Seth hâlâ dumanların yükseldiği evin olduğu tarafa baktı. "Sizce onu öldürdük mü?"

"Ölümü öldüremezsin," dedi Tomasz.

"O yalnızca tuhaf kıyafetler giymiş adamın teki," dedi Regine. "Ölüm değil. Hatta ona 'şey' bile dememeliyiz." Hafifçe öne eğilip içeri girdi ve daha o anda gölgelerin arasında kayboldu. Seth kızın peşinden gitmeye yeltendiyse de dudağını çiğnemekle meşgul olan Tomasz yerinden kıpırdamadı.

"Karanlık," dedi tekrar.

"Hadi!" diye seslendi Regine içeriden.

"Yanından hiç ayrılmayacağız," dedi Seth çocuğa. "Ayrıca çakmak da hâlâ sende."

Tomasz çakmağı cebinden çıkarıp parmaklarının arasında döndürdü. "Bu benim değil. Regine'in. Bana emanet etmişti." Seth'e baktı. "Canı çekmesin diye."

"Ama onu çaldığını söyledi."

Tomasz omuzlarını silkti. "İnsanlar neye ihtiyaçları olduğunu farklı şekillerde gösterirler. Kimi zaman senden bir şey istemelerine bile gerek yoktur. Annem hep böyle derdi."

Regine ayaklarını yere vura vura karanlığın içinden çıktı. "Ciddiyim Tommy. Burada canını yakacak tek şey, eğer o küçük kıçını biraz daha kımıldatmazsan ben olacağım."

"Sigara mı içiyorsun?" diye sordu Seth.

Kız, Seth'e baktı. "Onca şey dururken bahsetmek istediğin konu bu mu? Sen benimle dalga mı geçiyorsun?"

"Hadi Tommy," dedi Seth çocuğa dönerek. "Gerçekten içeri girmemiz gerekiyor."

Tomasz şaşırmış görünüyordu. "Bana Tommy dedin."

"Evet."

"Tomasz'ı tercih ederim."

"Ama *o* sana Tommy diyor."

"O diyebilir. Çünkü o Regine. Ama senin Tomasz demeni istiyorum. Bu daha mantıklı."

Ardından Seth ve Regine'in arkasından marketin içindeki karanlığa daldı. İyiden iyiye bayatladığından ufalanıp her yere saçılmış yiyecekler yüzünden kayan ayaklarına rağmen sessiz koridorlardan marketin derinliklerine doğru yürüdüler.

"Bu işimizi görür," dedi Regine, Tomasz'a dönerek. "Çakmağı bana ver."

"Hayır," dedi Tomasz başını iki yana sallayarak. "Sigarayla işinin bittiğini söyledin. 'Artık bana sigara yok,' dedi Regine."

"Ama çakmak hâlâ *benim* ve Seth'in akciğerinin delinip delinmediğine bakmak gerekiyor. Yoksa ölebilir."

"Ben yaparım," dedi Tomasz. Çakmağı çaktı ve koridoru aydınlatmak için başının hizasına dek kaldırdı.

"O kadar kaldırma," dedi Regine. "Marketin ön tarafından görülebilir."

"Ohoo," dedi Tomasz. "Şimdi emirler yağdırıyorsunuz ama çimleri tutuşturup hepimizin hayatını kurtardığım zaman kimse bir şey söylemedi. Ah, teşekkürler Tomasz, kaçıp kurtulmamızı sağlayan o dâhiyane fikrinden ötürü sana teşekkür ederiz. Ay!"

Çakmağı elinden düşürdü ve yanan iki parmağını ağzına sokuverdi.

"Evet," dedi Regine. "Çok teşekkür ederiz, küçük dâhi."

"Bir şey değil," dedi Tomasz parmaklarını ağzından çıkarmadan. Regine çakmağı bulabilmek için karanlıkta elleriyle yeri yoklamaya koyuldu.

"Neden o çakmağı bu kadar önemsiyorsun?" diye sordu Seth.

"Çünkü çalışıyor," dedi kız çakmağı bulup yakarak. "Bu şeylerin içinde büyük ölçüde alkol bulunur. Henüz buharlaşmamış olanını bulabilmek için kaç yüz tanesini denediğimi biliyor musun? Şimdi, tişörtünü çıkar."

Seth gözlerini kırpıştırarak kıza baktı.

"Göğsüne bakacağım, seni aptal," dedi kız. "Yürüyüp konuşabiliyorsun; dolayısıyla durumunun iyi olduğunu sanıyorum ama yine de baksak iyi ederiz."

Aniden utanan Seth tereddüt etti.

Regine kaşlarını çattı. "Seni duş alırken gördüğümüzü unutma."

"Hem de duştan fazlasını yapıyordun!" dedi Tomasz.

Regine çakmağı öteki eline aldı ve haylazca bir tavır takındı. "Sana çıkma falan teklif etmiyorum."

"Etseydin de bir şey değişmezdi," dedi Seth. Kelimeler dudaklarından sanki kendiliğinden dökülmüştü. "Kızlarla çıkmam."

Kızın aniden suratı asıldı. "Yani *şişman* kızlarla çıkmayacağını söylüyorsun."

"Hayır, söylemek istediğim o..."

"Aklından geçenleri görebiliyorum. 'Doğru düzgün yiyecek bulamadığımız bir dünyada nasıl hâlâ şişman olabiliyor? Acaba buraya düştüğünde daha ne kadar şişmandı?'"

Seth karşı çıkmaya niyetlense de durdu. Aklından geçenler *bunlar* değildi. Fakat asıl aklına takılanı sorması için âdeta ona yalvarıyorlardı. "Ne kadar zamandır buradasın?"

"Beş ay, on bir gün," dedi Tomasz.

"Yeterince uzun süredir," dedi Regine çocukla aynı anda.

Seth ne diyeceğini bilemeyince sessizlik oldu ama nihayet, "Hayır, söylemek istediğim şey *kızlarla* çıkmadığımdı. Hiçbir kızla."

Regine, Seth'in ne demek istediğini anlayınca suratına bakmak için çakmağı hafifçe havaya kaldırdı. "Yani demek istiyorsun ki gezegenin nüfusunu artırmak benimle şu küçük Polonyalıya kaldı, öyle mi?"

"Ne?" dedi Tomasz kafası karışmış halde. "Ne diyorsunuz? Sizi anlayamıyorum."

"Oğlanlarla çıkıyor," dedi Regine.

"*Gerçekten* mi?" dedi Tomasz büyülenmişçesine. "Uzun zamandır orada işlerin nasıl yürüdüğünü merak ediyordum. Sana sormak istediğim *tonla* sorum var..."

"Soru yağmuru başlamadan önce göğsüne bakmama izin ver," dedi kız, Seth'e. "*Lütfen.*"

Alevin ışığında Seth'in teninde tek görebildikleri morarmanın ilk emareleriyle biraz kızarıklıktı.

"Bu nasıl olabilir?" dedi Tomasz. "Seni odanın diğer tarafına fırlattı."

"Biliyorum," dedi Seth. "Kaburgalarımın *sırtımdan* çıkmasını beklerdim."

Regine omuzlarını silkti. "Belki de o kadar sert vurmamıştır?"

Seth kıza ters ters baktı.

"Bilmiyorum," dedi kız. "Haline şükret." Ses tonu yine rahatsız edici bir hal almıştı. Koridor boyunca yürüyerek mağazanın derinliklerine doğru ilerlemeye koyuldu. "Burada içecek bir şeyler var mı?"

"Biraz daha dostça davranabilirsin, biliyorsun değil mi?" dedi Seth. "Bu işte hep beraberiz."

Kız ona döndü; terli yanakları alevler yüzünden parıldıyordu. "Şimdi öyle mi olduk? Çünkü Tommy'yle benim gerçek olmadığımızı sanıyordum. Eğer gerçek değilsek sana dostça yaklaşmamızın da pek bir anlamı kalmıyor, öyle değil mi? Özellikle de tıpkı evdeki gibi az kalsın hepimizin ölümüne yol açacak dâhiyane hareketlerde bulunduğun sürece. Tanrı'ya şükürler olsun ki gerçek değiliz, ne dersin?"

"Ama iyi durumdayız!" dedi Tomasz. "Benim sayemde."

"Eğer neler döndüğünü bilseydim," dedi Seth, "eğer gizemli gizemli konuşmayı kesmiş olsaydınız..."

"Aklındaki soruların yanıtlarını mı istiyorsun?" diye sordu kız meydan okurcasına.

"Regine," dedi Tomasz itinayla. "Henüz hazır olmayabilir."

"Hayır," dedi kız. "Sordu. Ben de ona anlatacağım."

"Bana neyi anlatacaksın?" diye sordu Seth.

Kız gözlerini onunkilere dikti. İkisinin arasında yalnızca çakmağın titreşen ateşi vardı. "Bu dünyayı? İçine düştüğümüzü sandığın cehennemi?"

"Regine," dedi Tomasz. "Dur."

Ama kız konuşmayı sürdürdü. "Burası cehennem değil, Bay Gerçek Değilsiniz O Zaman Umarım Sizi Öldürmemin Sakıncası Yoktur. Tüm o hatırladıkların, rüyalarında gördüklerin, yaşadığını anımsadığın o aptal şeyler var ya?" Aleve, gözlerinin içinde birer ateş yanıyormuş gibi görünmesine neden olacak kadar yaklaştı. "Cehennem olan *oydu.*"

"Hayır, *değildi,*" dedi Tomasz inatla.

"Öyleydi ve haklı olduğumu adın gibi biliyorsun," dedi kız. "Ama burası..." eliyle marketi, ötesindeki boş sokakları, şüphesiz hâlâ dışarıda onları aramakta olan Sürücü'yü kastedercesine bir hareket yaptı, "...burası gerçek dünya. Burası. Tam olarak *burası.*"

Seth'in suratına tokadı yapıştırıverdi. "Hey!" diye bağırdı Seth.

"Bunu hissettin mi?" dedi kız. "Burası da şu hissettiğin tokat kadar gerçek, bebeğim."

Seth elini yanağına götürdü; yakıcı sızı yüzüne yayılıyordu. "Bunu neden yaptın?"

"Ölüp de cehennemde uyanmadın," dedi Regine. "Tek yaptığın *uyanmaktı.*"

Çakmağı söndürüp karanlığa yöneldi.

"Neyden uyanmak?" diye sordu Seth kızın peşinden giderken.

Regine fal taşı misali açılmış gözlerle su şişelerinin önünde durdu. Tek kelime bile etmeden o ve Tomasz şişeleri elden geçirip çakmağın ateşine tutarak rengi solmuş ya da boş şişeleri ayıklamaya koyuldular.

Raflara nasıl hışımla saldırdıklarını görünce, "Sizin mahallenizde süpermarket yok mu?" diye sordu Seth şaşkın şaşkın.

"Bize yakın olan büyük market tamtakır," dedi Regine.

"Yani geriye yalnızca köşe dükkânlar ve Bir Şey Ekspres denen marketler kalıyor," dedi Tomasz şişeyi kafasına dikerken.

"Ama yalnızca birkaç kilometre uzaktasınız," dedi Seth şişeyi alıp ne kadar susamış olduğunu o anda fark ederek suyunu yudumlarken. "Neden aramaya çıkmadınız?"

"Sürücü devriye gezerken yapamazdık," dedi Regine. "Tedbiri elden bırakamazdık; elimizden geldiğince sessiz olup görülmemeye çalışarak ev ev dolaştık. Bugüne kadar o konuda gayet başarılıydık."

"Eğer olanlar benim hatamsa özür dilerim ama artık şu gizemli konuşmalarından gına geldi..."

"Sigara içmem gerek," dedi Regine.

"Hayır!" dedi Tomasz. "Ölürsün! Akciğerlerin en az tenin kadar kapkara olur! Beynin tümörler yüzünden o kadar büyür ki gözlerinden taşar!"

"Bu görülmeye değer bir şey olurdu," dedi kız ve marketin ön tarafına doğru seğirtti.

Mahallenin sessizliğini bıçak gibi kesen motorun sesini hâlâ duyabiliyorlardı ama ses, kendilerini güvende hissedebilecekleri kadar uzaktan geliyordu ve kapıların öteki yanında onları kapıp kaçırmak için fırsat kollayan hiçbir şey de yoktu.

"Hapishaneye yaklaşmadığımız sürece," dedi Regine sigaraların istiflendiği reyona yaklaşırken, "bizi pek önemseyeceğini sanmıyorum."

"Hapishaneyi böylesine özel kılan da nedir?" diye sordu Seth. "Ve uyanmakla ilgili söylediklerin de ne anlama geliyor?"

"Bekle biraz," dedi Regine sigara reyonundaki tezgâhın arkasından. Marketteki diğer her şey gibi onlar da sıçanlar tarafından paramparça edilmişti ama içilemeyecek haldekileri ayırdıktan sonra neredeyse bir paket dolusu Silk Cut bulmayı başardı. Paketi ilk defa Noel hediyesi almış bir çocuğun heyecanıyla yırtarcasına açtı ve hafifçe eline vurarak içinden bir sigara çıkardı.

"Regine," dedi Tomasz hayal kırıklığına uğramış halde.

"Hiçbir fikrin yok," dedi Regine. "Bak, ciddiyim, en ufak bir fikrin yok."

Çakmağı üretilme amacı doğrultusunda kullandı ve sigaranın ucu karanlığın içinde parıldadı. Sigaradan derin, hem de çok derin bir nefes çekip dumanı içinde tuttu. Seth ve Tomasz kızın gözlerini sımsıkı yumduğunu ve önce bir yanağından, sonra da ötekinden birer damla yaş süzüldüğünü gördüler.

"Ah, Tanrım," diye fısıldadı kız. "Ah, ulu Tanrım."

Tomasz yüzünde ciddi bir ifadeyle Seth'e baktı "Bu onu öldürecek."

"Zaten ölü olduğumuzu söylediğini sanıyordum," dedi Seth.

"Hayır," dedi Regine. "Ölü değiliz. Tommy o konuda yanılıyor." Öksürdü ve güçten düşmesine neden olan bir rahatlamayla elini tezgâha yaslayarak sigarasından bir nefes daha çekti. "Ne aptalca bir gün."

"Regine," dedi Seth sabırsızca.

"Pekâlâ," dedi kız. "Pekâlâ." Sigarasından bir nefes daha çekti. "Ona anlatacağım, Tommy. Bu senin için sorun olur mu?"

Tomasz ayaklarından birini yerde sürüyerek tozun orta yerine bir çizgi çekti. "Şok geçirecek," dedi. "Bunu öğrenmemiş olmayı dileyecek." Tomasz ciddiyetle Seth'e baktı. "Başta buna inanmadım. Hâlâ da pek inandığım söylenemez."

Seth yutkundu. "Bunu göze alıyorum."

"Tamam o zaman," dedi Regine sigarasını sonuna kadar kökleyip tezgâha bastırarak söndürdükten sonra paketten bir tane daha çıkarırken. Sonra Seth'e baktı ve paketi ona doğru uzatarak sigarasından ikram etti.

Seth dalgın dalgın hâlâ üzerindeki koşu şortuna, koşu tişörtüne ve koşu ayakkabılarına baktı. "Koşucuyum," dedi. "Sigara içmek *dışında* neredeyse yapmadığımız şey yoktur."

Regine başıyla onayladı ve sonra konuşmaya başladı.

"Dünya," dedi, "sona erdi."

38

"Sona mı erdi?" diye sordu Seth. "Sona erdi de ne demek?"

Regine iç geçirdiği sırada dudaklarının arasından sızan duman kıvrıla kıvrıla yükseldi. "Biz sona ermesini istediğimiz için sona erdiğini *düşünüyoruz.*"

"Biz mi?"

"Herkes. Hepimiz."

Seth daha fazla soru soracak oldu ama kız onu durdurdu. "İnternet'e girer miydin? Burada uyanmadan önce?"

Seth şaşkın şaşkın kıza baktı. "Tabii ki girerdim. Bu ne biçim bir soru? Telefonun ya da tabletin olmadan nasıl yaşarsın ki?"

Başıyla onaylayarak, "Ve görünüşe göre bu her yerde geçerli," dedi Regine. "Polonya'da bile."

"Polonya'da *değildim,*" dedi Tomasz sinirlenerek. "Daha kaç defa söylemem gerek? Annem çalışmak için göçmen olarak buraya gelmişti ve Polonya'da sorunsuz bir şekilde İnternet'e girebilirsin. Çok *gelişmiş* bir ülkedir. Durmadan Polonya'dan bahsetmenden bıktım..."

"*Neyse,*" dedi Regine. "Bir ara, hatta burada bulduğumuz şeylerin üzerindeki tarihlere bakılırsa sekiz ya da on yıl kadar önce İnternet tamamen kesilmiş." Sigarasının dumanını uzun uzun üfledi. "Temelli."

Seth alnını kırıştırdı. "Temelli de ne demek?"

"Ah, *ben* biliyorum!" dedi Tomasz. "Bir şeyi sonsuza dek yapmayı seçmek gibi bir anlama geliyor."

"Sözcüğün ne anlama geldiğini biliyorum..." dedi Seth.

"Herkes gerçek dünyayı geride bırakıp," dedi Regine, "tamamen sanal bir dünyaya taşınmış. Hiç de sanalmış gibi görünmeyen ve aradaki farkı anlayamayacağın kadar gerçek hayata benzeyen, tamamen üç boyutlu bir dünyaya."

Ancak Seth çoktan başını iki yana sallamaya başlamıştı bile. "Hayır, bu delilik. Bu tür saçmalıklar yalnızca filmlerde olur. Daima aradaki farkı anlayabilirsin. Gerçek hayat gerçek hayattır. Bunu öylece unutup yoluna devam edemezsin."

"Ah!" dedi Tomasz. "O konuda da bir teorisi var. Kendimizi bunları unutmaya zorladığımıza inanıyor. Daha az endişelenip gerçek hayatı daha az özleyelim diye."

Seth kaşlarını çatarak Tomasz'a baktı. "Ona inanmadığını söylemiştin. Buranın cehennem olduğunu söylemiştin."

Tomasz omuzlarını silkti. "Öyle. Fakat kendi ellerinle inşa ettiğin cehennem yine de cehennem sayılmaz mı?"

"Ve tüm bunlara inanmamı mı bekliyorsunuz?"

"Neye inandığın umurumda değil," dedi Regine. "Doğruları istedin ve işte doğrular bunlar, en mantıklı olanları. Kendimizi o tabutların içine hapsetmişiz..."

Seth araya girdi. "Siz de mi onların içinde uyandınız?"

"Ah, evet," dedi Regine. "Ama aslında pek tabut sayılmazlar. Tüm o hortumları, metalik bandı falan düşünsene. Bunların amacı bizi canlı tutmak için değilse ne? O tabut dediğin şey zihinlerimiz bambaşka yerlerdeyken bizi besliyor, atıklarımızı uzaklaştırıyor, kaslarımızın ölmesini engelliyor."

"Tabuttan çıktığım zaman doğru düzgün göremiyordum bile," dedi Seth. "Aslına bakarsanız birkaç gün sonra üst kata çıkana dek bir tabutun içinde *olduğumu* dahi bilmiyordum."

"Üst kat mı?"

"Çatı katındaydım. Eski yatak odamda."

Regine sanki Seth'in söyledikleri bir şeyleri kanıtlıyormuşçasına başıyla onayladı. "Ben evimizin oturma odasında uyandım," dedi. "En az senin kadar afallamıştım. Bir ya da iki gün boyunca düştüğüm yerden kalkmaya bile cesaret edemedim."

Seth'in bakışları Tomasz'a kaydı ama Tomasz hikâyesini anlatmaya pek gönüllü görünmüyordu. Tek yaptığı ayağının başparmağıyla yere bir çizgi daha çekmekti. "Yağmur geliyor," dedi.

Dışarı baktılar. Hakikaten bulutlar hızla ufukta toplanmaya başlamıştı. Tuhaf, tropikal bir fırtına daha patlak vermek üzereydi.

"Çok da sessiz," dedi Tomasz.

Seth kulak kabarttı. Onlar konuşurken motorun sesi kesilmişti. Geriye kalan alevleri söndürecek yağmur bulutlarını taşıyan rüzgârın sesi dışında çıt çıkmıyordu. *İşime gelen başka bir şey daha,* diye düşündü.

"Söylediklerinin gerçek olması imkânsız," dedi. Regine diliyle onu onaylamadığını gösteren bir ses çıkarsa da Seth konuşmayı sürdürdü. "Ama buradaki her şey imkânsız. Issızlık. Toz toprak. İçinde kimse olmadan yaşlanan dünya."

"Bizim dışımızda kimse olmadan," dedi Tomasz.

"Evet," dedi Seth. "Zaten asıl sorun bu değil mi? Ne benim evimde ne de sokağımdaki diğer evlerde başka bir tabuta rastladım. Eğer dünyadaki herkes kendini uyutmayı seçtiyse diğerleri *nerede*?"

İkisi de yanıt vermedi.

Ve Seth sorusunun cevabını zaten bildiğini fark etti. Hikâyenin kaçınılmazlığının hakkını verebilecek tek bir yer vardı.

"Hapishane."

Tomasz kasten bakışlarını kaçırdı. Regine de onu görmezden geliyordu ama nihayet Seth'e, kaderine boyun eğmişçesine uysal bir bakış attı.

"Yapamayız," dedi.

"Neyi yapamayız? Daha ne söyleyeceğimi bile bilmiyorsun."

"Evet, biliyorum ve yapamayacağımızı söylüyorum."

"Gerçekten, gerçekten yapamayız," dedi Tomasz yalvarırcasına. "*Gerçekten.*"

Seth aniden gösterdikleri direniş karşısında öfkelenmişti. Buraya geldiğinden beri hapishane belli belirsiz varlığını hissettiriyordu. Uzakta ya da tepenin ötesinde görünmesi veya görünmese de orada olduğunu bilmek bile onu rahatsız ediyordu. Hayatını dolu dolu yaşayabileceği, mutlu olabileceği rotasından saptıran her şeyin kaynağı orasıydı.

İçgüdüsel olarak oradan uzak durmuştu.

Fakat şimdi sırf oraya gidemeyeceği söylendiği için yapılması gereken en bariz şey buymuş gibi geliyordu. Çünkü burası ölümünü kabullenebilmesi için zihninin uydurduğu bir dünya da olsa, kendini pat diye içinde bulduğu bir cehennem de olsa hapishane önemliydi. Çünkü aradığı yanıtları orada bulabilirdi.

Ama eğer Regine haklıysa ve *burası* gerçek dünyaysa o halde ailesi hapishanede demekti.

Hem de şu anda.

"Göster bana," dedi nihayet. "Beni hapishaneye götür."

39

"Ah!" dedi Tomasz iki yumruğuyla karman çorman haldeki saçlarını çekiştirerek. "*Biliyordum*! Böyle olacağını biliyordum."

"Bu çok tehlikeli," dedi Regine. "Sürücü oranın yanına bile yaklaşmamıza izin vermeyecektir."

"Ama sürekli hapishanede olmadığı da ortada," dedi Seth. "Devriyeye falan çıkıyor."

"Hapishanede olduğunu fark edince, bu defa göğsünü yumruklayıp oraya kocaman bir delik açmakla yetinmeyecek."

"Sizce de o deliğin böylesine çarçabuk iyileşmesi biraz tuhaf değil mi?" dedi Seth göğsüne vurup morluk yüzünden acıyla irkilirken. "İçeri girmenin yolunu bulabiliriz."

"Lütfen beni zorlamayın," dedi Tomasz. "Lütfen yapmayın. Tekrar olmaz."

"Tekrar mı?" dedi Seth.

"Ben orada uyandım," dedi Tomasz üzgün üzgün. "Bir sürü tabut var ve içlerinde kimin olduğunu, rüyalarında ne gördüklerini ya da hayatta olup olmadıklarını bile bilmiyorsun." Ellerini önünde birleştirmiş, çamaşır sıkar gibi *büküyordu*; öyle ki Seth böyle bir şeye ilk kez şahit olduğunu düşünmeden edemedi. "Ve annem."

"Annene ne olmuş?" diye sordu Seth, Tomasz'ın konuşmaktan vazgeçtiğini görünce.

Ama Tomasz tek kelime etmeden ayaklarını sürüye sürüye Regine'in yanına gitti. Kız da sigarasını söndürdü ve rahat

rahat göğsüne gömülüp ağlayabilmesi için kollarını açıp çocuğa sarıldı. "Onu bulduğumda Sürücü'den kaçıyordu," dedi. "Güçbela paçamızı kurtardık. Sonrasında onu melek ya da iblis olmadığıma inandırmak için bir hafta dil dökmem gerekti."

"O hissi biliyorum," dedi Seth. "Annesi hakkında ne demek istedi?"

"Her şeye burnunu sokamazsın. Bildiklerimizi ve düşündüklerimizi seninle paylaşacağım ama bunlar özel konular."

"Herkesin hapishanede olduğunu mu söylüyorsun?"

"Yani, tabii ki *dünyadaki* herkes değil. Ama bu kasabada yaşayanların çoğu orada. Başka yerler de olmalı ama nerede olduklarını ya da ne tür yaratıklar tarafından korunduklarını kim bilebilir ki?"

"Ama biz..."

"Hapishaneye *gitmiyoruz*. Burada gitmeyi istemeyeceğin tek yer orasıdır."

"Ama Tomasz'ı bulduğunda oradaydın."

Bunun üzerine kız duraksadı. "Becca öldürülmüştü. Karşılaştığım şu kadın. Aklıma yapacak başka hiçbir şey gelmemişti."

Seth artık ona daha dikkatli bakıyordu. "Yani tehlikeli olduğunu bildiğin bir yere gittin?"

Kız dilinin ucuna yapışan külleri aldıktan sonra sözü hiç dolandırmadan, "Bu sabah nereye koşuyordun?" diye sordu alaycı bir tavırla.

Bunun üzerine uzun bir sessizlik oldu. Regine hâlâ burnunu çekmekte olan Tomasz'ı sigara reyonundaki tezgâhın ön tarafına götürdü ve yere oturup sırtlarını tezgâha dayadılar. Tomasz kıza yaslanıp gözlerini yumdu.

"Eğer herkes oradaysa," diye sordu Seth, "neden ben evimdeydim?"

Regine omuzlarını silkti. "Ben de *evimdeydim*. Belki yerleri kalmadı. Belki de zamanları. Hatta bazıları ellerindekiyle yetinmek zorunda kalmış bile olabilir."

"Planlamada son derece başarısız olmuşa benziyorlar."

"Planladıklarını kim söyledi? Belki de aceleleri vardı ve işin kolayına kaçmak zorunda kaldılar."

"Ne demek istiyorsun?"

"Dünyayı *gördün* mü?" diye sordu kız kaşlarından birini havaya kaldırarak. "Hayvanlar nerede? Tüm bu tozun, çamurun ve çürümenin kaynağı ne? Bu kadarının yalnızca sekiz senede oluşması mümkün değil. Tren yolunun öteki tarafındaki yangın ne zaman oldu? Önce mi, sonra mı? Ve bu garip hava da neyin nesi?" Tekrar omuzlarını silkti. "Belki de dünya o kadar kötüleşiyordu ki burayı tamamen terk etmek dışında başka hiçbir seçenekleri yoktu."

O anda öyle parlak bir şimşek çaktı ki hepsi, hatta gözleri kapalı olan Tomasz bile yerinden sıçradı. Derken dünya nefesini tuttu, sonra birbiri ardına şimşekler çaktı ve hemen ardından camları döven korkunç bir yağmur patlak verdi. Öyle ki sanki tek istediği içeri girip onları zapt etmekti.

Tomasz başı Regine'in kucağında uyuyakalmıştı. Seth birkaç konserve alıp Regine'in yanına oturdu. Tomasz'ı uyandırmamaya çalışarak plastik kaşıklarla yemeklerini yediler. Yağmur dışarıyı kasıp kavurmaya devam ediyordu. Öylesine şiddetliydi ki bu tıpkı bir şelalenin altında oturmaya benziyordu.

"Daha önce hiç böyle yağmur yağdığını hatırlamıyorum," dedi Regine. "En azından İngiltere'de değil. Bu daha ziyade kasırgaya benziyor."

"Açıklamanda çok fazla yanlış var," dedi Seth oda sıcaklığındaki spagettisini yutmak için uğraşırken. "Neden *ben* evdeyken annem, babam ya da kardeşim değildi?"

"Bilmiyorum. Yalnızca akıl yürütebiliyoruz. Mesela başka hiçbir yer yokken nasıl oluyor da tabutlara altlarındaki o bağlantı noktasından elektrik verilebiliyor?"

"Evet, onu ben de gördüm."

"Ve bir de bu." Kafasının arka tarafına dokundu. "Teni delip geçmeyen bir bağlantı noktası mı?"

"Ama eğer burada o tür bir teknoloji kullanılıyorsa," dedi Seth metalik sargıları düşünerek, "neden sanal dünyada da ona sahip değildik? Neden onu da yanımızda götürmedik?"

"Belki de her şeyin daha sade, daha kolay olmasını istemişizdir."

"Hayatın sade ve kolay mıydı?"

Kız, Seth'e ters ters baktı. "Ne demek istediğimi anladın."

"Aslına bakarsan burada olup bana tüm bunları açıklıyor olman kesinlikle her şeyi hem sadeleştiriyor hem de kolaylaştırıyor. Bir hayli de faydalı, sence de öyle değil mi?"

"Yine Tommy'yle benim gerçek olmamamıza mı döndük? Seni yine tokatlamamı mı istiyorsun? Çünkü bundan büyük zevk duyarım."

"Yağmur da hem yangını söndürmek hem de sırf konuşabilelim diye bizi buraya hapsetmek için yağıyor," diyerek konuşmayı sürdürdü. "Göğsüme aldığım darbe kaçabileceğim kadar hızlı iyileşiyor. Her şey kendiliğinden yoluna giriveriyor, sence de öyle değil mi?"

"İnsanlar baktıkları her yerde hikâyeler görür," dedi Regine. "Babam böyle derdi. Sırf kendimizi yatıştırabilmek için rasgele olayları seçer ve yalan yanlış bir hikâyede birleştiririz." Tekrar Seth'e baktı. "Hayatta kalabilmek uğruna kendimize yalanlar söyleriz. Yoksa deliririz."

Tomasz uykusunda kendi dilinde konuşarak kızın kucağında kıpırdandı: "*Nie, nie.*"* Regine çocuğu uyandırmak için elini kaldırdıysa da Seth onu durdurdu.

"O rüyalardan birini görüyor, değil mi?" diye sordu Seth.

* (Lehçe) Hayır, hayır. *–çn*

"Sanırım."

"Peki, *sen* rüyanda ne görüyorsun?"

"Bu, özel bir konu," dedi Regine sertçe.

"Tamam, özür dilerim, babandan bahsediyordun..."

Birkaç dakika boyunca huzursuz bir sessizlik içinde yemeklerini yediler.

"Peki ya buna ne dersin?" dedi Seth biraz düşündükten sonra. "Eğer tüm dünya sanalsa nasıl oldu da orada ölünce burada uyandık? Sistemin sıfırlanması ya da ona benzer bir şeyler olması gerekmez miydi?"

"Bilmiyorum," dedi Regine tekrar, "ama orada da insanlar ölüyordu, öyle değil mi? Genevieve Halam pankreas kanserinden öldü. Babamsa..." Boğazını temizledi. "Ama eğer gerçek olması, aslında başka bir yerde yaşadığımızı bize unutturacak kadar gerçek olması istendiyse o halde ölümlerin de devam etmesi gerekirdi, öyle değil mi? Belki beyinlerimiz aksini kabul etmeyi becerememiştir. Sanal dünyada ölürsen gerçekte de ölürsün çünkü hayat böyledir."

"Ama *biz* gerçekte ölmedik." Seth, Owen'a olanları, Gudmund'la yaşadıklarını ve *kendi* başına gelenleri düşündükçe öfkeleniyordu. "Ayrıca neden böyle bir şey yapalım ki? Neden hâlâ iyi insanların başına boktan şeylerin geldiği bir dünyada yaşayalım? Eğer bize oraya taşındığımızı bile unutturacak kadar kusursuz bir yer olsaydı..."

"Hiç bana bakma. O kusursuz dediğimiz dünyada, annem üvey babam olacak o aşağılık herifle evlendi. Anlayacağın benim de hiçbir fikrim yok." Eli istemsizce ensesine gitti. "Emin olduğum tek bir şey var. Eğer insanlara aptal ve saldırgan olma şansını tanırsan o konuda ellerine geçen her fırsatı değerlendirirler, hem de her defasında. Nerede olurlarsa olsunlar."

"Ama kendimizi nasıl burada bulduk?" diye diretti Seth. "Bu dünya neden orada ölüp burada uyanan insanlarla hıncahınç dolu değil?

"Sanırım bu dünyada da ölmemiz gerekiyordu. Oysa ben merdivenlerden düşüp kafamın orasını çarptım. Sense boğuldun ve *kafanın* tam olarak *aynı* yerini çarptın. Tommy..." bakışlarını aşağı indirip hâlâ kucağında uyumakta olan oğlana baktı, "...Tommy ona şimşek çarptığını söylüyor ama başına her ne geldiyse hatırlamak istemediğini düşünüyorum. Nasıl istiyorsa öyle olsun. Fakat değişmeyen bir şey var; yine o nokta. Bağlantı noktasındaki arıza sistemi aşırı yüklüyor ve bizi öldürmek yerine sistemle aramızdaki bağlantıyı kesiyor." Aniden bitkinleşerek omuzlarını silkti. "Ya da en azından biz böyle düşünüyoruz."

Elini şefkatle Tomasz'ın hoyrat saçlarında gezdirdi. "Bunlara inanmadığını tekrar edip dursa da son söylediğim aslında onun fikriydi. Bu ufak ve komik kafanın içi pek isabetli fikirlerle dolu." Tomasz iyiden iyiye kıza sokularak uyumaya devam etti.

"Ama başımıza gelen şeylerin hiçbiri gerçek değilse," dedi Seth, "görüp geçirdiğimizi sandığımız her şey yalnızca sanal bir simülasyondan ibaretse..."

"Ah, hepsi gerçekti tabii ki," dedi kız. "Onları yaşadık; oradaydık. Dünyada en çok istediğin şey kaçıp kurtulmakken eğer dimdik ayakta durup yaşadıklarını atlatmaya çalışıyorsan başından geçen kahrolası şeylerin hepsi gerçek demektir."

Seth, Gudmund'u, nasıl koktuğunu, ona dokunduğunda *hissettiklerini* düşündü. İyisiyle, kötüsüyle ama daha ziyade korkunç deneyimlerle arkasında bıraktığı yılı düşündü. Owen'ın başına gelenleri, o kayıpken ümitsizlik içinde geçirdikleri günleri ve sonraki yıllarda annesiyle babasının onu cezalandırmak istercesine sergiledikleri tavırları düşündü.

Tabii ki hepsi ona son derece gerçek *geliyordu.* Eğer tüm yaşadıkları bir simülasyonun parçasıysa o zaman nasıl böyle hissedebiliyordu?

Ve o şimdi buradaysa Gudmund neredeydi?

"Hava kararana dek eve dönmek üzere yola çıkamayız," dedi Regine. "Nöbetleşe uyumamız gerek. Böylece birimizin gözü hep dışarıda olur."

Kızın söylediklerini düşününce Seth ne kadar yorgun olduğunu fark etti. Önceki gece neredeyse gözünü bile kırpmamış, sonrasında çılgıncasına koşmuş ve gün boyunca vücudunu istila eden adrenalin dalgası etkisini yitirmeye başlamıştı. Aniden gözlerini hâlâ açık tutabiliyor olması bile gözüne küçük bir mucize gibi göründü.

"Pekâlâ," dedi. "Ama uyandığımda..."

"Uyandığında," dedi Regine, "sana hapishaneye nasıl gireceğini anlatacağım."

40

"Beni affetmek zorundasın," dedi evinin önündeki basamaklarda dikilen Monica. Öncesinde merhaba demeye bile lüzum görmemişti. "Böyle olsun istememiştim. Ama çok öfkeliydim ve..."

Seth kapıyı arkasından çekerek adımını dışarıdaki soğuk havaya attı. "Sen neden bahsediyorsun?" dedi. "Neler oluyor?"

Kız korku dolu gözlerle Seth'e baktı. Evet, o halini anlatabilecek başka hiçbir kelime yoktu. Seth'e söylemek zorunda olduğu şeyden korkuyordu. Seth midesinin buz kestiğini hissetti. "Monica?" dedi.

Kız yanıt vermek yerine sanki ihtiyacı olan yardım oradan gelecekmişçesine başını yukarı kaldırıp gökyüzüne baktı. Ne kadar aptalca olsa da Seth de kendini gökyüzüne bakarken buldu. Hava dondurucuydu, Noel'e yalnızca birkaç hafta kalmıştı ama henüz kardan eser yoktu. Gökyüzü yağamadığı için öfkeden kuduran kar yüzünden gri renkli lekelerle bezeliydi.

Seth, Monica'ya baktı ve kızın ağladığını gördü.

Ve o anda anladı.

Çünkü tek bir şey olabilirdi, öyle değil mi? Bu ancak hayatındaki tek güzel şeyin sona ermek üzere olduğu anlamına gelebilirdi. Geriye yalnızca her şeyin tam olarak nasıl son bulacağını öğrenmek kalmıştı.

"Sen ve Gudmund," dedi kız usulca. Soğuk havada burnu akıyor, soluğu atkısını aşıp beyaz bulutlar halinde havada asılı kalıyordu. "Sen ve lanet olasıca Gudmund."

Fazlasıyla kalın kışlık kabanı ve kafasına iki beden büyük geldiği günlerden beri soğuk havalarda giymekten asla vazgeçemediği, artık *ironisini yitirmiş kırmızı ren geyikli örgü beresi içinde tıpkı bir çocuk gibi görünüyordu. Bu Monica'nın kırmızı ren geyikli beresiydi ve en az saçı ya da kahkahası kadar ayrılmaz bir parçasıydı.*

"Şimdi taşlar yerlerine oturuyor," dedi kız. "Geçmişe baktığımda. Eğer fikrimi sorsaydın senin için dileğim bu olurdu." Hüzünlü gözlerle oğlana gülümsedi. "Seni böylesine mutlu edebilecek bir şeye sahip olmanı dilerdim, Seth."

"Monica," dedi Seth ama sesi güçlükle duyuldu. "Monica, sandığın gibi..."

"Lütfen doğru olmadığını söyleme. Sakın bunu yapma. Her şey boka sarmadan önce lütfen gerçek değilmiş gibi davranma."

Seth kaşlarını çattı. "Her şey boka..."

O esnada sokak kapısından çıkan annesinin, "Merhaba Monica," diyen sesi duyuldu. Mumya gibi sarılıp sarmalanmış haldeki Owen bir elinde termosu, diğer elinde klarneti annesini takip ediyordu. "Neden kızı burada bekletiyorsun, Seth?" diye sordu annesi. "Donarak öleceksiniz." Gülümseyerek Monica'ya baktı ama daha Monica'nın suratını görür görmez gülümsemesi yüzünden silinip gitti. "Neler oluyor?"

"Hiçbir şey," dedi Monica kendini neşeli görünmeye zorlayarak. Sonra da eldivenli eliyle burnunu sildi. "Sadece biraz üşütmüşüm." Hatta avucunun içine doğru öksürdü bile.

"Öyle olsun," dedi Seth'in annesi. Ona biraz olsun inanmadığı ortadaydı ama kullandığı ses tonu, aldatılmaya göz yumacağını gösteriyordu. "İşte, size içeri girmek için bir neden daha. Çaydanlıktaki su hâlâ sıcak."

"Selam Monica!" dedi Owen neşe içinde.

"Selam Owen," dedi Monica.

Owen termosunu hafifçe salladı. "Sıcak çikolata yaptık."

"Ne güzel," dedi Monica kendini gülmeye zorlayarak. "Ağzının kenarında hâlâ biraz var, ufaklık."

Owen yalnızca gülümsemekle yetindi ve dudaklarının kenarına bulaşan çikolataları silmeye bile teşebbüs etmedi.

"Ciddiyim," dedi Seth'in annesi Owen'ı arabaya doğru çekiştirir-

ken. "İçeri girin. İçerisi çok daha sıcak." Sürücü koltuğuna otururken onlara el salladı. "Görüşürüz Monica."

"Görüşmek üzere Bayan Wearing," dedi Monica eldivenlerinden birini sallayarak.

Seth'in annesi ve Owen arabayla oradan uzaklaşırlarken kadın yüzünde ciddi bir ifadeyle ikisini de tepeden tırnağa süzdü.

"Annen az önce su ısıtıcısına çaydanlık mı dedi?" diye sordu Monica.

"Monica," dedi Seth kollarını kendine sararak fakat bu hareketinin nedeni yalnızca incecik tişörtünü delip geçen buz gibi hava değildi. "Anlat artık."

Kız bariz bir gönülsüzlükle, olduğu yerde dans ederek biraz daha oyalandı. "Bazı fotoğraflar buldum," dedi nihayet. "Gudmund'un telefonunda."

İşte bu kadardı. Bu kadar basitti. Dünyası çıt çıkarmadan başına yıkılıyordu.

"Çok üzgünüm Seth," dedi Monica tekrar gözyaşlarına boğularak. "Çok üzgünüm..."

"Ne yaptın?" diye sordu oğlan. "Sen ne halt ettin, Monica?"

Kız irkildi ama bakışlarını kaçırmadı. Seth bunu asla unutmayacaktı. Ne yaptığını ona anlatırken gözlerini kaçırmayacak kadar cesur ama bir o kadar da üzgündü.

Lanet olsun, diye düşündü. Sonsuza dek ona lanet olsun.

"Onları H'ye gönderdim," dedi, "ve Gudmund'un telefonunda bizim okuldan kimi bulabildiysem onlara."

Seth tek kelime etmedi; yalnızca sanki dengesini kaybediyormuş gibi geriye doğru sallanırken buldu kendini. Annesiyle babasının sokak kapısının yanına koymakta ısrar ettikleri taş banka yığılıverdi.

"Özür dilerim," dedi Monica iyiden iyiye hıçkırıklara boğularak. "Hayatım boyunca yaptığım hiçbir şeye böylesine üzülmemiştim..."

"Neden?" diye sordu Seth usulca. "Neden böyle bir şey yapasın ki? Neden..."

"Kızmıştım. O kadar öfkelendim ki düşünmedim bile."

"Ama neden?*" dedi Seth. "Sen benim* arkadaşımsın. *Yani herkes ondan hoşlandığını biliyor ama..."*

"O fotoğraflar," dedi kız. "Onlarda... O fotoğraflarda gördüğüm şey yalnızca seks *değil, anlıyor musun? Aranızdaki şey seksten ibaret olsa buna tahammül edebilirdim, yani sanırım ama..."*

"Ama ne?"

Seth gözlerini kızınkilere dikti. "Ama o fotoğraflarda aşkı gördüm, Seth."

Monica konuşmayı kesti. Seth ona ne demek istediğini, aşklarını görmenin canını neden böylesine yaktığını sormadı bile.

"Ona önce ben âşık oldum," dedi kız. "Çok üzgünüm. Bu çok boktan bir neden ama ona önce ben âşık oldum. Senden bile önce."

Arkadaşları, annesi, babası ve okuldaki herkes en müstehcen sırrını öğreneceği için sanki boşluğun içinde taklalar atarak düşüyormuş, dünyası başına yıkılıyormuş gibi hissetmesine rağmen tek düşünebildiği Gudmund'du. Gudmund mutlu olduğu sürece her şeyin er ya da geç yoluna gireceğiydi, Gudmund yanında olsaydı her şeyin ama her şeyin *altından kalkabileceğiydi.*

Ayağa kalktı. "Onu aramam gerek."

"Seth..."

"Hayır. Onunla konuşmam gerek..."

Ardından sokak kapısını açtı ve...

41

Seth uyandı. Markette buldukları sertleşmiş birkaç mutfak havlusunu yastık niyetine kullanarak sigara tezgâhının önüne kıvrılmıştı. Rüya zihninden akıp giderken onunla birlikte dibe batmamaya uğraştı.

Kapısının önündeki merdivenlerde yaptığı tek bir konuşma. O, orada tir tir titrerken Monica'nın söylediği birkaç kelime. İşte bunlar, onun için sonun başlangıcı olmuştu.

Onu buraya getiren sonun.

Fakat neden durup dururken o gün olanları görmüştü ki rüyasında? Başından çok daha kötü şeyler geçmişti. Buraya geldiğinden beri rüyalarında çok daha korkunç şeyler *görmüştü*. Rüyası neden orada bitmişti? Kapıyı açmıştı ve...

Hatırlayamıyordu. Elbette çılgına dönmüş halde Gudmund'a ulaşmaya çalışmıştı ama içeri girdikten sonra tam olarak neler olduğunu...

Bunun önemli olduğunu düşündü. Orada bir şey vardı. Parmaklarının hemen ucunda.

"Kötü bir rüya mıydı?" diye sordu Regine başında dikilerek.

"Bağırdım mı?" diye sordu olduğu yerde doğrulurken. Şaşırtıcı bir şekilde üzerinde hâlâ koşu kıyafetleri vardı. Çoktan ekşi ekşi kokmaya başlamıştı.

"Hayır ama genellikle kötü rüyalar görüyorsun, öyle değil mi?"

"Hep değil."

"Evet," dedi kız yanına oturup elindeki su şişesini ona uzatırken, "fakat güzel olanları kendini çok çok daha kötü hissetmene neden oluyorlar."

"Tomasz nerede?" diye sordu Seth şişeyi alırken.

"Tuvaletini yapmak için yeterince korunaklı bir yer aramaya gitti. Bu konuda yaşlı kadınlara nasıl taş çıkardığına inanamazsın. Kelimeyi yüksek sesle bile telaffuz etmiyor. Ansızın kaybolup işini görüyor ve asla nereye gittiğinden bahsetmiyor. Buradaki tuvalet kâğıtlarını gördüğünde mutluluktan çığlık attığına yemin edebilirim."

Dışarıda yağmur durmuş, süpermarketin aşağısında kalan araç trafiğine kapalı sokağa karanlık çökmeye başlamıştı. Ne motorun sesinden ne de dumandan eser vardı. İkisinin soluk sesleri dışında dünyaya bir kez daha sessizlik çökmüştü.

"Söylediklerini düşünüyordum," dedi Regine. "Neden kendimizi sanal da olsa hapı yutmuş bir dünyaya hapsettiğimizi sormuştun ya..." Başıyla vitrine doğru işaret etti. "Belki de gerçek dünyanın haliyle kıyaslandığında orası tam bir *cennetti*. Belki de tek istediğimiz, her şeyin paramparça olmadığı bir dünyada yeniden gerçek hayatlar yaşama şansını elde etmekti."

"Gerçekten tüm bunlara inanıyor musun?" diye sordu Seth. "Yani gerçek dünya burasıyken diğer her şeyin, insanların geri kalanıyla birlikte gördüğümüz bir rüyadan ibaret olduğuna?"

Kız derin bir nefes aldı. "Annemi özlüyorum," dedi çökmekte olan alacakaranlığa bakarak. "Annemin ben henüz küçükken olduğu kişiyi. *Onunla* evlendikten sonra dönüştüğü kişiyi değil. İkimiz öyle çok eğlenirdik ki. Kahkahalar atar, korkunç seslerimize rağmen avazımız çıktığı kadar bağırarak şarkılar söylerdik." Kaşlarından birini kaldırarak Seth'e baktı. "Siyahi kadınların hepsinin büyüleyici sesleri olduğuna dair yaygın inancı biliyorsundur? Dünya yönetim kademelerinde yer almamıza, güç sahibi olmamıza ya da başkanlık seçimlerine girmemize falan izin vermez ve kimse bunu dert etmez çünkü tıpkı melekler gibi şarkı söyleyebiliyoruzdur."

"Hiç öyle bir şey demedim…"

"Aslına bakarsan hayır, söyleyemiyoruz. Sözüme güven. Ben ve annem. Tanrım, seslerimiz iki yalnız geyik gibi çıkıyordu." Kendi kendine güldü. "Ama sanırım bunun hiçbir önemi yok? Özellikle de ben ve annem baş başa olduğumuzda."

Seth bacaklarını uzattı. "Ama tüm bunların gerçek olmadığını söyledin."

"Söylediklerimi kasıtlı olarak yanlış anlıyorsun," dedi kız. Sinirlenmeye başladığı sesinden belliydi. "Oradaydım. Annem de oradaydı. Farklı yerlerde derin uykuya yatmış olsak bile. Bu gerçekti. Eğer gerçek olmasaydı seslerimiz de güzel olurdu, sence de öyle değil mi?"

"Güzellik hep vardır," diye mırıldandı Seth. "Yeter ki nereye bakacağını bil."

"Ne?"

"Bir şey yok. Eskiden tanığım biri böyle söylerdi."

Kız dikkatle, hatta fazlasıyla dikkatli bir şekilde ona baktı. "Biri varmış. Sevdiğin biri."

"Bu seni hiç ilgilendirmez."

"Ve yaşadıklarınızın gerçek olup olmadığını merak ediyorsun. Gerçekten tanıyıp tanımadığını merak ediyorsun o… *oğlanı*, yanılıyor muyum?"

Seth ağzını bile açmadı. Ama sonra, "Gudmund," dedi.

"İyi Adam* mı? Ne o? Bir tür lakap mı?"

"Gud*mund*. Norveççe."

"Ah, tamam, yani Norveçli Gudmund'un gerçek olup olmadığını merak ediyordun, öyle değil mi? O harika anların hakikaten yaşanıp yaşanmadığını. Gerçekten orada olup olmadığını. *Onun* gerçekten orada olup olmadığını."

Seth'in aklı Gudmund'un parmak uçlarındaki kokusuna gitti. Gudmund'un parmaklarının göğsüne dokunuşuna. O fotoğraflardaki öpücüğe. Herkesin gördüğü o fotoğraflara…

* (İng.) Good Man. Türkçede "İyi Adam" anlamına gelen söz öbeği. *–çn.*

"Öyleydi," dedi Seth. "Öyle olmak zorunda."

"Evet. Ben de öyle diyorum," dedi Regine. "Sürekli aynı noktaya geri dönüp duruyoruz, değil mi? Gerçek olmak zorundalar. Yoksa ne ederiz?"

Konuştukları kısacık zaman içinde hava iyiden iyiye kararmış, marketin içindeki gölgeler onları gizlemek istermişçesine üzerlerini örtmüştü.

"Ben şöyle düşünüyorum," dedi Regine sigarasını yakarken. "Bence sahip olduğum tek gerçek şey benim. Tabii Tommy dışında. Çünkü buranın da bir tür simülasyon olmadığını kim söyleyebilir? Ancak uyanarak kurtulabileceğimiz başka bir seviye olmadığından nasıl emin olabiliriz? Fakat nerede olursam olayım, burası nasıl bir dünya olursa olsun yalnızca kendim olduğumdan emin olmam gerekiyor. İşte, gerçek olan tek şey bu." Koca bir duman bulutu üfledi. "Kendinin farkında ol ve kaybedeceğini bilsen bile asla pes etme. Böylece, dibe vurduğunda canın yanarsa belki onun da gerçekliğinden emin olabilirsin."

"*Bana* vurduğunda canım yandı."

"İlginç," dedi Regine başının üstünden tezgâha uzanırken, "çünkü ben hiçbir şey hissetmedim." Tezgâhtan aldığı kâğıt parçasını göstermek için çakmağı yaktı. "Tommy'yle kaldığımız yeri bulabilmen için bir harita çizdim."

"Ama biz..."

"Böylece hapishanede işini hallettikten sonra yeniden yanımıza dönebilirsin."

"Tommy'ye sakın söyleme," dedi kız sesini alçaltarak. "Üstünü değiştirmek için evine uğrayıp daha sonra bize tekrar katılacağını söyle." Sert sert Seth'e baktı. "Ciddiyim."

"Sana inanıyorum."

Seth haritayı kızın elinden aldı. Tren yolunun bu tarafında kalan ve bir süre raylara paralel gittikten sonra kuzeye doğru sapan yolu tanıdı. Yan sokaklardan birinin üstüne X işareti çizilmiş, adres niyetine de altına bir numara yazılmıştı.

"Her şeye üç eklemen gerek," dedi Regine. "Haritada işaretlediğim sokaktan üç sokak daha kuzeyde yaşıyoruz. Asıl adresimiz içinse ilk haneye de ikinci haneye de üç eklemelisin. Eğer yakalanırsan bizi bulmasını istemiyorum."

"Hapishaneden ne haber?" diye sordu. "Ana giriş kapısı evimin öteki tarafında kalıyor."

"Oradan içeri giremezsin," dedi Regine. "Giriş kapısını kilitleyip üstünü tahtalarla kapatmışlar. O kadar ki görsen gözlerine inanamazsın. Sanki ne kimsenin içeri girmesini ne de dışarı çıkmasını istemişler. Hem de ne olursa olsun. Ki bence bu konuda haklılar. Yapmak istediğin şey..."

Karanlığın içinden, "O da nedir?" diyen sesi duyuldu Tomasz'ın. Sesinde şüphe kırıntıları vardı.

"Evinizin yerini gösteren harita," dedi Seth çarçabuk.

"Neden bizimle gelmiyorsun?" Çakmağın ateşine rağmen çocuğun bariz endişesini fark etmemeleri mümkün değildi.

"Eğer evimi yakıp kül etmediysen üstümü değiştirmem gerekecek," dedi Seth ve koltukaltını koklar gibi yaptı.

"O zaman biz neden *seninle* gelmiyoruz? Dirlikten güç doğar."

"Birlikten," dedi Seth. "Birlikten güç doğar."

"Evet," diyerek kaşlarını çattı Tomasz, "biz de zaten şu anda dilbilgisi kurallarından bahsediyoruz."

"Geri dönmek istiyorum," dedi Regine. "Ortalık öylece elimizi kolumuzu sallayarak dolaşamayacağımız kadar tehlikeli. Hem de hepimiz için."

"Ama *o* tehlikeyi göze alacak."

"Bu, onun tercihi," dedi Regine ayağa kalkarak.

"Bundan *hoşlanmıyorum*," dedi Tomasz. Küçük güdük yumruklarını sıkıp bırakmaya başladı. Seth bir kez daha Owen'ı hatırladı. O da ne zaman tedirgin olsa böyle yapardı. Owen akıl almayacak kadar savunmasız bir halde orada öylece dikilirdi. Öyle ki ya onu kollarınızın arasına alıp her şeyin yoluna gireceğini söylemek ya da zarar görmeye böylesine aptalca bir şekilde müsait olduğu için tokatlamaya başlamak isterdiniz.

"Sen farkına bile varmadan geri dönmüş olurum," dedi Seth. Sonra da ekledi. "Söz veriyorum."

"Pekâlâ," dedi Tomasz. Biraz olsun ikna olmuşa benziyordu. "Bu iyi." Regine'e baktı. "Yanımıza bazı şeyler almamız gerekiyor. Su ve yiyecek. Bir de tuvalet kâğıdı. Şurada birkaç tane de pasta mumu buldum. Doğum günlerimizi kutlarken yakarız."

İkisi de serseme dönmüş halde oğlana bakakaldılar.

"Ne var?" diye sordu. "Doğum günlerini severim."

"Siz *ikiniz* tam olarak kaç yaşındasınız?" diye sordu Seth merakla.

Regine omuzlarını silkti. "Uyanmadan önce on yedi yaşındaydım. Ama gerçekte kaç yaşında olduğumu kim bilebilir ki? Zamanın orada, buradakiyle aynı şekilde aktığından bile emin değiliz."

"Ciddi misin?" diye sordu Seth. "Aklından geçen şey…"

"Ama öyle ama böyle… Bunu bilmemizin imkânı yok."

"Ben on dört yaşındayım!" dedi Tomasz.

Seth ve Regine başlarını eğerek oğlanın gözden kaçması imkânsız bücürlüğüne bakıp kahkahalara boğuldular.

"Öyleyim," diyerek diretti Tomasz.

"Evet," dedi Regine, "ve kafana da yıldırım düştü. Hatta Polonya'nın kaldırımları altınla ve çikolatayla kaplı. Gitme zamanı geldi."

Regine ve Tomasz antika kasaların altından aldıkları torbaları taşıyabilecekleri kadar erzakla doldurduktan sonra hep beraber High Street'e yöneldiler. Motor sesinden eser yoktu ama yine de ellerinden geldiğince temkinli adımlarla karanlık geceye çıktılar.

"Karanlıkta bizi bulabilecek misin?" dedi Tomasz endişeli bir ses tonuyla. "Dışarıya yanan bir mum bırakırız..."

"Hayır, *bırakmayız,*" dedi Regine. "Evi bulacaktır. Endişelenme."

"Ama neden onu bekleyemeyeceğimizi hâlâ anlayabilmiş değilim..."

"Eşyalarımı toplamak için biraz zamana ihtiyacım var," dedi Seth. "Bunlardan bazıları özel şeyler. İşim biraz uzun sürebilir."

"Ama yine de..."

"Tanrım, Tommy," diye çıkıştı Regine. "Bundan sonra mahremiyetine saygı göstermeyeceğini bildiği için muhtemelen son kez rahat rahat otuzbir çekmek istiyordur."

Tomasz şaşkın şaşkın Seth'e baktı. "Bu doğru mu?"

Seth, Regine'in ay ışığında sessizce güldüğünü görebiliyordu. "Bir erkek kardeşim var Tomasz," dedi. "Şu anda nerede olursa olsun ikimiz de o evde büyüdük. Amerika'ya taşınmadan önce."

Regine gülmeyi kesti ve Seth'in anlattıklarını dinlemiyormuş gibi yaparak çıkardığı sigarasını yaktı.

"Biz orada yaşarken başına çok kötü bir şey geldi," dedi Seth. "Onu farklı kılan, birkaç tahtasının eksilmesine yol açan bir şey. Ama asıl önemlisi, başına gelenlerin tamamen benim suçum olmasıydı."

"Öyle mi?" diye fısıldadı Tomasz gözlerini fal taşı gibi açarak.

Seth sokağın aşağısına baktı. Çukur hemen önlerindeydi, evine giden yolsa onun hemen yanında. Yalnızca Tomasz'ı yatıştırmak istemişti ama dudaklarından dökülen sözcüklerin doğruluğu canını beklediğinden çok daha fazla acıttı. "Burası her neresiyse, gerçekse de değilse de evim hapishaneye olan yakınlığından ötürü tehlikeli bir yer. Eğer oraya geri dönmeyeceksem vedalaşmak isterim." Regine'e baktı. "Tüm o korkunç şeyler yaşanmadan önce sahip olduğum kardeşime veda etmeliyim."

"Ve bunu yalnız yapman gerekiyor, evet anlıyorum," dedi Tomasz başını ağır ağır aşağı yukarı sallayarak.

Seth kendine hâkim olamayıp gülümsedi. "Bana onu anımsatıyorsun. Başına gelenler olmasaydı senin gibi biri olabilirdi. Tabii eğer Polonyalı olsaydı."

"Ben de Tomasz'ın, erkek kardeşinin birkaç tahtası eksik haline benzediğini söyleyeceğini sanmıştım," dedi Regine sigarasından bir nefes daha alırken.

"Bu hiç hoş *değil*," dedi Tomasz. "Hem de pek çok nedenden ötürü."

"Bisikletleri alacağız," dedi Regine. "Bu gece seni aramızda görebileceğiz, değil mi?"

"Elimden geldiğince çabuk hareket etmeye çalışacağım ama eğer geç kalacak olursam..."

Tomasz aniden üstüne atılıp kollarını ona doladığında az kalsın sırtüstü kaldırıma devrilecekti. "Kendine dikkat et, Bay Seth," dedi Tomasz. Sesi Seth'in tişörtü yüzünden boğuk çıkıyordu. "Ölümün seni yakalamasına izin verme."

Seth'in elleri Tomasz'ın karman çorman olmuş kıvırcık saçlarının üzerinde dolandı. "Dikkatli olacağım."

"Onu rahat bırak," dedi Regine. Tomasz geri çekilerek Regine'in Seth'e yaklaşmasına izin verdi. "Sana sarılacak değilim," dedi kız.

"Benim için sakıncası yok," dedi Seth.

"Sakıncası olup olmadığını sormadım." Sesini alçalttı. "Sakın ana girişi deneyeyim deme. Az önce tam da bunu söylemek üzereydim. Tren raylarını takip ederek hapishanenin öteki tarafına çık. Orada, yıkık duvarlar yüzünden açılmış koca bir delik olduğunu göreceksin."

"Teşekkürler," dedi Seth fısıldayarak.

"Çok büyük bir hata yapıyorsun," dedi Regine. "Aradığın şey her neyse onu orada bulamayacaksın ve o sırada kendini öldürteceksin."

Seth sırıtarak kıza baktı. "Özleneceğimi bilmek çok güzel."

Ama kız sırıtmadı.

"Siz ikiniz ne konuşup duruyorsunuz?" diye sordu Tomasz.

"Hiçbir şey," dedi Regine ama sonra sesini yine alçalttı. "Yalnızca Tommy'ye verdiğin sözü aklından çıkarmamaya bak."

Seth yutkundu. "Çıkarmayacağım."

"Evet, tamam," dedi kız arkasını dönerken. "Seni tanıdığıma sevindim."

Karanlığın içinde yavaş yavaş gözden kaybolurlarken Tomasz ay ışığında mutlu mutlu el sallasa da Regine arkasına bile dönüp bakmadı.

"Ben de seni tanıdığıma sevindim," dedi Seth kendi kendine.

Sonra döndü ve çukura doğru yürümeye koyuldu.

Daha doğrusu, evine doğru.

42

Karavan evinin önünden ayrılmıştı. Seth, yolun aşağısında gizlendiği yerden karavanın gerisin geriye dönüp oradan uzaklaşırken çamurda bıraktığı tekerlek izlerini görebiliyordu. Biraz bekledi ama hiçbir şey hareket etmiyordu; hatta henüz berraklaşmış gökyüzündeki ayın önünden bile tek bir bulut geçmiyordu. Hava yine sanki hızla ileri sarılmış gibi çabucak değişivermişti.

Dışarıda bir yerlerde, birkaç sokak ötede Regine ve Tomasz erzakla ve muhtelif malzemelerle tepeleme yükledikleri bisikletlerini kuzeye doğru sürüyorlardı. Bir anlığına durup, güvenli bir şekilde evlerine ulaşabilmelerini diledi. Bulundukları yer hesaba katılınca dileğinin duadan farksız olduğunu düşündü.

Gizlendiği yerden yavaşça ve temkinli adımlarla sokağa çıktı. Karavanın ya da Sürücü'nün ona pusu kurup kurmadığını görmeye çalışıyordu ama yürümeye başladığı esnada üstüne atılan hiçbir şey olmadı. Yaklaştıkça ön pencerenin paramparça vaziyetteki camı dışında evde en ufak bir değişiklik olmadığını fark etti. Hava öylesine karanlıktı ki kırılan jaluzilerden evin içini görmesi mümkün değildi. Tomasz'ın doğum günü mumlarından birini yanına almadığı için kendi kendine küfretti. Karanlıkta el yordamıyla fenerini aramak zorunda kalacaktı ve yağmur tarafından söndürülmeden önce yangın kim bilir eve ne kadar hasar vermişti? Belki de artık ne feneri ne de üzerindekileri değiştirebileceği yeni kıyafetleri vardı.

Ailesinin geride bıraktığı ne varsa onları bile kaybetmiş olabilirdi.

Hem tüm bu mobilyalar da neyin nesi? diye düşündü Regine'in bulundukları yere dair açıklamalarını anımsayarak. Burası ona oyun oynayan anılarının mı bir mahsulüydü yoksa ailesi Amerika'ya taşındığında arkalarında bıraktığı evin ta kendisi miydi?

Ya da Amerika'ya taşındıklarına *inanmayı seçip* pürüzsüz siyah tabutların içine girerek gerçek dünyanın yepyeni bir haline kucak açtıklarında arkalarında bıraktıkları evin...

Oysa taşınma sürecini, bilhassa taşınmanın verdiği stresi ve kaygıları anımsıyordu. Owen hastaneden çıkalı pek uzun zaman olmamıştı ve motor becerilerinin doğru düzgün çalışması için yoğun bir tedavi görüyordu. Doktorlar aldığı yaralardan kaynaklanan hasarın ya da yaşadığı psikolojik travmanın boyutunu dile getirmek konusunda daima tereddütlü davranmışlardı ama annesi değişiklik yapmak konusunda diretmişti. O kadar da erken değil, demişti ve erken bile olsa yepyeni uyarıcılara, özellikle de oradakiler kadar beş para etmez olmayan yepyeni doktorlara sahip bir yere taşınmanın küçük oğluna yardımcı olacağından emindi. Üstelik bu evde *bir dakika daha* durmaya tahammül edebileceğini sanmıyordu.

Seth'in babası beklenmedik bir çözüm önerisinde bulunmuştu. Geçmişte, kariyerinin henüz başındaki genç bir profesörken ziyaret ettiği Washington'ın karanlık ve nemli kıyı şeridindeki küçük bir sosyal bilimler üniversitesi, talebine olumlu yanıt vermiş ve şayet isterse öğretim görevlisi olarak kendisine uygun bir pozisyonları olduğunu söylemişti. İngiltere'deki maaşından daha az kazanacaktı ama üniversite, öğretim görevlisi eksikliği konusunda o kadar çaresizdi ki aylık konut harcırahı verip taşınma masraflarını karşılamayı önermişti.

Seth'in annesi hiç tereddüt etmemişti. Hem de kasabanın uzaklığına ve en yakın şehirle arasında arabayla iki saatlik mesafe olmasına rağmen. Babasının iş teklifini bile kabul etmesini beklemeden eşyaları kolilemeye başlamıştı ve kasırgalara taş çıkaracak türden bir aylık bir koşuşturmanın ardından İngiltere'den ayrılıp Seth'in bitmek tükenmek bilmeyen bir kış gecesinin yaşandığını sandığı Halfmarket'a taşınmışlardı.

Seth başını iki yana sallayarak tüm o olayların yalnızca sanal ortamda yaşanmış olabileceği fikrini reddetmeye çalıştı. Olur olmadık her şeye çıkışan annesi fazlasıyla öfkeli, babası fazlasıyla mutsuz, Owen fazlasıyla yaralı ve Seth fazlasıyla ihmal edilendi. Eğer her şey sahte ya da programlanmış ya da ne cehennemse neden daha iyi hayatlar sürmemişlerdi? Neden daha mutlu olmamışlardı?

Hayır, bunların hiçbiri mantıklı gelmiyordu.

Evet, tamam, tüm diğer açıklamalardan *daha* mantıklı olduğu kesindi ama yine de... Dünyadaki herkes bunu yapmış, sanal hayatlar yaşamak uğruna kendilerini unutmuş olabilirdi ama ya annesiyle babası? Onlar bunu seçmezdi. Seth ise dünya yansa kendisine böyle bir şeyin yapılmasına izin vermeyeceğinden emindi.

Ama ya başka seçenekleri *yoktuysa*?

Evinin kapısının önünde durdu.

Belki de Sürücü'nün asıl amacı tabutların içindeki insanları dışarıdan gelebilecek müdahalelerden korumak değildi. Belki de varlığının asıl nedeni, asla kimsenin uyanmadığından emin olmaktı. Tam olarak insana benzediği söylenemezdi. Belki de insan değildi. Belki de yalnızca bir robottu. Belki de uzaylının tekiydi ve insanları zorla...

"Boktan bir bilimkurgu," diye mırıldandı Seth kendi kendine. "Hayat asla o denli ilginç değildir. Bu hikâye..."

Tekrar durdu.

Bu ancak kocaman bir sır perdesinin aralanmasıyla her şeyin açıklığa kavuşacağı türden bir hikâyeydi. Tıpkı herkesin sanal ortama geçmesiyle gerçek olanla olmayanın tersine dönmesi gibi. İki saat boyunca ekranın karşısında oturup izleyeceğiniz, hikâyedeki virajlardan keyif alacağınız ama sonra hayatınıza devam edeceğiniz türden bir hikâye.

Kendi zihninin bu yere anlam kazandırmak uğruna üretebileceği türden bir hikâye.

Kapıyı itip açtı. Kilitli değildi, zaten hiç kilitli olmamıştı. Sürücü canının istediği gibi içeriye girebilir ve onlara kaçma şansını bile tanımadan üçünü de öldürebilirdi. Bu da *o* hikâyenin sonu olurdu.

Ama hayatta kalmışlardı. Hem de pek mümkün olmayan bir şekilde. Sürücü, Seth onu görene dek dışarıda beklemiş, ardından yumruğunu Seth'in göğsüne indirse de –Seth göğsünün çürümüş olmasına rağmen olması gerektiği kadar morarmayan yerini ovuşturdu– eve girmekte acele etmemiş ve sonrasında da peşlerine düşmeden önce otların arasında yine epey zaman kaybetmişti.

Dahası da vardı. İhtiyacı olan tüm araç gereci tedarik edebildiği doğa sporları mağazası. Hayatta kalmasına yetecek kadar yiyecekle dolu süpermarket. Önce onu yıkayan, sonrasında da tam zamanında başlayarak –ışıldağı buldu ve açtı– mutfağa kadar bile ulaşmaktan aciz yangını söndüren yağmur.

İçerideki her şey bıraktığı yerdeydi. Eve biraz duman kokusu sinmişti ama hepsi o kadardı. Devrilen buzdolabının üstünden tırmanıp verandaya çıktı. Uzun otların hepsi yanıp kül olmuştu ama ön tarafı hafifçe kararan veranda sapasağlam vaziyetteydi. Sargı bezi yığını da hâlâ oradaydı; metalik tarafları ay ışığını kendinden beklenmeyecek bir kuvvetle yansıtıyordu.

Tekrar içeri girdi, soğuk suyla apar topar vücudunu yıkadı ve daha kalın kıyafetler giydi. Fenerini de bulduktan sonra gitmeye hazırdı.

Fakat oturma odasına son kez baktığı sırada kendini, Tomasz'a söylediği şeyi yaparken buldu.

"Elveda Owen," diye fısıldadı. "Elveda ev."

Dışarı çıkıp sokak kapısını çekerek arkasından kapatırken sahiden bunun burayı son görüşü olup olmayacağını düşündü ve bu düşünce karşısında umulmadık bir biçimde hüzünlendi.

Bu ev ne kadar gerçek olursa olsun onun için çok şey ifade ediyordu.

Sonra Regine'in sözlerini anımsadı.

Sahip olduğum tek gerçek şey benim, diye düşündü.

Derken kızın söylediği başka bir şeyi daha hatırladı.

"Kendinin farkında ol ve kaybedeceğini bilsen bile asla pes etme," dedi yüksek sesle.

Hapishaneye gitme zamanı gelmişti.

Çünkü dünya gerçek olsa da olmasa da aradığı yanıtlardan bazılarını orada bulabilirdi.

43

Artık aşina olduğu yoldan tren raylarına doğru yürümeye koyuldu. Ay o kadar parlaktı ki fenerini yakmaya gerek duymamıştı. Sokakta çıt çıkmıyordu. Ne cırcırböceklerinden ne baykuşlardan ne de birkaç saat önceki yağmura rağmen rüzgârdan eser vardı.

Yürürken tedbiri elden bırakacak değildi, tetikteydi, herhangi bir hareketlilik halinde koşmaya hazırdı ama başına hiçbir şey gelmeden binaların arasındaki geçide ulaşmayı başardı. Tren istasyonuna vardığında, yaban domuzlarının geceleri ortaya çıkan hayvanlardan olup olmadığını bilmediğinden ses çıkarmamak için elinden geleni yaparak trenin yanından geçip gitti. Sonra usulca rayların üstüne atladı ve hapishanenin olduğu tarafa baktı.

Raylar garip biçimde boştu. Sağda solda uzun otlar vardı ama çoğunluğu çakıl taşlarıyla ve her nasılsa yeterince büyüyemediklerinden anca ayak bileklerine dek ulaşan çimlerle kaplıydı. Güneye doğru uzanan rayların büyük kısmının ay ışığında parladığını görebiliyordu. Belki de yıllar boyunca onları temiz tutan haşeratlardan kurtulmak o kadar da kolay değildi.

Sağ tarafında muhtemelen zamanında tren onarım ekipleri için tahsis edilmiş, tuğladan yapılma bir yürüyüş yolu vardı ve hâlâ oldukça iyi durumdaydı. Seth yürüyüş yoluna çıkıp istasyon binasından uzaklaşmaya koyuldu. Solundaki alçak çitlerin üstünden kavruk mahallenin bir kısmını görebiliyor olsa da hava ayrıntıları seçmesine izin vermeyecek kadar karanlık olduğundan mezar taşlarına benzettiği gölgelerden başka hiçbir şey gözüne çarpmıyordu. Hiçbir hareket yoktu; ufuktaki Masons Hill'in silueti dışında tek görebildiği ıssız bir viranelikti.

Her ne kadar yalnızca birkaç kez gitmiş olsalar da hatırladığı kadarıyla raylar okyanusa dek devam ediyordu ve açık konuşmak gerekirse Halfmarket'taki kıyı şeridi ne kadar cazipse orası da o kadar cazipti. Tüm o kayalar, falezler ve akıllara ziyan soğukluktaki su. Eğer hafızası onu yanıltmıyorsa istasyonu terk eden tren okyanusa doğru uzanan yolculuğuna tel örgülerden ve tuğladan inşa edilmiş, dört köşesindeki ağaçların arasından kulelerin yükseldiği sıra sıra çitlerin ve duvarların yanından başlıyordu. Kendini yine kendi katmanları ardına gizlemek üzere tasarlanmış bir yapının yanından: Hapishanenin yanından.

Ay ışığına rağmen daha şimdiden ilerideki ağaçları delip geçen kulelerden birini görebiliyordu. Buradan oraya yürümek muhtemelen on dakikasını bile almayacaktı ama hisleri ona saatler boyunca yürümesi gerektiğini söylüyordu. Öyle olmalıydı.

On dakikalık bir yürüyüş fazlasıyla kolay görünüyordu.

Ve cesaretini toplaması için yeterli olduğu da pek söylenemezdi.

Elindeki feneri, tıpkı Sürücü'nün copunu tuttuğu gibi sıkı sıkı kavrayarak tuğla yürüyüş yolu boyunca ilerlemeyi sürdürdü. Yaban domuzunun peşine düşmediğinden emin olmak için arkasını kontrol ettiği sırada rayların üstündeki köprüyü gördü. Kavruk mahalleyi ilk kez oradan görmüş, Tomasz'ın radarına da orada yakalanmıştı.

Burada başka birinin daha olduğunu öğrendiklerinde kaygılanıp kaygılanmadıklarını merak etti. Hatta korkup korkmadıklarını. Onun için. *Ondan.* Onu o halde banyo yaparken bulduklarında acaba ne düşünmüşlerdi? Regine'in en az onun kadar utanmış görünmesine ve Tomasz'ın durumu tıpkı her konuda olduğu gibi merakla karşılamasına rağmen utançtan kızardığını hissetti.

Tomasz'ı nasıl rahatlattığını düşününce kalbi sızladı. Evlerinde oturmuş, neşe içinde Seth'in kapıdan içeri girmesini bekleyen Tomasz'ı gözünün önünde canlandırabiliyordu. Ve her şeyin doğrusunu bildiğini düşünen Regine'i. Kız belki de haklıydı.

Tomasz ve Regine. Masons Hill'e ulaşıp kendini tehlikenin kollarına bodoslama atamadan onu durdurmaya gelen o oğlan ve kız. Aklına gelen bütün soruların yanıtlarını verebilecek olsalar da gizemi akla yatkın gösterecek kadarını açıklamasız bırakan o oğlan ve kız...

"Buna son vermen gerek," dedi. "Böyle şeyler düşünmeye devam edersen aklını kaçıracaksın."

Kızın attığı tokadın gerçek olduğundan emindi. Tomasz'ın ona sarılan kolları ve o yaşlardaki oğlan çocuklarına özgü o belli belirsiz ve tanıdık koku *elle tutulup gözle görülürmüşçesine* gerçekti. Seth onu teninde hissedebiliyor, burnuyla kokusunu alabiliyordu.

Evet, tamam, Tomasz birçok yönden Owen'a benziyordu; zihninin Seth'e yardım etmesi için yaratabileceği türden biriydi... ölümü kabullenmesi, bir şeyleri idrak etmesi ya da bu yerin amacı her neyse onu yapması için. Tabii eğer buranın herhangi bir mantığı varsa. Ancak o durumda zihninin Tomasz'ı yaratmış olmasını anlayabilirdi.

Ama Regine'i uydurmuş olamazdı. Kız İngiltere'de ya da Amerika'da tanıdığı kimseye benzemiyordu. Ne aksanı ne de davranış tarzı tanıdık geliyordu ona.

Hayır, ikisi de gerçekti. Belki de yeterince gerçek.

Ama Gudmund...

"Kes şunu," dedi yine kendi kendine. Yürümeye devam etti. Tren raylarıyla hapishane arasındaki ağaçların arasından, beş metre yükseklikteki tuğla duvarın köşesine yaklaştığını görebiliyordu. Burası, hapishanenin en dış güvenlik duvarıydı.

Duruma göre bakarım, diye düşündü. Açıklık yeterince

büyükse ve duvarın öteki tarafını görebilirse içeri bakacaktı. Duvarın öteki tarafına geçmenin güvenli olduğuna kanaat getirirse belki de yapacağı şey içeri girmek olurdu. Eğer gözüne güvenli görünmezse nasıl olsa başka bir gece yine gelebilirdi. Burada tek sahip oldukları şey zamandı, öyle değil mi? Bunu yapmaya hep fırsatı olacaktı...

Dikildiği yerin elli metre kadar ötesinde, tuğla duvarın devamında bir ışık gördü.

Elektrik lambası. Öyle olduğu barizdi çünkü titrek odun ateşininkinden oldukça farklı, tuhaf bir beyazlığı vardı ve ışığı, fenerden ya da gaz lambasından gelemeyecek kadar güçlüydü. Ağaçların dalları arasından, eğer duvar ağaçlık alan boyunca devam ediyor olsaydı, tuğlayla kaplı olması gereken yerden süzülüyordu. Parlaklığı göz alıcı olsa da Seth'in evinden fark edilmeyecek kadar alçaktaydı.

Seth tuğlada kendisininkinden başka ayak seslerine, yaklaşan motorun uğultusuna ve hatta yaban domuzunun homurtusuna karşı etrafına kulak kabarttı. Ama o ve kendi soluk sesleri dışında başka hiçbir şey yoktu. Işık da sessizdi. Ne jeneratörün gürültüsünü ne de yanmakta olan lamba telinin cızırtısını duyuyordu. Ama yürümeye devam edince kör edici parlaklıktaki ışık huzmesi hiç beklenmedik biçimde üzerine düşüverdi. Seth kaldırdığı elini parlaklık yüzünden kıstığı gözlerine siper edip ışığa baktı. Hapishane duvarındaki çatlağa varmıştı.

Regine haklıydı. Açıklık gerçekten devasaydı. Dış duvar, içerideki sıra sıra tel örgülerle ve neredeyse dümdüz olmuş bir tür bekleme odasının ahşap duvarlarıyla birlikte yerle yeksan olmuştu. Bu noktadan bakıldığında hapishanenin kalbine dek uzanan çizgi şeklinde dümdüz bir açıklık vardı.

İçerideki yırtılmış ve çökmüş tel örgülerden birine takılı olduğunu artık görebildiği ışık, bir sokak lambası ampulünden daha fazlası değildi. Dış duvarın gelişigüzel yığınlar halinde saçılmış tuğlalarını ve arkasındaki tel örgülere dolanmış dikenli telleri aydınlatıyordu.

Sanki devasa bir şey hapisten kaçmış gibi görünüyordu. Sanki hapishanenin orta yerinde bir şey ayaklanmış da dışarı çıkmak uğruna yoluna çıkan her şeyi ezip geçmiş gibiydi.

Ama nasıl? diye düşündü Seth. *Bunu ne yapmış olabilir?*

Bunu kim ne zaman yapmış olursa olsun geride yalnızca sessizliği bırakmıştı. Bir de hapishanenin kalbine giden yolu aydınlatan o yapayalnız ışığı.

Ne yapacağını bilemeyerek orada öylece dikildi. Toprak, yıkık duvarların ve tel örgülerin arasından bayır aşağı uzanıyor, yaklaşık yüz metre sonra da karanlığın içinde gözden kayboluyordu.

Aşağıda her şey olabilirdi. Herhangi bir şey. Tabutlarının içinde uyuyan insanlar. Belki de insansız, bomboş odalar. Hatta onu bekleyen, tepeden tırnağa siyahlara bürünmüş tek bir gölge.

Eğer bu bir sınavsa Seth doğru yanıtın ne olduğunu bilmiyordu.

İçeri girmek mi, yoksa her şeyi bilinmezliğe terk etmek mi?

Elindeki feneri sıkıca kavradı.

"Sadece göz atacağım," dedi. "Yalnızca bakıp çıkacağım. Sonra da sırada ne olduğuna karar veririm."

Ve karanlığa adımını attı.

44

Rasgele etrafa saçılmış ilk tuğla yığınının içinden geçti. Çarptığı tuğlalardan bazıları taklalar atarak devrilse de düşüşlerini tamamlar tamamlamaz tekrar sessizliğe gömüldüler.

Tuğladan yapılmış olan en dış duvar en yükseğiydi ki akla yatkın olan da buydu. Onu üç sıra tel örgü izliyordu; tel örgülerin üzerine kondurulmuş olan dikenli teller ise alışılageldik çitlerde kullanılanlardan çok daha sivri ve çirkindi. Sanki kördüğüm olmuş dikenli tellerin arasından geçerken çok dikkatli olması gerekecekti ama ondan sonra yolculuğun en zorlu kısmını atlatıp üçüncü tel örgüden sarkan ve neredeyse kopmak üzere olan ışığın yanına varmış olacaktı.

Göz alabildiğince uzanan tel örgü boyunca belirli aralıklarla lambalar yerleştirilmişti ama iş gören yalnızca buydu: Tel örgüye tutturulmuş sağlam, plastik muhafazanın içinde yanmakta olan tek bir ampul. Çalışması için gerekli elektriğin nereden geldiğine dair hiçbir ipucu yoktu. Seth o anda paniğe kapılarak tel örgülere de elektrik verilip verilmediğini merak etse de buraya varana dek onlara defalarca dokunduğunu hatırlayınca derin bir nefes aldı.

Biraz daha ilerledi. Işık artık arkasında kalmıştı, diğer tarafa dönüktü. Işıktan uzaklaştıkça ortalığın iyiden iyiye kararmasıyla her şey gölgelere dönüşmeye başlamıştı. Ağaçlar burada aniden son buluyordu ki bu son derece anlaşılabilir bir durumdu. Neden mahkûmlara tırmanabilecekleri bir şey vereceklerdi ki? Toprak, Seth'in "kuytu" kelimesiyle kastedildiğini düşündüğü şeyin dibine inşa edilmiş hapishaneye doğru bayır aşağı uzanmaya devam ediyordu.

Ay ışığında kimi tel örgülerin ardında kalmış kimiyse küçük servis yolunun iki yanına dizilmiş binalardan oluşan, vadiye sere serpe yayılmış koca tesisin birazını görebiliyordu. Ayrıca çatlaklarından fışkıran otlar yüzünden iyiden iyiye parçalanmış betonla bezeli oldukça geniş ve bomboş bir avlusu da vardı. Burası muhtemelen hapishanenin bahçesiydi. En dibe inşa edilmiş, beşer kat yüksekliğindeki üç ana bina bomboş vaziyetteki başka bir avlunun üç köşesine kondurulmuştu. Fakat hava öylesine karanlıktı ki binaları net olarak göremiyordu.

Karanlık, diye düşündü. *Yani başka ışık yok.*

Hapishanenin geri kalanı çabucak bu dünyadaki diğer her şeye benzedi. Terk edilmiş, sessiz, kıpırtısız. Her ne kadar evinin arka bahçesindekiler kadar uzun olmasalar da sık otların arasından yürümeye koyuldu. Her zamanki gibi ne kuşlardan ses vardı ne de geceleri ortaya çıkan yaratıklardan.

Gözüne çarpan son yükseltinin üstünde durdu. Hapishane arazisinde epey yol aldığından tel örgülerdeki yarıklar sona ermişti. Ay hâlâ olanca berraklığıyla parlıyordu ve gözleri, önünde uzananları görmesine yetecek kadar karanlığa alışmıştı.

Burada olup biten hiçbir şey yoktu. Ne bir hareket ne de çalışmakta olan bir motorun sesi. Olması gerektiğini düşündüğü hiçbir ses duyulmuyordu. En nihayetinde uyuyor olsalar bile o kadar çok insanı canlı tutmak *biraz* olsun gürültü çıkarmak anlamına gelirdi. Tomasz burada uyandığını, sonrasında da sayısız kapının ve duvarın ardında sayısız tabutla kısılıp kaldığını söylemişti ama artık görünürde hiçbir şey yoktu. Hatta bu dünyanın geri kalanından daha karanlık, hareketsiz ve sessizdi. Tabii eğer öyle bir şey mümkünse. Havada bile uzun süredir kapalı kalmış odalara özgü bayat bir koku vardı.

Hiçbir şey. Gerçekten hiçbir şey. Öyle ki Seth'in zihninde hiç de hoşuna gitmeyen bir düşünce belirdi.

Yoksa ona…?

Yoksa ona *yalan* mı söylemişlerdi?

Onu buradan uzak tutmaya mı *çalışıyorlardı*? Eğer öyleyse bunun için pek gayret sarf etikleri söylenemezdi. Hatta neredeyse sanki sırf buraya geleceğinden emin olmak için kasten öyle konuştuklarını bile düşünmüştü.

Tek başına geleceğinden.

"Hayır," dedi yüksek sesle. "Onlar birçok şey olabilirler ama kesinlikle…"

Derken üç ana binadan birinin kapısı açıldı ve dikdörtgen şeklindeki kapı boşluğundan dışarıya ışık hücum etti.

Ve Sürücü geceye adımını attı.

Seth olduğu yere çöküverdi. Etrafında doğru düzgün saklanabileceği hiçbir yer, koşup arkasına gizlenebileceği tek bir bina yoktu. Tek yapabildiği iyiden iyiye otların arasına gömülmek ve onu gizlemeye yetecek kadar uzun olduklarını ummaktı.

Onunla arasında hâlâ biraz mesafe, yaklaşık iki yüz metre vardı ve Sürücü kapı boşluğundan süzülen ışığın önünde durduğundan yalnızca genel hatları seçilebiliyordu. Sanki bir şeyler sezmiş ve ters giden şeyin ne olduğunu öğrenmek istermişçesine orada öylece durup etrafını kolaçan ettikten sonra küçük kuytuluğu ayak sesleriyle inleterek merdivenlerden inip avluya adım attı.

Seth panik içinde koşmaya hazırlandı. Sanki Sürücü burada olduğunu biliyor gibiydi. Büyük olasılıkla karanlıkta etrafını görmekte de hiç zorlanmıyordu…

Ama sonra Sürücü geri döndü ve kapıyı kapattı. Işığın yitip gitmesini takip eden geçici körlük anında Seth nefesini tutarak etrafına kulak kabarttı. Ayak seslerini tekrar duymayı bekliyordu ama kulağına çalınan hiçbir ses olmadı. Sürücü avlunun çimenler tarafından istila edilmiş daha yumuşak taraflarında yürüyor olabilir miydi? Belki de şu anda ayak seslerinin duyulmasını önleyen yumuşak zeminde doğrudan Seth'in üstüne geliyordu...

Sonra bir ayak sesi. Tıpkı evinin penceresinden girdiği esnada yükselen şaşırtıcı ağırlıktaki *pat* sesi gibi net bir ayak sesi.

Sonra bir tane daha. Ve bir tane daha.

Ayak sesleri üç bina arasında yankılanıyor, hiçbir tahmin yürütememesine neden oluyordu. Ona doğru mu geliyordu? Uzaklaşıyor muydu? Seth başını kaldırıp çimlerin üzerinden bakmayı göze alsa da tek görebildiği, kapıdan süzülen ışık yüzünden retinasında beliren parlak mor renkli benekti.

Ayak sesi. Sonra bir tane daha.

Ayak seslerinin gittikçe güçlendiği su götürmezdi.

Yapacak hiçbir şeyi kalmamıştı. Canını dişine takıp kapıya doğru koşacak, öyle ya da böyle dışarı çıkmayı başaracak ve sonra da...

Ancak sonra Regine ve Tomasz'a gidemeyeceğini fark etti çünkü çocukları kendi elleriyle Sürücü'ye teslim etmiş gibi olurdu.

Ayak sesi. Ayak sesi.

Ne yapacağını ya da nereye gideceğini bilemez halde, "Üzgünüm," diye fısıldarken buldu kendini. Ama aslında hem kendi kendine konuşuyordu hem Tomasz'la hem de Regine'le. "Çok üzgünüm."

Koşmaya başladı.

Ve karavanın motorunun gürlemesini duydu.

Tekrar kendini yere attı. Karanlığın içinde bir yerlerde motorun gürültüsü, sanki biri sesini kısmış da şimdi tekrar açıyormuşçasına tuhaf bir biçimde yükseliyordu. Üç binanın olduğu taraftan geliyordu, hatta belki de...

Evet, *orada*. En uzaktaki binanın, yani Sürücü'nün çıktığı binanın köşesinden dönen farlar gözlerini kamaştırdı. Karavan avluyu boylu boyunca geçip hapishanenin göbeğinden geçen ana yola döndü.

Seth'ten uzaklaşıyordu.

Regine'in kilitli olduğunu söylediği güneydeki girişe yöneldi. Sürücü'nün ona verilen ya da üstüne vazife saydığı gizemli görevi yerine getirebilmesi için dışarıdaki dünyaya çıkıp devriye gezmesi gerekiyordu.

O şey artık her neyse oradan ayrılıyordu. Motorun gürültüsünün hepten yitip gittiği söylenemezdi ama gittikçe uzaklaşıyordu. Hatta Seth'in kendini biraz daha güvende hissetmesine yetecek kadar uzaklaşmıştı bile. Bir kez daha Regine ve Tomasz aklına geldi; Sürücü sinsice etrafı kolaçan ederken oralarda bir yerlerde gizlenen Regine ve Tomasz.

"Kendinize dikkat edin," diye fısıldadı. "Kendinize dikkat edin."

Bir kez daha aşağıdaki binalara, Sürücü tarafından sıkıca kapatıldığı için zerre kadar ışık sızdırmayan kapıya baktı. Gece görüşü geri dönmüştü. Ay ışığında avluyu, o sessiz karanlıkları içindeki binaları...

...ve nasıl da başıboş bırakıldıklarını görebiliyordu.

Belli belirsiz olsa da uzaktan motorun uğultusu gelmeye devam ediyordu. Oysa sesi öylesine yumuşak, öylesine elverişliydi ki başka arabaların da olduğu, *başka* seslerin de duyulduğu bir dünyada ruhunuz bile duymadan yanınıza yaklaşabilirdi.

Ama yine de uzaklaşmakta olan bir motora ait olduğu belliydi.

Hapishane en azından şu an için korumasız kalmış olabilirdi.

Seth harekete geçti. Önce doğruldu, ardından derin bir nefes alarak ayağa kalktı.

Hiçbir şey olmadı. Sessizlik hüküm sürmeye devam ediyordu. Motorun gürültüsü artık o denli uzaktan geliyordu ki orada değil gibiydi.

Seth burada yalnız olduğunu düşündü, daha doğrusu *hissetti*.

Bu kendi kendime anlattığım bir hikâye de olsa, çıkmam gereken bir yolculuk da olsa, bana rehberlik edecek ve işime gelen o şeylerden bir diğeri de olsa ne önemi var ki, diye düşündü. Gerçekten önemi var mıydı?

Çünkü o kapının ardında ne olduğunu öğrenmeyi her şeyden çok istiyordu.

45

Sessizce avlunun etrafındaki üç binadan ona en yakın olanına sokulup pencereden içeri bakmak için durdu. Pencere hapishanelere özgü o demir parmaklıklarla çevriliydi ama içeride, yalnızca karanlık vardı. Seth fenerinin düğmesine bastı. Birkaç kez fenere vurmasına rağmen hiçbir değişiklik olmayınca eski pilleri döndürdü ve feneri avucunun içine birkaç kez daha çarptı. O sırada fenerden süzülmeye başlayan titrek ışık okumaya bile yetmeyecek parlaklıkta olsa da hiç yoktan iyiydi.

Demir parmaklıkların ardındaki toz toprak içinde kalmış telli camdan fenerin aydınlatabildiği yegâne şey, uzayıp giden bomboş bir koridordu. Seth odalara, daha doğrusu *hücrelere,* gerçek hapishane hücrelerine açılan ağır görünümlü kapıları görebiliyordu. Kapıların üstünde demir parmaklıklı ufak pencereler vardı ve hiçbirinden bir damla ışık süzülmüyordu.

Burası ölü bir yerdi. Diğer her şey kadar ölü.

Sonraki pencerenin telli camı büyük ölçüde kırılmış ve parçaları dışarı saçılmış olsa da içerisi az çok aynıydı. Başka bir koridor ve iki yanına dizilmiş karanlık ve boş hücreler. Yine ne bir hayat belirtisi vardı ne de en ufak bir hareket.

Tabutlardan da eser yoktu. En azından bundan emindi.

Fakat üçüncü pencereyi, yani binanın köşesinden önceki son pencereyi kontrol etme fırsatını bulamadan fener söndü ve Seth'in savurduğu tüm o küfürlere rağmen çalışmayı reddetti. Seth iç geçirdi ama içeride görmeye değer bir şeyler olduğundan da şüpheliydi. Büyük olasılıkla hapishaneler fark yaratmayı pek umursamıyorlardı. Pencereden içeri bakmak yerine binanın avluya açılan köşesine doğru seğirtti.

Burası sağdaki soldaki çatlaklardan alelade otların fışkırdığı, beton kaplı, geniş bir alandan ibaretti. Başka hiçbir şeyin kalıntısından eser yoktu. Ne eski bankların ne betondan yapılmış saksıların ne de başka bir şeyin. Muhtemelen burası otlar palazlanmaya başlamadan önce de çıplaklığından başka hiçbir ayırt edici özelliği olmayan bomboş bir yerdi. Mahkûmların egzersiz yapması için ayrılmış bir bahçe ya da gizlenecek hiçbir yerleri olmadan dolaşabilecekleri açık bir alan olabilirdi.

Binaların hepsi tıpatıp birbirine benziyordu. Hepsi çirkin, kare şeklinde ve boyun eğmezdi. Görünürde en ufak bir kıvrımdan yoksundular. Birer ana giriş kapısından, muntazam aralıklarla dizilmiş sıra sıra pencerelerden, demir parmaklıklardan ve açılabilecek her şeyin üstüne iliştirilmiş ağır asma kilitlerden ibaret gibi görünüyorlardı.

Etrafına bakınan Seth bir anlığına dahi olsa Owen'ı kaçıran adamın nerede tutulduğunu merak etti. Ne kadar uğraşırsa uğraşsın, o mahkûmun adını *hâlâ* anımsayamıyordu.

O mahkûm bu avluya hiç ayak basmış mıydı? Büyük olasılıkla evet. Ve şüphesiz, tüm zamanını şu hücrelerden birinde geçirmişti. Kaçtığında belki de Seth'in şu anda dikilmekte olduğu köşenin ardında gizlenmişti.

Seth mahkûmun hapishaneden kaçmaya teşebbüs edebileceği düşünülen tutuklulardan biri olarak görülmediğini hatırladı. Polis adamın ara sıra tek kişilik hücreye kapatıldığını söylemişti ama dediklerine göre bunun nedeni ne sorun çıkarmasıydı ne de hapishaneden kaçma ihtimalinin olması. Bu yalnızca kendi güvenliği içindi. O örnek bir mahkûmdu. Owen'ın hâlâ kayıp olduğu o korkunç geceler boyunca polis memurlarının annesiyle babasına söyleyip durdukları şey buydu. Sanki bu onları rahatlatmaya yetecekmiş gibi. Sanki en önemli anda gözlerini onun üstünden ayırdıkları için özür dilermiş gibi.

Seth karanlıkta yönünü bulmak için hatırladığı kadarıyla tren raylarını soluna alarak evinin olması gereken tarafa doğru baktı.

Daha sonraları, o gün mahkûma serbest dolaşım izni verildiği su yüzüne çıkmıştı. Hapishane bahçesinde elini kolunu sallayarak dolaşabilmesinin nedeni de bahçıvanlık konusunda sergilediği beceriden ötürü bahçenin bakımını üstlenmiş olmasıydı. Evet, anılar Seth'in zihnine üşüşüyordu (ama adı? Lanet olası *adı* neydi?). Mahkûm her şeyi öyle dikkatlice planlamıştı ki bazı gardiyanlar başka bir yerde olduğunu sanırken diğerleri farklı bir yerde olduğunu düşünmüştü. Böylelikle yeterince uzun bir süre boyunca kimse onu aramaya koyulmamıştı.

Polis dışarıdan yardım aldığını varsaymıştı ama Seth bunun ötesinde başka hiçbir açıklama yapıldığını hatırlamıyordu. Mahkûm zamanda bir delik açmış, gölgelerin arasında gizlenerek geçirdiği bir anlar zinciri yaratmıştı. Bilerek ya da bilmeyerek kafalarını başka tarafa çeviren muhafızları atlatmak için başını öne eğerek sinsice dikenli tellerin arasından geçmiş, o *yolu* (Seth biraz daha dönerek doğrudan evine çıkan yola baktı) boylu boyunca aşmış ve geriye tırmanacağı yalnızca tek bir çit kalmıştı.

Seth'in arka bahçesine açılan çit.

Seth ekşiyen midesi yüzünden çimlere tükürdü. Adama kapıyı açan kendisiydi. Hayatının geri kalanında ne olursa olsun o kapıyı açan hep o olacaktı.

Senin hatan değildi, demişti Gudmund. *Yalnızca sekiz yaşındaymışsın.*

Ah, Seth ona inanmayı o kadar çok istiyordu ki.

Gözlerini karanlığa, mahkûmun Seth'in hayatına girip Owen'ı söküp aldığı ve sonra yaralı ve arızalı bir halde bıraktığı yola dikti.

Bunu hatırlamak Seth'i öfkelendirmişti.

Öfkesi duyduğu korkuyu bastırdı, artık çok daha az korkuyordu.

Avluya adımını attı ve Sürücü'nün çıktığı kapıya yöneldi.

Kapı, diğer binaların kapılarına benziyordu. Ne kapıdaki çatlaklardan ne aralıklardan ne de iki yandaki pencerelerden ışık sızıyordu. Seth ansızın üzerine atılabilecek şeylere karşı havada savurmaya hazırlandığı fenerini kaldırarak kapıya yanaştı.

Ama hâlâ hiçbir hareketlilik yoktu. Sessizliğin hüküm sürdüğü bomboş bir avlunun ortasındaydı. Yalnızca her adımını izleyen, demir parmaklıklarla bezeli pencereler ve terk edilmiş, kir pas içindeki binalar vardı.

Kapı birkaç basamak yukarıdaydı ve duvarın içine gömülmüştü. Kapıya doğru yöneldiği sırada ay ışıklarının açısı yüzünden gölgelere adım atmak zorunda kalınca önünü görebilmek umuduyla fenerine birkaç kez daha vurdu ama çabaları bir kez daha nafile çıktı ve karanlığın içinde el yordamıyla kapının kolunu aramaya başladı. Her ne kadar hiç ihtimal vermese de...

Onu buldu ve kapıyı açtı.

Kapı kolundan gelen tek bir klik sesinin ardından kapı, parmaklarının ucunda en az karavanın motorundan gelen pürüzsüz ses kadar tuhaf, zahmetsiz bir sessizlik içinde dışarıya doğru aralandı. İnsan karanlık ve boş bir hapishanenin kapısının yüksek sesle gıcırdamasını beklerdi. Oysa bu, sanki hidrolik ve modern bir şeymiş gibi süzülürcesine açılıvermişti.

Ne kendini hazırlamaya ne de bir şeyler ummaya vakti olan Seth ansızın kendini açık bir kapı boşluğunun önünde buldu.

Sanki hapishaneye değil de uzayın derinliklerine açılıyormuşçasına karanlık bir kapı aralığı önünde.

Bu defa beklentiden ziyade gerginlik içinde fenere bir kez daha vurdu.

Gözlerini kısarak zifiri karanlığın içinde bir şeyler, *herhangi* bir şey görmeye çalıştı.

Ama tek görebildiği… boşluktu.

Hiçlikti.

Dünyanın yokluğuydu.

Seth basamakları gerisin geriye indi. Kapının sağ tarafındaki pencereye gidip gizlice içeri baktı. Burası da derin gölgeler tarafından istila edilmişti ama birazını, daha doğrusu koridorları, hücreleri ve onlarca yıla bedel tozuyla bunun da az önceki binaya benzediğini anlamasına yetecek kadarını görebildi.

Fakat koridora açılan kapı boşluğu siyahın en derin tonuna, sanki ışık ve uzay kuramları alelade bir dikdörtgenin içinde hiçe sayılmışçasına anormal bir karanlığa boğulmuştu.

Ardında *hiçbir şey* göremiyordu.

"Bu bir ışık oyunu," diye fısıldadı kendi kendine. "Ayın bir oyunu."

Ama yine de dünya sessizce nefesini tutarken ve kapının ardındaki bomboş hiçlik gözünü dahi kırpmadan ona bakarken orada biraz daha dikildi.

Bir kez daha içindeki öfkeye tutunmaya çalıştı. Elini kolunu sallayarak buradan çıkan ve her şeyi mahveden mahkûma karşı duyduğu öfkeye. Yardımı da oldu. Tekrar basamakları çıkarak karanlığa, kapı aralığına yanaştı.

Sessizlik artık sanki sağır ediciydi, öylesine somuttu ki Seth neredeyse kuşkuya kapılmak üzereydi. Muhakkak *bir şeyler* duyması gerekirdi.

Esintinin sesini. Bayır boyunca uzanan, rüzgârla salınan çimlerin hışırtısını. Bina yerine yerleşirken yükselen çatırtıları.

Ama yalnızca boşluk vardı. İçeri adım atmasını bekleyen boşluk.

• • •

Buranın ötesinde her şey olabilirdi, aklına gelip gelebilecek her şey. Bu kapı tamamen bambaşka bir *dünyaya* açılıyor dahi olabilirdi...

"Bu çok aptalca," diye fısıldadı gözlerini karanlıktan ayırmadan.

Fakat orada, karanlığın içinde yapayalnız dikilirken zihninde onlarca, yüzlerce, binlerce olasılık uçuşup duruyordu.

Çünkü burası yepyeni bir maceranın başlangıcı olabilirdi.

Belki de maceranın sonuydu.

Çünkü ölüm yakınlardaysa eğer, olabileceği tek yer yine bu kapının ardıydı.

Belki de kapının *ta kendisiydi* ölüm.

Bu yer bir tür cehennemse eğer, buradan kurtulmak için ölmek gerekirdi belki de.

Ve belki de ölmek bir kapıdan geçmek kadar kolaydı.

Tabii doğru kapıyı seçtiğiniz sürece.

Derken neredeyse hiç düşünmeden kendini sahildeki o günü anımsarken buldu...

Hayır, dedi kafasının içindeki bir ses. *Hayır.*

Fakat yine de o günü, *son* günü, tüm sakinliğiyle o dondurucu ve vahşi okyanusa doğru yürüdüğü ve sakinliğinden eser kalmayana dek bir kaya tarafından öldüresiye dövüldüğü günü düşündü.

Ve sonra da burada uyandığını.

Kes şunu, diye geçirdi aklından. *Kes şunu...*

Bu sefer de bu sabah aklına geldi. Masons Hill'e doğru koşmak üzere evi terk ettiği günün hâlâ sona ermemiş olması saçmalıktı. Çünkü sanki haftalar önceymiş gibi geliyordu ona, sanki birkaç ömür önceymiş gibi.

Bir kez daha o hissi düşündü.

Bu yaptığının, böyle düşünmenin tehlikeli olduğunu biliyordu. Çoğu insanın ayak basmadığı, çoğu insanın ayak basmak bile *istemediği* bir yeri yeniden ziyaret etmenin tehlikeli olduğunu.

Bunun için mi ölmüştü? En başından beri istediği bu muydu? Tomasz'ın, Regine'in, Sürücü'nün ve tüm o işine gelen diğer şeylerin onu getirdiği nokta burası mıydı?

Bunu istiyor muyum? diye düşündü.

Bunu hâlâ istiyor muyum?

Ve hiçbir şeyden adı gibi emin olmadığını fark etti.

Şansını deneyecekti...

Kapıdan yana şansını deneyecekti.

Elini uzattı ve içeri girdi.

46

Aniden üzerine çullanan ışık dalgası öylesine parlaktı ki âdeta fiziksel bir saldırı gibiydi. Yumruk yemişçesine gözlerini sımsıkı yumdu ve yalpalayarak gerisin geriye avluya çıktı. Kaçmaya hazırdı...

Aslında pek o kadar da hazır değildi.

Elini kaldırıp gözlerine siper etti ve gözlerini incecik birer çizgi halinde aralamayı başardı. Yalnızca birkaç saniye önce geçit vermez bir karanlıktan ibaret olan kapı aralığı şimdi bir o kadar geçit vermez, kör edici bir parlaklığa boğulmuştu.

Hayır. O kadar da geçit vermez değildi.

İçeride bir şey vardı.

Başka bir kapı. İkinci bir kapı. Rengi sütü andıran beyaz bir camdan yapılmış bir kapı.

Ve açıktı.

Seth bir kez daha temkinli adımlarla basamakları çıktı. Işık belirli bir kaynaktan değil de içerideki tüm yüzeylerden yayılıyor gibiydi: İçerideki kapının ta kendisinden, ardındaki duvarlardan ve Seth'in artık görebildiği, binanın derinliklerine doğru inen merdivenlerden. Hepsi bembeyazdı, görünüşe göre hepsi camdan yapılmıştı.

Civardaki binaların içiyle *uzaktan yakından* alakası olmadığı ortadaydı.

Artık bazı sesler duyabiliyordu. *Uğultu*. Bir şeyin uğultusu. Ama neyin? Elektriğin mi? Böylesine güçlü bir ışık yayabildiğine göre öyle olmalıydı. Ama dahası da vardı. Alt kattan gelen bu *uğultu* akla çok daha fazlasını getiriyordu ama tıpkı kapının sessizce açılması gibi, tıpkı karavanın motorundan gelen ses gibi berraktı; adını sanını duyduğu tüm güç kaynaklarından daha perdahlı, daha yeniydi.

Dış eşikte durdu. Öne doğru eğilip elini uzatarak yere dokundu. Elinde bıraktığı his görünüşüne, yani beyaz camdan yapılma bir panele uygundu; içerideki hava da dışarıdakinden daha serindi.

Olduğu yerde doğruldu. Işık o kadar çıplak, gecenin karanlığında o kadar belirgin bir işaretti ki kendini tehlikeli bir şekilde savunmasız hissetti. Gergin bir şekilde etrafına bakındı. Bir alarmın çalmaya başladığından neredeyse adı gibi emindi. Sürücü çoktan yola koyulmuş, oraya geri dönüyor olmalıydı.

Ama tek duyduğu derinden gelen *uğultuydu*. Başka bir şey duyduğu yoktu.

Motorun sesindense eser yoktu.

Derken kendisine ikinci bir kez düşünme ya da kendiyle başka bir tartışmaya daha tutuşma fırsatını tanımadan dış kapıdan içeri girdi.

Hiçbir şey olmadı. Ne varlığına işaret eden sesler ya da sirenler duyuldu ne de başka bir şey. Başını çevirip tüm bu parlaklıkla aydınlanan avluya baktı. Ne yapacaksa elini çabuk tutmalıydı.

İç kapıyla arasındaki iki adımlık mesafeyi çabucak kat etti. Hâlâ hiçbir şey olduğu yoktu. Kapının ardındaki beyaz cam basamaklar alttaki sahanlığa dek uzanıyor ve oradan tam aksi yönde aşağı doğru inmeye devam ediyordu. Seth güçbela da olsa o basamakların son bulduğu ve muhtemelen başka bir koridorla birleştiği yeri görebildi.

Bir kez daha buranın hapishanenin geri kalanına hiç benzemediğini düşündü. Sanki bambaşka bir binaya, hatta bambaşka bir yere adım atmış gibi hissediyordu. Öyle ki kapının kilidi bile yoktu; kapıyı ne açmanın ne kapatmanın ne de kilitlemenin bir yolu vardı. Şimdiye dek gördüğü tüm kapıların aksine temelde, görünmez menteşeler üzerinde dönen bir panelden ibaretti. Aslında televizyonda buna benzer şeyler görmüş olabilirdi. Özellikle de gelecekle ilgili programlarda.

Ayaklarından birini ikinci kapıdan içeri uzattı. Hiçbir şeyin değişmediğini görünce aşağı doğru ilk adımını attı. Sonra bir adım daha. Ardından bir tane daha. Başını çevirip tekrar karanlığa baktı ama hiçbir hareketlilik yoktu. Böylece ayaklarını mümkün olan en sessiz şekilde yere basıp diğer seslere kulak kabartmaya çalışarak basamakları inmeye koyuldu.

Fakat yalnızca kendisi ve o derinden gelen *uğultu* vardı.

Sahanlıkta duraksadı. Aynı beyaz duvarlar ve kısa bir koridora çıkan basamaklar. Koridorun sonundaysa yine kapalı bir kapı vardı. Seth kapıya doğru seğirtirken merdiven boşluğunun alt tarafının da diğer her şeyle aynı camsı malzemeden yapılmış olduğunu fark etti. Bütün oda süt renkli, koca bir cam blokundan oyulmuş gibiydi. Basamakların sonuncusunu da indi ve kapının önünde durdu. Bu da üst kattakine benziyordu; yavandı, ayırt edici hiçbir özelliği yoktu ve kendi ışığını yayıyordu.

Kolunu öne doğru uzattı ama dokunmasına bile gerek kalmadan kendiliğinden açılınca geriye doğru sıçrayıverdi. Oysa kapının tek yaptığı, Seth'in varlığına kendisinden beklenebilecek en olası işlevi yerine getirerek tepki verip süzülürcesine duvarın içine kaymaktı. Kapının ötesindeyse dönemeçle biten bembeyaz bir koridor daha vardı.

Ama buradaki *uğultu* çok daha güçlüydü.

Biraz bekledi. Sonra biraz daha. Ama yine de hiçbir şey olmadı. Kimsenin geldiği yoktu. O sırada, henüz gözler önüne serilen koridorun aşağısından gelen ışığın buradakinden farklı olduğunu, yalnızca duvarlardan yayılan parlaklıktan ibaret olmadığını fark etti. Dönemecin ardında bir şeyler değişiyordu.

Seth bir kez yutkundu. Sonra bir kez daha.

Ya şimdi ya asla, diye düşündü.

Oysa bu da işe yaramadı. Kılını dahi kıpırdatacak cesareti yoktu.

Hiçbir şey olmayacak, diye düşündü. *Tomasz ve Regine'in düşündüğü gibi olmayacak. Hayal ettiğim gibi olmayacak. Hele aptal uzaylılarla karşılaşmayacağımdan kesinlikle eminim.*

Ama korkuyordu. Duyduğu korku, dışarıdayken hissettiğinden daha güçlüydü.

Çünkü burada *bir şeylerin* döndüğü kesindi.

Kapıdan içeri adımını attı.

Koridor boyunca yürüdü.

Köşeyi döndü.

Ve başını kaldırıp önüne baktı.

Karşısında uçak hangarlarına taş çıkaracak derinlikte kocaman, koskocaman bir oda vardı.

Ve yüzlerce, hatta *binlerce* parlak siyah tabuta ev sahipliği yapıyordu.

47

Oda merdiven boşluğuna hiç uymuyordu. Duvarlar ve zemin tertemiz görünen perdahlı, parlak bir tür betonla kaplıydı. Tabutlar, tavana düzenli aralıklarla yerleştirilmiş süt beyazı ışık panelleri tarafından aydınlatılıyordu.

Hem de uçsuz bucaksız hangar boyunca. Öyle ki Seth odanın bittiği yeri göremiyordu bile.

Bir yükseltinin, geniş odanın zemininden hafifçe yukarıda kalan kapının önündeki küçük platformun üzerinde dikiliyordu. Az ötesindeyse göz alabildiğince uzanan tabut sıraları başlıyordu. Ondan uzaklaşıyor, ufka karışıyor, uzayıp giden koridorlar boyunca devam edip ötesindeki daha derin, daha kocaman odaların ipucunu veriyor gibiydi.

Bu yer, üzerindeki hapishaneden *katbekat* büyüktü. Odanın ortasından, tabutlar kadar derinlere uzanan geniş koridorları vardı. *Bir karavanın geçebileceği kadar geniş*, diye düşündü Seth. Tabutları öyle ya da böyle buraya taşımak zorundaydılar, öyle değil mi? Hangarın derinliklerinde, yukarıdaki dünyanın farklı noktalarına açılan bir sürü gizli kapı olabilirdi ama...

"Bu nasıl olabilir?" diye fısıldadı. "Nasıl?"

Uğultu buradan geliyordu. Seth sesin kaynağını göremiyordu. Ne yerden tek bir kablo geçiyordu ne de tabutlar dışında başka bir makine vardı ama sesin buradan, nasıl çalışmaları gerekiyorsa o şekilde çalışan bu şeylerden geldiğinden emindi.

Ve içlerinde insanlar vardı. Uyuyan insanlar.

Hayatlarını yaşayan insanlar.

• • •

Üzerinde dikildiği platformun ucunda kısa bir merdiven vardı. Bir kez daha burada olduğunu herkese ilan edecek bir alarm sesi duymayı ya da birilerinin çıkıp burada ne halt ettiğini sormasını bekleyerek basamakları inip parlak beton zemine adımını attı.

Kendisine en yakın tabuta yaklaştı. Sıkı sıkıya kapatılmıştı. Tıpkı kapıda olduğu gibi kapağının pat diye açılmasından korkarak tabuta dokunsa da hiçbir değişiklik olmadı. Birleşme yerini bulmak için bile birkaç uzun dakika boyunca tabutun orasını burasını yoklamak zorunda kaldı. Metal serindi ama ne yapay bir soğukluğu vardı ne de sıcaklığı. Tabutun etrafından dolandı ama her şeyiyle tepeden tırnağa evindekinin aynısıydı. (Kontrol etmek için dizlerinin üstüne çöktü.) Hatta tabutun ortasından çıkıp parlak beton zeminin içinde gözden kaybolan küçük hortum bile aynıydı.

Bu nasıl işe yarıyor olabilir? diye düşündü. Bir kez daha kuşkular sinsice benliğini istila ediyordu. *Bu nasıl gerçek olabilir?*

Bu insanlar nasıl bebek yapıyordu acaba? Odanın ortasında dikilip kendi etrafında döndü; tabutlar tıpkı ölülerden oluşan bir ordu gibi önünde uzayıp gidiyordu. Nasıl oluyordu da sağlıklarını kaybetmiyorlardı? Nasıl besleniyorlardı? O, Regine ve Tomasz mükemmel atletler değillerdi ama yine de yürüyebilen, bir şeyleri kaldırabilen, başlarının çaresine bakabilecek türden insanlardı. Birkaç gün kendini son derece zayıf hissetmişti, evet, ama nasıl oluyordu da yıllarca yattıktan sonra bacakları hâlâ vücudunun ağırlığını taşıyabiliyordu?

Hayır, diye düşündü. *Hayır, bu gerçek olamaz.*

O anda istediği bir şey olduğunu fark etti. Ona verilenlerden farklı bir cevap istiyordu. Bu dünyanın bir amacı, *belirli* bir amacı olduğunu ortaya çıkarmak istiyordu. En azından kendisi için.

En aşikâr açıklamanın doğru olduğunu kabul etmek istemiyordu.

Kavrayabileceği bir şeyler bulma umuduyla parmaklarını tabutun birleşme yerine sokmaya çalıştı. Uyandığından beri kesilmemiş olan tırnaklarını –ah, evet, o konuya gelince... nasıl oluyordu da kimsenin tırnağı uzamıyordu?– birleşme yerinin içinde ileri geri kaydırabildi. Kapak pek yerinden kımıldamayınca bu kez tüm gücüyle asılıp kaldırmayı denedi.

Kapak yarım santim, bir santim kadar kalktı...

Ama sonra parmaklarının arasından kayıp parmak uçlarını acı verici bir şekilde sıkıştırarak tekrar kapanıverdi. Seth parmaklarını dışarı çıkarıp ellerini silktikten sonra tekrar denedi. Bir kez daha.

"Hadi ama," diye homurdandı. "Hadi!"

Kapak o kadar aniden açılıp öylesine yukarı kalktı ki Seth dengesini kaybedip sertçe yere düştü. Dirseğini betona fena çarpmıştı. Acısı dinene dek dirseğini göğsüne doğru çekip bildiği en kötü küfürleri avazı çıktığı kadar bağırarak birbiri ardına sıraladı.

"Siktir," dedi biraz daha usulca. Sakinleşiyor gibiydi.

Hâlâ kesik kesik nefes alıyor olsa da başını kaldırıp artık açık vaziyette karşısında dikilmekte olan tabuta baktı. Tabutun kenarı göz hizasının üstünde kaldığından içini göremiyor olsa da kapağın iç kısmı, evindekine tıpatıp benziyordu. Hatta borular ve metalik bantlar bile aynıydı. Tek farkı, bandın içinden akıp giden küçük ışık zerrecikleriydi.

Sürünerek dizlerinin üstüne kalktı ve yavaşça olduğu yerde doğruldu. Tabutun içindeki döşemeler görüş alanına girerken dirseği hâlâ zonkluyordu.

Şaşkındı. Şaşırmaması gerektiğini biliyordu ama gözlerinin önündeki karşısında şaşırmamak elde değildi.

Çünkü, tam da bekleneceği gibi, tabutun içinde yatan biri vardı.

Bir adam.

Yaşayan, nefes alan bir adam.

Seth uyandığında vücudunu ne halde bulduysa adamınki de o haldeydi; bacakları, gövdesi ve göğsü sargı bezleriyle sarılıp sarmalanmıştı. Üreme organı gözler önündeydi ve Seth artık bunun nedenini görebiliyordu. Tıbbi bantlarla adamın penisine tutturulmuş hortumlar vardı. Bir diğeri de kalçalarının arasına dek uzanıyordu. Seth kendi vücudundaki izleri anımsadı. Onun vücuduna da tıpkı adamın vücuduna girdikleri gibi giren hortumların bıraktıkları izleri. Bu tüpler tıpkı Regine'in ve Tomasz'ın tahmin ettiği gibi vücudun ifrazatlarını uzaklaştırıyorlardı.

Adamın geriye kalan hemen her yeri sarılıydı. Hatta parmak uçları ve yüzünün neredeyse tamamı bile. Seth bu sargı bezlerini hatırlamıyordu ama hatırladığı bir şey vardı. O da, öldükten sonra geçirdiği o korkunç, muğlak anlardı. O, yönünü şaşırmış panik hissiydi. Bu farklı bir korkuydu, neredeyse ölümün kendisinden bile daha berbattı ama zihninde neler olursa olsun o sırada vücudunun ellerindeki ve suratındaki sargı bezlerini söküp atmakla meşgul olduğu ortadaydı. Ardından da sürünürcesine tabutundan çıkmış ve alt kata inmişti. Bunu boynunu kırmadan nasıl becerdiğini, o kadar körken gideceği yeri nereden bildiğini merak ediyordu şimdi.

İçgüdü, diye varsaydı. Sahip olduğunu bile bilmediği bir anı.

Adamın suratında sarılı olmayan tek yeri ağzıydı. Gerçi ağzına, yani dişlerinin arasına da Seth'in yiyecek, oksijen ya da su sağladığını tahmin ettiği bir hortum yerleştirilmişti. Ama aslında ne işe yaradığını tam olarak kim bilebilirdi ki? Kim buradaki *herhangi bir şey* hakkında kesin bir şey söyleyebilirdi? Sargı bezlerinin üzerindeki metalik kısım uyuyan dünyanın programlanmasına mı yarıyordu? Körelmemeleri için kaslarını mı uyarıyordu? İfrazat tüpleri aynı zamanda üremeye de mi yardımcı oluyordu?

Kim bilebilirdi? Yanıtlar kimdeydi?

Adam bir şeylerin değiştiğini, birinin tepesinde dikildiğini fark ettiğine dair en ufak bir emare göstermiyordu. Hareketleri soluk aldıkça hafif hafif yükselip alçalan göğsününkilerden ibaretti. Adamın başının tepesi sarılı değildi ve saçları tıpkı Seth'inkiler kadar hunharca kısa kesilmişti. Adamın ensesi de ortadaydı. Derken Seth karşısındakinin gerçek olduğundan emin olmak istercesine uzanıp hafifçe, nazikçe adamın derisine dokunurken buldu kendini.

Teninin, yaşayan bir insanın derisinin altında akan kanın sıcaklığını hissetmek her nedense onu sersemletti. Adamın suratında bir, iki günlük sakal olduğunu görmekse Seth'i iyiden iyiye şaşırttı. Kısaydılar ve çok az hissedilebiliyorlardı ama yine de oradaydılar. Nasıl oluyordu da iyice uzayıp fırça gibi bir sakala dönüşmüyorlardı? Biri adamı *tıraş* ediyor olabilir miydi? Yoksa insanlara vücutlarındaki kılların gelişimini önleyen bir ilaç mı veriliyordu? Tüm bu cehennem olası şeyler nasıl işliyordu?

"Sen kimsin?" diye fısıldadı Seth. "Seni tanıyor muydum?"

Çünkü tüm bu insanlar aynı kasabadandı, *bu* kasabadandı. Zaten ana fikir bu değil miydi? Mahalledeki evlerde yaşayan herkes aynı noktaya getirilmişti. Dolayısıyla bu adam kapı komşusu ya da annesiyle babasının bir arkadaşı olabilirdi...

"Ama ben taşındım, öyle değil mi?" dedi Seth. "Hiç değilse o hayali dünyada taşındık. *Senin* hayalinde nereye gittiğini kim bilebilir ki?"

Saf savunmasızlığı karşısında kendini rahatsız hissederek bakışlarını adama kaydırdı. Orada öylece yatan bir hastaya benziyordu. Tarif edilemeyecek kadar korkunç bir kazadan sağ çıkmış, iyileşmekte olan birine. Bilinci açık olsaydı ıstırabı dayanılmaz olacağından ve iyileşme süreci epeyce uzun olduğundan uyutulan bir hastaya...

Derken Seth'in aklına bir fikir geldi. Delice bir fikir. İmkânsız bir fikir.

Ona direndi. Kollarını kavuşturup gözlerini adamdan ayırmamaya zorladı kendini.

Ama o delice fikir geri döndü.

Karşısında yatan adam kabaca Seth'in cüssesindeydi, öyle değil mi? Boyları neredeyse aynıydı. Kiloları da öyle. Omuzları ve göğüsleri aynı genişlikteydi. İkisi de koşuculara özgü o sıska bacaklara sahipti. Vücutlarındaki kıllar bile aynı renkteydi.

"Hayır," dedi Seth kendi kendine. "Aptal olma."

Ama o düşünce zihnini terk etmeyi reddediyordu. Sıkı sıkıya dolanmış sargı bezlerinin arasından güçbela görebildiği adamın vücuduna ve sarılı olmayan iki üç parça yerine baktıkça aklından geçen düşünceye daha da...

"Hayır," dedi tekrar.

Fakat eli çoktan adamın suratına, daha doğrusu suratındaki sargı bezlerine yönelmişti. Nazikçe sargı bezlerinden birini kenarından tutup kaldırmaya çalıştı. Ama çıkacağı yoktu. Sargı bezini sökmeye başlamak için birleşme noktasını bulma umuduyla sargı bezini takip ederek adamın kafasını çevirdi.

"Bu delilik," diye mırıldandı kendi kendine. "Hem bunun neresi mantıklı ki?"

Ama yine de görmesi gerekiyordu. Emin olması gerekiyordu...

Çünkü ya...

Çünkü ya karşısında yatan adam *kendisiyse*?

Bu ne tür bir cevap olurdu?

"Lanet olsun," dedi gerginliği gittikçe artarken. Nabzı hızlanmıştı. "Ah, lanet olsun."

Sargı bezinin ucunu adamın sol kulağının yakınında buldu ve sökmeye başladı. Başlangıçta ucunu kaldırmak zor olmuştu ama en nihayetinde sargı bezi azar azar çözülmeye başladı. Sargı bezi adamın suratının üstünde bir katman oluşturmuştu.

Bu nedenle sargı bezini açmaya devam etmek için adamın kafasını yastıktan kaldırmak zorunda kaldı...

Fakat adamın ensesinde, tenin altında yanıp sönen bir ışık vardı.

Seth adamın kafası ellerinde öylece donakaldı. Aniden, hatta ilk defa, ellerinin arasında tuttuğu adamın yaşayan biri olduğunu fark etti. Teninin sıcaklığını hissedebildiği, *nefes alan*, uyuyan biri olduğunu.

Canlı olduğunu.

Yanıp sönen ışığa iyice bakabilmek için nazikçe adamın kafasını döndürdü. Yanıp sönüyordu, yeşil renkliydi ve oldukça parlaktı. Sargı bezlerinden az önce kurtardığı sol kulağın altında, kafatasının kökünde düzenli aralıklarla nabız misali atıyordu.

Tam da Seth'in kendi kafatasının arkasındaki şişliğin olduğu yerde.

Tam da kayalara çarpmasıyla buradaki her şeyin başladığı yerde.

Sonra başka bir şey daha gözüne takıldı. Adamın kafasını biraz daha kaldırdı. Sırtındaki sargı bezlerinin hemen üstünde kalan çıplak ten, iki omuzuna doğru uzanan Kelt motifli dövmelerle bezenmişti.

Seth'in kesin olarak sahip olmadığı bir dövmeyle.

Derken her şeyi zaten olduğu haliyle görmeye başladı. Adamın saçları Seth'inkilere göre biraz daha koyuydu ve Seth'in sakalları onunkiler kadar sert değildi. Şimdi bir kez daha bakınca adamın gövdesinin kendisininkinden epey kısa olduğunu fark etti ama asıl utanmasına yol açan kendi penisini tanımamış olmasıydı. Ergenliğe girmiş hangi oğlan kendi penisini tanımazdı ki?

Bu adam kendisi değildi.

Tabii ki o değildi.

Ve aniden adama dokunmak ona son derece müstehcen geldi. Sanki başka birinin varlığına *tecavüz* ediyormuş gibi. Suç işliyormuş gibi. "Üzgünüm, üzgünüm," diyerek sargı bezini yeniden adamın kafasına dolamaya koyuldu ve işi bittiğinde yapışkan kısmı kulağının yanındaki noktaya bastırdı. Büyük olasılıkla gereğinden biraz daha sertçe. Ardından kafasını yastığa bıraktı...

Nihayet alarmın çalmaya başladığı an da tam olarak o andı.

48

Kulakları sağır edecek kadar gürültülü değildi ama kesin ve netti. Tıpkı dünyanın dört bir yanındaki bela habercisi alarmlar gibi yükselip alçalıyordu. Seth sesin kaynağını bulmak için etrafına bakınsa da hiçbir şey göremedi. Çarparcasına kapatmak istediği tabutun kapağını kavradı ama kapak aşağı doğru salınsa da birdenbire durarak yavaş, otomatik bir pürüzsüzlükle yolculuğunu tamamlayıp belli belirsiz hidrolik bir ses eşliğinde kapanarak sanki hiçbir şey olmamış gibi adamı yeniden içine hapsetti.

Oysa alarm hâlâ bangır bangır çalıyordu ve Seth çoktan arkasını dönüp platformun ardındaki basamaklara doğru koşmaya başlamıştı ama...

Bocaladı.

Bomboş beyaz duvarda bir görüntü belirmişti; buğu misali beliren uzun, süt beyazı dikdörtgen buranın en başından beri bir ekran olduğunu kanıtlıyordu. Fakat artık farklı renklerde sembollerle, kutucuklarla ve kelimelerle doluydu. Tıpkı tüm bilgisayar ekranlarında olduğu gibi. Alarm hâlâ var gücüyle çınlıyordu. Seth koşmaya hazırdı ama gözleri ekrana takıldı...

Çünkü ekranda, daire şeklinde sıralanmış bir dizi sembolün ortasında HAZNE AÇIK kelimeleri alarmla eşzamanlı olarak yanıp sönüyordu. Seth alarm yüzünden Sürücü'nün çoktan teyakkuza geçtiğini ve son sürat hangara geri dönmekte olduğunu düşünmek bile istemiyordu...

HAZNE AÇIK. HAZNE AÇIK. HAZNE AÇIK. Hem de parlak kırmızı harflerle.

"Ama hazneyi *kapattım,*" dedi ve soluğu kesilmiş vaziyette uzanıp kırmızı sembollere dokundu.

Ve alarm sustu.

Elini geri çekti. Semboller yeşile dönmüş, aniden ekranın geri kalan kısmında şekiller, kutucuklar ve görüntüler belirmişti. Seth'in varlığına kayıtsız vaziyette işlerinin başına dönmüş gibi görünüyorlardı. Ekranın bir tarafında, farklı tabut sıralarının farklı açılardan çekilmiş görüntüleri akmaya başladı. Bunun bir tür gözetim sistemi olduğu ortadaydı. Tam o sırada, ekranın önünde dikilirken çekilmiş görüntüsüyle burun buruna gelen Seth korkuyla yerinden sıçradı ama sanki varlığı hiçbir tehlike arz etmiyormuş gibi görüntü akıp gidiverdi.

Kameranın nerede olduğunu görmek için arkasına döndü ama tek görebildiği, ışıkların bomboş beyazlığıyla ucu bucağı olmayan siyah tabut sıralarıydı. Ekranda görüntüler akıp gitmeye devam ediyordu ve bunlara, uzak duvarlardan birine takılmış, garaj kapısı olabilecek büyüklükteki kapının görüntüsü de dâhildi. Karavanın onu yakalamak için o kapıdan girmesinin *an* meselesi olduğunu düşününce anlık bir tedirginliğe kapıldı...

Ancak oradan ayrılamıyordu da. Ekranın kenarına dizilmiş kutucuklar sıcaklık ve nem gibi şeyleri gösterirken diğerlerinde ise sadece birkaç tanesinin önce şu an denebilecek zamanı, sonra da sırayla farklı zamanları gösterip durduğu sürekli değişen saatler vardı. Kutucukların geri kalanında Seth'in ne olduklarına dair tahmin yürütmeye bile kalkışmadığı grafikler ve göstergeler bulunuyordu. MODÜLASYON HIZI da ne demekti? Ya BETA DEVRİ, DÖRDÜNCÜ SEGMENT? AKIŞ YÖNETİMİ her şey olabilirdi. Ne akışı? Ayrıca nasıl yönetiliyordu? Kimin tarafından?

Seth oradan ayrılması gerektiğini, alarmı susturmayı becermiş olmasının Sürücü'nün alarmı duymadığı anlamına gelmeyeceğini biliyordu...

Ama gidemedi. Henüz değil.

Çünkü ekranın orta yerinde beliren soru doğrudan kendisine yöneltilmişti.

HAZNEYİ YENİDEN HAYATA DÖNDÜR? diyordu.

Hemen yanında, ana ekranda tabutların yeşil renkli temsili bir haritası duruyordu. Seth bunların, arkasındaki tabutlar olduğunu anlamıştı çünkü haritada merdiven boşluğu da görünüyordu. Seth'in açtığı tabutun üstündeyse bir hedef çizgisi vardı.

Hedef çizgisinden çıkan konuşma balonuna benzer pencerenin içindeyse, Seth'in az önce açtığı tabuttaki adamdan başkasına ait olamayacak bir resim belirmişti.

Bu tıpkı ehliyetlere veya pasaportlara yapıştırılan türden vesikalıklardandı. Adam gülümsemiyordu ama mutsuz da görünmüyordu. Daha ziyade canı sıkılmış gibiydi. Sanki bu, çektirmek zorunda olduğu bürokratik fotoğraflardan bir diğeriymiş gibiydi.

Ve fotoğrafın altında adı yazıyordu.

"Albert Flynn," dedi Seth yüksek sesle.

Pencerede başka detaylar da veriliyordu. Bunlardan biri doğum tarihi olabilirdi. Ama hiç de Seth'in beklediği şekilde yazılmamıştı. Ayrıca pek anlaşılır olmayan ölçümlerin yanı sıra muhtemelen boyunu ve kilosunu gösteren başka rakamlara da yer verilmişti. Bunların yanında, üzerinde FİZİKSEL TANIMLAYICILAR yazan bir kutucuk daha vardı. Seth kutucuğa dokununca adamın kollarının arka tarafında yer alan, sağ omuzundan sol omuzuna dek uzanan dövmenin görüntülendiği bir fotoğraf açıldı.

Seth pencereye tekrar dokununca fotoğraf kayboldu ve o da az önce alarm sembolünün yanıp söndüğü yere baktı. HAZNEYİ YENİDEN HAYATA DÖNDÜR? diyordu hâlâ.

"Evet?" dedi ve yazıya dokundu. Sembol ve kelimeler yok olurken Albert Flynn'in yüzü gitgide küçülerek kayboldu ve ekranda bir kez daha temsili tabutlar belirdi.

Seth akıp giden zaman yüzünden endişelenerek etrafına bakındı ama hâlâ merdiven boşluğundan hiçbir ses gelmiyordu. O henüz dışarıdayken motorun sesi gecenin derinliklerinde yitip gitmişti. Sürücü oradan epeyce uzaklaşmış, çabucak geri dönmesine izin vermeyen yollarda seyir halinde olabilirdi.

Ekrandaki tabutlardan birine dokundu ve açılan pencerenin içinde bir kadının suratı belirdi. Daha yaşlıydı ve Albert Flynn'den daha güler yüzlüydü.

EMILIA FLORENCE RIDDERBOS.

Seth kadınınkinin yanındaki tabuta dokununca bu kez daha yaşlıca bir adamın fotoğrafı açıldı.

JOHN HENRY RIDDERBOS.

"Kocası," deyiverdi Seth istemsizce. En nihayetinde dünyada Ridderbos soyadlı kaç kişi olabilirdi ki? John Henry'ninkinin yanındakini seçmeye yeltendi ama aniden duraksadı. Evet, kocası. Aileler buraya birlikte girmiş olmalıydı, öyle değil mi? Evli çiftler. Anneler, babalar ve çocuklar.

Ama Seth kendi evinde yapayalnız uyanmıştı.

Ama burada, aynı sırada yan yana iki Ridderbos vardı.

"Peki ya Wearinglerden ne haber?" dedi gözleriyle ekrandaki diğer değerleri tararken. Bir yolu olup olmadığını merak ediyordu...

Vardı. Hem de üzerinde ARAMA yazan bir kutucuk suretinde. Kutucuğa dokundu. Ekranda alışılageldik klavye düzeninde küçük bir tuş takımı belirdi. *Demek ki uzaylılar dünyayı istila etmemiş,* diye düşündü. *Wearing* yazdı. Git kelimesine dokunmadan önce kısacık bir anlığına tereddüt etse de en nihayetinde cesaretini toplayıp düğmeye bastı.

Ekrandaki temsili tabutlar hızla değişmeye ve dönmeye başladı. Sanki bir tepe kamerası Seth'in arkasındaki devasa alandan uzaklaşarak çocuğun bulmayı bile aklından geçiremeyeceği kadar ücra bir köşeye gizlenmiş başka bir tabut sırasına odaklanıyormuş gibiydi.

Önce tabutlardan biri aydınlandı. Sonra diğeri. Ve ardından ekranda bir isim listesi belirmeye başladı.

EDWARD ALEXANDER JAMES WEARING.

CANDACE ELIZABETH WEARING...

Seth işlemin bitmesini dahi beklemeden babasının ismine dokundu.

İşte buradaydı. Daha gençti, kesinlikle öyleydi; saç kesimi bambaşkaydı ve saçları henüz kırlaşmamıştı. Ama gözlerinde, Seth'in çok yakından tanıdığı o hafif hülyalı ifade vardı. Seth annesinin ismine dokundu ve onun fotoğrafı da babasınınkinin yanında açıldı. O da gençti; dudaklarını Seth'in adı gibi bildiği o savunmacı tavırla öylesine büzüştürmüştü ki kim olduğuna dair hiçbir kuşkuya mahal vermiyordu.

İşte bu kadar basitti. İkisi de karşısındaydı.

Onları görmek hiç beklemediği kadar zor olmuştu. Hatta zordan da beter, daha ziyade *acı vericiydi*. Seth'in midesine sancılar girmeye başladı. Daha genç olsalar da annesiyle babasına ait olduğu şüphe götürmez suratlar gözlerini dikmiş, doğrudan ona bakıyorlardı.

Ve odanın arkalarında bir yerlerindeydiler.

Bakmak için döndü ama kamera o kadar hızlı hareket etmişti ki nereye gittiğini takip etmesi mümkün olmamıştı. Bu devasa tesisin herhangi bir yerinde olabilirlerdi.

Ve uyuyorlardı.

Ama aslında uyumuyorlardı da. Hayatlarını, daha doğrusu baştan sona gerçek sandıkları hayatları yaşıyorlardı. Tekrar resimlere döndü ve şu anda, şu saniyede, Halfmarket'taki evlerinin dünyasında neler yaptıklarını merak etti.

Oğlunuzu düşünüyor musunuz? diye geçirdi aklından.

Hiçbir açıklama yapmadan ya da veda bile etmeden çekip giden oğlunuzu.

Yüzler ekrandan ona bakmaya devam ediyordu. Seth, annesiyle babasının suratlarındaki o suçlayıcı ifadeyi görmezden gelmeye çalıştı.

Gitmesi gerekiyordu. Bunun bilincindeydi. Çok fazla oyalanmıştı. Sürücü çoktan yola koyulmuş olmalıydı. Oraya varması belki de yalnızca an meselesiydi.

Gitmesi gerekiyordu.

Ama annesiyle babasının gözlerine bakmayı sürdürdü.

Ta ki sertçe yutkunarak midesindeki sızıdan kurtulup parmaklarının ucuyla hafifçe fotoğraflara dokunarak sıra sıra dizilmiş tabutların göründüğü ekrana dönene dek. Oradan ayrılma zamanı gelmişti. Hatta *geçmişti* bile ama bir şeye daha bakmak zorundaydı. İsim listesine uzandı ama…

Öylece kalakaldı.

Owen orada değildi.

Wearing soyadına sahip insanların listesi yalnızca iki isimden ibaretti. Edward ve Candace'tan. Yani annesiyle babasından.

Seth kaşlarını çattı. Bir kez daha ARAMA kutucuğunu açtı ve soyadını baştan yazdı. Fakat karşısına çıkan sonuç yine aynıydı: Edward ve Candace Wearing. Bir defa daha ARAMA kutucuğuna döndü ama bu kez Owen'ın tam adını yazdı.

EŞLEŞME BULUNAMADI, dedi ekran ona.

"Ne?" diye sordu Seth gittikçe yükselen sesiyle. "*Ne?*"

Tekrar denedi. Tekrar.

Ama Owen orada değildi.

• • •

Buna inanmıyordu, *inanamıyordu.* Kendi adını girdi ama elbette sistemde onun adı da görünmüyordu çünkü o kendine geldiğinde grubun geri kalanından ayrı düşmüştü, kendi evindeydi, tek başınaydı, kimsesiz bir tabutun içindeydi. Belki de ona yer kalmamıştı. Belki de ailesi onlara katılana dek tabutların çoğu dolmuş ve farklı planların yapılması gerekmişti.

Kim bilebilirdi ki? Ayrıca kimin umurundaydı?

Çünkü Owen orada değildi. Owen dışarıda *bir yerlerdeydi.* Bu kavruk, ıssız dünyanın kim bilir neresindeydi. Kendi tabutunun içindeydi. Bir başınaydı.

Tıpkı Seth gibi yapayalnızdı.

"Nasıl yapabildiniz?" diye sordu. "Bunu nasıl yapabildiniz?"

Öfkesi kabardı. Bunun mantıksız olduğunu biliyordu. Owen fiziksel olarak nerede olursa olsun sanal dünyada aklın alabileceği her şekilde annesi ve babasının yanındaydı. Son sekiz yıldır buna kendi gözleriyle şahit olmuştu.

Ama yine de... Ya o da uyandıysa ne olacaktı? Ya o da Tomasz gibi, onu koruyacak kimsesi olmadan tuhaf bir yerde yalnız başına uyandıysa?

Metanet ve kararlılık pat diye, öylesine çabucak geldi ki kendini ansızın ne yapması gerektiğini bilir halde buldu.

"Seni bulacağım," dedi. Artık *içini ısıtan,* yepyeni bir amacı vardı ve azim, varlığını yavaş yavaş ele geçiriyordu. "Her nerede olursan ol seni bulacağım." En küçük oğullarının nerede tutulduğuna dair kayda benzer bir şeyler bulma umuduyla annesiyle babasının tabutlarına dokunmak için uzandı...

"Ay!"

Ekrana dokunduğu yerden vücuduna statik elektrik akın etmişti. Pek fazla olduğu söylenemezdi, acıyı görmezden gelebilirdi ama...

Ama ekran değişmişti. Tabutlar yok olmuş, yerine birkaç kelime gelmişti.

HASARLI DÜĞÜM ALGILANDI, yazıyordu artık ekranda.

TARAMA BAŞLATILIYOR, diyordu onun altında.

Işıklarda ani bir değişiklik oldu ve odanın bir tarafı aniden tuhaf, yeşilimsi bir parlaklıkla aydınlandı. Tabut sıralarını aydınlata aydınlata öylesine süratle ilerliyordu ki Seth'in ondan daha hızlı davranması mümkün değildi. Derken Seth'e de ulaştı.

Ve üzerinde duruverdi.

"Ah, lanet olsun," dedi.

ONARIM MÜMKÜN, diyordu ekranda.

HAYATA DÖNDÜRME BAŞLADI.

"Lanet olsun!" dedi Seth. *Hayata döndürmenin* ne anlama geldiğinden pek emin değildi ama iyi bir şey olamazdı. Tam merdivenlere çıkan kısa koridora doğru dönüp koşmaya başlamıştı ki...

Kafatasına elinin ayağının boşalmasına yol açan kör edici bir acı saplandı...

Hem de ensesinden, daha doğrusu Albert Flynn'in ışıklarının yanıp söndüğü, tamı tamına Seth'in "hasarlı düğümünün" olması gereken yerden...

Ve ani bir ışık parlamasıyla her şey yitip gitti.

49

"Güzellik hep vardır," dedi Gudmund. "Tabii nereye bakman gerektiğini bilirsen."

Seth güldü. "Bu şimdiye dek senden duyduğum en gey laf, ahbap."

"'Ahbap,'" dedi Gudmund gülerek. "İngiliz taklidi yapmayı kes."

"Ama İngilizim."

"Yalnızca işine geldiğinde."

Gudmund okyanusa bakmak için arkasını döndü. Kayalıkları döven dalgalardan on, on beş metre yükseklikteki bir falezin tepesindeydiler. Yazın hızla akıp gittiğini ve okulların yakında başlayacağını akıllarından çıkarmalarına izin vermeyen o kısacık günlerden birinin sonuydu.

Fakat ikisine de henüz zaman vardı.

"Yani demek istiyorum ki etrafına bir bak," dedi Gudmund.

Okyanus boyunca uzanan ufkun ortadan ikiye böldüğü güneş, hakkı olandan çok daha büyük ve altın rengi görünüyordu. Kaldırımda eriyen koca bir top karamelli dondurma gibiydi. Canlı bir renk cümbüşü gibi dört yana saçılmış bulutlarla bezeli gökyüzüyse koyu pembeler ve maviler içindeki kollarını Seth ile Gudmund'a uzatıyordu.

"Şu küçük boktan sahile yüz çevirirsin," dedi Gudmund, "yüzmene izin vermeyen tüm şu kayalara ve dalgalara nefretle bakarsın. Küçük sandvicinle piknik yapmak için gizlenebileceğin hiçbir yerin yoktur ve rüzgâr da şayet herkesi iple birbirine bağlamazsan o can sıkıcı küçük aileni tarumar eder ama sonra okyanusa bakarsın. Ve işte oradadır."

"Güzellik," dedi Seth. Ama baktığı şey günbatımı değil, Gudmund'un batan güneşin ışıklarıyla aydınlanan çehresiydi.

Falezin tepesinde yalnızca günün ve günbatımının keyfini süren yürüyüş meraklıları vardı ama diğer herkesin manzaranın parçası olamayacak kadar onlardan uzaklaşmasıyla Seth ve Gudmund bir anlığına yalnız kalmıştı.

"Gudmund..." diye başladı Seth tekrar söze.

"Bilmiyorum," dedi Gudmund. "Gerçekten bilmiyorum Sethy. Ama içinde bulunduğumuz an bizim ve bu birçok insanın sahip olduğundan daha fazla, öyle değil mi? Gelecek kendi başının çaresine bakar."

Elini Seth'e doğru uzattı. Seth tereddüt ederek ortalıkta onları görecek biri olup olmadığını kontrol etti.

"Ödlek," diye dalga geçti Gudmund.

Seth oğlanın elini tuttu.

"İçinde bulunduğumuz an bizim," dedi Gudmund tekrar. "Ve sen de benimsim. Daha fazlasını istemiyorum."

Ve parmakları birbirine kenetlenmiş halde el ele günbatımını izlemeye devam ettiler...

"Bana anlatmak istediğin başka bir şey var mı?" diye sordu Memur Rashadi. Nazik ama ciddiydi. Seth'le konuşurken takındığı tavır tüm diğer memurlarınkinden farklıydı.

"Kısa boyluydu?" deyiverdi Seth kendiliğinden. Oysa bunu daha önce de söylediğinin farkındaydı. Ama Memur Rashadi'nin gitmesini ve bu konuşmanın bitmesini hiç istemiyordu çünkü günlerdir Memur Rashadi dışında kimsenin onunla iki çift laf ettiği yoktu.

Kadın, Seth'e sırıttı. "Herkes öyle söylüyor. Fakat kayıtlara göre ben ondan beş santim kısayım ve kimsenin çıkıp da bana kısa dediği yok."

"Ama siz kısa görünmüyorsunuz," dedi Seth parmaklarını bükerek.

"Bunu iltifat olarak kabul edeceğim. Ama sakın endişelenme. Kısa olması daha zor bulunacağı anlamına gelmez, Seth. Kısa insanlar bile sonsuza dek saklanamazlar."

"Owen'ın canını yakacak mı?" dedi Seth pat diye. Bunu da ilk söyleyişi değildi.

Memur Rashadi defterini kapattı ve ellerini defterin kapağı üzerinde birleştirdi. "Kardeşini kendi güvenliğini sağlamak için kullandığını düşünüyoruz," dedi. "Dolayısıyla kardeşine zarar verecek olursa onu koz olarak kullanma şansı kalmayacağını da biliyor."

"O zaman neden canını yaksın ki?"

"Aynen öyle."

Kısa bir süreliğine sessizce oturdular. Sessizliği bozan Memur Rashadi oldu. "Teşekkürler, Seth. Çok, hem de çok yardımcı oldun. Şimdi annenle babanın ne durumda olduğuna bakacağım..."

Ama ikisi de o sırada çarpılarak açılan sokak kapısının gümbürtüsüne döndüler. Başka bir polis memurunun aceleyle oturma odasına daldığını gören Memur Rashadi, ayağa fırladı.

"Ne oldu?" Seth üst kattan seslenen annesinin sesini duyabiliyordu. O günlerde çatı katından neredeyse hiç ayrılmıyor, Owen'ın eşyalarına yakın olmak istiyordu. "Ne oldu? Yoksa onu..."

Ama içeri henüz giren polis memuru yalnızca Memur Rashadi'yle konuşuyordu.

"Onu buldular," dedi adam kadına. "Valentine'i buldular..."

Gudmund'un telefonu çalıyor, çalıyor, çalıyordu. İkinci denemesinde doğrudan sesli mesaja düştü.

Seth kabanını kaptı. Monica'nın az önce sokak kapısının önünde söylediklerinden sonra Gudmund'u görmek zorundaydı. Koca dünyada şu an yapması gereken tek şey buydu. Onu bulmak zorundaydı. Hemen şimdi. Basamakları ikişer ikişer inerek oturma odasına girdi. Babası hâlâ inşaat halindeki mutfaktan seslendiğinde çoktan sokak kapısına varmıştı.

"Seth?" Seth onu duymazdan gelip kapıyı açsa da babasının tartışmaya mahal vermeyecek bir ses tonuyla tekrar bağırması karşısında duraksadı. "Seth!"

"Baba, çıkmam gerek," dedi Seth kendi etrafında dönerken ama babasının arkasında dikildiğini görünce donakaldı. Adam mutfakta giriştiği işlerden ötürü tepeden tırnağa talaş içindeydi ama şimdi, sanki az önce kapatmış gibi elinde tuttuğu cep telefonu ve yüzünde tuhaf bir ifadeyle orada öylece dikilmiş, Seth'e bakıyordu.

"Arayan okul müdüründü," dedi babası. Şaşkına döndüğü sesinden belliydi. "Bir cumartesi öğleden sonrasında beni arayan okul müdürün."

"Gerçekten, gerçekten çıkmam gerek baba..."

"Kızına, sana ait bir fotoğrafın gönderildiğini söyledi." Babasının bakışları telefonunun ekranına kaydı. "Bu fotoğrafın," dedi telefonu Seth'in de görebileceği şekilde havaya kaldırarak.

Üzerlerine bir sessizlik çöktü. Seth kılını bile kıpırdatamıyordu. Görünüşe bakılırsa babası da aynı durumdaydı. Yalnızca fotoğrafı ona doğru tutuyor ve sorgulayan bakışlarla Seth'e bakıyordu.

"Öfkeli falan değildi," dedi babası yavaşça telefonu döndürüp fotoğrafa son kez göz atarken. "İyi bir çocuk olduğunu söyledi. Birilerinin senin başına bela açmaya çalıştığından emin ve pazartesi günü okulda zor durumda kalacağından endişeleniyor. Bilmemiz gerektiğini düşünmüş. Böylece yardım edebilecekmişiz."

Durdu ama orada dikilmeye devam etti. Sessizce.

Seth her ne kadar halinden son derece rahatsızlık duysa da gözlerinin yaşlarla dolduğunu hissetti. Gözlerini kırpıştırarak onlardan kurtulmaya çalışsa da kirpiklerinin arasından firar eden birkaç damlanın yanaklarından süzülmesine mâni olamadı. "Baba, lütfen. Çıkmam gerek. Gidip..."

"Gudmund'u bulacaksın," diye tamamladı babası cümlesini onun yerine.

Soru sormuyordu, yalnızca söylüyordu.

Seth kendisini köşeye sıkışmış gibi hissetti, hem de daha önce hiç olmadığı kadar. O adamın İngiltere'deki evlerinin mutfak camını tıklattığı gün bile böylesine köşeye sıkışmamıştı. Oysa o gün onun için dünya durmuştu. Şimdi olan da aynısıydı ve dünyanın ne zaman yeniden dönmeye başlayacağına dair hiçbir fikri yoktu.

"Üzgünüm oğlum," dedi babası ve Seth kalbinin sıkışmasına neden olan kısacık bir anlığına, evden ayrılmasına izin veremeyeceği için özür dilediğini sandı ama…

"Bunu bizimle paylaşamadığın için üzgünüm," diye sözlerini sürdürdü adam ve tekrar telefonuna, Seth ve Gudmund'un ciddi, gerçek ve inkâr edilemez birlikteliğini kanıtlayan fotoğrafa baktı. "Bu konuda ne kadar üzgün olduğumu anlatamam."

Bunları söylerken babasının sesinin çatlaması Seth'i afallatmıştı.

"Sana pek iyi davranmadık," dedi babası ve bakışlarını tekrar yukarı kaldırdı. "Çok üzgünüm."

Seth yutkunarak boğazındaki düğümden kurtulmaya çalıştı. "Baba…"

"Biliyorum," dedi babası. "Git. Bul onu. Daha sonra konuşuruz. Annen bu durumdan hiç memnun olmayacak ama…"

Seth kısacık bir anlığına bekledi; duyduklarına pek inanabildiği söylenemezdi ama kaybedecek zamanı da yoktu. Sokak kapısını açtı ve telaşlı adımlarla soğuk havaya çıkıp Gudmund'u bulmak için yola koyuldu…

Ve işte yine yaz mevsimiydi, aylar öncesiydi ve Gudmund, yüzünü altın rengine boyayan günbatımında falezin kenarında durmuş, ona gülümsüyordu.

"Güzellik hep vardır," dedi. "Tabii nereye bakman gerektiğini bilirsen."

Ve hemen sonra, dünya parlak ve beyaz bir ışık tarafından yutuldu…

50

Yakıcı acı Seth'in kafatasını alevler içindeki bir çift yumruk misali ele geçirip diğer her şeyi zihninden uzaklaştırdı. Acı öylesine feciydi ki ne onunla yaşamak ne de beyninde telafisi imkânsız bir hasar bırakmadığına inanmak mümkün görünüyordu. Hayal meyal duyduğu çığlıkların kendisine ait olduğunu bile sonradan fark etti...

"Başka ne yapabilirim bilmiyorum!" dedi bir ses.

"Kapat şunu yeter!" diye bağırdı bir diğer ses. "Şu lanet olasıca şeyi kapat!"

"NASIL?"

Seth'in kendisini tuttuğundan bile bihaber olduğu eller onu yavaşça yere yatırdı. En ufak boşluğu, aklından gelip geçebilecek tüm düşünceleri dolduran acı yüzünden çığlık atmayı kesemiyordu...

"Şu çıkardığı ses! Sanırım onu öldürüyor..."

"İşte şurada! Şuna bas! Herhangi bir şeye bas!"

Derken uçurumdan düşmeye benzer bir ivedilikle acı azalmaya başladı. Seth pürüzsüz beton zemine kustu ve çaresizce olduğu yere yığıldı. Gözlerinden yaşlar geliyor, boğazı acıyor, nefes almaya çalışıyordu.

Birinin onu yine kollarının arasına aldığını hissetti.

Küçük kolların. Ve Lehçe dışında hiçbir dile benzemeyen, endişe yüklü duayı duydu.

"Tomasz?" diye homurdandığı anda iki güdük kol ona sıkıca sarıldı. Gözleri odaklanmakta zorlanıyordu ve Regine'in ona doğru eğilen suratını seçebilmek için gözlerini birkaç defa kırpıştırmak zorunda kaldı.

Kızın suratı kül gibiydi ve Seth her ne kadar zihni allak bullak olsa da kızın korkudan aklını kaçırmak üzere olduğunu görebiliyordu. "Ayağa kalkabilir misin?" diye sordu telaştan titreyen sesine rağmen.

"Ayağa kalkmalısın, Bay Seth," dedi Tomasz ve ikisi bir olup onu ayağa kaldırmaya çalıştılar. Seth'in bacakları gövdesinin ağırlığını taşıyabilecek gibi değildi. Bu nedenle onu yerde sürüklemek zorunda kaldılar.

"Gitmek zorundayız," dedi Tomasz. "Gitmek *zorundayız.*"

"Nasıl..." diye fısıldadı Seth çocuklar onu platformdan çıkarıp koridora sokarken ama daha fazla konuşacak halde değildi. Zihni kendisinden kaçıyor gibiydi. Anılar sağanak yağmurlara taş çıkarırcasına zihnine üşüşmüş ve onu boğmaya gelen bir meddücezir dalgasına dönüşmüştü. Tomasz ve Regine'i görebiliyordu ama falezin tepesindeki Gudmund da, babası da, Owen kaçırıldığı sırada olduğu küçük çocuk da gözlerinin önündeydi; tüm görüntüler girdap misali birbirine karışmıştı. Seth bakışlarını onlardan kaçıramıyordu. Hatta gözlerini yumduğunda bile.

"Yalan söylediğini tahmin etmiştim," dedi Tomasz onu ana merdivenlerden yukarı çıkarmaya çalışırken. "*Regine*'in gizlemeye çalıştığı bir yalan."

"Onun için geri döndük, öyle değil mi?" diye çıkıştı kız.

"Ve onu tam da zamanında bulduk!"

"Yine," diye mırıldanırken buldu kendini Seth. Oysa zihni öylesine feci zonkluyordu ki bunu yüksek sesle söylediğinden bile emin değildi.

Ama söylemişti. "Haklısın," dedi Regine kolunun altına girip merdivendeki son dönemeci de aldıktan sonra Seth'i de Tomasz'ı da iç kapıya doğru iteklerken. "Aslında burada değiliz. Hem de hiçbirimiz. Tüm bunlar hayal gücünün sana oynadığı bir oyundan ibaret."

"Bu kadar tartışma yeter!" dedi Tomasz. "Acele edin!"

En tepeye ulaşıp Seth'i dışarı çıkardılar. Ne zaman gözlerini kırpıştırsa anıları gözlerinin önünde beliriyordu; o kadar net ve canlıydılar ki sanki her defasında o dünyayla bu dünya arasında gidip geliyor gibiydi. Owen, Gudmund, Monica, H, okyanus, İngiltere'deki ev, Amerika'daki ev. Hepsi öylesine hızlı dönüyor, öylesine çabucak değişiyordu ki midesi bulanmaya başladı ve nihayet hapishanenin önündeki basamaklara adım attıkları anda bir kez daha kustu.

"Neler... oluyor?" diye sordu soluk soluğa. "Ben... Dünya âdeta başıma yıkılıyor..."

Her ne kadar başı fıldır fıldır dönüyor olsa da çocukların birbirlerine endişeli bakışlar attığını gördü...

Sonra da Tomasz'ın panik içinde başını kaldırıp yukarı baktığını. "Regine?"

Regine'in yüzünden gelip geçen korku dalgasını Seth'in fark etmemesi mümkün değildi.

Fakat gözlerini tekrar kırpıştırdı ve bir kez daha, ezici bir şekilde anılar geri döndü. Memur Rashadi'yle birlikte masanın başında otururken tanımadığı bir polis memuru odaya dalmış ve onu bulduklarını, Valentine'i bulduklarını söylemişti...

Seth'in gözleri pat diye açılıverdi.

Kaçırdığı şey burada, işte tam *buradaydı*. Buna tutunabilirdi. Kısacık bir anlığına dahi olsa, zihnine akın eden hatıraların dalga misali geri çekildiğini hissetti...

Başını kaldırdı. Regine'in kollarındaydı. Kız ve Tomasz onu tekrar ayağa kaldırmaya uğraşıyorlardı ama o şey, o önemli şey dilinin tam ucundaydı. O şey...

"Valentine'di," dedi.

Regine ve Tomasz ona bakmak için bir anlığına durdular.

"Ne?" dedi Regine.

"Valentine," dedi Seth kızın kollarını sıkıca kavrayarak. "Adı Valentine'di! Owen'ı kaçıran adamın adı! O adamın..."

"Seth, şunu duyamıyor musun?" diye bağırdı Regine.

Seth durdu ve kulak kabarttı.

Karavan motorunun sesi.

Yakındı, canlarını dişlerine takıp koşsalar bile atlatamayacakları kadar hızlıydı ve gitgide güçleniyordu.

Tomasz yerinden fırlayıp avluyu boylu boyunca aşarak iki bisikletin gelişigüzel birbirleri üzerine bırakıldığı yere doğru koştu. Seth panik içinde onu takip etmeye yeltendiyse de kendi başına doğru düzgün ayakta bile duramıyordu ve Regine onu yakalayarak düşmesine engel oldu. "Sen bu haldeyken başaramayız," dedi kız. Diğer binalara dönerek gizlenebilecekleri bir yer bulma umuduyla etrafına bakındı.

"Ama Tomasz..." dedi Seth. Tomasz bisikletine atlayıp oradan uzaklaşmaya bile kalkışmamıştı. Bunun yerine bisikletlerden birinin arkasına bağlanmış sırt çantasını kapıp telaş içinde çantadan çıkardığı paketi açmaya çalışıyordu.

"Hadi!" dedi Regine, Seth'i avlunun etrafını kuşatan binalardan ortadakine doğru çekiştirirken. Motorun kükremesi tepelerine binmişti ve Seth az önce terk ettikleri binanın ötesindeki karanlığın içinde parlayan farları görebiliyordu...

"Regine!" diye bağırdı.

"Görüyorum!" dedi kız.

Tomasz şimdi avlu boyunca onlara doğru koşuyordu. Elinde metalden yapılmışa benzeyen, uzun bir şey vardı. Seth'in ay ışığı ve gölgeler yüzünden ne olduğunu pek kestiremediği bir şey. Karanlığa alışmaları için gözlerini kırpıştırdı...

...ve Gudmund'la yatakta uzanıyordu. Gudmund elini telefona uzatmış, sonra da yalnızca ikisine ait o yegâne fotoğrafı çekmişti. Böylece, o müstehcen an sonsuza dek o fotoğraf karesine hapsolmuştu...

"Regine?" dedi. "Regine, sanırım..."

"Hayır, Tommy!" diye bağırdı Regine.

Seth gözlerinin önünde görüntüler uçuşuyor olmasına rağmen baktı. Tomasz hâlâ avluyu geçmekle meşguldü, koşuyordu ama ellerinin arasındaki şeyi kurcalayıp durduğundan yeterince hızlı değildi...

Ve Seth aniden oğlanın tuttuğu şeyin ne olduğunu gördü; bu öylesine uzak bir ihtimaldi ki kelimenin tam manasıyla gözlerine inanamadı.

Tomasz'ın elinde bir av tüfeği vardı.

Neredeyse kendisiyle aynı boydaydı.

"Tomasz, dikkat et!" diye bağırdı Seth...

Çünkü siyah karavan binanın köşesinden dönmüş, Tomasz'ın peşi sıra kükreyerek avluya dalmıştı...

Doğrudan, koşmakta olan Tomasz'ın üstüne geliyordu...

"Hayır!" diye feryat etti Seth ve Regine aynı anda...

"Koşun!" diye bağırdı Tomasz onlara...

Karavan betonun üzerinde acı acı inleyen tekerlekleriyle patinaj çekercesine aralarına girdi ve araç daha tam olarak durmadan karavanın kapısı açıldı...

Sürücü arabadan indi...

Ve akla hayale sığmayacak türden bir hızla Tomasz'a doğru atıldı...

"Tommy!" diye bağırdığını duydu Seth, Regine'in...

Göz açıp kapayıncaya dek Regine onlara doğru koşmaya başlamıştı bile...

Ama oraya zamanında varması mümkün değildi...

Sürücü kıvılcımlar saçan copunu havaya kaldırarak vurmaya hazırlandı...

Tomasz acemice nişan aldı.

"HAYIR!" diye bağırdı Regine.

Ve Tomasz tetiğe bastı.

51

Patlama sesi Seth'in beklediğinden çok daha şiddetliydi çünkü aslında *iki* parlama olmuştu; bunlardan biri Sürücü'nün göğsüne doğru ateş alan silahın namlusundan çıkarken...

... diğeri Tomasz'ın elleri arasında patlayan silaha aitti.

Seth beyaz renkli dumanların ardından iki bedenin zıt yönlere savrulduğunu gördü; Sürücü'nün gölgesinin döne döne karavana çarptığını, darbenin etkisiyle açık kapıyı yerinden sökmesine ramak kaldığını ve nihayet sertçe yere yığıldığını...

Sonra da gerisin geriye savrulurken avazı çıktığı kadar bağıran Tomasz'ı, havaya saçılan barut tanelerini ve avlunun sert beton zemininde taklalar atarken çocuktan yükselen dumanları.

"TOMMY!" diye bağırdı Regine oğlana doğru koştururken. Seth ona ayak uydurmaya çalıştı ama hâlâ tek başına ayakta durmakta zorlanıyordu. Gözünü hareketsiz yatan gölgeden ayırmadan karavanın ön tarafından dolanarak kızı takip etti. Hemen önünde Regine, öylece yerde yatmakta olan Tomasz'ın yanına diz çöküvermişti...

Hayır, diye düşündü Seth. *Lütfen, olamaz...*

Ama sonra cız bir öksürük sesi duydu.

Seth beceriksizce yanına diz çökerken, "Tanrı'ya şükürler olsun," dedi Regine. "Tanrı'ya şükürler olsun."

"Moje rece*," dedi Tomasz olduğu yerde doğrulurken. Sesi

---

* (Lehçe) Ellerim. *–çn*

acınacak kadar zayıf çıkıyordu. "Moje rece sa cale zakrwawione.*"

Ellerini uzattı. Kapı aralığından süzülen ışığın avluya düşürdüğü gölgelere rağmen ikisinin de nasıl yandığını görebiliyorlardı. Etleri lime lime olmuştu, bileklerinden kanlar süzülüyordu.

"Ah, *Tommy,*" dedi Regine öfkeyle. Sonra da oğlanı kollarının arasına alıp Tomasz acıdan bağırana dek sıkı sıkı kucakladı. Nihayet çocuğu bıraktığındaysa bağırmaya başladı. "SENİ APTAL! SANA BUNUN ÇOK TEHLİKELİ OLDUĞUNU SÖYLEMİŞTİM!"

"Onu yalnızca son çare olarak kullanacaktım," diye inledi Tomasz. "Ve az önce ondan başka çaremiz kalmamıştı."

Seth arkalarına baktı. Av tüfeğinin iki namlusu, iki parça halinde otların arasında yatıyordu; artık yalnızca dumanı tüten bir közden ibaret olan kabzanın parçalarıysa geniş bir alana yayılmıştı...

...ve diğer polis memuru oturma odasına dalıp, "Valentine'i buldular," demişti...

Seth homurdanarak anıyı zihninden uzaklaştırdı ve Regine ile Tomasz'a döndü. Kız telaşla çıkardığı kabanının kollarından birini yırtmış, Tomasz'ın ellerinden birine bağlıyordu.

"*Av tüfeğini* de nereden buldun?" diye sordu Seth kelimeleri ağzının içinde geveleyerek. Nihayet her şey yavaşladığından başı tekrar dönmeye başlamıştı.

Tomasz'ın acı içindeki inlemelerini duymazdan gelerek diğer elini sararken, "Komşu evlerden birinin tavan arasından," dedi Regine. "Ama *arızalı* ve *tehlikeli* olduğu belliydi. *Asla kullanabileceğimiz türden bir şey değildi.*"

"Son kez söyleyeceğim," diye homurdandı Tomasz. "Son çare. Başka umut kalmadığında."

"Ölebilirdin seni küçük..." Ama Regine cümlesini tamamlayamadı ve gözleri öfke dolu yaşlarla ıslandı. Ardından bir

---

* (Lehçe) Ellerim kanıyor. *–çn*

şeyler söylemesi için meydan okurcasına bakışlarını Seth'e dikti. Ama sonra yüzündeki ifade değişti. "Sen iyi misin?"

Seth zihnine akın etmekte olan, kafasının içinde girdap misali dönüp duran anılar yüzünden irkildi.

"Beni öldürmeye hazırdı," dedi Tomasz karavana bakarak. "Küçük Tomasz'ı öldürmeye hazırdı. Ama ben önce davrandım, değil mi?"

Üçü de Sürücü'ye baktı. Üniformasının göğsünde, çiftenin isabet ettiği yerde derin bir deliğin açıldığını görebiliyorlardı.

"Valentine," diye fısıldadı Seth bir kez daha o isme tutunarak.

"Neden şunu tekrar edip duruyorsun?" diye sordu Regine.

Seth yüzünde acı dolu bir ifadeyle kıza baktı.

"Ciddiyim," dedi kız, "sen iyi misin?"

"Bilmiyorum," dedi Seth ayağa kalkmaya çalışırken.

"Bunun bir adamın adı olduğunu söyledin," dedi Tomasz. O da ayağa kalkmaya çalışıyor ama yaralı ellerini kullanamadığından son derece tuhaf görünüyordu. "Owen diye birini mi kaçırdı?"

"Owen benim erkek kardeşim," dedi Seth.

Tomasz anladığını gösteren bir *ahhhh* çekti.

Seth bütün anılarının zihninde olduğunu ve o anıların sanki patlak vermek üzere olan, gitgide yaklaşan, ondan *bir şeyler* koparmaya çalışan bir kasırganın gözündeymiş gibi etrafında dönüp durduklarını hissedebiliyordu. "Valentine," diye fısıldadı tekrar.

"Evet tamam," dedi Regine nazikçe. "Valentine. Anladık." Sonra yeniden Tomasz'a döndü. "Başka bir yerin acıyor mu?"

"Göğsüm biraz acıyor," diye yanıtladı oğlan sarılı elleriyle tüfeğin kabzasının çarptığı yere işaret ederek, "ama o kadar da kötü sayılmaz."

"Bisiklet süremez," dedi Regine, Seth'e. "Ona yardım etmek zorundasın. Sence bunu başarabilir misin?"

"Evet sanırım," dedi Seth ama dikkati hâlâ dağınıktı. Bu isim, yani Valentine kesinlikle Owen'ı kaçıran mahkûmun adıydı. Ne kadar denerse denesin ne yaparsa yapsın evdeyken hatırlayamadığı o ad.

Tabutların arasında olanlara dek hatırlayamadığı o ad.

Ama dahası vardı...

Anılar kafasının içinde bir kez daha iyiden iyiye gürültü etmeye, onu dört yandan kuşatmaya başladı.

"Valentine," diye fısıldadı tekrar.

"Eve gittiğimizde uzanabilirsin," dedi Regine. "İkiniz de." Sonra karavana döndü. "Ama önce yapmam gereken başka bir iş var."

Sürücü'nün kımıldamadan yatmakta olduğu yere doğru yürümeye koyuldu.

"Ne yapıyorsun?" diye seslendi Tomasz panik içinde.

"Öldüğünden emin olmaya çalışıyorum," dedi Regine dikkati elden bırakmadan yavaşça hareket ederken. Her an kaçmaya hazırdı.

Seth kızın uzaklaşmasını izledi ama onu doğru düzgün görebildiği yoktu. Anılar bir kez daha zihnine üşüşmüştü. Sahil, deniz, soğuk...

Polis, Owen, Valentine...

Monica, Gudmund, H...

Meddücezir dalgası tekrar geliyor, onu sarıp sarmalıyor ve bir kez daha boğuyordu...

Gergin bir biçimde ağırlığını bir ayağından ötekine veren Tomasz, "Bunun iyi bir fikir olduğunu sanmıyorum," diye seslendi Regine'in arkasından...

Zihnine hücum eden anıların arasında bir şey vardı, orada bir şey vardı...

"Sırf dünyadaki kötülüklerin bir eksildiğini görmek için tehlikeyi göze alacağım," dedi Regine.

"Seth?" dedi Tomasz. "Regine, Seth hiç iyi görünmüyor."

Regine, Tomasz'ın endişe yüklü sesini duyunca döndü. Seth sanki patlamasına mâni olmak istercesine ellerini başının iki yanına bastırıyordu.

"Hayır," dedi Seth. "Ah, hayır."

Düşünce seli zihnini istila ederken anılar gözlerinin önüne üşüşüyor, dikkatini çekmeye uğraşıyor, onu ezip geçiyor, dibe çekiyordu...

Ama her ne kadar gitgide zorlansa da önünde olup biteni hâlâ görebiliyordu...

Bir şeylerin yolunda gitmediğini...

Hareketi...

Regine'in arkasında ayağa kalkmakta olan Sürücü'yü.

52

Tomasz Lehçe bir şeyler bağırdı. O kadar korkmuştu ki söylediklerinin tercümeye ihtiyacı yoktu. Regine çabucak olduğu yerde döndü ve Sürücü'yü görünce çığlığı bastı.

"Bisikletler!" diye bağırdı Tomasz.

Regine koşarak yanından geçerken Seth'i kolundan yakaladı ama Seth'in gözleri ağır ağır doğrulmakta olan Sürücü'ye kilitlenmişti.

Sürücü yavaşça ayağa kalkıyordu.

"Hadi, hadi, hadi, hadi, hadi!" dedi Regine. Seth'i öylesine sert çekti ki oğlan az kalsın yere devrilecekti.

Nihayet Seth de koşmaya başladı ama yaptığı, koşmaktan ziyade düşmemeye çalışmaktan ibaret gibiydi. Bisikletlerin yanına ilk varan Tomasz oldu ama yaralı elleriyle onları yerden kaldırması mümkün değildi. Regine bisikletlerden birini kapıp kelimenin tam anlamıyla Seth'e doğru fırlattı. Seth bisikleti istemsizce yakaladı. Tomasz çoktan arkasına tırmanmaya koyulmuş, Regine'in kabanının kollarıyla sardığı ellerini Seth'in beline dolamıştı.

Seth son bir kez arkasını dönüp Sürücü'ye baktı.

Artık karavanın yanında dikiliyor, kollarından biriyle kırık kapıya tutunarak dengesini korumaya çalışıyordu. Yüzü olmadan onları izliyor, ay ışığı kaskının siperliğinden yansıyordu.

Göğsünün orta yerinden kocaman bir parça kopup gitmişti.

Nasıl? diye düşündü Seth beynindeki korkunç kargaşaya rağmen. *Nasıl?*

Derken Tomasz'ın sıkı sıkıya tutunduğu Seth'in perişan haldeki bacaklarının izin verdiği ölçüde hızla pedallara asıldılar. Regine avludan ilk çıkan oldu. Seth dengesini korumaya çalışarak kızı takip etmek için elinden geleni yapıyordu.

"Ah, sakın düşme," dediğini duydu arkasındaki Tomasz'ın. "Sakın düşme, sakın düşme."

Seth bitap haldeki zihnini önündeki işe vermeye çalışarak pedalları çevirmeye odaklandı. Tomasz bileklerini Seth'in karnına öylesine sert bastırıyordu ki oğlanın iki yanı acımaya başlamıştı ama yine de Regine'in peşinden avludan çıkıp ilk binayı arkasında bıraktı. Motorun sesine kulak kabarttı ama ne aracın sesinde bir değişiklik olmuştu ne de Sürücü'nün peşlerine takıldığına dair bir emare vardı.

Tabii eğer koşmuyorsa, diye düşündü Seth. *O şeyin ne kadar hızlı koştuğunu kim bilebilir?*

Pedalları biraz daha hızlı çevirmeye koyuldu.

Önündeki Regine otlar tarafından istila edilmiş beton patikada canhıraş tepeyi tırmanmaya uğraşıyordu. *Hadi,* diye düşündü bütün bedenini çalışmaya zorlayarak. *Hadi, hadi, hadi, bas, pedalla, it, hadi, hadi hadi.*

"Çok iyi gidiyorsun," dedi Tomasz sanki Seth'in beynini okuyabiliyormuş gibi.

"Çok zorlanıyorum," dedi Seth. Küçük tepeyi tırmanırlarken alnından süzülen ter damlaları gözlerine giriyordu. "Bunu yapmakta çok zorlanıyorum..."

Neyi yapmakta zorlanıyorum? diye düşündü. *Aklıma mukayyet olmakta mı? Buraya ayak uydurmakta mı?*

Ne zaman gözlerini kapatsa gördükleri yüzünden gözlerini kırpmaya bile cesaret edemiyordu. Gerçi gözleri açıkken bile zihninden geçenlerin gölgelerini görebiliyordu. İki dünya birbirinin üzerine binmişti; sevdiği herkes, tanıdığı herkes bayırı uçarcasına tırmanan bisikletlerin arasına sızıyordu...

"O şey bizi takip etmiyor," diye seslendi Tomasz, Regine'e.

"Nasıl oluyor da hâlâ hayatta?" diye bağırdı kız. "Nasıl oldu da öylece ayağa kalkmayı becerdi?"

"Kurşungeçirmez olabilir mi?" diyerek öneride bulundu Tomasz ama Seth, Regine'in başını iki yana salladığını görebiliyordu. Ayrıca kızın aklından geçenleri de bildiğini sanıyordu. Bu, kurşungeçirmez bir yelekten ya da üniformadan daha kâbusvari bir şeydi. O şeyin göğsündeki delik fazlasıyla büyüktü.

Ölmüş olmalıydı. Sonsuza dek orada öylece yatmalıydı.

Ama yine de tekrar ayağa kalkmayı bilmişti...

Yıkık dökük tel örgülerin arasından geçerek sokak lambasının hâlâ yanmakta olduğu, tren raylarının yanı başındaki yıkıntılara ulaştılar. Patika burada bittiğinden Regine durdu ve bisikletini kaldırarak etrafa saçılmış tuğlaların üzerinden geçirdi.

Seth ve Tomasz da aynı şeyi yapmak için bisikletlerinden indiler. Seth bisikleti gövdesinden tutup kaldırdı ve...

Ve bütün dünya karanlığa gömüldü.

Ses ve gürültü, anı ve görüntü, yani görüp duyduğu ne varsa hepsi Seth'i dört yandan kuşatarak sessiz sedasız bir şekilde ezip geçti.

Seth halinden beklenmeyecek türden bir sakinlikle inlerken bisiklet parmaklarının arasından kayıp tangır tungur tuğlaların üstüne düştü ve düşerken de tekerleği fena halde büküldü.

"Seth!" dedi Tomasz şoke olmuş halde. Bisikletin yanına diz çöktü. "Tekerleği eğip bükerek eski haline getirebilir miyiz?" Başını kaldırıp Seth'e baktı. "Acaba biz..."

Durdu. Çünkü Seth öylece donakalmıştı. Elleri bisikleti düşürdüğü sıradakiyle aynı pozisyondaydı.

Hâlâ Tomasz'ı görebiliyordu, bisikleti görebiliyordu, telaşla onlara doğru gelmekte olan Regine'i görebiliyordu.

Ama diğer her şeyi de görüyordu.

Her şeyi.

Buna engel olamıyordu.

Beyni dolup taşmıştı. Bu öylesine büyük ama aynı zamanda öylesine sessiz bir kargaşaydı ki onunla daha fazla mücadele edebilecek gibi değildi. Kımıldayamıyordu bile…

Her şey. Her şey işte oradaydı.

"Neler oluyor?" diye sordu Regine ama kızın sesi sanki üç oda ötedeymişçesine hayal meyal yankılandı kulaklarında.

"Öylece kalakaldı," dedi gözleri fal taşı gibi açılmış olan Tomasz.

Regine, Seth'in yanında durdu. "Orada mısın Seth? Bizimle misin?"

Kızın dudaklarından dökülen sözcükler, Seth'in şimdiye dek yaşadığı her şeyin kilometrelerce ötesinde yankılandı. Öyle ki verebileceği herhangi bir cevabın dudaklarına ulaşması çok uzun zaman alacaktı…

Seth onlardan çok uzaktaydı. Öylesine uzaktaydı ki bir daha asla onlara ulaşamayacaktı…

Ama sonra Regine elini tuttu.

Elini kendininkilerin arasına alıp sıkıca ama şefkatle sıktı.

"Seth," dedi, "her neredeysen sorun değil. Oradan geri dönebilirsin. Sana orada her ne olduysa, dünya şu anda sana nasıl görünüyorsa bil ki hep böyle görünmez. Hep böyle *görünmeyecek*. Dahası var. *Her zaman* dahası vardır. Her ne görüyorsan, her neredeysen biz hâlâ seninleyiz. Ben ve Tommy."

Seth kıza yanıt vermek için ağzını açtı ama sanki her şey ağır çekimde oluyordu. Zihni ve düşünceleri öylesine doluydu ki hareket etmeye yer yoktu, konuşmaya yer yoktu.

"Evet," dedi Tomasz. Seth'in diğer elini, nazikçe Regine'in kabanının yırtık kollarına sarılı ellerinin arasına aldı. "Biz buradayız, Bay Seth. Seninle ilgileneceğiz. Seni bulacağız." Seth oğlanın aniden gülümsediğini gördü. "Tıpkı az önce hapisten kaçarken yaptığımız gibi! Hem silahımız bile vardı!"

Regine gözlerini bir an olsun Seth'inkilerden ayırmadan oğlanı susturdu.

"Bize nerede olduğunu söyle, Seth," dedi. "Bize nerede olduğunu söyle ki gelip seni alabilelim."

Seth, Tomasz ve Regine'in ellerinden tuttuğunu hissedebiliyordu, sıcaklıklarını ve pürüzlü tenlerini hissedebiliyordu, ellerindeki sargılara rağmen Tomasz'ın endişesini hissedebiliyordu, hatta Tomasz açısından pek mümkün olmasa da kalp atışlarını bile hissediyor olabilirdi...

Fakat yine de hissettiği *şey* gerçekti...

(Öyle değil miydi?)

(Öyleydi.)

Nihayet geri döndüğünü hissetmeye başladı.

Her şey tıpkı öfkeli bir kasırga gibi fıldır fıldır dönüyor, çalkalanıyordu...

Ama kasırganın gözü de dönüyordu...

Küçücüktü...

Ama yine de...

Başını kaldırıp aya, etraflarını çepeçevre saran hapishaneye, bayırın aşağısında kalan sessizliğe baktı. Ne Sürücü'nün karanlığın içinden çıkıp geldiği vardı ne de motorun sesinde yükselme. Beyni ona hâlâ kaçmaları, bir an önce oradan uzaklaşmaları gerektiğini söylüyordu ama...

Ama Regine ve Tomasz da oradaydı.

Ve Seth onlara söyledi.

Az önce neler olduğunu söyledi.

"Hatırlıyorum," dedi. "Sanırım her şeyi hatırlıyorum."

KISIM 3

53

"Her şeyi mi?" diye sordu Tomasz. "Her şey diyerek neyi kastediyorsun?"

"Sanırım her şey burada," dedi Seth. "Olan biten her şey. Neden burada olduğumuz. Buraya nasıl *geldiğimiz*." Kaşlarını çattı. "Ama yakından bakmaya kalktığımda âdeta benden kaçıyor." Onu yakalamak istercesine elini uzattı. "Bu sanki..."

"Eve dönmeliyiz, Seth," dedi Regine oğlanın cümlesi yarıda kesilince. "Güvende olduğumuzda her şeyi anlatabilirsin."

Tomasz yüzünde meşum bir ifadeyle tekerleği bükülen bisiklete döndü. "Bu artık işe yaramaz."

"Koşabilir misin?" diye sordu Regine, Seth'e.

"Sanırım," diye yanıtladı oğlan.

"O halde elini çabuk tut," dedi kız. Ardından bisikletini oracıkta bırakıp raylar boyunca uzanan tuğla patikada koşmaya başladı. Onu takip ettiler. Seth umduğundan daha iyi koşuyordu. Tomasz ise hâlâ orada olduğundan emin olmak istercesine sık sık omuzunun üstünden arkasına bakıyordu.

"Sadece koş," dedi Seth. "Beni kaybetmeyeceksin."

"Daha önce de böyle dedin," dedi Tomasz, "ve doğruyu söylemiyordun."

"O konuda üzgünüm. Gerçekten üzgünüm."

"Daha sonra özür dilersin," dedi Regine. Nefes nefese kalmıştı. Böylelikle Tomasz ve Seth kıza kolaylıkla yetişebildiler. "Lanet olası sigaralar."

"Ayrıca," dedi Tomasz, "epey tombulsun."

Regine oğlanın kafasının arkasına vurdu ve biraz hızlandı. Sürücü'nün izine rastlamadan tren istasyonuna ulaştılar. Platforma tırmanıp alelacele istasyondan çıktılar ve binaların arasında kalan basamakları hızla indiler. Seth'in evine doğru dönmek yerine, iki yanı evlerle çevrili sokaklardan geçerek kuzeye yöneldiler. Çok sayıda köşeyi döndükten sonra gizlenip biraz olsun dinlenebilmeleri için Regine onları ağaçlarla bezeli bir bahçeye soktu.

Soluk soluğa etrafa kulak kabarttılar. Onları sarıp sarmalayan gecede çıt çıkmıyordu. Ne ayak sesi duyuluyordu ne de bu mesafeden bile işitmeleri gereken motorun sesi.

"Belki de gerçekten canını yakmışızdır," dedi Regine.

"Ama nasıl ayağa kalktı?" diye sordu Tomasz. "Onu vurdum. Hem de bir tüfekle."

"Ve az kalsın kendini de öldürüyordun."

"Kimse bana teşekkür etmiyor gibi görünse de şimdilik konumuz bu değil. Onu bir metreden vuruyorum ama yine de ayağa kalkmayı beceriyor, öyle mi?"

"Bilmiyorum," dedi Regine kaşlarını çatarak ve Seth'e baktı. "Her şeyi hatırladığını söyleyen sensin. Bu soruya bir cevabın var mı?"

"Hayır," dedi Seth başını iki yana sallayarak. "Her şey birbirine girmiş halde. Henüz hiçbir şeyi sıraya koyabilmiş değilim ve bu..."

Durdu çünkü düşünmeye kalktığında onu bir kez daha ezip geçmekle tehdit ediyordu. Sanki şimdiye dek öğrendiği her şey toplu halde zihnine üşüşmüştü ve aklından geçenleri sıraya koymanın hiçbir yolu yok gibiydi. Bu tıpkı kafasının içinde aynı anda milyonlarca farklı şarkı çalan milyonlarca farklı enstrümanı dinlemeye benziyordu; anlamlandıramayacağı kadar gürültülüydü. Bu nedenle kesinlikle emin olduğunu hissettiği tek şeye tutundu.

"Kardeşimi bulmam gerek. Sırada bu var."

"O da burada mı?" diye sordu Tomasz.

"Öyle sanıyorum. Dışarıda bir yerlerde olduğunu *biliyormuşum* gibi geliyor. Yapayalnız. Diğerleriyle birlikte değil. Eğer uyanıp yanında kimsenin olmadığını görürse..." Gözleri yaşlarla doldu. Diğer ikisi dikkatle onu izliyordu.

"Anlıyorum," dedi Regine, "ama sabaha kadar beklemek zorunda. O şey her yerde olabilir."

Seth upuzun, karanlık geceye baktı. Kafası düşüncelerle ve anılarla o kadar ağırlaşmıştı ki Regine ve Tomasz'la konuşmak şöyle dursun, var olduğunu hissetmek bile ona güç geliyordu. Tüm yanıtlar oradaydı, bundan emindi. Sadece henüz onları anlamlandıramıyordu...

"Seth?" dedi Regine.

"Evet," dedi Seth neredeyse istemsizce. "Bekleyebilirim. Dinlenmem gerek. Ayakta bile zar zor durabiliyorum..."

"Söylemek istediğim bu değildi." Oğlanın tişörtünün ense kısmını çekiştirdi.

"Yanıp sönüyorsun, Bay Seth," dedi Tomasz.

"Ne yapıyorum?" diye sordu Seth elini baktıkları yere götürürken.

"İşte burası," dedi Regine onu evin ön penceresine doğru sürükleyerek. Cam kirliydi ama onca toza rağmen Seth ensesindeki derinin altında yanıp sönen mavi ışığın camdaki yansımasını görebiliyordu.

"Mavi," dedi. "Yeşil değil."

"Yeşil değil de mavi olması ne anlama geliyor?" diye sordu Regine. "Bunun ne önemi var?"

"Bilmiyorum."

Regine iç geçirdi. "Her şeyi hatırladığını söylediğinde asıl söylemek istediğin, *işimize yarayacak* hiçbir şey hatırlamadığındı sanırım."

"Tabutlardan birini açtım. Tabutun içinde hortumlara, sargı bezlerine ve tüm o diğer şeylere bağlı bir adam yatıyordu. Ve tam burasında, yanıp sönen yeşil bir ışık vardı."

"Seni bulduğumuzda," dedi Tomasz, "ekranda DÜĞÜM HAYATA DÖNDÜRÜLÜYOR yazıyordu. Belki de mavi ışık tam olarak hayata döndürülmediğin anlamına geliyordur. Belki de tüm o çığlıklarının nedeni buydu."

"Evet," dedi Regine, "ama *hayata döndürülmek* de ne demek?" Seth'e baktı. "Dur tahmin edeyim: Bunu da hatırlamıyorsun."

"Sana söyledim..."

Regine, Seth'i susturmak için bir kez daha kaşlarını çatarak elini havaya kaldırdı. "Bundan hoşlanmadım."

"Neyden hoşlanmadın?"

"Bir şeyleri bilmemekten."

"Bunun önceki durumumuzdan ne farkı var?"

Regine, Seth'e bir bakış attı. "Çünkü bilmediğimiz başka şeyler de olduğunu öğrendik."

Seth cümleyi anlamaya çalışan Tomasz'ın dudaklarının kımıldadığını gördü.

"Hadi evimize geri dönelim," dedi Regine. "İçeride kendimi daha güvende hissedeceğim."

"Uzun bir yürüyüş olacak," dedi Tomasz biraz kederli bir tavırla.

"O zaman harekete geçsek iyi olur," dedi Regine.

Önce bir sokağa, ardından bir diğerine dönen Regine'in peşinden, gözlerini dört açmış vaziyette kaldırımda sessizce ilerlediler.

Yürürlerken gözlerini Seth'in ensesinden ayıramayan Tomasz, "Yandı, söndü," dedi. "Yandı, söndü."

"Evet, zaten şu yaptığın hiç sinir bozucu değil," dedi Regine.

"Belirli bir düzeni olup olmadığını anlamaya çalışıyorum," dedi Tomasz.

"Var mıymış?" diye sordu Seth.

"Evet. Yanıyor, sönüyor, yanıyor, sönüyor. Ama bunun ne anlama geldiğini bulmak başka birinin işi sanırım."

Regine aradaki mesafeyi kapatmalarına izin vermeden önden gidiyor, yolu gösteriyordu.

"Sana kızgın," dedi Tomasz, Seth'e.

"Onunla tanıştığım andan beri kızgın olmadığı bir saniye bile geçmedi ki," diye yanıtladı Seth.

"Hayır, öncesini kastediyorum. Artık sakinleşiyoruz, dolayısıyla o anları hatırlıyor. Bizden ayrılıp gözden kaybolmanı istememişti. Her ne istiyorsan onu yapmanın hakkın olduğunu söyledi ama ona bakınca anlayabiliyordum. Gitmeni istemiyordu." Seth'e döndü. "Ben de gitmeni istemiyordum. O yüzden ben de sana kızgınım."

"Üzgünüm," dedi Seth. "Ama kendi gözlerimle görmek zorundaydım. Öğrenmek zorundaydım." Bakışlarını aşağı indirip Tomasz'a baktı. "Beni kurtarmaya geldiğiniz için teşekkür ederim."

"Ah, *nihayet* teşekkür etmek aklına geldi," dedi Tomasz şaşırtıcı bir hüsran patlamasıyla. "Nihayet."

"Beni nasıl buldunuz?"

"Yolunda gitmeyen bir şeyler olduğunun farkındaydım." Tomasz kaşlarını çatarak bakışlarını Regine'in sırtına kaydırdı. "O da garip davranıyordu. Hayvanlar âlemindeydi."

"'Hayvanlar âleminde' mi?"

"Ayrıca konuşma şeklimle dalga geçmenizden bıktım usandım artık," dedi Tomasz fısıltıyla ama sonra sesini biraz daha yükselterek, "Belki de yanlış anlamışımdır. Neydi o kelime? Hah, dikkati dağınık. Dikkati dağınıktı," diye ekledi.

Seth girdap misali dönüp duran hafızasını kurcaladı. "Sakın hayaller âleminde olmasın?"

"Evet! İşte bu! Hayaller âlemindeydi."

"Bunun hayvanlar âleminde olmaktan pek farkı yok."

"Hâlâ dalga geçiyorsun," diye söylendi Tomasz. "Hem de ben hayatını kurtardıktan sonra. Üstelik bir kez daha. Şimdi bana Lehçedeki atıflar konusunda sahip olduğun engin bilgilerden bahset. Evet, bu çok eğlenceli olacak. Lehçeyi ne kadar bildiğinden ve Polonyalıların hislerini etkili bir dille ifade ederken kullandıkları kelimelerden konuşalım. Hadi, uzun uzun konuşalım."

"İngilizceyi nereden öğrendin? 1950'li yıllardan mı?"

"KURTARILIŞININ HİKÂYESİ," diye bağırıverdi Tomasz. "Regine'in dikkati dağınıktı. Ben de nedenini anladım. Seni kurtarmaya gitmemiz gerektiğini söyledim. Hayır, dedi. Bunun senin istediğin şey olmadığını söyledi. Ben de, Bay Seth'in ne istediği kimin umurunda olsun ki, dedim. Bay Seth içinde olduğu tehlikenin bile farkında değil, dedim. Tüfeği alıp gidelim, dedim." Tekrar Regine'e baktı. "Sonuncusuna çok itiraz etti."

"Haklı olarak," dedi Regine arkasına bile dönmeden. "Ölmüş olabilirdin."

"Ama hâlâ buradayım," dedi Tomasz. "Silahlar hakkında senden daha bilgili olduğum için üzgünüm ama doğrusu bu."

"Bildiklerinin, silahın elinde patlamasına mâni olmaya yetmediği ortada."

"Ama Sürücü'nün peşimize düşmesini engellemeye yetti!" Tomasz sargılar içindeki ellerini yılgınlıkla havaya kaldırdı. "Neden kimse Tomasz'ı takdir etmiyor? Neden aklına iyi bir fikir geldiğinde kimse ona teşekkür etmiyor? Bizi öldürme meraklısı o şeyden hayatlarınızı tam *iki* kere kurtardım ama ah, hayır, hâlâ şu küçük, komik Tommy'yim. Zaten İngilizcem de kötü, saçlarım da darmadağın, fazlasıyla da heyecanlıyım."

Çocuğun öfkesi karşısında afallayarak oldukları yerde kalıverdiler.

"Yüce İsa," dedi Regine. "Birilerinin uyumaya ihtiyacı var."

Tomasz'ın gözleri alevlendi ve ardından kendi dilinde upuzun, öfke dolu bir cümle sarf etti.

"Üzgün olduğumu söyledim," dedi Seth. "Tomasz..."

"Anlamıyorsunuz!" diye bağırdı Tomasz. "Ben de yapayalnızım! Daha büyük olduğunuzu, daha bilge olduğunuzu ve her şeyi daha derinden hissettiğinizi sanıyorsunuz! Ama öyle değil! Ben de bir şeyler hissediyorum! Seni ya da seni kaybedersem yine yapayalnız kalacağım ve bunu kabullenecek değilim! Bunu kabullenmeyeceğim."

Artık hüngür hüngür ağlıyordu ama Seth ve Regine, gözyaşlarına hâkim olamadığı için kendine de kızdığının farkındaydı. Bu nedenle onu sakinleştirmeye yeltenmediler.

"Tommy..." diye başladı Regine.

"Benim adım *Tomasz*!" diye bağırdı oğlan tükürürcesine.

"Ama sana Tommy dememin sorun olmadığını söylemiştin."

"Yalnızca senden hoşlandığım anlarda." Gözlerini sildi ve kendi kendine, "Tomasz hakkında hiçbir şey bilmiyorsunuz. Hiçbir şey," diye mırıldandı.

"Kafana yıldırım düştüğünü biliyoruz," dedi Seth.

Tomasz başını kaldırıp ona baktı fakat gözlerinde Seth'in tam olarak anlayamadığı bir şeyler vardı. Bilhassa, şüphe. Seth'in onunla alay edip etmediğini anlamaya çalışıyordu. Ama asıl, korku vardı... ve acı. Sanki kafasına yıldırımın düştüğü ânı sil baştan bir kez daha yaşıyordu.

"Seninle dalga geçmiyorum," dedi Seth. "Yalnızlığın ne demek olduğunu bilirim. Çok iyi bilirim."

"Öyle mi?" diye sordu Tomasz meydan okurcasına.

"Evet," dedi Seth. "Ciddiyim. Hem de çok ciddiyim."

Ateşkes yaptıklarını göstermek istercesine Tomasz'ın sırtını sıvazlamak için elini uzattığı sırada Tomasz eğildi ve Seth'in parmakları, Tomasz'ın kafatasının arka tarafındaki o noktaya dokundu...

Seth dokunur dokunmaz parıldayan o noktaya...

Ve dünya yok oldu.

54

Oda tıklım tıkış ve karanlıktı. Sayılarını tam olarak kestiremiyor olsa da içeride başka insanlar da vardı ve çok kalabalık olduklarından emindi. İnsanlar dip dibe duruyorlardı, öyle dip dibeydiler ki oğlan ekşi nefeslerinin ve vücutlarının kokusunu alabiliyordu. Ve bir de korkularınınkini.

Sesleri fısıltıyı andırıyor olsa da telaş içinde konuşuyorlardı. Oğlan neler söylediklerini anlayamadı...

Ama hayır, aslında anlayabiliyordu. *İngilizce konuşmuyorlardı ama yine de söylediklerinin her kelimesini anlayabiliyordu.*

"Yolunda gitmeyen bir şeyler var," dedi yanındaki kadın. "Bizi öldürecekler."

"Paralarını alacaklar," dedi başka bir kadın sertçe. Diğer kadını sakinleştirmeye çalıştığı belliydi ama kendi korkusunu saklamayı pek becerebildiği de söylenemezdi. "Para gelecek. Tek istedikleri bu. Para gelecek ve..."

"Para gelse bile hiçbir şeyi değiştirmeyecek," dedi ilk kadın. Yükselen sesler kadının endişesini paylaşıyordu. "Bizi öldürecekler! Bizi..."

"Kapatın çenenizi!" diye kükredi başka biri. Bu yeni ses, oğlanın başının hemen arkasından gelmişti ve kollarını oğlana dolamış vaziyette onu sıkı sıkı saran kadına aitti. "Kapatın çenenizi, yoksa sizin yerinize ben kapatırım."

İlk kadın bu yeni sesin öfkesi karşısında sustu ve az önce sarf ettiği sözcüklere yeğlemenin pek mümkün olmadığı uzun, içli hıçkırıklara boğuldu.

"Sakın onu dinleme, benim küçük tosbağam," dedi arkasındaki ses oğlanın kulağına. "Her şey plana göre gidiyor ve korkulacak hiçbir şey yok. Sadece biraz gecikme oldu. O kadar. Çok yakında yeni hayatımıza başlayacağız. Bizi çok güzel günler bekliyor."

Oğlan konuştu. Bunlar onun sözcükleri değildi, onun sesi değildi ama yine de onun dudaklarının arasından dökülüyorlardı.

"Korkmuyorum anneciğim," dedi.

"Korkmadığını biliyorum, tosbağam." Kadın oğlanın kafasının arkasını öptü. Oğlan, kadının bu hareketiyle kendini de sakinleştirmeye çalıştığının farkındaydı. Ama oğlan hakikaten korkmuyordu. Kadın onları buraya dek getirmeyi becermişti. Daha öteye götürmeyi de başaracaktı.

"Şimdi biraz İngilizce konuş da anneciğin duysun bakalım," diye fısıldadı kadın. "Bırak da sözcüklerini duyayım. Duyayım ki onlardan yepyeni bir ev inşa edelim."

Ve oğlan hatırladı. İngilizce dersi alamayacak kadar yoksul olduklarını ama anneciğinin siyah beyaz ya da gösterişli bir şekilde renklendirilmiş İngilizce filmlere ait videokasetleri –öyle okullardaki gibi İnternet'ten indirilmiş ya da diskete kaydedilmiş olanlardan değil, elektrik bandıyla bir arada tutulan kocaman, eski mi eski bir makinede oynatılanlardan– neden dur durak bilmeden evlerine taşıdığını hiç sormadığını hatırladı. Bu dil kâh öne çıkarak geniş bir alana yayılıyor kâh gerisin geriye kaçarak küçücük bir alana sıkışıyordu. O ve anneciği İngilizce konuşmaları altyazılarla eşleştirmeye çalışarak bunu bir oyuna çevirmişlerdi.

Öğretmenlerinin hep dediği gibi zeki bir çocuktu. Hatta bazılarına göre "korkunç" zeki bile sayılabilirdi ve karşılaştığı tüm zorluklara rağmen, ülkenin o denli derinlerine seyahat etme cesaretini bulan bir avuç turistle pratik yapa yapa İngilizceyi öğrenmeye başladı. Hatta birilerinin kasaba kütüphanesine bağışladığı, küflenmiş eski İngiliz romanlarına bile el attı.

Yeterince öğrendiğini umuyordu. Artık buradalardı. Sınırı geçmişlerdi. Neredeyse yolculuğun sonuna varmak üzereydiler. Gerçekten, gerçekten yeterince öğrendiğini umuyordu.

"'İnsanın ana babasından birini yitirmesi talihsizlik sayılabilir, Bay Worthing[*]*,'" dedi anneciğine bir filmden alıntı yaparak ve kendini cümlenin geri kalanını anımsamaya zorladı. "'ama ikisini birden yitirmesi, dikkatsizliktir ancak...*[**]*'"*

"Aferin, aferin, tosbağam," dedi anneciği ama oğlan anneciğinin söylediklerinin yarısını bile anlamadığının farkındaydı. "Devam et."

"'Sadece lanet olasıca kapıları uçurman gerekiyordu,'" dedi, "'aracı değil![***]*'"*

"Evet, tatlım."

"'Dünyanın her köşesindeki tüm müzik kutularından...'"

Derken oğlanın yanındaki kadından tiz bir çığlık yükseldi ve oğlan içeridekilerin yalnızca kadınlardan ve tıpkı onun gibi çocuklardan oluştuğunu hatırladı. Kapının kilidi gürültülü bir şekilde yuvasında dönmüş ve heybetli metal kapı kendi ağırlığıyla gürleyerek açılmaya başlamıştı. Kadınlar kapıdakinin, onları buraya dek getiren iki adamdan nispeten daha dostça davranan olduğunu görünce derin bir oh çekti. Bu adamın nazik bir gülümsemesi ve onun da çocuk sahibi olduğunu söyleyen hüzünlü gözleri vardı.

"Gördün mü?" dedi annesi ikisi de ayağa kalkarken. "Yalnızca birkaç sözcük dünyayı değiştirir."

Ama kadınlar aniden bağrışmaya başladılar çünkü nazik adam elinde bir silah tutuyordu...

---

* 1952 yılında Oscar Wilde'ın oyunundan *Ciddi Olmanın Önemi* adı altında beyazperdeye aktarılan İngiltere yapımı film. *–çn*

** Oscar Wilde. Tutkular Acılar Gülümseyen Deyişler. Çev. Şakir Eczacıbaşı. Remzi Kitabevi *–çn*

*** 1969 yılı yapımı İtalyan İşi isimli filmden. *–çn*

55

Bir el Seth'i göğsünden ittirdi. Bu Regine'di ve tüm ağırlığıyla Seth'e yüklenmişti. Seth çamurla kaplı kaldırıma devrildi. Kız gidip Tomasz'ın yanında durdu ve ikisi birlikte bakışlarını aşağı kaydırıp ona baktılar.

"Sen ne yaptın?" dedi Tomasz dehşet içinde. "Bana ne *yaptın?*"

"*Co sie stalo?*[*]" dedi Seth.

Lehçe.

"Ne?" dedi Regine.

"*Ne?*" dedi Tomasz oğlanın yanına gelerek. "Sen az önce ne dedin?"

Seth başını iki yana sallayarak olduğu yerde doğruldu. Hâlâ sıkış tepiş odada yükselen korkunun kokusunu alabiliyor, arkasındaki kadının dokunuşunu hissedebiliyor ve adamın elindeki silahı görünce grubu dalga dalga istila eden o korkunç mu korkunç paniği duyumsayabiliyordu...

"Dedim ki..." Bu defa İngilizce de olsa Seth bir kez daha konuşmayı denedi ama daha tek kelime bile edemeden Tomasz suratına öyle sert bir yumruk indirdi ki çocuğun ellerine sarılı kumaş parçasının bile darbeyi yumuşatmaya faydası olmadı.

"Buna hakkın yoktu!" dedi Tomasz ardı ardına ona vururken. Kendini korumaktan aciz düşecek kadar afallamış haldeki Seth burnunun kanamaya başladığını hissedebiliyordu. "Bu benim mahremimdi! Orada olmaya hiç hakkın yoktu!"

---

* (Lehçe) Neler oluyor? *–çn*

"OHA!" diye bağırdı Regine ve Tomasz'ın gelişigüzel savurduğu kollarını yakaladı. İri cüssesiyle ona sarılarak oğlanı sanki deli gömleği giymişe çevirdi ama Tomasz öfkeli bakışlarını Seth'ten ayıracak değildi.

"Burnunu sokmaman gerekiyordu!"

"Birileri bana burada ne cehennem döndüğünü söyleyebilir mi?" dedi Regine ama sonra Tomasz'ın ensesini gördü. "Ve Tommy'nin ışığı neden yanıp sönüyor?"

"Bilmiyorum," dedi Seth yüzündeki kanı silerek ayağa kalkarken. "Neler olduğunu bilmiyorum. Ona dokundum ve..."

"Ben de buradayım!" diye bağırdı Tomasz. "Sanki burada yokmuşum gibi konuşmayı kesin!"

"Üzgünüm, Tomasz," dedi Seth. "İkisi için de. Neler olduğunu bilmiyorum. Seni üzmek gibi bir amacım yoktu..."

"Burnunu sokmaman gerekiyordu!" dedi Tomasz tekrar.

Hâlâ Tomasz'a sarılmakta olan Regine, "Ne oldu?" diye sordu Seth'e.

"Bence..." dedi Seth. "Bence bu onun mahremi olabilir."

Bu sözcükler karşısında Tomasz'ın suratı buruş buruş oldu. Dizleri boşaldı ve Regine'in kollarının arasına yığılarak *gerçekten* ağlamaya başladı. Gözlerini sımsıkı yummuş vaziyette upuzun Lehçe cümleler sarf ediyordu.

"Tamam, cidden, az önce ne cehennem oldu?" diye sordu Regine, Tomasz'ı karnına bastırmış halde. "Neler gördüğünü öğrenmeme lüzum yok ama onun ensesine dokundun ve ikiniz birlikte donakaldınız. Sanki bedenlerinizi terk etmiş gibiydiniz."

"Bilmiyorum," dedi Seth.

Regine hiddetle iç geçirdi. "Tabii ki bilmiyorsun."

"Regine..."

"Sana kızgın değilim," dedi kız. "Bu koca ve aptal yere kızgınım. Hatırladığını söylüyorsun ama hatırladıklarını öğrenmeyi ne kadar çok istediğimi hayal bile edemezsin. Gerçi görünüşe göre hatırladıkların yepyeni acılar getirmekten başka işe yaramayacak. Zaten hayat bunlardan ibaret. Birbiri ardına gelen boktan, korkunç sürprizler..."

"Sen korkunç bir sürpriz değildin," dedi Seth usulca.

"...ve hava koşullarına akıl sır erdirmek de mümkün değil. Ayrıca peşimizde siyah takımlar içinde, ölümsüz bir *ucube* var. Üstelik... Sen ne dedin?"

"Senin korkunç bir sürpriz olmadığını söyledim," dedi Seth. "İkiniz de değildiniz." Tomasz hâlâ suratını Regine'in tişörtüne gömmüş halde sızlanıyordu ama duydukları karşısında yan gözle Seth'e baktı.

Seth burnunu sildi. "Dinleyin," dedi ama sonra sustu. Elini kısacık saçlarında gezdirdi. Parmakları kafatasının arasındaki şişliği buldu. Yanıp sönmekte olduğunu biliyor olsa da neden yanıp söndüğünü bilmiyordu. Zihnini bulandıran çalkantılı kargaşa haricinde hiçbir şey bilmiyordu. Tomasz ve Regine'le birlikte o sırada orada olduğu dışında bildiği hiçbir şey yoktu. Ve kendini onlara, hiç telafi edemeyeceği kadar borçlu hissediyordu.

"Ben kendimi öldürdüm," dedi.

Dinlediklerinden emin olmak için bekledi. Dinliyorlardı. "Adım adım okyanusun derinliklerine ilerledim. Omuzumu kayaya çarparak kırdım ve sonra, aynı kaya kafatasımı paramparça etti. Tam da ışığın olduğu yere isabet etti." Duraksadı. "Ama bu bir kaza değildi. Bunu kendime ben yaptım."

Regine hiçbir şey söylemedi ama Tomasz burnunu çekip, "Öyle olduğunu tahmin etmiştik," dedi.

"Biliyorum," dedi Seth. "Ve beni bulduğunuz gün, karavanın içindeki o şeyle burun buruna gelmeme mâni olduğunuz gün ben..." Önce tereddüt etti ama sonra kendini konuşmaya zorladı. "Aynı şeyi bir kez daha yapacaktım. Masons Hill'i bilirim. Kendimi nereden atmam gerektiğini biliyordum. O gün yapacağım şey de buydu."

Genzinde kan tadı aldı ve tükürdü. "Artık korkunç bir sürpriz olmadığınızı söylediğimde ne kadar içten olduğumu anlayabilirsiniz. Güzel bir sürprizdiniz, *o kadar* güzeldiniz ki gerçek olduğunuzdan bile şüphe ettim. Aslına bakarsanız hâlâ şüphe ediyorum. Ve bunun için çok üzgünüm. Bu yüzden size yalan söylediğim için çok üzgünüm. Bu beni hapishaneye gitmek zorunda bıraktığı için çok üzgünüm. Ve Tomasz, gördüklerimi gördüğüm için çok üzgünüm. Böyle bir şeyin yaşanmasını hiç istememiştim."

Tomasz bir kere daha burnunu çekti. "Biliyorum. Ama yine de." Seth'in şimdiye dek gördüğü en hüzünlü ifadeyi takınmıştı; dudaklarının kenarları aşağı doğru kıvrılmış, altdudağı sarkmıştı. Gözleri o gencecik yüzüne kıyasla fazlasıyla yaşlı görünüyordu.

"Beni de yıldırım çarpmadı," dedi.

"Elimizde avucumuzda hiçbir şeyimiz yoktu," dedi Tomasz bakışlarını ayaklarına dikerek. "Dünyadaki herkesin parasını kaybettiği o yılları hatırlar mısınız? Sanırım sanal ortamda bile durum aynıydı."

Seth ve Regine başlarıyla onayladılar ama Tomasz'ın onlara baktığı yoktu.

"Ondan önce de yoksulduk," dedi. "Ama sonrasında durumumuz iyice kötüleşti. Eskiden Avrupa'da elinizi kolunuzu sallayarak bir ülkeden diğerine geçebilirdiniz ama bütün ülkelerin ekonomileri çökünce durum değişti. Kimse kimseyi istemedi. Anneciğim ve ben kapana kısılmıştık. Ama o bir yolunu buldu. Bizi gizlice gemiye bindirebileceğini söyleyen bir adam buldu. Adam bize, sınırlar kapanmadan önce orada olduğumuzu kanıtlayacak pasaportlar ve belgeler verecekti." Küçük yumruklarını sıktı. "Bu sahip olduğumuz her şeye mal oldu. Sahip olduğumuzdan *daha fazlasına* ama anneciğim daha iyi bir hayatımız olacağını söyleyip duruyordu. Beni İngilizce öğrenmeye zorladı, her şeyin güzel olacağını söyledi."

Gözleri kısıldı. "Ama hiçbir şey güzel *olmadı*. Yolculuk çok zor ve çok uzundu. Bize yardım etmesi gereken adamlar da neredeyse hiç yardım etmediler. Biri daha iyiydi ama diğeri çok kötüydü. Bize çok kötü davranıyordu. Kötü şeyler... *yaptı*. Anneciğime."

Tomasz yumruğunu kaldırıp diğerlerine baktı. "Yardım edemeyecek kadar küçüktüm. Ama anneciğim sorun olmadığını söyledi. Varmak üzereyiz, dedi. Varmak üzereyiz. Ve günün birinde İngiltere'ye vardık. Hepimiz çok heyecanlıydık, artık güneş doğacaktı. Çok uzun ve zor yollardan geçmiştik ama işte artık oradaydık. Oradaydık, oradaydık." Yüzü duyduğu heyecanla biraz olsun aydınlandı ama sonra tekrar sertleşti. "Ama bir sorun vardı. Para, hep daha fazlasını istediler, hiç parası olmayan insanlardan hep daha fazlasını istediler."

İç geçirdi. "Ama kimsede para *kalmamıştı*. Nazik olan adam bizi tuttukları yere geldi. Gemilere yüklediklerine benzeyen kocaman, metal bir konteynerin içindeydik. Sanki domuz ya da paçavraymışız gibi. Nazik olan adam geldiğinde geceydi."

Seth'e baktı. Ay ışığında oğlanın gözleri yaşlarla dolmuştu ve çocuğun o halini gören Seth, Tomasz'ın ondan ne istediğini anladı.

"Seni vurdu," dedi Seth sözü hiç dolandırmadan ve hikâyeyi bitirdi. "Seni, anneni ve geriye kalan herkesi kurşuna dizdi."

Yanaklarından iri iri gözyaşları süzülen Tomasz başıyla onayladı.

"Ah, Tommy," diye fısıldadı Regine.

"Ama neden *burada* olduğumu bilmiyorum," dedi Tomasz ağlamaklı sesiyle. "Kafamın arkasından vuruldum ve burada uyandım! Ve bu çok mantıksız. Eğer herkes bir yerlerde uyuyorsa neden Polonya'da uyanmadım? Neden annemi ya da diğerlerini bulamıyorum?" Seth'e döndü. "Burayı anımsamıyorum bile. Uyandım ve adamların hâlâ peşimde olduğunu düşündüm. O kadar korkmuştum, o kadar korkmuştum ki beni bulduğunda Regine'e bile uzun süredir burada yaşadığımı söyledim. Anneciğimle benim uzun süredir burada yaşadığımızı ama..." Omuzlarını silkti.

"Belki de *gerçekten* buraya varmışsınızdır," dedi Seth. "Ve geldiğiniz gibi sizi tabutlara yerleştirmişlerdir..."

Fakat söylediklerinin hiçbir mantıklı yanı yoktu.

Belki de, diye düşündü, belki de kimseyi sınır dışı edecek zamanları yoktu. Belki de Tomasz'ın annesi gerçek dünyada her şey sona ermeden önce buraya vardığında Tomasz henüz küçücük bir bebekti. Belki de tutuklanmışlardı ve yapılabilecek tek şey, Polonya'dan asla ayrılmadıklarını düşünmelerine yol açacak bir uykuya dalmalarını sağlamaktı. O yolculuk hiç yaşanmamışçasına başladıkları yere geri dönmeleriydi.

Ama insan o yolculuğa çıkma iradesini ve cesaretini bir kere kendisinde buldu mu aynı yolculuğa tekrar çıkmayı da göze alabilirdi, öyle değil mi? Sanal ortamda olduğunu bilmese bile ne pahasına olursa olsun oradan kaçıp kurtulmaya çalışırdı.

Çoktan başardığını ve artık bambaşka topraklarda olduğunu asla öğrenemeden.

Bu gerçek olamayacak kadar acımasız görünüyordu.

"Tommy, çok üzgünüm," dedi Regine.

"Sadece beni yalnız bırakmayın," dedi Tomasz. "Tek istediğim bu."

Regine, Tomasz'a daha sıkı sarıldı.

"Ya sen?" diye sordu Seth, kıza. "Sen buraya nasıl geldin?"

"Sana anlattım ya," dedi Regine oğlana hiç bakmadan. "Merdivenlerden düştüm."

"Emin misin?"

Regine tek kelime bile etmeden meydan okuyan bakışlarını Seth'e dikti ama artık Tomasz da başını kaldırmış, ona bakıyordu. Yüzündeki ifadeden aynı soru okunuyordu. "Çekinmene gerek yok," dedi Tomasz. "Biz senin arkadaşınız."

Regine yine de cevap vermeye yeltenmedi ama suratından geçen bir anlık şüpheyi görmemek olanaksızdı. Derken açıklama yapmak, inkâr etmek ya da onlara cehennemin dibine gitmelerini söylemek için derin bir nefes aldı ama Seth kızın niyetinin ne olduğunu asla öğrenemeyecekti çünkü uzaklarda bir yerlerde, karavanın motorunun bir kez daha çalıştığını duydular.

56

Telaşla gölgeden gölgeye koştururlarken arkasına dönüp, "Acele edin," diye fısıldadı Regine diğerlerine.

"Daha ne kadar yolumuz var?" diye sordu Seth nihayet kızla aralarındaki mesafeyi kapattıklarında. Yolun kenarına park edilmiş iki arabanın arasına sığındılar.

"Çok değil ama ilk olarak geçmemiz gereken geniş bir cadde var."

"Ses uzaktan geliyor," diye fısıldadı Tomasz hemen arkalarından. "Nerede olduğumuzu bilmiyor."

"Kaldığınız yeri daha önce hiç gördü mü?" diye sordu Seth.

"Sanmıyoruz," dedi Tomasz. "Eve ulaşmadan önce izimizi kaybettirmeyi hep becerdik ama..."

"Ama ne?"

"Burası o kadar da büyük bir kasaba değil," dedi Regine. "Ve ikinizin de ışıkları hâlâ yanıp sönüyor. Bu, zifiri karanlık bir dünyada kolaylıkla fark edilmemize yol açabilir."

"Eğer bir tür sinyal yayınlıyor olsalardı," dedi Seth, "şimdiye dek bizi ele geçirmiş olurdu, yanılıyor muyum? En azından bu da bir şeydir."

"Bir şey," dedi Regine. "Pek fazla şey sayılmaz."

Park halindeki arabaların arasından iki büklüm bir vaziyette koşarak önce küçük sokağın karşısına geçtiler, oradan da kavşağa doğru bayır yukarı uzanan yolu aştılar. Bu, Regine'in bahsettiği ana caddeydi; yer yer otlar ve çamur tarafından istila edilmiş, devasa büyüklükte geniş bir açık alandan ibaretti.

Burayı geçmek zorundaydılar. Yolun kenarına park edilmiş iki küçük beyaz kamyonetin arasında beklediler.

"Sorun çıkmayacak," diye fısıldadı Tomasz. "Motorun sesi yakınlardan gelmiyor."

"Onu çok yakın mesafeden göğsünden vurdun ama yine de ayağa kalkmayı becerdi," dedi Regine. "Başka *neler* yapabileceğini bilmiyoruz. Nerede olduğunu motorun sesinden anladığımızı bilmediğini mi sanıyorsun? Bunu bizi tuzağa düşürmek için kullanmayacağını mı düşünüyorsun?"

Tomasz'ın gözleri büyüdü ve kumaşla sarılı elini Seth'in avucunun içine sokuşturdu.

"Gerçekten o kadar da uzakta değiliz," dedi Regine. "Eğer karşıya geçebilirsek..."

Durdu; gözleri ay ışığında aniden pür dikkat kesilmişti.

"Ne oldu?" diye fısıldadı Seth.

"Bir şey duydun mu?"

"Hayır, ben..."

Ama artık o da duyuyordu.

Ayak sesleri.

Kesinlikle ayak sesleri.

Motorun uzaktan gelen uğultusundan çok daha yakındaydı.

Ayak sesleri sanki duyulmayı istemiyorlarmış gibi yavaş ve sessizdi. Ancak onlara doğru geliyordu.

Tomasz, Seth'in elini sıktı ve yanıklarının acısı karşısında usulca, "Ay," deyiverdi. Fakat yine de Seth'in elini bırakmadı.

"Kimse kımıldamasın," diye fısıldadı Regine.

Ayak sesleri güçlendi, yaklaştı. Sağ taraflarında bir yerlerden, sokağın park halindeki arabalar ve karanlık tarafından gizlenmiş karşı tarafındaki kaldırımdan geliyor gibiydi. Ayak seslerinde bir tuhaflık vardı, garip bir şekilde tereddütlüydüler; sanki seslerin sahibi doğru düzgün yürümekte zorlanıyormuşçasına durup durup yeniden başlıyordu.

"Belki de canını yakmayı başarmışızdır," diye fısıldadı Regine ve Seth kızın duruşunun hafifçe değiştiğini gördü. O şeyin canını acıtmayı başarmış olmanın kızın hoşuna gideceğini fark etti. Onu yenme şansının olabileceği bir anda o şeyin karşısına çıkmaktan mutlu olacaktı.

"Regine..."

Kız parmağıyla sessizce ileriye işaret ederek Seth'i susturdu. Seth ve Tomasz kızın gösterdiği yere baktılar.

Sokağın karşısındaki gölgelerin arasında kıpırtılar vardı.

"Buradan uzaklaşmalıyız," dedi Seth.

"Henüz değil," dedi kız.

"Hâlâ silahı var..."

"*Henüz* değil."

Seth, Tomasz'ın geriye çekilerek kaçmaya hazırlandığı hissedebiliyordu. Seth de onunla birlikte geriye çekildi ama Regine olduğu yerde kaldı...

"*Regine*," diye tısladı Seth kenetlenmiş dişlerinin arasından...

Ama kızın tek dediği, "Bak," oldu.

Seth kızgın, gergin ve kaçmaya hazır bir tavırla öne doğru eğilip geniş yolun öteki tarafına, ayak seslerinin sahibinin son birkaç tıkırtı eşliğinde gölgelerin içinden çıkıp ay ışığına adım attığı yere baktı.

Tam o sırada, yanındaki Tomasz usulca nefesini tuttu.

Bu bir geyikti. Aslında *iki* taneydiler. Dişi geyik ile yavrusu temkinli bir şekilde sokakta ilerliyordu. Kulakları tetikteydi. Yolun hâlâ güvenli olduğundan emin olmak için iki adımda bir duruyorlardı. Yavru geyik annesini birkaç adım geride bırakarak ağzını yolda büyüyüp serpilmiş yabani otlarla doldurdu. Ay ışığında renklerini anlamak imkânsızdı ama Seth ikisinin de cılız ya da sağlıksız görünmediğini düşündü. Etrafta beslenmelerine yetecek kadar bitki olduğu kesindi. Ve eğer bir yavru varsa demek ki dışarıda bir yerlerde dolaşan bir erkek geyik de vardı.

Seth, Tomasz ve Regine iki geyiğin toynaklarını asfalta vura vura sokak boyunca ilerleyişlerini izledi. Motorun sesi hâlâ uzaktan geliyordu ve dişi geyiğin kulaklarını kıpırdatışına bakılırsa o da motorun sesini duyuyor ama sakince yavrusunun karnını doyurmasını izliyordu.

Derken durdu ve başını hafifçe kaldırarak havayı koklamaya koyuldu.

"Kokumuzu alıyor," diye fısıldadı Regine. Dişi geyik yerinden fırlamadı ama arkasını onlara dönüp yavrusunu yol boyunca itekleyerek ayın bile onları göremeyeceği kadar karanlık gölgeler arasında gözden kayboldu.

"Vay canına," dedi Tomasz geyikler ortadan kaybolduktan sonra. "Gerçekten de VAY CANINA!"

"Evet," dedi Seth. "Böyle bir şeyle karşılaşacağımızı hiç düşünmemiştim..."

Durdu.

Çünkü Regine'in yanaklarından süzülen iki başıboş gözyaşı damlasını sildiğini görebiliyordu.

"Regine?"

"Yola devam edelim," dedi kız ve onlara yolu göstermek için bir kez daha önlerine düştü.

Eve ulaşmak için geniş bir daire çizdiler. Buradaki evlerin arasında serpiştirilmiş ağaçlar şaşırtıcı derecede sıktı ve ay ışığı sanki dik bir kanyonun dibindelermiş gibi arada sırada görünüp kayboluyordu. Motorun uğultusu çok uzaklardaydı ve Regine'in sokağına ulaştıklarında onları bekleyen kimseyle karşılaşmadılar.

Seth burasının yaşadığı mahalleden çok daha güzel bir mahalle olduğunu karanlıkta bile görebiliyordu. Evler oturduğu mahalledeki sıra evlerin aksine müstakildi; bahçeleri çok daha ferahtı; sokakları biraz daha genişti. Seth kendi evinin ferahlığına ve hoşluğuna rağmen annesiyle babasının biriktirdiği paranın evi satın almaya yetmesinin tek nedeninin, bahçenin öteki yanında uzanan hapishane olduğunu anımsadı.

"Burada mı doğup büyüdün?" diye sorduğu anda sesindeki şaşkınlıktan ötürü ağzını açtığına pişman oldu.

"Evet," dedi Regine, "ve sanal ütopya-köyümüzde bile buradaki tek siyahi aile bizimkiydi. Sizce *bu* ne anlama geliyor?"

Külüstüre dönmüş daha iyi model bir arabanın arkasına saklanıp köşede beklediler.

"Hiçbir şey görmüyorum," diye fısıldadı Tomasz.

"Hayır," dedi Regine. "Ama nereden bileceğiz ki? O şey büyük olasılıkla bizden çok daha uzun süre bekleyebilir."

"Şuradaki evlerden herhangi birinde dinlenebiliriz," dedi Seth. "Büyük olasılıkla hepsinde boş yatak vardır."

"Evet," dedi kız gözlerini kısarak yola bakarken, "ama onların hiçbiri benim evim değil, öyle değil mi? Evimden vazgeçmeye hazır olduğumu sanmıyorum."

"Bundan hiç şüphem yok," dedi Seth, "ama..."

"Ah, gökler aşkına," dedi Tomasz ayağa kalkarak. "Ellerim acıyor. Ellerimi yıkamak istiyorum. O şey orada mı, değil mi? Eğer oradaysa o halde bizi nerede bulacağını biliyor demektir ve nereye kaçarsak kaçalım aklındakini yapacaktır. Ayrıca sinirli ve çok yorgunum."

Kendinden emin adımlarla sokak boyunca ilerlemeye koyuldu.

"Tommy!" diye bağırdı Regine oğlanın arkasından ama Tomasz yolundan dönmedi.

"Haklı olduğunu biliyorsun," dedi Seth.

"Her zaman öyle değil mi?" diye homurdandı Regine ama ayağa kalkıp Tomasz'ı takip etmeye başladı. Seth de aynısını yaptı ama artık Regine'in ışıklar konusunda ne denli haklı olduğunu görebiliyordu. Tomasz karanlığın içinde resmen bir işaret fişeği gibi parlıyordu.

Ne oldu? diye düşündü. Neden bağlantı kurmuşlardı? Neden aniden kendini Tomasz'ın başından gelip geçmiş en kötü şeyin içinde bulmuştu? Bu çok mantıksızdı ama en azından beynindeki kasırgayı şimdilik dindirmişti; tüm o bilgiler geçici bir süreliğine de olsa zihninin kenarında fokurduyordu.

Regine'in ensesine baktı. *Acaba onunla bağlantı kurarsam ne olur?* diye düşündü.

"Tommy, bekle," dedi Regine yabani bitkilerin gölgeleriyle çamurun ardına gizlenmiş koyu renkli, tuğla bir evin ön bahçesine yaklaşırlarken. Regine kendi etrafında bir tam tur dönerek dikkatle etrafı inceledi –tıpkı tetikte olduğu zamanlarda Seth'in yaptığı gibi– ama yine de karanlığın içinden çıkagelen hiçbir şey olmadı.

"Sanırım iyi durumdayız," dedi Tomasz. "Şimdilik."

Regine civardaki evlerin ön bahçelerini gözleriyle tarayarak uzun, derin bir iç çekti ve usulca, "Şimdilik," diye tekrar etti.

57

"Bekleyin," dedi Regine evin kapısının önüne vardıklarında ve araya sıkıştırdığı küçük kâğıt parçasını aldıktan sonra kapıyı hafifçe iterek açtı. "Bizden önce eve giren kimsenin olmadığından emin olmak için. Bu düşmüş olsaydı içeride birinin olduğunu anlardık."

Beklemelerini işaret ettikten sonra evin içinde gözden kayboldu.

Tomasz, "Dışarıdan görülmemek için," dedi Seth'e, "pencereleri kararttık."

Kısa bir an sonra evin derinliklerinde, sanki birden fazla köşeyi dönüp geliyormuşçasına loş bir ışık yandı.

"Tamam," dedi Regine tekrar kapıda belirdiğinde. "İçeri girin. Çabuk."

Tomasz, Seth'in içeri girmesini bekledikten sonra ardından kapattığı kapının kolunun altına bir sandalye sıkıştırdı. Üst kata çıkan merdivenlerle ve arka taraftaki mutfağa açılan ikinci bir kapıyla çevrelenmiş geniş bir oturma odasındaydılar.

Oturma odasının orta yerinde, sanki bir sehpaymış gibi kanepelerle ve sandalyelerle çevrili, tozlu, siyah renkli bir tabut duruyordu.

"Gel, yiyeceğimiz var," dedi Tomasz yürüyerek tabutun yanından geçip Seth'i de beraberinde mutfağa sürüklerken. Işık buradan, eskiden kiler niyetine kullanılmış olabilecek bir dolabın içine yerleştirilmiş ışıldaktan geliyordu. Arka bahçeye açılan kapının tüm birleşme noktaları, ışığın dışarı sızmasını engellemek için battaniyelerle kapatılmıştı.

"Üst katta uyuyoruz," dedi Regine. "Üç tane yatak odamız var ama birini depo olarak kullanmaya başladık. Eğer istersen Tomasz'ın odasını paylaşabilirsiniz."

"Genellikle gizlice Regine'in odasına girip yerde yatıyorum zaten," dedi Tomasz gereğinden biraz yüksek sesle fısıldayarak.

Regine bir ışıldak daha yaktı. Ellerindeki sargıları açması için Tomasz'ı lavabonun başına çağırdı. Kanlar suyla akıp gittikten sonra Tomasz'ın ellerinin korktuklarından daha iyi göründüğünü fark ettiler. Oğlanın, Regine ne zaman ellerini musluğun altına tutsa sızlanmasına neden olan birkaç derin kesiği ve biraz da yanığı vardı ama ellerini güçlükle de olsa açıp kapatabiliyordu.

"İyileşeceksin," dedi Regine. Sonra çekmecelerden birinden birkaç eski havlu çıkardı ve havluları oğlanın ellerine sardı. "Fakat ellerinin mikrop kapması ihtimaline karşı bir yerlerden biraz antibiyotik bulmalıyız."

Tomasz hâlâ son derece küstah görünüyordu. "Bir kez daha tekrar ediyorum. Sizi kurtardığım için durmadan teşekkür etmenize gerek yok."

Regine konserveleri çıkarmak için dolaplardan birine uzandı. "Korkarım pek fazla şeyimiz yok," dedi Seth'inkine benzer bir kamp ocağını ateşlerken.

Elleri havluyla sarılı olan Tomasz kâseleri çıkarırken Regine de yemeği hazırlıyordu. Kendine yapacak bir şeyler arayan Seth, süpermarketten getirdikleri şişelerin içindeki suyla bardakları doldurdu. Kimse pek fazla konuşmuyordu. Seth'in zihni hâlâ öylesine doluydu ki aşırı yüklenmiş haldeydi ve eğer dizginleri elinden kaçıracak olursa her şeyi anlamlandırmaya çalışırken yine felç geçirebilirdi. Gösterdiği çaba biteviyeydi, zorluydu, yorucuydu. Esnemesini güçlükle bastırdı ama artık ikincisini bastıramayacak kadar bitkin düşmüştü.

"Bir de bana sor," diye homurdandı Regine yarısı kremalı mısırla, diğer yarısıysa erişteli biber dolmasıyla dolu kâseyi Seth'e uzatırken.

"Teşekkürler," dedi Seth.

Regine ve Tomasz yemek için mutfaktaki küçük sandalyelere oturmuşlardı. Seth ise yerde oturuyordu. Kimsenin tek kelime edeceği yoktu. Seth başını kaldırdığında Tomasz'ın kucağında boş kâsesiyle başını tezgâha dayamış vaziyette uyuyakaldığını gördü.

"Yıldırım olmadığını biliyordum," dedi Regine çocuğu uyandırmamaya özen göstererek. "Ama hiçbir fikrim yoktu."

"Benim de öyle," diye yanıtladı Seth.

"Ne zaman bir fikrin oldu ki?" dedi kız sertçe.

Seth yılgınlıkla iç geçirdi. "Benimle sorunun ne? Üzgün olduğumu söyledim."

"Sana inanıyorum," dedi kız boş kâsesini tezgâha bırakırken. "Konuyu burada kapatabilir miyiz?"

"Görünen o ki kapatamıyoruz."

"Zaten sorun da bu. Her şeyi bilmeye hakkının olduğunu düşünmen. Her şey seninle ilgili. Demek istediğim şu ki Tommy'yle benim bile her nasılsa sana yardım etmek için var olduğumuza inanıyordun. Bu ne kadar bencilce bir tutum? Acaba hiç burada olma nedeninin *bize* yardım etmek olabileceğini düşündün mü?"

Seth kulağını kaşıdı. "Üzgünüm. Buraya alışmak için sizin kadar zamanım olmadı." Işıldakla aydınlanan mutfağa ve bayat konservelerden ibaret akşam yemeklerine baktı. "Babam eğer yeterince zamanın olursa her şeye alışabileceğini söylerdi."

"Annem de aynısını söylerdi ve haklıydı."

Regine bunu öylesine büyük bir ıstırapla söylemişti ki Seth afallamış bir halde başını kaldırıp ona baktı. Kız iç geçirdi. "O bir öğretmendi. Genellikle fen bilimleri öğretirdi ama o da babam da Fransız'dı. Dolayısıyla Fransızca öğrettiği de olurdu.

O harika biriydi. Güçlüydü, iyi kalpliydi, komikti ve babam öldüğünde... çöktü. Her nasılsa yitip gitti." Regine kaşlarını çattı. "Üvey babamsa, o orospu çocuğuysa annemin ne denli çökmüş olduğunu gördü ve evimize dadandı. Başlangıçta pek fazla sorunumuz yoktu. Hiçbir şeyin mükemmel olduğu söylenemezdi ama idare ediyorduk. Ben de gidişata alıştım. Sonra her şey biraz daha kötüleşti. Ona da alıştım. Sonra günün birinde uyandığımda işlerin nasıl böylesine sarpa sardığına dair hiçbir fikrim yoktu."

"Bizde asıl çöken babam oldu," dedi Seth. "Hatta sanırım annem bile biraz olsun çöktü."

"Ya sen?"

"Ben de çöktüm. İnsanlar çöker, sanırım. Herkes."

"Peki, çöküşünün *asıl* kırılma noktası neydi?"

"Şimdi kim kimin işine burnunu sokuyor bakalım?"

Kız bocaladı ama daha sonra Seth'e neredeyse dost canlısı sayılabilecek bir bakış attı.

Seth esnedi. Esnemesi, o gece nihayet uykuya daldığında zihnine hangi anıların dadanacağını merak etmesine neden oldu. Acı verici olsalar bile güzel olmalarını diledi. Belki Gudmund'a karşı beslediği hislerinin karşılıksız olmadığını öğrendiği geceyi görürdü. Belki de kampa gittikleri ve Gudmund'un annesiyle babası yandaki çadırda kaldığından konuşmaktan başka pek bir şey yapamadıkları geceyi görürdü. Yalnızca üniversiteden ve sonrasından konuşmuş olsalar da harika zaman geçirmişlerdi. Onunla birlikte bir gelecek planlamak her şeyden daha güzeldi.

"Her şeye sahip olabiliriz," demişti Gudmund. "Buradan uzaklaşır uzaklaşmaz istediğimiz her şeyi yapabiliriz. Sen ve ben. Birlikte olacağız ve kimse bize mâni olmayı *aklından bile geçiremeyecek.*"

Seth o sözcüklerin ne denli heyecan verici ama korkutucu, gerçek ama imkânsız göründüğünü söyleyememişti.

Gece boyunca konuşmuşlardı. Hayatlarının geri kalanını planlamışlardı.

Bunu düşünmek bile kalbinin sızlamasına neden oluyordu.

"İnsanlar çöker," dedi tekrar. "Ama bizim ikinci bir şansımız var. Üçümüzün."

Regine zoraki bir kahkaha attı. "Bunun ikinci şans olduğunu mu düşünüyorsun? Ne kadar boktan bir *hayatın* vardı acaba?" Ayağa kalkıp Tomasz'a uzandı. "Hadi, bana biraz yardım et."

Regine önlerini aydınlatmak için bir mum yaktıktan sonra yarı uyur yarı uyanık haldeki Tomasz'ı yatağına taşıdılar. Kız dolaptan birkaç tane eski püskü battaniye çıkardı. "Yer yatağıyla yetinmek zorunda kalacaksın."

"Sorun değil," dedi Seth battaniyeleri birer birer halının üstüne sererken.

"Gizlice odama geldiğinde onun yatağına geçebilirsin," dedi Regine. "O konuda şaka yapmıyordu."

Tomasz çoktan horlamaya başlamıştı. Regine kendisine özgü o kaba ama şefkatli tavırla başını eğip oğlana baktı ve ardından iyi geceler bile demeden odadan çıkmak üzere arkasını döndü.

"Beni bulduğunuz için size minnettarım," dedi Seth. "Ve lütfen bir kez olsun pisliğin teki gibi davranma ve teşekkürümü kabul et, olur mu?"

Regine homurdandı. "Burada hayatta kalmak çok zor. Sertlik bizi hayatta tutar." Yüzünde buruk bir gülümseme belirdi. "Eskiden çok tatlı biriydim."

Seth gülümseyerek ona karşılık verdi. "Hayatta beni buna inandıramazsın."

"İyi," dedi kız. "Zaten inanmamalısın." Bir anlığına Seth'e baktı. "Yarın ilk iş, erkek kardeşini aramaya başlayabiliriz. Eğer senin için gerçekten o kadar önemliyse."

"Önemli. Teşekkür ederim."

"Bana teşekkür etme. Bütün işi sen yapacaksın. Mesela, aramaya nereden başlayacağımıza dair bir fikrin var mı?"

Seth başını iki yana salladı. "Bir şeyler anımsayacağım. Hepsi burada; öyle olduğunu biliyorum. Sadece onları sıraya koymanın bir yolunu bulmalıyım."

"Güzel," dedi kız, "çünkü birkaç yanıt almak gerçekten çok hoşuma gider." Başını iyi geceler manasında aşağı yukarı salladı ve ardından odayı terk etti.

Seth yere uzandı ve battaniyelerden birini üzerine çekti. Çıt çıkmıyordu. Tomasz'ın kısacık horultularının arasında bile karavanın motorunun uğultusu duyulmuyordu. Regine ve Tomasz'ın buraya gizlenmekte iyi iş çıkardıklarını düşündü. Şimdi onu da kendileriyle birlikte aynı yere gizlemişlerdi.

Zihni hâlâ sıraya koymayı beceremediği anılarla aşırı yüklenmiş haldeydi ama kısacık bir an boyunca, günün bitmek tükenmek bilmeyecek gibi görünen yorgunluğu ona yetişmeden hemen önce kendini neredeyse güvende hissettiğini fark etti.

58

Rüya görmedi.

59

"Uyan, Bay Seth," dedi Tomasz onu omuzlarından tutup sarsarak. "Bir gece daha hayatta kalmayı becerdik."

Seth uyku sersemi bir halde gözlerini, pencereleri örten battaniyelerin arasından belli belirsiz sızan loş aydınlığa açtı.

"Kahvaltıda yine mısır ve biber dolması var," dedi Tomasz. "Bunun için üzgünüm."

Seth yanıt vermek için ağzını açtı…

Ama duraksadı.

Bir şeyler farklıydı.

Bir şeyler değişmişti.

Bir şeyler…

Olduğu yerde dimdik doğruldu.

"Ah, lanet olsun," dedi.

"Ne var?" diye sordu Tomasz. Paniğe kapılmıştı.

"Ah, hayır."

"Ne oldu?"

"Her şey burada," dedi Seth büyülenmiş halde başını kaldırıp Tomasz'a bakarken. "Artık her şey açıklığa kavuştu. Uykuya dalmak süreci hızlandırmış olmalı ya da…"

Durdu.

"*Şu anda* neler oluyor?" diye sordu Tomasz.

Ama Seth ne yanıt verebilirdi ki? Ne diyebilirdi? Bütün kargaşa artık bir anlam ifade ediyordu. Unuttuğu şey…

Ah, hayır.

Ayağa kalktı. Yatak odasından çıkıp merdivenlerden koşarcasına inmeden önce ayakkabılarını ayağına geçirmek için bile doğru düzgün durmadı.

"Bekle!" dedi Tomasz peşinden gelirken. "Nereye gidiyorsun?"

Seth sokak kapısına yaslanan sandalyeyi kaptı ama afallamış haldeki ilk denemesi, sandalyeyi yerine daha fazla sıkıştırmaktan başka işe yaramadı.

"Neler oluyor?" diye sordu Regine mutfaktan çıkarken. Elinde o korkunç kahvaltılıklarla dolu kâseyi tutuyordu.

"Uyandı ve deliye döndü," dedi Tomasz.

"Yine mi?"

"Rüya görmedim," dedi Seth sandalyeyle boğuşurken.

"Ne?" diye sordu Regine.

"Rüya *görmedim*. Uyudum ve rüya görmedim. Zihnimde tek bir anı bile canlanmadı. Hiçbir şey." Paniğe kapılmanın eşiğinde olduğunu hissedebiliyordu. "Ama uyandığımda her şey berraklaşmıştı."

Sandalye nihayet Seth'in ellerinin arasından fırladı ve oturma odasının orta yerine düştü. Seth sokak kapısını savururcasına açtı.

"Nereye gidiyorsun?" diye bağırdı Regine ama oğlan çoktan dışarı çıkmış, kaldırımı aşmış, sokağın aşağısına doğru koşmaya başlamıştı.

Çünkü biliyordu.

Hatırlıyordu.

Her ne kadar bu mahalleye aşina olmasa da ayakları ona yol gösteriyordu. Önceki gece geçtikleri geniş caddenin aniden kasabanın simgelerinden biri olduğunu anladı. Karavanın motorunun sesine kulak bile kabartmadan Regine'in evini arkasında bıraktı. Kendi evinin beş kilometre kadar kuzeyinde olduğunu aklından geçirdiği anda, takip etmesi gereken yol tıpkı bir harita misali zihninde canlandı.

Nereye gitmekte olduğunu biliyordu.

Biliyordu.

"BEKLE!" diye bağırdığını duydu arkasından birilerinin.

"Yapamam," dedi. Ama sesi diğerlerinin duyabileceği kadar gür çıkmamıştı. "Yapamam."

Biraz olsun tereddüt etmeden, son derece kendinden emin bir halde köşeleri dönerek koşmaya devam etti. Bloklar hızla arkasında kalıyor, neredeyse hiç çaba harcamadan, hızla, kararlı bir şekilde koşuyordu. Bir köşe daha. Ve sonra bir tane daha. Artık bayır aşağı uzanan yollar onu süpermarketin arkasından, ördekleri gördüğü küçük parkın öte yanına çıkaracaktı.

Arkasından birinin soluk soluğa, "Tanrı aşkına!" dediğini duydu.

Omzunun üstünden çabucak arkasına baktığında Regine'i gördü. Kız evde saklamış olmaları gereken bir bisikletin tepesinde oflaya puflaya pedal çeviriyordu. Tomasz ise arkasına yapışmış, sarılı ellerini kızın beline dolamıştı.

"Bizden kaçıyorsun!" diye bağırdı Tomasz şaşırtıcı bir öfkeyle. "Yine!"

"Sizden kaçtığım yok," dedi Seth başını iki yana sallasa da durmaya bile yeltenmeyerek. "Lütfen, kaçmıyorum."

"O zaman ne *yapıyorsun*?" diye bağırdı Regine.

"Hatırlıyorum," dedi Seth. "*Hatırlıyorum*."

"O zaman tam olarak güvende olmadığımızı da hatırlıyor olman gerek, öyle değil mi?" dedi Regine. Oğlanın hızına ayak uyduramıyordu.

"Üzgünüm," dedi Seth aralarındaki mesafeyi açarken. "Bunu yapmak zorundayım. Üzgünüm."

Koştu. Bu adını koyabileceği türden bir duygu değildi. Daha ziyade bir dürtüydü; koşmasına yol açan bir şey...

İnanamayacağı bir şey...

İnanmayacağı bir şey...

Yol artık dimdik aşağı iniyordu. Bayırın eteklerine ulaştığı sırada hâlâ, "Hayır. Hayır, hayır, hayır," diye fısıldıyordu.

Ördeklerin oynaştığı gölete doğru döndükten sonra hafif bir yükseltinin üstünden geçti. Fena halde büyüyüp serpilmiş çalıların ardındaki evler bir zamanlar kasabanın en zenginlerine aitti. Buradaki yollar da daha iyi durumdaydı; muhtemelen epeyce pahalı betondan dökülmüş yolları delip geçmeyi başaran otların sayısı daha azdı. Seth bir tür toplum merkezini geçti, sonra köşedeki kiliseyi gördü ve yaklaştığını anladı. O son köşeyi dönerken uzaktan da olsa hâlâ onu takip eden Regine ve Tomasz'ın seslerini duyabiliyordu.

Yavaşlayarak yolun ortasında durdu.

İşte oradaydı. Onu bulmuştu. Aniden. Olması gerekenden çok daha erken. Hapishaneye yaptığı kısa yürüyüş gibi bu yolculuğun da çok daha uzun sürmesini beklerdi.

Ama işte oradaydı.

"Hayır," diye fısıldadı tekrar.

Regine ve Tomasz hemen arkasında durdu. Regine öylesine nefes nefese kalmıştı ki iki büklüm vaziyette gidonun üstüne abanmaktan başka bir şey yapabilecek durumda değildi ama Tomasz çoktan bisikletten atlamış, "Bunu yapamazsın! Söz verdin! Bunu..." diye bağırmaya başlamıştı.

Ama Seth'in nasıl donakaldığını görünce durdu.

Ve ardından, Seth'in onları nereye getirdiğini gördü.

"Bay Seth?" dedi aklı karmakarışık halde.

Seth hiçbir şey söylemedi. Yalnızca alçak bir taş duvarın üstünden geçip bitkilerin istila ettiği araziye girmekle yetindi. Nereye gitmesi gerektiğini biliyordu. Bilmek istemiyordu ama biliyordu işte. Boyu kendisininkini aşan otları iki yana iterek ilerlemeye koyuldu. Tomasz otlardan oluşan balta girmemiş ormanın içinde yolunu kaybetmemeye çalışarak hemen arkasından geliyordu. Seth, Regine'in neyle meşgul olduğundan emin değildi çünkü arkasına dönüp baktığı yoktu. Gözlerini ileri dikmiş, etrafı tarıyor, arıyordu.

Ayaklarının ona yol göstermesine izin verdi.

Buradaki patikalar otların ardında gözden kaybolmuştu. Fakat Seth hiç tereddüt etmeden ilerliyor, gerekli gördüğünde dönüyor, ağaçlara göre yönünü buluyor, sonra bir kez daha dönüyordu...

Durdu.

Tomasz da nihayet ona yetişti. "Neler oluyor? Bay Seth?"

Seth, Regine'in de geldiğini duydu. "Regine?" diye seslendi Tomasz. "Bu ne anlama geliyor?"

Ama Seth hiçbir şey söylemedi. Ağırlığını taşıyan bacakları titremeye başlayınca diz çöktü. Öne doğru uzandı ve çimenleri iki yana ayırarak onu gözler önüne serdi.

Altında yatanı.

Bulduğu şeyi okudu.

Hem doğru olduğunu biliyordu hem de bir yalan olması gerektiğini.

Ama bu bir yalan değildi. Değildi.

Çünkü artık hatırlıyordu. Her şeyi hatırlıyordu.

"Yoksa bu..." diye fısıldadı Regine. "Ah, aman Tanrım."

"Ne?" dedi Tomasz. "*Ne oldu?*"

Ama Seth arkasına bakmadı. Dizlerinin üstünde orada öylece durup okumaya devam etti.

Mermere oyulmuş sözcükleri okudu.

Owen Richard Wearing.
4 yaşında bu dünyadan çekip alındı.
Sesi Müzikti, Sözleriyse Şarkı
*Dinleyen her Meleği gülümseten tını**

---

* Aphra Behn'in (1640-1689) *Epitaph on the Tombstone of a Child* adlı eserinden. *–çn*

Seth onları bir mezarlığa getirmişti.
Bir mezar taşına.
Toprağın altındaki erkek kardeşinin yattığı mezara.

60

Onu en çok üzen, masada Memur Rashadi'nin karşısında oturan annesiyle babasının sessizliğiydi. Ağlamıyorlardı, bağırmıyorlardı, kahrolmuş gibi görünmüyorlardı. Babası, buğulu gözlerini Memur Rashadi'nin omuzunun üstünde bir yerlere dikmiş, öylece oturuyordu. Taranmamış saçları yüzünü gizleyen annesi, başını önüne düşürmüş vaziyette tek bir ses çıkarmıyor, odada kendisinden başkalarının da olduğunu bildiğine dair tek bir emare göstermiyordu.

"Bu bir teselli değil," dedi Memur Rashadi. Sesi alçaktı, sakindi, saygı yüklüydü. "Ama Owen'ın acı çekmediğine inanmak için çok güçlü gerekçelerimiz var. Kaçırılmasının hemen ardından, göz açıp kapayıncaya dek olup bitmiş." Memur, Seth'in annesiyle babasının ellerini tutmak istermişçesine masanın öteki yanına uzandı ama ne annesi ne de babası kadına tepki verdi. "Acı çekmemiş," diye yineledi.

Annesi hırıltılı bir sesle usulca mırıldandı.

"Ne dediniz?" diye sordu Memur Rashadi.

Annesi boğazını temizledi ve hafifçe başını yukarı kaldırdı. "Haklısınız, dedim. Bu bir teselli değil."

Seth koridora inen merdivenin ilk basamağında oturuyordu. Odadan gönderilmesinin ardından ne Memur Rashadi ne de Valentine'in bulunduğunu söyleyerek içeri dalan polis memuru onu kontrol etmeye gelmişti. Seth de gizlice merdivenleri inmiş ve onları dinlemeye koyulmuştu.

"Sizi onu görmeye götüreceğiz," dedi Memur Rashadi. "Sadece haber bekliyoruz, ardından gidebiliriz."

Annesiyle babası yine de hiçbir şey demedi.

"Kaybınız için çok ama çok üzgünüm," dedi Memur Rashadi. "Fakat Valentine'i yakaladık ve yaptıklarının bedelini ödeyecek. Buna söz veriyorum."

"Onu tekrar hapishaneye mi kapatacaksınız?" dedi annesi. "Böylece istediği kadar kitap okuyup o pek sevgili bahçe işleriyle uğraşabilecek olması yetmezmiş gibi bir de canı ne zaman istese elini kolunu sallaya sallaya tekrar dışarı çıkabilecek, öyle değil mi? Ona yaptıklarının bedelini ödetmekten anladığınız bu mu?"

"Bunun başka yolları da var, Bayan Wearing," dedi Memur Rashadi. "Artık tüm mahkûmlar otomatik olarak oraya..."

"Kesin sesinizi," dedi annesi. "Lütfen kesin sesinizi. Artık neyin önemi var ki?" Sanki orada değilmişçesine buğulu gözlerle oturmaya devam eden babasına döndü. "Seni terk edecektim."

Babası onu duymuş gibi görünmüyordu.

"Beni dinliyor musun?" dedi annesi. "O gün seni terk edecektim. Kenara biraz para ayırmıştım. O sabah evden çıkmamın nedeni de biriktirdiğim parayı çekmekti. Ama onu o aptal bankanın tezgâhında unutmayı becerdim." Memur Rashadi'ye döndü. "Onu terk edecektim."

Memur Rashadi'nin bakışları kadından adama kaydı. Babası hiçbir tepki vermezken annesi saldırıya hazırlanan bir leopar misali korkutucu öfkesine yenik düşmüştü.

"Bu meseleyi daha sonra çözeceğinizden eminim," dedi Memur Rashadi. Sonra duraksadı, tekrar konuşmaya başladığında ses tonu biraz değişmişti. "Belki de bu çözmek zorunda olmadığımız bir meseledir."

Bunun üzerine diğer memur konuşmaya başladı ve Memur Rashadi'nin adını söyledi. "Asma..."

"Sadece başka bir yolu olabileceğini söylüyorum," dedi Memur Rashadi. "Bunların hiçbirinin yaşanmamasını sağlayacak bir yol."

Kadın ilk kez hem annesinin hem de babasının dikkatini çekmeyi başarmıştı.

• • •

"Dünya değişiyordu," dedi Seth usulca. Gözlerini hâlâ mezar taşından ayırmamıştı. "Değişmişti. Neredeyse yaşanmaz hale gelmişti."

"Bu zaten ortada değil mi?" dedi Regine. "Şu yere bir baksanıza."

Seth başıyla onayladı. "Uzun bir süre boyunca insanlar iki hayat yaşadılar. Yani, sanırım başlangıçta iki *taneydi*. İkisini de sürdürebiliyorlardı. Ondan ona geçebiliyorlardı. Yani sanal dünyadan gerçek olana. Fakat insanlar zaman içinde sanal dünyadan *ayrılmaz* oldular ve bu, bir yıl öncesine nazaran daha normal kabul edildi. Çünkü dünya günden güne daha çok çöküyordu." Kafasını çevirip Regine'e ve Tomasz'a baktı. Güneş arkalarından parladığından hemen hemen birer gölgeden ibaret görüyorlardı. "En azından bence böyle oldu."

Regine, Seth'in yüzündeki soru işaretini gördü. "Eskiye dair hiçbir şey hatırlamıyorum," dedi. "Üzgünüm."

"Sanırım böyle üstesinden geldik," dedi Seth. "Böylece başka her şeyi unutacaktık. Pürüz çıkmaması için kendi anılarımız baştan yazılacaktı ve tüm hayatımız önümüzde uzanacaktı. Sanal ortamda. Fakat biz onu gerçek sanacaktık."

Seth yeniden mezar taşına döndü. Parmaklarını, Owen'ın mermere kazınmış isminin üzerinde dolaştırdı.

"Öldü," dedi lafı dolandırmadan. "Onu kaçıran adam tarafından öldürüldü. Bir daha asla eve dönmedi."

Seth midesinin ve göğsünün içinde girdap misali dönen kederi duyumsayabiliyordu ama yeni ve eski bilgiler başa çıkamayacağı kadar ağır olduğundan o sırada tek hissedebildiği, uyuşukluktu.

"Ah, Bay Seth," dedi Tomasz. "Çok üzgünüm."

"Ben de üzgünüm," dedi Regine. "Ama anlayamıyorum. Bu nasıl senin kardeşin olabilir ki? Sen onun…"

"Hâlâ hayatta olduğunu söylemiştim," dedi Seth. "Onunla birlikte büyüdüm. Klarnet dersleri sırasında oturup onu bekledim. Tomasz bana onu öylesine anımsatıyor ki bazen ona bakmakta bile zorlanıyorum."

"Ama..." Regine'in sesindeki sabırsızlıkla mücadele ettiğini duyabiliyordu. "Ama o *burada.* Ölmüş. Gerçek dünyada."

"Eğer gerçek olan *burasıysa,*" dedi Tomasz.

"*Bir zamanlar* öyle olduğunu söylemek zorundayız," diye çıkıştı Regine. "Gerçek olduğumu biliyorum ve hayatıma devam etmek için elimde olan tek şey de bu. Bir şeye tutunmak zorundayız." Sonra tekrar etti. "Bir şeye tutunmak zorundayız."

"Bu nasıl mümkün olabilir?" dedi Tomasz.

Seth bakışlarını mezar taşından ayırmadı. "Annemle babama," dedi, "bir seçenek sunuldu."

Memur Rashadi'nin üç gece önce kötü haberi verdiği masada otururlarken, "Lethe'yi duydunuz mu?" diye sordu Konsey'den gelen kadın.

Annesi kaşlarını çattı. "İskoçya'daki yerden mi bahsediyorsunuz?"

"Hayır, o dediğin Leith," dedi babası kelimeleri ağzında geveleyerek. Konsey'den gelen kadına bakarak başıyla onayladı. "Siz Lethe'yi kastediyorsunuz." Kelimeyi Lii-ti şeklinde telaffuz etmişti. "Hades'in unutkanlık nehri. Ölülere eski hayatlarını unutturarak sonsuza dek o günlerin yasını tutmalarını engelleyen nehir."

Konsey'den gelen kadın hatası düzeltildiği için pek mutlu görünmüyordu ama Seth kadının buna aldırış etmemeyi seçtiğini gördü. "Evet. Aynı zamanda, Bağlantı'ya giren insanların denemeye başladığı sürece de aynı ad veriliyor."

"Gir ve bir daha asla çıkma," dedi annesi. Sesi tekdüzeydi. Bakışlarıysa önündeki masaya kilitlenmişti.

"Evet," dedi Konsey'den gelen kadın.

"Hayatlarından vazgeçiyorlar," dedi annesi ama bu aynı zamanda bir soruydu.

"Aslında vazgeçmiyorlar. Hayatlarını takas ediyorlar. Bunun kadar hasar görmemiş bir dünyada kendilerine ve geleceklerine yepyeni bir şans tanıyorlar." Kadının duruşu biraz daha gayri resmi bir hal aldı. Artık onlarla bir sırrını paylaşacak gibi görünüyordu. "Dünyanın ne hale geldiğini gördünüz. Nereye gittiğini. Ve her şey gün geçtikçe kötüleşmeye devam ediyor. Ekonomi. Çevre. Savaşlar. Salgın hastalıklar. İnsanların neden hayatlarına sil baştan başlamak istediklerini anlamak hiç de zor değil. Hem de hak ettiklerini elde edebilecekleri bir dünyada."

"İnsanlar onun da en az burası kadar berbat bir yer olduğunu söylüyor..."

"Alakası bile yok. Elbette bir insanın insan gibi davranmasını engelleyemezsiniz ama şu anda yaşadığımız dünyaya kıyasla oranın cennet olduğunu söyleyebilirim. İkinci şanslar cenneti."

"Asla yaşlanmıyor ve asla ölmüyorsunuz," dedi babası bir yerden alıntı yaparcasına.

"Aslında, hayır," dedi Konsey'den gelen kadın. "O tür mucizeler yaratamıyoruz. En azından şimdilik. İnsan zihni bunu kaldıramaz. Ama diğer her şey tamamen otomatikleştirildi. Devamlı koruma altında olacaksınız. İhtiyacınız olduğunda tıbbi destek göreceksiniz. Bedenleriniz fiziksel olarak sağlıklı kalacak; kaslarınız güç kaybetmeyecek. Hatta geçtiğimiz günlerde, saçlarınızın ve tırnaklarınızın uzamasını engelleyen bir hormon bile geliştirdik. Üremeyi ve doğumları mümkün kılmanın eşiğindeyiz. Bu gerçekten geleceğe dair en iyi umudumuz."

"Sizin bu işten çıkarınız ne?" diye sordu annesi. "Kim kazanıyor?"

Konsey'den gelen kadın hiç sektirmeden, "Hepimiz," deyiverdi. "Güç gerektirdiği kesin ama insanların ortalıkta dolaşmasından daha az güç gerekiyor. Haznelere giden elektrik bağlantısı dışında her şeyi kapatacağız ve geride kalan ne varsa alıp doğru bir şekilde kullanılmalarını sağlayacağız. En azından felaketi uyuyarak atlatmış ve diğer taraftan çıkmış olacağız." Öne eğildi. "Size karşı dürüst olacağım. Yakında öyle bir gün gelecek ki seçim hakkınız olmayacak. Hatta bana *bile seçim hakkı tanınmayacak. En iyisi şimdi, sizin belirlediğiniz şartlarla olması."*

Annesi dikkatli bir şekilde kadına baktı. "Ve Owen'ı geri alabileceğimizi söylüyorsunuz, öyle değil mi?"

Kadının yüzüne belli belirsiz, tuhaf bir gülümseme yayıldı. Bu gülümsemenin nazik ve anlayışlı olması gerekiyordu ama masanın en uç köşesinde, konuşulanları dinleyen Seth bile bunun muzaffer bir gülümseme olduğunu görebiliyordu. Konsey'den gelen kadın kazanmıştı ama Seth savaştıklarının bile farkında değildi.

"Simülasyon programlama henüz prototip aşamasında," dedi kadın. "Bunu vurgulamak istiyorum."

"'En azından şimdilik'," dedi babası.

"Affedersiniz?"

"Az önce mucizelerden bahsederken 'en azından şimdilik' dediniz. Bu o bahsettiğiniz 'en azından şimdilik', öyle değil mi?"

"Öyle de diyebilirsiniz," dedi kadın ama takındığı tavır, bundan hoşlanmadığını *belli ediyordu. "Ama size iki şey söyleyebilirim. İlk olarak, Lethe sayesinde asla ama asla aradaki farkı anlamayacaksınız. İkincisi, başlangıç testlerinde şimdiye dek elde ettiğimiz sonuçlar katılımcıların en akıl almaz rüyalarının bile ötesindeydi."*

"Yani biz... olup biten her şeyi unutacağız, öyle mi?" diye sordu annesi.

Konsey'den gelen kadın dudaklarını birbirine bastırdı. "Pek değil."

"Pek değil mi?" dedi annesi aniden hiddetlenerek. "Ben hiçbir şey hatırlamak istemiyorum. Pek değil de ne demek?"

"Lethe parmak ısırtan özelliklere sahip ustaca işlenmiş bir süreçtir. Ama çalışabilmesi için halihazırda içinizdekileri kullanması gerekir. Birkaç gün önce başınıza gelen şey kadar büyük ve önemli anıları öylece silemez..."

"O zaman tüm bunların lanet olasıca anlamı ne?"

"...ama size alternatif bir sonuç sunabilir."

Sessizlik oldu. Ve nihayet, "Ne demek istiyorsunuz?" diye sordu babası.

"Düğümleriniz yerleştirilip tam bir hayata döndürme işlemi gerçekleştirilmeden burada size vereceğim tüm ayrıntılar yalnızca birer spekülasyondan ibaret olacaktır ama oğlunuzun kaçırılma olayını anımsayacağınızı düşünüyorum..."

Annesi dudak büktü.

"... ama bu defa mutlu sonla bitecek. Yaralı da olsa, tedavi ve rehabilitasyon görmek zorunda da kalsa bulunduğunda hayatta olacak. Siz yeni Owen'a uyum sağlarken Lethe buna inanmanızı sağlayacak. Çünkü o hiç ölmemiş olacak. Ona dair sahip olduğunuz anılar da sil baştan yaratılacak ve bu yeni Owen tıpkı oğlunuzun yapacağı gibi büyüyecek, gelişecek ve size tepki verecek. Neresinden bakarsanız bakın hayata dönmüş olacak ve siz aradaki farkı anlamayacaksınız bile."

Annesi konuşmaya yeltendi ama önce boğazını temizlemek zorunda kaldı. "Ona dokunabilecek miyim?" diye sordu ağlamaklı bir sesle. "Kokusunu içime çekebilecek miyim?" Derken elini ağzına kapattı. Devam edemeyecekti.

"Evet. İkisini de yapabileceksiniz. Bağlantı yalnızca bu dünyanın farklı bir varyasyonu değil. Bu *dünyanın güvenli bir yere yerleştirilmiş hali. İşleriniz aynı kalacak, eviniz aynı kalacak. Aileniz, arkadaşlarınız, şimdiye dek hayatınıza girmiş herkes... yakında herkes orada olacak. Tamamen gerçekmiş gibi görünüyor ve algılanıyor çünkü tamamen* gerçek*."*

"Orada olmayanlarla nasıl iletişim kuracağız?" diye sordu babası. Annesi sanki şimdiye dek duyduğu en aptalca soruymuş gibi bir kez daha dudağını büktü.

Konsey'den gelen kadın gözünü bile kırpmadı. "Şu anda orada olan insanlarla nasıl iletişim kuruyorsanız öyle. Sürecin en akıllıca yanlarından biri de bu. Her şeyi tersyüz ettik. Oraya geçtiğinizde size sanal görünen dünya, bu *dünya olacak. İletişimi de bu yolla kuracak-*

sınız. Aynı e-postaları ve mesajları göndereceksiniz ve eğer gerçek dünyadan birileri size sanal dünyada olduğunuzu söylemeye kalkarsa Lethe bunu tekrar ve tekrar unutmanızı sağlayacak."

Yüzündeki ifade ciddileşti. "Ama bunu gerçekten tüm samimiyetimle söylüyorum, gün geçtikçe bardağı taşıracak son damlaya yaklaşıyoruz. Çok yakında bu sorular tüm önemini kaybedecek çünkü burada, iletişim kurulabilecek bir dünya kalmayacak. Hepimiz orada olacak ve çoktan varını yoğunu tüketmemiş bir dünyada daha mutlu hayatlar yaşayacağız."

"Burada yaşamak istemiyorum," dedi annesi. "Yani bu kasabada. Bu aptal ülkede. Bunu da ayarlayabilir misiniz?"

"Az önce de dediğim gibi sizi tepeden tırnağa yepyeni bir hayata yerleştiremeyiz. O noktada, üzerinde çalışabileceğimiz hiçbir anı olmayacaktır ama nasıl burada taşınabiliyorsanız orada da taşınabilirsiniz. Eğer bulunduğunuz yeri terk etmek istiyorsanız gidebilirsiniz."

"Buradan gitmek istiyorum." Annesi bakışlarını oturma odasında gezdirdi. "Buradan gideceğim.*"*

"Yapılması gereken işlemler oldukça basit," dedi Konsey'den gelen kadın. "Düğümleri yerleştiriyoruz, hatıralarınızı canlandırıyoruz ve ardından sizi uyku haznelerine yerleştiriyoruz. Mevcut tesisimizde kapasiteyi aşmak üzereyiz ama dur durak bilmeden kapasitemizi artırıyoruz. Eğer zorunda kalırsak aynı sistemi evinize bile kurup yer açıldığında sizi taşıyabiliriz."

"O kadar kolay mı?" diye sordu babası.

"Yalnızca birkaç hafta içinde ayarlamaları yaparım," dedi kadın. "Oğlunuzu yeniden görebilirsiniz ve şu anda hissettiğiniz acı yok olup gider."

Annesi ve babası bir anlığına sessiz kaldılar, sonra birbirlerine baktılar. Babası, annesinin elini tuttu. Kadın başlangıçta direndi ama adam elini bırakmayınca nihayet ayak diremekten vazgeçmek zorunda kaldı.

"Oğlumuz gerçek olmayacak," diye fısıldadı babası. "Yalnızca bir programdan ibaret olacak."

"Ama bunu bilmeyeceksiniz," dedi Konsey'den gelen kadın. "Bunu asla ama asla bilmeyeceksiniz."

"Buna dayanamam Ted," dedi annesi. "Onun olmadığı bir dünyada yaşayamam." Annesi tekrar kadına döndü. "Ne zaman başlayabiliriz?"

Kadın tekrar gülümsedi. "Hemen. Evrakları yanımda getirdim. İşlemleri ne kadar çabuk tamamladığımızı görünce hayrete düşeceksiniz." Evrak çantasından üç kalın dosya çıkardı. "Biri sizin için, Bayan Wearing. Diğeri Bay Wearing için. Sonuncusu da küçük Seth için."

Annesiyle babası dönüp ona baktı fakat Seth, orada oturduğunu görünce şaşırdıklarından emindi.

Regine ve Tomasz'a bu hikâyeyi anlattıktan sonra, "Konsey'den gelen kadın haklı çıkmış olmalı," dedi Seth. "Bardağı taşıran son damla düştü ve son aşamalar beklenenden hızlı gerçekleşti. Kimse beni evimden alıp hapishaneye taşımadı." Regine'e baktı. "Seni de. Tek bir Sürücü çıkıp da seni *ya da* beni korumaya gelmedi. Planladıkları sistemi tam olarak kuramadıkları ortada. Koruyabilecekleri kadarını korumak ve geri kalanı için en iyisini ummak zorunda kalmışlar. Dünya çöküşün eşiğine gelmiş olmalı." Nefes aldı. "Ve sonra da çökmüş."

"Ama," dedi Tomasz, "bir insanın yerine yenisini koyamazsın. Kardeşin..."

"Evet," diye ısrar etti Regine. Sesi hararetliydi. "Annem tekrar babama kavuşabilecekken neden üvey babam olacak o pislikle evlensin ki?"

"Bilmiyorum," dedi Seth. "Senin de dediğin gibi, öğrendiğimiz her yeni şey beraberinde *bilmediğimiz* yüzlerce şeyi getiriyor." Tekrar mezara döndü. "Ama belki olanları hayal edebilirsiniz. İçine girip çıkabileceğimiz eğlenceli bir şey olarak başladı. Derken insanlar gerçek dünyayı arkalarında bırakarak orada kalmayı seçtiler. Dünyadaki devletler de, *Bir dakika, bu işimize yarayabilir,* diye düşündü. Sonra insanlar orada kalmaya *teşvik edilmeye* başlandı çünkü devletler hem paradan hem de doğal kaynaklardan tasarruf edecekti. Üstüne bir de gerçek dünyada kaybettiklerinizi ödül olarak önünüze koydular. Ama sonra her şey beklendiğinden çok daha hızlı bir şekilde sarpa sardı. İnsanlar aynen kadının dediği gibi kalmaya *zorlandılar* çünkü dünya yaşanmaz bir yere dönüştü."

"Ve artık *herkes* orada," dedi Tomasz. "Kardeşini baştan yaratan programları yazanlar bile. Onu onaracak kimse kalmadı. Onu iyileştirecek kimse kalmadı."

"Hayır," dedi Seth, "asla iyileşmedi."

"Ama oradaki kimse aradaki farkı bilmiyor," dedi Regine. Hâlâ öfkeliydi.

"Aslında bunun doğru olduğundan o kadar da emin değilim," dedi Seth. "Sanırım bir noktaya kadar durumun farkındalar. Bir şeylerin yolunda gitmediğini hissediyor olsalar da buna kafa yormayı reddediyorlar. Hiç *daha ötesinin* olabileceğini hissetmediniz mi? Sanki dışarıda bir yerlerde, parmaklarınızın hemen ucunda çok daha fazlası varmış da tek yapmanız gereken oraya ulaşmakmış gibi..."

"Kendimi bildim bileli," dedi Tomasz usulca. "Kendimi bildim bileli böyle hissederim."

"Herkes öyle hisseder," dedi Regine. "Özellikle de bizim yaşımızdayken."

"Annemle babamın bildiğine bahse girerim," dedi Seth. "Bir noktaya kadar. Ne denli gerçek görünürse görünsün onun gerçek olmadığını biliyorlardı. Kim böylesine berbat bir seçim yapmak zorunda kaldığını hepten unutabilir ki? Bana davranış şekillerinden belliydi. Sonradan akla gelen bir düşünceymişim gibi. Bazen de yükmüşüm gibi." Sesi alçaldı. "Bense Owen kaçırıldığında yanında olmadığım için beni affedemediklerini sanmıştım."

"Ah," dedi Tomasz. "Bunun biraz da senin hatan olduğunu söylediğinde..."

Seth elini Owen'ın mezarının üstüne koydu. "Bunu daha önce neredeyse kimseyle paylaşmadım. Annemle babama anlatan polis dışında hiç kimseyle." Başını kaldırıp güneşe baktı ve Gudmund'u düşündü. "Hem de anlatabileceğim biri varken bile."

"Artık bunun ne önemi var ki?" diye sordu Regine. "Bildiğini sandıkların doğru değilmiş."

Seth şaşkın bir halde kıza döndü. "*Artık bunun ne önemi var ki* de ne demek? Bu her şeyi değiştirir."

Regine inanamayan gözlerle Seth'e baktı. "Her şey *çoktan* değişti."

"Hayır," dedi Seth başını iki yana sallayarak. "Hayır, anlamıyorsunuz."

"O zaman anlamamıza yardım et," dedi Tomasz. "En nihayetinde en kötü anıma tanık oldun, Bay Seth."

"Yapamam."

"Yapmayacaksın," dedi Regine.

"Ah, öyle mi?" dedi Seth öfkelenerek. "Pardon ama nasıl ölmüştün? Merdivenlerden düşmene neden olan kötü bir kaza eseri mi?"

"Bu farklı..."

"Nasıl? Az önce, erkek kardeşimi kendi ellerimle öldürdüğümü öğrendim!"

Seth'in yükselen sesinden ötürü irkilen birkaç güvercin yakındaki çimenlikten havalandı. Seth, Tomasz ve Regine sayıları sürü denemeyecek kadar az olan kuşların kanat çırparak mezarlığın derinliklerinde, fazlasıyla serpilmiş ağaçların ve gölgelerin arasında gözden kayboluşlarıyla yalnızca birer anıya dönüşmelerini izledi.

Ve sonra Seth konuşmaya başladı.

61

Hâlâ Owen'ın elini tutuyordu. Anneleri, "Hiçbir yere kımıldamayın!" demişti ve onlar da harfiyen kadının dediğini yapmış, hatta yoruldukların da bile yemek masasının yanındaki döşemelerin hemen üzerine çöküvermişlerdi.

Kapı o sırada çalındı. Fakat çalınan, sokak kapısı değildi; birbiri ardına sıralanmış tel örgülerden başka hiçbir yere çıkmayan bahçeye açılan, arka taraftaki mutfak kapısıydı.

Komik yakalı, lacivert gömlekli bir adamın onlara bakmakta olduğu kapı.

"Selam gençler," dedi cam yüzünden boğuklaşan sesiyle. "Bana yardım edebilir misiniz?"

"Seth?" dedi Owen endişeli bir halde.

"Git buradan," dedi Seth adama. Olduğundan daha cesur davranmaya çalışıyordu. Fakat yalnızca sekiz yaşındaydı ve yetişkinlerin yaptıkları şeyleri neden yaptıklarından asla emin olamıyordu. Bu yüzden, "Ne istiyorsun?" diye sordu.

"İçeri girmek istiyorum," dedi adam. "Zor durumdayım. Yardıma ihtiyacım var."

"Git buradan!" diye bağırdı Owen, Seth'in kelimelerini tekrar ederek.

"Gitmeyeceğim," dedi adam. "Bundan emin olabilirsiniz, gençler. Asla ama asla gitmeyeceğim."

Owen, Seth'in elini sıktı. "Korkuyorum," diye fısıldadı. "Anneciğim nerede?"

Seth'in aklına aniden bir fikir geldi. "Başın belaya girecek!" diye bağırdı adama. "Annem seni yakalayacak! O burada. Üst katta. Şimdi gidip ona haber vereceğim!"

"Annen gitti," dedi adam kaygısızca. "Onu giderken gördüm. Hemen geri döneceğini düşünmüştüm çünkü kim sizin gibi iki ufaklığı birkaç dakikalığına bile olsa yalnız başına bırakır ki? Ama hayır, görünüşe göre gerçekten de gitti. Şimdi, bir kez daha rica edeceğim. Şu bahçe kapısını açın da beni içeri alın. Yardımınıza ihtiyacım var."

"Gerçekten yardıma ihtiyacın olsaydı," dedi Seth adama, "anneciğim buradayken gelirdin."

Adam sanki hatasını fark etmiş gibi duraksadı. "Onun yardımını istemiyorum. Sizin yardımınızı istiyorum."

"Hayır," diye fısıldadı paniğe kapılan Owen. "Sakın kapıyı açma Seth."

"Açmayacağım," dedi Seth. "Hayatta açmam."

Adamın suratının yarısı gölgede kalmıştı. Seth adamın ne kadar kısa olduğunu düşündü çünkü tek görebildikleri, omuzlarıyla kafasıydı. Babasının aynı yerde durup içeri bakabilmesi için resmen iki büklüm olması gerekiyordu.

"Bir kere daha söylemek zorunda kalmak istemiyorum," dedi adam biraz daha sert bir sesle.

"Annemiz gelene dek beklemen gerek," dedi Seth.

"Şöyle açıklayayım," dedi adam sakince, "böylece beni anlayabilirsiniz. Eğer beni içeri alırsanız, tamam mı? Eğer beni içeri alırsanız sizi öldürmem."

Ve gülümsedi.

Owen'ın küçücük elleri Seth'inkine sımsıkı yapışmıştı.

Adam başını yana eğdi. "Adın ne, delikanlı?"

Seth soruyu duymazdan gelebileceğini bile akıl edemeden, "Seth," diye yanıtlayıverdi.

"Pekâlâ Seth, şu kapıyı kırabilirdim. Hayatım boyunca çok daha kötü şeyler yaptım, inan bana. Kapıyı paramparça edip içeri girebilir ve ikinizi de öldürebilirdim. Ama bunun yerine beni içeri almanızı

rica ediyorum. Eğer size zarar verecek olsaydım sence böyle yapar mıydım? Sizden izin ister miydim?"

Seth hiçbir şey söylemedi. Sadece gergin bir şekilde yutkundu.

"Şimdi, sizden bir kez daha rica ediyorum, Seth," dedi adam. "Lütfen beni içeri alın. Eğer beni içeri alırsanız sizi öldürmeyeceğime söz veriyorum. Bundan emin olabilirsin." Sonra adam ellerini cama dayadı. "Ama eğer beni bir kez daha rica etmek zorunda bırakırsanız içeri girip ikinizi de öldürürüm. Bunu yapmayı hiç istemiyorum ama eğer vereceğin karar..."

"Seth," diye fısıldadı Owen. Suratı korkudan gerilmişti.

"Endişelenme," diye fısıldadı Seth. Ne yapacağını bildiğinden değil ama annesi her daim böyle dediğinden. "Endişelenme."

"Üçe kadar sayacağım," dedi adam. "Bir."

"Hayır, Seth," diye fısıldadı Owen.

"Bizi öldürmeyeceğine söz veriyor musun?" diye sordu Seth adama.

"Yemin ederim," dedi adam elini kalbine götürerek. "İki."

"Seth, anneciğim dedi ki..."

"Bizi öldürmeyeceğini söylüyor," dedi Seth ayaklanırken.

"Hayır..."

"Neredeyse 'üç' demek üzereyim, Seth," dedi adam.

Seth ne yapacağını bilmiyordu. Tehlike her yerdeydi; acının ve tehlikenin imkânsız göründüğü evlerinin ölü, bayat havası âdeta çatırdıyordu. Seth tehlikenin adamdan alev misali etrafa yayıldığını hissedebiliyordu.

Ama tehlikeyi pek anladığı söylenemezdi. Adamın dediğini yapmaması mı tehlikeliydi yoksa yapması mı? Adamın kapıyı kırabileceğinden şüphesi yoktu –yetişkinler böyle şeyler yapabilirdi– yani eğer adamın dediğini yaparsa belki de onlara...

"Üç," dedi adam.

Seth aniden acelesi varmışçasına mutfağa daldı ve kapıyı açabilmek için telaşla kilidi kurcaladı.

Sonra geri çekildi. Adam pencerenin önünü terk edip kapının etrafından dolaşınca Seth komik yakalı gömleğin aslında lacivert renkli bir tulum olduğunu gördü. O sırada adam çenesini ovuşturdu ve Seth adamın parmak eklemlerinin üstündeki yara izlerini, sanki oraları yakmışçasına büzüşmüş beyaz renkli deriyi gördü.

"Çok teşekkürler, Seth," dedi adam. "Gerçekten çok teşekkür ederim."

"Seth?" dedi Owen usul usul salonun kapısına yanaşırken.

"Eğer seni içeri alırsam bizi öldürmeyeceğini söyledin," dedi Seth adama.

"Evet, öyle söyledim," dedi adam.

"Eğer canın yanıyorsa biraz sargı bezimiz var."

"Ah, zor durumdayım derken can acısından bahsetmiyordum," dedi adam. "Asıl kastettiğim şey yaralandığım değil, çıkmaza girdiğimdi diyebiliriz."

Adam gülümsedi ama gülümsemesi arkadaş canlısı değildi. Hem de hiç.

"Siz delikanlılardan birinin benimle kısa bir yolculuğa çıkması gerekiyor." Seth'in göz hizasına inmek için öne doğru eğilip ellerini dizlerine koydu. "Bunun kim olduğunun önemi yok. Gerçekten yok. Ama bir kişi olmak zorunda. İkinizin birden gelmesi de olmaz, gelmemesi de." Tek bir parmağını havaya kaldırdı. "Bir."

"Hiçbir yere gidemeyiz," dedi Seth. "Annemiz gelmek üzere..."

"Biriniz buradan benimle birlikte çıkacaksınız," diyerek sözünü kesti adam. "İşte bu kadar."

Son bir adım daha atarak hepten mutfağa girdi. Seth gözlerini adamdan ayırmadan fırına doğru geriledi. Owen hâlâ kapının kasasına tutunuyordu; mutfaklarındaki yabancı karşısında duyduğu korku ve şaşkınlıktan ötürü suratı büzüşmüş, beti benzi atmıştı.

"Ne yapacağım biliyor musun Seth," dedi adam sanki yıllardır aklına gelen en iyi fikirmişçesine. "Senin seçmene izin vereceğim. Hanginizin benimle geleceğini senin seçmene izin vereceğim."

62

"Ah, Bay Seth," dedi Tomasz. "Bu çok ama çok korkunç."

"Düşündüm ki," dedi Seth çocukların bakışlarına karşılık veremeyerek, "Owen'ı almasını söylersem herkesi uyarabilirdim. Neler olduğunu Owen'dan çok daha çabuk açıklayabilirdim ve onlar da adamın peşine düşüp onu yakalarlardı. Owen yalnızca dört yaşındaydı... Doğru düzgün cümle bile kuramıyordu ve ben de düşündüm ki..." Tekrar mezar taşına döndü. "Aslında ne düşündüğümü bilmiyorum. Bunun doğru mu yoksa kendi kendime anlattığım bir hikâye mi olduğundan pek emin değilim."

"Ama bu imkânsız," dedi Tomasz. "Yalnızca bir çocukmuşsun. *Küçücük* bir çocukmuşsun. Nasıl bile bile böyle bir seçim yapabilirsin ki?"

"Ne yaptığımı bilecek kadar büyüktüm," dedi Seth. "Ve aslına bakarsan..." Yutkunmak için duraksadı. "Aslına bakarsan korkuyordum. Eğer onunla gidersem başıma gelebileceklerden korkuyordum. Ben de dedim ki..."

Durdu.

Tomasz bir adım öne çıktı. "Eğer aynı soruyu şimdi sorarsa. Yani o adam."

"Ne?" dedi Seth.

"Eğer o adam evinizin mutfağına girip aynı soruyu şimdi sana tekrar sorsa, karşına geçip de seni ya da kardeşini alacağını ve seçimin sana ait olduğunu söylese ne derdin?"

Seth aklı karışmış halde başını iki yana salladı. "Sen ne yap..."

"Sana *şimdi* sorsa," diyerek bastırdı Tomasz. "Şimdi sana kimi kaçırmasını istediğini sorsa... seni mi, kardeşini mi... Ne derdin?"

Seth kaşlarını çattı. "Aynı şey değil..."

"Ne *derdin*?"

"Elbette beni al derdim."

Tomasz tatmin olmuş bir halde doğruldu. "Tabii ki öyle dersin. Çünkü artık bir erkeksin. Yetişkinler böyle yapar. Fakat o sırada bir erkek değildin. Yalnızca küçük bir oğlandın."

"Annenle birlikte o odadayken *sen de* yalnızca küçük bir oğlandın ama anneni korumak için her şeyi yapmaya hazırdın. Bunu hissedebiliyordum."

"Ben daha büyüktüm. Sekiz yaşında değildim. Oğlan çocuğu değildim."

"Ama bir erkek de değildin. *Hâlâ* değilsin."

Tomasz omuzlarını silkti. "İkisi arasında fark var, öyle değil mi?"

"Anlamıyorsunuz," dedi sesi yükselen Seth. "Onu öldürdüm ve bunu şu anda öğreniyorum, görmüyor musunuz? Hep onu canlı bulduğumu sanmıştım. Yaralanmıştı, rehabilitasyon görmeye ihtiyacı vardı ki bu bile yeterince kötüydü. Ama şimdi. Şimdi."

Mezara sırtını döndü. Göğsü sıkışmaya, boğazı düğümlenmeye başlamıştı. Sanki gövdesi dev bir mengeneye kapılmıştı da boğuluyordu.

"Kes şunu," dedi Regine başlangıçta usulca ama sonra sesini yükselterek. "Kes şunu, Seth."

Seth başını iki yana salladı. Onu doğru düzgün duyduğu bile yoktu.

"Sadece kendine acıyorsun," dedi kız ve sesindeki öfke, Seth'in dikkatini çekmeye yetti.

Seth ona döndü. "Ne?"

"Bunun senin hatan olduğuna inanıyor olamazsın."

Seth kıpkırmızı gözlerle kıza baktı. "O zaman kimin hatası?"

Regine'in gözleri sanki şok tabancasıyla vurulmuş gibi fal taşı misali açıldı. "*Katile* ne dersin, seni ahmak? Evde yalnız kalamayacak kadar küçük yaşta olmanıza rağmen sizi bir başınıza bırakıp giden annene ne dersin?"

"Ama böyle bir şey olacağını bilmiyordu ki..."

"Bilip bilmemesinin hiç önemi yok. Onun görevi, sizi korumaktı. Onun görevi, her ne olursa olsun başınızdan böylesine boktan bir şeyin geçmesine mâni olmaktı. Bu onun *göreviydi*!"

"Regine?" dedi Tomasz kızın sesi karşısında irkilerek.

"Bak," dedi Regine, "bunun neden kendi hatan olduğunu düşündüğünü görebiliyorum ve annenle babanın seni böyle düşünmeye nasıl teşvik ettiğini de. Ama bunun seninle ilgili olmadığı hiç mi aklına gelmedi? Belki de her şeyi batıran annendi? Çünkü böyle şeyler kimi zaman iyi insanların başına da gelir. Dolayısıyla sana öyle davranmalarının nedeni belki de seninle *ilgili* değildir. *Onlarla* ilgilidir. Belki de tüm bunlar, senin orada olduğunu unutacak kadar kendi boklarına battıkları için yaşanmıştır."

"Ve bunun kötü olmadığını mı düşünüyorsun?"

"Tabii ki kötü! Merak etme. Kendine acıyıp durmana neden olan her şeyi elinden alacak değilim çünkü buradan bakıldığında kendine acıma işinde pek başarılı görünüyorsun!"

"Regine," diye uyardı Tomasz, "yalnızca birkaç dakika önce erkek kardeşinin..."

"Ama belki de," diyerek bağırmayı sürdürdü Regine, "*belki de* dünyaları senin etrafında dönmüyordur, Seth. Belki de sen ne kadar *kendini* düşünüyorsan onlar da o kadar kendilerini düşünmüşlerdir."

"Hey..." dedi Seth.

"HEPİMİZ BUNU YAPARIZ! Herkes! Bu, yapmaktan asla vazgeçmeyeceğimiz şeylerden biridir. Kendimizi düşünürüz."

"Her zaman değil," dedi Tomasz usulca.

"Ama yeterince sık!" dedi Regine. "Belki de senin yanlış bir karar vermenle başlayıp ailenin hayatın boyunca seni cezalandırmasıyla son bulan tüm bu trajedi, gerçek olmasını *istediğin* bir hikâyeden ibarettir çünkü öylesi çok daha kolay."

"*Çok daha kolay* mı? Nasıl çok daha kolay oluyormuş?"

"Çünkü böylece kendin için hiçbir şey yapmak zorunda kalmazsın! Eğer yaşananlar senin hatansa ortada karışıklık namına hiçbir şey kalmaz. Korkunç bir hata yapmışsındır ve bunun ardına sığınırsın. Haliyle mutlu olmayı göze almak zorunda bile kalmazsın."

Seth sanki Regine onu tokatlamış gibi durdu. "Mutlu olmayı göze aldım. Gerçekten göze aldım."

"Ama seni, kendini öldürmekten alıkoyacak kadar değil," dedi Regine. "Ah, zavallı küçük Seth ve onu hiç sevmeyen zavallı, küçük ailesi. Hepimizin dahası olduğuna inanmak istediğini söylemiştin! Evet, *daima* dahası vardır. Daima bilmediğin bir şeyler vardır. Annenle baban seni yeterince sevmemiş olabilir ve bu çok kötü, evet, çok kötü ama belki de bunun nedeni senin kötü olman değildir. Belki de bir anneyle babanın başına gelebilecek en kötü şeyle başa çıkamıyor oluşlarıdır."

Seth başını iki yana salladı. "Bunu neden yapıyorsun?"

Regine öfke ve hüsranla burnundan soludu. "Ya yaşananlar senin hatan değilse, Seth? Ya yalnızca göğüs germen gereken boktan bir şeyse? Çünkü boktan şeyler hep olur. Tommy başından vuruldu! Ben..."

Kız dilini ısırdı.

"Ne?" diye sordu Seth meydan okurcasına. "Sana ne oldu?"

Regine alev alev yanan gözlerini Seth'inkilere dikti.

Oğlan bakışlarını kaçırmadı.

"Üvey babam beni merdivenlerden itti," dedi kız.

Tomasz şaşkınlıkla nefesini tuttu.

"Daha fazla içmeye başladı," dedi Regine gözlerini Seth'inkilerden uzaklaştırmadan, "ve ara sıra beni tokatlamanın sorun olmayacağına karar verdi. Sonra sıra yumruklara geldi. Annem adamın tavırlarını açıklamaya, bana yaptıklarını normal ve katlanılabilir göstermeye uğraştı ama o piç kurusuna karşı koydum. Ne zaman bana elini sürmeye kalkışsa onunla mücadele ettim. Ama günün birinde, nedeni her ne olursa olsun, sınırı aştı. Büyük olasılıkla aşağılık herifin asıl amacı o değildi ama yaptı. Beni dövmek istedi. Ben de ona izin vermedim. O da beni merdivenlerden itti. Nihayetinde başımı çarpıp *öldüm.*" Yanaklarında beliren gözyaşlarını hiddetle sildi. "Ve annem, hayatta her şeyden çok sevdiğim annem onu durdurmadı. Bu onun *göreviydi* ama bir kez olsun onu durdurmaya kalkışmadı."

Kız etraflarına, güneşe, ortasında dikilmekte oldukları şaşırtıcı derecede uzun otlara baktı. "Bu dünya mı? Bu aptal ve boş dünya mı? Buranın cehennem olup olmamasının benim için hiç önemi yok. Umurumda bile değil. Gerçek mi, değil mi, uyanarak sanal yaşamlarımızdan mı kurtulduk yoksa tüm bunlar senin aptal hayal gücünün ürünleri mi... Gerçekten umurumda bile değil. Tek bildiğim, yeterince gerçek olduğum. *Tommy* de yeterince gerçek. Öte yandan burası cehennemden bile beter olsa da..." Sanki enerjisi çekilmiş gibi aniden suskunlaştı. "Ve burada olmak ne denli korkunç olsa da orada olmaktan daha iyidir."

63

"Bilmiyordum," dedi Tomasz kızın elini hâlâ sarılı vaziyetteki avuçlarının arasına alarak.

"Nasıl bilebilirdin ki?" dedi Regine bluzunun koluyla burnunu silerken. "Hiç anlatmadım ki."

Güneş yükselmiş, ortalığı yakıp kavuruyordu. Seth bir kez daha böceklerin seslerinin eksikliğini hissetti. Yaprak kımıldamıyordu. Bitkilerin istila ettiği mezarlıktaki sessizliğin ortasında yalnızca üçü vardı.

"Çok komik bir grup olmadık mı?" dedi Tomasz. "Çocuk istismarı, cinayet ve intihar."

"Ve bunların hiçbirinin geçerli bir sebebi olamaz," dedi Regine.

"En başından beri bana öfkeli olmanın nedeni bu mu?" diye sordu Seth. "Bunu kendime acıdığım için yaptığımı mı sanıyorsun? Siz ikiniz *gerçekten* zor zamanlar geçirirken?"

Regine oğlana hiçbir sözcüğe lüzum bırakmayan bir bakış attı.

"Kendimi öldürmemin nedeni kardeşimin başından geçenler değildi," dedi Seth. "Her şey zaten boktandı ve daha boktan bir hal aldı ama mevzu o değildi."

"O zaman neydi?" diye sordu Tomasz.

"Mutlu olmayı göze aldığını söylerken bunu mu kastediyordun?" diye sordu Regine. "Şu komik isimli oğlanla?"

Seth bir anlığına yanıt vermedi ama sonra başıyla onayladı.

"Pekâlâ," dedi Tomasz mezar taşına bakarak, "eğer sandığının aksine bu hikâyenin bile daha ötesi varsa belki aynı şey o hikâye için de geçerlidir. Belki de her zaman daha ötesi vardır."

Güneş gökyüzünde biraz daha yükseldi. Seth hâlâ o sabahın beraberinde getirdikleri yüzünden afallamış haldeydi; tüm o yeni ama garip biçimde tanıdık acı hissedilmeyi bekliyordu. Gece derin bir uyku çekmiş olmasına rağmen yine bitkin düşmüştü. Hisleri gevşetemeyeceği kadar sıkı bir kördüğüm olmuştu. Acı, öfke, aşağılanma, kayıp ve özlem.

Ve belki de daha ötesi.

Başını çevirip Owen'ın adına bir kez daha baktı ve Tomasz'ın haklı olup olamayacağını düşündü. Bu hikâyenin daha ötesi *vardı.*

Ya Gudmund'un?

"Komik olmaya çalışmıyorum," dedi Regine az sonra, "ama bütün gün burada mı dikileceğiz? Bazılarımız daha kahvaltı etme fırsatını bile bulamadan dışarı sürüklendi ve bazılarımız, *geri kalanımız* için de uygunsa eve dönmek istiyor."

"Tamam," dedi Seth. "Tamam, pekâlâ."

Arada sırada kuytuda kalmış mezar taşlarına takıla takıla otların arasından geçerlerken hiç kimse tek kelime etmedi. Alçak duvara ulaştılar ve Tomasz kendini güçlükle duvarın öteki yanına attı.

"Hiç geri dönmeyi denemeyi düşünmediniz mi?" diye sordu Seth, Regine duvara yaklaşırken.

Kız durdu. "Geri dönmek mi?"

"Eski hayatlarınıza değil," dedi Seth. "Ama eğer her şey yalnızca programlamadan ve hatıraları işlemeden ibaretse..." Omuzlarını silkti. "Geri dönebilirdiniz ve her şey yoluna girerdi."

Regine'in yüzündeki ifade hâlâ sertti ama artık hüzünle gölgelenmişti. "Bildiklerini düşün. Annenle babanın gözlerinin içine nasıl bakacaksın? Veya kardeşininkilere?"

"Bu bir yanıt sayılmaz."

"Bu kadar oyalanmanıza neden olan nedir?" diye seslendi Tomasz bisikletlerin yanı başından. Ellerinden ötürü onları yerden kaldırması mümkün değildi.

"Hiçbir şey," dedi Regine. "Yine Seth'in hiçbir işe yaramayan fikirlerinden biri..."

Ama Seth kızın cümlesini tamamlamasına izin vermedi.

"TOMASZ!" diye bağırdı.

Çünkü Sürücü'yü görmüştü.

Çatırdayan copunu çoktan havaya kaldırmış halde az ilerideki kilisenin köşesinden koşarak dönen Sürücü'yü...

Doğrudan Tomasz'ın üstüne geliyordu.

Tomasz arkasını döndüğü anda çığlığı bastı ve kaçmaya çalışırken bisikletlere takılıp yere yuvarlandı. Regine çoktan alçak duvarın üzerinden atlamış, ayaklarını yere vura vura Tomasz'a doğru koşturmaya başlamıştı.

Seth hemen arkasındaydı ama başarmaları mümkün değildi...

Çünkü Sürücü, ucundan parıltılar ve kıvılcımlar saçan copuyla çoktan oraya varmıştı.

Bizi bekliyordu, diye düşündü Seth. Motorun sesini duymamışlardı. Tüm bu zaman boyunca orada olmalıydı. Ama onları nerede bulacağını nasıl bilebilirdi ki?

Tomasz düştüğü yerde yengeç misali debelenerek kaçmaya çalışırken Lehçe bir şeyler bağırıyordu...

"HAYIR!" diye haykırdı Regine. "TOMMY!"

Ve Seth kızın sesindeki öfkeyi duydu. Regine'in hikâyesini dinledikten sonra ona daha da anlamlı gelen öfkeyi.

Regine, Tommy'yi koruyordu...

Annesinin *onu* koruması gerektiği gibi.

Sürücü, Tomasz'a yaklaşırken adımlarını yavaşlatma gereği bile duymadan dehşet verici bir kolaylıkla bisikletin üstünden atladı.

Regine, Seth'in daha önce hiç görmediği kadar hızlı hareket ediyordu. O kadar hızlıydı ki Seth'le arasındaki mesafe anbean açılıyordu.

Ama çok geç kalmışlardı.

Artık çok geçti.

Sürücü Tomasz'a ulaşmıştı.

Tomasz başını korumak için sarılı ellerini havaya kaldırdı.

Sürücü copunu aşağı doğru savururken copun ucundan ışık huzmeleri saçıldı...

Fakat cop, kendisini Tomasz ile Sürücü'nün arasına atan Regine'in koluna denk geldi.

Copun ucu kızın tenini dağladı. Regine'in dudaklarının arasından acı dolu, hiç de insansı olmayan bir çığlık yükseldi ve bedeni ıstırapla iki büklüm oldu. Kolu, göğsü ve başı, parıltılar ve kıvılcımlar tarafından sarılıp sarmalandı.

Çığlıkları yarıda kesiliverdi; hatta öylesine aniden susuverdi ki asıl korkutucu olan sessizliğiydi ve kendini betona çarpmaktan korumak için hiçbir çaba göstermeden yere devrildi.

Devrildiği yerde öylece kalakaldı.

Cansızdı.

64

Seth düşünmedi bile. Ne seslendi ne Regine'in adını haykırdı ne de sesini çıkardı.

Yalnızca hareket etti.

Sürücü, Regine'in tepesinde dikiliyordu. Seth, Sürücü'nün elinde parıldayıp çatırdamaya devam eden copa aldırış etmeden koşmaya başladı. Regine'in adını haykırarak ağlayan Tomasz'ın yanından geçti ve Sürücü'nün üstüne atılarak var gücüyle o suratı olmayan siyahlığa saldırdı.

Sürücü onu son anda gördü ve copunu havaya kaldırmayı denedi ama Seth ona öylesine sert çarptı ki ikisi birden yere devrildi ve cop Sürücü'nün elinden kurtularak yolun kenarına savruldu.

Sert bir *pat* sesiyle asfalta çarptılar. Seth, Sürücü'nün üstüne düştü ve o anda ciğerlerindeki hava boşaldı. Kendini sanki bir çelik yığınının üstüne düşmüş gibi hissetti. Kaburgalarına bir acı saplandı ama çektiği ıstıraba aldırış etmeden kendi ağırlığını kullanarak Sürücü'nün yerden kalkmasını önlemeye çalıştı.

Bir sonraki hamlesinin ne olacağını bilmiyordu...

Tek bildiği, daha önce hiç tatmadığı türden bir öfke dalgasının tıpkı bir orman yangını gibi benliğini istila ettiğiydi.

Yumruğunu Sürücü'nün boğazına, kaskının siperliğinin altında kalan savunmasız noktaya indirdi. Bu tıpkı betonu yumruklamaya benziyordu. Bağırdı ama Sürücü altında canlanıp kolaylıkla onu üstünden atarak tekrar ayağa kalktı.

Seth başını kaldırdı ve Sürücü'nün göğsünü, Tomasz'ın ateş ettiği yeri net bir şekilde görebildi. Bir tür onarım yapılmışa benziyordu ama orada hâlâ olması gerekenden daha derin bir boşluk vardı.

Hayatta kalamayacağı kadar derin, diye geçirdi Seth içinden.

Tomasz yalnızca birkaç metre ötede Regine'in üstüne kapaklanmış haldeydi. Kızın kulağının dibinde acıyla, "Uyan, uyan, uyan," diye inliyordu. Suratı inanamama ve şaşkınlıkla öylesine çarpılmıştı ki Seth çocuğun yüzüne bakmakta bile zorlandı.

Sürücü etrafına bakınıp copu gördü ve ona doğru koşturdu. Seth ayağa fırlayarak bir kez daha Sürücü'nün üstüne atıldı. Bunun işe yaramayacağını biliyordu ama denemek zorundaydı, hiç değilse denemek zorundaydı...

Fakat bu defa Sürücü gafil avlanacak değildi. Yumruklarını havaya kaldırmış vaziyette kendi etrafında döndü, Seth'i havada yakaladı ve yumruğunu, onu yere sermeye yetecek kadar büyük bir güçle oğlanın kafasının yanına indirdi.

Seth'in gözlerinin önünde şimşekler çaktı. Alnını dayadığı altındaki betonun bile hayal meyal farkındaydı. Aniden ona uzak gelen bedeni, düşerken fena halde iki büklüm olmuştu.

Doğru düzgün hareket edemiyor, kollarını ve bacaklarını istediği şekilde oynatamıyordu ama olduğu yerde yuvarlandı ve Sürücü'nün hızlı ama insanın tüylerini ürpertecek kadar ipeksi adımlarla yere düşürdüğü copuna doğru seğirttiğini gördü.

O sırada Tomasz'ın haykırdığını ve Sürücü'nün üstüne atıldığını gördü.

Sürücü'nün Tomasz'ı sanki sinir bozucu bir yaban arısıymışçasına kafasının tepesine vurarak savuşturduğunu gördü; Tomasz'ın yere devrildiğini gördü.

Sürücü'nün copu eline alıp kendisinin umarsızca yatmakta olduğu yere doğru döndüğünü gördü.

İşte geldi, diye düşündü kısacık bir anlığına. *İşte, ölümüm.*

Sürücü aradaki mesafeyi hızla kapatarak ona yaklaşıyordu.

Üzgünüm, diye düşündü Seth ama bunu kime ya da neden söylediğini bilmiyordu...

Fakat Sürücü, Regine'in yanında durdu. Koluyla çetrefilli bir hareket yaptı ve cop görünmez manşetinin ardında gözden kayboldu. Seth tekrar ayağa kalkmaya çalıştı ama yepyeni bir acı kafasının içinde fırtınalar koparınca kendinden geçmek üzere olduğunu sezdi ve yere yığıldı.

Sürücü diz çöküp kollarını Regine'in gövdesinin altından geçirirken tek yapabildiği seyretmekti. Sürücü eğer öylesine korkunç olmasaydı gülünç sayılabilecek türden bir kolaylıkla kızın uzun, ağır gövdesini kucaklayarak hiç zorlanmadan ayağa kalktı.

Kucağında Regine'le ve ifadesiz suratıyla son kez Seth'e döndü. Bilinçsizlik onu ele geçirmeden önce Seth'in gördüğü son şey, Regine'in bedenini alıp götüren Sürücü'ydü.

65

"Uyan," dendiğini duydu hayal meyal. Sanki birileri öteki sokaktan ona sesleniyordu. "Ah, lütfen, lütfen, lütfen uyan, Bay Seth."

Birinin yanaklarına hafifçe vurduğunu hissetti. Tomasz'ın her nasılsa çözülmemiş sargıları yüzünden pek ses çıkarmayan, acıtmayacak kadar hafif ama fark edilecek kadar güçlü vuruşlar.

"Tomasz?" dedi. Ağzı ve boğazı sanki yapış yapış şekerlemeyle ve kuş tüyüyle kaplı gibi hissediyordu.

"Onu kaçırdı, Bay Seth!" diye bağırdı Tomasz. Çılgına dönmüş vaziyetteydi. "O gitti! Onu bulmalıyız! Onu..."

"O..." dedi Seth güçbela başını kaldırarak.

"Lütfen," dedi Tomasz oğlanın kolunu çekiştirerek. "Canının yandığını biliyorum ama Sürücü'yü durdurmak zorundayız! Onu öldürecek!"

Seth kafatasının içindeki acı yüzünden gözlerini kısarak başını kaldırıp Tomasz'a baktı. "Onu *öldürecek* mi? Onu...? Yoksa o...?".

"Bayılıp kendinden geçmişti," dedi Tomasz, "ama hâlâ nefes alıyordu. Yemin ederim hâlâ nefes..."

"Yemin mi edersin? Tomasz, yanılmadığından emin misin..."

"Işığı yanıp sönüyordu." Tomasz hızla parmaklarını oynattı. "Bip-bip-bip-bip-bip. Daha önce hiç böyle olmamıştı Bay Seth. Bir kere bile yanıp sönmemişti. Ayrıca rengi de *kırmızıydı.* Bizimki gibi değildi."

"Neden onu kaçırdı?" diye sordu Seth başı dönüyor olmasına rağmen kendini doğrulmaya zorlayarak. "Ona ne yapacak?"

Tomasz nefesini tuttu. "Belki onu yeniden bağlayacaktır."

Bunun üzerine Seth başını kaldırdı. "Yeniden bağlamak mı?"

Tomasz bağırarak ellerini başının iki yanına koydu. "Şimdi anladım Bay Seth! Burada olmamamız gerekiyor! Kendin dedin. Biz birer hatayız. Biz *kazayız.*"

Seth kusmamak için ağzından nefes alıp veriyordu. "Ve o şey de hataları düzeltmeye çalışıyor. Hademe gibi bir şey. Bizi ait olduğumuz yere geri gönderiyor."

"Onu eski hayatına geri gönderecek!" diye bağırdı Tomasz. "Ölmüş olması gereken hayatına!"

"O zaman neden onu fırsatı varken öldürmedi? Regine tanıştığı o kadının Sürücü tarafından öldürüldüğünü söylemişti."

"Belki de Sürücü kadının bedenini alıp götürünce Regine arkadaşının öldüğünü sandı."

"Ah, cehennemin dibi," dedi Seth. "Onu geri gönderecek..."

Kendini korumaya çalışan ama daha en başından kendini korumak *zorunda* kalmaması gereken iri yarı, öfkeli, cesur Regine'in adamın teki tarafından merdivenlerden itildiğini hayal etti.

Ve oraya geri gönderilecekti. Ölü olduğu bir dünyaya.

Seth, Tomasz'ın yardımıyla ayağa kalktı. Başını öne eğip sırf Regine'i kurtarmak uğruna cehennemin derinliklerine dalmayı göze alacağını bildiği oğlanın küçücük suratına baktı. Büyük olasılıkla aynı şeyi, Seth'i kurtarmak için de yapardı.

O Owen değil, diye düşündü Seth, *ama o Tomasz. Ve o da Regine. Ve sahip olduğumuz tek şey kendimiziz.*

"Hadi gidip onu kurtaralım," diye hırladı. "Ve şu orospu çocuğunu sonsuza dek yeryüzünden silelim."

• • •

"Sanırım hapishaneye gitti," dedi Tomasz bisikleti yerden kaldırırken acıyan elleri yüzünden suratını ekşiterek. "Motorun tekrar çalıştığını ve gittikçe uzaklaştığını duydum."

"Neden Regine'in evine gitmesin ki?" diye sordu Seth ayakta durmaya odaklanmaya çalışırken. "En nihayetinde tabutu orada."

"Bilmiyorum," dedi Tomasz tekrar. "Belki de o şeyin yalnızca hapishanedekilerle ilgilenmesi gerekiyordur. Belki de olmamız gereken yerin orası olduğunu sanıyordur."

"Burada bizi bekliyordu. Bizi geri götürmek için bekliyordu."

"Evet," dedi Tomasz. "Belki de buraya geleceğini biliyordu. Sen hapishanede elektrik çarpmışa döndüğünde anılarını öğrenmiş olabilir."

"Ah, lanet olsun, umarım bu doğru değildir."

"Şu anda elimizi çabuk tutmamız gerekiyor."

"Geliyorum," dedi Seth. Birkaç adım attı ve dengesini kaybetti ama kendisini toparlamayı bildi.

Tomasz yüzünde endişeli bir ifadeyle ona baktı. "İyi olmak *zorundasın*, Bay Seth. Buna mecbursun. Kendini ne denli kötü hissediyorsan hisset onu kurtarmalıyız. Başka seçeneğimiz yok."

Seth bir anlığına durdu, gözlerini kapattı ve sonra tekrar açtı. "Biliyorum," dedi. "Onu ölüme yollamayacağız. Ne pahasına olursa olsun."

Derin bir nefes aldı ve kendini daha dengeli yürümeye zorladı. Hızlandı, daha da hızlandı ve sonunda bisiklete ulaştı. Bacağını selenin öteki yanına attığı anda kendini bayılacak gibi hissetse de o dürtüyle savaşmayı becerdi.

"İyi misin?" diye sordu Tomasz arkasına tırmanırken.

"Yeterince iyiyim."

"Ne yaptığını biliyor musun?"

"*Bisiklet* sürmeyi biliyorum, Tomasz..."

"Hayır," dedi Tomasz suratını Seth'in sırtına gömüp başlamak üzere olan yolculuğa hazırlanarak. "Şu anda ne yapmakta olduğunu biliyor musun?"

"Ne? Şu anda ne yapıyormuşum?"

"Regine'e saldırdığında Sürücü'nün üstüne atıldın," dedi Tomasz. "Kendi gözlerimle gördüm. Bunun seni öldürebileceğini bile bile müdahale ettin ve şimdi de onu kurtaracaksın. Hem de o şeyin ne kadar güçlü olduğunu, neler yapabileceğini biliyor olmana rağmen. Ne pahasına olursa olsun Regine'i kurtaracaksın."

"Elbette kurtaracağım," dedi Seth kendisiyle birlikte Tomasz'ı da tepetaklak etmeden ayaklarını pedallara yerleştirmeye çalışırken.

"İşte sen busun, anlıyor musun?" diyerek konuşmayı sürdürdü Tomasz. "Kendisini değil de kardeşini o katilin ellerine teslim eden oğlan çocuğu değilsin. Sen arkadaşlarını kurtaran bir erkeksin. Arkadaşlarını kurtarmak için bir anlık *tereddüde* bile kapılmayan bir erkek."

"Arkadaşlarım," dedi Seth soru sorarcasına.

Tomasz ona sımsıkı sarıldı. "Evet, Bay Seth."

"Arkadaşlarım," dedi Seth tekrar.

İkisinin ağırlığı altında ezilen bisikleti dengede tutmaya çalışarak pedalları çevirmeye koyuldu ve hızlandı, hızlandı, hızlandı.

66

Tomasz dua edercesine Seth'in omuzunun üstünden, "Orada olacak," dedi. "Zamanında yetişeceğiz."

"Onu kurtaracağız," dedi Seth. "Endişelenme."

Uzun otlardan sakınıp küt küt seslerle derin çatlakları aşarak pedal çevirmeye devam ediyordu. Mahalleyi Seth'in evine ve ötesindeki hapishaneye doğru boylu boyunca geçmekteydiler.

"Dikkat et!" diye bağırdı Tomasz ürkmüş bir sülün az ilerideki çalılıktan havalanınca. Seth gidonu yana kırdı. Az kalsın yere kapaklanacaklardı ama artık kendisini daha güçlü hissediyordu; hedefine odaklanmıştı. Önce tren istasyonuna ulaşacaklardı. Oradan, tren rayları boyunca uzanan patikayı takip ederek hapishaneye olabildiğince yaklaşacaklardı...

Ama ya sonra?

Henüz bu sorunun yanıtını bilmiyordu. Şu anda tek yapmaları gereken oraya varmaktı. Evinin de bulunduğu sokağa dönerken hızını artırdı.

Neyin doğru olduğunu, ne tür bir yerde olduğunu, her şeyin hayal gücünün bir ürünü mü olduğunu yoksa zaman içinde dünyanın gerçekten böylesine korkunç bir yere mi dönüştüğünü umursamıyordu. Aklında yalnızca Tomasz'ın söyledikleri vardı.

Arkadaşları.

Evet, bu ona doğru geliyordu. *Gerçek* geliyordu. Kafasından uydurmasının mümkün olmadığı, asla hayal bile edemeyeceği hayatlara sahip arkadaşlar.

Diğer açıklamalar her ne olursa olsun Tomasz ve Regine ona gerçek geliyordu.

Derken Regine'in söylediklerini anımsadı ve kızın sözlerini ant içercesine tekrar etti.

Kendinin farkında ol, diye düşündü evinin yanından geçerlerken.

Ve kaybedeceğini bilsen bile asla pes etme.

Bisikleti tren istasyonuna taşıdılar, platformdan geçirdiler ve rayların yanındaki patikaya indirdiler. Tomasz az önceki gibi ellerini Seth'in beline doladı ve duvardaki yarığa dek uzanan kısa mesafeyi kat ettiler.

Bir kez daha inip bisikleti sırtlandıkları sırada, "Neredeyse geldik," dedi Tomasz gergin bir biçimde.

"Bir planın olduğunu sanmıyorum, yanılıyor muyum?" diye sordu Seth.

"Aha," dedi Tomasz çaresizce sırıtarak. "*Şimdi* mi soruyorsun? Tomasz'ın birçok yerden cesurca kaçmayı becerdiğini ve bir sürü parlak fikri olduğunu gördükten sonra. Şimdi mi onu takdir ediyorsun?"

"Var mı, yok mu?" dedi Seth yıkık dökük tel örgülerin diğer tarafında bisikleti yere indirirken.

"Yok," dedi Tomasz süklüm püklüm ve Seth çocuğun daha önce hiç olmadığı kadar küçük göründüğünü düşündü.

"Sen tam olarak kaç yaşındasın?"

Tomasz başıboş ot öbekleriyle bezenmiş hapishane bahçesine baktı. "Uyanmadan önce on ikime basmama ramak kalmıştı. Bunun beni burada kaç yaşında yaptığını bilmiyorum."

Seth oğlanı omuzlarından tutarak doğrudan gözlerinin

içine baktı. "Bence seni burada bir erkek yapıyor. En azından şimdiye dek şahit olduklarıma bakılırsa."

Tomasz bir anlığına Seth'in bakışlarına karşılık verdi ama sonra kederle başını aşağı yukarı salladı. "Onu kurtaracağız."

"Evet." Bisiklete bindiler ve hızla bayır aşağı inmeye koyuldular. Onlar yaklaştıkça, avluyu çevreleyen binalar gün ışığında daha küçük görünür oldular. Uçsuz bucaksız boşluklara ev sahipliği yapan gölgelerden eser yoktu.

Hayır, diye düşündü Seth, *bütün o uçsuz bucaksız boşluklar yerin altında.*

Pedallara asılırken, "Neden tesisi hapishanenin altına inşa etmişler ki?" diye sesli düşünmeden edemedi. "Onca yer varken neden burası?"

"Hapishanelerin güvenli olması gerekir," dedi Tomasz. "Ve tüm o insanların uyuyabilmesi için tesisin de güvenli bir yer olması gerekir. Her ne kadar korkunç da olsa kulağa mantıklı geliyor."

"Sence ne zaman kulağa hem güzel hem de mantıklı gelen bir şey bulacağız burada?"

"Bilmiyorum Bay Seth. Umarım yakında."

Patikanın sonuna vardılar ve ana binalardan ilkine yaklaşırlarken otlarla kaplı arazide hoplaya hoplaya ilerlemeye koyuldular. "Artık motorun sesini duyamıyorum," dedi Seth.

Bisikletten indiler ve binanın köşesinden gizlice avluyu gözetlediler ama ortalıkta hiçbir şey, en azından şaşırtıcı hiçbir şey yoktu. Binalar gün ışığında olduklarından daha sert, daha cüretkâr görünüyorlardı.

"Regine'in aşağıda olduğunu mu düşünüyoruz?" diye sordu Tomasz.

"Başka nerede olacak ki?" dedi Seth.

Tomasz başıyla onayladı. "O zaman ben aracın yerini tespit ederken senden de içeri girip onu kurtarmanı rica edeceğim."

• • •

"Ne?" dedi Seth şaşkınlıktan dilinin tutulduğu kısacık bir ânın ardından. "Sen aklını mı kaçırdın?"

"Civarda olmalı. Çünkü kesinlikle şuraya park ettiğinden eminim."

"Peki onunla *ne* yapacaksın?"

"Bilmiyorum! Ama şimdi elimizde hiçbir şey yok. İşimize *yarayabilir*."

Seth yanıt vermeyi denedi ama söyleyecek hiçbir şey bulamıyordu.

"Sadece Sürücü'yü ondan uzak tut," dedi Tomasz. "Bize yardımı dokunacak bir şeyler bulmaya çalışacağım. Eğer beceremezsem..." Omuzlarını silkti. "Eğer beceremezsem geri dönerim ve birlikte kanımızın son damlasına dek çarpışarak ölürüz."

Seth kaşlarını çattı. "*Ölmeyeceğiz*."

"Benim için cesur olmaya çalıştığının farkındayım ama ölebiliriz. Ölümle savaşa girerken göze alman gereken şeylerden biri de budur. Her zaman kazanamazsın."

"Ama bugün kazanacağız," dedi Seth güçlü bir ses tonuyla. "O şeyin Regine'i almasına izin vermemize imkân yok. Hem de hiç."

Tomasz sırıttı. "Böyle konuştuğunu duysa çok hoşuna giderdi. Evet, gerçekten de şu halinden çok hoşlanırdı."

"Tomasz, dediğini yapmana izin veremem..."

Ama hâlâ sırıtmakta olan Tomasz çoktan geri geri uzaklaşmaya başlamıştı. "Hâlâ iznine ihtiyaç duyduğuma inanıyor olman ne komik."

"Tomasz..."

"Gidip onu bul, Bay Seth. Hemen arkanda olacağım."

Seth bezgin bir ses çıkardı. "Pekâlâ, gereksiz hiçbir risk alma."

"Bence tüm risklerin gerekli olduğu bir yerdeyiz," dedi Tomasz ve koşmaya başladı.

Seth oğlanın gidişini, bodur bacaklarıyla avluyu geçip karşıdaki binanın köşesinden dönerek gözden kayboluşunu izledi. Buraya en son gelişlerinde karavan o köşenin ardından çıkmıştı.

"Dikkatli ol," diye mırıldandı Seth. "Ah, dikkatli ol."

Cesaretini toplamak için derin bir nefes aldı. Sonra bir tane daha. Ardından koşarak avluyu geçmeye koyuldu. Sürücü'nün bir yerlerden üstüne atılmasını bekliyordu. Oysa güneş her köşeyi aydınlatıyordu ve görünürlerde hiçbir şey yoktu. Hapishanenin kapısına ulaştı ve etrafına kulak kabarttı. Ne motoru duyuyordu ne de herhangi bir ayak sesini.

Tartışan, mücadele eden, karşı koyan Regine'in sesinden de eser yoktu.

Kapıyı açtı. Süt beyazı camdan yapılmış iç kapı ve merdivenler daha önce olduğu gibi etraflarına ışık saçıyordu. İlk kapı eşiğinden geçti ve temkinli bir şekilde ikincisine yaklaştı.

Alt kattan gelen elektriğin uğultusu dışında hâlâ hiçbir ses duymuyordu.

Hafifçe çömeldi ve birkaç basamak indi. Sonra birkaç tane daha. Merdivenin sahanlığına ulaştı. Kalbi göğüs kafesinin içinde öylesine gümbürdüyordu ki çılgınca bir anlığına, Sürücü'nün onu duyacağından korktu.

Derken bir çığlık yankılandı.

Regine.

Durmayı aklından bile geçirmeden basamakların geri kalanını koşarak indi.

67

Alt koridoru koşarak geçti, son köşeden döndü ve devasa odaya daldı. Kan akışı hızlanmış, yumruklarını havaya kaldırmış, dövüşmeye hazır haldeydi.

Kaybedeceğini bilsen bile asla pes etme, diye düşündü.

Fakat Regine'i göremiyordu. Üzerinde dikildiği küçük platformdan bakınca tek görebildiği sıra sıra uzanan tabutlardı. Daha önce açtığı ama sanki hiçbir şey olmamış gibi kapatılıp mühürlenmiş tabutu gördü. Devasa oda önünde uzanıyordu. O sırada, ucu bucağı olmayan diğer odaları ekrana yansıtan kameraları anımsadı.

Regine herhangi bir yerde olabilirdi.

"Regine?" diye seslense de sesi odanın devasa boşluğunda kayboldu.

Hiçbir şey yoktu. Ne bir yanıt ne de başka bir çığlık.

Bir kez daha çalıştırıp çalıştıramayacağına bakmak için duvardaki süt beyazı panele döndü. Ekran dokunuşu karşısında aydınlandı ve büyük olanın içinde daha küçük ekranlar belirdi. Panel hiçbir anlam ifade etmeyen ve çoğunlukla okuyamayacağı kadar hızlı geçen bilgilerle doldu. Derken tesisin farklı yerlerindeki kameralar tarafından çekilen görüntüler ekranı istila etti.

Fakat ekranın ortasındaki görüntü hiç değişmeden öylece kaldı. Sonsuzluğun ortasında açık bir tabut.

Ve içinde yatan Regine.

Sürücü kızın başında dikilmiş, sargıları Regine'in vücuduna doluyordu.

"Hayır!" diye bağırdı Seth ve kızın nerede olduğuna dair bir bilgi kırıntısı bulma umuduyla çılgınca ekrana dokunmaya başladı. Ekranın yan tarafında, daha önce gördüklerine benzeyen ızgara şeklinde bir harita vardı ama haritanın nereyi gösterdiği belli değildi ve koordinatlar da Seth'in anlayamayacağı bir şekilde yazılmıştı. 2.03.881 diyordu ki bu bir sürü anlama geliyor olabilirdi. İkinci oda, üçüncü sıra, 881 numaralı tabut mu? Ama bu ne demekti?

Şansını denemeye karar vererek odada etrafına bakındı. Onu bulana dek koşacak ve Sürücü'yü durdurmak için elinden geleni yapacaktı...

Regine bir çığlık daha attı.

Seth çabucak ekrana döndü. Regine, Sürücü'ye karşı koymaya çalışır gibi görünmüyordu. Hatta onun orada olduğundan bile bihaber gibiydi. Seth kızın bir kez daha çığlık atışını izledi. Sesi görüntüden ayrı geliyor, devasa binanın derinliklerini aşıp kulaklarında yankılanıyordu.

"Seni orospu çocuğu!" diye bağırdı ekrana bakarak. Sürücü, Regine'in korkusuna, kıza olanlara aldırış etmeden işine devam ediyordu. "Seni öldüreceğim. Beni duydun mu? Seni *öldüreceğim!*"

Yumruğunu ekrana geçirdi.

Ve ekran değişti.

Regine'in adı bir kutucuğun içinde belirdi. REGINE FRANÇOISE EMERIC, diyordu bir dizi bilginin tepesinde. Boyu, kilosu, doğum günü ve muhtemelen sanal dünyaya gönderildiği tarih.

Ve karşısında BAĞLANTI KESİLME TARİHİ yazan bir tarih daha.

Merdivenlerden itildiği tarih. Öyle olmalıydı. Fakat oradaki tarih hatalıydı çünkü ölmek yerine burada uyanmıştı.

ESAS HAZNE KORUMA ALANININ DIŞINDA, diye okudu. Sürücü'nün onu buraya getirmiş olmasının nedeni bu olmalıydı. Onca yıl sonra onu da diğerlerinin yanına taşıyordu.

Ekranda, kırmızı kırmızı yanıp sönen başka bir satır daha belirdi: LETHE BAĞLANTISI BEKLENİYOR.

"Lethe mi?" dedi Seth. "Neden...?"

Gözleriyle bir kez daha ekranı taradı. Regine'in ekranını sarıp sarmalayan öyle çok veri vardı ki çoğunun ne anlama geldiğini anlamak bile imkânsızdı. Seth, LETHE BAĞLANTISI BEKLENİYOR yazısına dokundu ve başka bir ekran daha açıldı.

Bağlantının kesilme tarihi işte oradaydı ve altında da YENİDEN BAĞLANTI ZAMAN KODU yazıyordu.

Seth orada yazılanı okudu.

Sonra tekrar okudu.

"Olamaz," diye fısıldadı.

Yeniden bağlantı tarihi, yeniden sanal dünyaya gönderilme tarihi...

Bağlantının kesilmesinden öncesine denk geliyordu.

Sürücü onu zamanda geri gönderiyordu. Onu *ölümünden öncesine* gönderiyordu. Yalnızca birkaç dakika evveline bile olsa kesinlikle ölümünden öncesine.

"Nasıl?" dedi Seth bir yanıt bulma umuduyla önüne gelen düğmeye basarken. "Bu nasıl mümkün olabilir?"

Bu bir program, diye düşündü. *Her şey bundan ibaret. Herkesin kabul ettiği, herkesin parçası olduğu bir program...*

Ama yine de yalnızca bir program.

Owen bile bir simülasyonsa orada neler olup bittiğini kim bilebilirdi ki? Sanal dünyada şimdinin ve geçmişin aynı olup olmadığı ne malumdu? En nihayetinde kendi geçmişini rüyalarında defalarca kez sil baştan yaşamıştı. Hatta Tomasz'ınkini bile görmüştü.

Eğer Regine'in ölümü sistemdeki bir hatadan ibaretse...

Belki de sistemin, hatalarını ortadan kaldırması gerekiyordu.

Belki de onu ölümünden önceki bir tarihe göndererek kızı aynı şeyi baştan ama olması gerektiği şekilde yaşamaya zorluyordu.

Olması gerektiği şekilde ölmeye.

Aniden ekranda mavi renkli bir parlama oldu ve LETHE BAŞLATILDI yazısı yanıp sönmeye başladı. Görüntüde, Sürücü çoktan solunum borusunu Regine'in ağzına yerleştirmişti. Seth, Lethe'nin bedenlerini böyle ele geçirdiğini tahmin etti.

Ona her şeyi unutturacaktı. Ona, Seth'i ve Tomasz'ı unutturacaktı. Yaşadığı ne varsa her şeyi zihninden söküp alacaktı.

Ve ardından onu öldürecekti. Sırf dünyaları dönmeye devam etsin diye.

"Cehennemin dibine kadar yolunuz var," dedi Seth ve LETHE BAŞLATILDI yazısına dokundu. Yazının hemen yanında bir pencere beliriverdi. İŞLEMİ DURAKLAT? EVET/HAYIR

Seth hışımla EVET yazısına bastı. "Peki ya buna ne dersin, seni bok parçası?"

Görüntüdeki Sürücü döndü.

Doğrudan kameraya baktı.

Seth'in gözlerinin içine bakarmışçasına.

Ardından koşmaya başladı.

Seth ayak seslerine kulak kabarttı. Biraz uzaktan, sağdaki bir köşenin ardından hızla yaklaştıklarını duyabiliyordu.

Regine de o tarafta olmalıydı.

Seth'in soluk alıp verişleri hızlandı. Kalbi bir kez daha güm güm atmaya başladı. Silahı yoktu. Sürücü'yle savaşacak hiçbir şeyi yoktu. Eğer Seth'e ulaşırsa ona boyun eğdirmesinin imkânı yoktu.

Ama belki de onu koşuda geçebilirdi. En nihayetinde eskiden iyi bir koşucuydu.

Platformdan atladı ve sıra sıra dizilmiş tabutların arasına daldı. Şimdiki birkaç saniye içinde yapılacak en önemli şey, Sürücü'yü Regine'den uzak tutarak kızı ölüme göndermek üzere olan işleme devam etmesini önlemekti. Odanın öteki yanındaki köşeyi döndü ve Sürücü'nün ayak seslerinin geldiği yöne doğru koşmaya başladı. Sürücü'nün köşeyi döndüğünü görünce olduğu yere sindi. Bir tabutun yanında durdu ve Sürücü'nün onu takip edebileceği yöne doğru koşmaya hazırlandı.

Fakat Sürücü onun peşinde değildi. Hızlı adımlarla ana koridor boyunca ilerleyip ona bakmaya bile tenezzül etmeden yanından geçip gitti.

Ekrana doğru ilerliyordu.

"HEY!" diye bağırdı Seth ayağa kalkarak. "BURADAYIM!"

Ama Sürücü yoluna devam etti. Platforma ulaştı ve derhal ekrandaki düğmelere basmaya koyuldu. Şüphesiz Regine'in işlemini kaldığı yerden devam ettirmenin peşindeydi.

Seth telaş içinde etrafına bakındı; Sürücü'ye atacak, onu biraz olsun yavaşlatacak herhangi bir şey bulmanın derdindeydi. Ama etrafında yalnızca tabutlar vardı. Duvardan duvara uzanan, her köşe başını kaplayan ve ileriki odalarda gözden kaybolan tabutlar...

Aklına bir fikir geldi. Daha önce açtığı ama sanki hiçbir şey olmamış gibi kapatılıp mühürlenmiş o tabut...

O bir hademe, diye düşündü. *İşi bu. Pisliği temizlemek.*

Yaslandığı tabuta uzandı ve el yordamıyla bağlantı yerini aramaya koyuldu. Geçen seferki gibi parmaklarını tabutun kapağının altına sokmaya, kapağın tüm direncine karşın var gücüyle kaldırmaya çalıştı...

Ama kapağın aniden açılmasıyla az kalsın yere devrilecekti. Tabutun içinde, döşemeyi boylu boyunca dolaşan ışıklar esrarengiz görevlerini yerine getirirken öylece yatan, sargılara dolanmış, kısa boylu bir adam vardı. Seth, Sürücü'ye baktı.

O da doğrudan ona bakıyordu.

Sürücü çabucak ekrana döndü ve parmakları ekranın üstünde çılgınca dolaşmaya koyuldu.

Seth'in önündeki tabut kapanmaya başladı.

"Hayır!" dedi Seth kapağı yakalamaya çalışırken. Fakat tüm çabalarına rağmen kapak amansız bir güçle kapanıyordu. Sürücü'yse Regine'in işlemini programlamaya geri dönmüştü.

"Lanet olsun!" Seth kapağı bıraktı. Sonra aklına bir fikir daha geldi. Kapanmakta olan tabuta uzandı ama bu defa, adamı kolundan yakaladı. Adamın kolunu tabutun kenarından aşağı sarkıtıp geriye çekildi. Kapak kapanıyor, kapanıyor, kapanıyor, adamın kolunu ezip geçmekle tehdit ediyordu...

Ama adamın tenine temas ettiği anda birdenbire açılıverdi.

"Ha!" dedi Seth muzaffer bir edayla ve başını kaldırdı.

Sürücü yine ona bakıyordu.

Bu defa ona doğru ilerlemeye başladı.

"Bütün pisliği temizlemek zorundasın, öyle değil mi?" diye bağırdı Seth aceleyle oradan kaçarken. Başka bir tabutun önünde durdu. Artık kapağı eliyle yoklayarak kolayca bulabiliyordu. Bu seferki diğerlerinden çok daha kolay ve çabuk açıldı. İçinde yaşlı bir kadın vardı. Seth o kadının kolunu da tabutun kenarından aşağı sarkıttı.

Sürücü'nün ilk tabutunun başında durup adamı düzgünce yerine yerleştirdiğini ve ardından tabutun belirli bir noktasına basmasıyla metal yüzeyde küçük bir ekranın belirdiğini gördü ve tabut anında kapandı.

Seth yanındaki tabuta baktı ve aynı noktaya dokundu. Tabutun kapağında bir ekran belirdi. "Demek *böyle* çalışıyor," dedi. Ekranda, TANI İŞLEMİ İÇİN AÇ? şeklinde etiketlenmiş küçük bir kutu vardı. Seth ona bastı. Kapak açıldı ve orta yaşlı, siyahi bir adamın uyuyan vücudunu gözler önüne serdi. Seth adamın kolunu kavradı, tabutun kenarından aşağı sarkıttı ve Sürücü'nün yaklaştığını görünce koşarak oradan uzaklaştı.

Seth sıra sıra dizili tabutların arasında koşuyor, rasgele birinin önünde duruyor ve önce birini, sonra diğerini açıp tabut sakinlerinin pozisyonu değiştirdikten sonra yoluna devam ediyordu. Sürücü teker teker açılan tabutlarla ilgilenerek onu hemen arkasından takip ediyordu.

Ama Seth'ten daha hızlıydı. Ona yetişiyordu.

Seth aceleyle bir sonraki tabuta geçip kapağını açtı. Bu seferki solgun tenli, ufak tefek bir kadına aitti. "Çok özür dilerim," dedi Seth fısıltıyla ve ardından uzanıp kollarını kadının gövdesinin altından geçirerek kadını tabuttan çıkarıp nazikçe yere yatırdı. Kadının tabutu, biplemeye ve bazıları hâlâ kadına bağlı olan hortumlar boyunca gidip gelen ikaz ışıklarıyla yanıp sönmeye başladı. Seth bunlardan birkaçını sıkıca kavradı ve ardından kısacık bir anlığına duraksadı.

"Bunu arkadaşımı kurtarmak için yapıyorum," dedi şuursuz vaziyetteki kadına bakarak. "Zaten büyük olasılıkla hiçbir şey hatırlamayacaksın."

Hortumların tabuta giren kısımlarına asıldı. Hortumlar yerlerinden hiç beklemediği kadar kolay çıktı. Jeller ve sıvılar dalga misali etrafa serpilirken hortumlardan birkaçı kıvılcımlar saçmaya başladı ve bunlardan biri Seth'in elini yaktı. Oğlan acıyla tıslayarak hortumu elinden bıraktı...

...ve copunu kaldırmış halde hışımla üstüne yürümekte olan Sürücü'nün elinden güçbela kurtuldu.

Cop yere inip ardında kavruk bir iz bırakırken Seth kendini öteki yana attı. O geri geri kaçarken Sürücü tepesinde dikilip copunu tekrar havaya kaldırdı...

Ancak sonra kadına döndü. Kopuk hortumlardan akan sıvılar yerlere saçıldığından kadın artık gittikçe büyümekte olan bir sıvı birikintisinin ortasında yatıyordu.

Seth eline geçen fırsatı değerlendirdi ve ayağa fırlayarak koşmaya başladı. Omuzunun üstünden, "Üzgünüm!" diye bağırdı kadına tekrar. Oysa Sürücü kadını çoktan yerden kaldırmış, tabutuna yerleştirmiş ve inanılmaz bir hızla hortumları tekrar bağlamaya ve panellere basmaya koyulmuştu...

Seth koşmaya devam etti. Sürücü'nün ortaya çıktığı köşeyi döndü ve ardından gördükleri karşısında afallayarak yavaşladı.

Önünde gerçek olamayacak kadar çok sayıda tabut vardı; öyle çoklardı ki Seth'in tabutları kısmen sayması bile saatlerini alırdı. Odaları birbirine bağlayan geniş koridorlar göz alabildiğince uzanıyor, ardı ardına köşeleri dönüyor ve kim bilir daha ne denli derinlere dalıyorlardı.

Seth, Regine'in açık vaziyetteki tabutunu bulma umuduyla sağına soluna bakarak tekrar koşmaya başladı ama tek görebildiği, içinde yaşanan bağımsız hayatlarla uğuldayan, cilalanıp parlatılmış kapalı tabutlardı. Sürücü'nün görevini insanlıktan uzak bir kabiliyetle yerine getirdiği ortadaydı.

Seth dönüp arkasına bakmayı göze aldı. Sürücü henüz peşine takılmamıştı ama takibe başlaması yalnızca an meselesiydi. Bu sırada Seth ikinci odanın sonuna gelmiş, üçüncüsüne geçmek üzereydi. Durdu ve ustalık kazanmış birinin edasıyla kapağı kolaylıkla kaldırarak başka bir tabutu daha açtı.

İçinde bir kadın vardı.

Kucağında bir bebek tutuyordu.

Kadın tıpkı herkes gibi sargılar içindeydi ama bebek, mavi renkli bir jeli andıran garip görünüşlü bir battaniyeyle sıkı sıkıya sarılmıştı. Battaniyeden çıkan hortumlar anneye ulaşıyor, annenin bebeğe dolanıp onu göğsüne bastıran kollarıysa battaniyenin gevşemesine mâni oluyordu.

Tüm diğer anneler ve bebekler gibi görünüyorlardı.

Üremeyi ve doğumları mümkün kılmanın eşiğindeyiz, demişti Konsey'den gelen kadın.

Görünüşe bakılırsa işler iyice sarpa sarmadan o eşiği geçmeyi başarmışlardı. Borular aracılığıyla gerçekleşen döllenme, uykularında doğum yapan anneler... Nasıl işlediğini kim bilebilirdi ki?

Çocuklar doğuyordu.

Geleceğe dair umudumuz, demişti Konsey'den gelen kadın ve dediklerini yapmışlardı.

Bir gelecek olduğuna inanmışlardı.

Seth yine ayak sesleri duydu.

Sürücü arkasında bir yerlerde koşuyordu.

Seth kadına ve bebeğe son kez baktı ve ardından tabutun kapağını kapattı. Bir sonraki tabutu açtı. İçinde tombul bir ergen oğlan vardı. Seth üç dört denemede hortumları yerlerinden söktü, ardından kollarını oğlanın omuzlarının altından geçirerek çocuğu tabuttan çıkarmaya koyuldu...

Ayak sesleri odada yankılandı ve Seth dönüp bakınca Sürücü'nün hızla koşarak kapı boşluğundan geçtiğini gördü.

Bir adrenalin dalgasıyla oğlanı yattığı yerden kaldırıp sırtını tabuta yaslayarak yere oturttu ve ardından kendini garantiye almak için birkaç hortumu daha yerinden söktü.

"Özür dilerim," dedi oğlana ve ardından tekrar koşturmaya başladı.

İkinci odadan çıkmak üzereyken dönüp arkasına baktı.

Sürücü'nün ergen oğlanın yanında durduğunu gördü.

Ama onunla ilgileneceğe benzemiyordu.

İkilemde kalmış bir halde Seth'e bakmaya devam ediyordu.

Kısa bir dehşet ânı boyunca sanki Seth'in peşinden gelecekmiş gibi göründü.

Ama sonra oğlanı yeniden tabuta yerleştirmek için hareketlendi. Seth koşmaya kaldığı yerden devam etti ama Sürücü'nün öyle ya da böyle öğrenme kabiliyeti olduğunun farkındaydı ve insanları tabutlardan çıkarma numarasının bir dahaki sefere işe yaramayabileceğini düşünüyordu. Artık Regine'i bulması gerekiyordu ve elini çabuk tutmalıydı. Kesinlikle elini çabuk...

Derken Regine'in çığlığını duydu.

• • •

"Regine!" diye bağırdı.

Sesin sonraki odadan, gözlerinin önünde uzanan geniş koridorun aşağısından geldiğinden emindi. Regine orada olmalıydı. Orada *olmalıydı.*

Aynı çığlığı bir kez daha işitti. "Hayır," dedi iyiden iyiye hızlanarak. "Hayır, hayır, hayır, hayır, hayır..."

Ana koridordan rüzgâr gibi geçti. Olduğu yerin yüzeyde nereye denk düştüğüne dair artık hiçbir fikri yoktu. Birbirini takip eden odalar mümkün olamayacak kadar büyük, mümkün olamayacak kadar *derin* görünüyordu. Zihni ona bunların mantıklı hiçbir yanı olmadığını söyleyip duruyordu. Ne zaman inşa edilmişti? Neden *buraya* inşa edilmişti?

Regine bir kez daha bağırdı.

Ve Seth onu gördü.

Sağ tarafında kalan sıranın devamında, neredeyse duvarın dibinde sayılırdı. Tabutu açıktı. Seth tabutun içinde yatan kızı görebiliyordu.

Mücadele ettiğini görebiliyordu.

Oysa daha önce mücadele etmiyordu.

"Regine!"

Tabutlardaki diğer herkesin aksine Regine kısmen giyinikti; sargı bezleri gövdesiyle yüzünü örtüyordu ama sanki işin en önemli kısmı hatıralarını silmekmiş gibi kot pantolonuyla ayakkabıları hâlâ üzerindeydi. Neden öyle olmayacaktı ki?

Tüm bunları mümkün kılan tek şey o, diye düşündü Seth.

Ama görünüşe bakılırsa Regine onunla, gözlerini örten sargı bezleriyle, çığlıklarını bastırmaktan başka hiçbir işe yaramayan, ağzındaki o hortumla mücadele ediyordu...

"Geliyorum!" diye bağırdı Seth...

Kıza ulaştı ve hortumu çekip çıkardı. Bu, Regine'in sıkıntılı bir öksürük krizine tutulmasına neden oldu.

"Regine?" diye bağırdı Seth. "Regine, beni duyabiliyor musun?"

Kız sağır edici bir sesle haykırdı. Çıldırmış gibiydi; ellerini kollarını havada gelişigüzel savuruyor, Seth'e vuruyordu.

"Beni *duyabiliyor* musun?" diye bağırdı tekrar.

Kız dehşet içinde geriye sıçrayıp bir kez daha avazı çıktığı kadar haykırdı.

"Ah, lanet olsun, Regine," dedi Seth ne yapacağını bilemez halde. Başını çevirip tabut sıralarının öte yanına; solunda, içinde bulunduğu muazzam büyüklükteki odayı az önce çıktığı odaya ve sağında, kim bilir kaç tane odayı birbirine bağlayan geniş ana koridorun aşağısına baktı. Henüz Sürücü'den iz yoktu ama çok geride olamazdı.

"Üzgünüm," dedi ve tek eliyle Regine'in bileklerini yakalayıp aşağı bastırdı. Kız güçlüydü ve Seth de onu tutmakta zorlanıyordu çünkü yaptığı şey, kızın daha da hırçınlaşmasına neden olmuştu. "Üzgünüm, üzgünüm, üzgünüm," dedi Seth ve boştaki elini kızın ensesine götürüp sargı bezinin ucunu aramaya koyuldu.

"Beni göreceksin! Her şey anlam kazanacak. Sana söz veriyorum..."

Ama eli kızın ensesinde hızla yanıp sönen kırmızı ışığa dokundu...

...ve bir anda dünyadan koptu.

68

"Beş para etmezin tekisin," dedi adam. "Şişmansın. Çirkinsin. Tek bir oğlanın bile bakmaya tenezzül etmeyeceği mendebur ucubenin tekisin."

"Bir sürü oğlan bana bakıyor," dedi kız ama korkudan midesi sancıyordu. Adamın ellerini iki yanında yumruk yaptığını görmüştü. İri olduğunun farkındaydı ama adam daha iriydi. Ayrıca adamın o yumrukları kullanmaktan korkmadığını da biliyordu; yalnızca birkaç dakika önce, sırf çayı soğuk diye aynı yumrukları annesine indirmiş ve kadını mutfak masasının öbür tarafına fırlatmıştı. Regine'in koşarak merdivenleri çıkmasının nedeni de bu gümbürtü ve arkasından bağırıp çağıran adamın kükreyen sesiydi.

Adam sarhoş olduğunda genellikle hantallaşırdı ama Regine'in telefonunu ve parasını alması gereğinden uzun sürmüştü. En nihayetinde yatak odasından çıktığında adamı merdivene giden yolu kapatırken buldu.

"Kimse sana bakmaz," dedi kıza, tükürürcesine. "Seni kaltak."

"Bırak geçeyim," dedi kız ellerini yumruk yaparak. "Bırak geçeyim. Yoksa Tanrı şahidim olsun ki..."

Adam pişmiş kelle gibi sırıttı. Sarhoşlara özgü mide bulandırıcı bir zevkle aydınlanan o aptal pembe suratı, ne sıklıkla yıkarsa yıkasın her daim kirli görünen o düz ve cansız sarı saçları. "Bırakayım da geç. Yoksa Tanrı şahidin olsun ki ne yaparsın?"

Kız hiçbir şey demedi, hatta kılını bile kıpırdatmadı.

Adam geri adım attı; abartılı bir kol hareketiyle merdivenleri gösterip alaycı bir tavırla başını öne eğerek kızın merdivenlerden inebilmesi için kenara çekildi. "Geç o zaman," dedi. "Kendini evindeymiş gibi hisset."

Kız gözlerini dört açmış halde burnundan soludu. Sadece adamın yanından geçip gitmesi gerekiyordu. Hepsi buydu. En fazla bir tokat yiyecek, adamın yumruğunu savuşturmak için eğilmesi gerekecek ya da hiçbir şey olmayacaktı. O kadar sarhoştu ki belki de…

Adamı şaşırtarak aniden öne doğru atıldı. Adam tam da kızın umduğu gibi bu ani hareket karşısında irkilince Regine eline geçen fırsatı değerlendirdi ve adamı aşıp tırabzanın kenarından dolanarak ayağını en üst basamağa koydu.

"Çirkin sürtük!" diye bağırdı adam.

Kız yumruğu daha inmeden hissetti. Ve arkasındaki havanın yer değiştirdiğini…

Eğilerek yumruğu savuşturmaya çalıştı ama duruşu tepeden tırnağa yanlıştı.

Yumruk indi.

Kız düştü.

Düşüyordu…

Sert basamaklar onunla buluşmak için sanki acele, acele, acele ediyordu…

Avazı çıktığınca haykırdı.

"Beş para etmezin tekisin," dedi adam. "Şişmansın. Çirkinsin. Tek bir oğlanın bile bakmaya tenezzül etmeyeceği mendebur ucubenin tekisin."

"Bir sürü oğlan bana bakıyor," dedi kız ama korkudan midesi sancıyordu. Adamın ellerini iki yanında yumruk yaptığını görmüştü. İri olduğunun farkındaydı ama adam daha iriydi. Ayrıca adamın o yumrukları kullanmaktan korkmadığını da biliyordu; yalnızca birkaç dakika önce, sırf çayı soğuk diye aynı yumrukları annesine indirmiş ve kadını mutfak masasının öbür tarafına fırlatmıştı. Regine'in koşarak merdivenleri çıkmasının nedeni de bu gümbürtü ve arkasından bağırıp çağıran adamın kükreyen sesiydi.

Adam sarhoş olduğunda genellikle hantallaşırdı ama Regine'in telefonunu ve parasını alması gereğinden uzun sürmüştü. En nihayetinde yatak odasından çıktığında adamı merdivene giden yolu kapatırken buldu.

"Kimse sana bakmaz," dedi kıza tükürürcesine. "Seni kaltak."

"Bırak geçeyim," dedi kız ellerini yumruk yaparak. "Bırak geçeyim. Yoksa Tanrı şahidim olsun ki..."

Adam pişmiş kelle gibi sırıttı. Sarhoşlara özgü mide bulandırıcı bir zevkle aydınlanan o aptal pembe suratı, ne sıklıkla yıkarsa yıkasın her daim kirli görünen o düz ve cansız sarı saçları. "Bırakayım da geç. Yoksa Tanrı şahidin olsun ki ne yaparsın?"

Kız hiçbir şey demedi, hatta kılını bile kıpırdatmadı.

Adam geri adım attı; abartılı bir kol hareketiyle merdivenleri gösterip alaycı bir tavırla başını öne eğerek kızın merdivenlerden inebilmesi için kenara çekildi. "Geç o zaman," dedi. "Kendini evindeymiş gibi hisset."

Kız gözlerini dört açmış halde burnundan soludu. Sadece adamın yanından geçip gitmesi gerekiyordu. Hepsi buydu. En fazla bir tokat yiyecek, adamın yumruğunu savuşturmak için eğilmesi gerekecek ya da hiçbir şey olmayacaktı. O kadar sarhoştu ki belki de...

Adamı şaşırtarak aniden öne doğru atıldı. Adam tam da kızın umduğu gibi bu ani hareket karşısında irkilince Regine eline geçen fırsatı değerlendirdi ve adamı aşıp tırabzanın kenarından dolanarak ayağını en üst basamağa koydu.

"Çirkin sürtük!" diye bağırdı adam.

Kız yumruğu daha inmeden hissetti. Ve arkasındaki havanın yer değiştirdiğini...

Eğilerek yumruğu savuşturmaya çalıştı ama duruşu tepeden tırnağa yanlıştı.

Yumruk indi.

Kız düştü.

Düşüyordu...

Sert basamaklar onunla buluşmak için sanki acele, acele, acele ediyordu...

Avazı çıktığınca haykırdı.

"Beş para etmezin tekisin," dedi adam. "Şişmansın. Çirkinsin. Tek bir oğlanın bile bakmaya tenezzül etmeyeceği mendebur ucubenin tekisin."

"Bir sürü oğlan bana bakıyor," dedi kız ama korkudan midesi sancıyordu. Adamın ellerini iki yanında yumruk yaptığını görmüştü. İri olduğunun farkındaydı ama adam daha iriydi. Ayrıca adamın o yumrukları kullanmaktan korkmadığını da biliyordu; yalnızca birkaç dakika önce, sırf çayı soğuk diye aynı yumrukları annesine indirmiş ve kadını mutfak masasının öbür tarafına fırlatmıştı. Regine'in koşarak merdivenleri çıkmasının nedeni de bu gümbürtü ve arkasından bağırıp çağıran adamın kükreyen sesiydi.

Adam sarhoş olduğunda genellikle hantallaşırdı ama Regine'in telefonunu ve parasını alması gereğinden uzun sürmüştü. En nihayetinde yatak odasından çıktığında adamı merdivene giden yolu kapatırken buldu.

"Kimse sana bakmaz," dedi kıza tükürürcesine. "Seni kaltak."

"Bırak geçeyim," dedi kız ellerini yumruk yaparak. "Bırak geçeyim. Yoksa Tanrı şahidim olsun ki..."

Adam pişmiş kelle gibi sırıttı. Sarhoşlara özgü mide bulandırıcı bir zevkle aydınlanan o aptal pembe suratı, ne sıklıkla yıkarsa yıkasın her daim kirli görünen o düz ve cansız sarı saçları. "Bırakayım da geç. Yoksa Tanrı şahidin olsun ki ne..."

69

Seth aniden kendini tabutlarla dolu odada buldu. Güçlükle soluk alıp veriyordu. Regine'in debelenmeleri sayesinde kızın başı ellerinden kurtulmuş, aradaki bağlantı kesilmişti.

Regine yine haykırdı.

Hiç şaşırtıcı değil, diye düşündü Seth dehşet içinde. Kız bir tür döngüye kapılmış; o ânı, yani hayatının en *korkunç* anını sil baştan yaşayıp duruyordu.

Tekrar, tekrar, tekrar ölüyordu.

Seth hâlâ kızın korkusunu hissedebiliyordu. Yumruğun acısını, ayağı kaydığında yaşadığı dehşeti, düştüğüne inanamıyor olma halini...

Onu oradan çıkarmanın bir yolunu bulmaya mecburdu.

"Seth?" dedi kız.

Seth donakaldı. Regine'in sesi zayıf, çaresiz, korku doluydu. Kafası hâlâ sargılara sarılı haldeydi ama artık mücadele etmeyi kesmişti.

"Seth, sen misin?"

"Buradayım," dedi onu hissedebilmesi için uzanıp kızın ellerini tutarak. "Buradayım, Regine. Seni buradan çıkarmalıyız. Hem de hemen."

"Neredeyiz? Göremiyorum. Gözlerimin üstünde bir şey var..."

"Sarılı vaziyettesin. Bekle." Seth sargının ucunu yakalamak için kızın başını yana çevirdi ve sargıları çözmeye koyuldu. "Yeraltındayız. Hapishanenin altında."

"Seth," dedi kız. O sırada Seth kızın tenine ulaşmış, göz kapaklarına yapışan sargıları yavaşça sökmeye koyulmuştu. "Seth, ben..."

"Biliyorum," dedi. "Gördüm. Ama şimdi seni buradan..."

Derken bir kez daha ayak seslerini duydu. Etrafı kolaçan etmek için arkasına baktı. Sürücü koşarak odaya dalmıştı.

Onları gördü.

Ve durdu.

Orada, ana koridorun tam ortasında duruverdi ve o bomboş suratıyla onlara baktı.

"Ah, hayır," diye fısıldadı Regine. Sargıların sonuncusunu el yordamıyla kendi başına sökmüş, Seth'in gördüğünü görmüştü.

Seth etraflarına baktı. Kaçacak hiçbir yerleri yoktu. Köşeye sıkışmışlardı ve Seth, aynı şeyleri düşündüğünü Regine'in yüzünden de okuyabiliyordu.

"Sen git," dedi kız. Sesi hırıltılı, gözleri yaşlarla dolu, Seth'in daha önce hiç tanık olmadığı kadar savunmasızdı. "Yapabileceğimi sanmıyorum. Kendimi çok güçsüz hissediyorum. Ama sen buradan çıkmalısın."

"Kesinlikle olmaz. Hayır. Hayatta olmaz."

"Buraya beni kurtarmaya geldin," dedi kız başını iki yana sallayarak. "Bu bana yetip de artar bile. Bunun benim için ne kadar önemli olduğunu anlaman mümkün değil. Bunu yapmayı *seçmiş* olmanın..."

"Regine..."

"Bir şekilde o döngüyü kırmayı başardın. Beni zaten kurtardın..."

"Seni burada bırakmayacağım," dedi Seth sesini yükselterek.

Ayak sesleri bir kez daha odada yankılanmaya başladı. Sürücü ağır ağır onlara doğru yürüyordu. Ucundan kıvılcımlar saçan copunu havaya kaldırdı.

"Biliyor," dedi Regine. "Kazandığını biliyor."

"Henüz kazanmış değil," dedi Seth. "Daha değil."

Fakat kendisi bile ağzından çıkanlara pek inanmıyordu.

Elinde bir şey hissetti. Başını aşağı eğdi. Regine elini tutmuş, kuvvetlice sıkıyordu.

Seth de ona karşılık verdi.

Sürücü geniş ana koridorun yarısını arkasında bırakmış, kaskının ön tarafındaki siyah cam dosdoğru onlara odaklanmıştı. Seth her nasılsa o şeyin, az önce yaptıklarını yanına bırakmayacağını biliyordu. Bu defa değil. Seth tabutlara ne yaparsa yapsın Sürücü durmayacaktı. Önce Seth'in peşine düşecek, ondan daha hızlı koşacak, ondan daha güçlü çıkacak ve Seth hiçbir şekilde onu durduramayacaktı.

Ama deneyecekti. Her şeye rağmen deneyecekti.

"Tommy güvende mi?" diye sordu Regine usulca.

"Koşarak uzaklaştı. Bir fikri olduğunu söyledi."

"Yani bizi kurtarmak için son dakikada içeri dalmasını bekliyoruz, öyle mi?"

Seth, Regine'e dönüp delice sırıtmadan edemedi. "Eğer tüm bunlar zihnimin bana oynadığı bir oyun olsaydı, evet derdim. Kesinlikle hikâyenin sonu böyle olurdu."

"Seninle tanıştığımdan beri ilk defa bu konuda haklı olmanı umuyorum."

Sürücü bulundukları sıranın sonuna ulaşmıştı. Bir kez daha durdu. Kapana kısılıp kalmış olmalarının keyfini sürüyor gibiydi.

Seth, Regine'in elini sımsıkı tuttu. "Savaşacağız," dedi. "Sonuna kadar."

Regine başıyla onayladı. "Sonuna kadar."

Sürücü elini aşağı doğru savurdu ve cop iki katı uzunluğuna kavuştu. Ucundan etrafa saçılan kıvılcımlar ve parıltılar artık eskisinden de tehlikeli görünüyordu.

Seth ayaklarını sertçe yere basarak savaşmaya hazırlandı.

"Seth?" dedi Regine.

Seth kıza baktı. "Ne var?"

Fakat kızın söylediklerini duyma şansı hiç olmadı.

Çünkü odayı başlangıçta alçak ama gittikçe yükselen bir vızıltı doldurdu.

Sürücü de sesi duydu ve ilerideki odaların derinliklerine uzanan koridora döndü.

Sesin geldiği yere...

Yavaşça yükselen sesin...

Sürücü'nün koşmaya hazırlandığı gördüler.

Ama yeterince hızlı değildi...

Siyah karavan koridorun derinliklerinden fırlayıp inanılmaz bir hızla Sürücü'ye çarptı. O denli hızlıydı ki Sürücü'nün bacaklarından biri gövdesinden kopuverdi. Karavan geniş ana koridorda yoluna devam etti ve karşıdaki duvara sertçe çarpıp Sürücü'yü kendisiyle duvar arasına sıkıştırana dek de durmadı.

Sürücü bir anlığına mücadele etti fakat karavanın dumanı tüten tekerlekleri beton zeminde boş yere dönüyor, karavanla duvar arasında kalan Sürücü'yü iyiden iyiye eziyordu.

Derken Sürücü karavanın kaportasının üzerine yığıldı ve parmaklarının arasından kayıp giden cop tangırtılar çıkararak yere çarptı.

Sürücü hareketsizce yatıyordu.

Karavanın tekerlekleri ağır ağır dönmeyi kesti.

Seth ve Regine küçük dillerini yutmuş halde olan biteni izlerken hâlâ kırık vaziyetteki kapıdan küçük bir gölge çıktı.

"Herkes iyi mi?" diye sordu Tomasz.

KISIM 4

70

Tomasz bandajlı ellerini Regine'in beline dolayıp kızı sanki bir daha hiç bırakmayacakmışçasına sıkı sıkı kucakladı. "Çok mutluyum," dedi. "Ah, o kadar mutluyum ki."

"Ben de mutluyum," dedi Regine suratını oğlanın karman çorman saçlarına gömerken.

Seth daha şaşkınlığını üzerinden atamadan Tomasz'ın Regine'i rahat bırakıp kollarını kendisine dolamasını izledi. Oğlan onu öylesine sıkıştırdı ki az kalsın nefes alamayacaktı. "Ve sen! Onu kurtaracağımızı söyledin. İşte, kurtardık!"

"Büyük ölçüde senin sayende," dedi Seth sıra sıra dizilmiş tabutların üstünden enkaza dönmüş karavana, kaportanın üstüne yığılı vaziyette kılını dahi kıpırdatmadan yatan Sürücü'ye bakarak. "Tam vaktinde geldin." Bakışlarını Tomasz ile Regine'e kaydırdı. "Yine."

Tomasz, Regine'e baktı. "Yine bizi uydurduğuna inanmaya başlamış."

"Bu kez haklı olabilir," dedi Regine. "Nasıl oldu da karavanı bulup onu yerin altında sürmeyi becerdin?"

"Sandığınız kadar zor değildi," dedi Tomasz. "Hapishanenin etrafında bir yerlere park edilmiş olacağını düşündük. Tek sorun, onu bulmaktı."

"Ve tabii, çalıştırmak," dedi Seth. "Sürmek de..."

"Pekâlâ, tamam, itiraf ediyorum, onu bulduğumda birkaç tuhaf şey oldu," dedi Tomasz. "Kapısı henüz yerine takılmamıştı ve içine geçip oturduğumda motoru kendiliğinden çalıştı.

Ben hiçbir şey yapmadan öylece çalışıverdi. Sonra ekranlar aydınlanmaya ve bana anlamadığım sorular sormaya başladı. Bunun nedeni dili anlamakta yaşadığım güçlük değildi. Daha ziyade hiçbir anlam ifade etmiyor oluşlarıydı. Anlamsız sayılar, tabutlarla dolu devasa odalardaki kameralardan gelen görüntüler..."

"Evet," dedi Seth. "Onları ben de gördüm."

"Derken üzerinde SORUNUN YAŞANDIĞI ALANA GİT? yazan bir kutucuk yanıp sönmeye başladı. İşte böyle. Ben de SORUNUN siz olabileceğinizi düşündüm ve GİT kutucuğuna basarak ekrandaki soruya evet demiş oldum. Araba o anda harekete geçti! Hızlanırken az kalsın arabadan düşüverecektim." Tomasz sağa sola yatarak dönüşleri taklit etti. "Yanıp kül olmuş mahalleden geçerek büyük yeraltı otoparkının girişine geldik ve ben daha ne olduğunu anlamadan yerin derinliklerine doğru ilerlemeye koyulduk."

Gerisinin ortada olduğunu söylemek istermişçesine ellerini havaya kaldırdı. "Ve kendimi işte burada, odaların içinde buldum. Sürücü yolun ortasında dikiliyordu. Ben de karavanın yön değiştirmesine engel olmak için direksiyona yapıştım. Ayağımı gaz pedalına basmak için eğilmek zorunda kaldım ve sonunda *baaam*. Ona çarptım." Bam sesini çıkarmak için ellerini çırptı. "Sonra da duvara vurduk." Başının tepesini ovuştur-du. "Biraz canım yandı."

"Harika bir iş çıkardın," dedi Regine.

Seth de, "Evet," diyerek ona katıldı. "Öyle ki harika demek yetersiz kalır."

İnanılmayacak kadar harika, diye düşündü. *Şüphe uyandıracak kadar harika.*

Gerçi umulmadık olan her zaman imkânsız değildi.

"Gömleğimi gören olduğunu sanmıyorum," dedi Regine.

"Burada," dedi Tomasz tabutun arkasında çömelip yerdeki giysi yığınını kucaklarken. "Epey yırtılmış. Üzgünüm."

"Zaten onu hiç sevmemiştim," dedi Regine gömleğinden geriye kalanları vücuduna dolarken.

"Sen iyi misin?" diye sordu Tomasz kıza.

Regine biraz sessiz kalınca Seth kızın o konudan bahsetmek istemediğini düşündü fakat Regine, "Seth gördü. Seth ölümümü gördü," demeyi başardı.

Tomasz gözleri fal taşı gibi açılmış vaziyette Seth'e döndü. "Tıpkı benimkini gördüğün gibi."

"Ne şanslıyım," diye mırıldandı Seth.

"Oradaki varlığını hissedebiliyordum," dedi Regine.

"Öyle mi?" diye sordu Seth afallamış bir halde.

"Evet!" dedi Tomasz. "Ben de orada olduğunu biliyordum. Ben de benimkini yaşarken yanımda olduğunu hissedebiliyordum."

"Ve her nasılsa," diyerek konuşmayı sürdürdü Regine, "orada olduğunu bilmek bile bir bakıma yeterliydi." Avuçlarıyla yorgun argın gözlerini ovuşturdu. "Nasıl açıklayacağımı bilmiyorum. Korkunçtu. Yani o pisliği tekrar görmek. O ânı tekrar *yaşamak* zorunda kalmak." Seth'e baktı. "Ama sonra senin de orada olduğunu fark ettim. Ve... sanırım en azından birinin aslında kim olduğumu anımsadığını anladım."

Tomasz başıyla onayladı. "En iyi yanı buydu."

"Ve başımdan geçenlerin normal olmadığını," dedi. "Hiç olmadığı kadar korkutucuydu. Ama her nasılsa aynı şeyi sil baştan yaşamak zorundaysam bile bunu durdurmaya çalıştığını, elinden geleni ardına koymadığını bilmek..."

Kaşlarını çattı. Seth kızın gözlerinin sulandığını, ağlamaklı olduğu için sinirlendiğini görebiliyordu.

"Anlıyorum," dedi Seth.

Kız suçlarcasına ona baktı. "Öyle mi?"

Seth başıyla onayladı. "Sanırım nihayet anlıyorum."

• • •

Seth önde, Tomasz ortada ve gömleğinin lime lime olmuş parçalarını sıkıca kavramakta olan Regine en sonda tabutların arasından ana koridora doğru yürüdüler.

Karavanın ya da Sürücü'nün etrafında hiçbir şey kımıldamıyordu.

"Bacağı," dedi Tomasz kopuk uzva işaret ederek. Kalçadan kopmuştu ve kıvamlı, koyu renkli bir sıvı birikintisinin ortasında yatıyordu. Kan olmadığı aşikâr olan bir sıvı birikintisinin.

"Mekanik," dedi Regine. "Diğer dünyada sahip olduğumuz şeylerin hepsinden daha gelişmiş."

"Evet," dedi Seth düşünceli bir edayla.

"Böyle konuşmandan nefret ediyorum," dedi kız. "Böyle şüpheci bir tavırla."

Ağır ağır karavana yanaştılar. Sürücü'nün yığılıp kaldığı yerden kıvılcımlar ve duman çıkıyordu. Kollarından biri yerinden çıkmışa benziyordu ve kafası öyle bir açıyla bükülmüştü ki boynu kırılmış olabilirdi, *olmalıydı.*

"Ah, Tanrım," dedi Tomasz. Copu yakınlardaki bir tabutun altında bulmuştu.

"O şeye dikkat et," diye çıkıştı Regine.

Tomasz gözlerini devirdi. "Görünüşe göre hâlâ herkes kendisini annem sanıyor. Daha kaç defa hayatınızı kurtarmak zorundayım? Daha kaç… AY!"

Bir elektrik akımı copun ucundan akıp yüzüne çarpınca elindekini düşürdü. Cop yere çarptığında içinde bir şey tetiklenmiş olmalıydı ki katlanarak en kısa haline döndü.

"Sen iyi misin?" diye sordu Regine gülmemeye çalışarak.

"Aptal şey," dedi Tomasz yanağını tutarken.

Copun katlanmış bu yeni hali gözüne yeterince atıl görününce Tomasz onu bir kez daha yerden aldı. Copu cebine sokuşturduğu sırada kimse onu durdurmaya kalkışmadı. Eğer illa biri onu alma hakkına sahip olacaksa o kişi Tomasz olmalıydı.

Duman yüzünden öksüre öksüre de olsa karavanın yanışını izlediler. Kıvamlı sıvı kaportanın üzerine yayılmış, kenarlardan damlayarak yerde küçük gölcükler oluşturuyordu. Sürücü'nün öldüğü ortadaydı ama Seth ve diğerleri olabildiğince ağır hareket ediyorlardı. Sanki aniden hayata dönmesini ve üzerlerine atılmasını bekliyor gibiydiler.

Eğer bu bir hikâye olsaydı aynen böyle olurdu, diye düşündü Seth. *Ölüme meydan okuyan kötü adam. Tekrar tekrar durdurulması gereken zalim. Eğer zihnim bana bir şeyler söylemeye çalışıyor olsaydı böyle olurdu.*

Ama.

Ama, ama, ama.

"Öğrenmem gerek," dedi.

"Neyi öğrenmen gerek?" diye sordu Regine.

"Siperliğinin altında ne olduğunu. Bir türlü peşimizi bırakmayan o şeyin suratını görmek istiyorum." Ona doğru yürümeye koyuldu. "Tam olarak ne olduğunu öğrenmek istiyorum."

Ve tam o anda karavan infilak etti.

71

Karavanın altındaki kıvılcımlar aniden parıldayarak aracın yanındaki sıvı birikintilerinden birine ulaştı ve o anda şaşırtıcı derecede yumuşak bir *vuuuuf* sesi duyuldu.

Ve her şey bir alev topunun içinde gözden kayboldu.

Geriye doğru savrulurlarken alevler üstlerini başlarını yaladı.

Fakat ilk parlama çabucak gücünü yitirdi. Hatta yere serildikleri sırada çoktan sönmeye başlamıştı. Yanıcı gazların çoğu ilk patlamada yanıp tükenmiş, çevreye şaşırtıcı bir ısı yayan parlak alevlerse karavanın ön tarafındaki sıvı yakıt birikintisiyle sınırlı kalmıştı.

Artık alevlerin ardındaki Sürücü'ye ulaşmaları mümkün değildi.

"Şaka yapıyor olmalısın," dedi Seth öksüre öksüre.

Ama Tomasz çoktan ayağa fırlamış, panik içinde tabutlara bakıyordu. "İnsanlar! Yanacaklar! Onlar..."

Ve tavanda açılan menfezlerden gürül gürül sular akmaya başladı. Yalnızca birkaç saniye içinde sırılsıklam kaldılar. Pürüzsüz ve parlak tabutların üstünden seken damlalar sayesinde yangın neredeyse o anda söndü ama su serpintisi kesilecek gibi değildi. Karavandan yükselen duman ve su buharı filizleri odayı doldurup soludukları havayı iyiden iyiye istila etti.

"Tadı zehre benziyor," dedi Tomasz irkilerek.

"Muhtemelen öyledir," dedi Regine. "Bunların hiçbiri metal kadar basit bir malzemeden yapılmışa benzemiyor."

Seth hâlâ su buharıyla dumanların ardında gözden kaybolan Sürücü'nün olduğu yere bakıyordu.

"Neye benzediğini görmek istemiştim," dedi. "Siperliğin altında."

"Onu yendik," dedi Regine sular yüzünden ürpererek. "Yetmez mi?"

Tadı zehre benzeyen buhar koridordan hapishanenin girişine dek her yeri ele geçirmişti. "Benim geldiğim taraftan çıkmak zorundayız," dedi Tomasz.

Regine elini uzattı ve Tomasz da hiç sektirmeden kızın elini tuttu. Sabırsızlıkla Seth'e baktılar.

"Tamam," dedi çalkantılı dumanı izlerken. "Tamam, pekâlâ."

Ana koridora doğru seğirttiler. Sonraki odaya girdiklerinde sular kesildi ama Seth arkasına baktığında yine hiçbir şey göremedi. Derinlere, daha derinlere daldılar; sıra sıra dizili tabutların arasından geçtiler. Seth arkasını kolaçan edip duruyordu fakat çok ama çok sayıda odayı geride bırakıp da nihayet yüzeye çıkan rampaya ulaştıklarında Sürücü'ye karşı kazandıkları zafer de diğer her şeyle birlikte gözden kayboldu.

Tırmanırlarken pek konuşmadılar. Özellikle Seth düşüncelerini kendine saklıyordu. Dairesel rampada ilerledikçe yukarıdaki dünyanın tozunun ve çamurunun ince katmanlar halinde belirmeye başladığını fark etti.

Sarmal çizen rampayı takip ederek yavaşça yukarı doğru tırmanırlarken, "Kim olduğunu hatırlıyor muydun?" diye sordu Regine'e. "Oradaki varlığımı hissettiğini söylediğini unutmuş değilim ama burayı hatırlayabiliyor muydun?"

"Evet, aslına bakarsan hatırlayabiliyordum," dedi kız. "Demek istediğim... oraya geri dönmek öyle büyük bir *haksızlıktı* ki. Burada ölemem, diye düşünüp durdum. Burada ölürsem orada da ölürüm. Yani evet, burayı hatırlıyordum."

"Orada zamanın biraz daha farklı aktığını sanıyorum," dedi Seth. "Geçmiş, gerçek hayatta olduğundan daha yakın olabilir. Ve belki de *her şey* durmaksızın tekrar ediyordur."

Regine ona baktı. "Anlıyorum. Yani aklındaki soruyu."

"Ne?" dedi Tomasz. "Aklındaki soru da neymiş?"

Seth yürümeyi sürdürdü. "Ekran, senin üzerinde Lethe işlemini başlatacağını söylüyordu. Sana her şeyi unutturacak olan işlemi."

"Ama unutturmadı," dedi Regine ihtiyatlı bir şekilde. "En azından, henüz. Her şeyi hatırlıyordum. Bu da demektir ki..."

"Bu da demektir ki..." dedi Seth kızın sözünü kesse de açıklamaya girişmeden.

"*Ne* demekmiş?" dedi Tomasz. "Bunun ne demek olduğunu bana söylememenizden hoşlanmıyorum."

"Şşşt," dedi Regine. "Daha sonra."

Regine çetin bakışlarla Seth'i izlemeyi sürdürdü. Oysa oğlan sessizliğini bozmamakta kararlı görünüyordu. Rampa boyunca tırmanmaya devam ettiler. Görünüşe göre tesisin bu tarafı, içeri girdikleri tarafla kıyaslandığında yerin çok daha altındaydı.

Seth başlarından geçenleri, her şeyin *nasıl* da olup bittiğini düşünüyordu. Onları buraya yönlendiren, üçünün birlikte rampayı tırmanarak gün ışığına adım atmalarına yol açan her şeyi –işte çıkış buradaydı, iliklerini ısıtıyordu, Regine mutlulukla iç geçirdi– onları, *onu* buraya getirmek üzere gerçekleşen bütün olayları.

Kavruk mahallenin küllerinin üstünden güneşe baktığı sırada zihninde yeşeren olasılık karşısında şaşırdı. Belki de pek o kadar şaşırmamıştı.

Çünkü burası herhangi bir şey olabilirdi.

Veya bambaşka bir şey.

Veyahut hiç tahmin edilemeyecek türden bir şey.

Ama şimdi ne yapması gerektiğini biliyordu.

"Eve gitmeye hazır mısın?" diye sordu Regine.

Aslında Tomasz'a sormuştu ama kendini tutmasaydı yanıt veren az kalsın Seth olacaktı.

72

Tomasz, Regine'in evine dek yaptıkları uzun yürüyüşün büyük bölümünü Regine daha fazla dayanamayıp, "Ah, lütfen, park edilmiş bir araba buldun ve sürücü koltuğuna oturdun. Yaptığın şey esasında bu değil miydi?" diyene dek onları nasıl kurtardığını tekrar tekrar anlatarak geçirdi. Her defasında kahramanlığının dozunu biraz daha artırıyordu.

Tomasz'ın yüzünde dehşete kapılmış gibi bir ifade belirdi. "Asla beni *takdir etmi...*"

"Teşekkürler Tommy," dedi Regine aniden gülümseyerek. "Park edilmiş bir araba bulup sürücü koltuğuna geçerek son anda bizi kurtarmaya geldiğin için teşekkür ederim. Hayatımı kurtardığın için sana çok ama çok minnettarım."

Oğlanın yüzü kıpkırmızı kesildi. "Rica ederim."

"Ben de teşekkür ederim," dedi Seth.

"Ah, sen de fena sayılmazdın," dedi Tomasz cömert bir tavırla. "Ben bir kahraman gibi içeri dalana dek o şeyi oyaladın."

"Sadece boyunun gaz pedalına basmaya yetecek kadar uzun olduğuna şaşırıyorum," dedi Regine.

"Aslında," diyerek itiraf etti Tomasz, "hiç kolay olmadı. Uzanayım diye canım çıktı."

Tren raylarına ulaşıp kuzeye doğru rayları takip etmeye koyuldular. Yol boyunca Regine ceplerini yokladı ama aradığı şeyi bulamıyor gibiydi. Seth tarafından izlendiğini fark edince meydan okuyan bakışlarını oğlana dikti. "Yüz defa ölüp ölüp dirildikten sonra bana adi bir sigarayı çok mu göreceksin?"

"Sesimi bile çıkarmadım."

"*Bence* içmemelisin," dedi Tomasz. "Bugün ölümü çok kere alt ettin. Neden bir kez daha aynı şeye kalkışasın ki?"

"Seninle konuşan yok," dedi kız. Ama kendisinden beklendiği kadar sert çıkışmamıştı.

Kısmen çökmüş haldeki demiryolu köprüsünün altından süpermarkete doğru bir saatlik yürüyüşün ardından –Seth evinde mola vermelerini önerdi ama Regine güneşe rağmen hâlâ tir tir titriyordu ve vücuduna dolanmış sargılardan en kısa zamanda kurtulmak istiyordu– geyiği gördükleri caddeyi geçtiler ve Regine'in evine doğru döndüler.

"Aniden ortaya çıkıverecekmiş gibi geliyor," diye fısıldadı Regine bahçe yoluna yaklaşırlarken. "Sanki bu kadar kolay olamazmış gibi."

"*Kolay* olduğunu mu sanıyorsun?" dedi Tomasz.

"Eğer bu bir hikâye olsaydı aynen dediğin gibi olurdu," dedi Seth. "Bir son dakika saldırısı. Hem de asla gerçekten ölmeyen kötü adam tarafından düzenlenmiş bir saldırı."

"Böyle abuk subuk konuşmaktan vazgeçmen gerek," dedi Regine.

"Sen de aklından aynı şeyi geçiriyorsun," dedi Seth.

Regine küstahça bir tavır takındı. "Hayır. Gerçek olduğumdan eminim. Sanal dünyaya yaptığım o yolculuk tam da ihtiyacım olan kanıttı."

Yürümeye biraz daha devam edince Regine'in evinin sokak kapısının önünde onları bekleyen şaşırtıcı hiçbir şeyin olmadığını gördüler. İçerideki oturma odası da her zamanki gibi görünüyordu. Regine'in odanın orta yerinde duran tabutu ve etrafına dizilmiş kanepelerle sandalyeler hâlâ eski yerlerindeydi. Regine üstünü başını değiştirmek için üst kata yönelirken Tomasz yiyecek bir şeyler hazırlamak için mutfağa gitti.

Seth kanepelerden birine oturdu. Tabut gözlerinin önünde duruyordu. Mutfakta tabakları birbirine çarpıp küçük gaz ocağını ilk birkaç denemesinde yakamayınca Lehçe küfürler savurmaya başlayan Tomasz'a kulak kabarttı. Regine su seslerinin geldiği üst kattaki banyoda kendine çekidüzen vermeye çalışıyordu.

İki komik ama çetin insan.

Onların seslerini duydu ve kalbi biraz olsun sızladı.

Fakat Seth o sızının üzerine gitti ve canının o kadar da yanmadığını fark etti. Korktuğu gibi değildi.

Kısa bir anlığına kendi kendine gülümsedi. Ve ardından, tıpkı hapishanede yaptığı gibi parmağının ucuyla tabutun üzerine dokundu.

Birkaç denemenin ardından tabutun kapağında çatlak ama okunaklı bir ekran belirdi.

Biraz sonra Tomasz elinde dumanı tüten kâselerle mutfaktan çıktı.

"Bugün özel bir gün," dedi kâselerden birini Seth'e uzatırken. "Sosis, kremalı mısır ve acı sosta pişmiş fasulye ve kıyma."

"Dalga geçiyorsun ama bu saydıkların Amerikalıların çoğu için barbekü demektir."

"Ah, evet, Amerikalı olduğunu unutup duruyorum."

"Aslına bakarsan pek de..."

"REGINE!" diye bağırdı Tomasz sağır edici bir sesle. "Akşam yemeği hazır!"

"*Buradayım,*" dedi Regine elindeki havluyu saçlarına bastırarak temiz kıyafetler içinde merdivenlerden inerken.

"Seninki mutfakta," dedi Tomasz. "Soğumasın diye açık ocağın üstünde bıraktım."

"Bütün evi ateşe vermek için çok akıllıca bir yöntem."

"*Rica ederim,*" diye şakıdı Tomasz kızın arkasından.

Bir süreliğine sessizlik içinde yemeklerini yediler. Yemeğini ilk bitiren Tomasz oldu. Mutlulukla iç geçirdi ve tabağını sehpanın üzerine bıraktı. "Peki," dedi, "şimdi ne yapacağız?"

"Bir hafta boyunca uyumak istiyorum," dedi Regine. "Ya da bir ay."

"Süpermarkete uğrayabileceğimizi düşünüyordum," dedi Tomasz. "Tekrar oraya gitmeyi hiç denemedik. Alabileceğimiz sürüyle yiyecek ve eşya vardı."

"Evet, birkaç paket daha…"

"Sakın sigara deme!" diyerek araya girdi Tomasz. "Artık yaşıyorsun. Seni kurtardık. Sigarayı bırakarak bunu kutlayabilirsin."

"Aklımdan ne geçiyor biliyor musun?" dedi Regine. "Belki de *gerçekten* bir kutlama yapmamız gerekiyordur."

Tomasz şaşırmış bir halde başını kaldırıp kıza baktı. "Demek istediğin?"

Kız başıyla onayladı. "Aynen öyle."

"Ne demek istiyormuşsun?" diye sordu Seth kız tabağını mutfağa götürürken.

"Aslında," dedi kız, "yıllar geçtikçe ekşimeyen bazı şeyler de var, biliyorsun değil mi?"

Seth delice sırıtan Tomasz'a baktı. "O neyden bahsediyor?"

"Kutlamadan!" dedi Tomasz ama sonra suratındaki ifade ciddileşti.

"Şimdiye dek kutlayacak pek bir şeyimiz olmamıştı."

Regine ellerinden birinde bir şişe şarap ve diğerinde üç tane kupayla mutfağın eşiğinde tekrar belirdi. "Soğutucumuz yok. O yüzden kırmızı sevdiğini umarım."

Şişeyi korkunç derecede paslı bir tirbuşonla açtı ve kendisininkiyle Seth'in kupasını ağzına kadar doldururken Tomasz'ınkini ancak yarısına dek doldurdu. "Hey!" diye itiraz etti oğlan.

"Ona biraz daha ver," dedi Seth. "Bunu hak etti."

Regine şüpheci görünse de Tomasz'ın kupasını da doldurdu ve ardından kupalarını havaya kaldırdılar.

"Yaşamaya," dedi Regine.

"Bir kez daha," dedi Seth.

"*Na zdrowie,**" dedi Tomasz.

İçkilerini yudumladılar ama Tomasz'ın içkinin tadını almasıyla kupasının içine tükürmesi bir oldu. "Öyk!" dedi. "İnsanlar bunu seviyor mu?"

"Komünyon şarabından içmemiş miydin?" diye sordu Regine. "Polonyalıların Katolik olduğunu sanırdım."

"Öyleyiz," dedi Tomasz, "ama oldum olası, Komünyon şarabına içimi zor olsun diye baharat kattıklarını düşünmüşümdür. Yoksa neden o kadar az tattırsınlar ki? Ama *gerçek* şarap..."

Oğlan cümlesini yarıda bırakınca Regine onun yerine tamamladı. "Tadının üzüm suyuna benzediğini mi sanıyordun?"

Oğlan başıyla onayladı. "Ama benzemiyor." Kupasını bir kez daha kokladı ve bu defa daha küçük bir yudum aldı. "Tadı rezalet," dedi. Ama sonra bir yudum daha almadan edemedi.

Seth de kendisininkini içti. Arkadaşlarının katiyetle Avrupalı olmayan ebeveynleri tarafından pek hoş karşılanmasa da annesi ve babasıyla birlikte oturduğu akşam yemeklerinde şarap içtiği olmuştu. Tadına ayılıp bayıldığı söylenemezdi; ona kalırsa sirkeyi andırıyordu. Fakat burada bir içecekten ziyade, bir ayin gibiydi ve şu anda şarap içebildiğine seviniyordu.

Fakat Regine pek içmedi. Kupasını bir süre elinde tuttuktan sonra masaya bıraktı.

"Hoşuna gitmedi mi?" diye sordu Seth. "Tadı fena değil. Biraz ağır ama..."

"*O* içerdi," dedi kız. "Nefesi hep böyle kokardı... Hatıralarımda bile kokusunu hissedebiliyorum. Bunun beni rahatsız edeceğini düşünmemiştim. Daha önce de içtiğim olmuştu ama yine de..."

"Ama yine de..." dedi Seth. O da kupasını masaya koydu. Tomasz da aynısını yaptı.

Regine pantolonundaki aslında var olmayan lekeyi kazıdı.

---

* (Lehçe) Şerefe. *–çn*

"Sizce o da diğerleriyle birlikte mi? Sanırım şimdiye dek buna pek inanmıyordum... Ama orada olmalı, öyle değil mi?"

"Annemle babam orada," dedi Seth. "Ekranda isimlerini gördüm. Orada bir yerdeler. Hayatlarını yaşıyorlar."

"Annem de öyle," dedi Regine. "Ölü kızı ve boktan kocasıyla yaşamına devam etmeye çalışıyor." Öksürerek duygularının birazını bastırdı ama yüzündeki karanlık soru işaretini silemediği gibi tek kelime de etmedi.

"Annem öldü," dedi Tomasz gerçekçi bir şekilde. "Ama yeni bir aile buldum! Artık bir ağabeyim ve bir ablam var."

"*Üvey* kardeş," dedi Regine, Tomasz'ın karşı çıkmaya çalıştığını görünce sırıtarak. "Tamam, tamam, yarı kardeş. Evlat edinilmiş."

"Ah," dedi Tomasz, "ben de *hepimizin* evlat edinildiğini düşünüyordum."

Bunu duyunca, "Orada bir bebek gördüm," dedi Seth. "Tabutlardan birinin içinde. Annesiyle birlikte."

Boş gözlerle ona baktılar. "Ama bu *nasıl* mümkün olabilir ki?" diye sordu Tomasz.

"Eğer biraz kafa yorarsan birkaç yolu olduğunu göreceksin," dedi Seth. "Ama kullandıkları yöntem her ne olursa olsun geleceğe inanmışlardı." Öne eğildi ve ellerini önünde duran tabutun üstüne koydu. "Beni dinleyin."

Tomasz öylece ona baktı ama Seth, Regine'in gerildiğini ve kollarını kendine doladığını görebiliyordu.

"Pekâlâ," diyerek konuşmayı sürdürdü. "Tamam. İkinizin ölümlerine de tanık oldum. İstediğim bu değildi ama öyle oldu." Hafifçe tabuta vurdu. Artık diğerlerinin gözlerine bakamıyordu. "Adil olmak adına size benimkini anlatmam gerektiğini düşünüyorum."

Konuşmaya başladı.

Onlara her şeyi anlattı.

Sonunu bile.

73

Annesi bir cumartesi sabahı yatak odasının kapısını aralayıp, "Ziyaretçin var," dedi sertçe.

"Gudmund," dedi Seth kendi kendine. Kalp atışları öylesine hızlanmıştı ki başı dönmeye başladı. Birkaç hafta önceki o geceden beri onu görmemişti. Gudmund'un irtibatı koparmayacaklarına ve eğer yeterince sabırlı davranırlarsa birlikte bir gelecekleri olacağına dair söz verdiği o geceden beri.

Sonrasında ya Gudmund'un telefonuna el koyulmuş ya da numarası değiştirilmiş olmalıydı. E-posta adreslerinin hiçbirinden yanıt verdiği de yoktu. Oysa yeni okulundaki öğrencilerden birinden cep telefonunu ödünç alıp sahte bir e-posta hesabı açabilirdi. Bu günlerde insanların iletişim kurmasına mâni olamazdınız. Tabii eğer iletişim kurmak istiyorlarsa.

Ama sesi soluğu çıkmamıştı.

Şimdiye dek.

Yataktan fırlayıp yatak odasının kapısını savururcasına açtı...

Ve Owen'ı yolunu tıkar vaziyette buldu.

"Selam Seth," dedi erkek kardeşi.

Seth elini usulca Owen'ın göğsüne koyup geriye doğru ittirdi. "Yolumdan çekil. Bir işim..."

"Klarnetimle bir şarkı besteledim."

"Daha sonra, Owen."

Seth ayaklarını sertçe yere vura vura merdiveni indi ve ışıldayan gözlerle oturma odasına döndüğü sırada gereğinden biraz daha yüksek sesle konuşmaya başladı. "Tanrı aşkına, Gudmund, geleceğini hiç..."

Durdu. Gelen Gudmund değildi.

"H," dedi Seth. Teninin alev alev yandığını, boynundan yukarısının utançla kıpkırmızı kesildiğini hissedebiliyordu.

Ama suratının kızarmasının nedeni yalnızca utanç değildi, biraz da öfkeydi.

Fotoğraflar ortaya çıktığından beri H onunla tek kelime etmemiş, hatta varlığının farkındaymış gibi bile görünmemişti. Okulda sular biraz durulmuştu ama hâlâ Seth'in etrafında, insanların isteseler bile ona yaklaşmalarını engelleyen bir mayın tarlası vardı. Seth, en zayıflarının H olduğunu en başından beri biliyordu. Dolayısıyla en yakın iki erkek arkadaşının birbirlerini becerdiği ortaya çıkınca yardım ve yataklıkla suçlanmayı kaldıramamıştı.

Fakat hep iyi kalpli biri olmuştu, öyle değil mi? Tüm o aptalca şakaların ve ahmaklıkların altında Seth her daim H'nin iyi bir insan olduğunu düşünmüştü. Onun tarafından dışlanmanın böylesine acı verici olmasının nedeni de buydu.

"O değilim," dedi H. Omuzları çökmüş vaziyette, henüz küçük bir çocukken amcasının Seth'i korkutmak için kullandığı o korkunç tablonun altındaki kanepede oturuyordu. Daha kabanını bile çıkarmamıştı. "Henüz onu görmedim."

Yalnızdılar. Seth'in annesi kim bilir nereye kaybolmuştu ve babası da hâlâ mutfakta çalışıyordu.

Sessizlik uzadı. Ta ki H, "Eğer istersen gidebilirim," diyene dek.

"Neden buradasın?"

"Sana bir şey söylemem gerek," dedi H. "Bilmen gerektiğinden bile emin olmadığım bir şey söylemem gerek. Ama..."

"Ama ne?"

"Belki de bilmen gerekiyordur.

Seth biraz bekledi, sonra da gidip kanepenin karşısındaki sandalyeye çöktü. "İşkence gibiydi, H."

"Biliyorum."

"Arkadaşım olduğunu sanmıştım."

"Biliyorum..."

"Sana hiçbir yanlış yapmadım. Sana hiçbir yanlış yapmadık..."

"Palavra! Yalan söylediniz."

"Yalan söylemedik."

"Bizden gizleyerek yalan söylemiş oldunuz. Bunu görmemek için kör olmak gerekirdi."

"Neyi görmemek?" diye sordu Seth ihtiyatla.

H gözlerini Seth'inkilere dikti. "Onu sevdiğini."

Seth suratının bir kez daha kızardığını hissetti ama tek kelime etmedi.

H eldivenlerini elinde evirip çevirmeye başladı. "Aslında ben görmedim. Çünkü aptalın önde gideniyim. Ama şimdi durup da geçmişe baktığımda... o günlere baktığımda aslında ne kadar aşikâr olduğunu görüyorum."

"Bunu sana nasıl anlatabilirdim ki? Hem de böyle bir tepki vereceğini bile bile?"

"Nedeni..." dedi H sesini yükselterek ama sonra etrafına bakındı ve sesini alçaltarak konuşmaya devam etti. "Nedeni bu değildi. Böyle davranmamın nedeni bu değildi."

"Dalga mı geçiyorsun?"

H iç geçirdi. "Tamam, biraz haklısın ama öyle deliye falan dönmedim. Bu benim için de kolay olmadı, anlıyorsun değil mi? Şimdi herkes benim de nonoş olduğumu sanıyor, haksız mıyım?"

"Hayır, öyle düşünmüyorlar. Uzun zamandır Monica'yla çıkıyorsun..."

H'nin suratında tuhaf bir ifade belirdi. "O konuya gelince..."

"Ne oldu?"

"Artık onunla görüşmüyoruz."

Seth şaşırmıştı. "Pekâlâ, iyi olmuş. Tüm bu kargaşayı çıkaran oydu. Eğer işimize burnunu sokmasaydı..."

H lafını kesti. "Seth."

Seth durdu. H'nin ismini telaffuz etme şekli yüzünden midesi belli belirsiz bir bulantı hissiyle çalkalanmaya başlamıştı. "Ne var?"

"Monica'nın o fotoğrafları nasıl ele geçirdiğini hiç merak etmedin mi?"

"Ne demek istiyorsun?"

H eldivenlerini tekrar elinde evirip çevirmeye başladı; eldivenleri tersyüz ediyor, katlıyor, sonra birbirinin içine sokuşturuyordu. "Monica fotoğrafları görsün diye Gudmund'un telefonu öylece ortalıkta bıraktığını mı sanıyorsun? Sence Gudmund o kadar aptal mı? Harika Çocuk?"

"Yani demek istiyorsun ki..." diye konuşmaya başladı Seth ama cümlesinin sonunu getiremeyince tekrar denemek zorunda kaldı. "Yani fotoğrafları Monica'ya Gudmund'un verdiğini mi söylüyorsun?"

Ama H çoktan başını iki yana sallamaya başlamıştı. "Hayır Seth, öyle demek istemiyorum."

"Pekâlâ, o zaman ne *oldu?"*

H gönülsüzce derin bir nefes aldı. "Monica'nın Gudmund'la nasıl flört ettiğini hatırlıyorsun, değil mi? O da ona karşılık verirdi?"

"Evet, Monica ona sırılsıklam âşıktı." H'nin irkildiğini gördü. "Yani, özür dilerim dostum, üstüne alınma, o seninle birlikteydi ve güzel bir ilişkiniz vardı ama sen de biliyorsun ki..."

"Evet." H kederli bir tavırla başını aşağı yukarı salladı. "Biliyorum."

"Yaptığı şeyin nedeni buydu. Bana böyle söyledi. Gudmund'la aramızdaki ilişkiyi öğrenmiş ve kıskanmış. Sonra da..."

"Öğrenmiş çünkü o da onunla yatıyormuş."

Sözcükler âdeta Seth onları görebilsin diye somut birer nesneymiş gibi havada asılı kaldı.

Seth onları görebiliyor ama okumayı reddediyordu.

"Ne?" diye fısıldamayı becerdi en sonunda.

"Bana anlatan Monica'ydı," dedi H. "Nihayet. Dün gece." Kaşlarını çattı. "Benden ayrılırken. Bir gece ikisinin birlikte fotoğraflarını çekmek isterken Gudmund'un telefonunu eline aldığı sırada sizinkileri bulmuş." H elindeki eldivenleri artık öylesine hışımla büküyordu ki yırtılmalarına ramak kalmıştı. "Ve sanırım ardından kavga etmişler. Galiba Gudmund ona, sırf Monica'nın buna ihtiyacı var

diye onunla yattığını söylemiş. Onu arkadaşı olarak gördüğünü ve bu durumla nasıl baş edeceğini bilmediğinden ihtiyacı olanı ona vermeyi tercih ettiğini... Çünkü..." H omuzlarını silkti. "Monica'nın istediğinin bu olduğunu düşünmüş."

Seth çevresindeki her şey donakalmış gibi hissetti. Sanki bir daha hiçbir şey kıpırdamayacakmış gibi. Sanki ömrünün sonuna dek tek hissedebileceği soğuk olacakmış gibi.

Ve boşluk.

Ben kimsenin her şeyi olamam, *demişti Gudmund o son gece.* Senin bile, Seth.

Bu Gudmund'un en büyük hatası olmuştu. Kimsenin her şeyi olamaması.

Ama yine de olmayı denemesi.

"Neden bana bunları anlatıyorsun?" dedi Seth.

"Çünkü doğrular bunlar. Çünkü düşündüm ki... Bilmiyorum." İç geçirdi. "Gudmund'un gidişini daha kolay atlatmana yardımcı olabileceğini düşündüm."

"Yardımcı olmuyor. Hem de hiç."

H sarsılmış bir şekilde ellerini saçlarından geçirdi. "Lanet olsun, Seth, sana bunları anlatıyorum çünkü neden herkes herkesi kaybetmek zorunda olsun ki? Biz arkadaşız. *Ve insanlar her şeyi yüzlerine gözlerine bulaştırdılar, tamam mı? Söylemeleri gereken şeyleri söylemediler ve yapmamaları gereken haltları yediler ama Tanrı aşkına, insanlar* ihtiyaç duyar, *anlıyorsun değil mi? Ben* bundan *eminim. Bazı şeylere ihtiyaç duyarlar ve nedenini bilmezler. Tek bildikleri, onlara ihtiyaçları olduğudur. Monica'nın onunla yatmış olması umurumda bile değil. Beni üzen, benden ayrılmış olması çünkü geriye kimsem kalmadı."*

Seth'e baktı ve Seth o anda oğlanın aslında ne denli kaybolmuş olduğunu gördü.

"Üç iyi arkadaşım, üç dostum *vardı. Şimdi kimim kaldı ki? Kimsem. Nonoş olduğumu sanan ve bunu ağızlarına sakız eden kokuşmuş beyinli birkaç gerzek dışında kimsem yok."*

Hâlâ kendini toparlamaya çalışan Seth yavaşça sandalyesine çöktü. "Burada ne arıyorsun, H?"

H hüsran dolu bir ses çıkardı. "Bilmiyorum. Sanırım bilmen gerektiğini düşündüm. Gerçeği. Az önce de dediğim gibi onun üstesinden gelmeni kolaylaştıracağını sanmıştım."

Seth bunun üzerine hiçbir şey söylemedi, hatta H'ye bakmakta bile zorlanıyordu. Bir dakika kadar sonra H ayaklandı. Seth'in söyleyecek bir şeyleri olup olmadığını görmek için biraz daha oyalandı ama Seth tek kelime etmeyince eldivenlerini eline geçirdi.

"Bence seni gerçekten sevmişti," dedi H. "En azından Monica böyle düşünüyor."

Ve ardından H oradan ayrıldı. Seth sokak kapısının açıldığını ve tekrar kapandığını duydu.

Yalnızdı.

Ne kadar olduğunu kestiremese de bir müddet sonra ayağa kalktı ve ne yaptığının farkında bile olmadan basamakları tırmandı. Owen hâlâ elinde klarnetiyle yatak odasının kapısının önünde bekliyordu.

"Artık sana şarkımı çalabilir miyim?" diye sordu yüzünde kocaman bir gülümsemeyle. Saçları akıllara ziyan bir kargaşa içindeydi.

Seth oğlanın yanından geçip yatak odasına girdi.

"Bu şarkıyı senin için yazdım çünkü çok üzgündün," dedi Owen ve çalmaya başlamak için klarnetini havaya kaldırdı ama Seth kapıyı oğlanın suratına çarpıverdi. Gerçi bu bile onu durdurmaya yetmedi. Şaşırtıcı derecede melodik notalar gereğinden biraz hızlı bir şekilde kendilerini defalarca tekrar etmeye başladı ama Seth'in onları duyabildiği söylenemezdi. Tek yaptığı, yatağının kenarında öylece oturmaktı.

Kendini bomboş hissediyordu.

Ve garip biçimde sakin. Annesinin Owen'ı terapiye götürdüğünü duydu ama çıtını bile çıkarmadan yatağının kenarında oturmaya devam etti. Annesinin, hâlâ evde olduğunu anladığını bile sanmıyordu.

Odasını toplamaya karar verdiğini hayal meyal anımsıyordu.

Sonra da kabanını üstüne geçirdiğini.

Okyanusa gittiğini.

74

Tomasz'ın yüzü kül gibi oldu. "Ah, Bay Seth," dedi. "Kimseye güvenemeyeceğinizi öğrenmişsiniz. Bu çok iç karartıcı bir ders."

"Hayır," dedi Seth, "bu pek doğru..."

"Üzgünüm," diyerek araya girdi Regine. Aklının karıştığını gizlemeye çalıştığı ortadaydı. "Ama bunun neden bardağı taşıran son damla olduğunu anlayamıyorum."

"Ne?" dedi Tomasz. "Ama İyi Adam, Seth'in olduğunu sandığı kişi değilmiş."

"Bak, *önemsiz gibi göstermeye* filan çalışmıyorum ama..."

"Ama Tomasz öldürüldü," dedi Seth, "ve sen de merdivenlerden itildin. Benim tek yaptığımsa kalbimin kırılmasına izin vermekti."

"Kırık bir kalbi sakın hafife almayın," dedi Tomasz. "Burada uyandığımda annemin yanımda olmadığını görünce benim de kalbim kırılmıştı. Çok acı vericiydi."

"Canının yanmadığını söylemiyorum," dedi Regine, "ama bu biraz..."

"Abartılı görünüyor," dedi Seth. Kafasını toparlamaya çalışırken bir kez daha tabutun kapağına dokundu. "O bahsettiğimiz hissi hatırlıyor musunuz? Yaşamakta olduğumuz boktan hayatların ötesinde bizi bambaşka hayatların, daha ötesinin beklediğine dair sahip olduğumuz o hissi?"

"Evet," dedi Regine tereddütle.

"İşte ben, o *daha ötesine* kavuştuğumu sanmıştım. Ötesinin Gudmund olduğuna inanmıştım. Diğer her şeyin ne denli boktan olduğu umurumda değildi. Owen'ın durumunun, annemle babamın bana karşı davranışlarının, daha sonra okulda olanların. Bunların *hepsine* göğüs gerebilirdim çünkü ona sahiptim. O benimdi ve başka kimsenin değildi. Kimsenin bilmediği, daha önce hiç kimsenin uğramadığı o gizli dünyada yaşıyorduk. Benim için ötesi buydu, anlıyorsunuz değil mi? O son olay da her şeyi dayanılmaz kıldı."

"Ama yalnızca sana ait değildi," dedi Regine anlamaya başladığını gösteren bir sesle.

"Başıma gelip gelebilecek en kötü şeyin Gudmund'un benden koparılması olduğunu sanmıştım," dedi Seth, "ama öyle değilmiş. En korkuncu, hiçbir zaman aslında benim olmadığını öğrenmekti. Böylece Washington'ın o boktan ve dondurucu sahilindeki o boktan küçük kasabada, korkunç ve inanılmayacak kadar boktan bir akşamüstünde, yalnızca bir anda neyim var neyim yoksa elimden alındı. Geriye hiçbir şeyim kalmadı çünkü bana ait olduğunu sandığım tek güzel şey, aslında hiçbir zaman benim olmamıştı."

Suratından süzülen gözyaşlarını başparmağıyla sildi ve utangaç bir tavırla boğazını temizledi.

"Onu özlüyorsun," dedi Tomasz.

"Hem de anlatamayacağım kadar," dedi Seth hırıltılı bir sesle.

"Bunu anlayabiliyorum," dedi Tomasz, Regine'e. "Böylesine önemli birini kaybetmenin neden böylesine kötü hissetmesine sebep olduğunu. Neden kendini okyanusun kollarına bırakmayı isteyecek kadar kötü hissettiğini. Sen anlayamıyor musun?"

"Acıyı anlayabiliyorum," dedi kız. "O kadar kötü hissedersin ki kurtulmak istersin. İnan bana, bunu anlayabiliyorum. Ben de karanlığın içine baktım. Yalnız değilsin."

"Yalnız olduğumu hiç söylemedim ki," dedi Seth.

"Ama sanırım aradaki fark şu... Bence sen asla kurtulmayı

istemedin. Kışkırtılsan da, böyle bir şey yapmana ramak kalmış olsa da. Çünkü kim bilir? Belki de gerçekten ötesi *vardır.*"

"Ama..." diyerek araya girmeye yeltendi Tomasz.

"Hayır, Regine haklı," dedi Seth. "Ötesi vardı. Benim için bile. Düşündüğümden fazlası, gözlerimle görebildiğimden daha fazlası. Owen'ı ele alalım. O dünya yalan olsa bile bir kısmı annemle babam için hâlâ gerçek. Oğullarının başına korkunç bir şey geldi. Bu neden onları etkilemesin ki? Bu neden benimle ilgili olmasın ki?"

"Ama İyi Adam'a gelirsek?" diye sordu Tomasz. "Ötesi nerede?"

"Ötesi onu o denli güvenilir, o denli *iyi* kılan şeylerde saklı. Onu Monica'yla birlikte olmaya iten de aynı şeyler değil mi?" Hüzünle gülümsedi. "Gudmund değer verdiği insanların acı çektiğini görmeye katlanamazdı ve acılarını dindirmenin bir yolunu bulamadığında kendini öne sürdü."

"Ve sen de senin için yaptıklarının bundan ibaret olup olmadığını merak ediyorsun," dedi Regine.

"Asıl soru bu, öyle değil mi?" dedi Seth. "Ve yaptığım en büyük hata da bu oldu. Şimdi tıpkı size anlattığım gibi o günleri düşündüğümde, olan biteni tüm açıklığıyla değerlendirdiğimde bunun doğru olmadığını görüyorum. H söylemişti. *Monica* da öyle. Ama ben duymazdan geldim. Gudmund da beni seviyordu." Bir kez daha yanağını sildi. "Kendimi burada bulduğumdan beri aklıma gelen her anı, söylediği ve yaptığı her şey bunu kanıtlıyor."

"Ki bu da hiçbir şeyi kolaylaştırmıyor," dedi Tomasz.

"Bir bakıma kolaylaştırıyor aslında. Yalnızca bir anlığına buna inanmaktan vazgeçtim ve her şey aniden gözüme imkânsız görünmeye başladı ama hiçbir şey imkânsız *değildi.* Hem bununla da sınırlı değil. Demek istiyorum ki son günlerimde babam benden özür diledi, ihtiyacım olduğunda yanımda olamadığı için üzgün olduğunu söyledi. Bu, hayatımın geri kalanının boktanlığına aykırı düştüğünden unutmayı seçtiğim bir şeydi. Tıpkı H'nin o sabah gelişini unuttuğum gibi."

"Sana arkadaşlığını sunuyordu," dedi Regine.

Seth başıyla onayladı. "Yalnız kalmıştı. Beni özlemişti, arkadaşlarını özlemişti ve Monica hakkındaki gerçekleri açıklamak, H'nin arkadaşlık namına atabileceği en büyük adımdı." Seth bir kez daha boğazını temizlemek zorunda kaldı. "Ötesinin olmasını öyle çok istiyordum ki. O boktan ve önemsiz hayatımdan daha fazlasının olması için *yanıp tutuşuyordum*." Başını iki yana salladı. "Ve Ötesi *vardı*. Sadece ben görememiştim."

Regine oturduğu yerde doğruldu. "Bize söyleyecek daha başka şeylerinin olmasının nedeni de bu, öyle değil mi?"

Seth yanıt vermedi.

"Bize ne söyleyecekmiş?" dedi Tomasz. Kimse cevap verecekmiş gibi görünmüyordu. "Bize ne *söyleyecekmiş*?"

Regine gözlerini Seth'e dikti. "Bize, oraya geri döneceğini söylemek üzere."

"NE yapacakmış?" dedi Tomasz ayağa fırlayarak.

Regine meydan okuyan bakışlarını Seth'ten ayırmadı.

"Haklı mı?" diye sordu Tomasz. "Bana haklı olmadığını söyle."

"Evet, Seth," dedi Regine, "Tomasz'a haklı olmadığımı söyle."

Seth iç geçirdi. "Haklı ama..."

"HAYIR!" diye bağırdı Tomasz. "Geri dönmek mi istiyorsun? Bizi *terk etmek* mi istiyorsun? Neden?"

"Sizi terk etmek istemiyorum," dedi Seth sertçe. "Söylemek istediğim de bu..."

"Ama geri dönmek istiyorsun!" Tomasz suratını buruşturdu. "Hep istedin. Geldiğinden beri. Öyle ya da böyle, aklında hep bizi terk etmek vardı." Kaşlarını öylesine kederle çattı ki,

Seth çocuğun suratına bakmaya bile güçbela dayanabildi. "Bizi terk etmeni istemiyorum."

"Tomasz," dedi Seth, "Regine geri döndüğünde *hatırlıyordu*. Kim olduğunu ve oraya nasıl gittiğini hatırlıyordu." Regine'e döndü. "Öyle değil mi?"

Kız rahatsız olmuşa benziyordu. "Ama hayal meyal. Bir şeyleri değiştirmeye yetecek kadar değil. Bir şeyleri mümkün kılmaya yetecek kadar değil."

"Emin misin?"

Kız yanıt vermek için ağzını açtı ama sonra durdu. "Aslında bunu düşünmedim bile. Aklımda yalnızca olacaklar ve yapmak zorunda olduğum şey vardı."

"Bence *biraz* Lethe almıştın," dedi Seth. "Etkisini göstermeye başlıyordu ama pek ileri gidemedi. Fakat eğer hiç Lethe almadan oraya dönecek olsaydın..."

"Çok geç," dedi Tomasz. "Orada çoktan öldün."

"Fakat orada ölen neydi? Bir hata oldu. Benim bir *simülasyonum* öldü. Şu anda bildiklerimden çok daha azını bilen bir simülasyon."

Tomasz başını iki yana sallıyordu. "Bunun neye yarayacağını anlamıyorum. Geri dönüp orada ölmeyi nasıl kabul edebilirsin? O zaman burada da ölürsün ve seni kaybetmiş oluruz."

"Ben de pek emin değilim," dedi Seth, "ama sana da işe *yarayabilirmiş* gibi gelmiyor mu? Regine oraya geri döndü ama yine de kim olduğunu anımsıyordu. Kaldı ki, Tomasz, onu oradan çıkarmayı başardık."

Tomasz karşı çıkmaya yeltendi ama sonra biraz şaşkınlık, biraz da keyifle kaşları havaya kalktı. "Yani geri döneceğini mi söylemek istiyorsun?"

Seth önce oğlana, sonra da gözlerini hâlâ üstünden ayırmamış olan Regine'e baktı. Kızın bakışları hâlâ düşmancaydı ama Seth gözlerinin içindeki umudu da görebiliyordu.

"Tabii ki geri döneceğim," dedi.

75

Tomasz dudaklarını yaladı. Seth neredeyse oğlanın düşündüğünü *görebiliyordu*. "Ama nasıl yapacaksın?"

"Aslına bakarsan," dedi Seth, Regine'in tabutunun üzerindeki ekranı çalıştırırken, "ben de bir süredir bunu düşünüp duruyorum. Bununki arızalanmış. Regine tabuttan çıkarken hasar vermiş olmalı."

"Biriyle boğuştuğumu sanmıştım," dedi Regine. "O yüzden onlarca kez tekmeleyip itekledim."

"Evet," dedi Tomasz, "kulağa tıpkı senin yapacağın bir şeymiş gibi geliyor."

"Burada yazılanları okudum," dedi Seth ekrana dokunurken. "Yarısı hiçbir anlam ifade etmese de birini geri göndermek hiç o kadar zor görünmüyor. Bir kutucuğa bastı ve tabut, hapishanedekilerin sessizliğinin aksine gıcırdayarak açıldı. Regine ve Tomasz bakmak için Seth'in yanına geldiler. Seth borulardan birini seçti. "Bunun Lethe olduğunu zannediyorum."

"*Zannediyor* musun?" dedi Regine.

"Bu senin ağzındaydı. Sanırım onu soludun. Ama ben işlemi yarıda kesince gerekli dozun tümünü alamamış oldun. Aldığın doz, ona karşı koyamasan da olan bitenin farkında olmana yetti."

"Ama eğer borunun içindekileri solumadan geri dönersen..." dedi Tomasz.

"Belki de her şeyi hatırlayabilirsin. Belki de kim olduğunu, nerede olduğunu hatırlayabilirsin. Belki de, *belki de*, sanal dünya ilk inşa edildiğinde herkesin yaptığını yapabilirsin. Dileğin gibi oraya girip çıkabilirsin."

Fakat Regine çoktan başını iki yana sallamaya başlamıştı. "Bundan emin olmanın hiçbir yolu yok. Büyük olasılıkla oraya gidip tıpkı benim gibi tekrar tekrar öleceksin. Ayrıca ölmesen bile orada sıkışıp kalmayacağını nereden biliyorsun? Üzerinde ÇIKIŞ yazan hiçbir kapı gördüğümü sanmıyorum."

"İkiniz burada olacaksınız," dedi Seth.

"Eğer işler yolunda gitmezse seni oradan çekip çıkarabiliriz," dedi Tomasz.

"Bunu yapıp yapamayacağımızı bilmiyorsunuz," dedi Regine. "Hele ki hepten sistemin içine girersen. Buraya gelmek için *ölmek* zorunda kalmıştık."

"*Seni* geri getirdim. O günlerde, insanlar canları istedikçe oraya gidip geliyorlardı. Başlangıçta yolculukları kısa tutmayı deneyebiliriz..."

"Tabii eğer onu çalıştırmayı başarabilirsen. Ayrıca, neden? Neden geri dönmek istiyorsun? Orası gerçek değil."

Seth derin bir nefes aldı. Asıl soru buydu. Sandığı kadar kendinden emin olup olmadığını merak etti. "Çünkü artık ötesini biliyorum," dedi. "Bütün dünyanın hiçliğe karıştığını sanmıştım ama bu doğru değil, öyle değil mi? Yani, evet, pek kusursuz sayılmaz ama ne denli umutsuz olduğu konusunda yanılmışım. Kaza eseri de olsa hepimiz ikinci bir şans elde ettik. Ben de şansımı denemek istiyorum."

"Ve İyi Adam'ını tekrar görmek istiyorsun," dedi Tomasz.

"Evet. O konuda yalan söyleyemem. Bedenim burada ama o, koca bir okyanusun ve kıtanın ötesinde. Yani eğer onu tekrar görmeyi istiyorsam geri dönmek zorundayım. Her nasıl olacaksa onu bulmayı istiyorum. Ona, onu anladığımı söylemeliyim. H'yi de bulmalıyım. Hatta Monica'yı bile."

"Ama orada ölüsün," diye diretti Regine. "Geçen hafta ya da artık her ne zamansa o zaman öldün. Bense aylardır orada ölüyüm..."

"Ama orada yaşadığım yerde *kış mevsimi* hüküm sürüyordu. Buradaysa kıştan eser yok. Daha önce de dediğim gibi, belki de zaman aynı şekilde akmıyordur. Sen ölümünden *öncesine* gittin. Eğer bazı şeyleri değiştirebileceğini bilerek geri dönmüş olsaydın..."

"O halde cenaze törenine katılan tüm o insanlar ne yapacak? *Ay, pardon, bizim hatamız* mı diyecekler?"

"Kardeşimi ölmemiş gibi göstermek için onu tanıyan herkesin anılarını değiştirdiler. Sen de buna benzer bir düzenlemenin kanlı canlı biri için daha kolay olacağını düşünmüyor musun? Sistemde sık sık küçük bozukluklar yaşanıyor olsa gerek; mesela insanlar aslında hatırlamamaları gereken şeyleri hatırlıyor olabilirler..."

"Zamanda geriye gidebilir miyiz?" diye araya girdi Tomasz. "Eğer öyleyse, annemin kötü adamlarla konuşmasından önceki günlere gidebilirim. Onu kurtarabilirim..." Duraksadı. "Ama tabii, annem orada olması gerektiği biçimde öldü. Çok uzun zamandır gerçek hayatta da ölü olmalı."

"Üzgünüm, Tomasz," dedi Seth. "Zaten işe yarayacağını da sanmıyorum. Sürücü Regine'i tekrar tabuta yerleştirdiği sırada panelde bir tarih vardı. Buradaki de onunla aynı." Ekranı bir kez daha açtı ve tarihe işaret etti. "Bunu değiştirmenin hiçbir yolunu bulamıyorum. Bence Sürücü hatayı ortadan kaldırmaya çalıştığı için kısır döngüye girdik. Sonuçta işi buydu."

"Fazlaca varsayımda bulunuyorsun," dedi Regine.

"Eğer daha iyi bir açıklaman varsa duymayı isterim."

Kız iç geçirdi. "Keşke tüm bunlar kafanın içinde olup biten şeylerden ibaret *olsaydı*."

"Bak," dedi Seth. "Tamamen yanılıyor olabilirim ama siz de denemeye değer olduğunu düşünmüyor musunuz? Buradan oraya *gidip gelebilmenin* neye benzeyeceğini hayal edebiliyor musunuz? İnsanlara anlatabiliriz. İnsanlara aslında kim olduklarını hatırlatabiliriz."

"Bunu duymak istemeyeceklerdir," dedi Regine.

"Bazıları gerçeklere kulaklarını tıkayacaktır ama bazıları bizi dinlemeyi isteyebilir. Eğer onları uyandırmanın yolunu da bulursak..."

"Gelmek istemeyeceklerdir," dedi Regine. "Neden her şeyin ölü olduğu bir dünya uğruna işlerin tıkır tıkır işlediği bir dünyayı terk etmeyi istesinler ki?"

"Annen isteyebilir. Eğer oraya girip çıkmanın yolunu bulabilirsek belki..."

Seth konuşmayı kesti çünkü Regine ona yumruk atmak ister gibi görünüyordu. "Sakın annemden bahsetme," dedi. "Sakın ona asla gerçek olamayacak şeylerin sözünü verme."

"Öyle demek istememiştim..."

Fakat Regine sandalyesinde arkasına yaslanmış, kirpiklerini kırpıştırarak gözlerine hücum eden öfke dolu gözyaşlarından kurtulmaya çalışıyordu. "İnsanları kurtarmak sandığından daha zordur. Ayrıca oraya gitmeleri için geçerli bir nedenleri olduğunu unutuyorsun. Dünya sona erdi."

"Sona ermedi," dedi Tomasz. "Dünya kendi kendini iyileştiriyor. Geyikler var. Biz varız."

"*Dünya* dediğin yerin yarısı kavruk bir mahalleden, diğer yarısıysa çamur kaplı sokaklardan ibaret," dedi Regine. "Hayır. Ne olacak, biliyor musun? Seth'i oraya geri göndereceğiz; ölmediği için herkes çok mutlu olacak; bu sırada o, bütün *gerçek* arkadaşlarına ve *gerçek* ailesine kavuşacak ve sonra..."

Aniden durdu ve gaddarca kaşlarını çattı.

"Sonra ne yapacağım?" diye sordu Seth. "Sizi unutacak mıyım? Böyle mi düşünüyorsun?"

"Neden unutmayasın ki? Oraya giden kim olursa olsun, neden unutmasın ki?"

"Çünkü aptalın tekisin," dedi Seth nihayet çıkışarak, "kendimi öldürmemin nedeni ötesinin olmadığından emin olmamdı. Asla ötesinin *olamayacağından*. Sonsuza dek yapayalnız ve mutsuz olacağımdan."

"Evet, evet," dedi Regine sıkıntıdan patlamak üzereymiş gibi davranarak, "ve şimdi de insanların bütün zamanlarını yalnızca zavallı Seth'i ve onun korkunç mu korkunç sorunlarını düşünerek geçirmediklerini öğrendiğin değerli bir ders aldın."

"Hayır," dedi Seth sertçe, "esasında öğrendiğim şey, ötesinin *olduğu*. Siz varsınız, çocuklar. Sizler benim için ötesisiniz."

"Ah, işte, gördün mü," dedi Tomasz, Regine'e. "Böyle söylemesi ne hoş."

"İyi hoş ama," diye diretti Tomasz, "ya oraya geri dönüp ölürsen ne olacak? Bizi *sevdiğin* için senin adına hoş bir cenaze töreni düzenlememizi mi bekliyorsun?"

"Bak, bunun bir risk olduğunu biliyorum..."

"Hayati bir risk."

"Göze alınmaya değecek bir risk. Bak, ikisini de istiyorum, tamam mı? Onları da istiyorum, sizi de istiyorum. Üstelik artık ötesi olduğunu da biliyorum ve ötesine *sahip olmak* istiyorum. Eğer gerçekten hayatın ötesi varsa, onu sonuna dek yaşamak istiyorum. Neden hepimiz böyle yapmayalım ki? Bunu hak etmiyor muyuz?"

Tomasz ve Regine bakışırlarken uzun bir sessizlik oldu.

"Üstelik hâlâ işe yaramaması ihtimali var," dedi Seth tekrar.

"Ama işe yarayabilir de," dedi Regine.

Seth iç geçirdi. "Kararını ver, Regine..."

"Bu her şeyi değiştirecek, öyle değil mi?"

"Bunun neresi yanlış? Değişime *ihtiyacımız* olabileceğini düşünmüyor musun? İnsanların uyanmaya ihtiyaçları olduğunu hiç mi geçirmedin aklından? Kelimenin tam manasıyla? Eğer oraya girip çıkmanın bir yolunu bulabilirsek belki diğer şeyleri değiştirmenin de bir yolunu buluruz." Kıza baktı. "Durumu düzeltebiliriz."

Oysa Regine şüpheli görünüyordu. "Pekâlâ, şimdi iyiden iyiye kahramanlık taslamaya *başladın*."

"Beni gerçeklerle yüzleştirmeye çalışan sendin. Her şeyin kafamın içinde olup bittiğini düşündüğüm için bana bağırdın..."

"Ah, sonunda buranın gerçek olduğuna inanıyorsun, öyle mi?"

Seth ellerini tıpkı bir terazinin kefeleri gibi havaya kaldırdı. "Altmışa kırk."

"Ya her şeyin *gerçekten de* kafanın içinde olup bittiğini söylersem ne olur?" dedi Regine. "Ve ölümünü kabullenmeni kolaylaştırmaktan başka hiçbir vazifemizin olmadığını?"

"O durumda gözlerimi dört açar, kim olduğumun farkına varır ve kaybedeceğimi bilsem bile asla pes etmem."

Regine daha önce kendi dudaklarından dökülen sözcüklerin şimdi kendisine iade edildiğini duyunca suspus kesildi.

"Bundan daha fazlası var," dedi Seth. "Hadi, gidip onu bulalım."

"Pekâlâ," dedi Tomasz biraz sonra, "sizi bilmem ama ben *çok* heyecanlandım!"

76

O akşamüstü ilk denemeyi yapmaya karar verdiler. Seth harekete geçmeye pek hevesliydi ama geride bıraktıkları sabahın ardından biraz kestirmeye ihtiyaç duyduğunun da farkındaydı.

Ama hiçbiri uyuyamadı.

"Salla gitsin," dedi Regine nihayet, Tomasz ve Seth'i yatak odalarından ite kaka çıkarırken. "Gidelim de çuvallayacaksan çuvalla. Sonra hep beraber güzelce dinlenebiliriz."

"İşte aradığım ruh," dedi Seth.

Seth'in evine götürecekleri eşyaları toparlamaya başladılar. Şanslarını ilk önce orada deneyeceklerdi. Seth'in tabutunun Regine'inkinden daha az hasarlı olup olmadığına bakacak ve ona göre yollarına devam edeceklerdi.

"Programı değiştirmekle ilgili söylediklerini sevdim," dedi Tomasz. "Bunu yapmayı öğrenebilirim."

"Bu epeyce karışık bir iş," dedi Seth.

"Ve ben de *çok* zekiyim. Programı çözebileceğimden eminim, sonra da *abrakadabra*! Bir kez daha Tomasz dünyayı kurtarır."

"Büyük olasılıkla yalnızca şu saçını tarayarak bile dünyayı kurtarabilirsin," dedi Regine elindeki su şişesini Tomasz'a uzatırken. "Seni bulduğumda kafan kazınmış haldeydi. Nasıl oldu da böylesine karman çorman bir çalı süpürgesine dönüştü?"

"Erkek hormonları," dedi oğlan bilgiç bilgiç. "Ergenlik dönemimin doruğuna yaklaşıyorum. Öyle uzayacağım ki boyum ikinizinkini de geçecek."

"Evet, tabii," dedi Regine. "Böyle söyleyip duruyorsun."

Bisikletleri ya kaybolduğundan ya da bozulduğundan yürümeye koyuldular.

Yürürlerken Tomasz, "Düşünsene," dedi Seth'e. "Bu evi son görüşün olabilir. Tabii eğer ölürsen."

"Siz ikinizin benimle geliyor olmasının asıl nedeni de bu," dedi Seth, "böyle bir şeyin olmasını engellemeye çalışmak."

"Ah, elimizden geleni yapacağız, Bay Seth, ama bu yeterli olmayabilir."

"*Tomasz bir kez daha dünyayı kurtarır*a ne oldu?"

Tomasz omuzlarını silkti. "Yakında bir şeyleri elime yüzüme bulaştıracağım kesin."

"Oraya döndüğünde ne yapacağını planladın mı?" dedi Regine ana caddede karşıdan karşıya geçerlerken. "Gözlerini açtığında kendini kırık bir omuzla bulup kurtulmayı beceremezsen ne olacak?"

"Sen basamakların tepesinde başladın," dedi Seth, "arızadan biraz öncesinde. Belki ben de yüzemeyecek kadar donmamın öncesinden başlarım. Hatta sahilde başlayıp suya adımımı bile atmayabilirim."

"Sandığın kadar kolay olmayabilir. Ben yaşadıklarımın ağırlığı altında ezilmiştim. Çoktan yaptığın bir şeyi değiştirmek hiç de kolay değil."

"Buna hiç kalkışmamamı mı tercih ederdin? Hatta şansımı bile denemememi?"

Kız dudaklarını birbirine bastırdı. "Sadece her şeyi göz önünde bulundurduğundan emin olmak istiyorum."

Seth sırıttı. "Koruyucu melek mezadına cidden geç kaldım, değil mi? İkinizi birden almak için?"

"Bence gayet iyiyiz, teşekkürler," dedi Tomasz.

"Koruyucu meleklere inanmam," dedi Regine ciddileşerek. "Yalnızca, ihtiyaç duyduğunda yanında olan insanlar ve yanında olmayan insanlar vardır."

"Evet," dedi Tomasz. "Buna katılıyorum."

"Yalnızca insanlar," dedi Seth. O da onlarla hemfikirdi.

Seth'in ilk kez bu dünyayla burun buruna geldiği bomboş High Street boyunca bayır aşağı yürüyüp, en çok ihtiyaç duyduğu yiyecekleri temin ettiği süpermarketi ve en çok ihtiyaç duyduğu ekipmanları temin ettiği doğa sporları mağazasını geçtiler.

Ve en başından beri zihnini asla tam olarak terk etmemiş olan o düşünce bir kez daha geri döndü. Yiyecek, sığınak, ılıman hava koşulları gibi hayatta kalmak için ihtiyaç duyduğu her şey nasıl da önüne serilmişti. Koruyucu olmadıklarını iddia eden iki melek nasıl da her defasında onu son saniyede kurtarmıştı. Doğru adımları atmasına yardımcı olacak en mühim bilgileri nasıl da tam ihtiyacı olduğu anda öğrenmişti...

Ama nereye doğru? Kabullenmeye mi? Geri dönmeye mi? Ölmeye mi?

"Aslında," dedi kendi kendine, "bunu az sonra öğreneceğiz."

"Neyi az sonra öğreneceğiz?" diye sordu Tomasz usul usul sahili döven dalgalar misali otların fışkırdığı çukura yaklaşırlarken.

"Tüm bunların zihnimin uydurduğu bir hikâye *olup olmadığını...*"

"Yine mi!" diye mırıldandı Regine.

"Eğer bu bir film ya da kitap olsaydı," dedi Seth. "Eğer zihnimin uydurduğu bir hikâye olsaydı orada bizi bekliyor olurdu."

Tomasz ve Regine, Seth'in kastettiği şeyi anlayınca oldukları yerde kalakaldılar.

"Bu hiç komik değil, Bay Seth," dedi Tomasz.

"O öldü," dedi Regine. "Orada bizi bekliyor olması mümkün değil."

"Tek söylediğim, eğer beynim olan biteni anlamlandırmaya çalışıyor olsaydı böyle olacağıydı," dedi Seth. "Sürücü yarı yarıya kavrulmuş ve intikam arzusuyla gözü dönmüş bir halde, yapacağımız şeyden önce bize son kez saldırmak için orada bekliyor olurdu."

"Öyle olsa bile sorun değil," dedi yüzü aydınlanan Tomasz. "Çünkü hikâyelerde hep son bir savaş olur ve kahraman daima kazanır."

"Hey, evet," dedi Seth. "Hikâyenin bu halini sevdim."

"Savaş sona erdi, beni duydunuz mu?" dedi Regine. "Daha fazla savaş olmayacak."

"Yalnızca diyordum ki..."

"O halde bir şey demeyi *kes*. Çok konuşuyorsun."

Seth teslim olurcasına ellerini havaya kaldırdı. "Yalnızca bir düşünceydi. Hiçbir şey olmayacak. Onu öldürdük. Bitti, gitti. Hikâyenin sonu."

Ama Seth'in sokağına doğru son köşeyi dönerlerken üçü de çıt çıkarmamaya gayret etti.

Oysa sokak boştu. Karavan ortalıkta görünmüyordu. Tek bir gölge bile yoktu. Her zamanki külüstüre dönmüş arabalar, otlar ve çamur. Regine derin bir oh çekti ve ardından Seth'i azarlamaya koyuldu. "Hepimizi korkuttun," diye çıkıştı. "Seni aptal."

Tomasz güldü. "Bir anlığına gerçekten de..."

Ve Sürücü park halindeki iki arabanın arasında gizlendiği yerden dışarı çıktı. Kaskı eriyerek tarifi neredeyse imkânsız bir şekil almıştı, kopan bacağının yerine de daha ince ve yeni bir metalik kafes takılmıştı.

Eriyip şeklini kaybetmiş iki kavruk yumruğuyla Tomasz'ı yakaladı, havaya kaldırdı ve sokağın karşı tarafına öyle büyük bir hışımla fırlattı ki bir arabanın yanına çarpan Tomasz yere yığıldı ve bir daha ayağa kalkamadı.

77

Regine, Tomasz'ın adını haykırırken ve Sürücü kızı kolundan yakalayıp yere bastırırken, *Buna inanamıyorum,* diye düşündü Seth. *Bunun olduğuna inanamıyorum.*

Ama yine de kavgaya girdi.

Sürücü'nün üzerine atıldı.

Fakat saniyenin binde biri kadar süren sıçrayışı sırasında bile Sürücü'nün eski gücünden eser kalmadığını, ona direnen Regine'e karşı mücadele vermekte zorlandığını görebiliyordu.

Sürücü'yü göğsünden sıkıca yakaladı ve birlikte kaldırıma devrildiler. Sürücü hemen altında kıvranıyordu ve bu seferki düşüşü, keskin metal parçalarıyla dolu bir çuvalın üzerine düşmeye benzemişti. Fakat Seth yine de onu bırakmadı.

Bunlar gerçek olamaz, deyip duruyordu beyninin bir tarafı. *Bunun olmasının tek yolu aslında hiçbirinin…*

"Kapat çeneni!" diye hırladı sanki onunla konuşan Sürücü'ymüş gibi. Sürücü'nün kaskına bir yumruk indirdi ama yumruğu kaskın erimiş yüzeyini sıyırıp geçince eklemleri yapış yapış siyah katrana bulandı. Ama yine de tekrar vurmak için bir kez daha gerindi…

Derken Sürücü kollarını kaldırdı ve Seth'in boynuna doladı. Onu yana doğru savurarak kafasını yanlarındaki arabanın kapısına vurdu.

Fakat Seth hamleyi sezmişti ve Sürücü eskisi kadar güçlü *değildi.* Sürücü'nün kol hareketini yönlendirerek kafasını arabanın kapısına sertçe çarpmaktan kurtuldu.

Sürücü'nün diğer kolu hâlâ Seth'in boynuna dolanmış haldeydi ve Seth'i arabanın kapısına çarpmak işe yaramayınca boğazını sıkmaya koyuldu.

Seth sağ tarafından birinin haykırdığını duydu ve bir gölge güneşin önünü kesti. Regine, Sürücü'nün kafasına devasa bir kaya indiriyordu...

Sürücü kayayı önceden fark etti (*Nasıl?* diye düşündü Seth çılgınca bir anlığına. *Hangi gözlerle?*) ve başını yana kaydırdı. Kaya, Sürücü'yü ıskalayınca Sürücü boştaki eliyle Regine'i ayağından yakalayıverdi. Kız yalpalayarak arkasındaki otların üzerine devrildi. Seth haykırarak geri çekildi, boynunu Sürücü'nün kolundan kurtardı ve Sürücü'yü yumruklamaya başladı...

Yumrukları, katrana benzer sıvıyla yapış yapış olmuş sert metal kısımlara isabet ediyordu. Sürücü yumruklarına karşılık vermeye yeltendi ama Seth koluyla kendisini darbeden korumayı bildi...

Fakat Sürücü her ne kadar bitkin düşmüş olsa da tam olarak *zayıf* sayılmazdı. Yumruğu yüzünden Seth'in az kalsın bileği kırılacaktı ve oğlanın acıyla irkilmesini fırsat bilen Sürücü bir yumruk daha indirmek için kolunu kaldırdı. Yumruğu Seth'in kafasının yanına isabet etti ve oğlanı kaldırıma savurdu.

Sürücü'nün ayağa kalkmakta olduğu kaldırıma...

Ama Regine bir kez daha Sürücü'nün üstüne atıldı. Başka bir kayayı Sürücü'nün kafasının arkasına geçirdi. Sürücü kendi etrafında döndü ve kızı kolundan yakalayıp öyle hiddetle sıktı ki Regine elindeki kayayı yere düşürüp acıyla feryat etti. Sonra sert yumruğunu kızın suratına indirerek Regine'i komşu evin bahçesinin alçak duvarının üstünden diğer tarafa fırlattı.

Kız düştüğü yerde hareketsiz kalakaldı.

Sürücü, Seth'e döndü. Geriye yalnızca ikisi kalmıştı.

Seth ayağa kalktı.

Ve aklına, korkutucu olduğu kadar *doğru* bir fikir geldi.

• • •

Sürücü üzerine doğru geldikçe âdeta dans adımlarıyla geriye çekilirken, *Kazanacağım,* diye düşündü. *Hikâye böyle devam ediyordu, değil mi? Düşman her şey sona ermeden önce sürpriz bir şekilde geri döner ve kahramanla son kez yüzleşir...*

Ve kahraman kazanır.

Sürücü, Seth'e doğru bir adım attı. Sonra bir tane daha.

"Seni bok parçası!" diye bağırdı Seth. "Sen bir hiçsin! Boyundan büyük işlere kalkışan bir plastik yığınından başka bir şey değilsin!"

Sürücü ona doğru bir yumruk savurdu ama Seth yana sıçrayarak yumruğu savuşturmayı başardı. İnce metal, dizinin hemen altından çatırdayınca Sürücü uyduruk bacağı üstünde biraz yalpaladı ve öne doğru hareketlendiği sırada net bir sürtünme sesi duyuldu. Seth onu yere serdiğinde bir şeyleri koparmış olmalıydı.

Evet. Ah, evet.

"Pek sağlam olmamış, değil mi?" diye bağırdı Seth başka bir yumruğu daha savuştururken. "Sen de bozulabilirsin ve bana kalırsa *garanti kapsamında* da değilsin!"

Savuşturulan bir yumruk daha. Atılan bir adım daha.

Seth biraz cephane, onunla savaşırken kullanabileceği türden bir şeyler bulmaya çalışarak sağına soluna bakındı ama Regine'in o kayaları bulduğu yeri göremedi.

Ama belki de en azından onu durdurmanın yolunu bulabilirdi. Çünkü eğer onu durdurabilirse belki de...

Onu yeneceğim, diye düşündü Seth tekrar. *Böyle olacak. Hikâye böyle bitecek.*

Sürücü yumruğunu bir kez daha savurdu ve Seth bir kez daha Sürücü'nün yumruğunu savuşturmayı becerdi.

Ama artık önünü görebiliyordu.

"Sen," dedi başını eğerek başka bir yumruğu daha savuştururken. Yapmak üzere olduğu şey için doğru zamanlamayı tutturmaya çalışıyordu. "...işe yaramaz..." Eğildi, adım attı. "...arızalı..." Eğildi, adım attı. "...hademenin..." Eğildi, adım attı. "TEKİSİN!"

Ve Sürücü'nün yumruklarının arasına daldı.

Bütün ağırlığını sağ ayağına verdi.

Sürücü'nün çatırdayan dizini hedefledi.

Tüm gücüyle tekmesini savurdu...

...ve Sürücü'nün bacağı ikiye ayrılıverdi.

Sürücü yanındaki arabaya çarparak arabanın camını paramparça etti ama yere devrilmekten kurtulmasını sağlayacak tepkiyi vermekte geç kaldı. Seth ileri atılarak Sürücü'yü arkasında bıraktı ve menzilinden çıktı. Regine'in elinde gördüğü, daha büyükçe olan ilk kayayı aldı ve ağırlığı altında yalpaladı. Tanrım, kız gerçekten de *güçlüydü.*

Bacağının kırılan parçası işe yaramaz halde öylece önünde yatarken ayağa kalkmaya çalışan Sürücü'ye döndü. Homurdanarak kayayı havaya, başının üstüne kaldırdı ve haykırdı. Sesi gittikçe yükselerek Sürücü'ye doğru koşmaya başladı...

Sürücü kafasını kaldırıp Seth'e baktı; erimiş kaskı her zamanki kadar boş ve ifadesizdi.

"Ben kazandım!" diye bağırdı Seth. "Bu hikâye burada bitiyor!"

Öne atıldı.

Taşı fırlatmak için iyiden iyiye gerindi.

Fakat Sürücü'nün kolu kaşla göz arasında hiçbir canlının sahip olamayacağı bir çeviklikle hareket etti.

Ve Seth soğuk çeliği karnının derinliklerinde hissetti.

Elindeki taş gürültüyle ama zararsız bir şekilde önündeki asfalta çarptı.

Çünkü Sürücü'nün kopan bacağı Seth'in karnına saplanmıştı.

78

Seth asfalta yığıldı ve yan dönerek soluk almaya çalıştı. Çelik hem soğuktu hem de her nasılsa vücudunu delip geçerken temas ettiği her yeri yakıyordu. Seth istemsizce çeliği kavradı ama elleri, çamurun ve otların üstüne saçılan kendi kanına bulandı. Boynunu çevirdi ve metal parçasının karnını boylu boyunca kat ettiğini gördü. Diğer ucu sırtından çıkıyordu.

Şok içinde başını kaldırıp baktı.

Sürücü tek ayağı üstünde ayağa kalkmayı becermişti.

Asfaltın kenarına dizilmiş, park halindeki arabalardan birine dayadığı eliyle dengesini korumaya çalışıyordu.

Kâh sekerek kâh ayağını sürüyerek öne doğru hareketlendi.

Seth için geliyordu.

Her şey gözüne çok açık görünmüştü. Sürücü tam da olması gereken yerdeydi; hatta neredeyse tam da Seth'in beklediği yerdeydi.

Eğer hikâyenin buraya kadar olan kısmında haklı çıktıysa geri kalanında da haklı çıkması gerekirdi.

Son kez ölümden dönüşünün ardından Sürücü'yü mağlup etmeliydi. Onu mağlup edecekti ve ardından muzafferane bir tavırla oraya...

Nereye?

Bilmiyordu. Aniden kesinlikler yitip gitmişti.

Çünkü buradaydı; Sürücü'nün kafes örgülü metal bacağı, çılgıncasına kan kaybettiği gerçeğine odaklanmak dışında başka hiçbir işe yaramayan beyninin bile algılayamadığı türden bir acıyla imkânsızlığın harmanlandığı bir kâbusta göğüs kafesinin hemen altından girmiş, sırtından çıkmıştı.

Ölüyordu.

Ve tüm çaresizliğine rağmen ölmek istemiyordu.

"Lütfen," diye fısıldayan kendi sesini duydu kaldırımda doğrulmaya çalışırken. "Lütfen."

Vücudunu delip geçen metalin korkunç *yanlışlığı* algılayamayacağı boyutlardaydı. Çünkü bu defa paçayı sıyıramayacağı anlamına geliyordu. Bu defa son dakikada çıkagelen kahramanlar olmayacaktı. Ne Tomasz ne de Regine imdadına yetişecekti. Birinin Sürücü'yü durdurmasının bile önemi yoktu; o kan kaybından ölmeden önce yapabilecekleri hiçbir şey olmayacaktı.

Artık çok geçti.

Öksürdü ve ağzına kan geldi.

Sürücü arabalara tutunarak biraz daha yaklaştı.

"Lütfen," dedi oğlan tekrar ama gücü onu hızla terk ediyordu. Ve *acı*. Kıpırdayarak acısını dindirmesi mümkün değildi ve bir anlığına, korkunç bir anlığına kendinden geçmekte olduğunu hissetti.

Dünya mürekkebimsi bir karanlığa gömüldü…

…ve işte, Gudmund karşısındaydı. Yalnızca ikisinden ibaret o dünyada uzanıp Seth'in elini tuttu. Televizyon izlemek kadar önemsiz ve unutulabilir bir şey yapıyorlardı ama Gudmund uzanıp Seth'in elini tutmuştu. Hem de yalnızca öyle istediği için. O halde öylece oturdular…

Ama acı geri döndü.

Ve kıymetli saniyeler akıp gitti.

Hâlâ asfaltta yatıyordu.

Bedenini delip geçen metal parçası hâlâ oradaydı.

Hâlâ kan kaybediyordu.

Hâlâ ölüyordu.

Ve Sürücü'nün ona ulaşması için son bir kez sekmesi yeterliydi.

Tepesinde durup bakışlarını oğlana dikti.

Seth hiçbir ses duymuyordu. Ne Regine ile Tomasz'ın kıpırdanmalarını ne motorun uğultusunu ne adının haykırıldığını ne de zafer çığlıklarını.

Yalnızca o ve Sürücü vardı.

Yolun sonuydu.

"Ama *kimsin* sen?" dedi kesik kesik soluklarının arasından.

Fakat Sürücü elbette yanıt vermedi ve Seth'in hikâyesini sonsuza dek noktalamak için çatırdayan, erimiş elini havaya kaldırmakla yetindi.

Ama onu yumruklamadı. Çok daha kötü bir şey yaptı. Seth'in karnını delip geçen metal bacağı ucundan kavradı.

Acı öylesine eziciydi ki Seth ıstırap içinde haykırırken tekrar kendinden geçip geçmeyeceğini merak etti, hatta bunu *diledi*. Bunun için *yalvaran* sesini duyduğunu bile sandı...

Sürücü bacağı döndürdü ve tüm imkânsızlığına rağmen Seth'in çektiği acı katlandı. Sanki tüm vücudu fokur fokur kaynayan bir aside batırılmış da bütün kasları kemiklerinden ayrılıyormuş gibi hissediyordu.

"DUR!" diye bağırdı. "LÜTFEN! DUR!"

Sürücü durmadı. Seth'e mümkün olan en büyük acıyı verecek en doğru yolu bulmak istercesine bacağı aksi yönde bir kez daha döndürdü...

Ve tıpkı Tomasz ve Regine'le birlikte kavruk mahallede saklanırlarken Seth'in onu ilk gördüğü anda olduğu gibi Sürücü'den medet umması söz konusu bile olamazdı çünkü ne insanlıktan ne de merhametten nasibini almıştı...

Sürücü bacağı tutuş biçimini değiştirip sertçe sıktığı yumruğunun arasına aldı...

"Hayır," dedi Seth az sonra olacakları öngörerek. "HAYIR! LÜTFEN!"

Sürücü elinin korkunç ama tek bir hareketiyle bacağı çekip çıkardığı anda Seth aklını kaçıracakmış gibi oldu. Bacağın sırtından çıkıp karnını bir kez daha boylu boyunca kat edeceğini bilmenin verdiği korku; asfalta saçılmış bağırsakları gözünün önüne gelince kapıldığı dehşet (oysa önüne baktığında tek görebildiği kan, kan ve daha fazla kandı); ölümle burun buruna olduğuna, her şeyin sona erdiğine ve bir daha asla dahasının olamayacağına dair hissettiği mutlak kesinlik...

Derken Sürücü onu itip sırtüstü uzanmaya zorladı. Artık nefes alamıyordu; öksüre öksüre kustuğu kan, tıpkı deniz suyu gibi onu boğuyordu.

Kanın içinde boğuluyordu...

(Ve belki de her şey bundan ibaretti.)

(Belki de başından geçen her şey yalnızca buydu.)

(Belki de hâlâ boğuluyordu.)

Sürücü zahmetsizce Seth'in ellerini yarasından uzaklaştırdı çünkü her ne kadar zihni ona karşı koymasını, onunla mücadele etmesini söylüyor olsa da Seth'in hiçbir şeye gücü yoktu.

Sürücü'nün merhametine kalmıştı.

Oysa Sürücü merhametten yoksundu.

Seth'in üzerine eğildi ve kolunu havaya kaldırarak elini yumruk yaptı.

Seth birçok şeyin farklı olmasını dilerdi, Regine ve Tomasz'ın başlarına bir şey gelmeyeceğinden emin olabilmeyi dilerdi, *onları* kurtarmak için Sürücü'yü durdurabilmiş olmayı dilerdi...

Ama Sürücü'nün parmak eklemlerinden iğneye benzer sivri ve keskin zımbalar çıkıverdi.

Seth zımbaların arasında uçuşan kıvılcımları, birinden diğerine akan küçük elektrik arklarını görebiliyordu.

Gücü yalnızca, *Sonum geldi,* diye düşünmeye yetti.

Sonum geldi...

Hayır...

Sürücü'nün yumruğu elektrik saçtı.

Kısacık bir anlığına acı, hiçbir insanın katlanamayacağı kadar korkunç bir hal aldı...

Ve geriye yalnızca hiçlik kaldı.

79

"Yemeğini ye," dedi annesi tabağını önüne koyarken. "En sevdiğin sayılmaz ama elimizde yalnızca bu var."

Oturduğu masa gülünç sayılabilecek kadar, hatta normal bir odaya sığamayacak kadar uzundu. Öyle ki annesi tabağı masaya bırakırken çıkan çınlama masanın ötesindeki sütümsü beyazlıkta yankılandı. Burası bir yer değildi. Şimdiye dek gördüğü yerlerden biri değildi. Var olan bir yer değildi.

"Ama benim *en sevdiğim," dedi Owen elindeki kaşıkla uzanıp dumanları tüten sıcak yemeği kendi tabağına boca ederken.*

"Ton balıklı erişteli güveç mi?" dedi Tomasz, Owen'ın yanına oturarak. "Bunu daha önce hiç duymamıştım."

"Harikadır!" dedi Owen birazını da Tomasz'ın tabağına koyarken.

"Bu senin en sevmediğin yemek değil mi, Seth?" diye sordu yanındaki sandalyede oturmakta olan H.

"Öyle mi?" dedi babası masanın diğer ucundan.

"Korkarım öyle," dedi Gudmund, Seth'in sağından öne doğru eğilerek. "Yani demek istiyorum ki Seth bundan gerçekten ama gerçekten nefret eder. Pişmiş ton balığı şu dünyadaki en kötü lezzetlerden biri olabilir. Sonra onu bir de soğanla *karıştırınca..."*

"Gudmund haklı," dedi Monica. Onun da tabağı Owen tarafından güveçle doldurulmuştu. "Bu iğrenç."

"İnternet çağının bizi soktuğu hale bak," dedi annesi otururken. "Sevmediğiniz şeyler otomatik olarak iğrenç oluyor ve sevenler de gerzeklikle itham ediliyor. Farklı bakış açılarına değer verilen dün-

yaya ne oldu?" Ağzına yemeğinden bir lokma götürdü. "Bence çok lezzetli."

"Damak tadı bir fikre dönüştü," diyerek annesiyle hemfikir olduğunu gösterdi babası ve ardından gazetesini alıp açtı. "Oysa aptallar bile ikisinin birbirinden farklı olduğunu bilir."

"Yine de," dedi kaşlarını çatmış vaziyette tabağına bakmakta olan Tomasz, "damak tadım da önümdeki hakkındaki fikrim de pek olumlu sayılmaz."

"Benimkinden biraz alabilirsin," dedi Gudmund, Seth'in en sevdiği yemek olan tavuklu mantarlı makarnayla dolu tabağını Seth'e uzatırken.

"Benimkinden de," dedi H aynı yemeği kastederek.

"Ben de varım," dedi Monica ve tabağını masanın diğer yanından uzattı. Tabağındaki ton balıklı erişteli güveç gitmiş, yerini makarna almıştı.

"Bende ondan yok," dedi Tomasz. Tabağı artık iştah açıcı kokular saçan, kırmızımsı, etli ve sebzeli bir yemekle doluydu. "Ama çocukluğumda en sevdiğim yemek buydu."

Annesi başını iki yana salladı. "Herkes en iyisini kendisinin bildiğini sanıyor. Hem de herkes."

Derken arkasından bir ses, "Ama bazen her şeyin en iyisini bilmediğini öğrenmen gerekir," dedi.

Seth döndü. Konuşan Regine'di. Masadan biraz uzak durduğundan arkasındaki ışık tıpkı bir gölge gibi görünmesine neden oluyordu. Diğerlerinden farklıydı. Ayrıydı. Seth kızın beklediği bir şey olduğunu sezdi.

Sanki her nasılsa onu bekliyordu.

Seth gözlerini kısarak ışığa baktı. "Öğrenmem gereken bu mu?" diye sordu kıza. Sesi sanki yıllardır, yıllardır ama yıllardır kullanılmamışçasına hırıltılı çıkmıştı. "Tüm bunların anlamı bu mu?"

Regine tek adımda ışıktan uzaklaştı ve ışık loşlaşarak gece göğünü süsleyen milyonlarca minik yıldıza ve Samanyolu'na dönüştü. Regine hemen önünde dikiliyordu. O tanıdığı iri yarı, tuhaf huylu Regine.

Tek farkı gülümsüyor oluşuydu. Yüzündeki gülümseme, aptal olma, diyordu.

"Aptal olma," dedi Seth'in arkasındaki sesler sönükleşirken.

"Bu bir anı değil," dedi Seth. "Diğerleri gibi değil."

"Yani. Öyle olduğu ortada değil mi?"

Seth tekrar sessiz yemek masasına baktı. Hem yemeklerini yiyorlar hem de sohbet ediyorlardı. Tanıdığı tüm insanlar. Gudmund bakışlarına karşılık verdi ve gülümsedi.

"Rüyaya da benzemiyor," dedi Seth kalbi sızlayarak.

"İşte yine başladın," dedi Regine. "Aklındaki tüm soruların yanıtlarının bende olmasını bekliyorsun."

"Bu ölüm mü?" Seth kıza döndü. "Öldüm mü? Yani sonunda?"

Kız yalnızca omuzlarını silkmekle yetindi.

"Burada ne işim var?" diye sordu Seth kıza. "Tüm bunlar da neyin nesi?"

"Biliyorsam cehennem olayım."

"Ama yol göstericim sen değil miydin?" Odaya, masanın etrafında oturan misafirlere işaret etti. Gudmund yüzünde endişe yüklü bir ifadeyle hâlâ onu izliyordu. "Bunlar ne anlama geliyor?"

Regine kıkırdadı. "Ciddi misin? Gerçek hayat hiçbir zaman yalnızca gerçek hayattan ibaret değildir. Karışık işler. Ne anlama geldiği, ona nasıl baktığına bağlıdır ve yapman gereken tek şey de orada yaşamanın bir yolunu bulmaktır."

Suratları aynı hizaya gelene dek eğildi. "Şimdi... Çeşme akarken küpünü doldur, seni ahmak."

80

Gözlerini açtı.

Hâlâ kaldırımda yatıyordu. Sürücü hâlâ tepesindeydi. Yumruğundaki zımbalar hâlâ kıvılcım saçıyordu...

Ama ölüyorlardı, cılızlaşıyorlardı, azalıyorlardı.

Duruyorlardı.

Seth derin bir nefes aldı.

Nefes *alabiliyordu*.

Öksürünce ağzına kan tadı geldi ve pasaklı bir şekilde tükürmek zorunda kaldı.

Fakat nefes alabiliyordu. Ciğerleri nemli ve ağırdı; sanki korkunç bir soğuk algınlığına yakalanmış gibiydi ama işe yarıyorlardı. Tekrar nefes aldı. Sonra bir kez daha.

Gittikçe kolaylaşıyordu.

"Neler oluyor?" diye sordu. "Öldüm mü?"

Sürücü kıpırdamadan durdu. İğneye benzer çıkıntılar tekrar eklemlerinin arasında kayboldu ama Sürücü tepesinde dikilmeye devam ediyordu. Sürünerek oradan uzaklaşmaya çalıştığı anda göğüs kafesine bir acı saplandı. Elini yarasının üstüne götürdü...

Ama bir şeyler değişmişti.

Üstü başı hâlâ kan içindeydi ama artık oluk oluk kan kaybetmiyordu.

"Neler..." dedi Seth.

Sürücü onu ölçüp biçiyor, ne yapacağını anlamaya çalışır gibi görünüyordu.

Bekliyordu.

Çektiği korkunç acıya rağmen Sürücü'nün onu deştiği yeri kanla sırılsıklam olmuş tişörtünü sıyırıp tenindeki...

...yaraya baktı. Kaburgalarının hemen altındaki kavisin içindeydi. Dehşet vericiydi çünkü inanılmaz görünüyordu, ölümcül görünüyordu...

Kendi kendine iyileşiyor gibi görünüyordu.

Seth şaşkına dönmüş halde önce hâlâ kıpırdamadan onu izlemekte olan Sürücü'ye, sonra yarasına baktı. Yaranın ve her nasılsa teninin *içinde* küçük kıvılcımlar belirip kayboluyordu. Parlayan kıvılcımların onu usul usul çarptığını hissedebiliyordu...

Sanki yarayı dikerek kapatıyorlardı.

Canı hâlâ yanıyordu. *Hem de çok.* Ama yine de teninin yırtılan katmanlarının, birbirlerine uzanan küçük parmaklar misali birleşmesini izledi. Kısacık bir sürenin ardından kanamadan iz bile kalmamıştı.

Kıvılcımların vücudunun derinliklerine doğru hareketlendiğini hissedince çığlığı bassa da kısa süre içinde, sırtındaki çıkış yarasını iyileştirmeye koyulduklarını fark etti. Elini sırtına götürdü ama kıvılcımların yarattığı elektrik akımına çarpılınca hemen geri çekmek zorunda kaldı.

Sürücü hâlâ onu izliyordu. Nasıl becerdiğini bilemese de Seth *izlendiğini* hissedebiliyordu.

"Bana ne yaptın?" dedi kesik soluklarının arasından ve acıyan yarasına baktı tekrar...

Acısı gittikçe dinmekte olan yarasına...

"Ne *yaptın*?" dedi tekrar. Sesi duygu yüklüydü. "Anlamıyorum."

Vücudu bir kez daha elektrik çarpmışa dönünce ellerini karnına götürüp iki büklüm oldu ama bu seferki acıya dayanabilmişti. Gözyaşları gözlerine hücum ederken bakışlarını yukarı kaydırıp bir kez daha Sürücü'ye baktı.

"Neden?" diye fısıldadı ve ardından bir kez daha, "Anlamıyorum," diye ekledi.

Sürücü ne sesini çıkardı ne de onu duyduğuna dair herhangi bir emare gösterdi. Her zamanki kadar gizemli ve ifadesizdi. Yüzü uzayın derinlikleri kadar dipsiz ve bomboştu.

Seth'in vücudundaki kıvılcımlar güçlerini yitiriyor gibiydi. Bir kez daha yarasına baktı. Geride kalan yara izi çirkindi, mosmordu ve dokununca acıyordu. Ama yara *iziydi*. Ölümcül yarası iyileşmişti.

Tekrar Sürücü'ye baktı ve daha önceki sorusunu yineledi. "Sen *kimsin*?"

Sürücü yanıt vermedi. Tek ayağının üstünde dengede durup park halindeki arabaya tutunarak doğruldu ve bir kez daha Seth'in başında dikilip onu ölçüp biçti. Seth dudaklarını yaladı ve oradaki kurumuş kanın tadını aldı. Zayıf düşmüştü; ne kaçmaya ne de savaşmaya gücü vardı. Tek yapabileceği beklemek ve Sürücü'nün sonraki hamlesini görmekti.

Fakat bunun ne olabileceğine dair en ufak bir fikri yoktu.

Ama o anda Sürücü seğirdi; bütün vücudu hiddetli bir kasılmaya tutularak garip bir açıyla büküldü...

Sanki bir şeye uzanırmışçasına kolunu kaldırdı...

Ancak önünde hiçbir şey yoktu, ulaşabileceği hiçbir şey yoktu, ayaklarının dibinde yatmakta olan Seth'ten başkası yoktu...

Sürücü'nün göğsünün ortasında bir ışık bezesi belirdi. Başlangıçta küçük, beyaz bir noktadan ibaretti ama öylesine vahşi kıvılcımlar saçarak yayıldı ki Seth gövdesini kasıp kavuran acı karşısında homurdanarak asfaltın üstünde savruldu.

Sürücü sırtı park halinde arabanın kapısına dayalı vaziyette zangır zangır titremeye başladı; sanki bir güç onu orada tutuyordu. Derken bir parlama bedenini sarıp sarmaladı. Işık huzmeleri bedenine girip çıkıyor; Sürücü'nün kasılmasına, birleşme yerleriyle eklemlerinin eğilip bükülmesine yol açıyordu. Artık havada bir vızıltı, yoğunlukları ve hızları gitgide artan yıldırımlar Sürücü'nün etrafında saf elektrikten bir kafes örerek Sürücü'yü birer birer çarptıkça yükselen bir inilti duyuluyordu...

Seth güvenli bir yere sığınmak için hareketlendi. Yerde sürünerek Regine'in hâlâ yatmakta olduğu taş duvarın arkasına sindi.

Başını çevirip arkasına baktı.

Gök, sağır edici bir *ÇATIRTIYLA* yırtıldı...

Ve Sürücü parçalarına ayrıldı.

Alevler içinde, erimekte olan küçük parçalar halinde etrafa savruldu.

Seth şarapnellerden sakınmak amacıyla dertop olarak Regine'i korumak için kızın üstüne kapaklandı.

Daha o anda, Sürücü'nün kaskının parçalarına ayrıldığını ve eskiden et ve kemik olabilecek ne idiği belirsiz maddelerle elektrik devrelerinin dört bir yana saçıldığını gördü...

Sessizlik çöktü. Sürücü'ye ait küçük parçaların zehirli yağmur damlaları misali yere düşerken çıkardığı pıtırtıdan başka çıt çıkmıyordu. Seth başını kaldırıp duvarın öte yanına baktı.

Sürücü gitmişti.

Yanmakta olan, erimiş parçaları her şeyin üzerini kaplıyordu...

Fakat gitmişti. Gerçekten gitmişti.

Derken Sürücü'nün yaslandığı arabanın koltuğundan Tomasz başını uzattı; tepesindeki saçlar gülünç bir şerit halinde tamamen tütsülenmişti.

Cop elindeydi.

"Vay canına," dedi, "bu kadarını beklememiştim."

81

Seth ağrıyan karnına rağmen yavaşça ayağa kalktı. Hâlâ nefes aldığından emin olmak adına Regine'e baktıktan sonra Tomasz'ın yanına gitti.

"Diğer taraftan sürünerek girdim," dedi Tomasz arabadan inerken. "Ve onu gafil avladım."

"Evet," dedi Seth güçlükle nefes alarak. "Evet, bunu görebiliyorum."

Tomasz sokağın öteki tarafına fırlatılmış olmanın verdiği sersemlik haliyle hafifçe yalpaladı. Kendini Seth'in kollarının arasına bırakıverdi ve Seth de onu kucaklayarak oğlanın kafasının tepesinde neredeyse dümdüz bir çizgi halinde eksilmiş saçlara yakından bakma fırsatını buldu.

"Seni *öldürdüğünü* gördüm," dedi Tomasz çatlayan sesiyle. Elini Seth'in gömleğindeki yırtığın üzerine koydu. "Bunu yaptığını gördüm."

"Evet," dedi Seth. "Ben de bilmiyorum."

"Öldüğünü sandım."

"Ben de. Belki de gerçekten *öldüm...*"

Tomasz taş duvarın öte yanına bakıp haykırdı. "Regine!" Peşinde Seth'le kıza doğru koşturdu.

"Bence yalnızca bayıldı," dedi Seth ikisi birlikte kızın yanına diz çökerlerken. Sürücü'nün onu yumrukladığı sağ gözünün etrafında çirkin bir şişlik oluşuyordu. Ama görünüşe göre başka yarası yoktu. Başının arkasında da tek damla kana rastlamamışlardı.

"Regine!" diye bağırdı Tomasz kızın kulağının dibinde.

Kız suratını ekşitti. Dudakları aralandı ve hafifçe inledi. "*Ciddi olamazsın*, Tommy," dedi. Ardından başka bir şey daha söyledi ama sözcükleri, Tomasz'ın şen çığlıkları arasında kaybolup gitti. Oğlan kendini kızın kucağına attı. Regine başlangıçta sesini çıkarmasa da az sonra, "Çekil üstümden," deyiverdi.

Seth, Tomasz'ı çekiştirdi ve kız doğrulurken yanı başında beklediler. "Neler oldu?" diye sordu Regine.

"Keşke bilseydim," dedi Seth. Sürücü'nün dört yana saçılmış kavruk parçalarına baktı.

"Onu öldürdüm," dedi Tomasz ama bu defa, takdir görmeyi bekleyen o alışılageldik tavrından eser yoktu. "Copu sırtına soktum." Copu cebinden çıkardı. Tepeden tırnağa kızarmış, ucuysa çatlayıp kırılmıştı. "Sanırım onu aşırı yükledim."

"Sürücü öldü mü?" diye sordu Regine.

"Tabii eğer ona canlı diyebilirsek," dedi Seth.

Kız, Seth'e bir kez daha acıyla yüzünü buruşturmasına yol açan kızgın bir bakış attı. "Eğer tek bir felsefi laf daha edecek olursan yemin ederim seni..."

"O benim hayatımı kurtardı."

Bu, kızı durdurmaya yetmişti. "O ne yaptı?"

"Önce Seth'i öldürdü," dedi Tomasz. Sesi hâlâ endişeyle çınlıyordu.

"Bacağıyla bana bunu yaptı," dedi Seth morarıp kararmış yara izini göstermek için gömleğini yukarı sıyırarak. "Ama sonra bacağını çekip çıkardı ve... *bir şey* yaptı. Yaranın kapanmasına neden olan bir şey."

"Bu kısmını ben görmedim," dedi Tomasz. "Sürünerek arabaya biniyordum. Sadece Seth'i o şeyle delik deşik ettiğini gördüm ve düşündüm ki..." Suratı buruş buruş oldu. "Seni öldürdüğünü düşündüm ve Regine'i de göremedim. Ben de sandım ki..."

"Biliyorum," dedi Seth kolunu Tomasz'a dolayıp oğlanın ağlamasına müsaade ederek.

Regine başını iki yana sallamaya yeltendi ama hareketin neden olduğu acı karşısında irkilerek durmak zorunda kaldı. "Bu hiç mantıklı değil."

"Hayır," dedi Seth. "Kesinlikle değil."

Regine ellerinden birini yanağına götürdü. "Tanrım, yüzüm acıyor."

"Benim de bütün vücudum," dedi Seth.

"Benimse *saçım*," dedi Tomasz parmaklarını kafasının henüz kelleşmiş olan kısmında mutsuz mutsuz gezdirerek.

Seth'in kolu hâlâ Tomasz'a sarılı haldeydi. Oğlan ağırlığının geri kalanını, uzattığı bacağıyla Seth'i dürten Regine'e vermişti. Kısacık bir süreliğine birlikte orada öylece oturdular; yaralı ve şaşkınlardı.

Ama hayattaydılar.

82

Ağır, ağır toparlandılar. Ayağa kalkmak için hiçbirinin karşı çıkmaya gerek görmediği türden bir şefkatle birbirlerine yardım ettiler. Seth onlara, Sürücü'nün bedeninde bıraktığı diğer yara izlerini gösterdi. Hâlâ varlıklarına bile inanamadığı yara izlerini.

Regine sırtını kontrol ederken, "Nasıl görünüyor?" diye sordu Seth.

"Ön tarafındaki gibi," dedi Regine. "Şunun dışında." Oğlanın sırtına yapışmış bir şeyi alarak Seth'e gösterdi. Bu, gömleğinin ön kısmındaki yırtıkla aynı şekil ve ebatlarda, kanla sırılsıklam olmuş bir kumaş parçasıydı.

"Görünüşe bakılırsa yaranın içini de temizlemiş," dedi Regine. "Anlamıyorum. Seni neden kurtardı ki?"

"Eğer o bir hademeyse," dedi Seth, "belki de bizi hayatta tutması gerekiyordu."

"Peki seni metalden bir mızrakla delik deşik etmenin hayatta kalmana nasıl bir faydası vardı?" diye sordu Tomasz. "O anda ölebilirdin."

"Beni ve Tommy'yi öldürmek konusunda da epey istekli ve memnun görünüyordu," dedi Regine.

"Bilmiyorum," dedi Seth ama sesi hiç olmadığı kadar yumuşak çıkmıştı çünkü hâlâ olanları, Sürücü'nün yaptığı şeyi neden yaptığını, az önce orada gerçekten *ölüp ölmediğini* düşünüyordu.

Ama *bunun* ne anlamı vardı?

"Hayat daima düşündüğün şekilde gitmez," dedi Tomasz. "Ne olacağından adın gibi emin olduğun anlarda bile."

Seth oğlanın annesini düşündüğünü görebiliyordu. Hayat *kesinlikle* onların umduğu şekilde gitmemişti. Hâlâ küçük birikintiler içinde yanmaya devam eden Sürücü'ye ait parçalara basmamaya özen göstererek Seth'in evine doğru düşe kalka ilerlemeye başladıkları sırada Regine'in durumunun da aynı olduğunu düşündü.

Hayır, hayat daima düşündüğünüz şekilde gitmiyordu.

Kimi zaman hiçbir anlam dahi ifade etmiyordu.

Yapman gereken tek şey orada yaşamanın bir yolunu bulmak, diye düşündü Seth.

"Evde ağrı kesicin olduğunu pek sanmıyorum," dedi Regine ön bahçeyi kat ederlerken.

"Eğer yoksa şansımızı süpermarketten yana deneyebiliriz," dedi Seth. "Miadı geçmiş aspirinlerden bir karışım hazırlarız."

"Ya da miadı geçmiş morfinden," diye inledi Regine elini tekrar gözüne götürürken.

"Bunu tamir etmeyi deneyebilirim," dedi Tomasz copu havaya kaldırarak. "Sizi bununla çarpıveririm. İşe yarayabilir."

Regine oğlanın başının arkasına bir tane patlattı.

"Demek ki kendini o kadar da kötü hissetmiyorsun," dedi Tomasz.

İçeri girdiler. Hiçbir şey değişmemişti. Ön pencere hâlâ kırıktı; mutfak ve oturma odası Sürücü'yü yavaşlatmak için oraya buraya savurdukları mobilyalarla yığılıydı.

Seth onlara biraz su getirmek için devrilmiş buzdolabının öte yanına geçmeye çalışırken, "Gittiğine inanamıyorum," dedi Regine. "Acaba geri dönmeyi nasıl başardı? Yandığını kendi gözlerimizle gördük. Bir makinenin bile oradan sağ çıkmaması gerekirdi."

"Peki ya şimdi ne olacak?" diye sordu Tomasz kendini kanepeye bırakırken. "Uykucularla kim ilgilenecek?"

Seth yanıt vermedi çünkü bilmiyordu. Elinde bir şişe su ve üç bardakla gerisin geriye buzdolabının üstünden atladı ve sehpanın başına oturup sularını içtiler. Dinlenmeye ihtiyaçları vardı.

Uzun bir süre boyunca orada öylece oturdular.

Sanki konuşmaya kaldığı yerden devam ediyormuşçasına, "Ama *sen* biliyordun," dedi Regine bir süre sonra ve uyukladığının farkında bile olmayan Seth'in sıçramasına neden oldu.

"Neyi biliyordum?" diye sordu oğlan.

"Sürücü'nün son kez saldırmak için orada olacağını söylemiştin ve oradaydı."

Seth kaşlarını çattı. "Haklı çıkacağımı düşünmemiştim," dedi ve söylediğinde büyük ölçüde samimiydi.

Regine bakışlarını bardağına kaydırdı. "Tüm bunların zihninin uydurduğu bir hikâye olduğunu düşünmen. Ya da bizim senin..."

"Koruyucu meleklerin olduğumuzu," dedi Tomasz. "Regine haklı. Bu bizim melek *olduğumuz* anlamına mı geliyor? Çünkü eğer öyleysek bu kadar kısa boylu bir melek olduğum için biraz bozulacağım."

"*Oradaydı,* değil mi?" dedi Seth bir kez daha kaburgalarındaki yara izini hissederek. "Tıpkı söylediğim gibi."

"Tıpkı söylediğin gibi," diye tekrarladı Regine.

Sanki akıllarına gelmeyen bir açıklama getirebilecekmiş gibi Seth'e baktılar. Fakat Seth'in hiçbir açıklaması yoktu. Daha önce hiç merhamet göstermeyen Sürücü merhamet etmişti. Daha önce onu öldüren Sürücü onu iyileştirmişti. Bütün açıklamalar –her şeyin gerçek ya da zihninin bir oyunu olması– eksikti.

Ama belki de tüm bunların anlamı aslında her şeyin *anlamsız* olmasıydı. Aslında *tamamen* anlamsız olduğu da söylenemezdi çünkü Regine ve Tomasz'a baktığında karşısında duran iki anlamı kolaylıkla, hatta zahmetsizce görebiliyordu.

Eğer bu zihnimin uydurduğu bir hikâyeyse, diye düşündü, *o zaman belki de...*

"Ah, boş ver," dedi tüm samimiyetiyle. "Kimsenin bir şey bildiği yok."

Şöminenin üzerindeki tabloya, yani bütün ömrünü onu korkutarak ve bütün dünyanın üzerine kurulduğunu düşündüğü acıyı gözler önüne sererek geçiren o dehşet içindeki ata baktı.

Ama bu yalnızca bir tabloydu, öyle değil mi?

Tekrar Regine ve Tomasz'a baktı.

"Buraya yapmak için geldiğimiz şeyi yapmaya ne dersiniz?" dedi.

"Emin misin?" diye sordu Regine çatı katına çıktıklarından beri belki de yüzüncü defa.

"Hayır," dedi Seth tekrar, "ama ne pahasına olursa olsun deneyeceğim."

"Sanırım bu sonuncusuydu," dedi Tomasz metalik sargı bezini Seth'in çıplak karnına dolarken yara izine fazla bastırmamaya özen göstererek.

Bu noktaya gelmeleri epey zamanlarını almıştı. Bulaşık deterjanı kalıbıyla ve soğuk suyla temizlendikten sonra miadını doldurmuş ağrı kesicilerden temin etmek için süpermarkete gitmiş ve ağızlarını buldukları ağrı kesicilerle doldurmuşlardı. Ardından, Seth'in orada gördüğünden emin olduğu metalik sargı bezlerinden birkaç kutu almak ve bir de makas bulmak için doğa sporları malzemesi satan mağazaya gitmişlerdi ama Regine makası önce Tomasz'ın geriye kalan saçlarını kesmek için kullanmıştı.

Sonra Seth tabutu çalıştırmıştı. Tabut Regine'inki gibi arızalanmışa benzemiyordu. Seth tabuta güç verdiği anda tabut canlanmış ve ekranı vasıtasıyla Seth'e sorular yöneltmişti. Hatta bazılarının anlamlı olduğu bile söylenebilirdi. Seth aklına gelen en basit şekilde tabutu programlamış ve –başlangıçta hüsrana uğrayıp ardından Tomasz'ın yardımını alarak– tepesinde YENİDEN GİRİŞ İŞLEMİ HAZIR yazan bir kutucuğa ulaşmayı başarmıştı.

Üzerine şortunu geçirdikten sonra bacaklarını ve gövdesini sargı bezleriyle sarmışlardı. Bunun bir deneme sürüşü olacağı konusunda hemfikirlerdi. Tek amaçları Seth'in diğer dünyada nereye gideceğini görmekti ve Tomasz altmış saniyeden uzun sürmemesi konusunda ısrar etmişti. Bu süre hem borulara bağlanmasını gerektirmeyecek kadar hem de en kötü senaryo gerçek olsa dahi hayatta kalmasına yetecek kadar kısaydı.

Seth en kötü senaryonun gerçek *olacağını* sanmıyordu. En azından bu seferlik.

"İşe bile yaramayabilir, bunu sen de biliyorsun," dedi Regine yine yüzüncü kez. "Hatta büyük olasılıkla da yaramayacak."

"Bu iyiye işaret," dedi Seth ensesindeki ışığa dokunarak. Tabutu çalıştırdıklarından beri düzenli aralıklarla yeşil yeşil yanıp sönüyordu. "Ama haklısın. Bilmiyoruz."

"Geriye yalnızca başın kaldı, Bay Seth," dedi Tomasz elindeki sargı bezlerini göstererek.

"Ben yaparım," dedi Regine sargı bezlerini alırken. Ruloları açmaya başladı ama sonra durdu. "Seth..."

"Hiçbir şey olmayacak," dedi oğlan. "Burayı terk etmeyebilirim bile."

"Ya da denizin dibinde uyanırsın ve biz daha seni kurtarma fırsatını bile bulamadan ölüp gidersin."

"Ya da öyle olmaz."

"Ya da her şey yolunda gitse bile Tommy ve ben seni geri getiremeyebiliriz."

"Ama geri getirebilirsiniz de."

"Ya da orada kalıp bizi sonsuza dek unutmayı seçebilirsin..."

"Regine," dedi nazikçe. Kızın endişesi tarif edilemez bir şekilde içine dokunmuştu. "Neler olacağını bilmiyorum. Ama öğrenmek istiyorum ve çok uzun zamandır hiçbir şeyi böylesine istememiştim."

Kız ona meydan okumaya devam edecekmişçesine baktı.

Ama yapmadı.

"Bay Seth," dedi Tomasz vakur bir tavırla oğlanın elini sıkarak, "Sana bol bol şans diliyorum. Ama bir o kadar da bize geri dönmeni istiyorum."

"Ben de öyle, Tommy," dedi Seth ama sonra, "Tomasz" diye düzeltti.

"Ah," dedi Tomasz gülümseyerek, "tam da burada bana Tommy diyebilirsin demem gerekiyor. Ama Tomasz deme şeklini seviyorum ve bana böyle seslenmeye devam etmeni istiyorum. Hem de uzun, upuzun yıllar boyunca."

Seth ona bakarak başını hafifçe aşağı yukarı salladı. Sonra Regine'e döndü.

"Emin misin?" diye sordu kız, Seth'in anlayabildiği kadarıyla son defa.

"Eminim," dedi oğlan.

Kız biraz daha bekledi ama sonra ucunu oğlanın şakağına yerleştirdiği sargı bezini Seth'in kafasına dolamaya koyuldu.

"Yakında görüşürüz," dedi oğlana ve gözlerini örttü.

83

İşte oğlan, adam, *Seth** nazikçe tabutuna yerleştiriliyordu. Arkadaşlarının elleri usulca onu yönlendirdi.

Bundan sonrasında ne olacağından emin değildi.

Ama meselenin özünün bu olduğundan emindi.

Eğer tüm bunlar yalnızca bir hikâyeden ibaretse hikâyenin anafikri buydu.

Hikâye *değilse* de yine aynısı geçerliydi.

Ama arkadaşları düğmelere basıp ekrandaki sorulara yanıt vererek son aşamaları tamamlarken sonsuza dek kesinliğini asla yitirmeyecek olan tek bir şey olduğunu düşündü: her zaman dahası olacaktı. Her zaman.

Belki Owen ölmüştü. Belki de ölmemişti. Ama iki şekilde de bu durum annesiyle babasını aklının alamayacağı kadar etkilemişti ve belki de olup bitenin onunla hiçbir alakası yoktu.

Ayrıca Gudmund vardı. Ve H. Hatta Monica bile. Kimi zaman zayıf, kimi zaman güçlüydüler ve diğer herkes gibi, tıpkı *kendisi* gibi hatalar yapıyorlardı. Sevgi ve özen bambaşka suretlerde kendini gösterirdi ve onların içinde hem anlayışa hem bağışlayıcılığa hem de ötesine yer vardı.

Ötesine ve ötesine ve ötesine.

Ötesi kimi zaman kendilerine ait hiç umulmadık, hayal bile edilemez hikâyelerle ortaya çıkan başka insanlar suretinde, *şaşırtıcı* insanlar suretinde görünürdü. Dünyaya tamamen farklı

* İngilizceye İbraniceden geçen ve "seçilmiş olan" anlamına gelen erkek ismi. –*çn*

pencerelerden bakan ve böylece dünyayı farklı *kılan* insanlar suretinde.

Arkadaş bellenebilecek insanlar suretinde.

Gerçi arkadaşları son düğmeye bastığında ne olacağını bilmiyordu. Nerede uyanacağını bilmiyordu. Burada. Ya da orada. Ya da bundan bile garip, bambaşka bir yerde. En nihayetinde bu yerlerden hangisinin diğerlerinden daha gerçek olduğunu kim bilebilirdi ki?

Ama ne olursa olsun, neyle karşılaşırsa karşılaşsın bununla yaşayabileceğini biliyordu.

Ve artık zamanı gelmişti. Umut yüklü bir sessizlik oldu.

"Hazır mısın?" diye sordu arkadaşları.

Evet, diye düşündü.

Kaybedeceğini bilsen bile asla pes etme, diye düşündü.

Sonra, "Hazırım," dedi.